KNAUR

Von Karen Rose sind bereits folgende Titel erschienen:
Eiskalt ist die Zärtlichkeit
Das Lächeln deines Mörders
Des Todes liebste Beute
Der Rache süßer Klang
Nie wirst du entkommen
Heiß glüht mein Hass
Todesschrei
Todesbräute
Todesspiele
Todesstoß
Feuer
Todesherz
Todeskleid
Todeskind
Todesschuss
Todesfalle
Todesnächte
Dornenmädchen
Dornenkleid
Dornenspiel
Dornenherz
Dornenpakt
Tränennacht
Tränenfluch

Über die Autorin:
Karen Rose studierte an der Universität von Maryland, Washington, D. C. Ihre hochspannenden Thriller sind preisgekrönte internationale Bestseller. Die Autorin lebt mit ihrem Mann und ihren beiden Töchtern in Florida.
Mehr Informationen über Karen Rose unter:
www.karenrosebooks.com

Karen Rose

TRÄNENNACHT

— Thriller —

Aus dem amerikanischen Englisch
von Andrea Brandl

KNAUR

Die amerikanische Originalausgabe erschien 2019 unter dem Titel »Say You're Sorry« bei Berkley, an imprint of Penguin Random House LLC, New York.

Besuchen Sie uns im Internet:
www.knaur.de

Aus Verantwortung für die Umwelt hat sich die Verlagsgruppe Droemer Knaur zu einer nachhaltigen Buchproduktion verpflichtet. Der bewusste Umgang mit unseren Ressourcen, der Schutz unseres Klimas und der Natur gehören zu unseren obersten Unternehmenszielen.
Gemeinsam mit unseren Partnern und Lieferanten setzen wir uns für eine klimaneutrale Buchproduktion ein, die den Erwerb von Klimazertifikaten zur Kompensation des CO_2-Ausstoßes einschließt.
Weitere Informationen finden Sie unter: www.klimaneutralerverlag.de

FSC www.fsc.org
MIX
Papier aus verantwortungsvollen Quellen
FSC® C014496

Eigenlizenz November 2022
Knaur Taschenbuch

Ein Imprint der Verlagsgruppe
Droemer Knaur GmbH & Co. KG, München

Redaktion: Antje Nissen
Covergestaltung: Sabine Schröder
Coverabbildung: Collage aus zwei Motiven von supermimicry und ulimi – beide Motive von istock images
Satz: Adobe InDesign im Verlag
Druck und Bindung: GGP Media GmbH, Pößneck
ISBN 978-3-426-52714-6

2 4 5 3 1

Für Claire Zion, meine einzigartige Lektorin, mit unserem zehnten gemeinsamen Buch beginnt auch eine neue Serie. Dein aufmerksamer Blick, dein messerscharfer Verstand und dein großes Herz sorgen dafür, dass meine Bücher besser werden. Mit dir befreundet zu sein, ist eine echte Ehre. Danke.

Für Martin. Ich werde dich immer lieben.
Danke für sechsunddreißig wundervolle Jahre.

PROLOG

Sacramento, Kalifornien
Samstag, 10. Dezember, 23.15 Uhr

Sehr gut. Sie wachte auf. *Hat auch lange genug gedauert.*

Er zog an seiner Zigarette und blies ihr den Rauch ins Gesicht, woraufhin sie prompt einen Hustenanfall bekam. Als dieser allmählich nachließ, hatte sie die dunklen Augen aufgeschlagen und sah ihn an.

Sie hatte Angst. Das gefiel ihm. Er lächelte sie an. Angst hatten sie alle. Das war das Schöne daran.

Er rutschte auf seinem Stuhl nach hinten und sah zu, wie sie an ihren Fesseln zerrte.

Auch das gehörte dazu. Allerdings gelang es ihnen nie, sich zu befreien. Weil er sehr straffe Knoten band – eines seiner größten Talente.

Er wartete, bis sie es aufgab und ihr Blick neuerlich auf ihn fiel. Diesmal schien sie ihn zu erkennen. »Sie«, flüsterte sie. »Aus dem Diner.«

»Genau. Ich«, bestätigte er freundlich. Sie aus dem alten heruntergekommenen Diner am Stadtrand von Portland herzuschaffen, war fürchterlich umständlich gewesen, weil sie wesentlich mehr Platz benötigt hatte als angenommen – sie war kurviger als die meisten Gäste, die er mit nach Hause brachte. Eine nette Abwechslung.

Wieder zerrte sie an den Fesseln, wenn auch nur halbherzig. Ihre Lippen zitterten. »Wo sind meine Kleider?«

»Verbrannt.«

»Warum?«

Er stand auf und löste beiläufig seine Krawatte, wohl wissend, dass sie jede seiner Bewegungen verfolgte. »Weil du sie nicht mehr brauchst.«

Aufgebracht schüttelte sie den Kopf. »Wieso tun Sie das?«

Langsam knöpfte er sein Hemd auf, während sie den Blick suchend durch den Raum schweifen ließ, nach Hilfe, nach einem Fluchtweg. Aber es gab nichts, weder das eine noch das andere. Er packte ihre ans Kopfende gefesselte Hand und strich mit dem Daumen über ihren linken Ringfinger mit der leichten Einbuchtung, dem einzigen Überbleibsel ihres Eheversprechens.

»Weiß er, dass du abgehauen bist?«, fragte er sanft.

Ihr Blick schweifte umher. Sie versuchte, ihre Hand wegzureißen, was logischerweise nicht ging. Langsam nickte sie.

»Hat er dich freiwillig gehen lassen?«

Wieder nickte sie, nur dass sie diesmal den Blick abwandte. Er drückte ihre Hand so fest, dass sie nach Luft schnappte. »Lüg mich nicht an, Miriam.«

Erstaunt registrierte er die spontan aufflackernde Wut in ihren Augen. »So heiße ich nicht«, stieß sie hervor. »Mein Name ist Eileen.«

»Auf dem Medaillon steht aber Miriam.« Wie ein Hypnotiseur ließ er das Silberherz von seinem Finger baumeln. Es schimmerte im Schein der Nachttischlampe. »Hast du es gestohlen?«

Gebannt starrte sie auf das Schmuckstück und schluckte, dann spannte sie den Kiefer an. »Nein.«

»Tja, wenn es doch dir gehört, bist du Miriam.«

Sie schloss die Augen. »Nein, das bin ich nicht.«

Im Grunde spielte es keine Rolle, trotzdem hatte ihr kleiner Wutausbruch seine Neugier geweckt. »Wer ist dann Miriam?«

Eine einzelne Träne lief ihr über die Wange. »Die Frau, die ich früher war.«

»Ah. Dein Mann sucht also nach Miriam, nicht nach Eileen.«

Sie presste die Lippen aufeinander, was Antwort genug war.

Gut. Er hatte ohnehin keine große Sorge gehabt, dass jemand sie vermissen würde. Die Frau hatte etwas Einsames, fast Gehetztes an sich, als blicke sie bei jedem Schritt über die Schulter. Als verberge sie sich. Was umso besser für ihn war.

Mit dem Daumen strich er über das Medaillon, spürte die Gravur des Namens auf der Rückseite, das Motiv auf der Vorderseite. »Ein Olivenbäumchen mit zwei knienden Kindern, beschützt von diesen wunderschönen ausgebreiteten Flügeln.« Bei dem Wort »beschützt« zuckte sie zusammen. Falls es ein Talisman gewesen sein sollte, hatte er auf der ganzen Linie versagt, denn Schutz hatte er ihr keinen geboten. »Wofür steht es?«

Wieder biss sie die Zähne zusammen und wandte den Blick ab, woraufhin er ihr Kinn packte und ihren Kopf zurückriss. »Wag es nicht, mich zu ignorieren«, warnte er.

Sie kniff die Augen zusammen. Er presste ihr die Hand auf den Mund und hielt ihr die Nase zu. »Sieh mich an«, knurrte er. Schlagartig hatte sie jede Faszination verloren. Stattdessen war er wieder wütend, so wie es sein sollte. Sie riss die Augen auf und begann zu strampeln. Er nahm die Hand weg und sah lächelnd zu, wie sie verzweifelt nach Luft schnappte.

Dann packte er sie neuerlich am Kinn, diesmal brutaler. »Sag, dass es dir leidtut, Miriam.« Er schüttelte sie brutal. »*Sag, dass es dir leidtut.*«

Stur presste sie die Lippen zusammen.

Ein Lächeln umspielte seine Mundwinkel. Hervorragend. Bevor er hier fertig war, würde er sie schon noch dazu bringen, es zu sagen. Und er würde jede einzelne Sekunde davon genießen. Denn sie sagten es immer. Früher oder später.

Normalerweise wenn sie so weit waren, dass sie ihn anbettelten, sie sterben zu lassen.

1. KAPITEL

Sacramento, Kalifornien
Donnerstag, 16. Februar, 20.15 Uhr

»Daisy?«

Daisy Dawson zuckte zusammen, als Trish ihr den Zeigefinger in den Oberarm bohrte. »Was ist?« Sie richtete ihre Aufmerksamkeit auf ihre Freundin, die mitten auf dem Bürgersteig stehen geblieben war und sie besorgt musterte. »Entschuldige. Was hast du gerade gesagt?«

Trish runzelte die Stirn. »Was ist heute bloß mit dir los? Du bist so fahrig. Ist es wegen Gus? Soll ich Rosemary anrufen?«

Daisy rollte die Schultern, um die Anspannung zu lösen, die jedoch genauso wenig nachließ wie dieses Prickeln im Nacken – das untrügliche Gefühl, dass jemand sie beobachtete. Ihr folgte.

Wieder mal. *Herzlichen Dank, dass du Wort gehalten hast, Dad,* dachte sie bitter. Eigentlich hatte sie ein ernstes Wörtchen mit ihm geredet und gedacht, er vertraue ihr. Falsch gedacht. *Wieder mal.* Am liebsten hätte sie ihren Frust laut hinausgeschrien, vor Wut getobt. Ihn auf der Stelle angerufen und ihm an den Kopf geworfen, er solle sich verdammt noch mal aus ihrem Leben heraushalten.

Eine feuchte, raue Zunge zwang sie, ihre Wut zu zügeln. Abwesend griff sie in die Hundetransporttasche, die sie quer über der Brust trug, und kraulte Brutus' riesige flügelförmige Ohren. »Sch, mein Mädchen«, raunte sie, woraufhin sich das Hündchen sofort beruhigte. »Ist schon gut.« *Mir geht's gut.* Was nicht stimmte, aber Brutus glaubte ihr ohnehin nicht. Die kleine Hündin spürte deutlich, wenn Daisy ins Straucheln zu geraten drohte, und tat, worauf sie trainiert war: Daisy aus ihrem Abwärtsstrudel reißen, bevor er zum Zusammenbruch führte. Sie holte tief Luft und lächelte knapp. »Nein, lass Rosemary nach Hause zu ihrer Familie gehen. Sie hat es sich verdient.«

Denn der Abend, der hinter ihnen lag, war ausgesprochen schwer gewesen, vor allem für Rosemary.

Wieder schossen Trish die Tränen in die Augen, die sie nicht zu verbergen versuchte. Sie und Daisy waren allein, und ihrer besten Freundin brauchte sie nichts vorzuspielen. »Der arme Gus.«

»Allerdings.« Mit ihrer freien Hand wischte sie Trish die Tränen ab. »Offensichtlich ist er mit der Trauer um seine Frau einfach nicht zurechtgekommen.«

»Vielleicht wollte er es auch nicht«, flüsterte Trish.

»Keine Ahnung, kann sein.« Daisy wusste nur, dass die Nachricht von seinem Tod nach einer Alkoholvergiftung ein schwerer Schlag für Rosemary gewesen war. Ihre Sponsorin so herzzerreißend schluchzen zu sehen, hatte Daisy zutiefst erschüttert und ein Gefühl der Hilflosigkeit in ihr heraufbeschworen. Und Hilflosigkeit konnte sie auf den Tod nicht ausstehen.

Trish biss sich auf die Lippe. »Er war fünfzehn Jahre lang trocken, DD. Fünfzehn lange Jahre. Und er war sogar selbst Sponsor. Rosemarys Sponsor. Wie sollen wir da erwarten …«

Daisy presste ihren Finger auf Trishs Lippen. »Hör auf. Du kannst dich nicht mit Gus oder sonst jemandem vergleichen. Er war in Trauer. Seine Frau ist gestorben. Die beiden waren fünfzig Jahre miteinander verheiratet. Du hast es selbst gesagt. Vielleicht *wollte* er ja sterben. Und vielleicht hat er sich genau diesen Weg dafür ausgesucht.«

Trish nickte unglücklich. »Ich weiß.« Sie straffte die Schultern und wischte sich mit dem Ärmel die Augen trocken. »Du hast ja recht.«

Daisy zog sie an sich. »Das habe ich meistens.«

Trish schnaubte. »Träum weiter.«

»Wenn ich jetzt sagen würde, dass wir dringend einen Eisbecher mit Karamellsoße und extravielen Nüssen brauchen, hätte ich dann recht oder nicht?«, fragte Daisy lachend.

»Stimmt, aber das ist ja nichts Neues. Nach einem Meeting gönnen wir uns doch immer einen Eisbecher.«

Daisy hakte sich bei Trish unter, als sie den Weg zum Diner einschlugen. »Also, was hast du vorhin gesagt?«

»Ach ja. Ich wollte wissen, ob du am Wochenende bei der Aktion in der Zoohandlung hilfst.«

»Ja.« Daisy lächelte Trish an, die fast einen halben Kopf größer war als sie. »Wieso? Willst du auch mitmachen oder ein Tier adoptieren?«

»Adoptieren?«, antwortete Trish, wenn auch mit einem Fragezeichen am Ende. »Ich habe überlegt, eine Katze bei mir aufzunehmen. Ich wünsche mir, dass jemand da ist, wenn ich heimkomme, aber Gassigehen ist nicht so mein Ding. Nicht bei meinen Arbeitszeiten.«

»Ich finde, das ist eine super Idee. Und Brutus sieht das genauso. Stimmt's, mein Mädchen?« Brutus sah zum Anbeißen niedlich aus, als sie den Kopf aus der Transporttasche streckte, die Daisy auch als Handtasche diente. »Siehst du? Sie findet die Idee auch toll.«

Trish lachte. »Na, logo. Aber sie ist ja nicht objektiv, weil sie selbst aus dem Tierheim kommt. Du hattest echt Glück, einen Chion-Welpen in einem Tierheim zu finden. Das ist sie doch, oder? Ein Papillon-Chihuahua-Mischling, habe ich im Internet gelesen.«

»Manche nennen sie auch Papihuahuas«, meinte Daisy. Aber Brutus war einfach perfekt, völlig egal, was sie war und woher sie kam. Und wichtig. »Eigentlich hat mein Dad sie ja gefunden, während ich in der Entzugsklinik war. Einer der Therapeuten hatte einen Therapiehund, der ihm geholfen hat, seine Angststörungen in den Griff zu bekommen. Deshalb hat Dad nach einem Hund gesucht, den man so trainieren kann, dass er dasselbe für mich tut. Sie war die Kleinste im Tierheim, deshalb habe ich sie auch Brutus genannt. Und so ein Winzling, dass ich mir dachte, sie braucht jede Hilfe, die sie kriegen kann.«

»Ich hatte mich schon gefragt, was es mit dem Namen auf sich hat. Obwohl sie für mich eher wie Gizmo aussieht.«

Daisy lachte. Mit ihren großen Fledermausohren erinnerte Brutus tatsächlich an das hinreißende Kerlchen aus *Gremlins*. »Stimmt. Aber nur wie ein Gremlin vor der Verwandlung. Gizmo war auch der Vorschlag meiner kleinen Schwester Julie, als mein Dad meinen Vierbeiner mit nach Hause gebracht hat.«

»Wenn ich einen so süßen, kleinen Hund fände, würde ich mir das mit der Katze glatt noch mal überlegen, andererseits könnte ich einen Hund nicht mit zur Arbeit nehmen.«

»Zumindest nicht dorthin, wo du gerade arbeitest. Was wir ja aber ohnehin ändern müssen«, erklärte Daisy fest. »Ich könnte unmöglich in einer Bar arbeiten. Das ist einfach nicht das Richtige für dich, Trish.«

»Weiß ich doch. Und ich suche ja auch nach etwas anderem und habe jede Menge Bewerbungen geschrieben. Das Problem ist ja nicht bloß, dass ich ständig von Alkohol umgeben bin, sondern auch von ekligen Suffköpfen, die einen betatschen, auch wenn man ihnen sagt, sie sollen einen in Ruhe lassen. Ich hasse diese Idioten.«

Daisy runzelte die Stirn. »Belästigt dich etwa jemand?«

»Nein, das nicht, aber heute war so ein Typ da, der … keine Ahnung … total aggressiv war. Er war derart hartnäckig und wollte einfach nicht aufhören. Irgendwann habe ich ihn sogar angeschnauzt, weil er ›zufällig‹ meinen Hintern gestreift hat, und ihm gedroht, dass ich ihn vor die Tür setzen lasse. Da ist er so richtig fies geworden, hat mich beleidigt und so. Ein echter Arsch.«

Daisy verdrehte die Augen. »Die Sorte kenne ich.« Weil ihr

Co-Moderator beim Radiosender auch einer aus dieser Kategorie war.

»Rückt Tad dir etwa wieder auf den Pelz?«, fragte Trish stirnrunzelnd.

Daisy zuckte die Achseln. Trish war die Einzige, der sie von diesem schmierigen Blödmann erzählt hatte. »Immer dieselbe Tour. Miese kleine Sticheleien, um mich aus dem Konzept zu bringen. Aber ich weiß ihn zu nehmen, zumindest im Moment noch. Sollte mir das Ganze zu viel werden, schalte ich die Chefredaktion ein. Hast du den Mistkerl von heute gemeldet?«

»Ja. Musste ich. Am Ende hat der Manager ihn hochkant rausgeschmissen. Der Typ hat nicht aufgehört, mich blöd anzulabern. Wahrscheinlich wollte er mich bloß provozieren. Normalerweise würde ich ja abwinken, aber heute fehlte mir der Nerv dafür. Ich hatte heute Morgen eine wichtige Prüfung und bin nicht sicher, wie es lief.«

»Ich helfe dir, ein paar Stellenanzeigen durchzugehen, wenn ich am Samstag fertig bin.« Es musste ja nichts Dauerhaftes sein, sondern einfach etwas anderes als der Job in einer Bar. Sobald Trish die Ausbildung zur Dentalassistentin abgeschlossen hatte, würde sie eine anständige Stelle finden. »Ich habe beim Sender nachgesehen, aber gerade ist leider nichts frei«, erklärte sie mit einem Anflug von Gewissensbissen. Ihr war sehr wohl bewusst, dass sie den Job nur bekommen hatte, weil ihr Dad und der Senderchef uralte Freunde waren – eine Tatsache, die Tad sie keine Sekunde lang vergessen ließ. Weshalb sie ihn bislang auch noch nicht bei der Geschäftsleitung hingehängt hatte. Sie wollte ihm nicht noch mehr an die Hand geben, was er gegen sie verwenden könnte.

»Trotzdem danke, dass du gefragt hast«, meinte Trish. »Ich …«

Ein Geräusch hinter ihnen veranlasste Daisy, neuerlich abrupt stehen zu bleiben – das Scharren eines Schuhs auf Asphalt oder etwas in der Art. Sie spähte kurz über die Schulter und sah eine vertraut wirkende Gestalt mit Baseballkappe in einer Gasse verschwinden. *Dad lässt allmählich nach.* Früher hatte er wenigstens noch Leute engagiert, die diskret genug waren, dass sie sie nicht hörte oder sah.

Wieder runzelte Trish die Stirn. »Was ist denn?«

Daisy senkte die Stimme. »Mein Dad lässt mich schon wieder beschatten. Ich habe gerade etwas gehört. Hinter uns.«

»Schon wieder?« Die Furchen auf Trishs Stirn vertieften sich.

»Ja«, antwortete Daisy düster. »Als ich letzten Sommer mit dem Rucksack in Europa unterwegs war, hat er auch jemanden auf mich angesetzt. Ich war so sauer, dass ich früher zurückgeflogen bin und meinen Dad deswegen zur Schnecke gemacht habe. Er hat mir versprochen, es nie wieder zu tun, aber wie es aussieht, traut er mir nach wie vor nicht über den Weg.«

»Er hat dich *beschatten* lassen?« Trish war völlig von den Socken. »Aber wieso das denn?«

»Er hatte Angst, ich könnte rückfällig werden. Zumindest war das seine Begründung.« Allerdings hatte Daisy auch jetzt noch Zweifel an der Erklärung. Vielmehr war davon auszugehen, dass ihr Vater schlicht Probleme hatte, seine jahrelange Paranoia in den Griff zu bekommen. Eine Paranoia, die ihre ältere Schwester das Leben gekostet hatte. *Und beinahe auch mich.* Zumindest hatte sie ihr gestohlen, was von ihrer Kindheit noch übrig gewesen war. Ihr Leben würde dieser Kontrollzwang jedenfalls nicht ruinieren, das würde sie nicht zulassen, auch wenn die Absichten ihres Vaters noch so ehrenhaft gewesen sein mochten.

Trish schnitt eine Grimasse. »Das ist ja die blanke Ironie, dass der Typ dir ausgerechnet nach einem AA-Meeting an den Fersen klebt. Kennst du ihn denn?«

Daisy verdrehte die Augen. »Ja. Es ist Jacob, unser langjähriger Farmarbeiter. Wir sind zusammen aufgewachsen. Er ist wie der Bruder, den ich nie hatte, trotzdem werde ich ihm jetzt anständig in den Hintern treten.« Genauso wie damals, als er sich in einer dunklen Pariser Gasse herumgedrückt hatte.

Trishs Lippen zuckten amüsiert. »Darf ich zusehen? Bei mir funktioniert schon seit zwei Monaten das Kabelfernsehen nicht mehr.« Wieder schnitt sie eine Grimasse. »Anscheinend will der Anbieter Kohle sehen.«

Daisy tätschelte ihr mitfühlend die Schulter. Was Trish in der Bar verdiente, reichte kaum zum Leben. »Geh schon mal rein und gib unsere Bestellung auf. Ich komme gleich nach.«

Trish schüttelte den Kopf. »Vergiss es. Ich lasse dich nicht allein hier draußen, selbst wenn der Typ ein Freund von dir ist.«

»Ich komme schon klar. Jacob ist das reinste Lämmchen … na ja, ein ein Meter neunzig großes, knapp hundert Kilo schweres Lämmchen, das keiner Fliege je etwas zuleide täte. Geh schon. Ich komme in ein paar Minuten nach.«

Kurz überlegte sie, ob sie Jacob gleich zur Rede stellen sollte, doch dann beschloss sie aus purer Wut, Trish scheinbar erst zu folgen, um dann in die nächstbeste Gasse abzutauchen. Sollte Jacob ruhig die Hosen voll haben, schließlich hatte er ihr versprochen, sie nicht länger zu behelligen, genauso wie ihr Vater.

Sie biss die Zähne aufeinander. *Elende Mistkerle, alle beide.* Sie war kein Kind mehr. Und hatte auch nie eines sein dürfen. Mittlerweile war sie fünfundzwanzig, lebte ihr Leben … und das ziemlich gut, ganz allein. Na ja, das vielleicht nicht, sondern mit der Unterstützung von Menschen, die sie sich selbst als Freunde ausgesucht hatte.

Sie hörte Jacobs Schritte wenige Sekunden, bevor er an der Gasse vorbeiging, machte einen Satz nach vorn, packte ihn an seiner weiten, gefütterten Jacke und riss ihn zurück. Erschrocken fuhr er zu ihr herum. Sein Gesicht war unter der Baseballkappe verborgen.

»Die Giants?«, höhnte sie. »Eine bessere Verkleidung ist dir nicht eingefallen? Du dachtest ernsthaft, ich erkenne dich nicht, wenn du eine Giants-Cap trägst?« Was er in tausend Jahren nicht tun würde, weil sie beide eingefleischte Oakland-Fans waren.

Sie riss ihm die Kappe vom Kopf und registrierte eine Millisekunde später, dass der Weg ihrer Hand zu kurz gewesen war. Er war zu klein.

Weil gar nicht Jacob vor ihr stand.

Mit einem erschrockenen Laut wich sie zurück. Ihr Puls begann zu rasen, als sie in das Gesicht eines fremden Mannes blickte, dessen Züge von der Feinstrumpfhose über seinem Kopf verzerrt wurden.

Sie fuhr herum und wollte loslaufen, doch es war zu spät. Seine Hand schnellte vor und legte sich um ihre Kehle, sodass sie nach Luft schnappte. Instinktiv riss sie die Hände hoch, um die Nägel in seinen Unterarm zu bohren, was die Wattierung seiner Jacke jedoch verhinderte. Panik erfasste sie, ließ schwarze Punkte vor ihren Augen tanzen.

In diesem Moment presste sich kalter Stahl an ihre Schläfe, während er sie in die Gasse zerrte. »Das wird dir noch leidtun.« Seine raue Stimme war dicht neben ihrem Ohr. »Noch bevor ich mit dir fertig bin, wirst du um Verzeihung flehen. Das tun sie alle.«

Ein scharfes Bellen drang durch den dichten Nebel ihres Bewusstseins. *Brutus.*

Augenblicklich war ihre Panik verflogen, und sie spürte, wie sich ihr Verstand klärte, als das Muskelgedächtnis übernahm und sie der Stimme ihres Vaters in ihrem Kopf folgte, die jede Bewegung dirigierte.

Sie ließ den Arm des Mannes los und drehte den Oberkörper so, dass sie möglichst viel Schwung aufnahm, um ihm den Ellbogen in den Magen zu rammen. Er japste vor Schreck, während sie Luft holte, seinen kleinen Finger um den Griff der Waffe löste und mit einem Ruck nach hinten bog. In derselben Sekunde tauchte sie unter seinem Arm durch, packte seine Hand, grub ihren Daumen in den fleischigen Teil zwischen seinem Daumen und Zeigefinger, wie ihr Vater es ihr beigebracht hatte, und riss ihm die Waffe aus der Hand, ohne seinen Schmerzensschrei zu beachten.

Und dann rannte sie los. Zum Glück hatte sie ihre Lunge mit ausreichend Luft für einen Schrei gefüllt. Doch nun bekam er sie neuerlich zu fassen, presste ihr die Hand auf den Mund und riss sie mit einem Ruck an seine Brust und zurück in die Gasse.

»Nein, nein, nein!« Sie versuchte, das Wort laut hinauszuschreien, doch es kam nur als gedämpftes Stöhnen über ihre Lippen. Erbittert setzte sie sich gegen ihn zur Wehr, trat nach seinen Schienbeinen, aber er war stärker als sie, und es wollte ihr nicht gelingen, ihn irgendwo zu fassen zu bekommen.

Brutus kläffte weiter, doch niemand kam ihnen zu Hilfe.

Er packte ihren Kopf und knallte ihn gegen eine Hauswand, sodass sämtliche Luft aus ihrer Lunge gepresst wurde, ehe er sich neuerlich vorbeugte und ihr den Unterarm um den Hals legte.

»Du machst viel zu viel Ärger«, zischte er und drückte die Waffe an ihre Schläfe, hielt jedoch inne und sah sich verärgert um. »Wo zum Teufel ist dieser beschissene Köter?« Sein Blick fiel auf die Tragetasche um ihren Oberkörper. »Verdammte Scheiße!«, stieß er leise hervor und zögerte für den Bruchteil einer Sekunde, ehe er stocksteif wurde und die Waffe auf die Tasche richtete.

Brutus. »Nein!« Sie packte seinen Jackenärmel und riss mit aller Kraft seinen Arm weg, wobei sich mit einem leisen Ploppen ein Schuss aus der Waffe löste. *Ein Schalldämpfer*, dachte sie, als winzige Ziegelbröckchen auf sie herabregneten. *Brutus.* Doch die kleine Hündin bellte immer noch. Befeuert von ihrer Verzweiflung, riss Daisy das Knie hoch und rammte es dem Angreifer in die Leiste.

Sein Stöhnen ging beinahe im Hämmern ihres Herzens unter. Abrupt stieß sie ihn von sich und rannte auf die Straße. In Sicherheit.

»Daisy? O mein Gott, Daisy!« Plötzlich war Trish da, hielt sie fest und legte ihr beide Hände ums Gesicht. »Was ist denn passiert? O Gott. Dein Hals ist ja ganz rot.«

»Ein Überfall«, ächzte Daisy und ließ sich auf die Knie sinken. »Er wollte Brutus erschießen.« Ihre kleine Hündin streckte den Kopf aus der Tasche und begann, Daisys noch immer geballte Faust abzulecken.

Doch der Angreifer hatte es nicht auf ihre Handtasche abgesehen gehabt. *Sondern auf mich.* Sie schloss die Augen und unterdrückte das Bedürfnis, sich zu übergeben, während sie am Rande mitbekam, wie Trish den Notruf wählte. *In Sicherheit.* Sie waren in Sicherheit. Es würde alles wieder gut werden.

Trish sank ebenfalls auf die Knie, schlang die Arme um Daisy und wiegte sie liebevoll. »Sch, Süße. Sch. Alles wird wieder gut. Wein doch nicht.«

Erst jetzt stellte Daisy fest, dass sie schluchzte. Mittlerweile hatte sich eine kleine Menschentraube um sie geschart. Sie registrierte, wie Trishs Hand sich in ihre Jackentasche schob. »Was machst du da?«

Trish zog Daisys Handy heraus. »Ich rufe Rafe an. Die Cops sind schon unterwegs, aber es wird leichter für dich, wenn Rafe auch hier ist. Los, entsperr dein Handy, ich rufe ihn an.« Trish wählte die Nummer von Daisys Vermieter, der ebenso wie ein Bruder für sie war wie Jacob.

Im Gegensatz zu ihm war Rafe jedoch Polizist. *Er wird wissen, was zu tun ist.*

Dann schlang Trish wieder die Arme um sie und hielt sie fest. »Hast du den Typen verletzt?«

Daisy versuchte, sich zu erinnern. »Ich … ich glaube nicht«, stammelte sie, noch immer weinend. »Kann sein.« Sie löste sich von Trish und blickte auf ihre geballten Fäuste. In der einen hielt sie eine silberne Halskette, und etwas Scharfkantiges grub sich in ihre Handfläche. Vorsichtig löste sie die Faust und holte scharf Luft.

Ein Medaillon. In Herzform. Aus Silber und mit einer Gravur. Verwirrt sah sie Trish an, die Daisys Finger eilig wieder um das Schmuckstück schloss.

»Das zeigen wir Rafe, wenn er kommt«, flüsterte Trish.

Sacramento, Kalifornien
Donnerstag, 16. Februar, 21.55 Uhr

Stirnrunzelnd drückte Gideon Reynolds die Pause-Taste seines Fernsehers, wo gerade eine aufgezeichnete Folge von *Fixer Upper* lief, als sein Handy läutete. Mit einem unterdrückten Stöhnen schnappte er es. Er war hundemüde und hatte keine Lust, sich jetzt noch mit der Arbeit zu beschäftigen. Denn der Anruf bedeutete Arbeit – so gut wie niemand aus seinem Bekanntenkreis benutzte noch das Telefon für Gespräche.

Sein Verdruss schlug in Besorgnis um, als er den Namen auf dem Display sah. Rafe Sokolov. Sein bester Freund rief nie an, schon gar nicht um diese Uhrzeit, sondern schickte grundsätzlich Nachrichten. »Was ist los?«, fragte Gideon ohne eine Begrüßung.

»Vielleicht nichts, aber wahrscheinlich eben doch«, antwortete Rafe. »Du kennst doch meine neue Mieterin? Daisy Dawson?«

Gideon seufzte. »Nein, Rafe. Einfach bloß Nein.« Schon seit Monaten versuchte Rafes Mutter, ihn mit der »süßen kleinen Daisy« zu verkuppeln. Er hatte sogar das sonntägliche Abendessen bei den Sokolovs geschwänzt, um sich Irina Sokolovs beharrlichen Versuchen zu entziehen, ihn und diese Daisy zusammenzuspannen … seit über zehn Jahren war sie wild entschlossen, die richtige Frau für ihn zu finden.

In gewisser Weise liebte er sie dafür, weil es ein Zeichen war, dass er ihr am Herzen lag, aber eigentlich wünschte er, sie möge es sein lassen. »Sag deiner Mutter –«

»Das soll keine Verkuppelungsaktion werden«, unterbrach Rafe knapp.

Gideon setzte sich auf. »Was dann? Was ist mit Miss Dawson?«

»Sie wurde heute Abend auf der J Street überfallen.«

Gideon horchte auf. Rafe war Detective beim Sacramento Police Department. »Ist sie … okay?«

»Ja. Sie hat den Angreifer vertrieben. Sie und diese Ausrede von Hund.«

»Das freut mich zu hören, aber der Überfall fällt weder in meinen noch in deinen Zuständigkeitsbereich.« Rafe hatte nach ihrem College-Abschluss beim SacPD angefangen und arbeitete seit mehreren Jahren im Morddezernat, wohingegen Gideon nach Quantico gegangen war, um eine Ausbildung beim FBI zu beginnen. Mittlerweile war er auf Linguistik spezialisiert, was bedeutete, dass er den Großteil seiner Arbeit vom Schreibtisch aus erledigte.

Seine kürzliche Versetzung nach Sacramento war eine Art Heimkehr – sofern man in seinem Fall von »Heimat« sprechen konnte. »Was ist los?«, fragte er, denn hier ging es nicht bloß um eine Kleinigkeit, ganz klar.

»Sie hat dem Typen zuerst eine Halskette abgerissen und ihm dann das Knie in die Eier gerammt.«

Instinktiv krümmte Gideon sich. »Autsch. Aber gut für sie. Und ist er entkommen?«

»Ja«, antwortete Rafe genervt. »Er hatte eine Waffe und hat versucht, sie in eine Gasse zu zerren.«

»O Gott, sie muss ja völlig durcheinander sein. Also … ich will nicht gemein sein, aber was hat das mit mir zu tun?«

»An der Kette hing ein Amulett. Aus Silber, in Herzform. Mit einer Gravur.«

Gideon stockte kurz der Atem, ehe er scharf Luft holte. Ein ungutes Gefühl machte sich in ihm breit. »Was für eine Gravur?«

»Zwei Kinder, die unter einem Olivenbaum knien …«

»Und darüber schwebt ein geflügelter Engel«, flüsterte Gideon und schluckte gegen die aufsteigende Galle an. »Mit einem flammenden Schwert.«

Rafe ließ die Stille für ein, zwei Sekunden wirken. »Genau. Ich habe das Motiv bislang nur ein einziges Mal gesehen. Auf deiner Haut.«

Gideon blickte zum Fernseher, dessen Bild genauso erstarrt war wie er selbst.

»Gideon?«, fragte Rafe leise. »Bist du noch dran?«

Gideon ließ den Atem entweichen, den er unwillkürlich angehalten hatte. »Ja. Stand auch ein Name auf der Rückseite des Medaillons?«

Rafe zögerte. »Miriam«, antwortete er widerstrebend.

Entsetzt sprang Gideon auf die Füße. *Nein. Das konnte nicht sein. Jemand hätte mir Bescheid gesagt.* »Wo bist du gerade?«, presste er erstickt hervor.

»Im UC Davis Medical.«

Er schüttelte den Kopf, um seine Gedanken zu klären. Sich zu konzentrieren. Seiner Miriam ging es gut. *Es muss ihr einfach gut gehen.* »Wieso bist du im Krankenhaus? Hast du nicht gerade gesagt, dass es der kleinen Dawson gut geht?«

»Sie war nicht schwer verletzt, allerdings hat sie Würgemale am Hals, weil der Typ sie wohl zum Schweigen bringen wollte.« Rafe klang … betroffen. Die Sache ging ihm unüberhörbar an die Nieren. Es würde Gideon nicht wundern, wenn sich mittlerweile der gesamte Sokolov-Clan in der Notaufnahme eingefunden hätte. Seit die junge Frau in das Apartment in Rafes historischem Stadthaus gezogen war, hatten sie sie unter ihre familiäre Fittiche genommen.

So wie damals mit Gideon, als er noch ein einsamer, verlorener Teenager gewesen war. Mit einem Mal war er extrem dankbar, dass Daisy Dawson den russischen Einwandererclan hinter sich hatte.

»Wir wollten nur sichergehen, dass ihr auch wirklich nichts passiert ist«, fuhr Rafe fort. »Sobald der Arzt fertig ist, bringe ich sie aufs Revier. Es ist wichtig, dass sie ihre Aussage macht, solange die Erinnerung noch frisch ist. Dann nehmen meine Eltern sie mit zu sich nach Hause. Mom will sie unbedingt im Auge behalten, weil der Kerl ihren Kopf gegen eine Hauswand geknallt hat. Der Arzt glaubt zwar nicht, dass sie eine Gehirnerschütterung erlitten hat, aber du kennst ja meine Mom. Sie macht sich immer Sorgen.«

»Allerdings«, murmelte Gideon, der schon häufig in den Genuss von Irinas Fürsorge gekommen war. Es hatte sich jedes Mal angefühlt, als sei er ihr leiblicher Sohn.

Rafe räusperte sich. »Ich hätte gern, dass du aufs Revier kommst, um einen Blick auf das Medaillon zu werfen und mir davon zu erzählen.«

Nein. Nein. Nein.

»Ich weiß, dass es nicht leicht für dich ist«, fuhr Rafe leise fort. »Aber ich brauche unbedingt deine Hilfe. Er hat zu Daisy gesagt, sie würde ihn schon noch um Verzeihung bitten. Ich zitiere: ›Das tun sie alle‹.«

Verdammt. »Du glaubst also, er ist ein Serientäter?«

»Möglich wär's. Also, kommst du?«

»Ich bin in einer halben Stunde da.« Gideon legte auf und starrte sekundenlang sein Handy an. Dann wählte er einen Namen aus seiner Favoritenliste. Es läutete, ehe die Voicemail ansprang. Wie meistens.

Er legte wieder auf und wählte ein zweites Mal. Das tat er so gut wie nie. Diesmal wurde beim zweiten Läuten abgehoben. »Was ist, Gideon?«

O Gott. Er war so erleichtert, ihre Stimme zu hören, dass ihm die Beine wegsackten. Eilig sammelte er sich und konzentrierte sich darauf, seinen Puls wieder unter Kontrolle zu bekommen.

»Was ist los, Gideon? Hallo?«

Ein scharfer Schmerz schnitt sich in seinen Magen, als er überlegte, wie er die Frage formulieren sollte.

»Herrgott noch mal, Gideon«, seufzte seine Schwester genervt. »Hier ist es schon nach Mitternacht, und du hast mich geweckt. Ich hoffe für dich, dass es wichtig ist. Also, sag mir jetzt, was passiert ist, und dann lass mich gefälligst weiterschlafen.«

»Tut mir leid. Aber es ist tatsächlich wichtig.« Er strich mit der Hand über seine linke Hemdbrust und glaubte fast den Schmerz wieder zu spüren, als das Tattoo vor all den Jahren gestochen worden war. Aber er hatte sich nicht ein einziges Mal beschwert. Die Mädchen waren gut davongekommen, hatte er damals gedacht, als sich die Nadel in seine Haut gebohrt hatte. Sie hatten bloß die Medaillons bekommen. Was für ein Irrtum! »Hast du dein Medaillon noch?«

Einen Moment lang herrschte entsetzte Stille. »Was?«

»Dein Medaillon? Wo ist es?«

»In meinem Bankschließfach«, antwortete sie barsch. »Wo es immer ist.«

Gideon schluckte. »Wo … Wo ist ihres?«, krächzte er.

Wieder Stille. »Bei meinem. Wieso? Worum geht es hier?«

»Eine Frau wurde heute Abend in Sacramento überfallen. Der Angreifer hatte eines der Medaillons um den Hals. Sie hat es ihm beim Kampf heruntergerissen. Auf der Rückseite ist ›Miriam‹ eingraviert. Ich dachte … es sei vielleicht deines.« Nichts. Schweigen. Er hörte sie noch nicht einmal atmen. »Mercy?«

»Ich … ich kann nicht, Gideon«, sagte sie schließlich mit

brüchiger Stimme – es war genau die Antwort, mit der er gerechnet hatte. »Ich kann einfach nicht.«

»Das verstehe ich«, sagte er. »Ich musste nur sichergehen, dass du es nicht weggeworfen hattest. Keines von beiden.«

»Nein.«

Nein. Wie konnte so großer Schmerz in nur einem, so kurzen Wort mitschwingen?

Gideon schluckte. »Eigentlich wollte ich mich bloß vergewissern, dass es dir gut geht.«

Obwohl er ganz genau wusste, dass dem nicht so war. Es würde ihr nie wieder gut gehen. Genauso wenig wie ihnen allen. Wie könnte es auch?

»Ich bin okay«, sagte sie, aber er glaubte ihr kein Wort. Sie klang noch nicht mal, als glaubte sie es selbst. »Und wie geht's dir?«

»Wie immer.« Er zögerte. »Pass auf dich auf, Mercy«, murmelte er.

»Du auch«, entgegnete sie traurig. »Gute Nacht.«

Ein Klicken ertönte. Gideon blieb einen Moment lang sitzen und wartete, bis sich sein Herzschlag beruhigt, das mulmige Gefühl im Magen nachgelassen hatte, während er gegen die Tränen ankämpfte, die ihm bei jedem Gespräch mit seiner Schwester zu kommen drohten. Und auch jetzt wünschte er nur, es wäre alles ganz anders.

Er trat zum Regal neben dem Fernseher, auf dem noch immer *Fixer Upper* im Standbild zu sehen war, und nahm die polierte Kirschholzkassette, die Irina und Karl Sokolov ihm vor mindestens fünf Jahren zu Weihnachten geschenkt hatten. Darin lagen seine Handschellen, ein paar Ticketabrisse und eine Handvoll Fotos, in denen er kramte, bis er fand, wonach er suchte. Er steckte die Fotografie ein, nahm seine Glock aus dem Waffensafe, stieg in den Wagen und schlug den Weg in die Innenstadt ein.

Nun würde er Daisy Dawson doch noch kennenlernen, was zumindest Irina Sokolov freuen würde.

Sacramento, Kalifornien
Donnerstag, 16. Februar, 22.30 Uhr

Scheiße. Scheiße. Scheiße. Er öffnete die Haustür noch ein Stück weiter, um sie dann krachend zuschlagen zu können, beherrschte sich jedoch in letzter Sekunde. Lieber kein Aufsehen erregen. Die Nachbarschaftswache hielt Augen und Ohren stets offen und achtete auf jedes noch so kleine Geräusch oder sonstige Anzeichen eines Einbruchs. Die sensationslüsternen Anwohner waren das Einzige, was er in diesem ansonsten perfekten Viertel in Midtown auf den Tod nicht ausstehen konnte. Dass einer die Cops wegen etwas rief, das er noch nicht mal begangen hatte, war so ziemlich das Letzte, was er gebrauchen konnte.

Er ging in den Keller und schlug zumindest diese Tür mit voller Wucht zu, schloss die Welt rings um sich herum aus. Der Keller war sein Lieblingsbereich im Haus – seine eigenen vier Wände, die es ihm ermöglichten, nicht länger unter einem Dach mit Sydney leben zu müssen.

Er hatte den gesamten Bereich schalldicht gemacht, hatte die Türen und Fenster zugemauert und so viel Isoliermaterial angebracht, dass ein kleiner Kokon entstanden war. Kein Schrei konnte nach draußen dringen und auf gespitzte Ohren stoßen, nicht einmal, wenn jemand an der Hauswand kleben sollte. Was ohnehin nicht so ohne Weiteres ginge, denn seine Rosensträucher waren mit langen, spitzen Dornen bewehrt – genau aus diesem Grund hatte er sie ausgewählt. Zum Glück sahen sie auch noch hübsch aus. Jedenfalls konnte sich niemand daran vorbeizwängen, um zu lauschen.

Und nun nutzte er die schalldichte Ausstattung und die dornigen Rosen für sich selbst, weil er ganz laut schreien musste. Er legte seinen gesamten Frust über diesen beschissenen Abend in seinen Schrei, brüllte, bis sein Hals brannte und sein Schädel wehtat.

Aber es war nicht genug. Das war es nie. Nur eines half ihm, Ruhe zu finden. Eine einzige Sache. Und genau die war ihm heute Abend verwehrt geblieben.

Er sah zu dem sorgfältig gemachten Bett hinüber, das für die Besucherin vorbereitet war, die jedoch seine Gastfreundschaft heute nicht in Anspruch nehmen würde. Dieses verdammte blonde Miststück. Er hatte nicht damit gerechnet, dass sie sich derartig wehren würde. Zumindest nicht so erfolgreich. Jemand hatte ihr einiges beigebracht.

Und dieser verdammte Köter! Das Gekläffe hatte ihn völlig verrückt gemacht. *Ich hätte das blöde Vieh einfach abknallen sollen.* Sein Zögern hatte seine Pläne für den heutigen Abend zunichtegemacht und ihn womöglich noch in Gefahr gebracht. Er würde sich um die Blonde kümmern müssen. Zwar ging er nicht davon aus, dass sie ihn identifizieren konnte, aber er hatte mit ihr geredet. Und sie war viel zu geschickt gewesen, auch wenn sie auf den ersten Blick wie ein harmloser Teenager ausgesehen hatte.

Allerdings war sie nicht mehr so jung gewesen. Aus der Nähe hatte er ihre Augen gesehen, die grimmige Entschlossenheit darin, wie sie nur von einer gewissen Lebenserfahrung herrühren konnte. Alte Augen. Und sie hatte ihn genau genug angesehen, sodass Anlass zur Sorge bestand. Er musste sie eliminieren.

Natürlich musste er erst in Erfahrung bringen, wer sie war. Dafür musste er bis morgen früh warten, um einen Blick auf die Eingangsprotokolle der Notrufe bei der Polizei zu werfen.

Er zog seine Sachen aus und stopfte sie in eine Tüte, die er verbrennen würde. Den Feinstrumpf hatte er längst entsorgt, ebenso wie seine Jacke und die Handschuhe. Er hatte alles mit Benzin übergossen und an der Grillstelle eines verlassenen Parks abgefackelt, bis die Sachen zu stinkenden Plastikklumpen zerschmolzen gewesen waren.

Der Strumpf war ein echter Fehler gewesen. Das hatte er

schon gedacht, als er ihn gekauft hatte. Normalerweise hatte er stets mindestens eine Maskierung in seiner Tasche dabei, nur heute Morgen nicht, als er zur Arbeit aufgebrochen war.

Eigentlich hätte es bloß eine ganz normale Mitarbeiterversammlung sein sollen. Nichts Besonderes.

Aber es hatte sich als das genaue Gegenteil entpuppt. Eine Katastrophe. Er war nicht darauf vorbereitet gewesen, wie es sich anfühlen würde, wenn einen alle mitleidig ansahen, weil der eigene Vater die Firma verkaufte und die komplette Belegschaft vor die Tür setzte. Noch dazu hatte sein Vater es nicht mal fertiggebracht, ihnen persönlich gegenüberzutreten, sondern seinen Assistenten vorgeschickt, der verkündet hatte, dass die Firma, die das Unternehmen übernehmen sollte, sie alle vor die Tür setzen und ihre eigenen Leute einstellen würde, allerdings bekämen sie alle eine hübsche Abfindung, gestaffelt nach Dauer der Betriebszugehörigkeit.

Er war nicht darauf gefasst gewesen, wie sehr es ihm zusetzen würde. Seine Welt war schlicht und einfach in sich zusammengefallen. Blanke Wut war in ihm hochgekocht, und er hatte Mühe gehabt, sich zu beherrschen und dem Assistenten seines Vaters nicht an die Gurgel zu gehen.

Er hatte etwas – nein, *jemanden* – gebraucht, an dem er seinen unbändigen Zorn auslassen konnte. Sofort. Verdammt, auch jetzt war es noch so. Dieses verdammte blonde Miststück.

Er trat in das eigens im Keller eingebaute Badezimmer und blickte in den Spiegel. »Verdammte Scheiße!«

Dunkelrote Striemen zogen sich quer über seinen Hals, was an sich schon übel war. Damit hatten die Kriminaltechniker Hautpartikel von ihm. Seine DNS.

Schlimmer noch … das Medaillon war weg. Er sah den Moment wieder vor sich: Wie die Blonde ihn am Jackenärmel packte, ehe sie ihm das Knie in die Eier rammte.

»Dreckstück.« Das würde ihr noch leidtun. Wenn er sie erst

in die Finger bekam ... Er sah es förmlich vor sich, wie sie vor ihm kniete, ihn um Vergebung anbettelte, beteuerte, wie leid es ihr tue ... Irgendwann sagten sie immer, es tue ihnen leid. Früher oder später.

Noch viel wahrscheinlicher war, dass die Polizei seine Fingerabdrücke auf dem Medaillon finden würde. Es stammte von seinem letzten Opfer, und er hatte es immer wieder berührt, zwischen seinen Fingern hindurchgleiten lassen. Andererseits hatte er vorhin Handschuhe getragen, deshalb waren die Fingerabdrücke womöglich verschmiert und nicht mehr zu erkennen.

Aber sie mussten ihn erst einmal schnappen, ehe sie versuchen konnten, ihn mit handfesten Beweisen festzunageln, was schwierig werden würde, weil er in keiner ihrer Datenbanken auftauchte. *Ich lasse mich nicht erwischen. Ganz einfach.*

Er trat unter die Dusche und wünschte, er hätte die nächsten Tage keinen Dienst, sonst würde er sich jetzt einen Joint zur Beruhigung genehmigen. Aber es bestand immer die Gefahr, dass die Behörden ihn zu einem Zufallsdrogentest herauszögen, bei dem das Marihuana nachweisbar wäre.

Mit der Hand fuhr er über die Schrammen an seiner Kehle. Er konnte nur hoffen, dass die Hautpartikel unter den Nägeln der Schlampe nicht allzu viel hergaben. Dazu musste er unbedingt herausfinden, wie viel die Cops wussten.

Er war nervös. Fahrig. Musste sich verdammt noch mal einkriegen. Eine Frau in dem Bett in seinem Keller. Genau das war es, was er brauchte. Hätte er die letzte bloß nicht ganz so schnell kaltgemacht. Normalerweise ließ er die Schlampen einige Zeit am Leben, benutzte sie, um seine Wut an ihnen auszulassen, aber Miriam hatte ihn so fuchsteufelswild gemacht. *Dann musst du dir eben einen neuen Hausgast besorgen. Klar.*

Morgen. Gleich nach der Arbeit. Morgen kannst du auf die Jagd gehen. Dich abreagieren. Dann wäre sein Verstand wieder klar, und er konnte sich überlegen, wie er die Blonde eliminieren würde.

Seit Jahren agierte er im Verborgenen. Deshalb würde er ganz bestimmt nicht zulassen, dass er aufflog, weil jemand ihn gesehen hatte.

Jetzt musste er erst einmal schlafen. Immer zwei Stufen auf einmal nehmend, eilte er die Treppe hinauf. Eine kleine Laufrunde würde ihm hoffentlich die richtige Bettschwere verschaffen.

Er öffnete die Hintertür und schnalzte mit der Zunge. »Los, Mutt«, rief er leise. »Junge, komm her.« Prompt trottete ein Airedale-Mischling aus dem Garten herein, setzte sich hinter die Küchentür und hob brav die Pfoten, damit er sie abtrocknen konnte. Mutt war ein schlaues Kerlchen – den Dreh hatte er innerhalb weniger Tage nach seinem Einzug hier herausgehabt.

Er fragte sich, ob Mutts frühere Besitzerin wohl dasselbe mit ihm getan hatte. Möglich wäre es. Seattle war berühmt für seine vielen Regentage, und die Frau, Janice Fiddler, die mit ihm Gassi gegangen war, hatte einen ziemlich pingeligen Eindruck gemacht. Leider hatte er Janice nicht in seinen Keller bringen können, sondern war stattdessen gezwungen gewesen, sie in ihrem eigenen zu töten, doch sie hatte ihm ein wunderbares Souvenir mitgegeben.

Mutt war eine nette Gesellschaft.

2. KAPITEL

Sacramento, Kalifornien
Donnerstag, 16. Februar, 22.30 Uhr

Rafe Sokolov stand an die Wand gelehnt vor einem der Befragungsräume des SacPD, als Gideon den Korridor entlangkam – groß, blond und mit dieser typischen Surferboy-Lässigkeit, die ihn jünger wirken ließ, als er tatsächlich war. Fest stand, dass Rafe ein erstklassiger, versierter Cop war und es niemanden auf der Welt gab, dem Gideon mehr vertraute als ihm.

Rafe musterte ihn. »Hast du mit Mercy geredet?«

»Ja. Direkt nachdem wir gesprochen hatten.«

»Dachte ich mir schon. Geht es ihr gut?«

Gideon zuckte die Achseln. »So gut es ihr eben gehen kann.«

Rafe wollte etwas sagen, schüttelte jedoch nur den Kopf.

»Was?«, blaffte Gideon, bereute seine Barschheit aber sofort. Rafe konnte nichts dafür, er war schließlich für ihn da gewesen, als sein ganzes Leben in Schutt und Asche gelegen hatte, und hatte ihm geholfen, die Scherben einzusammeln. »Entschuldige. Ich …«

»Schon gut«, sagte Rafe ruhig. »Ist doch klar, dass du durch den Wind bist, nachdem du mit Mercy geredet hast. Das verstehe ich. Eigentlich wollte ich sagen, dass euch beiden eine Therapie guttäte, aber mir war klar, dass du Nein sagen würdest, deshalb habe ich es mir lieber gleich verkniffen.«

Gideon nickte, denn genau das wäre seine Antwort gewesen. »Wo ist Miss Dawson?«

Rafe deutete auf die geschlossene Tür. »Da drin, mit Erin.«

Erin Rhee war seit einem Jahr Rafes Partnerin. Sie schien

schwer auf Zack zu sein, und, was noch viel wichtiger war, sie hielt Rafe den Rücken frei. »Ihr beide habt den Fall also übernommen?«

»Genau.«

Gideon musterte ihn argwöhnisch. »Aber besteht da kein Interessenkonflikt?«

Rafes erwiderte seinen Blick. »Weil?«, fragte er provokant.

»Weil sie ›wie eine Schwester‹ ist? Deine Worte, nicht meine.«

Rafe machte eine vage Geste. »Sie ist eine alte Freundin der Familie.«

»So verkaufst du das also? Und was ist damit, dass du ihr Vermieter bist?«

»Ich war als Erster am Tatort«, erwiderte Rafe finster.

»Aber nur, weil sie dich angerufen hat, oder?«

Rafes Miene wurde noch düsterer. »Wir gehen von versuchter Freiheitsberaubung und Angriff mit einer gefährlichen Waffe aus«, erklärte er, ohne auf Gideons Frage einzugehen, was an sich schon Antwort genug war. »Gerade überprüfen wir, ob es Parallelen zu anderen Opfern gibt. Hier. Ich wollte, dass du es als Erster siehst.« Er zog eine kleine Beweismitteltüte mit dem silbernen Medaillon heraus, womit sich jede weitere Frage zu Daisy Dawson erledigt hatte. Gideon bemerkte den besorgten Ausdruck in Rafes Augen, während ihm erst jetzt der wahre Grund bewusst wurde, warum sein Freund darauf bestanden hatte, dass er herkam.

Er will mich beschützen. Weil er genau weiß, wie schmerzhaft das Ganze für mich wird. Dankbarkeit durchströmte ihn und ließ ihn verstummen, doch Rafe verstand auch ohne Worte.

»Daisy hat sie dem Angreifer vom Hals gerissen«, sagte er leise.

Gideon nahm das Tütchen und hielt es ins Licht, während er gegen eine Woge der Übelkeit ankämpfen musste. Ja, er erkannte das Medaillon. Nun ja, nicht speziell dieses, aber … Ja. Er hatte mehr als genug davon gesehen. Und er hatte sie allesamt gehasst, als er groß genug gewesen war, um zu verstehen, wofür sie standen. Sklaverei. Besitztum. Diejenigen, die sie trugen, waren nichts als Bauern in einem Schachspiel, dessen Mechanismen sie erst begriffen, wenn es zu spät war.

»Es ist dasselbe Motiv, stimmt's? Was du als Tattoo hattest.« Rafe tippte auf Gideons linke Brust. »Es ist so lange her, seit ich es zuletzt gesehen habe, dass ich mir nicht mehr sicher war.«

Ja, es war dasselbe Motiv – bis auf die Zahl der Zweige am Olivenbaum. Der Baum auf dem Medaillon hatte zwölf Äste. Seiner hatte dreizehn gehabt.

Am liebsten hätte er sich übergeben.

»Gid?«, fragte Rafe leise.

Gideon war dankbar, dass Rafe ihm die Möglichkeit gegeben hatte, das Medaillon nicht vor den Augen aller begutachten zu müssen. »Ja«, presste er mühsam hervor. Seine Stimme war rau. »Es ist dasselbe.« Er zog das Foto hervor, das er aus der Holzkassette in seinem Wohnzimmer gekramt hatte. Es zeigte zwei Jungen im Teenageralter, einer blond, der andere dunkelhaarig, beide mit freiem Oberkörper, Arm in Arm in die Kamera grinsend. Das Tattoo auf Gideons Brust war deutlich zu erkennen.

»Ich erinnere mich noch an den Tag«, sagte Rafe. »Es war mein Geburtstag, und wir waren mit dem Schlauchreifen beim Wildwasser-Tubing.«

Auch Gideon hatte den Tag noch klar vor Augen, weil er einer der schönsten seines bisherigen Lebens gewesen war. Gerade einmal einen Monat später hatte er Mercy gefunden, und sein Leben war auf den Kopf gestellt worden – wieder einmal. »Stimmt«, krächzte er.

Rafe sah auf. »Das Motiv ist genau so, wie ich es in Erinnerung hatte. Was kannst du mir über das Medaillon sagen?«

»Die ursprüngliche Besitzerin heißt Miriam.« Gideon konnte nur hoffen, dass sie in Sicherheit war. »Sie hätte es nicht grundlos abgenommen und irgendwo liegen lassen. Es wurde ihr gewaltsam weggenommen, die Kette durchtrennt.« Er bemühte sich um einen leidenschaftslosen Tonfall, weil es die einzige Möglichkeit war, darüber zu sprechen. Über die Männer zu sprechen. »Mit einem Bolzenschneider.«

Rafe riss die Augen auf. »Wie bitte?«

Gideon deutete auf die zarte Silberkette in der Tüte. »Das ist nicht das Original. Das Medaillon hängt normalerweise an einer sehr viel stärkeren Kette, die sich nicht einfach abreißen lässt. Zumindest nicht mit der Hand.«

»Also hatten alle Frauen mit einem Medaillon auch eine ähnliche Kette.«

»Nicht nur alle Frauen mit einem Medaillon. Sondern alle Frauen. Sie trugen alle ein Medaillon.«

Rafe blinzelte. »Als …? Symbol der Mitgliedschaft?«

»Des Besitzes«, korrigierte Gideon. »Das Medaillon hing auf der Höhe ihrer Drosselgrube, wobei die Kette immer bewusst so kurz war, dass die Trägerin sie nicht über den Kopf streifen konnte. Allerdings war sie lang genug, um als ›Lernmittel‹ eingesetzt zu werden«, erläuterte er, wobei er das Wort höhnisch betonte.

»Als Lernmittel?«

»Ihr Ehemann oder jeder andere der Männer konnte die Kette packen und so weit daran ziehen, dass sie keine Luft mehr bekam.«

»Aber warum?«

»Weil sie es konnten«, antwortete Gideon tonlos. »Die Ketten haben keinen Verschluss, sondern sind verschweißt. Üblicherweise behielt die Trägerin eine Narbe am Hals zurück.«

»Eine Brandnarbe?«, fragte Rafe entsetzt. »Vom Verschweißen?«

»Ja. Mindestens eine. Die meisten mussten ihre Kette im Lauf der Jahre immer wieder anpassen lassen, wenn sie größer wurden. Dabei wurden zusätzliche Glieder eingefügt. Miriam hat ihr Medaillon an ihrem zwölften Geburtstag bekommen. Wie oft die Kette neu angepasst werden musste, hängt davon ab, wie sehr sie danach gewachsen ist.«

»Also ist diese Kette eher so was wie das Halsband, das ein Dom seiner Sub anlegt.«

Gideon nickte. »Ja. Allerdings haben die Frauen sie nicht als Sexutensil betrachtet, sondern eher wie einen Ehering, obwohl sie auch einen am Finger trugen.«

»Sie hat das Medaillon also an ihrem zwölften Geburtstag angelegt bekommen. Will ich wirklich wissen, wann man ihr den Ehering angesteckt hat?«

Gideon starrte auf das Medaillon, um den Ausdruck auf dem Gesicht seines Freundes nicht sehen zu müssen. »Auch an ihrem zwölften Geburtstag.«

Rafe holte tief Luft und atmete langsam wieder aus. »Und das Tattoo, das du mal hattest?«

Vergangenheitsform. Denn er hatte es überstechen lassen und diese sichtbare Erinnerung an seine Vergangenheit eliminiert. »Was ist damit?«

»Wann hast du es bekommen?«

Gideon schluckte und verdrängte die Erinnerung, wenn auch nicht an den Vorgang an sich, sondern daran, was später an dem Tag geschehen war, nach der Geburtstagsfeier. Dieser Abend verfolgte ihn auch heute noch in seinen Träumen, siebzehn Jahre danach.

»Als ich dreizehn wurde.«

Rafe schien eine weitere Frage auf der Zunge zu liegen, deshalb fuhr Gideon eilig fort. »Miriam war ihr Vorname, aber vielleicht hatte sie einen Spitznamen.«

»Wie Mercy?«, fragte Rafe.

Wieder nickte Gideon. Aber er wollte nicht an seine Schwester denken. Nicht hier, in aller Öffentlichkeit, und nicht in einem Moment, in dem er jederzeit die Fassung zu verlieren drohte. »Oder Midge, Mir oder Mimi.« Miriam war ein recht beliebter Name gewesen, deshalb hatte man Spitznamen gebraucht, um die Frauen voneinander unterscheiden zu können.

Rafe schwieg einige Zeit. »Ich weiß, dass du nicht gern darüber sprichst.«

Gideon stieß ein bitteres Lachen aus. »Das ist wohl die Untertreibung des Jahrhunderts.« Trotzdem hatte er sich dazu gezwungen. Der Cop, der ihn im Krankenhaus aufgesucht hatte, war der Erste gewesen, dem er sich anvertraut hatte – fünf Tage nach seinem dreizehnten Geburtstag, vier Tage nach seiner Flucht. Einen Tag, nachdem er das Bewusstsein wiedererlangt hatte. Der Cop war nett gewesen. Mitfühlend.

Vielleicht hat er mir sogar geglaubt. Bis heute war Gideon sich darüber nicht sicher.

Rafe hatte er nie davon erzählt. Nicht einmal, nachdem er die völlig traumatisierte und verängstigte Mercy in einer Pflegestelle gefunden hatte. Damals war er siebzehn Jahre alt gewesen, sie dreizehn. Er hatte die Ursache für diesen gequälten Ausdruck in ihren Augen gekannt, hatte verstanden. Und er hatte danach gelechzt, seinen Zorn gegen Gott zu richten, gegen das gesamte Universum, gegen den Mann, der ihr wehgetan hatte – oder, Gott bewahre, die Männer.

Sie hatte nie darüber gesprochen. Nicht in all den Jahren, seit er sie gefunden hatte. Vielleicht hätte er sie ja dazu drängen müssen.

Aber er hatte nicht gewollt, dass sie sich ihm entzog. Was sie am Ende aber trotzdem getan hatte. Inzwischen lebte sie in New Orleans, zweitausend Meilen und zwei Zeitzonen von hier. Sie schickten sich Weihnachtskarten, hinterließen einander steife Sprachnachrichten zum Geburtstag auf der Mailbox. Zwei Jahre war es her, dass er sie zuletzt gesehen hatte, und das auch nur, weil er »zufällig gerade in der Gegend« gewesen war. Was natürlich nicht stimmte. Er hatte die lange Reise gemacht, weil er sie hatte sehen wollen, sie hatte sehen müssen, um sich zu vergewissern, dass es ihr gut ging. Es war am Jahrestag ihrer Flucht gewesen, und natürlich hatte sie ganz genau gewusst, dass er nicht »zufällig in der Gegend« gewesen war.

»Du weißt, dass du mit mir reden kannst«, sagte Rafe sanft. »Jederzeit.«

Den Blick auf die Wand hinter Rafes Schulter geheftet, nickte Gideon. »Ja, ich weiß«, presste er hervor. Er hatte es schon einmal getan. Nachdem er zum FBI gekommen war, hatte er sich überwunden, seinem allerersten Vorgesetzten von der Gemeinschaft zu erzählen, von den Misshandlungen. Sein Chef hatte eine Ermittlung eingeleitet, und mehrere Agents hatten die Gegend abgesucht, in der die Gemeinschaft zum Zeitpunkt von Gideons Flucht ansässig gewesen war, doch man hatte nichts gefunden, weder bei der Überprüfung zu Fuß noch aus der Luft, noch nicht einmal mithilfe von Satellitenaufnahmen.

Die Gemeinschaft war nicht mehr dort gewesen.

»Ich habe deine Privatsphäre immer respektiert, schon von Anfang an, trotzdem muss ich mehr erfahren … über sie.« Er deutete auf das Medaillon in Gideons Hand. »So leid es mir tut.«

Gideon überwand sich zu einem knappen Nicken. Rafe hatte nie mehr von ihm zu erfahren verlangt, als Gideon preiszugeben bereit gewesen war, aber damit war nun Schluss, und das war nicht Rafes Schuld. »Ich werde dir alles erzählen. Aber nicht hier und nicht vor laufender Kamera.« Es würde sehr schwer werden, und Gideon wollte nicht, dass jemand Zeuge der Gefühle wurde, die aus ihm herausbrechen könnten. Rafe alles sagen zu müssen, war schon schlimm genug, selbst wenn er niemandem mehr vertraute als ihm.

Rafe nickte. »Klar. Wie kommt es, dass der Kerl, der Daisy überfallen hat, das Medaillon um den Hals trug?«

»Gute Frage. Habt ihr es aufgemacht?«

Rafe schüttelte den Kopf. »Nein. Ich habe es versucht, bin aber nicht auf den Mechanismus gekommen. Deshalb wollte ich zuerst dich fragen, bevor ich es aufbreche.«

»Es gibt einen Trick.« Wie bei allem in der Gemeinschaft. Alles und jeder hatte sich hinter einer Fassade versteckt. Er reichte Rafe die Plastiktüte. »Gehen wir damit ins Labor, dann zeige ich es dir.«

»Die Kollegin von der Spurensicherung wollte in …«, Rafe sah auf seine Uhr, »… nicht mal einer Minute hier sein, um es zu holen. Wir können es uns in Ruhe ansehen, aber vorher muss ich Daisys Aussage aufnehmen, damit sie nach Hause gehen kann.« Er horchte auf, als Schritte ertönten. Eine Frau von Mitte vierzig trat zu ihnen.

»Sind Sie fertig damit?«, fragte sie mit schief gelegtem Kopf.

»Für den Moment.« Rafe reichte ihr die kleine Tüte. »Cindy, das ist Special Agent Gideon Reynolds. Er weiß etwas über das Medaillon und kann uns helfen. Gideon, das ist Sergeant Cindy Grimes aus unserer Abteilung für forensische Ermittlungen, zuständig für die Spurensicherung.«

Gideon schüttelte ihr die Hand und sah ihr zu, wie sie das Medaillon eingehend betrachtete, ehe sie aufsah.

»Ich liebe diese Dinger«, erklärte sie mit leuchtenden Augen.

Gideon zog die Brauen hoch. »Haben Sie so eines schon mal gesehen?«

Cindy schüttelte den Kopf. »Nicht genau dasselbe, nein, aber die Machart kenne ich. Der Mechanismus funktioniert mit einem Kniff.«

»Und kriegen Sie es auf?«, fragte Gideon.

»Irgendwann schon, klar. Wissen Sie, wie's geht?« Sie wirkte ein wenig enttäuscht, wie ein Kind, dem jemand sein Spielzeug weggenommen hatte.

»Ich will Ihnen die Freude daran nicht verderben. Dass eines mit einem Selbstzerstörungsmechanismus versehen war, habe ich noch nie erlebt, deshalb wird wohl nichts passieren, wenn Sie etwas falsch machen.«

Sie schnitt eine Grimasse. »Es einfach aufzumachen wäre wohl das Vernünftigste. Also, zeigen Sie es mir«, erwiderte sie mit einem resignierten Seufzer.

Gideon deutete auf die beiden betenden Kinder. »Zuerst auf den Jungen, dann auf das Mädchen drücken, dann auf den Engel. So sollte es aufspringen.«

Cindy musterte ihn scharf. »Patriarchalische Glaubensbewegung?«

Gideon blinzelte. »Stimmt. Woher wissen Sie das?«

»Der Olivenbaum und der Engel? Betende Menschen? Zuerst der Junge? War nicht allzu schwierig.« Sie nickte Rafe knapp zu. »Ich sage Bescheid, wenn ich etwas im Inneren finde.«

»Danke, Cindy.« Rafe wartete, bis sie gegangen war, und deutete auf den Befragungsraum, wo Daisy Dawson immer noch wartete. »Willst du mitkommen?«

Von »wollen« konnte keine Rede sein, doch dann fiel ihm wieder ein, was ihr Angreifer gesagt hatte – *Am Ende tun sie es alle.* Falls sie es mit einem Serienvergewaltiger zu tun hatten, wollte er es wissen. Und wenn er bei den Ermittlungen helfen konnte, würde er gleich morgen früh seine Vorgesetzte bitten, ihn für eine Weile ans SacPD auszuleihen, auch wenn ihm der Fall ziemliche Bauchschmerzen bereitete. Denn er bezweifelte stark, dass es der Besitzerin des Medaillons gut ging. Miriam hatte das Medaillon höchstwahrscheinlich nicht freiwillig hergegeben. Dafür fehlte ihr vermutlich die innere Stärke.

Nicht einmal Mercy, die stärkste Frau, die er kannte, hatte sie aufgebracht. Zwar war sie geflohen und mit dem Leben davongekommen, trotzdem klammerte auch sie sich bis heute an dieses kleine Silberschmuckstück. Nicht etwa, weil damit so schöne Erinnerungen verbunden gewesen wären. Ganz im Gegenteil.

Nein, das Medaillon hatte Macht. Natürlich nicht die Macht,

wie *sie* sie ihm zuschrieben, aber trotzdem. Er hoffte, dass er sich irrte und Miriam tatsächlich die Stärke besessen hatte, das Ding in den nächsten Mülleimer zu werfen, wo Daisy Dawsons Angreifer es rein zufällig gefunden hatte. Aber das glaubte er nicht. Und seinem Bauchgefühl hatte er stets vertrauen können.

Er drückte die Schultern durch. »Klar. Gehen wir.« Er folgte Rafe in den Befragungsraum … und blieb wie angewurzelt stehen.

Er regte sich nicht. Hörte auf zu atmen. Hörte auf, an Medaillons zu denken, an Mercy und eine Frau namens Miriam.

Denn Irina Sokolov lag falsch. Die Frau, die neben Detective Rhee am Tisch saß, war nicht süß. Und auch nicht klein. Sondern … der Hammer.

Ihr kuscheliger rosa Kaschmirrollkragenpulli schmiegte sich um höllisch attraktive Kurven, um Brüste, die gerade groß genug waren, um perfekt in die Hände eines Liebhabers zu passen. Blondes Haar fiel ihr in weichen Wellen über die Schultern und umrahmte ihr Gesicht, das trotz ihrer geröteten Nase und der verquollenen Augen viel zu hübsch war. Sie war eine Naturschönheit, mit Augen so blau wie der Himmel an einem herrlich klaren Tag.

Besagte Augen weiteten sich für eine Sekunde, als sie ihn wiederzuerkennen schien, ehe sie ihre Züge wieder unter Kontrolle hatte. Automatisch setzte er einen Fuß vor den anderen und trat zum Tisch. Sie musterte ihn, eine blonde Braue fragend hochgezogen. »Sie sind also der viel gerühmte Special Agent Gideon Reynolds«, sagte sie trocken. Der Klang ihrer Stimme jagte ihm einen Schauder über den Körper. Sie war leicht heiser. Sexy. Und seltsam vertraut.

»Irina hat mir mehr Fotos von Ihnen gezeigt als von all ihren Kindern zusammen«, fuhr sie fort, bevor er darüber nachdenken konnte, wo er ihre Stimme schon einmal gehört hatte. »Man hat mir eine Menge über Sie erzählt.«

Höflich lächelnd erhob sie sich mit einer Anmut, die vergessen ließ, dass sie der brutale Angriff ziemlich mitgenommen haben musste. Sie wirkte so gefasst und selbstsicher, dass man sich kaum vorstellen konnte, das Opfer einer Gewalttat vor sich zu haben.

Lediglich die leichten Tränenspuren verrieten sie. Und ihre Hand zitterte kaum merklich, als sie sie ihm hinstreckte. Miss Dawson war nicht so cool und souverän, wie sie wirken wollte, kaschierte ihre Erschütterung jedoch ganz hervorragend, und allein dafür gebührte ihr sein voller Respekt.

»Ja, ich bin Gideon«, sagte er und registrierte erleichtert, dass seine Stimme nicht brach, als wäre er ein pickliger Halbwüchsiger, obwohl er sich seltsamerweise genauso fühlte. Nervös ergriff er ihre Hand und drückte sie sanft. Sie war kühl. Zu kühl, dachte er und widerstand dem Drang, auch seine andere Hand um ihre Finger zu schließen. »Wenngleich ›viel gerühmt‹ ein bisschen zu viel der Ehre ist«, fügte er hinzu, ließ ihre Hand los und bemühte sich vergeblich, ihr Lächeln zu erwidern. Auf Kommando ein Lächeln aufzusetzen zählte nicht gerade zu seinen Stärken. »Freut mich, Sie endlich kennenzulernen. Ich wünschte, die Umstände wären ein wenig angenehmer.«

Ihr höfliches Lächeln verblasste, und sie sah Rafe an. »Wohl wahr. Ich gehe davon aus, dass du nicht der Bitte deiner Mutter folgst und versuchst, uns zu verkuppeln, was absolut unprofessionell wäre, und das passt nicht zu dir. Wieso ist er also hier?«

»Um mir bei dem Fall zu helfen«, antwortete Rafe wahrheitsgetreu.

Daisy runzelte die Stirn. »Aber er arbeitet für das FBI.« In diesem Moment weiteten sich ihre Augen abermals, diesmal allerdings vor Bestürzung. »O mein Gott. Er hat gesagt, sie würden *alle* um Vergebung flehen.« Die Verzweiflung stand ihr ins Gesicht geschrieben. »Gibt es etwa noch andere? Sind Sie hier, weil es noch weitere Opfer gibt?«

Gideon verspürte den Drang, sie zu beschwichtigen. Die Worte kamen über seine Lippen, noch bevor er einen Gedanken daran verschwenden konnte, welche Auswirkungen sie haben könnten. »Das weiß ich nicht. Ich bin wegen des Medaillons hier.«

Sacramento, Kalifornien
Donnerstag, 16. Februar, 22.50 Uhr

Daisy sah ihn immer noch an. Seine grünen Augen ruhten auf ihr. Sein Gesicht war freundlich, mitfühlend. Seine Stimme sanft und tröstlich.

Und dann drangen die Worte durch den Nebel ihres Bewusstseins. *Moment mal. Wie bitte?* Sie hatte gedacht, ein FBI-Agent sei hinzugezogen worden, weil sich herausgestellt hatte, dass ihr Angreifer Frauen in Serie vergewaltigte. Oder ermordete. Denn eines stand fest: Ihr Leben war wie ein Film vor ihrem inneren Auge vorbeigezogen, ehe ihr Muskelgedächtnis übernommen hatte. »Das Medaillon? Das er um den Hals trug?«

Sie presste die Lippen aufeinander, denn sie wollte die Worte nicht laut ausgesprochen hören, doch sie hallten ohrenbetäubend laut in ihrem Kopf wider. *Das ich ihm vom Hals gerissen habe, als er mich erwürgen wollte?*

Gideon, der ihre Anspannung sehr wohl mitbekommen hatte, nickte vorsichtig. »Genau.«

Sie legte den Kopf schief und musterte ihn. Sein Gesicht. Es war sehr attraktiv. Er war deutlich jünger, als es auf den ersten Blick den Anschein gehabt hatte. Das vereinzelte Silber in seinem ansonsten tiefschwarzen Haar hatte sie vergessen lassen, dass er mit Rafe zur Schule gegangen war und folglich so alt sein musste wie er. Dreißig, plus/minus ein Jahr.

Irgendetwas stimmt hier nicht, dachte sie. Etwas an diesem

Zug um seinen Mund mit dem sorgsam getrimmten, ebenfalls von Silber durchzogenen Ziegenbärtchen. Etwas trieb ihn um … etwas Persönliches.

»Warum?«, hakte sie nach. »Was ist so besonders daran?«

Abgesehen davon, dass es sich um ein ungewöhnlich zartes Schmuckstück für einen brutalen Gewalttäter handelte. Und dass *Miriam* auf der Rückseite eingraviert war. Und der Tatsache, dass er ihr *Das tun sie alle* ins Ohr geraunt hatte.

Neugier packte sie. Vielleicht lag es auch daran, dass Gideon Reynolds' eindringlicher Blick immer noch auf ihr ruhte, sie mit einer Intensität durchbohrte, die sie innerlich beben ließ.

Das gefiel ihr überhaupt nicht. *Es ist bloß meine Neugier. Sonst nichts.*

Glaub es ruhig, wenn du dich dann besser fühlst, ätzte die höhnische Stimme in ihrem Kopf.

Ja. Tue ich, entgegnete sie, denn diese Stimme musste zum Schweigen gebracht werden, und zwar schleunigst. Es war dieselbe Stimme, die sie auch lockte, »nur einen kleinen Drink« zu nehmen, wenn die Angst in ihrem Innern übermächtig zu werden drohte. So wie jetzt gerade. *Nur ein Schluck. Bier. Ein Schlückchen konnte doch nicht schaden, oder? Eine kleine Flasche.*

Nein. Sie biss die Zähne zusammen. *Im Keim ersticken*, das war das oberste Gebot.

Erst jetzt merkte sie, dass er nicht geantwortet hatte, sondern sie immer noch aufmerksam beobachtete, was die Frage aufwarf, inwieweit sich ihr innerer Dialog auf ihren Zügen abgezeichnet hatte.

»Also?«, fragte sie noch einmal. »Wieso ist das Medaillon so besonders?«

Sie hörte ein Räuspern und wandte sich Rafes Partnerin Erin zu, die neben ihr saß und geduldig wartete. »Nehmen wir doch Ihre Aussage auf, Daisy«, schlug sie ruhig vor. Daisy entging der

Anflug von Dankbarkeit in Rafes Augen nicht. Offenbar hatte Agent Reynolds mehr preisgegeben, als er sollte.

Darauf würde sie sich konzentrieren. Auf das Medaillon. Auf das Geheimnis, das sich dahinter zu verbergen schien. Nicht auf die Tatsache, dass sich gerade der schlimmste Albtraum ihres Vaters bewahrheitet hatte und er vermutlich mit der nächsten Maschine nach Sacramento geflogen käme, wenn er davon erfuhr. *Toll! Ganz, ganz toll, verdammt!*

Mit einem Nicken setzte sie sich wieder hin. Auf dem Stuhl neben ihr lag die Hundetasche, in der Brutus es sich bequem gemacht hatte. Wenn man genau hinhörte, war sogar ein leises Schnarchen zu hören. Es half ihr, wieder festen Boden unter den Füßen zu bekommen.

Rafe und Gideon setzten sich ebenfalls, Gideon zu ihrer Rechten, Erin zu ihrer Linken, Rafe auf der anderen Seite des Tisches. Nervös griff Daisy in die Hundetasche und strich kurz über Brutus' Fell, ehe sie eine Nagelfeile aus einer der Innentaschen zog. »In der Notaufnahme haben sie mir die Nägel geschnitten«, sagte sie und begann, die scharfen Kanten abzufeilen.

»Die wachsen wieder nach«, erwiderte Rafe beruhigend.

»Ich glaube, das will ich gar nicht. Heute haben sie mich sogar daran gehindert, eine Gelenkblockade hervorzurufen, mein Daumennagel war so lang, dass ich ihn nicht tief genug in die Haut bohren und den Hebelgriff anwenden konnte, um den Typen außer Gefecht zu setzen. Ich könnte tot sein, nur weil ich mir die Nägel habe machen lassen«, fügte sie lässig hinzu.

Sie musste dringend die Klappe halten. Ihre Nerven gingen mit ihr durch. *Konzentriere dich auf deine Aussage. Auf Gideon Reynolds' Gesicht. Auf irgendetwas außer dem Arm des Angreifers, der dir die Luft abschnüren wollte.*

»Sie beherrschen den Hebelgriff?«, fragte Gideon zweifelnd.

Sie sah ihm in die Augen und nickte. »Ja. Soll ich mal vorführen?«

Eilig schüttelte Gideon den Kopf. Die Verunsicherung, ob sie scherzte, war ihm deutlich anzusehen. »Nein. Das ist wohl nicht nötig.«

Rafe unterdrückte ein Grinsen. »Nein, ist es tatsächlich nicht. Daisy könnte jeden von uns problemlos auf die Planken schicken. Ich hab's selbst erlebt«, fügte er hinzu, als er Gideons zweifelnden Blick sah. »Sie hat es an mir ›vorgeführt‹, als ich ihre Verteidigungskünste angezweifelt habe. Wozu es niemals hätte kommen dürfen, Daisy.« Er wurde ernst und drückte die Aufnahmetaste des Videorekorders. »Heute ist Donnerstag, der 16. Februar, 22.56 Uhr. Ich bin Detective Raphael Sokolov. Ebenfalls anwesend sind Detective Erin Rhee, Special Agent Gideon Reynolds und Miss Eleanor Marie Dawson, auch Daisy genannt. Wir sind hier, um Miss Dawsons Aussage aufzunehmen.«

Daisy warf Rafe einen vernichtenden Blick zu. Sie hasste ihren Vornamen, was er nur zu gut wusste. »Herzlichen Dank.«

Rafes dunkle Augen wurden weich, doch seine Miene blieb ernst. »Also, was ist heute Abend passiert?«

Zittrig holte Daisy Luft. »Wo soll ich anfangen?«

»Wo Sie möchten«, sagte Erin. »Wir sagen Ihnen Bescheid, wenn Sie mehr ins Detail gehen müssen.«

»Also gut.« Sie legte die Nagelfeile beiseite und faltete die Hände auf der Tischplatte, doch dann gab sie es auf und schob die Hand in die Hundetasche, um Brutus' flauschige Ohren zu streicheln, als die Angst die Oberhand gewann. Alles in ihr sträubte sich, die Vorkommnisse noch einmal zu schildern, doch sie riss sich zusammen. »Meine Freundin Trish Hart und ich kamen aus dem Gemeindezentrum in der J Street und waren auf dem Weg zum Forty-Niner Diner.« Sie hielt inne und wandte sich Erin zu. »Ist Trish gut nach Hause gekommen?«

»Ja«, antwortete Erin. »Ich habe sie zur Tür begleitet und gewartet, bis sie drinnen war.«

»Danke«, flüsterte Daisy. Trish war völlig außer sich gewesen und hatte die ganze Zeit in der Notaufnahme geweint, bis Irina und Karl aufgetaucht waren. Daisy hatte darauf bestanden, dass Trish nach Hause ging, da Krankenhäuser ein Trigger bei ihr waren und ihre Abstinenz gefährden könnten.

Erin lächelte. »Gern.«

Daisy zwang sich, fortzufahren, um es hinter sich zu bringen. »Dort gehen wir jede Woche hin.« Sie sah in die Kamera an der Wand. *Leckt mich doch alle*, dachte sie, straffte die Schultern und hob trotzig das Kinn. »Donnerstagabends findet immer unser Meeting bei den Anonymen Alkoholikern statt.«

Gideons Augen weiteten sich kurz, quittierten ihren provozierenden Blick jedoch mit einem gelassenen Nicken. Augenblicklich spürte sie, wie sie ruhiger wurde. *Halb so wild. Keine große Sache*, dachte sie. War es aber.

»Nach ein paar Minuten habe ich gespürt, dass jemand hinter mir ist«, fuhr sie fort. »Es war wie ein Prickeln im Nacken.« Sie zuckte die Achseln. »Ich dachte, mein Dad hätte jemanden engagiert, der mich überwacht. Dass mich jemand tatsächlich stalkt, wäre mir nie in den Sinn gekommen.«

Gideon zog die Brauen hoch. »Wie kommen Sie darauf, dass Ihr Vater jemanden auf Sie ansetzt?«

»Weil er es schon einmal getan hat«, antwortete sie. »Er … macht sich Sorgen um mich.« Sie überlegte kurz, wie sie fortfahren sollte, gelangte jedoch zu dem Schluss, dass es ihr egal war. Sie würde nichts verschweigen, weil es nichts gab, wofür sie sich schämen müsste.

Rede dir das nur weiter ein, wenn du dich dadurch besser fühlst, Schätzchen.

Halt endlich deine Scheißklappe.

»Mein Vater hat erst gemerkt, dass ich Alkoholikerin bin, als meine Schwester ihn darauf aufmerksam gemacht hat. Aber da war ich schon ziemlich am Arsch.« Sie blickte in die Kamera, dann zu Rafe. »Darf ich ›am Arsch‹ sagen?«, fragte sie.

Rafe lächelte sie an. »Wenn du willst.«

»Also gut. Ich war echt am Arsch. Und ich musste in eine Entzugsklinik. Danach hat er mit Argusaugen über mich gewacht und sogar unseren Stallknecht angeheuert, damit er mir überallhin folgt. Weil wir auf einer Ranch untergetaucht waren und in ständiger Angst lebten, entdeckt zu werden.«

Gideons Brauen schossen noch höher, und er runzelte die Stirn. »Untergetaucht? Wieso das denn?«

Wieso? Die Frage überraschte sie. »Wissen Sie das nicht, Agent Reynolds?« Sie sah Rafe an. »Ich dachte, deine Mutter hätte es ihm längst erzählt.« Schließlich versuchte sie seit Monaten, sie mit dem FBI-Mann zusammenzuspannen.

Du musst ihn unbedingt kennenlernen, predigte Irina auf ihre typisch burschikose Art mit ihrem ausgeprägten Akzent und einem breiten Dauerlächeln, dem sichtbaren Beweis, dass sie ein riesengroßes Herz hatte. *Er ist ein anständiger Mann. Und gut aussehen tut er auch noch*, sagte sie immer, ehe sie eine ihrer Geschichten über Rafes und Gideons Schulzeit zum Besten gab, die stets mit einer Lobeshymne auf Agent Reynolds endeten. *Er würde dich gut behandeln,* dočka. *Lass mich ihm doch deine Telefonnummer geben.* Was Daisy stets höflich abgelehnt hatte, obwohl es ihr ein Gefühl von Heimeligkeit vermittelte, wenn Irina sie »meine Tochter« nannte, und sie um ein Haar einknicken ließ.

»Meine Mutter kann sogar sehr gut Geheimnisse bewahren«, erklärte Rafe.

Gut zu wissen. Zumindest in einem Punkt hatte Irina recht: Gideon sah sehr gut aus. Mit seinem sorgfältig gekämmten Haar, dem geschniegelten blauen Anzug, der sich perfekt um seine breiten Schultern schmiegte, und seinem attraktiven Gesicht wirkte Gideon Reynolds, als wäre er geradewegs einem Modemagazin entstiegen. Hoffentlich war er nicht nur ein anständiger Kerl, sondern auch diskret, denn falls er ihre Lebensgeschichte bisher noch nicht kannte, würde sich das gleich ändern.

»Ich soll die ganze hässliche Geschichte erzählen, damit sie in die Aussage aufgenommen wird?«, fragte sie mit gespielter Leichtigkeit, denn auch dieser Teil war ihr verhasst. Sie konnte es auf den Tod nicht ausstehen, die schmutzige Wäsche ihrer Familie in aller Öffentlichkeit zu waschen. Es war zwar nicht das erste Mal, aber trotzdem.

»Vielleicht belässt du es bei der *Reader's-Digest*-Version«, schlug Rafe vor.

Ihre Lippen zuckten belustigt, was Rafe vermutlich beabsichtigt hatte. »Okay. Gerne. Mein Vater war überzeugt, dass der Ex-Mann meiner Stiefmutter sie verfolgt, um ihre gemeinsame Tochter Taylor, meine Stiefschwester, zu kidnappen. Deshalb ist Dad mit uns allen östlich von Eureka gezogen, wo er eine Ranch gekauft hat. Alles über Scheinfirmen, versteht sich. Das beherrscht er wie kein anderer. Er hat uns Schießen beigebracht und wie wir uns verteidigen können, falls Taylors leiblicher Vater auftauchen sollte. Zwölf Jahre lang haben wir isoliert gelebt und jeden Tag unser Übungsprogramm absolviert, als wären wie eine beschissene paramilitärische Kampftruppe. Dann ist meine Stiefmutter gestorben, und auf dem Sterbebett hat sie Taylor gestanden, dass sie alles bloß erfunden hat. Ihr Ex-Mann hatte sie weder verfolgt noch jemals gedroht, Taylor zu entführen. Es war alles eine riesige Lüge. Wegen einer Lüge haben wir unsere gesamte Kindheit verloren.«

»Und dann?«, fragte Gideon.

Erst jetzt merkte Daisy, dass sie gerade stumm die Wand angestarrt hatte, gefangen in der Erinnerung an die ausgemergelte, vom Krebs hoffnungslos zerfressene Donna. Taylor war am Boden zerstört gewesen. Ebenso wie ihr Vater. *Und ich auch.* Bis sie erfahren hatten, was Donna ihnen allen angetan hatte. Von dem Moment an hatte Daisy sie aus tiefster Seele gehasst. Aber es war zu spät gewesen. Donna war gestorben und hatte sie zurückgelassen, völlig durcheinander und innerlich zerstört.

Drei Jahre waren seit Donnas Tod vergangen, achtzehn Monate, seit sie die Wahrheit über Taylors leiblichen Vater erfahren hatten, und ganz allmählich eroberten sie sich ihr Leben zurück, fanden wieder zu sich selbst.

Sie zuckte die Achseln. »Mein Vater hat sich natürlich schrecklich gefühlt, weil er Donna geglaubt hatte. Sie war Taylors Mutter, und er hatte Taylor wegen einer Lüge all die Jahre einem hochanständigen Mann vorenthalten. Aber danach gab es keine Veranlassung mehr dafür. Dad ist nach Maryland gezogen, in die Nähe von Taylor und ihrem leiblichen Vater, und hat unsere jüngste Schwester mitgenommen. Mittlerweile ist Taylor mit einem sehr netten Mann verlobt, und meine Schwester Julie bekommt die Unterstützung, die sie braucht. Sie leidet an einer Zerebralparese«, fügte sie hinzu und lächelte beim Gedanken an Julies glückliches Strahlen, als sie vor ein paar Tagen über Skype mit ihr gesprochen hatte. »Neuerdings hat Julie sogar einen Freund, und auch mein Vater hat jemanden gefunden. Ich freue mich für sie alle.«

»Aber?«, meinte Gideon.

»Aber ich wollte die Welt sehen. Was ich auch getan habe. Ich bin mit dem Rucksack quer durch Europa gereist. Eigentlich wollte ich sechs Monate wegbleiben, aber nach etwa vier Monaten ist mir aufgefallen, dass ich beschattet wurde. Von Jacob, unserem Rancharbeiter, der mit uns gemeinsam aufgewachsen ist. Mein Vater hatte ihn engagiert, damit er mich im Auge behielt. Und ihm berichtete, ob ich mich anständig benahm, ob ich wieder trank und solche Dinge.« Sie seufzte. »Natürlich wusste ich, dass mein Dad mich nur in Sicherheit wissen wollte, trotzdem war ich stocksauer. Also bin ich nach Hause zurückgeflogen und …« Sie zögerte, weil es ihr eigentlich nicht zustand, diesen Teil der Geschichte zu erzählen. Er war schmerzlich und sehr persönlich und brach ihr das Herz, wann immer sie daran dachte.

Tränen brannten in ihren Augen, die zu vergießen sie sich weigerte, weil sie schon mehr als genug für einen Abend geweint hatte. Sie nahm Brutus aus der Tasche und drückte sie an sich, ohne Gideons Verblüffung zu beachten. »Mein Vater hatte durchaus seine Gründe, weshalb er es mit meiner Überwachung so genau genommen hat. Aber obwohl ich es inzwischen nachvollziehen kann, war es nicht in Ordnung. Also habe ich ihm das Versprechen abgenommen, so etwas nie wieder zu tun. Aber ich habe nicht ernsthaft geglaubt, dass er sich tatsächlich daran halten würde, deshalb habe ich keine Sekunde gezögert, als ich den Mann hinter mir bemerkt habe.«

»Und was haben Sie getan?«, fragte Gideon sanft.

Sie quittierte seine mitfühlende Miene mit einem vernichtenden Blick. *Ich bin kein zerbrechliches Mäuschen*, hätte sie ihm am liebsten entgegengeschleudert, verkniff es sich jedoch und antwortete so gelassen, wie sie nur konnte: »Ich habe Trish ins Restaurant vorgeschickt und mich versteckt, damit ich ihn aus dem Hinterhalt zur Rede stellen kann. Dabei habe ich ihm die Baseballkappe heruntergerissen. Er war etwa ein Meter achtzig groß. Ich musste nicht so hoch springen wie bei Jacob, der fast ein Meter neunzig groß ist.«

»Wir haben die Kappe am Tatort gefunden«, warf Erin ein. »Sie ist bereits im Labor zur Untersuchung. Wie sah er aus?«

»Er hatte dunkle Augen und eine Glatze.« Mit zusammengebissenen Zähnen zwang Daisy sich, den Moment noch einmal heraufzubeschwören, ehe sie den Mut verlor. »Wie sein Gesicht genau aussah, kann ich nicht sagen, weil er sich einen Nylonstrumpf über den Kopf gezogen hatte. Er ist Raucher. Das habe ich an seinem Atem und an seinen Kleidern gerochen. Aber die Stimme, mit der er gesprochen hat, war nicht seine normale, sondern rau, als würde er laut zu flüstern versuchen. Und er hatte Handschuhe an.« Sie runzelte die Stirn und rief sich die Gestalt noch einmal ins Gedächtnis, obwohl sie sie eigentlich nur von der Taille abwärts richtig hatte sehen können, als er sie in die Gasse gezerrt hatte. »Er hat Budapester getragen. Und ausgewaschene Jeans, weit und unförmig.«

»Und hatte er nur auf dem Kopf keine Haare?«, hakte Rafe nach. »Wie sah es mit Augenbrauen aus?«

Sie dachte einen Moment lang angestrengt an seine von dem Strumpf verzerrten Züge. »Nein, ich glaube nicht.«

»Wie schwer war er etwa?«, fragte Gideon. Die Ernsthaftigkeit seines Tonfalls war Balsam für Daisys aufgewühltes Inneres. Er schien auf ihre gute Beobachtungsgabe zu vertrauen. Auch das sollte sich eigentlich nicht so gut anfühlen. Tat es aber. Und Daisy war dankbar dafür.

»Vielleicht neunzig Kilo. Er war stämmig gebaut. Ob er gut trainiert war, kann ich nicht sagen, jedenfalls waren seine Bewegungen flüssig.« Und es hatte ihm auch keinerlei Mühe bereitet, sie zu packen und ihr mit dem Unterarm die Luft abzudrücken.

Die Erinnerung ließ sich nicht verdrängen.

Sie registrierte, dass Gideon etwas sagte, doch in Wahrheit war es der Duft seines Aftershaves, der sie ins Hier und Jetzt zurückriss. *Ich bin schon wieder abgedriftet.* Sie blinzelte und sah sein Gesicht vor sich, viel zu nah. Suchend glitt sein Blick über ihre Züge, und offenbar fand er eine Antwort, denn er ließ sich auf seinem Stuhl zurücksinken.

»Und dann?«, hakte er nach.

»Hat er mir den Arm um den Hals gelegt.« Sie setzte Brutus auf ihren Schoß, zog ihren Rollkragen herunter und drehte den Kopf so, dass die Kamera ihren Hals erfasste, wohl wissend, dass er von roten Malen übersät war, die sich spätestens morgen violett verfärbt haben würden. »Ich bin nur froh, dass ich häufig Rollkragenpullis trage. Die werde ich wohl noch eine Weile brauchen.«

Sie rückte den Kragen zurecht, hielt jedoch inne, als sie Gideons Gesicht sah: Sein Blick war stählern, und an seinem Kiefer zuckte ein Muskel. Doch er nickte nur.

»Er hat mir eine Waffe an den Kopf gehalten und gesagt, dass mir noch leidtun würde, was ich getan hätte. Und dass ich um Verzeihung flehen würde.« Sie konnte ein Schaudern nicht unterdrücken. »Das täten sie alle.«

»Was hat er Ihrer Meinung nach damit gemeint?«, fragte Erin. »Was sollte Ihnen noch leidtun?«

Daisy zuckte ratlos die Achseln. »Keine Ahnung. Dass ich ihm die Kappe heruntergerissen habe? Dass ich sein Gesicht entblößt habe?«

»Sehr gut«, meinte Erin mit einem ermutigenden Lächeln. »Sie machen Ihre Sache sehr gut. Und dann?«

»Ich … ich schätze, ich habe auf Autopilot geschaltet. Ich habe ihm den kleinen Finger seiner Waffenhand nach hinten geknickt …« Sie hielt inne. »Er war Linkshänder. Zumindest hat er die Waffe in der linken Hand gehalten.«

Wieder lächelte Erin. »Gut beobachtet, Daisy. Und was ist dann passiert?«

»Ich habe ihn nach hinten geknickt und versucht, einen Hebelgriff auszuführen. Hier.« Sie zeigte auf den Übergang zwischen Daumen und Zeigefinger. »Ohne die langen Nägel hätte ich besser zupacken und ihn in die Knie zwingen können.«

Gideon schien nicht sonderlich überzeugt zu sein. Obwohl er kein Wort sagte, ärgerte Daisy sich darüber.

»Auch das demonstriere ich sehr gern«, erklärte sie zuckersüß.

Die Botschaft war angekommen, und er hatte immerhin den Anstand, zerknirscht dreinzusehen. »Auch das ist nicht nötig«, erwiderte er.

Aber es wäre eine echte Befriedigung, dachte sie, noch immer verärgert. »Ich bin losgerannt, aber er hat mich trotzdem erwischt.« Sie holte tiefer Luft, als sie eigentlich müsste, gewissermaßen als Beweis, dass sie es tatsächlich konnte. »Er hat mich gegen die Wand geknallt und mir mit dem Arm wieder die Luft abgedrückt. Dabei habe ich die Kette um seinen Hals zu fassen bekommen. Ich hatte sie gar nicht gesehen, sondern nur versucht, ihn bei der Jacke zu packen und näher zu mir heranzuziehen, damit ich ihm das Knie in die Eier rammen kann. Was ich auch getan habe. Mit Karacho.«

Weder Gideon noch Rafe zuckten, was man ihnen zugutehalten musste, sondern sahen lediglich leicht unbehaglich drein. Augenblicklich fühlte sie sich besser.

»Dann bin ich wieder losgelaufen, und diesmal war Trish da und hat mich abgefangen. Sie hatte mich schon von Anfang an nicht allein lassen wollen, obwohl ich Jacob ja kannte, deshalb hat sie nach ein paar Metern kehrtgemacht und ist zurückgekommen. Sie meinte, sie hätte Brutus bellen gehört, und dann sei ich auch schon aus der Gasse gestolpert.« Sie schloss die Augen. Ihr Puls raste. »Wäre sie nicht da gewesen, hätte er mich vielleicht noch einmal geschnappt. Ich bin nicht sicher, ob ich noch mal die Kraft gehabt hätte, mich gegen ihn zu wehren.«

Keiner sagte etwas, doch als sie die Augen aufschlug, stellte sie fest, dass die Anwesenden sie mit einer Mischung aus Respekt und Besorgnis musterten. Ein gutes Gefühl. »Trish hat wohl um Hilfe gerufen. Bevor ich mich versehen habe, waren auch schon Leute da. Der Typ ist abgehauen. Trish hat den Notruf gewählt und …« Sie sah Rafe an. »Dann gleich dich. Das ist alles.« Sie blickte auf Brutus und dachte daran, wie laut die kleine Hündin gebellt hatte. Abrupt hob sie den Kopf.

»Ich glaube, er mag Hunde.«

Rafe, der die Kamera hatte ausschalten wollen, hielt inne. »Wie kommst du darauf?«

»Als er mich gegen die Wand gedrückt hat …« Sie stockte und schluckte, obwohl es wehtat. »Er meinte, ich würde viel zu viel Ärger machen, deshalb würde er mich abknallen. Aber Brutus hat die ganze Zeit wie verrückt gebellt. Er …« Sie durchforstete ihr Gedächtnis. »Er wollte wissen, wo ›dieser beschissene Köter‹ sei, und als er gemerkt hat, dass Brutus in der Transporttasche steckt, hat er nur die Augen verdreht. Dann hat er auf sie gezielt, aber nicht sofort abgedrückt. Einen Moment lang war ich wie gelähmt. Dann habe ich seine Jacke zu fassen bekommen und an ihm gezerrt, sodass der Schuss in die Mauer ging und nicht Brutus getroffen hat.« Sie runzelte die Stirn. »Die Waffe hatte einen Schalldämpfer.«

»Gut zu wissen«, bemerkte Rafe. »Und was ist dann passiert?«

»Dann habe ich ihm in die Eier getreten. Und ihm das Medaillon vom Hals gerissen.« Genau. Das Medaillon. Mit zusammengekniffenen Augen sah sie Gideon an, der sie angespannt musterte. »Wieso genau ist dieses Medaillon so wichtig?«

Gideon wollte antworten, doch bevor er dazu kam, sah Brutus sich um und begann zu bellen.

3. KAPITEL

Sacramento, Kalifornien
Donnerstag, 16. Februar, 23.05 Uhr

Er trabte die zwei Verandastufen hinauf. Endlich hatten sich seine Muskeln gelockert, und ihm war angenehm warm. Heute war er besonders schnell gelaufen, um sich müde zu machen. Mutt war alles andere als begeistert gewesen, deshalb hatte er ihn die letzten beiden Blocks förmlich hinter sich herschleifen müssen. Er öffnete die Tür und löste die Leine, woraufhin der Hund zu seinem Bett in der Ecke trottete und sich mit einem Schnauben hineinfallen ließ.

»Faulpelz«, sagte er zu ihm.

Mutt erwiderte nichts.

Das gefiel ihm so an dem Tier: Er konnte alles sagen, was ihm in den Sinn kam, und behielt stets das letzte Wort. Mutt versuchte nie, ihn mit Beschlag zu belegen oder ihn zu bedrängen, er kannte seinen Platz.

Sein Handy summte in seiner Tasche, schon zum vierten Mal in der letzten halben Stunde. Mit zusammengebissenen Zähnen sah er aufs Display.

Sydney. Alle vier Male.

»Ich hasse dich«, zischte er, ohne recht zu wissen, wen er damit meinte: Sydney, weil sie eine dämliche Kuh war, oder sich selbst, weil er ans Telefon ging, sobald sie anrief. Eilig riss er sich am Riemen. Er würde rangehen. Wie immer.

»Sydney«, meldete er sich ruhig.

»Sonny. Du hast mich ignoriert.«

Ihr Tonfall verriet, dass sie schmollte, was sie für unglaublich süß hielt. War es aber nicht. Auch das Schmollgesicht konnte er nicht ausstehen.

»Ich war laufen und bin gerade erst zurückgekommen.« *Und ich hatte gehofft, du hättest es aufgegeben und wärst ins Bett gegangen.*

Aber sie gab niemals auf. Sie hielt das für Stärke.

Er sah das anders.

»Was willst du?« Er klang genervter, als er beabsichtigt hatte.

»Ich wollte nur fragen, wie es dir geht«, antwortete sie. »Wie ich höre, hast du heute schlechte Nachrichten bekommen.«

Er biss die Zähne zusammen. »Dass der Alte die Firma unter meinem Arsch verkauft?«

»Du solltest nicht so über deinen Vater sprechen, Sonny«, tadelte sie mit vorwurfsvoller Stimme.

Nenn mich nicht Sonny!, hätte er ihr am liebsten an den Kopf geworfen, tat es aber nicht. Weil man seine Stiefmutter nicht anschnauzte.

Nenn ihn nicht meinen Vater! Auch das hätte er gern hinausgebrüllt, denn sein »Vater« war in Wahrheit nicht mehr als ein Samenspender gewesen. Er war nie da gewesen, sondern hatte immer bloß gearbeitet und die Erziehung seines Sohnes zuerst irgendwelchen Kindermädchen und später Sydney überlassen.

Der Alte dachte nur an sich. Denn ein richtiger Vater hätte längst gemerkt, dass die Präsentierstute, die er geheiratet hatte, in Wahrheit ein Ungeheuer war, das seinen Sohn systematisch zerstörte. Stück für Stück. Jahr um Jahr.

Aber das behielt er ebenfalls für sich. Stattdessen sagte er, was sie ihm beigebracht hatte. Wie ein braver Zuchtpudel. »Es tut mir leid, Sydney.«

»So ist es brav, mein Kleiner«, säuselte sie. »Hast du Angst um deinen Job?«

Ja, verdammt noch mal! Er lehnte sich gegen die Haustür. »Das sollte ich doch wohl, oder?« *Lass dich nicht auf ein Gespräch mit ihr ein, du Idiot!* Sobald die Worte über seine Lippen kamen, hätte er sie am liebsten rückgängig gemacht, doch es war zu spät.

»Natürlich nicht.«

Er biss die Zähne aufeinander. »Der Wadenbeißer des Alten hat gesagt, die neuen Besitzer der Firma machen tabula rasa und schmeißen *alle* raus. Er hat mich direkt dabei angesehen. Deshalb nimm's mir nicht übel, aber, ja, ich bin tatsächlich ein bisschen besorgt.«

Sie schnalzte mit der Zunge. »Dummerchen. Ich bin mit dem neuen Besitzer doch auf Du und Du.«

Was bedeutete, dass sie auch mit diesem Typen schlief. Sydney durfte mit jedem in die Kiste steigen, wie es ihr passte, erwartete jedoch, dass sie die Einzige war, mit der er Sex hatte.

Und trotz seiner verzweifelten Versuche, in irgendeiner Form Sex mit jemand anderem außer Sydney zu haben, war es auch genau so. Er war dermaßen am Arsch, dass er bei einer anderen schlicht und ergreifend keinen hochbekam. Und das wusste sie. Diese elende Schlampe. Aber natürlich sagte er ihr das nicht.

»Gut«, erwiderte er lahm. »Das freut mich.«

»Du weißt genau, dass du dich auf mich verlassen kannst, Sonny. Solange du bei mir bleibst, kann dir nichts passieren.«

Solange du bei mir bleibst. Mit anderen Worten, solange er nach ihrer Pfeife tanzte, und zwar ohne Unterlass. Was er stets tat, auch wenn es ihn kaputtmachte.

»Ja, das weiß ich«, sagte er trübe. »Du kümmerst dich um mich.« Was er nie gewollt hatte. Niemals.

»Natürlich, Sonny. Und heute Abend *hätte* ich mich um dich kümmern sollen.«

Er zuckte zusammen. Das hatte er vergessen. Mit Absicht. »Tut mir leid, Sydney. Ich musste erst mal sacken lassen, was heute passiert ist.« Er hatte sich einen Gast für seinen Keller besorgen wollen.

»Und wo genau hast du das getan? In einer Bar?«

Ja, verdammt! Er war achtundzwanzig Jahre alt und kein Kind, deshalb konnte er in eine Bar gehen, wann immer es ihm in den Sinn kam. Aber das könnte er niemals zu ihr sagen. »Nein, natürlich nicht. Ich brauche jetzt dringend eine Mütze voll Schlaf, weil ich morgen früh rausmuss.«

»Verstehe.«

Er ballte die freie Hand zur Faust. Dieser eisige Tonfall verhieß nie etwas Gutes. »G-gute Nacht, Sydney.«

»Gute Nacht, Sonny, träum was Schönes.«

Er schluckte und beendete das Gespräch. *Träum was Schönes.* Wie oft hatte sie ihm diese Worte ins Ohr geflüstert, wenn er wieder einmal völlig durcheinander eingeschlafen war? Er konnte es nicht sagen, weil er längst zu zählen aufgehört hatte.

Mit einem mulmigen Gefühl im Magen taumelte er in sein Schlafzimmer und kniete sich vor die Stereoanlage. Sie hatte seiner Mutter gehört, seiner leiblichen. Der Mutter, die ihn geliebt, ihn in den Schlaf gewiegt und ihm niemals in diesem schmierigen Flüsterton *Träum was Schönes* ins Ohr gesäuselt hatte.

Die Stereoanlage gehörte zu den wenigen Besitztümern von ihr, die er hatte behalten dürfen – der Plattenspieler, die Lautsprecher und ein Stapel alter LPs. Ihre Lieblingsplatte lag abspielbereit auf dem Teller. Sie zu hören beruhigte ihn, wenn kein Gast in seinem Keller war und er aus irgendwelchen Gründen warten musste, bis es wieder so weit war. So wie heute.

Vorsichtig hob er den Arm an, setzte ihn auf die erste Rille und lehnte sich mit dem Rücken gegen das Bettgestell. Er schlug die Beine übereinander, zündete sich eine Zigarette an und nahm einen tiefen Zug. Sydney konnte es nicht leiden, wenn er rauchte. Genau aus dem Grund tat er es. Nur eben dort, wo sie ihn nicht dabei sehen konnte.

Stirnrunzelnd blickte er auf die nun leere Schachtel. Heute Morgen war sie noch halb voll gewesen. Na gut, er hatte vor dem Gemeindesaal ein paar gequalmt, aber neun Stück? Normalerweise beschränkte er sich auf eine am Tag. Er fragte sich, wo die

Stummel abgeblieben sein mochten. *Super. Noch mehr von meiner DNS.*

Aber er wollte sich jetzt nicht mit trüben Gedanken herumschlagen, sondern entspannen. Er schloss die Augen, lauschte den ersten Takten von »Copacabana« und dachte daran zurück, wie seine Mutter mit ihm getanzt hatte, mit einem strahlenden Lächeln auf dem Gesicht, während Barry Manilow von einem Showgirl namens Lola sang. Erst sehr viel später hatte er begriffen, dass es in dem Song eigentlich um einen Mord ging, aber da war seine Mutter längst fort gewesen. Sydney hatte ihn darauf aufmerksam gemacht und über seine Mutter hergezogen, weil sie ihm erlaubt hatte, sich die Platte anzuhören.

Und wenig später war Sydney aus seinem Bett geschlüpft und hatte *Träum was Schönes* geflüstert.

Damals hatte er längst gewusst, wie Sydney war. Sie hätte die Alben zerstört, während er schlief, deshalb hatte er sie irgendwo versteckt, wo sie sie niemals finden würde, und sich erst getraut, sie wieder auf den Plattenteller zu legen, nachdem er sich das Haus gekauft hatte.

Mein Zuhause. Ein Ort, an dem Sydney nicht willkommen war. *Niemals.*

Sacramento, Kalifornien
Donnerstag, 16. Februar, 23.10 Uhr

Weshalb ist dieses Medaillon so wichtig?

Beinahe hatte Gideon auf Daisys Frage geantwortet. Beinahe. Doch dann hatte sich zum Glück der kleine Hund lautstark zu Wort gemeldet. Und damit den Zauber des Moments gebrochen. Was geradezu lächerlich dramatisch für einen so nüchternen Menschen wie ihn klang.

Er löste den Blick von ihrem Gesicht und richtete ihn auf das

Fellknäuel in ihren Armen, während er sich zwang, sich zu entspannen. Der Winzling brachte höchstens dreieinhalb Kilo auf die Waage, wenn überhaupt. Und hieß Brutus. Unter anderen Umständen hätte er darüber grinsen müssen. Was nicht allzu häufig vorkam.

Brutus hatte eine Fellfarbe wie ein Collie und Ohren wie eine Fledermaus, riesig, spitz und mit kecken Pinselhärchen an den Enden. Gideon konnte sich nicht entscheiden, ob er ihn süß oder potthässlich finden sollte.

Aber eigentlich war es auch egal. Wichtig war, dass der Hund mit seinem Gekläffe Gideon daran gehindert hatte, ein Detail preiszugeben, das eigentlich unter Verschluss bleiben sollte.

Aber hat sie es nicht verdient, Bescheid zu wissen?

Nein, sagte er sich entschlossen. Gut und schön, sie hatte sich tapfer verteidigt. Mit geradezu schockierender Kompetenz. Sie hatte ihnen alles gesagt, was sie wusste, und ihnen sogar Dinge anvertraut, die sie nicht hätte öffentlich machen müssen. Aber das berechtigte sie nicht, mehr zu erfahren. *Nicht darüber. Nicht über mich.*

»Ich habe noch ein paar Fragen zu dem Mann, der Sie überfallen hat«, sagte er stattdessen.

Die Enttäuschung in ihren Augen war unübersehbar. Ebenso wie die Entschlossenheit, die Sekunden später darin aufflackerte. Sie würde sich nicht einfach so abschütteln lassen. »Okay.« Sie streichelte wieder ihren Hund. »Bitte.«

»Hatte er irgendwelche körperlichen Merkmale, die Ihnen aufgefallen sind? Narben, die unter dem Damenstrumpf zu erkennen waren?«

Sie schüttelte den Kopf. »Nein. Ich habe nichts dergleichen gesehen.«

»Was ist mit seinem Körper? Irgendetwas Auffälliges. Tätowierungen?«

Sie zog die Brauen hoch. »Tätowierungen? Auch das ist mir

nicht aufgefallen. Er trug eine wattierte Jacke. Wie ein Skianorak. Allerdings muss er am Kragen offen gewesen sein, sonst hätte ich die Kette um seinen Hals nicht zu fassen bekommen.« Sie blickte auf ihre Hand, die sich im Fell ihres Hundes vergraben hatte, und strich mit dem Daumen der anderen Hand über ihre Fingerspitzen. »Brusthaare habe ich jedenfalls keine gespürt, als ich ihn berührt habe … besser gesagt, gekratzt.«

Gideon hoffte, dass sie ihm wehgetan hatte. Und zwar sehr. Dass sich anhand der Hautpartikel unter ihren Nägeln die DNS des Täters ermitteln ließ. Und er hoffte, dass dem Kerl auch jetzt noch, Stunden danach, die Eier glühten.

»Ihr Vater hat Ihnen also beigebracht, sich so zu verteidigen?«, hörte er sich zu seiner Verblüffung fragen. Eigentlich hatte er etwas ganz anderes im Sinn gehabt.

Sie sah ihn an und blinzelte einmal, ehe sie nickte. »Er ist bestimmt sauer, dass ich den Kerl nicht in die Knie gezwungen habe. Wenn er es erfährt.« Sie sah Rafe an. »Aber dieses Geheimnis kann deine Mutter ihm wohl nicht vorenthalten. Oder?«, fragte sie hoffnungsvoll.

Betrübt schüttelte Rafe den Kopf. »Ich glaube, sie hat ihn auf dem Weg in die Notaufnahme schon angerufen.«

»Dann steht er morgen garantiert auf der Matte«, stöhnte sie. »Prima.«

Erin Rhee war in Schweigen verfallen. Sie war grundsätzlich eine stille, zurückhaltende Frau, die sich Rafe zufolge jedoch unglaublich schnell bewegen konnte, wenn es nötig war. Die meiste Zeit legte sie eine stoische, beinahe unheimliche Ruhe an den Tag, die in diesem Moment allerdings nichts Gutes verhieß.

»Und was wird er tun, wenn er hier ist?«, fragte sie, und obwohl Gideon die Ohren spitzen musste, um sie zu verstehen, war die Botschaft laut und deutlich.

Auch Daisy schien es nicht entgangen zu sein, denn sie wandte sich Erin zu und lächelte. »Nichts Schlimmes. Er hat uns nie wehgetan, kein einziges Mal. Er ist nur … na ja, er wird einen Riesenwirbel um das Ganze machen. Und er wird darauf bestehen, dass ich mit ihm nach Maryland komme, um in seiner Nähe zu leben. Und wenn ich mich weigere, wird er wieder Jacob auf mich ansetzen.«

Erin nickte. »Okay. Ich musste nur sichergehen.«

»Wofür ich Ihnen sehr dankbar bin«, sagte Daisy und tätschelte der Polizistin den Arm. »Ehrlich. Aber wegen meines Vaters brauchen Sie sich keine Sorgen zu machen. Oder wegen mir.«

Erin lächelte ein wenig ironisch. »Na ja, wenn man bedenkt, weswegen Sie hier sitzen, stimmt das wohl nicht ganz, oder?«

Daisy runzelte die Stirn. »Auch wieder wahr.« Sie wandte sich Gideon zu, der auch jetzt wieder dieses neugierige Glitzern in ihren Augen bemerkte, das ihm verriet, dass sie ihn ein weiteres Mal nach dem Medaillon fragen würde.

Deshalb kam er ihr zuvor. »Wir brauchen Jacobs vollen Namen und seine Telefonnummer, damit wir überprüfen können, wo er heute Abend war. Schließlich hat er Sie in der Vergangenheit schon einmal beschattet.«

»Sein Nachname ist Fogarty, und seine Nummer steht in meinem Handy. Als ich ihn das letzte Mal gesehen habe, war er auf dem Weg zur Ranch seiner Eltern hinter Weaverville. Das ist allerdings mehrere Monate her.«

Gideon nickte. »Was ist mit der Arbeit? Gab es da irgendwelche Probleme?«

Er war davon ausgegangen, dass sie verneinen würde. Dass sie den Blick wieder auf den Hund richtete, kam unerwartet. Ebenso unerwartet wie die Tatsache, dass sie Rafe schuldbewusst ansah.

»Mir war nicht klar, dass es wichtig ist«, gestand sie leise.

Rafes verwirrter Blick glitt von Gideon zu Erin, dann wieder zu Daisy. »Dass *was* nicht wichtig ist?«, fragte er vorsichtig.

Daisy streichelte den kleinen Hund mit solchem Nachdruck, dass er schon bald kahl zu werden drohte. »Ich habe Anrufe bekommen«, sagte sie. »Und E-Mails. Tad meinte, ich solle sie einfach nicht beachten. Er bekäme ständig solches Zeug. Ich hatte es im Griff.«

»Wer ist Tad?«, hakte Gideon nach.

»Und was für Zeug?«, wollte Erin wissen.

»Tad ist mein Co-Moderator«, erklärte Daisy. »Im Radiosender. KZAU. Ich bin bei der Morgensendung – Sie wissen schon, *The Big Bang with TNT*. Das ist Tad.«

Oh. Endlich fiel Gideon ein, woher er ihre Stimme kannte. Jeden Morgen auf der Fahrt zu Arbeit hörte er *The Big Bang with TNT* im Radio. Hauptsächlich wegen der neuen DJane. Daisy. Allerdings trug sie diesen Namen im Radio nicht. »Sie sind Poppy Frederick.«

»Genau«, sagte sie. »Mein Vater heißt Frederick, und er hat meine Mom immer Poppy genannt.«

Das klang nachvollziehbar. Rafes Vater Karl besaß mehrere Unternehmungen, mit denen er ein Heidengeld scheffelte. Nicht so der Radiosender. Gideon wusste, dass er dauerhaft rote Zahlen schrieb, weil Irina Karl stets drängte, ihn zu verkaufen, nur um ihn dann anzulächeln, weil beide wussten, dass Karl es niemals über sich bringen würde. Der Sender war sein erstes Unternehmen gewesen, noch dazu hatte er Irina dort kennengelernt.

KZAU hatte einen enormen emotionalen Wert für sie beide, so einfach war das. Dass Daisy dort arbeitete, war ebenfalls nicht verwunderlich. Das hatte Irina Gideon erzählt, als sie das erste Mal von der »süßen kleinen Blonden«, der Tochter von einem von Karls ältesten Freunden, geschwärmt hatte.

Karl gab vielen Leuten Arbeit, die einen Neuanfang brauchten. Auch Gideon hatte sein erstes Gehalt bei Karl Sokolovs Radiosender verdient, wofür er ihm für immer dankbar sein würde. Dass Daisy in der Morgensendung arbeitete, war allerdings eine kleine Überraschung.

»Ich dachte, Sie sind im Verkauf tätig«, sagte er, denn so hatte Irina es ihm erzählt.

»War ich auch anfangs.« Sie zuckte die Achseln. »Aber dann war ich zufällig zur richtigen Zeit am richtigen Ort.«

»Das stimmt nicht«, widersprach Rafe. »Daisy hat ein paar Werbejingles gesprochen, und der Chefredakteur fand sie gut. Der ehemalige Co-Moderator musste vor drei Monaten krankheitsbedingt pausieren, und Daisy ist eingesprungen. Die Quoten waren noch nie so gut.«

Daran zweifelte Gideon keine Sekunde. Er musste zugeben, dass er selbst den Sender häufiger morgens einschaltete, als ihm lieb war. Nur wegen ihrer sexy, rauchigen Stimme, die perfekt fürs Radio war. Dass sie ungewollte Aufmerksamkeit auf sich gezogen hatte, war eine unangenehme Begleiterscheinung ihres Erfolgs.

»Was für Anrufe und Mails sind das?«, fragte er.

Wieder zuckte sie die Achseln. »Ach, nur der normale Kram, schätze ich. ›Du machst mich an‹, ›Du klingst supersexy‹, ›Komm mich doch mal besuchen‹ oder ›Lass uns was trinken gehen‹.« Errötend ratterte sie die Anmachsprüche herunter. »Einige waren auch etwas expliziter.«

Gideon musste einen Anflug von Wut unterdrücken. Dabei gab es keinerlei Grund, die Nerven zu verlieren. Schließlich war sie nichts als eine flüchtige Bekannte. Trotzdem war jede Form von sexueller Belästigung verabscheuungswürdig. Niemand verdiente so etwas. Daisy hatte sie nicht durch ihr Verhalten provoziert, die Sendung war nichts als das übliche familienfreundliche Geplänkel, das die Leute auf dem Weg zur Arbeit hörten. So wollte es Karl.

Gideon blinzelte erschrocken. Selbst wenn Daisy schmutzige Witze gerissen, den Vamp gegeben oder splitternackt zu irgendwelchen Events erschienen wäre, würde sie diese anzüglichen Anrufe oder Mails nicht verdienen.

Eilig schob er das Bild der nackten Daisy Dawson aus seinen Gedanken. *Nicht jetzt. Wie bitte? Nicht jetzt? Was zum Teufel ist eigentlich los mit mir?*

»Wieso hast du dem Chefredakteur nichts davon erzählt?«, wollte Rafe wissen, der ebenfalls sichtlich mit seiner Verärgerung zu kämpfen hatte. »Ich bin nicht wütend auf dich, Daisy, das ist klar, oder? Aber wir hätten dir helfen können.«

»Ja. Das verstehe ich. Ehrlich. Aber Tad meinte, jeder bekäme solche E-Mails, und hier und da war eben mal eine etwas anzüglichere Nachricht dabei. Hätte ich mehr davon bekommen oder das Gefühl gehabt, sie werden irgendwie bedrohlicher, hätte ich den Chefredakteur eingeschaltet. Aber wie gesagt, ich hatte es im Griff. Zumindest dachte ich das.« Sie biss sich auf die Lippe. »Ich habe die E-Mails nicht mit dem in Zusammenhang gebracht, was heute Abend passiert ist. Der Mann hat gesagt ›Das tun sie alle‹. Ich dachte, ich sei eben eine von vielen und er hätte mich willkürlich ausgewählt. Aber … vielleicht ist es ja nicht so.« Sie deutete auf ihr Handy, das vor ihr auf dem Tisch lag. »Ich habe die E-Mails und Sprachnachrichten aufbewahrt. Die Mails gehen zwar auf meinem Account im Sender ein, aber ich kann sie auf dem Handy abrufen.«

»Und die Anrufe kamen auf Ihr Handy?«, fragte Gideon, dessen Wut neuerlich aufflammte. »Woher haben diese Leute Ihre Nummer?«

»So schwer ist sie nicht herauszukriegen«, murmelte sie. »Ich bin häufiger bei Veranstaltungen, überall dort, wo ich mal für ein halbes Jahr als Ehrenamtliche gearbeitet habe – lange bevor ich zur Morgensendung kam. Die haben alle meine Handynummer. Ich nehme an, die Typen haben die Leute dort mit irgendwelchen Tricks dazu gebracht, ihnen meine Nummer zu geben.«

»Das wird sich gleich morgen ändern«, erklärte Erin grimmig. »Sie brauchen ein neues Handy, von dem bloß wir die Nummer haben. Und Ihre Familie.«

Daisy sah betrübt drein. »Das dachte ich mir schon.«

»Wir werden dein Handy auch auf Tracking-Software überprüfen«, fügte Rafe hinzu. »Sie könnte in einer der E-Mails versteckt gewesen sein.«

»Ich habe aber nie ein Attachment geöffnet.« Sie runzelte verärgert die Stirn. »Ich bin schließlich nicht blöd, Rafe.«

»Das hat keiner behauptet«, gab Rafe ruhig zurück. »Aber ich muss sichergehen, dass niemand dein Handy zurückverfolgen kann. Und ich werde ein Wörtchen mit Tad reden, welche Art von E-Mails der Geschäftsleitung gemeldet werden müssen und welche nicht.«

»Viel Glück«, murmelte Daisy.

Dieser Tad schien alles andere als ein kooperativer Kollege zu sein. Das würde Gideon sich für die spätere Befragung merken. »Also, wer hatte Ihre Nummer?«, fragte er. »Und wo leisten Sie diese ehrenamtliche Arbeit?«

Rafe lächelte voller Zuneigung. »Die Frage ist eher, wo sie *nicht* ehrenamtlich tätig ist.«

Überraschenderweise stand Daisy die Verärgerung ins Gesicht geschrieben, als sie ihn ansah. »Ich leiste sehr viel ehrenamtliche Arbeit für verschiedene Organisationen hier in der Stadt«, sagte sie kühl. »Aus Gründen, die nur mich etwas angehen.«

Rafe hob die Hände. »Ich behaupte ja gar nicht, dass du das nicht tun sollst. Es sind nur recht viele Engagements.«

»Ich habe auch eine Menge wiedergutzumachen«, erwiderte sie leise, während ihre Wut in etwas umschlug, das Gideon nicht recht zu deuten wusste.

»Ist das Teil der zwölf Schritte?«, fragte Erin voller Respekt.

»Auch. Und dadurch bin ich zu beschäftigt, um ans Trinken zu denken. Aber hauptsächlich tue ich es, weil ich noch nicht sicher bin, was ich mit mir anfangen will. Deshalb verschaffe ich mir einen Überblick.«

Gideon fragte sich, ob diese Beweggründe bloß die Spitze des Eisbergs sein könnten. Daisy Dawson war eine Frau von unerwarteter Vielschichtigkeit.

»Also, wo leisten Sie diese ehrenamtliche Arbeit?«, fragte Gideon noch einmal und zückte Stift und Papier.

»Im Tierheim, hauptsächlich bei den Vermittlungsaktionen. So bin ich auch an Brutus gekommen.« Sie drückte dem Hündchen einen Kuss zwischen die Segelohren. Gideon unterdrückte einen lächerlichen Anfall von Eifersucht. »Außerdem helfe ich im Behandlungszentrum für Zerebralparese und in einigen Pflegeheimen. Überdies habe ich einige Benefizveranstaltungen für eine Veteranenvereinigung begleitet. Die haben jede Hilfe verdient.« Ein Schatten flog über ihr Gesicht, ehe sie sich zu einem fröhlichen Lächeln zwang. »Und der Sender sponsert einen 5000-Meter-Lauf zugunsten der Leukämie-Forschung, wofür ich auch zuständig bin.«

Gideon nahm sich vor, sie bei anderer Gelegenheit nach den Veteranenvereinigungen zu fragen. »Ich laufe da auch mit.«

Sie zog eine Braue hoch. »Ich auch. Jede Wette, dass ich Sie schlage.«

Er lachte leise. »Ich halte dagegen«, meinte er und wurde wieder ernst. »Und überall dort hat jemand Ihre Telefonnummer?«

»Wahrscheinlich mehr als eine Person, und bei den meisten hätte ich auch nichts dagegen, dass sie sie weitergeben, vor allem an jemanden, der meine Hilfe braucht.« Das machte es natürlich noch schwieriger. Er sah Rafe stirnrunzelnd an. »Könnt ihr die E-Mails und die Sprachnachrichten zurückverfolgen?«

Rafe nickte. »Versuchen werden wir es jedenfalls.«

Daisy schob Rafe ihr Handy zu. »Kriege ich es später wieder? Nur damit ich meine Kontakte und den Kalender kopieren kann.«

»Speichern Sie Ihre Daten nicht in der Cloud?«, erkundigte sich Erin.

Daisy schnaubte leise. »Nein. Die Paranoia meines Vaters sitzt auch in mir zu tief, als dass ich so etwas tun würde. Nach dem Motto: Speichere niemals deine Daten an einem Ort, über den du nicht die absolute Kontrolle hast, und wer die Cloud kontrolliert, weiß ich schließlich nicht.«

»Niemand«, bemerkte Erin, deren Mundwinkel leicht belustigt zuckten, was Daisy den Anflug eines Lächelns entlockte. »Was ist mit Tad? Mr TNT höchstpersönlich?«

Daisy blinzelte überrascht. »Na ja, Tad ist … kein schlechter Kerl. An sich. Klar, er lässt mich nicht vergessen, dass ich den Job bloß bekommen habe, weil ich den Besitzer des Senders kenne. Was nicht ganz stimmt, weil ich immerhin einen Abschluss in Journalistik habe. In der Sendung tut er das zwar nie, aber … ja. Ich würde sagen, er will sichergehen, dass ich weiß, wo mein Platz ist. Sprich, immer schön hinter ihm, ganz egal, wo er gerade steht.«

Ein Abschluss in Journalistik? Das erklärte die Neugier in ihrem Blick. Gideon ging jede Wette ein, dass sie unbedingt mehr über dieses Medaillon herausfinden wollte und bloß auf den richtigen Moment wartete.

»Hat er jemals Interesse an Ihnen bekundet, das als sexuelle Belästigung gewertet werden könnte?«, hakte Erin nach.

Wieder röteten sich Daisys Wangen. »Eigentlich nicht. Normalerweise beschränkt er sich auf Komplimente zu meinen Klamotten oder meinem Haar. Er achtet aber darauf, dass es freundlich und unverfänglich klingt, deshalb habe ich mir nie etwas dabei gedacht. Ein paar Mal hat er gefragt, ob ich Lust hätte, mit ihm Mittagessen zu gehen, aber ich habe immer abgelehnt. Ich kann ihn nicht besonders leiden, wenn ich ehrlich sein soll, aber er hat sich mir gegenüber nie unverschämt benommen oder auch nur ansatzweise ahnen lassen, dass er so gewalttätig sein könnte wie der Mann von heute Abend.«

Erin nickte, als sei dies die Antwort, die sie erwartet hatte, wohingegen Gideon alles andere als glücklich zu sein schien. Dieser Tad war ein herablassender Drecksack, dem dringend mal die Zündung eingestellt werden sollte.

»Was ist mit Ihrer Nachbarschaft?«, fragte Erin weiter. »Gab es da irgendwelche Probleme?«

Daisy schien die Frage zu amüsieren. »Nur wenn Sasha zu viel trinkt und laut singend nach Hause torkelt. Rafe ist mein Vermieter«, fügte sie hinzu.

Was Gideon natürlich längst wusste. Rafe hatte seine Geschwister ausbezahlt und war nun alleiniger Besitzer der historischen Stadtvilla im Zentrum, die sie von ihren Großeltern geerbt hatten. Er hatte sie vollständig renoviert und drei Apartments daraus gemacht. Im zweiten Stockwerk wohnte er, die erste Etage hatte er an seine Schwester vermietet, das Studio-Apartment im Erdgeschoss an Daisy.

Gideon kannte es sehr gut, da er selbst nach seiner Rückkehr nach Sacramento für eine Weile dort gewohnt hatte, bis er etwas Geeignetes gefunden hatte. Erst kürzlich hatte er sich eine Bleibe in der Nähe des FBI-Büros gekauft, die allerdings renovierungsbedürftig war, weshalb er sich mit dem Umzug Zeit gelassen hatte. Bis Rafe meinte, er brauche das Apartment für die Tochter eines alten Freundes seines Vaters.

»Was ist mit den Nachbarn?«, hakte er nach. »Hat Brutus sich Feinde gemacht?«

Sie zog die Brauen hoch. »Brutus? Nein, sie ist so süß und bellt fast nie, wenn ich nicht gerade von einem maskierten Unbekannten in eine Gasse gezerrt werde.«

Selbst in dieser Situation konnte sie noch sarkastisch sein. Er war beeindruckt. »Wer wusste, dass Sie heute Abend bei dem AA-Meeting waren?«

Das Lächeln verschwand abrupt. »Meine Freundin Trish. Meine Sponsorin Rosemary Purcell. Alle in meiner AA-Gruppe. Normalerweise gehe ich nicht direkt vom Sender dorthin, aber heute ging es nicht anders, weil ich länger arbeiten musste. Er hätte mir gefolgt sein können.«

»Und wieso mussten Sie länger arbeiten?«, fragte Erin.

»Ich musste noch die letzten Sponsoren für den 5000-Meter-Lauf gewinnen. Wenn Sie wollen, kann ich Ihnen gern eine Liste meiner Anrufe geben. Ich habe den Festnetzapparat des Chefredakteurs benutzt, nicht mein Handy. Alle, die ich angerufen habe, wussten natürlich, dass ich im Sender bin, weil die Nummer auf ihrem Display erschienen war. Es waren dreizehn Anrufe. Ich erinnere mich, dass ich noch dachte, dass mir die Zahl entweder Glück oder Unglück bringt. Aber ich schätze, es war wohl Letzteres.«

»Ich würde mir gern die Sprachnachrichten anhören, die Sie vorhin erwähnt haben«, sagte Erin. »Und erfahren, weshalb Sie sie nicht gelöscht haben.«

Daisy verzog das Gesicht. »Ich habe auf Tad gehört, aber wäre es schlimmer geworden, hätte ich bestimmt der Geschäftsleitung gezeigt, was ich seiner Meinung nach einfach ignorieren sollte.«

Rafe schob ihr das Handy zu. »Bitte entsperre es für uns.«

Sie tippte den Code ein. »071490 lautet der Code, falls du es später noch mal entsperren musst. Aber sag bloß meinem Vater nicht, dass ich ihn dir verraten habe, sonst flippt er aus.«

»Wieso?«

»Weil er bloß auf mein verfassungsmäßiges Recht pochen würde, eine Beschlagnahmung und Durchsuchung zu verweigern, bla, bla, bla.« Sie winkte ab. »Er ist Strafverteidiger.«

Ein paranoider, paramilitärischer Strafverteidiger. Interessant. Aber nicht das, was Gideon jetzt wissen wollte. »Okay. Und was hat es mit der Nummer auf sich? Hört sich nach einem Datum an.«

Sie wandte sich ihm zu. Mit einem Mal wirkte sie sehr, sehr

müde. »Es ist das Geburtsdatum meiner verstorbenen Schwester Carrie«, sagte sie ganz leise.

Verstorbenen. Er konnte nur nicken. »Danke.«

Sie schluckte und reichte Rafe das Handy. »Was hast du damit vor?«

»Zuerst lasse ich die Sprachnachrichten laufen«, antwortete er und reichte ihr das Handy zurück. »Ich will wissen, ob eine der Stimmen mit der des Angreifers übereinstimmt.«

Für den Bruchteil einer Sekunde schloss sie die Augen, was Gideons Verdacht schürte, dass die Nachrichten ernster zu nehmen waren, als sie sie glauben machen wollte. »Okay«, flüsterte sie und drückte die Abspieltaste der Mailbox.

Sacramento, Kalifornien
Donnerstag, 16. Februar, 23.30 Uhr

»Copacabana« war in »Somewhere in the Night« übergegangen, als sein Handy neuerlich in der Tasche summte. Wie ein Pawlow'scher Hund zog er es heraus und checkte die Nachricht. Natürlich hatte er gewusst, dass sie von Sydney kam, trotzdem musste er beim Anblick ihres Namens auf dem Display schlucken.

Du warst ziemlich schroff heute Abend, Sonny. Ich erwarte eine Entschuldigung von dir, sonst kann ich meinen Einfluss, um dir deinen Job zu bewahren, vielleicht doch nicht geltend machen.

Wieder schluckte er. Hatte sie diesen Einfluss tatsächlich? Konnte sie dafür sorgen, dass er bleiben durfte? Er *musste* seinen Job behalten. Sonst würde er sein Haus verlieren.

Seinen Keller.

Ihre nächste Nachricht traf ihn noch härter. Ich fände es schrecklich, wenn du dein Haus verlörest, Sonny. Aber natürlich darfst du gern jederzeit wieder zu Hause einziehen.

Nein! Nein, nein, nein. Eine eisige Faust legte sich um seinen Magen. *Ich kann nicht zurückgehen. Auf keinen Fall.*

Mit zitternden Fingern tippte er auf die winzigen Tasten. Es tut mir leid, Sydney.

Schon besser, mein Süßer. Du wirst immer mein süßer Junge bleiben. Und jetzt träum was Schönes.

Er sprang auf und lief in seinem Schlafzimmer auf und ab. Allein dass er seinen Job verlieren könnte, nachdem er jahrelang diesem schmierigen Drecksack in den Arsch gekrochen war, obwohl man ihm versprochen hatte, dass die Firma eines Tages ihm gehören würde … Sie ihm einfach unterm Hintern weg zu verkaufen, war ein echter Schlag ins Gesicht, sowohl in beruflicher als auch in privater Hinsicht. Er war verraten worden, so einfach war das.

Aber diesmal nicht von Sydney. Sie nutzte bloß die Situation zu ihrem Vorteil aus. Nein, diesmal war der Alte schuld.

Und ich selbst.

Weil ich ihm vertraut habe. Wieder mal. Ich habe ihm geglaubt. Wieder mal.

Mein Fehler. Wieder mal.

Weil er mich belogen hat. Wieder mal.

Er würde seinen Job nicht verlieren. Nicht dieses Haus. Nicht diesen Keller. Und schon gar nicht würde er wieder zu Hause einziehen, wo Sydney wohnte. Niemals.

Wieder tobte die Wut in ihm. Weil er niemanden in seinem Keller hatte.

Dabei wäre jetzt jemand bei ihm, hätte ihn diese verdammte Blonde nicht überrascht. Und hätte ihr verdammter Köter nicht wie von Sinnen gekläfft.

Mit hängendem Kopf und geballten Fäusten saß er auf der Bettkante. Seine Gedanken spielten verrückt. Er hasste das. Hasste es, nicht klar denken zu können.

Er versuchte durchzuatmen, doch es half nicht. So würde er

nie einschlafen können, und er brauchte den Schlaf doch ganz dringend.

Für die Arbeit musste er seine Sinne beisammenhaben, sonst würde es sein Partner merken und ihn beim Boss verpfeifen. Was so ziemlich das Letzte war, was passieren durfte. Das Eis unter seinen Füßen war schon dünn genug. Er würde diesem Drecksack keinen Grund geben, ihn auch nur einen Tag früher vor die Tür zu setzen, als er es ohnehin tun würde. Denn der Alte suchte doch bloß nach Gründen, um sich vor einer Abfindung zu drücken.

Es sei denn, Sydney hatte nicht gelogen und konnte tatsächlich ihren Einfluss auf den neuen Besitzer geltend machen, sodass er weiter in der Firma bleiben durfte. *Aber bin ich bereit, ihren Preis zu bezahlen?* Ach, wem wollte er etwas vormachen? Er würde doch ohnehin tun, was Sydney wollte. Wie immer. Wenn sie *Spring* sagte, fragte er bloß, *Wie hoch?*

Weil ich ein Feigling bin. Was ihn so verdammt wütend machte. Sydney nutzte die Situation schamlos aus, denn es war höchst unwahrscheinlich, dass sie ihm helfen würde, obwohl sie es behauptete. Seine Hände zuckten, als die Gier wie eine heftige Welle in ihm aufstieg und ihn mitzureißen drohte. Er spürte förmlich seine Hände um ihren mageren Hals. Irgendeinen mageren Hals, korrigierte er sich. Es war nie Sydneys Kehle, doch wenn seine Gäste erst einmal tot waren, verrauchte wenigstens sein Zorn. *Es wäre gut, jemanden im Keller zu haben. Damit ich dafür sorgen kann, dass ich mich besser fühle.*

Eine kalte, feuchte Schnauze berührte sein Knie. Er hob den Kopf und blickte in seelenvolle braune Augen. »Du bist schuld«, knurrte er. »Ich hätte dieses kläffende … Ding abknallen sollen, als ich die Gelegenheit dazu hatte. Es hat mich abgelenkt. Bevor du aufgetaucht bist, hätte ich es tun können.«

Mutt leckte die Innenseite seines Arms ab. Die Vorstellung,

dass das eine Entschuldigung sein könnte, gefiel ihm, aber Mutt bereute seine Taten nur selten, selbst die allerschlimmsten.

»Du hättest dieses Vieh mit einem Bissen verschlungen. Allein dieses Etwas als Hund zu bezeichnen, ist eine Beleidigung«, erklärte er Mutt, der ihm ein Hundelächeln schenkte und zufrieden hinter ihm hertrottete, als er aufstand und zu seinem Kleiderschrank trat.

Er wusste, was er brauchte, und er war ruhelos genug, um das Risiko einzugehen. Er schlüpfte in eine Anzughose und ein adrettes Hemd, das er bis oben zuknöpfte, damit man die Kratzspuren nicht sehen konnte. *Dreckschlampe*, dachte er verärgert.

Er setzte die Perücke auf, klebte sich einen Schnauzer und buschige Augenbrauen an, ehe er in den Spiegel sah und zufrieden nickte. Er mochte kein Adonis sein, aber hässlich war er auch nicht, sondern ganz normal, auf diese unauffällige Weise. Manchmal bemerkten ihn die Frauen zwar, doch im Gedächtnis behielten sie ihn nicht.

Wie sein Alter. Wäre sein Vater nicht steinreich, hätte Sydney ihn keines zweiten Blickes gewürdigt, typisch für diese Art von wesentlich jüngerer Gattin Nummer zwei.

In diesem Fall mit einer Vorliebe für kleine Jungs.

Mit finsterer Miene blickte er in den Spiegel. Er würde jetzt nicht über Sydney nachdenken. Sondern sich einen weiteren Gast holen, seine schlimmste Wut abreagieren und sich dann etwas einfallen lassen.

Sacramento, Kalifornien
Donnerstag, 16. Februar, 23.35 Uhr

Daisy schaltete ihr Telefon aus. Es fiel ihr schwer, ihre Hand ruhig zu halten. »Ich habe vergessen, dass es so viele waren«, murmelte sie nach der letzten Sprachnachricht.

Und so beklemmende. Viele waren schlicht abscheulich gewesen, demütigend und ekelhaft. Manche regelrecht Angst einflößend. Unterschiedliche Telefonnummern, unterschiedliche Stimmen. Alle männlich.

»Ich wette, du hast Hammertitten.«

»Hast du einen Freund? Ich bin besser als er, das garantiere ich dir.«

»Wenn ich deine Stimme höre, kriege ich schon einen Ständer.« Solche Nachrichten oder Varianten davon hatte eine ganze Reihe an Anrufern in den letzten Monaten auf ihrem Handy hinterlassen, mindestens drei pro Woche.

»Ich kann's kaum erwarten, dass du unter mir liegst, damit ich dir endlich mal zeigen kann, wer der Boss im Haus ist.«

»Ich halt dich fest und bring dich dazu, dass du mit dieser sexy Stimme meinen Namen schreist, während ich es dir so richtig besorge.«

Die letzten beiden waren vom selben Anrufer. *»Ich fand's so geil, wie sich heute bei der Eröffnungszeremonie dein T-Shirt über deinen Titten gespannt hat.«* Das war vor zwei Wochen, als sie an der Eröffnung eines neuen Supermarkts teilgenommen hatte.

»Wohin bist du danach so schnell verschwunden? Ich wollte dich zum Essen einladen. Bleib nächstes Mal ein bisschen länger«, sagte der Anrufer mit einem herzhaften Lachen, ehe er mit gezwungener Leichtigkeit hinzufügte: *»Zwing mich nicht, dir nach Hause zu folgen.«*

Daisy schluckte. »Der letzte …« Sie machten ihr alle Angst, aber die letzte Nachricht war … gruseliger gewesen. Persönlicher. »Ich hatte sie noch nicht abgehört«, gestand sie. »Die Nachrichten von Leuten, die ich kenne, höre ich immer gleich ab, aber alles andere manchmal erst nach einer Weile.«

Rafe blickte konzentriert auf seine Notizen, und aus dem Augenwinkel registrierte sie, dass Gideons Miene sich verfinstert und er sogar die Fäuste geballt hatte. Erin Rhee sah grimmig aus.

»Haben Sie diese Nachrichten tatsächlich Ihrem Co-Moderator vorgespielt?«, fragte Erin leise.

»Die ersten schon.« Daisy streichelte Brutus fast schon ein wenig zu verzweifelt, doch die Hündin schmiegte sich einfach nur noch enger an sie. »Sie sind … schlimmer, als ich sie in Erinnerung hatte. Vielleicht habe ich sie ja vor mir selbst etwas heruntergespielt. Die von dem Anrufer, der …« Ihre Wangen glühten. »Sie wissen schon«, sagte sie.

»Von dem, der meinte, er bekäme einen Ständer«, sagte Erin sanft.

Daisy nickte. »Ja. Wenn er meine Stimme hört.« Sie schluckte gegen die Galle an, die in ihrer Kehle aufstieg. Die Anrufe nacheinander zu hören, war schlicht zu viel gewesen. Ein Einzelner ließ sich verdrängen, doch alle zusammen? Und die Drohung, ihr nach einer Veranstaltung nach Hause zu folgen? Diese Nachricht hätte definitiv gemeldet werden müssen, ganz egal, was Tad sagte. »Tad hat nur die Achseln gezuckt, als ich ihm die Nachrichten vorspielte, und gemeint, er bekäme jede Woche mehrere von den Dingern. Er fand, ich sollte … dankbar sein.«

»Dankbar«, wiederholte Gideon mit rauer Stimme. »Klar.«

»Ich werde sie ab sofort melden, und gleich morgen besorge ich mir eine neue Nummer.« Daisy reckte das Kinn.

»Und ein neues Telefon«, fügte Gideon hinzu. »Oder zumindest ein Leihgerät, bis das Labor bestätigen kann, dass Ihres absolut sauber ist.«

»Mist, was für ein Theater«, stöhnte sie, doch ihr war bewusst, dass es für ihre Sicherheit unerlässlich war, und nach dem heutigen Abend musste sie entsprechende Vorsichtsmaßnahmen ergreifen. »Und ein Leihgerät«, bestätigte sie.

Rafe stellte ihr eine Quittung für das Handy aus. »Hier. Ich bringe es jetzt ins Labor, allerdings kann ich nicht genau sagen, wie lange es dauert, bis du es zurückbekommst.«

»Das weiß ich«, brummte Daisy. Gerade als sie fragen wollte, in wessen Hände er ihre persönlichen Daten geben würde, summte Rafes Handy.

Er sah auf das Display, tippte etwas an und reichte das Telefon dann an Erin weiter, die nickte. »Die Spurensicherung konnte das Medaillon öffnen«, sagte Rafe. »Es ist ein Foto darin. Ich möchte gern, dass du es dir ansiehst, Daisy. Vielleicht kennst du die Person ja.«

»Falls der Typ mich nicht willkürlich angegriffen hat«, folgerte Daisy und wappnete sich innerlich gegen den Anblick des Fotos, das man ihr gleich zeigen würde. Es schien noch weitere Opfer zu geben. *Bitte mach, dass ich die Personen nicht kenne. Bitte.*

Ihr war bewusst, wie egoistisch ihr Wunsch war. Es wäre eine Tragödie, wenn sie sie gekannt hätte. Gleichzeitig würde sie sich dann eingestehen müssen, dass etwas Persönliches hinter dem Angriff auf sie steckte – zu glauben, dass es sich um einen willkürlichen Gewaltakt gehandelt hatte, war einfacher zu ertragen.

Sie spürte, wie Gideon Reynolds stocksteif wurde. Sie warf ihm einen Blick zu, sah seinen Kiefer hart werden. Er starrte Rafe vernichtend an, der sich jedoch nicht aus der Ruhe bringen ließ.

Aus einem Impuls heraus streckte sie die Hand aus, um ihm das Knie zu tätscheln. Trotz der leichten Berührung spürte sie, dass der Mann gespannt wie eine Feder war. Sie sahen einander einen Moment lang an, dann senkten sich seine Schultern kaum merklich.

Sein Blick fiel auf ihre Hand, die sie zurückriss, als hätte sie etwas Heißes berührt. Was sie hatte. Seine Wärme war durch ihre Handfläche geströmt und ließ sie erschaudern. Plötzlich war ihr schrecklich kalt. Am liebsten hätte sie sich in seine Wärme geschmiegt, sich von ihr einhüllen lassen, wie Brutus es in ihren Armen tat.

Doch er schien nicht verärgert über die Berührung zu sein. Sondern … dankbar. Und müde. Er wusste etwas über dieses Medaillon, ganz eindeutig. Was es auch sein mochte, es hatte nichts mit seinem Beruf zu tun, sondern mit ihm persönlich. Und es war nichts Angenehmes.

Sie fragte sich, weshalb dieses Medaillon ihn so traurig machte, schließlich war es ein einfaches Silberherz mit einer Gravur auf der Vorderseite. Sie konnte sich nicht einmal mehr an das Motiv erinnern, sondern nur an den Namen auf der Rückseite. *Miriam.*

»Kennen Sie sie?«, fragte sie leise.

Er runzelte die Stirn. »Wen?«

»Miriam.«

Er zuckte kaum merklich zusammen, trotzdem entging es Daisys aufmerksamen Augen nicht. »Warum?«, fragte er und sah ihr in die Augen.

Sie war nicht sicher, was sie darauf antworten sollte. »Weil Sie so traurig wirken«, sagte sie leise. »Ich hasse es, wenn Leute traurig sind. Weil ich am liebsten alles wiedergutmachen möchte. Entschuldigung.«

»Schon gut.« Wieder schien er dankbar zu sein. »Ich weiß nicht, ob ich sie kenne«, fügte er hinzu, und es schien aufrichtig zu sein.

In diesem Moment ging die Tür auf, und eine Frau kam mit einer kleinen Beweismitteltüte und einer Akte herein. Rafe und Gideon erhoben sich. »Sergeant Grimes, das ist unsere Zeugin, Miss Dawson.«

Daisy las Schärfe und zugleich Mitgefühl im Blick der Polizistin. »Tut mir leid, dass Sie heute angegriffen wurden, Miss Dawson.« Sie setzte sich neben Rafe und legte die Sachen vor sich auf den Tisch.

Rafe zog die Akte zu sich heran und blätterte einige Momente darin, ehe er sie so umdrehte, dass Daisy den Inhalt erkennen konnte. Wieder spürte sie, wie Gideon neben ihr stocksteif wurde, versuchte aber, es zu ignorieren und sich stattdessen auf das Foto zu konzentrieren.

Es war eine körnige Vergrößerung und zeigte ein Mädchen von etwa dreizehn Jahren in einem schlichten weißen Kleid und mit einem Blumenstrauß in der Hand. Neben ihr saß ein sehr viel älterer Mann im Anzug auf einem Holzstuhl mit gerader Lehne.

Daisy runzelte die Stirn. »Die Aufnahme wirkt relativ neu, die Kleider dagegen ziemlich altmodisch. Es sieht wie so ein historisches Goldrausch-Foto aus, das man in den Souvenirshops in der Altstadt machen lassen kann.«

»Kennst du jemanden auf dem Foto?«, fragte Rafe.

Daisy zog die Aufnahme näher heran. Das Mädchen hatte ein hübsches Gesichtchen, ihr dunkles Haar war zu einem Knoten im Nacken frisiert. »Das Mädchen habe ich noch nie gesehen, aber sie scheint viel zu jung zum Heiraten zu sein.« Doch so abscheulich dergleichen auch sein mochte, so wusste sie, dass junge Mädchen mitunter zur Heirat gezwungen wurden.

»Was ist mit dem Mann?«, wollte Rafe wissen.

Widerstrebend betrachtete sie den Mann auf dem Foto, obwohl sie am liebsten aufgesprungen und davongelaufen wäre. Er hatte etwas Strenges, Hartes an sich. Etwas, das ahnen ließ, dass er überzeugt war, sein Wort sei Gesetz. »Es könnte der Mann sein, der mich heute überfallen hat, aber … ich glaube es nicht. Er … seine Augen sind irgendwie anders. Enger stehend, vielleicht. Der Nasenrücken ist breiter. Andererseits hatte sich der Kerl, der mich angegriffen hat, einen Nylonstrumpf übergezogen, deshalb waren seine Gesichtszüge verzerrt. Ich kann es nicht mit Bestimmtheit sagen.«

Sie sah Gideon an, der das Foto mit einer Mischung aus Entsetzen und Fassungslosigkeit anstarrte, als könne er nicht glauben, was er sah.

»Sie kennen sie, stimmt's?«, flüsterte Daisy, doch er machte keine Anstalten, den Blick von der Aufnahme zu lösen.

Schließlich atmete er langsam aus. »Dieser Mann kann nicht der Angreifer von heute Abend sein.«

»Wieso nicht?«, fragte Rafe so leise, dass Daisy Mühe hatte, ihn über das Rauschen des Blutes in ihren Ohren hinweg zu hören. Denn Gideon Reynolds starrte immer noch völlig erschüttert auf das Foto. Etwas stimmte hier nicht. Und zwar etwas ganz, ganz Schwerwiegendes.

Nach einer scheinbaren Ewigkeit sah Gideon auf. Sein Blick war stählern, sein Kiefer noch angespannter als zuvor. »Weil er tot ist.«

4. KAPITEL

Sacramento, Kalifornien
Donnerstag, 16. Februar, 23.45 Uhr

Er ist tot, dachte Gideon und blickte ein weiteres Mal auf das Foto. *Weil ich ihn getötet habe.*

Die Worte lagen ihm auf der Zunge, doch er hielt sie zurück. Mord war ein Verbrechen. *Es sei denn, es liegt Notwehr vor.* Was der Fall war. *Aber ich kann es nicht beweisen.*

Doch so grauenvoll es auch sein mochte, es war noch nicht einmal sein dunkelstes Geheimnis. Oder seine schlimmste Schande.

Es tut mir leid, Mama. Er hörte noch, wie sie weinte, hörte ihr Flehen, durchzuhalten. *Nur noch ein bisschen, Schatz. Eine kleine Weile. Ich verspreche, es wird wieder gut. Alles wird wieder gut, mein Schatz, ich verspreche es dir.*

Sie hatte es versprochen. Und es auch gehalten. Und dann war sie einfach gegangen.

Er hatte sie hassen wollen, gleichzeitig war ihm bewusst gewesen, welche Überwindung es sie gekostet haben musste. Zurückzugehen. Er hatte gewusst, wieso sie ihn verlassen hatte und zurückgegangen war. Wegen Mercy.

Seine Mutter war vor eine Wahl gestellt worden, die kein Mensch treffen konnte. Doch Mercy hatte sie mehr gebraucht als er. Er hatte es verstanden, obwohl er sie angefleht hatte, ihn nicht allein zu lassen. Er verstand es auch heute und bereute die Worte, die er ihr entgegengeschleudert hatte. Aus Angst. Aus Verzweiflung. Aus Schmerz.

Aber es spielte keine Rolle, weil sie fort war. Diesmal für immer. Er konnte die Worte nicht mehr zurücknehmen, sie nicht mehr um Verzeihung bitten. *Es tut mir so leid, Mama. So leid.*

»Gideon!«

Rafes scharfe Stimme riss ihn aus seinen Gedanken. Doch noch viel bewusster war er sich der schmalen Hand, die sich um seine geballte Faust schloss und fest zudrückte. Daisy Dawsons Hand.

Er wandte sich ihr zu und sah, dass sie ihn mit einer Mischung aus Verstehen und Mitgefühl betrachtete. Langsam ließ sie seine Hand los und streichelte wieder ihre Hündin, ohne den Blick von ihm zu lösen.

Was hatte er da gesagt? Panisch ließ er den Blick über die Anwesenden schweifen. Erin Rhee und Cindy Grimes wirkten verwirrt, womöglich sogar ein wenig besorgt. Aber nicht aufgebracht.

Rafe bedachte ihn mit einem ironischen Lächeln, das mehr sagte, als Worte es vermochten. *Du hast nichts gesagt, es ist okay.* »Ich dachte, du wärst mitten am Tisch eingeschlafen, deshalb habe ich dich gefragt, ob du sicher bist, dass er tot ist.«

Gideon atmete auf, in der Hoffnung, dass man ihm die Erleichterung nicht anmerkte. Er konnte kaum glauben, dass er so viel preisgegeben hatte, andererseits hatte er soeben einen schweren Schock erlitten. Eigentlich hätte er Rafe am liebsten eins auf die Nase gegeben, weil er ihn in diese Lage gebracht hatte, als ihm einfiel, was Daisys Angreifer gesagt hatte: Es hatte weitere Opfer gegeben. Damit stand fest, dass er dasselbe getan hätte wie sein ältester Freund.

»Ja«, sagte er ohne eine weitere Erklärung und tippte auf die Akte. »War noch mehr in dem Medaillon?«, fragte er, als sein Verstand endlich wieder funktionierte.

Er hatte den Mann auf dem Foto getötet. Miriam – oder Eileen, wie das Mädchen auf dem Foto lieber genannt werden wollte – hätte danach nicht alleine bleiben dürfen, sondern wäre einem anderen Mann zugesprochen worden.

Es sei denn, sie ist kurz nach meiner Flucht auch abgehauen.

Was höchst unwahrscheinlich war. Stattdessen hätte man ein weiteres Hochzeitsfoto in das Medaillon gelegt, über das erste.

»Ja«, antwortete Cindy erstaunt. »Ein Stück Papier, in kleine Fetzen geschnitten. Ich nehme an, es war ebenfalls ein Foto, allerdings muss ich erst versuchen, es wieder zusammenzusetzen.«

»Kennen Sie das Mädchen auf dem Foto, Agent Reynolds?«, fragte Erin.

»Ja, aber es ist lange her. Ich habe sie seit siebzehn Jahren nicht mehr gesehen. Sie hieß Miriam, und das Medaillon hat ihr gehört.«

»Und die Papierfetzen?«, fragte Cindy.

Nicht hier. Nicht jetzt. Er hatte schon viel zu viel gesagt. Er sah Rafe scharf an.

Sein Freund erhob sich. »Ich denke, wir sind erst mal fertig hier. Daisy, komm mit mir. Mom, Dad und Sasha warten schon und wollen dich mit nach Hause nehmen.«

Daisy schien wenig begeistert zu sein. »Das ist wohl nicht dein Ernst.«

»Tut mir leid«, erklärte er wahrheitsgetreu, »aber du darfst nicht bleiben.«

Daisys blaue Augen blitzten, als sie aufstand. »Du bist völlig unmöglich«, murmelte sie. »Gerade wo wir der Sache langsam näher kommen.«

Gideon musste ein Lachen unterdrücken, das spontan in seiner Kehle aufstieg. Sie schien ernsthaft wütend zu sein. Doch er wurde sofort wieder ernst, denn sie hatte recht: Sie kamen der Sache tatsächlich näher, doch was sich aufzutun schien, war nicht für ihre Ohren bestimmt.

»Komm, Brutus. Man setzt uns hier einfach vor die Tür. Gerade jetzt, wo es spannend wird.« Sie verfrachtete das kleine Fellknäuel in ihre Tasche und zog das Seitenteil heraus, sodass ein Netzeinsatz zum Vorschein kam.

Aus einem spontanen Impuls heraus berührte Gideon ihre Hand – er hätte den Affekt unterdrücken und sich die Berührung verbieten können, doch er tat es nicht, auch wenn er nicht recht sagen konnte, weshalb. Na gut, das war völliger Schwachsinn. Er wusste genau, warum, wollte aber nicht darüber nachdenken. Daisy Dawson hatte ihm Trost gespendet, obwohl sie es nicht hätte tun müssen. Und er ertappte sich dabei, dass er sich in ihrer Gegenwart nicht hinter seiner Fassade der kühlen Reserviertheit verstecken musste – eine Erkenntnis, die ihn hätte schockieren müssen, was sie aber nicht tat.

»Danke«, murmelte er, als sie ihn erstaunt musterte. »Passen Sie auf sich auf.«

Ihr Mund verzog sich zu einem traurigen Lächeln, das ihm in der Seele wehtat, sodass er sich unwillkürlich fragte, was sie auf seinen Zügen gelesen haben mochte, um ihn mit so tiefem Mitgefühl zu betrachten. »Ja, das werde ich. Sie auch, Agent Reynolds.« Sie schlang sich ihre Tasche über die Schulter und folgte Rafe zur Tür. »Ich finde schon alleine raus.«

»Darauf wette ich«, sagte Rafe belustigt. »Und bestimmt hörst du rein zufällig so einige Gespräche mit, während du so tust, als hättest du dich verlaufen. Deshalb bringt dich mein reizender Kollege nach oben.«

Sie starrte ihn finster an. »Spiel dich hier bloß nicht so auf.« Sie wandte sich um und bedachte den wartenden Uniformierten mit einem vernichtenden Blick. »Wie lange steht er hier schon?«

»Seit dem Moment, als ich mit Agent Reynolds hereingekommen bin, weil ich dich ganz genau kenne.« Er zupfte sie spielerisch an den Haaren. »Sag Mom, ich rufe an, sobald ich kann.«

»Mache ich.« Ihr finsterer Blick wurde eine Spur sanfter. »Ich nehme an, ich darf morgen mein Leben wie gewohnt wieder aufnehmen? Zur Arbeit gehen? Meine Veranstaltungen besuchen?«

Rafe zögerte. »Morgen wird dich jemand von uns fahren. Geh nirgendwo alleine hin.«

Daisy zog eine Braue hoch. »Jemand von euch hier?« Sie deutete in den Befragungsraum. »Oder einer der Sokolovs?«

Ich. Der – spontane und absolut lächerliche – Gedanke schoss Gideon durch den Kopf. Daisy hatte jede Menge Leute, die sich um sie kümmerten. Seine Dienste wurden hier definitiv nicht benötigt. Und waren vermutlich auch nicht erwünscht.

»Ich weiß es noch nicht«, antwortete Rafe. »Wann musst du im Sender sein?«

»Um fünf Uhr früh«, antwortete Daisy mit einem Hauch von Befriedigung. »Um sechs fängt die Sendung an. Vom Haus deiner Eltern müsste ich um 4.25 Uhr aufbrechen.«

Rafe zuckte zusammen. »Ich gebe dir Bescheid, wer dich begleitet.«

»Babysittet, meinst du.« Resigniert ließ sie die Schultern sacken. »Ich weiß ja, dass du mich bloß beschützen willst, aber ich dachte, ich hätte mir endlich meine Unabhängigkeit erkämpft, die mir jetzt so ein blöder Arsch wieder wegnimmt.«

Rafe drückte sie flüchtig an sich, während Gideon einen Laut des Unmuts in seiner Kehle aufsteigen spürte. *Krieg dich wieder ein*, ermahnte er sich barsch. *Geht's noch?*

»Ich hoffe, der Zustand hält nicht lange an.« Rafe sah den uniformierten Beamten an. »Sie fahren ihnen hinterher, ja?«

Der Mann nickte. »Natürlich. Ich melde mich, wenn sie sicher im Haus sind.«

»Danke.« Rafe schloss die Tür und kehrte zum Tisch zurück. »Officer Taggert ist ein Freund meiner Eltern. Ich schätze, er hofft auf ein Stück *medovik* meiner Mutter. Die gibt es immer bei uns.«

Gideon konnte es ihm nicht verdenken. Wie alle anderen von Irinas Leckereien war auch die Honigtorte die Zeit auf dem Laufband, um sich die Kalorien abzutrainieren, definitiv wert.

»Wieso sind wir dann noch hier?«, fragte Cindy grinsend. »Auf zu Ihrer Mom.«

»Ich bringe demnächst mal etwas davon mit«, versprach Rafe und wandte sich wieder Gideon zu. »Also, jetzt sind wir ja unter uns. Was hat es mit den Papierfetzen auf sich?«

Am liebsten wäre Gideon aufgesprungen und aus dem Raum gestürmt. Aber natürlich ging das nicht. Das war der Hinweis, auf den er die ganze Zeit gewartet hatte, seit er aus dieser Hölle geflohen war. Eine Verbindung zur Gemeinschaft. Zu dem Mann, der seine Schwester vergewaltigt und seine Mutter getötet hatte. Er würde sie rächen, und wenn es das Letzte war, was er tat.

Es tut mir leid, Mama.

Sacramento, Kalifornien
Freitag, 17. Februar, 00.00 Uhr

»Bist du sicher, dass es dir gut geht?«, fragte Karl bestimmt zum zwanzigsten Mal, seit Officer Taggert Daisy in die Lobby des SacPD begleitet hatte, wo die Sokolovs sie in Empfang nahmen.

»Mir geht's gut.« Sie glitt auf den Rücksitz des Tesla und warf Karl ein Lächeln zu, von dem sie hoffte, dass es seine Angst zerstreute, auch wenn es wahrscheinlich nicht so war. Er hatte ihrem Vater hoch und heilig versprochen, auf sie aufzupassen, und wertete die Tatsache, dass Daisy in seiner Obhut Opfer eines Überfalls geworden war, als persönliches Versagen. »Nichts, was sich mit einer Tasse Tee nicht in den Griff kriegen ließe.«

Er lächelte flüchtig. »Na gut, dann schnall dich an, Daisy. Du auch, Sasha.«

Sasha, beinahe ein Meter achtzig groß, kam von der anderen Wagenseite auf den Rücksitz gerutscht und verdrehte die Augen. »Ja, Dad. Nur die Ruhe. Ich bin schließlich nicht fünfundzwanzig oder so was«, murmelte sie gerade so laut, dass er es noch hören konnte.

»Ich weiß, wie alt du bist«, erwiderte er. »Schließlich war ich bei deiner Geburt dabei.«

Unter großem Bohei schnallte Sasha sich an. Daisy folgte ihrem Beispiel mit deutlich weniger Drama und sah zu, wie Karl die Flügeltür herunterklappte. Es war zwar nur eine Wagentür, trotzdem durchströmte sie jedes Mal ein Glücksgefühl – dieser Wagen war so was von cool.

Irina nannte den Tesla »Karls Spielzeug«, wenn auch liebevoll. Karl hatte sich sein Vermögen hart erarbeitet, deshalb durfte er auch etwas von dem Geld ausgeben, wenn ihm der Sinn danach stand. Schließlich ließ Karl den Großteil seiner Ausgaben seiner Familie und verschiedenen guten Zwecken zukommen, Tesla hin oder her. Er war ein großzügiger Mann, der Daisy mit offenen Armen aufgenommen hatte, obwohl sie sich seit über zehn Jahren nicht gesehen hatten. Daisys Vater hatte ihn um Hilfe gebeten, und er hatte sie ihm zugesagt, ohne mit der Wimper zu zucken.

Eigentlich lag ihr die Frage auf der Zunge, ob die Sokolovs ihren Vater informiert hatten, allerdings war sie nicht sicher, ob sie bereit für die Antwort war.

Karl half Irina beim Einsteigen und drückte ihr einen Kuss auf die Wange, ehe er galant die Beifahrertür schloss. Irina drehte sich auf dem Sitz um und sah Daisy durchdringend an. »Dir geht es gar nicht gut«, stellte sie mit ihrem ausgeprägten russischen Akzent fest. »Du wurdest angegriffen. Deshalb kann es dir gar nicht gut gehen.«

Daisy zuckte die Achseln. »Dann geht es mir eben bald wieder gut?«

Irina winkte unwirsch ab. »Natürlich tut es das. Wir sorgen schon dafür. Du bleibst bei uns …«

»Heute Nacht«, unterbrach Daisy. »Nur für heute Nacht.«

Lachend ließ Karl den Motor an, der geradezu unheimlich leise zum Leben erwachte. »Und das, nachdem wir das Kellerverlies eigens für sie hergerichtet haben«, sagte er zu seiner Frau. Karl hatte keinerlei Akzent. Im Gegensatz zu Irina, die erst als Teenager in die USA gekommen war, hatte Karl als Sohn von russischen Einwanderern seine Kindheit in Kalifornien verbracht. Seine Augen funkelten verschmitzt, als er Daisy im Rückspiegel ansah. »Irina hat sogar die Handschellen noch gegen ein Paar ausgetauscht, das sonst nur unser Besuch bekommt.«

Irina verpasste ihm einen spielerischen Klaps. »Du solltest doch nicht verraten, dass ich so viel Aufwand betrieben habe.«

Daisy lachte. »Ja, schon gut. Ich bin euch ja dankbar, dass ihr euch um mich kümmert. Es ist nur … ich bin so froh, endlich unabhängig zu sein, deshalb will ich nicht, dass ständig jemand … über mich wacht. Nicht mehr.«

»Viel Glück«, murmelte Sasha, woraufhin Daisy neuerlich lachte. Sasha war das siebte der acht Sokolov-Kinder und damit das zweitjüngste, wenn auch nur um wenige Minuten, denn ihr Zwillingsbruder Cash ließ sie nie vergessen, dass er der Ältere von ihnen war. Die beiden hatten immer mit Daisy gespielt, wenn ihre Familien sich zu Feiertagen besucht hatten, allerdings hatten diese herrlichen Tage ein abruptes Ende gefunden, als Daisys Vater seine Familie auf eine Ranch mitten in die kalifornische Einöde verfrachtet hatte.

Die Freundschaft mit Sasha war eine der ersten gewesen, die Daisy erneuert hatte, als sie vor anderthalb Jahren ihre Freiheit wiedererlangt hatte, und die beiden waren während Daisys Europatrip über die sozialen Medien in Kontakt geblieben. Eigentlich war es Sashas Idee gewesen, dass Daisy nach Sacramento zog, auch wenn Daisy es so hingedreht hatte, dass ihr Vater es für seine eigene hielt. Deshalb hatte Frederick Karl um Hilfe gebeten, seine Tochter bei der Suche nach einem Job und einer passenden Wohnung zu unterstützen. Trotz der versäumten Jahre hatten sie und Sasha mühelos wieder an ihre Freundschaftsbande von damals geknüpft und standen sich seitdem sehr nahe.

»Du brauchst nicht meinetwegen bei deinen Eltern zu übernachten«, sagte Daisy zu ihr, »sonst musst du doch viel zu früh aufstehen, um zur Arbeit zu kommen.« Sasha arbeitete als Sozialarbeiterin bei der Jugendfürsorge, und ihr Büro war von Rafes Stadthaus sehr viel leichter zu erreichen als vom Familienanwesen der Sokolovs in Granite Bay.

Sasha sah sie strafend an. »Ich lasse dich doch nicht allein. Nicht nach allem, was du heute durchgemacht hast.«

Daisy tätschelte ihr die Hand. »Danke. Könnte ich mir mal dein Handy ausleihen? Ich will nur kurz Trish anrufen und sehen, wie es ihr geht. Das Ganze hat sie genauso mitgenommen wie mich.«

Sasha reichte ihr das Handy. »Was ist mit deinem?«

»Das musste ich Rafe überlassen. Sie checken, ob jemand eine Ortungssoftware darauf installiert hat.«

»Wieso das denn?«, fragte Karl.

Diese verdammten Elektroautos, dachte Daisy verärgert. Viel zu leise. »Eigentlich wollte ich es erst dem Chefredakteur sagen, aber dann erfährst du es eben vorher. Ich bekomme … anzügliche Sprachnachrichten und E-Mails von irgendwelchen Hörern.«

»Was?«, riefen alle drei Sokolovs wie aus einem Munde.

Irina fuhr abermals auf ihrem Sitz herum. »Was für anzügliche Nachrichten?«

»Na ja, du weißt schon … ich sei hübsch, und sie wollten … Du weißt schon.«

Karls Augen verengten sich zu Schlitzen, als er in den Rückspiegel sah. »Nein, ich weiß es nicht, weil du ja nie etwas gesagt hast«, wetterte er.

»Tut mir leid!«, schoss Daisy zurück, ehe sie seufzte. »Ich … ich hätte etwas sagen müssen. Es tut mir wirklich leid.«

»Wieso hast du es nicht getan?«, fragte Sasha leise.

»Weil Tad meinte, es sei nichts. Jeder bekäme solche Nachrichten. Ich kriege jetzt ein neues Handy. Keine Sorge. Rafe versucht, die Nachrichten zurückzuverfolgen.«

»Sie glauben also, dass der Angreifer ein Hörer war?«, fragte Karl.

»Sie ermitteln in verschiedene Richtungen.« Wobei auch das Medaillon eine Rolle spielte. Und das Foto, das Gideon Reynolds so zugesetzt hatte. »Sie haben mich rausgeschmissen, bevor ich irgendwas erfahre, das ich ohnehin schon längst weiß. Was nicht mehr ist als das, was ich euch in der Notaufnahme erzählt habe«, fügte sie nachdrücklich hinzu, denn Karl und Irina hatten sie stärker durch die Mangel gedreht als Rafe und Erin gerade auf dem Revier.

Die vereinte Kraft der Blicke von drei Sokolovs drückte sie förmlich tiefer in den Sitz. »Hört auf, mich so anzustarren«, sagte sie, ohne den Blick von dem Handy zu nehmen. »Ich versuche gerade, mir Trishs Nummer ins Gedächtnis zu rufen, und ihr macht mich ganz nervös.«

»Sie steht in meiner Kontaktliste«, sagte Sasha und schüttelte den Kopf. »Wir reden später über diese Nachrichten.«

»Worauf du dich verlassen kannst«, bekräftigte Karl.

Seufzend scrollte Daisy zu Trishs Nummer und wählte. Wenig überraschend meldete Trish sich beim ersten Läuten. »Hallo? Sasha? Wo ist Daisy?«

»Ich bin's, Daisy. Sasha hat mir ihr Handy geliehen. Ich bin jetzt fertig bei den Cops und fahre mit Karl und Irina nach Granite Bay. Geht's dir gut?«

»Ja. Die Polizistin hat mich nach Hause gebracht, allerdings bin ich nicht sicher, ob ich wirklich schlafen kann. Wenn ich jemals einen Drink gewollt habe, dann heute.«

»Ich auch«, gestand Daisy leise. »Wenn es zu schlimm wird, ruf Rosemary an. Ich würde ja sagen, melde dich bei mir, aber die Polizei hat mir mein Handy abgeknöpft, und ich kriege erst morgen ein neues.«

»Hast du denen endlich von diesen beklemmenden Nachrichten erzählt, wie ich es dir schon die ganze Zeit sage?«

»Ja.« Daisy seufzte. »Ich melde mich, sobald ich meine neue Nummer habe.«

»Spielt dieses Medaillon eine Rolle?«

»Ich denke schon, weiß aber nicht, inwiefern.« Plötzlich kam ihr ein Gedanke. »Könntest du die Fotos, die du heute Abend gemacht hast, an meine Mailadresse schicken? Ich hätte sie gern bei meinen Unterlagen.« Trish war geistesgegenwärtig genug gewesen, sofort Fotos von Daisys Hals, dem Tatort und dem Medaillon zu schießen. Wenn Rafe ihr die interessanten Details vorenthielt, musste sie sich eben selbst behelfen.

»Klar. Ruf mich morgen an, ob es dir auch gut geht. Und grüß mir die Sokolovs schön.«

Daisy beendete das Gespräch und gab Sasha das Telefon zurück, ehe sie sich überwand, die Frage zu stellen, vor der ihr schon die ganze Zeit graute. »Habt ihr meinen Vater informiert?«

»Nein«, antwortete Irina zu ihrer Verblüffung. »Wir wussten ja, dass es eine reine Vorsichtsmaßnahme war, dich in die Notaufnahme zu bringen. Es hätte deinen Vater nur unnötig aufgeregt, wenn er es von uns erfahren hätte. Er muss deine Stimme hören, um sicher sein zu können, dass es dir wirklich gut geht.«

»Danke. Ich hatte vor, ihn anzurufen.« Hatte sie auch. Na ja, irgendwann. »Morgen. Vor der Sendung.« Sie kniff die Augen zusammen, als Irina einwenden wollte, dass sie unmöglich am Morgen zur Arbeit gehen könnte. »Rafe meinte, jemand fährt mich zum Sender. Wahrscheinlich er oder Detective Rhee.«

»Karl?«, fragte Irina. »Können wir das akzeptieren?«

Er zuckte die Achseln. »Eigentlich nicht, aber wir werden wohl darauf vertrauen müssen, dass Rafe gut auf sie aufpasst.«

Daisy warf Sasha einen Seitenblick zu, die ein Grinsen unterdrücken musste. »Willkommen in meinem Leben«, raunte sie so laut, dass ihre Eltern es mitbekamen.

»Alles verhandelbar, solange ich nur meine Freiheit behalten darf.«

Sacramento, Kalifornien
Freitag, 17. Februar, 00.00 Uhr

Es ist an der Zeit, über sie zu sprechen, dachte Gideon. Er hatte versucht, sie zu finden, damit sie ihrer gerechten Strafe zugeführt werden konnten. Es war ihm nicht gelungen. *Aber damals war ich noch ein Junge.*

Auch das FBI hatte alles versucht, allerdings hatte sich die Gemeinschaft zu gut verborgen gehalten. Sie hatten nichts in der Hand gehabt. Seines Wissens waren er und Mercy die Einzigen, die abgehauen waren, doch offensichtlich war auch Eileen die Flucht gelungen. Eine andere Erklärung gab es nicht – sonst hätte sie das Medaillon immer noch um den Hals, während sie sich für die Gemeinschaft abrackerte.

Und dass du einen Mann getötet hast? Dieses Detail würde er für sich behalten. *Logo!*

Und Mercy? Erzählst du ihnen auch von ihr? Nein, das konnte er nicht. Nicht ohne Mercys Erlaubnis. Das käme einem neuerlichen Missbrauch gleich.

»Gideon?«, sagte Rafe.

Er seufzte. »Ich bin nur in Gedanken. Das Foto zu sehen, war ein echter Schock.«

»Das haben wir gemerkt«, erwiderte Erin trocken, aber keineswegs unfreundlich. »Wieso?«

»Hast du das Foto, das ich dir vorhin gegeben habe?«, fragte Gideon Rafe.

Rafe zog es heraus und legte es so neben das Medaillon, dass man die Gravur erkennen konnte.

»Wow«, stieß Cindy leise hervor. »Dieses Tattoo … sind Sie das?«

»Ja.« Er hatte es sofort überstechen lassen, nachdem er Mercy gefunden hatte. Es hatte seinen Zweck erfüllt. Die Behörden hatten es als Beweis gelten lassen, dass sie verwandt waren, da keinerlei Unterlagen über sie vorgelegen hatten. Später hatte ein DNS-Test Gideons Angaben bestätigt, allerdings hatte die Auswertung zu dieser Zeit noch mehrere Monate gedauert.

»Das Motiv ist genau dasselbe«, murmelte Erin und deutete abwechselnd auf das Medaillon und das Tattoo. »Aber wieso ist das so?«

»Nicht ganz«, korrigierte Gideon. »Der Olivenbaum auf dem Tattoo hat dreizehn Äste, der auf dem Medaillon nur zwölf. Es ist das Symbol einer neuen religiösen Bewegung in Nordkalifornien.«

»Eine Sekte«, sagte Erin tonlos. »Sie haben in einer Sekte gelebt.«

»Ja«, antwortete er schlicht und begann, die Bedeutung des Olivenbaums und der Anzahl der Äste darzulegen.

»Die haben Zwölfjährige zwangsverheiratet?«, hakte Erin entsetzt nach.

»Nur die Mädchen«, antwortete Gideon mit großer Vorsicht. Es gab viel zu viele persönliche Details, die er keinesfalls preisgeben wollte. »Jungen wurden mit dreizehn Jahren als Männer in die Gemeinschaft aufgenommen, bekamen Aufgaben und Pflichten zugeteilt und eine … spezielle Ausbildung zugewiesen.« Die Worte blieben ihm beinahe im Halse stecken. *Spezielle Ausbildung*. Damals hatte es so verheißungsvoll geklungen. Und für einige Jungen mochte es auch so gewesen sein, denn sie waren völlig aus dem Häuschen vor Begeisterung gewesen. Vielleicht war es ihnen auch nur leichter gefallen, die Wahrheit zu verdrängen.

»Spezielle Ausbildung?«, wiederholte Rafe, als fürchte er sich vor der Antwort, die Gideon ihm gleich geben würde.

»Innerhalb der Kirche.« Gideons Antwort klang knapper, als er beabsichtigt hatte. O Gott, wie sehr er all das hasste. All die Abscheulichkeiten ans Licht bringen zu müssen. »Anfangs ging es darum, die heiligen Schriften und Kirchengesetze zu studieren. Und mit dreizehn fingen auch die Lehrjahre an.« *Lehrjahre.* Allein beim Gedanken daran drehte sich ihm der Magen um. »Als Schmied, Gerber, Schuster …«

»Klingt wie in einem Western«, murmelte Cindy.

Eher wie ein Horrorfilm. »Mit dreizehn wurde man auch auf die Jagd mitgenommen. Die Gemeinschaft hat sich selbst versorgt. Die Leute haben Hühner und Schweine gehalten, manche hatten Rinder und ein paar Milchkühe. Und wenn die Jagd erfolgreich verlief, gab es Wildbret.«

»Strom?«, fragte Cindy.

»Nur in bestimmten Teilen, vor allem im Kirchenbüro und den Häusern einiger wichtiger Gemeinschaftsmitglieder, wie dem Pastor. Sie hatten Generatoren.«

Erin runzelte die Stirn. »Und wann haben die Jungen geheiratet?«

»Sobald sie selbst ein Haus gebaut hatten. Mit achtzehn fangen sie mit dem Bau an, aber nur in ihrer Freizeit, nach ihren üblichen Aufgaben und ihrer Tagesarbeit. Bei einigen geht es ein bisschen schneller als bei anderen, vor allem, wenn sie eine Lehre machen, die sich für den Bau nutzen lässt.«

Erin musterte ihn. »Und was haben Sie für eine Lehre gemacht?«

Gideon verzog den Mund. »Als Eisenschmied«, sagte er verbittert. »Ich hätte unter anderem die Medaillons anfertigen sollen.«

»Hätten?«, fragte Cindy. »Was ist passiert?«

»Ich bin geflohen.«

»Glück gehabt«, bemerkte sie leise.

Riesenglück. Es tut mir so leid, Mama.

Erin beugte sich vor. »Und wie?«

»Ich habe mich auf der Ladefläche eines Lasters versteckt, der in die Stadt fuhr. Am Busbahnhof habe ich mich versteckt. *Nur die Ruhe. Du hast nichts Falsches getan. Na ja, außer einen Mann zu töten.* »Ich war dreizehn.« Und ein Tag.

»Und was ist weiter passiert?«, wollte Cindy wissen, ihr Blick weich und voller Mitgefühl.

»Ich kam ins Heim.« Mehr wollte er nicht über sich preisgeben. Er tippte auf das Foto des Mädchens. Miriam. Eileen. »Sie war damals in meiner Klasse in der Gemeinschaft. Wir waren befreundet. Sie wurde ein paar Monate vor mir zwölf und musste ihn heiraten.« Er deutete auf das Hochzeitsfoto. »Edward McPhearson. Zumindest kannte ich ihn unter diesem Namen. An ihrem zwölften Geburtstag hat sie die Schule beendet, so wie alle Mädchen. Schließlich sollten sie Ehefrauen sein, keine Gelehrten«, erklärte er höhnisch und dachte an Eileens bittere Tränen, als ihr aufgegangen war, dass die Schule für sie damit zu Ende war. »Eileen hat sehr gern gelernt. Sie war ein kluges Mädchen.«

»Eileen?«, fragte Rafe.

»Das war ihr richtiger Name. Der, mit dem sie gern angesprochen werden wollte.« Aber nur von den Menschen, denen sie vertrauen konnte. Ihrer Mutter. *Und mir.* »›Miriam‹ war der Name, den die Gemeinschaft ihr gegeben hat. Wir hatten eine ganze Menge Miriams.«

»Sie sagten, sie sei klug gewesen«, schaltete sich Erin ein. »Wieso die Vergangenheitsform?«

Weil die Eileen, die er gekannt hatte, am Tag ihrer erzwungenen Heirat mit Edward McPhearson gestorben war. Sie war zu einer Hülle geworden, mit leeren Augen. »Ich weiß nicht, ob sie noch lebt. Dass jemand anderes das Medaillon um den Hals hatte, bedeutet, dass sie entweder tot ist oder flüchten konnte und das Medaillon deshalb nicht mehr bei sich hat.«

Wieder schaltete sich Rafe ein. »Gideon hat mir vorhin erzählt, dass die Kette nicht das Originalexemplar ist, die sehr schwer ist und um den Hals der Trägerin geschmiedet wurde. Jemand hätte sie gewaltsam durchtrennen müssen.«

»Du lieber Gott«, murmelte Erin. »Wie bei einer Sklavin.«

Gideon nickte. Genau wie bei einer Sklavin.

»Sie könnte das Medaillon verpfändet haben. Wenn sie geflohen ist«, schlug Cindy vor.

»Kann sein.« Gideon blickte auf das Schmuckstück. McPhearsons Werk. Es dürfte eines der letzten Medaillons gewesen sein, die der elende Dreckskerl angefertigt hatte. »Kommt darauf an, wie lange es gedauert hat, bis sie fliehen konnte. Wenn sie lange dort geblieben ist, hätte sie sich nicht so einfach davon trennen können. Es ist schwer zu erklären, aber das Medaillon ist eine Art Talisman für die Frauen. Dadurch waren sie sicher und spirituell mit dem Rest des Leibes verbunden. So hat die Gemeinschaft sich genannt. Leib.«

»Das ist ja gruselig«, bemerkte Erin.

Wieder zuckte Gideon die Achseln, weil er nicht wusste, wie er die Bedeutung des Medaillons erklären sollte. »Ja. Aber so war es nun mal. So als würde man immer eine Hasenpfote bei sich tragen, und eines Tages hätte man einen Unfall. Bliebe man unverletzt, würde man das insgeheim ein Stück weit der Hasenpfote zuschreiben. Man hat Angst, beim nächsten Unfall könne man sterben, wenn man sie nicht länger bei sich trüge.«

»Ich hatte auch mal so eine Kette«, gestand Cindy. »Sie gehörte meiner Großmutter. Sie sei all die Jahre ihr Talisman gewesen, und deshalb würde sie nun auch mich beschützen, meinte sie, als sie starb. Ich trug sie während meiner gesamten Jugend.« Sie lächelte liebevoll. »Aber eines Tages ist die Lederkordel gerissen, und ich habe sie verloren. Natürlich habe ich alles abgesucht, sie aber nie wiedergefunden. Wochenlang habe ich in der ständigen Angst gelebt, dass etwas Schlimmes passieren könnte. Erst allmählich wurde es besser. Damals war ich siebzehn. Deshalb kann ich mir gut vorstellen, dass jemand eine Art Bindung zu so einem Gegenstand aufbaut, vor allem, wenn seine Bedeutung von einer Autoritätsperson untermauert wird.«

Gideon nickte. »Danke. Genau so war es.«

Sie legte eine weitere Beweismitteltüte auf den Tisch. »Und was ist hiermit?«

Sie zeigte auf die Fetzen des zweiten Fotos. »Nach dem ihr erster Ehemann gestorben ist, wäre Eileen oder Miriam einem anderen Mann zugesprochen worden. Das wäre dann ihr zweites Hochzeitsfoto. Wenn sie geflohen ist, hätte sie es selbst zerschnitten haben können. Vor allem, wenn er sie missbraucht hat.«

Nicht alle Männer von der Gemeinschaft waren gewalttätig. Aber mehr als genug von ihnen.

Gideon räusperte sich. »Wenn Sie es schaffen, es wiederherzustellen, versuche ich, den Mann zu identifizieren.«

»Was ist mit dem Gebiet, auf dem die Gemeinschaft lebt?«, fragte Erin. »Wo liegt es?«

Über den Tisch hinweg sah Gideon zu Rafe und erkannte das Verstehen in den dunklen Augen seines alten Freundes.

»Ich weiß es nicht«, gestand Gideon. »Natürlich habe ich nach meiner Flucht versucht, es zu finden, aber es nicht geschafft.« Nachdem ich mich halbwegs gefangen hatte.

»Wir sind zusammen losgezogen«, fügte Rafe hinzu. »Damals wusste ich nicht, wonach wir suchten, sondern nur, dass diese Fahrten zum Mount Shasta wichtig für Gideon waren. Da er keinen eigenen Wagen hatte, bin ich gefahren. Am Ende habe ich mir zusammengereimt, dass es etwas mit seiner Familie zu tun haben musste, aber …« Er seufzte. »Wir hätten uns mehr Mühe geben müssen.«

Gideon schüttelte den Kopf. »Es war sinnlos. Als würde man eine Stecknadel im Heuhaufen suchen.« Damals und auch seither. Er hatte die Suche nie aufgegeben.

»An welche Merkmale der Gegend können Sie sich noch erinnern?«, fragte Erin, die unübersehbar elektrisiert von der Idee war, das Geheimnis um die verschwundene Religionsgemeinschaft zu lüften. Wäre es doch nur so einfach.

»An den Mount Shasta«, antwortete er. »Ich weiß noch, dass ich ihn immer in der Ferne gesehen habe.«

»Dann haben wir wenigstens einen Punkt, wo wir ansetzen können«, sagte Erin mit einer Überzeugung, die auf den ersten Blick wie eine logische Schlussfolgerung daherkam, sie aber leider auch nicht weiterbringen würde.

»Theoretisch, aber leider ziehen sie immer wieder weiter.«

Cindys Augen weiteten sich. »Sie meinen, die ganze Gemeinschaft zieht anderswohin? Einfach so?«

»Ja. Ich habe es zwei Mal miterlebt, als ich noch ein Junge war. Beide Male konnte ich den Mount Shasta zwar noch sehen, aber aus einer anderen Perspektive. Meine Mutter meinte, es sei nötig gewesen, weil der Boden keine ausreichende Ernte mehr hergegeben hätte. Zumindest hatte man ihr das als Grund genannt. Beim ersten Mal war ich erst sechs, beim zweiten Mal schon acht. Da habe ich auch mitbekommen, wie einige Mitglieder hinter vorgehaltener Hand meinten, das Land sei ›verflucht‹ und bestrafe sie.«

»Aber wofür?«, fragte Rafe.

»An den ersten Umzug erinnere ich mich nicht, aber beim zweiten Mal passierte es am Tag, nachdem einem Mann vorgeworfen worden war, er hätte Lebensmittel aus den Vorräten gestohlen. Keine Ahnung, ob es stimmte, aber aus heutiger Sicht würde ich eher vermuten, dass er versucht hat zu fliehen. Jedenfalls wurde der mutmaßliche Dieb der Gemeinschaft vorgeführt. Jemand hatte ihn übel zusammengeschlagen, vielleicht war er sogar bewusstlos, jedenfalls konnte er nicht sprechen. Sie haben ihn offiziell des Verbrechens angeklagt und erklärt, er würde ›verbannt‹ werden. Ich weiß noch, wie einige Erwachsene entsetzt nach Luft geschnappt haben, andere haben sogar geweint, wenn auch ganz leise. Sie haben ihn durch das Tor und in den Wald geschleift. Keiner hat ihn je wiedergesehen. Am nächsten Morgen war der Gemüsegarten völlig verdorrt. Die Anführer meinten, dies sei die Strafe für den Diebstahl des Mannes, aber ich vermute eher, jemand hat Unkrautvernichter darüber ausgekippt.«

»Hat jemand den Schwindel aufgedeckt?«, wollte Rafe wissen.

Gideon schüttelte den Kopf. »Nein, das Wort zu erheben galt als ein noch schlimmeres Vergehen als Diebstahl, und nachdem alle gesehen haben, wie mit dem angeblichen Dieb umgesprungen wurde, hat sich keiner getraut, den Mund aufzumachen. Jedenfalls sind wir weitergezogen und mussten neue Gärten anlegen, um wieder ernten zu können, allerdings war es ein strenger Winter. Ich weiß noch, dass ich abends oft hungrig im Bett lag und meine Mutter deswegen geweint hat, aber sie konnte nichts tun. Im nächsten Jahr hat keiner etwas gestohlen – oder einen Fluchtversuch unternommen –, und wir hatten eine reiche Ernte.«

»Klingt nachvollziehbar«, meinte Cindy nachdenklich. »Und es war ein probates Mittel, mit Angst die Kontrolle über die Gemeinschaft zu verstärken und alle wieder in die Spur zu bringen.«

»Es hat jedenfalls funktioniert. Soweit ich mich erinnere, wurde danach niemand mehr so hart bestraft, zumindest bis ich geflohen bin. Später bin ich noch mal zurück zu dem letzten Ort, an dem sie waren, und habe auch den Ausblick auf den Berg wiedererkannt, aber sie waren fort.«

»Haben Sie je irgendjemandem davon erzählt?«, wollte Erin wissen.

»Ja.« Denn obwohl er womöglich wegen des Mordes an McPhearson ins Gefängnis gekommen wäre, hatte er gewollt, dass seine Mutter und Mercy in Sicherheit waren. Nachdem Mercy entkommen und ihre Mutter gestorben war, hatte es jedoch keinen Anlass mehr gegeben, die Wahrheit ans Licht zu bringen. Sondern nur noch, Rache zu üben. Deshalb hatte er die Suche nach ihnen nie aufgegeben. »Ich habe einem Cop davon erzählt, als ich aufgegriffen wurde, aber auch er hat sie nicht gefunden. Es ist ein riesiges Gebiet, mit jeder Menge Verstecke für so eine kleine Gemeinschaft.«

Wieder runzelte Erin die Stirn. »Wie viele Menschen haben denn dort gelebt? Ich würde eher annehmen, eine Gemeinschaft, die groß genug ist, dass es Vertreter verschiedener Handwerkszweige gibt, lässt sich nicht so ohne Weiteres verstecken. Über Satellit hätte man ihre Häuser und sogar die Gärten erkennen müssen. Wenn wir mit Google Earth Leute ausfindig machen, die hinterm Haus Haschisch anbauen, sollte man doch eine Farm aufstöbern können.«

»Ich schätze, wir waren ungefähr hundert Leute, inklusive Frauen und Kindern«, antwortete Gideon. »Und ich *habe* mir Luft- und Satellitenaufnahmen angesehen. Das FBI hat mir Zugriff auf die Aufnahmen der Regierung gewährt, ich habe Polizisten und Ladenbesitzer in jeder Kleinstadt im fraglichen Gebiet gefragt. Wo auch immer sie ihre Vorräte beziehen, in der Gegend um den Mount Shasta ist es jedenfalls nicht. Sie haben sich versteckt und setzen alles daran, dass man sie nicht findet.«

Rafe sah ihn erstaunt an. »Du hast sie beim FBI angezeigt?«

»Natürlich.« Gideon bemühte sich um einen ruhigen Tonfall, obwohl ihm eine barsche Erwiderung auf der Zunge lag. »Ich wollte, dass man sie findet, damit nicht noch mehr Kinder so behandelt werden wie wir und nicht noch mehr Frauen wie meine Mutter versklavt werden. Ich wollte, dass diese Dreckskerle für das bezahlen, was sie getan haben. Nur eben auf dem Rechtsweg.«

»Aber das FBI hat sie auch nicht gefunden«, folgerte Rafe mitfühlend.

»Nein.« Gideon schluckte. »Und irgendwann kam der Fall dann zu den Akten.« *Bis heute Abend. Als das Medaillon aufgetaucht ist.*

»Gut.« Erins Miene war weicher geworden, als hätte sie sich vor Augen geführt, dass sie es mit einem echten Schicksal eines echten Menschen zu tun hatte, und nicht mit einem beliebigen Fall. »Wie lange fuhren Sie auf dem Laster mit? Und bis zu welcher Busstation?«

»Es war der Busbahnhof in Redding. Und ja, ich habe mich auch dort überall umgehört. Wie lange wir gefahren sind, weiß ich allerdings nicht mehr«, räumte er ein.

Wieder sah er Verständnis in Rafes Augen. Er hatte Gideons Narben unter der Dusche nach dem Sportunterricht an der Highschool gesehen … und ihn nie danach gefragt.

Erins Augen wurden schmal. »Wieso nicht?«

Gideon schluckte. »Ich war die meiste Zeit bewusstlos.«

»Man hatte ihn zusammengeschlagen«, fügte Rafe hinzu.

Erin und Cindy schnappten entsetzt nach Luft. »Verstehe«, sagte Erin leise. Endlich. »Es tut mir leid, Gideon.«

»Schon okay. Ist lange her.« Und alle, die er hatte finden wollen, waren längst nicht mehr da. *Es tut mir leid, Mama.*

Cindy holte tief Luft, als kämpfe sie dagegen an, dass ihre Gefühle die Oberhand gewannen. »Ich habe Söhne in dem Alter, in dem Sie damals waren. Nur gut, dass ich so viel Zeit im Labor verbringe, sonst würde ich die ganze Zeit nur Opfer beweinen.«

»Ich habe noch ein paar Fragen«, schaltete sich Erin mit entschuldigender Miene ein. »Wie hieß diese ›neue religiöse Bewegung‹?«

»Die Sekte«, korrigierte Gideon tonlos. »The Church of Second Eden. Sie haben die Siedlung auch Eden genannt, obwohl sie auf keiner Karte vorkommt. Der Anführer nannte sich ›Pastor‹, seinen richtigen Namen kenne ich nicht.«

Erin nickte. »Okay. Und weshalb wurden Sie geschlagen?«

»Ich habe mich geweigert, meine Lehre zu machen.« Was der Wahrheit entsprach. Gewissermaßen.

Erin legte fragend den Kopf schief. »Wieso?«

»Weil McPhearson im Ruf stand, äußerst brutal zu sein.« Unter anderem.

Erin nickte. »Und wie ist er gestorben?«

Vorsichtig. Ganz, ganz vorsichtig. »Er wurde erschlagen«, antwortete er. Das entsprach der Wahrheit.

»Und warum?«, drängte sie.

Vorsicht. »Wegen dem, was er mir angetan hat.« Auch wahr. Eigentlich.

Sie musterte ihn so eingehend, dass er angefangen hätte zu schwitzen, wäre er nicht dafür ausgebildet worden, die Fassung zu wahren. Interessant, dass ihm nichts mehr entschlüpft war, seit Daisy Dawson den Raum verlassen hatte. Darüber würde er sich später Gedanken machen müssen

»Unser einzig brauchbarer Hinweis ist das zerrissene Foto«, warf Rafe ein. »Kannst du es wieder zusammenfügen, Cindy?«

Cindys Augen funkelten. »Ja, verdammt. Ich habe schon mal ein Puzzle aus tausend Teilchen gemacht, das bloß aus Gelb bestand. Ich kriege das hin.«

Rafe grinste. »Hervorragend. Bis wann?«

»Das kann ich noch nicht genau sagen. Wir gehen davon aus, dass alle Fetzen vorhanden sind. Aber wenn sie auf dem ersten Foto zwölf und auf dem zweiten dreizehn war, kann ich das als Anhaltspunkt verwenden. Schließlich hat sich ihr Gesicht in dem einen Jahr bestimmt nicht sehr verändert.« Cindy stand auf und sammelte ihre Sachen ein. »Ich melde mich.«

Erin erhob sich ebenfalls. »Ich mache mich an den Bericht. Sag Bescheid, wenn ich Daisy-Dienst übernehmen soll.«

Daisy-Dienst. Gideon hätte nichts dagegen einzuwenden, selbst für eine Schicht einzuspringen. Sie war so nett zu ihm gewesen, obwohl sie selbst gerade Opfer eines brutalen Angriffs geworden war, hatte ihn beruhigt, als ihm Gedanken in den Sinn gekommen waren, mit denen er sich nicht befassen wollte. Sie hatte ihn angelächelt, als verstehe sie ganz genau, was los war.

Was ausgeschlossen war, trotzdem war er dankbar dafür. Noch viel dankbarer war er ihr für die Chance, die sich ihm durch sie auftat. Das Medaillon, das sie dem Angreifer vom Hals gerissen hatte, könnte helfen, Eileen zu finden. Eden. Die Männer, die seine Schwester vergewaltigt und seine Mutter ermordet hatten.

Als Erin den Raum verlassen hatte, wandte Rafe sich ihm mit hochgezogenen Brauen zu. »Was jetzt?«

Gideon runzelte die Stirn. »Wie meinst du das?«

Rafe verdrehte die Augen. »Wie oft warst du am Mount Shasta in dem Jahr, seit du wieder in Sacramento bist? Und erzähl mir nicht, du wüsstest es nicht. Das kaufe ich dir nicht ab.«

»Fünfzehn Mal«, gestand Gideon.

»Und als du in Miami und in Philly warst? Wie oft bist du zurückgekommen und hast gesucht, ohne mir zu sagen, dass du in der Gegend bist?«

Der leise Tadel in Rafes Stimme ließ ihn erröten. »Sechs Mal. Insgesamt.«

»Also einundzwanzig Mal. Du lieber Gott, Gideon. Wieso hast du mich nicht gefragt, ob ich mitkomme? Ich hätte es doch getan, und sei es nur, um dir Gesellschaft zu leisten. Habe ich dich jemals gedrängt, mir irgendetwas zu erzählen, das du nicht erzählen wolltest?«

»Heute Abend«, antwortete Gideon gedehnt, um die Anspannung aufzulösen.

Rafes Lippen wurden schmal, und er verdrehte die Augen. »Davon mal abgesehen.«

»Nein«, murmelte Gideon. »Es tut mir leid.«

»Sollte es auch.« Rafe starrte ihn finster an. »Du bist viel zu schlau, um dich so blöd zu stellen. Ich will die verdammte Wahrheit hören. Was hast du als Nächstes vor? Du hast jetzt die Chance, die Männer zu finden, die dir wehgetan haben. Dir und deiner Schwester. Sie ans Messer zu liefern. Sie für ihre Taten bezahlen zu lassen. Erwarte nicht, dass ich hier sitze und Däumchen drehe.«

Mir, Mercy und meiner Mutter. Aber Gideon hatte Rafe nie erzählt, welche Rolle seine Mutter bei seiner und Mercys Flucht gespielt hatte. Irgendwann würde er es tun, aber nicht heute. Dafür war er viel zu aufgewühlt, zu verwundbar. Er setzte eine neutrale Miene auf, während er nach der richtigen Antwort suchte. Was konnte er schon tun? Nicht viel. Was ihm ganz gewaltig auf die Nerven ging.

Wieder fühlte er sich machtlos. Wie dieser machtlose Dreizehnjährige. Er dachte an McPhearsons Foto. *Nicht ganz so machtlos*, sagte er sich. Wenigstens war McPhearson tot. Ein Sadist weniger auf der Welt war immerhin etwas.

»Ohne zu wissen, wer Daisy angegriffen hat, kann ich nicht viel tun«, sagte er schließlich. »Wie willst du ihn finden, was ist dein Plan?«

»Ich dachte, ich höre mich mal im Gemeindezentrum um und überprüfe die Überwachungskameras in der Gegend. Der Typ hatte sich einen Strumpf übers Gesicht gezogen, aber vielleicht hat er ja vorher auf der Straße herumgestanden und ihn erst übergestreift, als er sie gesehen hat. Jemand könnte ihn bemerkt haben. Daisy hat seine Kleidung ziemlich genau beschrieben, deshalb finden wir ihn vielleicht auf einer der Überwachungskameras. Und du? Erzählst du deiner Vorgesetzten davon?«

Gideon nickte langsam. »Das werde ich müssen.«

»Und wenn sie sich nicht darauf einlässt, dass du für eine Weile bei den Ermittlungen hilfst?«

Gideon sah seinem Freund in die Augen. »Ich habe noch ein paar Urlaubstage aufgespart. Ich muss das durchziehen.«

»Ich weiß«, sagte Rafe leise.

»Selbst wenn es nicht in meiner offiziellen Funktion ist«, fügte Gideon bedeutungsvoll hinzu.

Rafe nickte verständnisvoll. »Ich tue alles in meiner Macht Stehende, damit es klappt.«

5. KAPITEL

Granite Bay, Kalifornien
Freitag, 17. Februar, 01.45 Uhr

»Was machst du denn da?«, fragte Sasha, die es sich nicht hatte nehmen lassen, Daisy im Haus ihrer Eltern Gesellschaft zu leisten.

Daisy blickte von Sashas Laptop auf und sah ihre Freundin an, die mit einem Teebecher in der einen und einer Kanne in der anderen Hand im Türrahmen des fröhlich gestalteten Gästezimmers stand.

»Brauchst du den Laptop zurück?«, fragte Daisy in der Hoffnung, dass Sasha Nein sagen würde, da ihre Recherche nach dem Medaillon mittlerweile überaus interessante Erkenntnisse zutage gefördert hatte.

Sasha schüttelte den Kopf. »Nein. Ich kann meine Mails auch auf dem Tablet abrufen.« Sie hielt die Teekanne hoch. »Möchtest du noch? Das ist dieser gute Schlaftee.«

»Ich glaube nicht, dass ich schlafen kann«, murmelte Daisy. »Wieso bist du denn noch auf? Wenn du nicht bald ins Bett gehst, bist du morgen komplett im Eimer.«

»Ich habe angerufen und eine Nachricht hinterlassen, dass ich mir morgen freinehme.«

Daisy hielt ihr ihren Becher hin. »Du spielst also meine Leibwächterin, ja?«

Sasha schenkte Tee ein und stellte den Becher auf den Nachttisch, ehe sie sich im Schneidersitz neben Brutus aufs Bett setzte, wo die Hündin zusammengerollt lag. Geistesabwesend streichelte sie das weiche Fellknäuel, während sie Daisy musterte. »Was verschweigst du uns? Und versuch nicht, mich für blöd zu verkaufen, DD. Das kriegst du sowieso nicht hin. Also, du erzählst mir jetzt, was Sache ist.«

Daisy blickte wieder auf den Bildschirm. Sie wusste nur zu gut, wieso sie nicht alles erzählt hatte, was vorgefallen war. Seit Monaten wollte Irina sie und Gideon verkuppeln, was beide Beteiligten eisern zu unterbinden versuchten. Daisy hatte ihnen nichts von ihrer Begegnung mit Gideon heute Abend erzählt, weil ihr schlicht die Energie fehlte, ihrer wohlwollenden Beharrlichkeit etwas entgegenzusetzen. Sasha hingegen genoss ihr vollstes Vertrauen. Schon seit der Zeit, als sie und die Sokolov-Kinder im Garten gezeltet und einander im Schein der Taschenlampe Geheimnisse anvertraut hatten. Sie hatten sich Gespenstergeschichten erzählt, sich über die Schule beschwert, und nach dem Tod ihrer Mutter hatte Daisy in Sashas Arm bittere Tränen vergossen.

»Ich habe heute Abend Gideon Reynolds kennengelernt«, sagte sie und sah, dass Sasha verblüfft die Augen aufriss. »Auf dem Revier«, fügte sie hinzu.

»Gideon? Was hatte er denn dort zu suchen?«

»Rafe hat ihn hinzugebeten.« Sie rief eine E-Mail auf und öffnete das Foto des Medaillons, das Trish am Tatort geschossen hatte. »Das hier habe ich dem Kerl heute vom Hals gerissen. Dem Kerl, der versucht hat, mich anzugreifen.«

»Der dich angegriffen *hat*«, korrigierte Sasha und betrachtete die Aufnahme. »Was ist das?«

»Ein Medaillon. Mit einer Gravur. Zuerst dachte ich, Gideon sei hinzugezogen worden, weil der Täter Andeutungen gemacht hat, es könnte noch weitere Opfer geben, und Gideon sei auf Serienvergewaltiger oder -mörder spezialisiert oder so etwas. Aber dann stellte sich heraus, dass er wegen des Medaillons da war. Es zu sehen, hat … ihm zugesetzt. Aus irgendeinem Grund. Und ich will herausfinden, wieso.«

Nachdenklich kniff Sasha die Augen zusammen, ehe sie sie

wieder aufriss. »O mein Gott«, flüsterte sie. »Sein Tattoo. Jetzt fällt es mir wieder ein.«

Damit hatte Daisy nicht gerechnet. »Gideon hat ein Tattoo mit demselben Motiv?«

Sasha nickte. »Es ist schon lange her, seit ich es zuletzt gesehen habe – damals war ich vielleicht zwölf oder so und völlig fasziniert von Gideon. Ich bin ihm und Rafe überallhin nachgelaufen.«

Daisy spürte, wie sich etwas in ihrem Innern regte. Ein unangenehmes Gefühl. *Eifersucht?*, fragte die leise Stimme in ihrem Kopf.

Schwachsinn! Du hast doch keinerlei Anspruch auf ihn. Mach dich nicht lächerlich. Außerdem stand Sasha nicht auf Gideon Reynolds, weder damals noch heute.

»Wieso?«, fragte sie vorsichtig.

Sasha lachte. »Du müsstest mal dein Gesicht sehen. Komm bloß nie auf die Idee, Poker zu spielen, DD. Dir ist schon klar, dass ich lesbisch bin, oder? Auch damals war ich es schon.«

Daisys Wangen wurden heiß. »Ja, das weiß ich«, antwortete sie abwehrend. »Aber wieso warst du so fasziniert von ihm?«

»Das war so ein Helden-Ding. Na ja, damals kannte ich ja bloß unsere Familie, und wir waren … eben, wie wir sind. Laut, verrückt, extrovertiert.«

»Allerdings.« Daisy lächelte. »Ich habe mir immer gewünscht, ich könnte bei euch wohnen.« Vor allem, nachdem ihr Vater sie in die Einöde geschleift hatte. »Ich hatte zwar Taylor, die ich heiß und innig liebe, aber bei euch zu Hause war immer etwas los. Es ging lustig zu, bei uns dagegen …« Sie hielt inne und zuckte die Achseln.

»War alles etwas streng«, meinte Sasha. »Ich habe mich immer gefragt, ob unsere Väter nicht bei der Geburt vertauscht wurden. Man hört ja immer, die Russen hätten eine stoische Ruhe an sich, was bei deinem Vater der Fall ist, bei meinem aber überhaupt nicht.« Sie seufzte. »Hier herrschte ein ständiges buntes Treiben, das pure Chaos. Manchmal wurde es selbst mir zu laut, dann habe ich mich auf dem Dachboden versteckt. Eines Tages – ich muss etwa neun gewesen sein, weil Rafe gerade auf die Highschool gekommen war – brachte er diesen Jungen mit nach Hause, weil sie an einem Naturwissenschaftsprojekt arbeiten wollten. Der dunkle, geheimnisvolle Fremde.«

»Gideon.«

»Genau. Hat kein Wort gesagt, aber seine Augen haben Bände gesprochen. Und meistens nichts Gutes. Keiner hat jemals laut ausgesprochen, dass man ihm wehgetan hatte, zumindest nicht, wenn ich in der Nähe war, aber er hat es einfach ausgestrahlt. Er hatte immer diese Wut an sich, diese Intensität. Rafe hat ihn häufig mitgebracht, und meine Mom hat ihn bemuttert, hat ihm sein Lieblingsessen gekocht und all solche Dinge. Du kennst sie ja.«

Daisy lächelte. Irina war ein Schatz. »Du hast so ein Glück.«

Sasha lächelte ebenfalls. »Weiß ich. Ich habe sie mal gefragt, wieso Gideon denn nicht bei uns wohnen kann. Ich meine, wir waren ohnehin schon acht Kinder, da hätte eines mehr auch nichts mehr ausgemacht, dachte ich damals.«

Daisy lachte. »Wenn man bedenkt, dass Zoya damals noch ein Kleinkind war, kam dein Vorschlag sicher gut an. Was hat deine Mom gesagt?«

»Er kam sogar tatsächlich gut an. Meine Mom meinte, Gideon hätte zwar ein Zuhause im Heim, aber sollte er jemals zu uns ziehen wollen, sei er jederzeit willkommen. Ich glaube, ich war deshalb so von ihm angetan, weil er so zugeknöpft war. Gideon war keiner, der seine Gefühle hinausposaunt hat. Und ich habe mich ihm oft nahe gefühlt, weil es mir ähnlich ging. Manchmal hatte ich das Gefühl, nicht in diesen durchgeknallten Stall zu passen. Eines Tages, als ich mich wieder mal in meinem Versteck auf dem Dachboden verkriechen wollte, war er dort, einfach so, verstehst du? Ich habe mich neben ihn gesetzt, und wir saßen da, ohne ein Wort zu reden. Dann hat er mir den Kopf getätschelt und sich bedankt, dass ich meinen Zufluchtsort mit ihm teile. Ich habe gesagt, er könnte jederzeit herkommen, wenn er wollte, und dass ich sein Geheimnis wahren würde.« Ein trauriger Ausdruck trat auf ihre Züge. »Er hat mich angesehen, als hätte ich ihm einen Schlag in die Magengrube versetzt. Er hat sich noch mal bedankt und ist gegangen. Als ich das nächste Mal hochkam, lag eine Blume aus Moms Garten auf dem Fensterbrett und ein Zettel daneben, auf dem stand, ›Ich deines auch‹. Wenn danach immer mal wieder eine Blume dort lag, wusste ich, dass er da gewesen war. Manchmal haben wir auch gemeinsam dort gesessen und bloß zusammen abgehangen.« Sie hob einen Mundwinkel. »Er war der Erste, vor dem ich mich geoutet habe.«

Ein bittersüßes Lächeln breitete sich auf Daisys Gesicht aus. Einerseits war sie froh, dass Sasha jemanden hatte, dem sie sich anvertrauen konnte, gleichzeitig machte es sie traurig, dass nicht sie diejenige gewesen war. Weil sie zu der Zeit längst auf der Ranch gelebt hatte. »Wirklich?«

»Ja. Ich war vierzehn, und er war über Weihnachten vom College zu Besuch gekommen. Ich habe ihm vertraut, dass er es keinem verrät. Der Mann ist der Inbegriff der Verschwiegenheit.«

»Tatsächlich?«, fragte Daisy ungläubig. »Heute Abend hat er das eine oder andere rausgelassen, obwohl ich das Gefühl hatte, er wollte es eigentlich nicht.«

»Zum Beispiel?«

»Dass er wegen des Medaillons auf dem Revier war. Ich hatte nicht den Eindruck, dass er das zugeben wollte, und Rafe schien auch überrascht zu sein. Ich habe versucht nachzuhaken, aber entweder er, Rafe oder Erin haben sofort abgelenkt.«

»Deshalb recherchierst du jetzt im Alleingang?«

»Natürlich«, antwortete Daisy sachlich.

»Natürlich«, wiederholte Sasha ironisch. »Und was hat er noch versehentlich rausgelassen?«

Daisy hatte keine Bedenken, Sasha einzuweihen, da auch sie verschwiegen wie ein Grab sein konnte. »Die Kollegin von der Spurensicherung hat ein Hochzeitsfoto in dem Medaillon gefunden. Das Mädchen darauf war noch viel zu jung. Zwölf oder dreizehn. Gideon kannte sie früher mal und hat sehr stark auf den Mann auf dem Foto reagiert. Ihm ist herausgerutscht, er sei tot. Und dann schienen seine Gedanken abzuschweifen ... in die Vergangenheit.«

»Wow, für Gideon ist das schon höllisch viel. Das Ganze muss ihm gewaltig an die Nieren gegangen sein.« Sasha blickte wieder auf das Foto auf dem Laptopbildschirm. »Er hatte das Tattoo lange Zeit. Hier.« Sie deutete auf ihre linke Brust. »Ich wusste jahrelang nichts davon, weil er in unserer Gegenwart nie das Hemd ausgezogen hat. Aber eines Tages waren wir unten am Fluss schwimmen, da habe ich es gesehen. Ich weiß noch, dass ich auch unbedingt eins haben wollte, aber natürlich hat meine Mutter Nein gesagt. Normalerweise hatte ich nur selten Wutanfälle, aber da war es so weit. Später, als ich mit ihm allein war, meinte er, ich solle auf meine Mutter hören und dass er sich wünschte, er hätte dieses Tattoo nicht. Rafe hat gesagt, Gideon hätte es schon immer gehabt, seit sie sich kannten, also mindestens, seit er vierzehn war.«

Daisy schüttelte dem Kopf. »Wer würde einem Vierzehnjährigen erlauben, sich ein Tattoo stechen zu lassen?«

»Stimmt. Aber für mich hörte es sich so an, als wäre es nicht seine Idee gewesen. Mit achtzehn hat er es überstechen lassen. Irgendetwas Schlimmes muss ihm passiert sein, weil er innerlich so zerrissen wirkte, aber ich habe nie erfahren, was. Rafe weiß es, will es aber nicht sagen. Er meinte, das müsste Gideon schon selbst erzählen. Jedenfalls war das Tattoo überstochen, und jetzt ist da ein Phönix.«

»Aus der Asche«, stellte Daisy fest. »Ziemlich eindeutige Metapher.«

»Allerdings.« Sasha reichte Daisy den Laptop zurück. »Was hast du über das Motiv auf dem Medaillon herausgefunden?«

»Es hat eindeutig etwas mit Religion zu tun. Zumindest diese beiden betenden Kinder sind ein klares Indiz. Bei dem Baum handelt es sich um einen Olivenbaum, und der Engel hatte ein brennendes Schwert in der Hand.«

»Oh. Wie vor dem Garten Eden.« Sie lachte leise, als sie Daisys verblüfftes Gesicht sah. »Ich habe früher jede Woche am Religionsunterricht teilgenommen, wie es sich für eine brave Katholikin gehört, und bin sogar gefirmt worden. Verkneif dir gefälligst, was dir gerade auf der Zunge liegt. Ich war ein sehr braves Mädchen. Erst später wurde es dann ein bisschen schwieriger.«

Daisy machte eine Reißverschluss-Geste über ihren Lippen, wenn auch nur zum Schein. Sashas rebellische Phase war heftig, aber einigermaßen kurz gewesen. Zumindest hatte bei ihr nie die Notwendigkeit einer Entziehungskur bestanden, so wie bei Daisy.

»Olivenbäume sind ein religiöses Symbol, allerdings weiß ich nicht mehr, wofür«, gestand Sasha.

»Genau darüber habe ich gerade etwas gelesen. Das Öl wird für die Salbung der Priester verwendet, aber auch, um die Tempel zu erhellen. Das Holz dient vielen Zwecken. Aber wenn man den Engel mit dem Olivenbaum verknüpft, stellt man fest, dass es Leute gibt, die den Olivenbaum für den Baum des Lebens im Garten Eden halten. Deshalb frage ich mich, ob das Medaillon eine religiöse Bedeutung haben könnte. Vielleicht eine Art Rosenkranz, keine Ahnung. Jedenfalls muss es etwas damit auf sich haben, sonst hätte Rafe Gideon bestimmt nicht an einem normalen Wochentag so spät noch aufs Revier zitiert.«

Sasha musterte sie ernst. »Wieso ist das so wichtig für dich?

Oder versuchst du nur, dich zu beschäftigen, damit du nicht schlafen musst?«

Daisy zuckte die Achseln. »Es ist ein Rätsel und der einzige Hinweis zu dem Mann, der mich angegriffen hat. Der … keine Ahnung, mich vielleicht vergewaltigt hätte? Oder getötet? Das ist schon Grund genug. Den Typen zu finden, damit er niemandem sonst mehr etwas tun kann. Oder nicht zurückkommen und mich noch einmal schnappen kann.«

»Das ist ein ausgezeichneter Grund. Aber hast du Zweifel, dass Rafe und Erin ihn finden?«

»Eigentlich nicht. Aber ich bin nun mal die Tochter meines Vaters und gebe nicht gern die Kontrolle ab.«

»Allerdings«, bestätigte Sasha und lachte, als Daisy ihr den Mittelfinger zeigte. »Aber mir ist schon klar, dass du dadurch zumindest das Gefühl hast, ein Stück weit die Dinge wieder unter Kontrolle zu haben, nachdem du diesem Mistkerl praktisch hilflos ausgeliefert warst.«

»Ja. Aber mich treibt auch die Neugier an«, gestand Daisy. »Ich kann es nicht ausstehen, nur die Hälfte zu wissen. Rafe hat mich vor die Tür gesetzt, bevor sie irgendetwas Brauchbares rausgelassen haben. Oder bevor Gideon noch mal mit etwas Wichtigem rausplatzen konnte.«

»Was an sich schon bemerkenswert ist, weil Gideon nie versehentlich mit etwas herausplatzt. Niemals.«

»Heute Abend schon.« Daisy biss sich auf die Lippe. »Als er am Ende so gedankenverloren dasaß, habe ich seine Hand berührt. Er hatte die Fäuste so fest geballt, dass seine Fingerknöchel schon ganz weiß waren. Und als ich gegangen bin, hat er sich bei mir bedankt. Irgendetwas wollte er mir damit sagen, ich weiß nur noch nicht, was.«

Sasha nickte. »Verstehe. Jemand, der so beherrscht ist wie Gideon, bedankt sich bei dir. Ein schönes Gefühl. Als hätte man sich etwas verdient.«

»Genau.« Das traf es auf den Punkt. Sie hatte sich besonders gefühlt. »Und wenn ich ehrlich sein soll, liegt es auch daran, dass ich nicht schlafen gehen will. Ich habe Angst davor, was ich träumen könnte.«

»Soll ich bei dir bleiben?«, fragte Sasha.

»Musst du nicht.« Aber eigentlich wünschte sie es sich.

Sasha verdrehte die Augen. »Wann musst du los zur Arbeit?«

»Um 4.25 Uhr.« In nicht einmal drei Stunden. »Da lohnt es sich ohnehin nicht mehr.«

»Rafe ist hier«, sagte Sasha. »Er kam gerade, als ich Tee gemacht habe, und wollte sich ein paar Stunden in seinem alten Zimmer aufs Ohr legen. Wenn du willst, bleibe ich bei dir, bis du losmusst. Wir können Karten spielen und uns gegenseitig Zöpfe flechten. Oder Brutus.«

»Das würde ihr bestimmt gefallen. Kartenspielen wäre nett.« Daisy loggte sich aus ihrem Mailaccount aus und drückte Sasha den Laptop in die Hand. »Danke.«

Sasha zog ein Kartenspiel aus der Tasche ihres Morgenrocks. »Ich dachte mir schon, dass du dabei bist. Ist Rommé 500 okay?« Sie mischte, gab die Karten aus und wartete ab, während Daisy ihr Blatt beäugte. »Also … Gideon. Mein Typ ist er ja nicht, aber ich muss zugeben, dass er schon ein Sahneschnittchen ist. Oder?«

Daisy dachte an seinen markanten Kiefer, die leuchtend grünen Augen und das tiefschwarze Haar mit den silbrigen Strähnen, allerdings verbot sie sich, darüber nachzudenken, was sich unter dem Anzug verbergen mochte, der sich wie eine zweite Haut um seinen Körper geschmiegt hatte. »Ganz nett, ja.«

Sasha prustete los. »Na klar. Komm schon, der Typ sieht echt super aus. Du darfst ruhig zugeben, dass meine Mutter recht hatte. Ich verspreche auch, dass ich dich nicht verpfeife.«

Daisy warf ihr einen vernichtenden Blick zu. »Klappe jetzt!« Sie blickte auf ihr Blatt. »Na gut. Er ist sehr, sehr gut aussehend.«

Und er hatte Details über sein Leben preisgegeben, obwohl er das sonst nie tat. Sie wollte gern glauben, dass das etwas mit ihr zu tun hatte, viel wahrscheinlicher war jedoch, dass er schlicht erschüttert gewesen war und daher die Fassung verloren hatte.

Ihr Blick schweifte zum Laptop. Was hatte sie zu finden erwartet? Einen Hinweis auf ihren Angreifer? Oder auf den Mann, bei dessen Anblick es ihr die Sprache verschlagen hatte, als er in den Befragungsraum gekommen war? Sie konnte es auch jetzt nicht mit Gewissheit sagen.

Ein Grinsen spielte um Sashas Lippen. »So? Sehr, sehr gut aussehend, ja? Ich würde mal sagen, das Mädchen hat's erwischt.«

Daisys Augen funkelten. »Und ich würde mal sagen, wenn du deiner Mutter auch nur ein Wort verrätst, bist du tot, und keiner wird jemals deine Leiche finden.«

»Na gut. In dem Fall fange ich jetzt an.«

Sacramento, Kalifornien
Freitag, 17. Februar, 04.05 Uhr

Heftig atmend taumelte er rückwärts. Sein Rücken schmerzte, seine Hände schmerzten, sein Kiefer schmerzte. Er war blutbesudelt, doch es kümmerte ihn nicht. Er blickte auf die Frau vor ihm und strahlte. Das Lächeln wurde noch eine Spur breiter, als er voller Bewunderung sein Spiegelbild betrachtete – blutüberströmt, mit wildem Blick …

Er sah vollkommen wahnsinnig aus.

Er fühlte sich regelrecht beflügelt.

Er reckte die Faust und lachte befreit auf. *Dieser Moment.* Dieser Moment war der allerbeste. Unmittelbar, nachdem er fertig war und die Endorphine wie ein Feuerball durch seinen Körper schossen …

Es war, als könnte er mit einem Mal fliegen, von ganz allein.

Er schloss die Augen und kostete das Gefühl noch etwas aus. Es würde einige Zeit dauern, bis er es das nächste Mal erleben durfte. Ja, er würde wieder fliegen, aber nicht aus eigener Kraft. Und nicht so.

Seine Atmung verlangsamte sich, und er schlug die Augen wieder auf. Die Augen der Frau waren geöffnet, starrten blicklos an die Decke. Glasig. Tot.

Weil sie tot war. Offenbar war es ein wenig mit ihm durchgegangen. Normalerweise hätte er sich Zeit gelassen. Über Tage hinweg. Allerdings schienen sie mittlerweile so schnell aufzugeben. Das nahm dem Ganzen eine Menge an Spaß, deshalb hatte er eine Schippe drauflegen, hatte seine Jagd effizienter gestalten müssen, da die Frauen mit jedem Mal hinfälliger wurden.

Er rollte die Schultern, um seine Muskeln zu lockern, und trat unter die Dusche. Das heiße Wasser fühlte sich herrlich auf seinem erschöpften Körper an. Zwischen der Blonden in der Gasse und dieser hier im Bett hatte er sich eine knackige Sporteinheit gegönnt, deshalb würde er nun schlafen können.

Und nachdenken. Er musste diese Blonde finden, musste sich Gedanken über seinen Job machen. Was sollte er jetzt tun? Er hatte seine besten Jahre einem einzigen Arbeitgeber geschenkt, verdammt noch mal.

Eigentlich hätte ich in der Scheißfirma bis zur Rente bleiben sollen.

Dieses Arschloch. Wir haben dich im Blick, hatte sein alter Herr behauptet. *Nur noch ein bisschen mehr Berufserfahrung. Du bist der Nächste auf der Beförderungsliste. Mach ein paar Überstunden, übernimm Extraschichten. Arbeite an den Feiertagen, damit diejenigen, die Familie haben, nicht ranmüssen. Hab Geduld. Du kommst noch früh genug zum Zug.*

Bald. Bald. Bald.

Aber in Wahrheit war es nie, nie, nie gewesen. Er fuhr zusammen, als er merkte, dass er sich unwillkürlich die Haut wund geschrubbt hatte. Eilig drehte er das Wasser ab, trat aus der Dusche, trocknete sich ab und kehrte zum Bett zurück, um die Frau noch einmal zu betrachten. Sie hatte sich so gut wie gar nicht gewehrt, sondern gleich beim ersten Schnitt gewinselt, es tue ihr leid. Sie war eher dünn, mit einem so schmalen Oberkörper, dass er noch nicht mal alle Buchstaben untergebracht hatte.

»S-Y-D-N« stand quer über ihrem Bauch. Auf dem rechten Oberschenkel hatte er ein »E«, auf dem linken ein »Y« hinzugefügt. Er hatte stets darauf geachtet, alle Buchstaben einzuritzen, zumindest bei denen, die er mit in sein Gästezimmer gebracht hatte. Sonst fühlte es sich … unvollständig an.

Diese hatte schon beim ersten Schwung des »S« gejammert, beim »D« hatte sie ihn regelrecht angefleht, sie zu töten.

Miriam dagegen hatte zwei ganze Tage lang durchgehalten. Das Mädchen hatte einen so unbändigen Lebenswillen an den Tag gelegt, dass es ihm beinahe leidgetan hatte, ihn zu brechen. Beinahe. Denn das war mit der beste Teil daran – wenn sie resignierten und erkannten, dass ein anderer Mensch ihr Leben in Händen hielt.

Der Moment der Kapitulation trieb ihn an, jedes Mal wieder.

Aber die hier konnte er vergessen. Er zog die Plastikfolie vom Bett, rollte sie wie einen Burrito zusammen und legte sie in die Tiefkühltruhe an der Wand, wo sie bleiben würde, bis er ihre Leiche entsorgen konnte.

Eilig ging er ihre Habseligkeiten durch – ihre Kleider und ihr Rucksack kamen in den Verbrennungsofen, ebenso wie der Großteil des Rucksackinhalts, darunter auch die Schürze mit dem Logo einer hiesigen Bäckerei.

Aha. Die hier hatte einen richtigen Job gehabt. Es war nicht das erste Mal, dass eine der Nutten eine ganz normale Arbeit hatte, aber die Norm war es nicht. Das bedeutete, dass jemand nach ihr suchen würde. Was ihn jedoch nicht weiter aus dem

Konzept brachte. Er war mit dem beigen Chevy unterwegs gewesen, der im Falle einer Überprüfung zu jemandem führen würde, der keine Fragen mehr beantworten konnte.

Er warf einen Blick auf ihren Führerschein im Plastikfach ihrer Brieftasche: Kaley Martell war neunundzwanzig Jahre alt und lebte in Carmichael.

Herzlichen Dank, Kaley. Das habe ich heute Nacht echt gebraucht.

Er machte sich daran, alles um das Bett herum zu säubern, den Fußboden zu desinfizieren, Wände und seine Utensilien mit Bleiche zu bearbeiten. Nur für alle Fälle. Diese verdammte Forensik war heutzutage viel zu effizient. Aber er achtete darauf, ihnen stets einen Schritt voraus zu sein, hinterließ niemals Blutspuren oder Fingerabdrücke.

Niemals Hautpartikel. *Bis heute Abend.*

Niemals ein Opfer, das noch lebte. *Bis heute Abend.*

Seine euphorische Befriedigung ließ ein klein wenig nach, als ihm die Blondine wieder in den Sinn kam. *Morgen.* Gleich nach der Arbeit würde er sich auf die Suche nach ihr machen.

Um dieses Gefühl tiefer Befriedigung wiederherzustellen, öffnete er den Schrank an der Wand neben dem Bett. Normalerweise zeigte er seinen Gästen, was sich darin verbarg, weil es ihren Widerstand untergrub, doch bei Kaley war es zu sehr mit ihm durchgegangen.

Der Schrank öffnete sich wie ein Triptychon, wobei sowohl der mittlere Teil als auch die Seitentüren mit Einlegeböden ausgestattet waren. Das war sein Souvenirschrank, der seit zehn Jahren kontinuierlich wuchs – ein beeindruckender Anblick, das musste er selbst zugeben.

Er schob Kaleys Führerschein in ein freies Fach, als sein Blick auf den leeren Haken unter Eileens Platz fiel. Eigentlich sollte dort das beschissene Medaillon hängen, aber diese Blonde hatte es ihm abgerissen.

Immerhin hatte er dank Kaley ein neues Erinnerungsstück – ein Kristallhufeisen. Ironischerweise. Ihre Kette war zu kurz für seinen Hals, deshalb befestigte er den Anhänger an einer Kette aus seinem Fundus, streifte sie sich über den Kopf und richtete sich auf, sodass der Anhänger direkt über seinem Herzen baumelte. Mit einem tiefen Atemzug schloss er die Schranktüren. Endlich war er wieder er selbst.

Als er die Kellertür zuschob und dabei lauschte, wie das Schloss einrastete, wäre er um ein Haar über Mutt gestolpert, der sich wie üblich direkt davor auf dem Fußboden langgemacht hatte.

Er bückte sich und kraulte ihn hinter den Ohren. »Komm, gehen wir schlafen.«

6. KAPITEL

Sacramento, Kalifornien
Freitag, 17. Februar, 08.00 Uhr

Nervös zupfte Gideon seine Krawatte gerade. *Nur die Ruhe.* In der Vergangenheit hatte er Hunderte Male mit seiner Vorgesetzten geredet, nur eben nicht über etwas Privates. Aber jetzt.

Er klopfte an und öffnete die Tür, als ein gedämpftes »Herein« ertönte.

Special Agent in Charge Tara Molina saß an ihrem Schreibtisch. »Special Agent Reynolds. Guten Morgen.« Sie deutete auf einen der Clubsessel. Gideon nahm Platz und zwang sich, die Hände stillzuhalten.

»Danke, dass Sie so kurzfristig Zeit für mich hatten.« Er sah ihr in die Augen. Sie war um die fünfzig, stämmig und bewegte sich mit größtmöglicher Effizienz. Sie war keine Freundin vieler Worte und vergeudete niemandes Zeit, daher würde sie es auch mit der seinen nicht tun. »Ein Freund von mir arbeitet im Morddezernat des SacPD und hat mich gestern Abend um Hilfe bei einem Fall gebeten.«

Sie zog die Brauen hoch. »Nicht die übliche Art des SacPD, um Kollegenhilfe zu ersuchen. Weshalb hat Ihr Freund nicht den offiziellen Weg gewählt?«

»Weil er von meiner persönlichen Verbindung zu diesem Fall wusste. Mein Freund heißt Rafe Sokolov, und ich gehöre gewissermaßen zu seiner Familie. Sie … haben mir geholfen, als ich noch ein Teenager war.«

Zu seiner Überraschung hob Molina einen Mundwinkel. »Die Familie, die man sich selbst sucht, heißt es ja immer so schön.«

»Genau, Ma'am.« Obwohl er sich im Vorfeld bereits überlegt hatte, was er sagen wollte, zögerte er noch. »Haben Sie jemals von der *Church of Second Eden* gehört?«

»Die Sekte, in der Sie aufgewachsen sind«, erwiderte Molina – auch dies eine echte Überraschung. Sie verdrehte die Augen. »Ich habe Ihre Akte gelesen, Agent Reynolds. So wie ich es bei allen meinen Mitarbeitern tue. Deshalb wusste ich, dass Sie dort aufgewachsen, aber später geflohen sind. Ich weiß, dass Sie Andeutungen über Misshandlung gemacht haben, die auch durch die Krankenakten bestätigt wurden. Ich weiß, dass Sie beim SacPD Anzeige erstattet haben, jedoch keine Hinweise auf diese Gemeinschaft gefunden werden konnten. Ich weiß, dass Sie nach Ihrem Eintritt beim FBI neuerlich Anzeige erstattet haben, die Suche jedoch ein weiteres Mal ergebnislos blieb. Und ich weiß, dass Sie seitdem mehrmals Anträge auf Wiederaufnahme der Ermittlungen gestellt haben, aber bislang gab es keine weiteren Beweise, die das gerechtfertigt hätten. Möchten Sie heute ein weiteres Mal um Wiederaufnahme bitten?«

Er war beeindruckt. »Ja. So ist es.«

Sie faltete die Hände auf dem Schreibtisch. »In diesem Fall nehme ich an, Sie haben neue Beweise?«

»Ja, die habe ich. Gestern Abend wurde eine junge Frau auf der J Street angegriffen. Sie hat sich gegen den Mann zur Wehr gesetzt und ihm dabei eine Kette mit einem Medaillon vom Hals gerissen. Dieses Medaillon haben die Frauen der Gemeinschaft immer getragen. Ich bitte darum, die Ermittlungen gegen die Gemeinschaft wieder aufnehmen zu dürfen, gleichzeitig möchte ich die junge Frau, Miss Dawson, gerne unter Schutz stellen. Sollte der Täter sich ihr ein weiteres Mal nähern, könnte er uns zu der Sekte führen.« Außerdem könnte er selbst sich auf diese Weise in Daisys Nähe aufhalten, was eine enorme Erleichterung für die Sokolovs darstellen würde. *Genau. Die Sokolovs. Schon klar.* Am liebsten hätte er wegen dieses jämmerlichen Versuchs, sich selbst zu verarschen, die Augen verdreht, doch Agent Molina beobachtete ihn, deshalb verkniff er es sich.

»Und woher wissen Sie, dass das Medaillon von einer Frau aus der *Second Church of Eden* getragen wurde?«, fragte sie.

»Weil ich die Gravur auf der Vorderseite erkannt habe. Zwei betende Kinder unter einem Olivenbaum, bewacht von einem Engel mit einem flammenden Schwert.«

Sie nickte. »Ich erinnere mich, dass das auch in der Akte stand. Wie lautete der Name auf der Rückseite?«

»Miriam.« Er reichte ihr sein Handy mit der Aufnahme des Medaillons. »Das ist es, und das Foto befindet sich darin.«

Mitgefühl flackerte in Agent Molinas Augen auf. »Sie ist noch so jung. Zwölf, hab ich recht? In diesem Alter werden die Mädchen zwangsverheiratet.«

»Genau.«

»Und kennen Sie dieses Mädchen?«

Gideon schluckte. »Ja. Ihr richtiger Name ist Eileen. ›Miriam‹ war der Name, den ihr die Gemeinschaft gegeben hat.«

»Woher wusste Ihr Freund, dass er Sie anrufen muss?«, wollte sie wissen. »Haben Sie den Sokolovs von der Gemeinschaft erzählt?«

»Nein. Die Erinnerung … war zu schmerzlich. Ich spreche nicht oft darüber.« Er zog das Foto von sich und Rafe am Fluss heraus und reichte es ihr ebenfalls.

Agent Molina betrachtete es, dann sah sie Gideon an. »Die haben Sie tätowiert?«

Er nickte. »An meinem dreizehnten Geburtstag.«

»Das stand nicht in der Akte.«

»Ich … ich denke nicht gern daran zurück.« An das Tattoo. An den Tag, als es gestochen wurde. An das, was danach passierte. *Ich habe einen Mann getötet. Und wäre selbst beinahe getötet worden.* »Ich hatte gehofft, die Beschreibung des Medaillons, der Missbrauch und die Zwangsverheiratung von zwölfjährigen

Mädchen genügen, damit das FBI einschreitet. So war es auch, deshalb habe ich den Rest für mich behalten.«

Sie wandte den Blick nicht ab, er ebenso wenig. Eine gefühlte Ewigkeit sahen sie einander wortlos an, dann richtete Agent Molina ihre Aufmerksamkeit wieder auf das Medaillon auf dem Foto. »Der Olivenbaum auf dem Medaillon hat zwölf Zweige, der auf dem Tattoo dreizehn. Stehen sie für das jeweilige Alter des Übergangs ins Erwachsenenalter?«

»Ja, Ma'am.« Seine Stimme klang belegt, und das Schlucken fiel ihm schwer.

»Sie waren dreizehn, als Sie entkommen sind?« Er nickte nur. Molina seufzte. »Laut Krankenhausakten wurden Sie übel zusammengeschlagen.« Sie musterte ihn durchdringend. »Ihre Krankenakte und die Aufzeichnungen über Ihre Heimaufenthalte waren unter Verschluss, weil Sie noch minderjährig waren, aber Sie haben uns die Erlaubnis gegeben, sie in Ihre Akte aufzunehmen, als Sie zum FBI gekommen sind.«

»Ich wollte, dass man die Gemeinschaft findet. Unbedingt.« *Wegen Mercy. Und Mama. Und wegen mir selbst.* »Ich suche sie seit siebzehn Jahren.«

Agent Molina lehnte sich mit verschränkten Armen zurück. »Aber Sie haben dafür gesorgt, dass Ihre Akte von Ihrem achtzehnten Lebensjahr an unter Verschluss blieb, bis Sie sechs Jahre später zum FBI kamen. Warum, wenn Sie sie doch so unbedingt finden wollten? Wieso haben Sie nicht früher Anzeige erstattet?«

Diese Frage hatte ihm bislang noch keiner gestellt. Aber er hätte wissen müssen, dass Agent Molina dieses kleine – aber durchaus wichtige – Detail nicht verborgen bleiben würde. »Anfangs dachte ich, das SacPD hätte mir nicht so recht geglaubt, sondern mich bloß für einen Teenager gehalten, der sich eine Schauergeschichte ausgedacht hat. Damals bin ich gar nicht auf die Idee gekommen, selbst das FBI einzuschalten.«

Natürlich war er auf die Idee gekommen. Aber er hatte wegen Mercy darauf verzichtet, die Behörde auf den Plan zu rufen. Weil sie ihn angefleht hatte, es nicht zu tun. Und weil er damals solche Angst um ihre psychische Verfassung gehabt hatte, dass er es versprochen hatte. Agent Molina würde ihm diese Ausrede vermutlich nicht abkaufen. »Dürfte ich an der Stelle um Verschwiegenheit bitten?«

Sie dachte kurz darüber nach. »Solange Sie nicht gegen die Vorschriften verstoßen.«

»Diesen Teil habe ich meinem Freund gestern Abend nicht erzählt. Und auch sonst niemandem. Jemals.«

Sie nickte knapp. »Verstehe. Sie bitten mich also, Ihr Geheimnis zu wahren.«

»Nur dieses eine, Ma'am, weil es eigentlich nicht meines ist und es mir folglich nicht zusteht, es preiszugeben. Meine Schwester ist ebenfalls in der Sekte aufgewachsen. Allerdings ist sie nicht zur selben Zeit geflohen wie ich.«

»Sie haben also damals nach ihr gesucht.«

»Ja. Und irgendwann habe ich sie auch gefunden.« Aber nicht dort, wo er gesucht hatte. Es war Irina Sokolov zu verdanken, dass er sie gefunden hatte – noch etwas, weswegen er für immer in ihrer Schuld stehen würde. »Auch sie ist geflohen, hatte aber weniger Glück als ich. Mich haben sie zusammengeschlagen, sie dagegen …« Er schluckte und räusperte sich. »Es ist leichter auszusprechen, wenn das Opfer eine Fremde ist.«

»Sie wurde sexuell missbraucht?«, fragte Molina sanft.

Gideon hatte Mühe, die Gefühle im Zaum zu halten, die ihn beim Gedanken an die Qualen überkamen, denen Mercy ausgesetzt gewesen war. »Ja, Ma'am.« Immer wieder. Über Jahre hinweg. »Sie will nicht offiziell Anzeige erstatten, um es gleich vorwegzunehmen. Sie hat mit dem Thema abgeschlossen. Mehr oder weniger.« Eher weniger.

»Aber Sie wollen Rache?« Noch eine wohlüberlegte Frage.

Ja, verdammt noch mal! »Nein, Ma'am. Ich will Gerechtigkeit.« Was ebenfalls stimmte. »Ich will Freiheit für all jene, die immer noch gegen ihren Willen dort festgehalten werden. Ich will nicht, dass Kinder so aufwachsen müssen, wie wir es mussten.«

Agent Molina sah aus dem Fenster – an klaren Tagen konnte man sogar die Berge der Sierra Nevada erkennen, heute jedoch türmten sich bereits Wolken am Himmel. Seine Vorgesetzte saß mit verschränkten Armen da und sah zu, wie sie vorüberzogen, während sie sich mit dem kurzen, manikürten Nagel auf den Unterarm tippte.

Schließlich wandte sie sich wieder Gideon zu. »Wir machen Folgendes: Ich ordne offiziell die Wiederaufnahme der Ermittlungen an. Einer meiner Leute klappert die Pfandleihhäuser in der Gegend ab, um herauszufinden, ob jemand dieses Medaillon verkauft oder ob Miss Dawsons Angreifer es gekauft hat. In der Zwischenzeit haben Sie eine Woche, um diesem Hinweis auf die Eden-Sekte nachzugehen. Sollten Sie etwas finden, wie etwa den Ort, an dem sie sich niedergelassen hat, geben Sie mir unverzüglich Bescheid, damit wir das Personal aufstocken können. In jedem Fall erstatten Sie mir am Ende dieser einen Woche Bericht und informieren mich über alles, was Sie gefunden haben, egal, ob es Ihnen relevant erscheint oder nicht.«

Er traute seinen Ohren kaum. Sie gestand ihm alles zu, was er sich erhofft hatte. »Ja, Ma'am. Und wenn ich dann noch nicht fertig bin?«

»Wir reden in einer Woche weiter. Ich kann nachvollziehen, wie wichtig Ihnen all das ist, gleichzeitig kann es leicht passieren, dass man – genauer gesagt, Leute wie wir – sich in so einer Mission komplett verliert. Sie sind nicht gerade der geeignetste Beamte für diesen Fall, weil Sie emotional verstrickt sind und daher etwas Wichtiges übersehen könnten. Außerdem könnte es zur Obsession werden, Ihre persönliche Jagd nach Moby Dick. Dass Sie seit siebzehn Jahren nach der Gemeinschaft suchen, zeigt mir, dass Sie nicht aufgeben werden, trotzdem möchte ich, dass Sie mit Maß und Ziel vorgehen.«

»Das leuchtet mir alles ein«, sagte er.

Ihre Lippen zuckten belustigt. »Freut mich, dass Sie mir zustimmen. Nur damit eines klar ist: Sollten Sie die Gemeinschaft aufstöbern, geben Sie mir Bescheid. Dasselbe gilt, wenn Sie herausfinden, dass eine konkrete Gefahr für irgendjemanden besteht. In diesem Fall werden wir Ermittlungen anstellen und die Sache zu Ende bringen.«

Äh … nein. Trotzdem nickte er. »Ja, Ma'am.«

Argwöhnisch kniff sie die Augen zusammen. »Ich meine es ernst, Gideon.«

Das tat sie offensichtlich, denn sie hatte ihn noch nie mit dem Vornamen angesprochen. »Ja, Ma'am.«

Sie schüttelte kaum merklich den Kopf, als glaube sie ihm kein Wort. »Und was passiert mit Ihren aktuellen Fällen? Wie weit sind Sie mit der Chang-Überwachung?«

»Ich habe alles soweit übersetzt und Ihnen per Mail geschickt. Über die Drogengeschäfte war nichts Brauchbares dabei, dafür gab es eine vage Unterhaltung über einen geplanten Kreditkartenbetrug. Jim Burns hat mir geholfen und kann übernehmen. Sollte etwas Neues hereinkommen, rufen Sie mich einfach an, dann kann ich mich jederzeit einklinken. Ich bleibe in der Nähe und bin im Notfall über das Handy erreichbar.« Es sei denn, er hielt sich irgendwo in den Bergen auf, wo das Handysignal bestenfalls als lausig bezeichnet werden musste.

Molina erhob sich und hielt ihm die Hand hin. »Passen Sie auf sich auf, Gideon. Ich hoffe, Sie finden, wonach Sie suchen. Sollte ich irgendjemandem erklären müssen, was Sie da tun, werde ich Ihre Schwester nicht erwähnen.«

Gideon schüttelte Molinas Hand. »Dafür bin ich dankbar.«

Mit einer Kopfbewegung wies sie auf die Tür. »Gehen Sie jetzt. Die Woche hat offiziell angefangen.«

Sacramento, Kalifornien
Freitag, 17. Februar, 08.25 Uhr

Er hatte zwar ein paar Stunden Schlaf bekommen, aber bei Weitem nicht genug. Deshalb war er auch zu spät zur Arbeit aufgebrochen und prompt in den täglichen Stoßverkehr geraten, was ihm sonst erspart blieb.

Wenn er nicht bald auftauchte, wäre die Kacke endgültig am Dampfen. *Dem Alten käme das gerade recht*, dachte er verbittert. *Er sucht sowieso nach einer billigen Ausrede, um mich vorzeitig rauszuschmeißen*. Er widerstand dem Drang, auf die Hupe zu drücken, und schaltete das Radio ein.

Eigentlich hasste er die Morgensendungen. Diese Radiofritzen waren programmmäßig gut gelaunt und versuchten, besonders witzig oder sarkastisch zu sein, kriegten aber beides nicht hin. Er wünschte, sie würden einfach ihre beschissene Schnauze halten und die blöde Musik spielen.

Früher hatte er SiriusXM abonniert, es aber auslaufen lassen, weil er nicht oft genug mit dem Auto fuhr, als dass sich kostenpflichtiges Satellitenradio gelohnt hätte. Deshalb blieb ihm nichts anderes übrig, als der Crème de la Crème von Sacramentos Morgenshows zu lauschen – TNT und Boomer. Er verdrehte die Augen und wappnete sich innerlich für den Schwachsinn, der ihm gleich entgegenschallen würde.

»Und das war Jeff Buckleys ›Halleluja‹«, sagte eine Frauenstimme, die ihn verblüfft blinzeln ließ. »Ich liebe den Song«, fügte sie sehnsüchtig hinzu.

Ausnahmsweise saß keiner dieser albernen alten Säcke am Mikro, sondern eine junge Frau. Mit einer leicht kehligen Stimme. Sexy.

»Aber du brichst mir jetzt nicht gleich in Tränen aus, okay, Poppy?«, ätzte ein Typ mit vor Sarkasmus triefender Stimme. TNT.

Halt's Maul und lass das Mädchen weiterreden. Er mochte ihre Stimme. Sie war so angenehm und beruhigend. Am liebsten würde er ihr den ganzen Tag zuhören.

»Nicht sofort, Tad«, antwortete Poppy zuckersüß. »Aber wenn ich es tue, darfst du mir dein Taschentuch zum Reinschnäuzen geben. Natürlich wasche ich es dir hinterher. Vielleicht bügle ich es sogar. *Meine* Mutter hat mir schließlich Manieren beigebracht.«

Prustend drehte er ein bisschen lauter. *Gut, Poppy, wasch ihm ruhig mal den Kopf.* Denn TNT benahm sich häufig wie der letzte Arsch. Und sie hatte ihn in seine Schranken gewiesen, ohne dabei ausfällig zu werden – eine aussterbende Kunstform.

»Es gibt so einiges, was mir die Tränen in die Augen treibt«, fuhr sie fort. »Wie beispielsweise die Tiere, die im Heim darauf warten, von neuen Besitzern adoptiert zu werden. Morgen, also am Samstag, findet im *Barx and Bonz* in East Sac wieder mal ein großer Adoptionstag statt. Kommt doch vorbei, Leute. Brutus und ich werden auch da sein. Stimmt doch, oder, Brutus?«

Ein leises Kläffen ließ ihn aufhorchen, als ihm diese blöde Töle von gestern Abend wieder einfiel.

»Genau, sag's ihnen, Brutus«, säuselte sie mit dieser Babystimme, die Leute häufig an den Tag legten, wenn sie mit ihren Hunden sprachen. Womöglich hatte er sie bei Mutt auch schon benutzt. Ein Mal. Oder vielleicht zwei. »Also, kommt einfach vorbei und lernt euren neuen besten Freund kennen. Der Adoptionstag wird von KZAU und Barx and Bonz gesponsert, eurer Zoohandlung, wo ihr alles findet, was eure kleinen Lieblinge brauchen.«

Und dann folgte ein Werbeclip der Zoohandlung.

Er wünschte, sie würde weitersprechen. Tat sie aber nicht. Stattdessen hatte nun TNT das Mikro übernommen und faselte etwas über die Musik. *Die ich hasse wie die Pest.* Er schaltete das

Radio aus, weil er endlich auf den Firmenparkplatz eingebogen war, stellte den Wagen ab und hastete hinein.

»Du bist spät dran«, stellte Hank fest, als er das Büro betrat. »Alles klar?«

»Logo.« Nicht dass er Hank hassen würde, aber der Kerl war nicht nur ahnungslos, sondern verströmte zudem einen ekelerregenden Optimismus. »Der Verkehr war bloß die Hölle, das ist alles. Ist noch Kaffee da?«

»Ich habe gerade eine frische Kanne aufgesetzt. Die Kunden haben angerufen. Sie verspäten sich auch ein bisschen, deshalb kannst du erst mal kurz durchatmen.«

»Gut.« Er goss sich einen Kaffee ein und drehte sich zu Hank um, der ihn mitfühlend betrachtete.

»Bist du sicher, dass es dir gut geht? Gestern war doch ein ziemlicher Schock. Ich bin immer noch … völlig fertig«, gestand Hank. »Keine Ahnung, wie ich das alles hinkriegen soll. Meine Frau ist wieder schwanger, und ich weiß nicht, wie lange unsere Ersparnisse reichen werden. Aber für dich wird es auch ziemlich heftig. Ich weiß, dass du doch eigentlich damit gerechnet hast, selbst …«

»Mir geht's gut«, presste er hervor, ehe Hank darauf eingehen konnte, dass er erwartet hatte, die Firma zu übernehmen. »Kümmere dich um deinen eigenen Scheiß. Du hast Familie. Ich komme schon klar.«

Hank nickte, ohne sich die Mühe zu machen, seine Kränkung über den barschen Tonfall zu verhehlen. »Na gut.«

Na, prima! Hank anzuschnauzen war, als würde man einen Hundewelpen treten. »Hey, tut mir leid. Ich bin müde und habe schlechte Laune. Ich hoffe, du findest bald etwas Neues. Das ist alles, was ich damit sagen wollte.«

»Danke«, erwiderte Hank leise. »Ich bin die Checkliste durchgegangen, du kannst alles noch mal überprüfen.«

Das war ihr Standardverfahren und entsprach genau seinen

Vorstellungen. Auf diese Weise konnte er hier und da noch etwas zu ihrer Ausrüstung hinzufügen, nachdem Hank fertig war, ohne dass jemand etwas mitbekam. Das machte die Überführung seiner Kellergäste um so vieles einfacher.

»Und …«, fuhr Hank fort und nickte in Richtung Toilette. »Heute ist Kontrolltag. Du musst in das Becherchen pinkeln.«

»Na, prima«, brummte er. »Bin gleich wieder da.« Nur gut, dass er sich gestern Abend gegen einen Joint entschieden hatte. Dieses Zeug blieb noch eine halbe Ewigkeit nachweisbar.

In Wahrheit war der stichprobenartige Urintest kein Zufall – der Alte suchte nach Ausreden, seine langjährigen Mitarbeiter vor die Tür setzen zu können, weil er sich dadurch die Abfindung sparen konnte.

Aber ich bleibe, solange ich nur irgendwie kann. Allein schon, um es dem Alten möglichst schwer zu machen. Soll er mich doch feuern. Viel Spaß dabei.

Doch selbst während er im Geist die Worte ausspie, war ihm bewusst, dass sie sich selbstsicherer anhörten, als ihm zumute war. Ohne sein regelmäßiges Gehalt würde er das Haus nicht halten können. Mit dem Keller.

Er würde alles dafür tun, damit es nicht dazu kam, und er stand nicht gänzlich mit leeren Händen da – zum Glück kannte er ein paar Geheimnisse, die dem alten Sack das Mütchen kühlen würden. Der Alte würde alles tun, um zu verhindern, dass sie an die Öffentlichkeit gelangten. Und es war gut, das Material in der Hinterhand zu haben, für den Fall, dass Sydney mit den neuen Firmenbesitzern doch nicht auf Du und Du sein sollte. Er musste sich absichern und würde keinerlei Risiko eingehen.

Kein Kündigungsschreiben für mich.

Das war das Gute daran, wenn man ein paar Stunden geschlafen hatte. Er konnte wieder klar denken. Ohne Panik. *Angriff ist die beste Verteidigung.* Er pinkelte in den Becher, wusch sich die Hände und korrigierte den Sitz seiner Perücke, obwohl sie – logisch – saß, wie sie sollte. Es war seine Alltagsperücke, die auch einen Hurrikan überstehen würde. Na ja, zumindest einen der Kategorie 1. Nur gut, dass er nicht in einem gefährdeten Gebiet lebte.

Je weniger Haare er am Körper hatte, umso besser war es, weil keines herausfallen und ihn belasten konnte. Er setzte seine Mütze auf und verließ mit neuer Entschlusskraft und Selbstsicherheit die Toilette.

Bis sein Blick auf die Frau im Besucherbereich fiel. Sie saß in einem Sessel, als wäre er ein Thron, die Ellbogen auf den Armlehnen aufgestützt, die langen Beine übereinandergeschlagen und mit einem blasierten Lächeln um die Lippen.

»Sonny, ich habe auf dich gewartet«, sagte sie mit diesem leichten Akzent, der sie wie Katherine Hepburn klingen ließ – und den er aus tiefster Seele hasste. Bei dem Klang würde er sich am liebsten einen Eispickel in die Ohren rammen. Oder ihr.

»Was willst du?«, fragte er, wobei er Mühe hatte, einen halbwegs höflichen Tonfall anzuschlagen.

»Ich denke, das weißt du.« Anmutig erhob sie sich und krümmte einen Finger. »Wir müssen reden.«

Was genau das war, was sie *nicht* wollte. Und das, *was* sie wollte, machte ihn regelrecht krank. Immer wieder aufs Neue.

»Ich arbeite«, erwiderte er. »Ich kann nicht.«

Sie zog die sorgfältig gezupften Brauen hoch. »Das hast du gestern auch schon gesagt, aber ich habe es überprüft. Du hattest gar keinen Dienst. Du hast mich belogen.« Sie durchquerte den Raum und baute sich vor ihm auf. Langsam strich sie mit dem Finger über seine Krawatte und grinste boshaft, als er leicht zurückzuckte. »Wieso machst du das mit mir?«, schnurrte sie.

Weil ich dich hasse und wünschte, du wärst tot. Er wünschte, er hätte sie schon vor Jahren getötet, und das hatte er jetzt davon, dass er nicht mutig genug gewesen war.

»Ich war wütend. Das habe ich dir gestern schon gesagt. Ich

habe erfahren, dass Paul die Firma verkauft.« Er sprach von »Paul«, nannte ihn in Gedanken aber stets »den Alten«, deshalb besänftigte sie es vielleicht ein klein wenig, wenn er so tat, als hätte er ein Quäntchen Respekt für seinen Vater übrig.

»Tja.« Wieder ließ sie die Finger über seine Krawatte wandern und tippte mit ihrem manikürten Zeigefinger gegen sein Kinn, während er in Gewaltfantasien schwelgte, ihn ihr abzuhacken. Alle nacheinander. »Wie ich schon gestern Abend sagte, kann ich dafür sorgen, dass du unbeschadet aus dieser Geschichte herauskommst.«

Sie log. Mit geradezu atemberaubender Nonchalance. Sie würde sich nehmen, was sie haben wollte, während für ihn nichts blieb. Weniger als nichts. Wenn er Glück hatte, durfte er seinen Job behalten, doch mit jedem Mal, wenn er ihr gab, was sie verlangte, starb ein weiteres Stück von ihm ab.

»Komm heute Abend zu mir«, raunte sie. »Dann können wir reden.«

Nein. NEIN. »Okay«, hörte er sich sagen. *Weil ich ein elender Feigling bin. Ein beschissenes Weichei.*

»Braver Junge. So gefällt mir das. Ich wünsche dir einen schönen Tag, und pass gut auf.«

Dann war sie fort. Und mit ihr seine Entschlossenheit. Er schloss die Augen, während die Wut wie ein Tornado in ihm wütete. Der Friede, den er sich mittels seines nächtlichen Kellergastes verschafft hatte, war schlagartig verflogen.

Und er hatte noch nicht mal mit seiner Suche nach der Blonden angefangen.

Bring einfach den Tag hinter dich. Mach deine Arbeit. Dann fahr nach Hause, nimm ein heißes Bad, geh mit dem Hund Gassi und … überleg dir etwas. Du wirst die Blonde schon finden. Du wirst deinen Job behalten. Du kriegst das hin. Tust du doch immer.

»Hey, Mann, alles in Ordnung?«

Er drehte sich um und blickte in Hanks besorgtes Gesicht.

»Ja«, antwortete er. »Mir geht's gut.«

Auch jetzt schien Hank nicht überzeugt zu sein. »Ich kann gern Ricardo fragen, ob er für dich einspringt, wenn du willst.«

Und dieses Arschloch bekam seine Stunden gutgeschrieben. Auf keinen Fall. »Ich sagte, mir geht's gut.«

»Okay, okay.« Mit erhobenen Händen wich Hank zurück. »Die Gäste sollten bald hier sein, eine Champagner-und-Kaviar-Gruppe. Die Kühlbox ist schon vorbereitet.«

»O Gott«, stöhnte er. »Da kann ich mich ja gleich erschießen.« Doch er hoffte, dass sie den ganzen Champagner tranken und das Fingerfood verputzten, damit die Kühlbox später leer war. Und bei seiner Stimmungslage würde er sie heute Abend mit etwas Kurvigem füllen – die Box hatte die perfekte Größe für jemanden mit Kleidergröße 36, allerhöchstens 38. Weich und nachgiebig, damit sie sich leichter biegen ließen.

Hank lachte. »Ja, ich weiß, aber die geben ein fettes Trinkgeld, und Barb und ich brauchen ein neues Kinderbettchen.«

»Dann mal los.« Er deutete auf die Tür. »Nach Ihnen, Captain Bain.«

Sacramento, Kalifornien
Freitag, 17. Februar, 10.00 Uhr

Daisy nahm ihren Kopfhörer ab und legte ihn behutsam auf die Studiokonsole. Vier lange Stunden hatte sie sich beherrscht, doch nun siegte ihre Wut.

Weil Tad Nelson Todd, alias TNT, ein Arschloch vor dem Herrn war. Gleich am frühen Morgen hatte es angefangen. Kleine Sticheleien, wie er sie immer von sich gab und die sie normalerweise ignorieren oder mit einem Lachen abtun konnte, doch dann war es mit jeder Stunde schlimmer geworden.

Tad legte deutlich weniger Vorsicht an den Tag, sondern riss sich die Kopfhörer herunter und schleuderte sie auf den Tisch. Daisy schlang sich die Hundetasche mit Brutus über die Schulter und wartete, bis Tad ihr aus dem Studio gefolgt war, ehe sie ihn finster ansah.

»Was sollte das, Tad?«

»Was sollte was?«, fragte er mit gespielter Langeweile.

»Du. Da drin.« Sie zeigte auf die Studiotür. »Mich ›Kleine‹ zu nennen. Die Bemerkungen zu meiner Figur. Die Andeutungen, ich sei ein Partygirl, das es gern so richtig krachen lässt.«

»Ich habe dich bloß gefragt, wie deine Pläne für die Frühjahrsferien aussehen.« Inzwischen feixte er.

»Du hast gefragt, was für einen Bikini ich trage.« Und er hatte Ratespiele über ihre Maße veranstaltet. Genüsslich und in aller Ausgiebigkeit. Das hatte ihre Lunte vollends zum Brennen gebracht. Am liebsten hätte sie ihm eins auf die Nase gegeben. Zum Glück hatte er seine Spekulationen über ihren Taillen- und sonstigen Umfang – gepaart mit seinen Mutmaßungen über ihre sexuellen Präferenzen – auf die letzten zwei Sendeminuten beschränkt. Während der Sendung hatte sie seine Flegelhaftigkeiten mit einem Lachen abgetan, hätte aber nicht garantieren können, dass es noch lange dabei geblieben wäre. »Es fehlte nicht viel, und du hättest meine Telefonnummer *on air* rausgegeben. Was zum Teufel sollte das? Und sag jetzt bloß nicht, das sei nur Geplänkel gewesen.« Nicht nach der Nacht, die sie hinter sich hatte. Sie war völlig fertig – vom Schlafmangel, von zu viel Koffein und dem dumpfen Gefühl, dass ihr immer noch jemand folgte, obwohl sie wusste, dass ihre Fantasie ihr einen Streich spielte.

Er lächelte abfällig. »Wenn du dich von mir sexuell belästigt fühlst, dann sag es mir doch einfach ins Gesicht. Wieso musstest du damit zur Geschäftsleitung rennen? Die haben gedroht, mich zu suspendieren. Wusstest du das?«

Ihr fiel die Kinnlade herunter. »Was? Wieso?«

Er trat einen Schritt vor und beugte sich zu ihr. »Weil du ja Karl brühwarm erzählen musstest, ich hätte ›E-Mails und Sprachnachrichten mit sexuellen Andeutungen‹ heruntergespielt.« Er setzte die Worte in Anführungszeichen, ehe er die Arme sinken ließ und die Fäuste ballte. »Das war nichts. Kinderkram. Profis beschweren sich über solche Lappalien nicht.«

Daisy schüttelte den Kopf. »Moment mal, nur damit ich es richtig sehe. Du hast heute Morgen eins aufs Dach bekommen, weil du mit deinem Verhalten sexuelle Belästigung ermöglicht hast, durftest dir anhören, dass man dich womöglich deswegen suspendiert, und deshalb hast du beschlossen, ins Studio zu gehen und mich tatsächlich sexuell zu belästigen? Weil Profis sich genau so verhalten? Habe ich das richtig verstanden?«

Sie sah die Aggression in seinen Augen. Verzweiflung. »Wieso nicht? Wenn ich schon die Strafe absitzen muss, kann ich das Verbrechen ja auch gleich begehen, oder? Könnte sein, dass ich künftig bloß noch Nacht-Sendungen kriege, weil ich als Rüpel und nicht mehr als familientauglich gelte.«

Sie sah ihn fassungslos an. »Du bist ein echter Idiot, weißt du das eigentlich?«

Wut flackerte in seinem Blick, und sein Kiefer wurde hart. »Und du bist ein Miststück, weißt *du* das eigentlich? Aber vielleicht wolltest du ja, dass ich suspendiert werde.«

Um ein Haar hätte sie laut aufgelacht. »Das soll wohl ein Witz sein. Weshalb denn?«

»Damit du die Sendung für dich alleine hast.«

»Wie bitte? Ich will die Sendung nicht für mich alleine.«

Er stieß ein bitteres Lachen aus. »Lüg doch nicht. Du tauchst einfach hier auf, schmust dich an Karl ran, und – Abrakadabra – schon fällt dir die Morningshow in den Schoß. Wie durch ein Wunder.«

Sie sah ihn angewidert an. Die schmierige Art, wie er »schmust dich an Karl ran« gesagt hatte, als wollte er andeuten, dass sie …

»Du kannst mich gern als Miststück bezeichnen, wenn du willst. Ich habe mir weiß Gott schon Schlimmeres an den Kopf werfen lassen müssen. Aber wage es nicht, auch nur anzudeuten, dass Karl irgendetwas anderes als nett und freundlich war – zu uns allen. Auch zu dir. Was auch immer du von mir hältst, du wirst nicht irgendwelche Gerüchte über ihn verbreiten. Er liebt seine Frau und sie ihn.« Sie hielt inne und legte den Kopf schief, als sie sah, dass seine Wut zu verrauchen schien. »Haben die dir gesagt, wieso ich die E-Mails und Sprachnachrichten gemeldet habe?«

Was sie, streng genommen, noch nicht einmal getan hatte. Sie hatte lediglich Karl gestern Abend auf der Fahrt davon erzählt und war heilfroh gewesen, als er nicht weiter nachgebohrt hatte. *Tja, da habe ich mich wohl zu früh gefreut.* Denn offensichtlich hatte Karl mit Rafe und dann mit dem Chefredakteur gesprochen. Und all das noch vor Sonnenaufgang.

»Nein.« Tad runzelte die Stirn. »Wieso?«

»Weil ich gestern Abend angegriffen wurde.« Sie zog ihren Rollkragen so weit herunter, dass er die Würgemale an ihrem Hals sehen konnte. Sie trug denselben Pulli, weil keine Zeit gewesen war, vor der Sendung nach Hause zu fahren und sich umzuziehen, da Rafe grob geschätzt sechzehn Tassen Kaffee gebraucht hatte, um sich in einen Zustand zu bringen, in dem er Auto fahren konnte. »Ein Typ hat mich in eine Gasse gezerrt und gewürgt. Ich …« Ihre Stimme brach bei dem Gedanken daran. Sie riss sich zusammen. »Ich habe mich losgerissen.«

Sein Blick heftete sich auf die Striemen, die über Nacht eine dunkelviolette, teilweise fast schwarze Färbung angenommen hatten. »O Gott. Geht's dir gut?«

Sie rückte ihren Kragen wieder zurecht. »Ja. Rafe Sokolov hat den Fall übernommen. Er und sein Partner wollten wissen, ob ich von jemandem bedroht wurde, deshalb habe ich ihnen von den E-Mails berichtet. Als Rafe gefragt hat, wieso ich bislang niemandem davon erzählt hätte, habe ich gesagt, du hättest mir versichert, dass das in der Branche völlig normal sei. Und ich mich vielmehr geschmeichelt fühlen solle. Das Ganze hat mich ziemlich mitgenommen, und ich hatte echt Angst. Aber natürlich hätte ich gleich Bescheid sagen müssen, als die Nachrichten kamen. Eigentlich wusste ich das ja.« Sie hob den Kopf und reckte das Kinn. »Ich bin selbst für mein schlechtes Urteilsvermögen verantwortlich, nicht du. Und das sage ich ihnen auch.«

Tad runzelte skeptisch die Stirn. »Ehrlich?«

»Ja. Ich mag ein Miststück sein, aber ein ehrliches. Und ich kann Verantwortung für das übernehmen, was ich tue. Aber was du da drinnen gerade abgezogen hast … ich werde offiziell Beschwerde gegen dich einlegen.« Sie machte auf dem Absatz kehrt und marschierte davon, im Begriff, sich kurz in einer ruhigen Ecke zu sammeln, ehe sie zum Chefredakteur ging.

Stattdessen blieb sie abrupt stehen, genauer gesagt, taumelte ein paar Schritte rückwärts, als sie geradewegs mit einer betonharten Brust kollidierte. Kräftige Hände packten sie, und sie blickte in wütende grüne Augen.

»Miss Dawson?«

Gideon Reynolds. Völlig verdattert starrte sie einen Moment lang sein Gesicht an. Und auch alles andere. *Sehr, sehr hübsch, das muss man ihm lassen.* Sie kniff die Augen zusammen, als ihr Gehirn seinen Dienst wieder aufnahm. »Wieso sind Sie hier? Und wieso sind Sie sauer auf mich?«

»Bin ich gar nicht.« Er spähte über ihre Schulter. Tad war ihr gefolgt. Bei seinem Anblick hatte Gideon das Kinn gereckt und schnaubte wie ein wütender Bulle.

Daisy blickte von Tad zu Gideon, dann zu Rafe und Arnie, dem Chefredakteur, die direkt hinter ihm standen. Alle schienen fuchsteufelswild zu sein. Wahrscheinlich hatten sie Tads Ausfälligkeiten während der letzten Sendeminuten mitbekommen. Genauso wie sämtliche Hörer ihrer Sendung in und um Sacramento.

Eilig legte sie Gideon die Hand auf die Brust, als er an ihr vorbei auf Tad zugehen wollte, der eilig den Rückzug antrat. »Moment«, murmelte sie. »Bitte.« Weil er aussah, als würde er den Moderator am liebsten in Fetzen reißen. So scharf sie es einerseits finden mochte, so war es eine sehr schlechte Idee.

Gideon sog scharf den Atem ein, während Daisy ein Schauder überlief. *Später*, dachte sie. Jetzt war nicht der Zeitpunkt, sich Gedanken zu machen, warum das so war.

Sie zog ihre Hand weg, verlagerte das Gewicht der Tasche auf ihrer Schulter und gab einen beruhigenden Laut von sich, als Brutus leise winselte. »Ich möchte offiziell Beschwerde einlegen, Arnie, aber mir geht's gut. Kein Grund zur Aufregung.«

»Hat er Sie angefasst?«, fragte Gideon mit einem unterdrückten Knurren, bei dessen Klang Daisy am liebsten im Duett mit Brutus gewinselt hätte, wenn auch aus anderen Gründen.

Diese Höhlenmenschen-Nummer sollte eigentlich nicht so verdammt scharf sein, war es aber.

»Nein. Er war nur …« – *ein echter Arsch*, dachte sie – »… sehr unprofessionell während der Sendung. Wie viel habt ihr mitbekommen?«

»Dass er lieber gern als Rüpel-Moderator ins Nachtprogramm wechseln will«, antwortete Rafe, der eine Braue hochgezogen hatte. Auch er war immer noch stinkwütend, hatte sich aber deutlich besser im Griff als Gideon. »Ich für meinen Teil hoffe ja, dass dieser Traum in Erfüllung geht. Aber, Arnie, Sie machen das schon. Können wir Daisy jetzt nach Hause bringen? Sie kann ihre Beschwerde auch noch später einlegen, oder?«

Arnie nickte. »An Beweismaterial fehlt es nicht. Wurde ja alles aufgezeichnet. War er die ganze Sendung hindurch so? Ich habe bloß die letzten paar Minuten mitgehört, wie er über Ihre

Maße spekuliert hat und Ihre …« Er wand sich unbehaglich. »Präferenzen.«

Tad hatte sich darüber ausgelassen, ob sie wohl lieber Jungs oder Mädchen mochte und welche Stellung sie bevorzugte. Nur um sich eine Sekunde später bei ihren Zuhörern zu erkundigen, ob sie vielleicht Daisys Telefonnummer haben wollten. Sofort hatten sämtliche Telefonleitungen wie verrückt geblinkt.

»Nein, er war nicht die ganze Sendung hindurch so schlimm«, antwortete sie. »Nur allgemein …« Wieder hielt sie inne. *Arschlochmäßig.* »Unprofessionell, wie gesagt.«

Rafe schnaubte. »Die Diplomatie auf zwei Beinen, so früh am Tag.«

»Und das ohne zweiundsechzig Tassen Kaffee«, konterte sie frech.

Arnie drückte ihre Schulter. »Sehen wir uns morgen bei dieser Adoptionsaktion?«, fragte er. Arnie Townsend war ein echt netter Kerl und mit seinen knapp sechzig seit über mindestens zehn, vielleicht auch zwanzig Jahren Chefredakteur bei KZAU.

»Natürlich.« Sie strahlte ihn an. »Sie kommen doch auch, oder?« Er hatte zwar an mehreren vom Sender gesponserten Veranstaltungen teilgenommen, aber noch nie an einer Adoptionsaktion.

Arnies Blick glitt zwischen den beiden Männern hin und her, die sich wie Wächter neben Daisy aufgebaut hatten. »Ich denke schon. Nur für alle Fälle. Was Ihnen da gestern passiert ist, tut mir sehr leid.«

»Mir geht's gut.«

»Ich werde alles in meiner Macht Stehende tun, um den Kerl zu finden, falls es einer unserer Hörer gewesen sein sollte«, erklärte Arnie. »Ich habe unseren IT-Mann schon an die Drohmails gesetzt. Wir übernehmen die Rückverfolgung lieber selber, schließlich weiß man nie, wann das SacPD dazu kommt. Ohne dass ich hier jemandem zu nahe treten möchte, Rafe.«

»Schon gut«, wiegelte Rafe ab. »Wir hinken gnadenlos hinterher.«

Arnie tätschelte ihm die Schulter. »Bis dahin verschärfen wir jedenfalls die Security auf dem Parkplatz.«

»Ich gehe zu Fuß zur Arbeit«, erinnerte sie ihn. »Aber es ist gut, dass alle anderen mehr Schutz bekommen.«

»Das können Sie die nächste Zeit getrost vergessen«, warf Gideon hinter ihr ein.

Ach ja? Das war durchaus nachvollziehbar, und Daisy würde auch die Vorkehrungen beachten, die sie ihr ans Herz legten, aber sie würde sich ganz bestimmt nicht sagen lassen, was sie zu tun hatte. *Das musst du im Keim ersticken, jetzt sofort.* Mit weit aufgerissenen Unschuldsaugen sah sie ihn an. »So? Sagt wer?«

Gideon wollte den Mund öffnen, als Rafe ihm zuvorkam. »Sie provoziert dich doch nur, Gid.« Rafe setzte sein niedlichstes Welpengesicht auf. »Für den Moment bitte ich dich ja nur ganz artig, nicht zu Fuß zur Arbeit zu gehen, DD. Bitte. Tu's für mich, für Dad und Mom und für Sasha …«

Sie lachte. »Okay, gut.« Sie schüttelte den Kopf. »Wenn du deine ganze Familie aufzählst, stehen wir morgen noch hier.« Mit einem unterdrückten Gähnen schob sie sich an ihnen vorbei. »Ich freue mich jetzt auf mein Zuhause, wo ich ein kleines Nickerchen machen werde. Ich hole bloß noch ein paar Sachen vom Schreibtisch und fahre meinen Computer herunter. Wir sehen uns gleich in der Lobby.« An der Tür zu den Büros blieb sie kurz stehen, als sie merkte, dass Gideon ihre anfängliche Frage gar nicht beantwortet hatte. »Und dann kann Special Agent Reynolds mir bestimmt erzählen, weshalb er hier ist.«

Sacramento, Kalifornien
Freitag, 17. Februar, 10.10 Uhr

Stirnrunzelnd sah Gideon Daisy hinterher. Sie war irgendwie … »Anders«, murmelte er.

Rafe lachte. »Ist sie. War sie eigentlich schon immer. Selbst als kleines Mädchen hat sie schon ihr Ding gemacht.«

Gideon folgte ihm in die Lobby. »Du kanntest sie damals schon?«

»Ja. Unsere Väter waren zusammen in der Armee und sind dort enge Freunde geworden, deshalb haben wir viele Feiertage, Urlaube und Geburtstage zusammen verbracht, das ganze Programm. Dad ist DDs Patenonkel.«

Gideon zog die Brauen hoch. »In diesem Fall ist klar, wieso sie bei dir im Haus lebt.«

»Wobei es keine Rolle spielte, ob Dad ihr Patenonkel war oder nicht. Die Dawson-Mädchen waren immer wie unsere Cousinen. Dad war am Boden zerstört, als ihr Vater einfach ihre Sachen zusammengepackt und sie nach Norden auf diese Ranch verfrachtet hat. Daisy war damals gerade einmal elf.«

»Wegen ihrer Stiefschwester?«

»Ja. Taylor. Mom hatte nie viel für Taylors Mutter Donna übrig, konnte ihre Aversion aber nicht so recht begründen. Es war eher ein Bauchgefühl.«

»Daisy hat gestern Abend erwähnt, ihre Stiefmutter hätte behauptet, dass Taylors leiblicher Vater sie hätte entführen wollen.«

»Es war sogar noch schlimmer. Donna hat behauptet, er sei ein geisteskranker Mörder, der sie vergewaltigt und verprügelt hätte, und sie sei nur knapp mit dem Leben davongekommen. Frederick hat ihr geglaubt.«

»Sie muss ja eine verdammt überzeugende Lügnerin gewesen sein.«

»Offensichtlich, aber Frederick hatte schon immer einen sehr ausgeprägten Beschützerinstinkt. Er musste immer wissen, wo seine Mädchen gerade waren, zu jedem Zeitpunkt.« Rafe lachte wehmütig. »Mein Dad hat schon damals jeden Mann bedauert, der mal eines der Mädchen ausführen würde. Sasha war am Boden zerstört, als sie von jetzt auf gleich verschwanden. Sie und Daisy waren sehr enge Freundinnen gewesen.«

»Ich kann mich nicht erinnern, ihnen je begegnet zu sein.«

Abwesend kratzte Rafe sich die Bartstoppeln am Kinn. »Ich glaube, das hast du auch nicht. Wir beide waren vierzehn, als wir uns kennengelernt haben. Etwa um diese Zeit hat Frederick Donna geheiratet. Seine erste Frau war nach der Geburt von Daisys kleinster Schwester Julie gestorben. Meine Mum ist zwar eingesprungen und hat sich um die Mädchen gekümmert, aber dann trat Donna plötzlich in sein Leben, was alles auf einen Schlag verändert hat. Donna hat keine Frau in ihrer Nähe geduldet und wollte nicht, dass meine Mum mitmischt. Von da an haben wir die Dawsons nicht mehr so oft gesehen. Die Mädchen sind während der Ferien in Oakland geblieben, und gemeinsame Urlaube gab es auch keine mehr. Hauptsächlich, weil Donna und meine Mom nicht im selben Raum sein konnten, ohne dass die Krallen ausgefahren wurden. Als sie von heute auf Morgen verschwunden sind, waren alle in meiner Familie außer sich vor Sorge.«

Gideon runzelte die Stirn. »Daisys Vater hat deinem Dad nicht gesagt, wohin sie gehen?«

»Nein. Er hat einen klaren Schnitt gemacht. Erst vor etwa einem Jahr oder so haben wir wieder etwas von ihnen gehört.«

»Weil Frederick erfahren hat, dass Donna ihn die ganze Zeit belogen hatte?«

»Nicht Frederick, sondern Taylor. Donna hat es ihr auf dem Sterbebett gestanden, und Taylor wollte daraufhin unbedingt nach Maryland, um ihren leiblichen Vater kennenzulernen und sich selbst ein Urteil zu bilden, ob er so ein Unmensch ist oder nicht. Es stellte sich heraus, dass er ein prima Kerl ist. Taylor ist hingezogen, um näher bei ihm sein zu können, und Frederick ist Taylor gefolgt. Taylor und ihr Dad haben eine Menge nachzuholen, all die Jahre. Sie war schon dreiundzwanzig, als sie und Clay sich endlich gegenüberstanden.«

»Der arme Kerl«, murmelte Gideon. »Taylors leiblicher Vater, meine ich. Und dein Vater genauso. Hat Frederick einfach aus heiterem Himmel angerufen?«

»Ja, völlig unverhofft«, antwortete Rafe kopfschüttelnd. »Mein Dad war tief gekränkt. Natürlich würde er es nie zugeben, aber es schmerzt ihn bis heute, dass Frederick ihm nicht genug vertraut hat, um ihm die Wahrheit zu sagen. Frederick hat ihn nach wie vor nicht besucht, sondern hält lediglich über E-Mails und Telefonanrufe Kontakt.«

Gideon dachte an Karl mit seinem unendlich großen Herzen. »Aber dein Dad hat ihm verziehen?«

Rafe zuckte die Achseln. »Ich nehme es an. Wenn du mich fragst, hat Frederick noch einiges an Wiedergutmachung zu leisten, aber mein Dad versteht andererseits auch, dass ein Vater seine Kinder beschützen muss.«

Gideon nickte, denn auch er war in den Genuss dieses Instinkts gekommen. Und in den Genuss seiner Herzenswärme und Zuneigung. Rafe war ein echter Glückspilz, was er erfreulicherweise auch zu wissen schien.

»Außerdem sagt mein Dad, wenn Taylors leiblicher Vater ihm verzeihe, dann könne er das auch.«

»Er hat ihm verziehen? Ehrlich? Das ist schwer vorstellbar.« In diesem Moment ertönte das Klappern von Daisys Absätzen auf dem Fußboden.

»Redet ihr über Clay, Taylors leiblichen Vater?«, fragte sie, als sie zu ihnen trat.

Gideon nickte. »Es muss sehr schwer für Taylors Vater gewesen sein, deinem zu vergeben.«

Ein reizendes Lächeln erschien auf Daisys Zügen. »Eigentlich nicht. Clay hat Dad im Grunde auf der Stelle verziehen. Das Leben sei zu kurz für Verbitterung, hat er gesagt. Er und Dad sind mittlerweile gute Freunde geworden, und es ist toll, sie zusammen zu sehen. Apropos Vater – ich muss ihn anrufen. Das heißt, ich brauche ein neues Handy. Es sei denn, eure Laborleute sind schon fertig mit meinem.« Sie sah Rafe hoffnungsvoll an.

Rafe zog ein Handy aus der Tasche. »Nein, aber ich habe mich schon darum gekümmert. Das ist ein altes von mir. Ich habe es auf Werkseinstellungen zurücksetzen und deine Kontakte und Details rüberziehen lassen. Nimm es, solange du es brauchst.«

»Danke.« Sie nahm das Telefon an sich und schob es in eines der Fächer ihrer Tasche, ehe sie hineingriff und das Fellbündel namens Brutus herauszog, das sie an sich drückte, während sie Gideon ansah. »Wieso sind Sie hier, Agent Reynolds?«

»Gideon«, korrigierte er aus einem Impuls heraus, dabei hatte er ihre Beziehung eigentlich auf einer förmlichen Ebene belassen wollen. Er zog die Stirn in Falten.

»Sicher?«, fragte sie sichtlich belustigt. »Ich kann Sie auch gern Agent Reynolds nennen, wenn Sie das wollen.«

Die Furchten auf seiner Stirn vertieften sich. Sie hielt ihn auf Distanz, was ihm nicht gefiel. »Das wird nicht nötig sein.«

Daisy beäugte ihn mit einer Mischung aus Neugier und Mitgefühl, die anziehend und irritierend zugleich war, als wüsste sie etwas, von dem er lieber nicht wollte, dass es ans Licht kam. »Also. Wieso sind Sie hier, Gideon?«

»Ich bin Ihr …« Er unterbrach sich, da sich ihre blauen Augen zu Schlitzen verengten.

»Mein Leibwächter?«, herrschte sie ihn an.

»Wenn man es so nennen will«, erwiderte er und widerstand dem Drang, zurückzuzucken. Eine zierliche Frau mit einem Witz von Hund sollte einen eigentlich nicht so ins Bockshorn jagen können.

Rafe seufzte. »Betrachten wir es doch als Arrangement mit Vorteilen für beide Seiten«, schlug er vor, und Daisy presste die Lippen aufeinander, um sich jeden weiteren – zweifellos kritischen – Kommentar zu verbieten.

Was Gideon nicht entging. Rafe hatte ein Händchen dafür, Daisy dazu zu bringen, zu tun, was er wollte – er selbst würde da vermutlich weniger Glück haben.

»Also gut«, sagte sie argwöhnisch mit einer Geste in Gideons Richtung. »Sie erklären mir alles, Rafe frisst nämlich Kreide aus Satans persönlichem Vorrat und versucht bloß, mich weichzukochen.«

Gideon brach in prustendes Gelächter aus. »Das stimmt wohl«, bestätigte er und spürte, wie etwas in seinem Innern Ruhe fand, als sie ihn anlächelte. »Eigentlich ist es ganz einfach. Ihr Angreifer steht in Zusammenhang mit dem Medaillon. Sollte er sich noch mal in Ihre Nähe wagen, kann ich Sie schützen und bei der Gelegenheit auch gleich ein paar Informationen aus ihm herausholen.«

Sie musterte ihn eingehend. »Sagen wir also, ich willige ein. Wie lange wird dann dieses beiderseitig vorteilhafte Arrangement andauern?«

»Eine Woche.«

»Und wenn er nicht versucht, sich mir zu nähern? Vor allem, wenn man bedenkt, dass ich ja ab sofort mit einem Leibwächter an meiner Seite durch die Gegend laufe?«

Gideon sah Rafe an, auf dessen Zügen ein amüsiertes ›Ich hab's dir ja gleich gesagt‹-Lächeln lag. *Mistkerl.* Allerdings hatte er ihn tatsächlich gewarnt, dass Daisy sich auf so etwas nicht einlassen würde. Und nachdem ihr Vater sie durch halb Europa hatte beschatten lassen, konnte er es ihr noch nicht einmal verdenken.

Trotzdem kränkte ihn die Ablehnung ein wenig. »Ich bin ziemlich gut ausgebildet und kann daher mühelos an Ihrer Seite sein, ohne dass es jemandem auffällt, Miss Dawson. Inklusive Ihnen selbst.«

»Wieso sagen Sie es mir dann?«, konterte sie unschuldig.

Rafe kaschierte sein Lachen mit einem Hustenanfall. Gideon zwang sich zu einer neutralen Miene, obwohl er innerlich die Zähne zusammenbiss. »Ich dachte, Sie wüssten gern, dass jemand auf Sie aufpasst. Ich wollte nur nett sein.«

Prompt lächelte sie. »Okay.«

»Okay was?«, fragte er argwöhnisch.

»Okay, Sie dürfen mein Leibwächter sein«, erklärte sie würdevoll und neigte in einer majestätischen Geste den Kopf. »Und Sie dürfen mich Daisy nennen. Und wenn wir hier fertig sind, würde ich jetzt gern nach Hause gehen und mich hinlegen. Ist das akzeptabel, Gideon?«

Unwillkürlich musste er wieder lächeln. »Ja, das ist es. Mein Wagen steht auf dem Parkplatz hinter dem Haus.«

Sacramento, Kalifornien
Freitag, 17. Februar, 10.30 Uhr

Ich habe einen verdammten Bodyguard! Ist das zu fassen? Daisy schäumte immer noch innerlich, als Gideon vor Rafes Haus vorfuhr. Gleichzeitig war es ein schönes Gefühl, nach dem Vorfall von gestern Abend nicht ganz allein sein zu müssen. Deshalb hatte sie ihren Ärger hinuntergeschluckt und mit einem freundlichen Lächeln eingewilligt. Und es schien zu funktionieren, denn mittlerweile war Gideons geheimnisvolle Aura einer Art finsterer Souveränität gewichen.

Gleichzeitig schien er ebenso wenig begeistert von diesem Arrangement zu sein wie sie. Obwohl seine Wut auf Tad unübersehbar gewesen war. Als hätte er den Drecksack am liebsten in Stücke gerissen.

Was nicht weiter verwunderlich war. Schließlich predigte Irina ihr seit einem halben Jahr, Gideon sei einer der »seltenen anständigen Kerle«.

Ein anständiger Kerl, der offensichtlich bereits Rafes Garagentor auf seinen eigenen Wagen programmiert hatte, denn er drückte auf eine Taste über der Innenbeleuchtung, woraufhin das Tor aufglitt.

»Wie ist es möglich, dass Sie Rafes Garage öffnen können?«, fragte sie.

Er sah sie kurz an. »Ich habe hier mal gewohnt.«

Sie sah ihn verblüfft an. »Was? Wann denn?«

»Bis vor etwa einem halben Jahr«, erwiderte er mit einem Anflug von Ironie. »Damals hat Rafe gesagt, er hätte eine neue Mieterin und ich solle endlich meinen Arsch rausschaffen.«

Daisy blieb der Mund offen stehen. »Ich habe Sie aus Ihrer Wohnung vertrieben? Aber Karl hat gesagt, sie stünde frei und Rafe bräuchte die monatliche Miete. Ich hätte doch nie …«

»Daisy.« Gideons Stimme war tief und … autoritär. Was eigentlich nicht sehr verführerisch sein dürfte. *Ich kann Autorität nicht ausstehen. Auf den Tod nicht.* Trotzdem konnte sie den leisen Schauder nicht leugnen, der ihre Haut beim Klang ihres Namens aus seinem Mund prickeln ließ.

Er musterte sie vorsichtig. *Wahrscheinlich, weil ich völlig durchgeknallt klinge.*

Sie reckte das Kinn. »Ja?«, sagte sie und sah ihn an.

»Ich hatte bereits ein Haus gekauft, das aber immer noch leer stand, weil mich allein der Gedanke an einen Umzug angestrengt hat. Gleichzeitig habe ich mich jeden Tag lautstark über den langen Fahrtweg von Midtown zum Büro und die Tatsache beschwert, dass ich sowohl Miete als auch die Hypothek zahlen muss. Rafe war drauf und dran, mir den Kragen umzudrehen.«

Sie lächelte erleichtert. »Also hat mein Einzug Rafe eine Mordanklage erspart?«

Stirnrunzelnd lenkte er den Wagen in die Garage. »Und mir einen gewaltsamen Tod.«

Sie lachte. »Stimmt. Auch das ist schön zu wissen.«

Er schaltete den Motor aus und wandte sich ihr zu. Daisy spürte, wie sich ihr Puls beschleunigte.

Das hier kann entweder sehr gut oder sehr schlecht ausgehen.

»Ich werde Sie nicht stören«, sagte er ruhig.

»Zu spät«, murmelte sie und biss sich auf die Lippe, während ihr die Röte in die Wangen schoss. Andererseits stimmte es – Gideon Reynolds störte ihre Gedanken auf vielfältige Art und Weise. Trotzdem war es unhöflich und gemein, so etwas zu sagen. »Tut mir leid, das hätte ich nicht sagen sollen.«

»Ich weiß, dass es Ihnen nicht gefällt, dass jemand über Sie wacht«, erwiderte er mit einem schiefen Lächeln.

»Aber gerade ist es genau das, was ich brauche, deshalb bin ich Ihnen dankbar dafür.« Sie schnitt eine Grimasse. »Ein Stück weit hoffe ich darauf, dass er es noch mal versucht, damit *Sie* kriegen, was Sie brauchen. Ist das nicht völlig verrückt?«

Sein sanftes Lächeln verschlug ihr den Atem. »Unglaublich verrückt. Und sehr großzügig.« Unvermittelt räusperte er sich, und der Moment war vorüber. »Also, ich habe mir Folgendes überlegt. Ich schlafe auf Ihrem Sofa und fahre Sie zur Arbeit und wieder zurück.«

»Und was ist mit meinen anderen Verpflichtungen? Morgen findet die Adoptionsaktion in der Zoohandlung statt.« Ihr war bewusst, dass das ein klein wenig kindisch klang. Und sehr, sehr trotzig. Doch das war jetzt egal. »Ich will nicht, dass er mir mein Leben wegnimmt, Gideon. All das habe ich schon mal mitgemacht. Jahrelang. Es war wie in einem Gefängnis. Ich kann das nicht. Und ich werde es auch nicht tun.«

Sie sah das Verständnis in seinen Augen, aber da war noch mehr. Er schien tatsächlich nachvollziehen zu können, was sie meinte. Wieder kam ihr das Medaillon in den Sinn. »Ich weiß«, sagte er, bevor sie weiter nachhaken konnte. »Und ich respektiere es.«

»Aber?«

»Kein aber. Sie führen einfach Ihr Leben weiter, als wäre nichts geschehen. Und ich halte mich diskret im Hintergrund. Sollte ich zufällig jemandem auffallen und gefragt werden, erzähle ich einfach, ich sei ein Freund von der Ostküste oder der Ranch, so wie Ihr alter Freund Jacob, den Sie gestern Abend erwähnten.«

Skeptisch zog sie die Brauen hoch. »Aber wenn ich mein Leben einfach fortführe, ist es doch umso wahrscheinlicher, dass der Kerl von gestern Abend es noch einmal versucht.«

Gideon zuckte die Achseln. »Wahrscheinlicher, als wenn Sie sich irgendwo verkriechen, das stimmt. Machen Sie bitte eine Kopie Ihrer Termine, damit ich mir die Gegebenheiten schon vorher ansehen und herausfinden kann, wie ich mich am besten verborgen halte.«

»Und nach dieser einen Woche sind Sie dann weg?«

Sein linkes Auge zuckte. Kaum merklich. *Aha*, dachte sie, aber damit würde sie sich später befassen. »Wie wär's, wenn wir die Bedingungen zu gegebener Zeit noch mal neu diskutieren?«

Das Summen ihres Handys ersparte ihr eine Erwiderung. Beim Anblick des Displays runzelte sie die Stirn.

»Was ist?«, fragte Gideon.

»Eine Nachricht von Irina. Sie will wissen, ob ich meinen Vater schon angerufen habe.«

»Ah. Ich schließe daraus, dass Sie es hinausgezögert haben.«

Daisy lachte freudlos. »So könnte man es ausdrücken.«

»Ich verstehe seine Sorge durchaus«, meinte Gideon vorsichtig. »Aber Ihre genauso. Er scheint jemand zu sein, der sehr schnell drastische Maßnahmen ergreift.«

Daisy runzelte die Stirn. »Es …« *Es steht Ihnen nicht zu, ihn zu kritisieren,* hatte ihr auf der Zunge gelegen, doch Gideon hatte recht.

»Tut mir leid«, sagte er leise. »Ich hätte meine Meinung für mich behalten sollen.«

»Nein. Das ist völlig okay. Dad neigt tatsächlich zu konsequenten Entscheidungen. Die meisten davon waren gut, weil er ein kluger, umsichtiger Mensch ist, aber der Rest … keineswegs, und zwar nicht im Mindesten.«

»Beispielsweise die, Sie alle ohne Vorwarnung mitten ins Nirgendwo zu verfrachten?«

»Genau. Aber …«, sie seufzte, »… die Paranoia meines Dads hat durchaus ihre Gründe.« Sie schluckte, als ihr die Tränen zu kommen drohten. »Dad war bei der Armee.«

»Gemeinsam mit Karl. Ja, Rafe hat es mir erzählt.«

»Ja. Aber ich bin nicht sicher, ob sie dasselbe erlebt haben. Dad war … verändert.«

»PTBS?«

»Und wie.« Kriegsgefangenen-PTBS. *Es tut mir so leid, Dad.* »Bis letzten Sommer wusste ich nichts davon. Ich meine, natürlich wusste ich, dass er beim Militär war, aber nicht, was dort mit ihm passiert ist. Das war ein riesiger Schock.« Sie zuckte die Achseln. »Dabei hat er es nicht mal mir erzählt, sondern Taylor, und ich habe es zufällig mitbekommen. Ich habe nicht viele Fragen gestellt, weil ich immer noch sauer war, nachdem er mich hatte beschatten lassen. Das bin ich auch immer noch, aber inzwischen habe ich ein schlechtes Gewissen deswegen. Was sich ziemlich verrückt anhört.«

»Nein, tut es nicht. Sie verstehen zwar das Warum, trotzdem entschuldigt das sein Verhalten noch lange nicht.«

»Genau.« Sie musterte ihn im Halbdunkel der Garage. Mittlerweile war der souverän-entschlossene Ausdruck von seinem Gesicht verschwunden, und er wirkte … verloren. »Wieso habe ich das Gefühl, Sie sprechen aus Erfahrung?«

Er blinzelte, und augenblicklich war der schroffe FBI-Mann zurück. »Sie sollten Ihren Dad anrufen, sonst liegt Ihnen Irina noch länger damit in den Ohren.«

Sie löste ihren Sicherheitsgurt. »Ja. Gehen wir rein, sonst erkältet sich Brutus noch.«

7. KAPITEL

Sacramento, Kalifornien
Freitag, 17. Februar, 10.40 Uhr

Abrupt blieb Gideon in der Wohnzimmertür von Daisys Apartment stehen. Seinem alten Apartment. Das damals völlig normal eingerichtet war, wohingegen es nun wie ein Hobbyladen nach einem Bombenangriff aussah.

Ach, du heilige Scheiße, dachte er und drehte sich langsam um die eigene Achse. Sämtliche Wände waren mit Bildern vollgehängt, ein Meer aus bunten Farben, einige in wilden Spritzern, andere als Teil eines Wandgemäldes, eines Landschaftsbildes oder eines Porträts. Und Hunde. Massenhaft Hunde.

In der Ecke, wo einst sein Fernseher gestanden hatte, war ein Spinnrad aufgebaut. Auf vier Staffeleien standen Bilder in unterschiedlichen Stadien der Vollendung. Ballen aus buntem, schimmerndem Stoff lehnten in der Essecke mit einem Tisch, der zur Hälfte von einer Nähmaschine mit Beschlag belegt wurde. Die andere Hälfte … er war nicht sicher, was das sein sollte, jedenfalls standen dort schiefe Tonvasen, keine davon fertig.

Er drehte sich ein weiteres Mal um. Nichts hier war fertig, kein einziges Stück. Daisy war vor das Sofa getreten, raffte Papiere zusammen und trug sie zum Garderobenschrank, den sie mit der Hüfte aufschob, die Papiere hineinlegte und ihn wieder schloss, wenn auch nicht schnell genug, was ihm einen Blick auf die Sportausrüstung gewährte – einen Hockey-, einen Tennisschläger, zwei Fußbälle und ein Paar Schlittschuhe.

Daisys Lippen zuckten. »Los, sagen Sie's ruhig.«

»Ich … ehrlich gesagt habe ich keine Ahnung, wo ich anfangen soll.«

Sie lachte. »Sie sollten mal die Mengen sehen, die ich in den Laden zurückgetragen habe.«

Er sah sie fassungslos an. »Wieso?«

»Wieso ich einiges davon zurückgebracht habe?« Sie zuckte die Achseln. »Weil es doch nicht so großen Spaß gemacht hat, wie ich dachte.«

Er öffnete den Mund, schloss ihn wieder und trat zu einem der Wandgemälde – ein Wohnviertel, wie er erst jetzt feststellte. Dieses Viertel. Er erkannte die bunten Häuser und Geschäfte. Kinder spielten, Menschen führten ihre Hunde Gassi. Er konnte beinahe das Lachen und die leisen Begrüßungen hören.

»Wow«, sagte er leise. »Es ist so … lebendig.«

»Danke.« Sie trat neben ihn und betrachtete das Gemälde entzückt. »Das ist eines meiner Lieblingswerke. Ich habe es gleich nach dem Einzug gemalt, weil ich so glücklich war. Hier gab es alles im Überfluss, Farben, Gerüche, Aktivität. Ein Fest der Sinne.«

Die Lebensfreude war unübersehbar. »Weil Sie der Isolation entflohen waren.«

»Ja. Na ja, nicht ganz«, korrigierte sie. »Ich war gerade aus Europa zurück, wo es so viel schöner war, als ich erwartet hatte. Ich hätte noch viel länger bleiben können.«

»Hätten Sie nicht bemerkt, dass Ihr Vater Sie beschatten ließ.«

»Genau. Das hat mir die Freude daran genommen. Ich war unglaublich wütend auf ihn.«

»Tat es ihm wenigstens leid?«

»Oh, natürlich. Er hatte ein sehr schlechtes Gewissen. Wie gesagt, mein Vater ist eigentlich ein anständiger Kerl.« Sie seufzte. »Den ich jetzt anrufen muss. Machen Sie es sich bequem, aber nur als Warnung: Falls er mich unter Druck setzt, sage ich ihm, dass ich einen Fed als Bodyguard habe.«

»Kein Problem.« Zumindest hoffte er es. Und er hoffte auch, dass Mr Dawson nicht persönlich mit ihm sprechen wollte, da er nach allem, was er bislang über ihn wusste, keine allzu hohe Meinung von ihm hatte.

Er überprüfte die Fenster und Türen, während sie Wasser aufsetzte und die Nummer ihres Vaters wählte.

»Hi, Dad«, sagte sie und gab Trockenfutter in Brutus' Napf. Sofort kam sie angelaufen, und Daisy strich ihr mit zitternden Fingern über das Fell.

Gideon versuchte, nicht zu lauschen, doch die Wohnung war klein, und er hatte ein gutes Gehör. Vielleicht wollte er Daisy auch nicht alleine lassen. Sie hatte einiges hinter sich – zuerst der Überfall, und dann dieser Drecksack heute im Sender.

Sie und ihr Vater tauschten ein paar höfliche Belanglosigkeiten aus. Anfangs war Daisy steif und verlegen, entspannte sich jedoch hörbar, als sie ihn nach ihren Schwestern fragte. Offenbar hatte Julie einen Freund, Stan, und Taylor plante ihre Hochzeit für den Sommer.

Gideon fragte sich, welcher von Taylors Vätern sie wohl zum Altar führen würde.

Der Kessel pfiff, und Daisy goss zwei Tassen Tee ein, von denen sie eine Gideon reichte. Sie verzog das Gesicht, als sie ihren Vater nach seinem letzten Termin beim Herzspezialisten fragte.

Inzwischen konnte Gideon besser nachvollziehen, weshalb ihr vor dem Anruf gegraut hatte.

»Das ist doch eine gute Nachricht«, sagte sie. »Und du nimmst deine Medikamente, ja?« Sie setzte sich auf einen der Barhocker vor der Kücheninsel und stützte die Stirn in die Hand. »Dad, ich muss dir etwas sagen, aber du musst mir versprechen, dass du nicht ausflippst, okay?«

Sie wirkte so klein und zerbrechlich, dass Gideon spontan einen zweiten Hocker heranzog, sich neben sie setzte und ihr die Tasse zuschob.

Erstaunt und dankbar sah sie ihn an. Er lächelte zögerlich und nickte ihr, wie er hoffte, ermutigend zu.

»Erstens: Es geht mir gut. Aber …« Sie schilderte die Fakten des Angriffs, gefolgt von den Sprachnachrichten und E-Mails, deren Bedrohlichkeit sie jedoch ein wenig abmilderte. Gideon sah, wie sie sich die Schläfen massierte und zusammenzuckte, als ihr Vater irgendetwas zu ihr sagte.

Brutus kam angetappt, kratzte Daisys Knöchel und bellte einmal kurz. Sofort hob sie das Fellbündel hoch und setzte es sich auf den Schoß. »Natürlich habe ich Anzeige erstattet. Ich war den ganzen Abend auf dem Revier. Rafe hat den Fall übernommen.« Ihre Finger gruben sich in ihre Schläfen. »Nein, Jacob braucht nicht ›zu übernehmen‹.« Wieder schweifte ihr Blick zu Gideon, der die leise Panik darin sah und innerlich Stoßgebete gen Himmel sandte, ihr Vater möge nicht von ihr verlangen, den Hörer an ihn weiterzugeben. Vor dem Telefonat war Daisy müde und gestresst gewesen, nun jedoch wirkte sie resigniert, als hätte ihr jemand jegliche Energie geraubt. Und das ärgerte ihn. »Er ist beim FBI. Special Agent Gideon Reynolds.«

Sie reichte ihm das Telefon. *Tut mir leid*, formte sie lautlos mit den Lippen.

»Schon gut«, erwiderte er leise, drückte die Schultern durch und nahm das Telefon entgegen. »Mr Dawson, hier spricht Special Agent Reynolds. Wie kann ich Ihnen helfen?«

»Wieso überwacht das FBI meine Tochter?«, fragte Dawson mit barscher, wenngleich ein wenig zitternder Stimme.

Gideon verspürte einen Hauch Mitleid mit dem Mann. Sein überschießender Kontrollzwang hatte für eine Menge Probleme gesorgt, gleichzeitig war dies ein Beweis, wie sehr er seine Töchter liebte. Es musste sehr schwer für ihn sein, nun zu hören, was Daisy in den letzten vierundzwanzig Stunden durchgemacht hatte. »Ich bin hier für den Fall, dass der Angreifer es noch einmal versucht.«

»Wie kommen Sie darauf, dass er das tun könnte? Wenn ich es richtig verstanden habe, war es doch ein willkürlicher Übergriff. Sie hat ihn vertrieben. Weshalb sollte er es also noch mal versuchen?« Gideon hörte die Verzweiflung in seiner Stimme, zugleich jedoch eine bemerkenswerte Klarheit. Frederick Dawson mochte ein paranoider Kontrollfreak sein, aber auch ein Mann mit einem messerscharfen Verstand.

»Noch kennen wir sein Motiv nicht.«

»Versuchen Sie nicht, mich für blöd zu verkaufen, Agent Reynolds. Das FBI hat nicht genügend Ressourcen, um jede Frau zu beschützen, die von einem Gewalttäter überfallen wurde. Was verschweigen Sie mir?«

Gideon stieß einen lautlosen Seufzer aus. Der Mann hatte absolut recht. *Und ich an seiner Stelle würde auch Bescheid wissen wollen.* »Daisy hat dem Angreifer ein Beweismittel abgenommen, und es gibt Grund zur Annahme, dass es im Zusammenhang mit einem anderen Verbrechen steht.«

Daisy vergrub das Gesicht im Fell ihres Hündchens. Bei der indirekten Erwähnung des Medaillons wurden ihre Augen schmal.

Jetzt ist es raus. Eigentlich hatte er schon gestern Abend mehr darüber sagen wollen, zumindest ein klein wenig, weil es ihm nur fair erschien.

»Und deshalb sind Sie jetzt bei ihr«, folgerte Dawson. »Wie lange haben Sie vor zu bleiben?«

»Mindestens eine Woche.«

Dawson stieß den Atem aus. »Verstehe.« Einen Moment lang herrschte Stille in der Leitung. »Ich nehme an, ich bin der letzte Mensch, den sie gerade um sich haben will.«

»Dazu kann ich Ihnen nichts sagen«, erwiderte er und blickte Daisy dabei in die Augen. »Ich nehme allerdings an, es hilft ihr am meisten, Ruhe zu bewahren, wenn Sie dasselbe tun. Sie hatte ein traumatisches Erlebnis und sollte sich jetzt nicht auch noch Gedanken darüber machen müssen, dass Sie irgendetwas Unvernünftiges tun oder der Stress Ihrem Herz schaden könnte.«

Wieder herrschte Stille in der Leitung. »Ich hätte gern Ihre Dienstnummer«, sagte Dawson leise, »damit ich mich überzeugen kann, dass Sie auch der sind, für den Sie sich ausgeben.«

Gideon ratterte sie herunter. »Meine Vorgesetzte ist Special Agent in Charge Molina, außerdem kenne auch ich die Sokolovs seit sechzehn Jahren. Sie können sie gern anrufen, um es sich von ihnen bestätigen zu lassen.«

»Das werde ich tun. Darf ich Ihnen meine Handynummer geben und darum bitten, dass Sie mich anrufen, falls Daisy etwas zustoßen sollte? Ich werde mich nicht einmischen, aber …« Er seufzte. »Ich bin nun mal trotzdem ihr Vater und muss sicher sein können, dass es ihr gut geht.«

»Ich verspreche es.« Er notierte sich Dawsons Nummer. »Ich kann gern versuchen, regelmäßige Updates zu schicken. Hier ist meine Nummer, falls Sie mich erreichen müssen.« Er nannte sie. »Es geht ihr gut, Sir. Sie hat alles richtig gemacht. Wie ich höre, haben Sie ihr alles beigebracht, und offenbar haben Sie Ihre Sache ganz hervorragend gemacht.«

Daisys Blick wurde weich. *Danke*, formte sie mit den Lippen.

Gern, erwiderte er stumm.

»Das ist … gut«, krächzte Dawson.

»Möchten Sie sie noch mal sprechen?«, fragte Gideon und bemühte sich um einen freundlichen Tonfall.

»Nein«, antwortete Dawson. »Sagen Sie ihr, sie soll sich ein bisschen ausruhen, mich aber später noch mal anrufen, egal, wie spät es ist. Ich lasse mein Handy neben dem Bett liegen. Und sagen Sie ihr …«, er hielt inne und räusperte sich, »… dass ich verdammt stolz auf sie bin. Und dass ich sie liebe.«

»Das mache ich. Ist jemand bei Ihnen? Ich denke, sie ist beruhigter, wenn sie weiß, dass Sie nicht alleine sind. Die ganze Situation ist ziemlich anstrengend. Für Sie beide.«

»Sie können ihr sagen, dass Sally hier ist und dafür sorgt, dass mir nichts passiert.«

»In Ordnung. Wiederhören, Sir.«

Gideon beendete das Telefonat und reichte das Handy zurück an Daisy, die ihn mit großen Augen ansah. »Darf ich sagen, dass ich beeindruckt bin?«, meinte sie lächelnd. »Sie haben ihn echt runtergeholt. Normalerweise schafft es nur Taylor, ihn zu beruhigen, wohingegen es bei ihm und mir immer wieder mal knallt.«

»Ich soll Ihnen ausrichten, er sei sehr stolz auf Sie.«

Daisy sog scharf den Atem ein, und ihre Augen füllten sich mit Tränen. »Das hat er gesagt?«

»Ja.« Er widerstand dem Drang, ihr Gesicht zu berühren. Ihr die Tränen abzuwischen. »Und dass er Sie liebt. Und dass Sally bei ihm sei, wer auch immer das ist.«

Nun liefen ihr die Tränen über das Gesicht. »Seine neue Freundin. Du liebe Zeit, ich fange doch wohl nicht an zu heulen.«

Gideon zog eine Serviette aus dem Spender auf dem Küchentresen und reichte sie ihr. »Ich sehe keine Tränen. Bloß eine Allergie.«

Sie putzte sich wenig damenhaft die Nase. »Gut. Dann einigen wir uns darauf.« Sie glitt von ihrem Hocker und legte eine Hand auf seine. »Danke. Dafür, dass Sie hier sind und sich um meinen Dad gekümmert haben.«

Er blickte auf die Hand, die auf seinen Fingern lag. Es fühlte sich schön an. Zu schön. Er sah auf, direkt in die blauen Augen, die noch ein wenig feucht glitzerten. Keiner von ihnen sagte etwas. Der Moment zog sich, bis sie aus ihrer Trance zu erwachen schienen und er vorüber war.

»Legen Sie sich hin«, krächzte Gideon schließlich und räusperte sich. »Aber schlafen Sie nicht zu lange. Ich muss mir diesen Laden ansehen, wo morgen die Adoptionsaktion stattfindet, damit ich entsprechende Vorkehrungen treffen kann. Wir fahren hin, bevor es dunkel wird.«

Nickend nahm sie ihre Hand weg … und hinterließ ein Gefühl der Leere und der Kälte. »Gut.«

Reglos saß er auf seinem Hocker und sah zu, wie sie mit dem Hündchen auf dem Arm in den hinteren Teil des Apartments ging, wo sie sich eine Schlafecke eingerichtet hatte. »Shazam, Brutus«, hörte er sie sagen, doch bevor er sich über ihre Wortwahl Gedanken machen konnte, ließ das Rauschen der Dusche bereits Bilder vor seinem geistigen Auge erscheinen – unangemessene Bilder.

Hör auf, befahl er sich barsch und stand auf. Er war hier, um seine Arbeit zu machen, sie zu beschützen. Sonst nichts. Trotzdem atmete er auf, als das Wasser abgedreht wurde und einen Moment lang köstliche Stille herrschte.

Eagle, Colorado
Freitag, 17. Februar, 11.45 Uhr

»Ist der Platz hier belegt?«, fragte er die Frau, die allein in der Bar saß. Hank hatte die Gäste auf dem Shuttle in das etwa vierzig Minuten entfernte Vail begleitet. Sie legten die Strecke so häufig zurück, dass sie die Limousine und ihre Chauffeure kannten.

Hank erklärte sich immer freiwillig bereit, die Gruppe zu begleiten – die Chauffeurin sei zu »klein und zart«, um das ganze Gepäck allein ein- und auszuladen, behauptete sein Kollege.

Aber er bezweifelte, dass dies der wahre Grund war. Er hatte genau gesehen, wie Hank die Frau beäugt hatte. Als wäre sie ein saftiges Rippchen und er ein Mann mit Bärenhunger. Hank sah alle Chauffeurinnen so an.

Es war ihm egal, dass Hank seine Frau betrog. In Wahrheit war es zwar mies, vor allem nun, da Barb schwanger war, doch viele in ihrer Branche hatten in jedem Hafen ein anderes Mädchen, deshalb kümmerte es ihn nicht weiter. Für ihn zählte bloß, dass er zwei Stunden Zeit hatte und genau wusste, wie er sie am besten nutzen würde.

Die Frau am Tresen sah ihn gelangweilt an. »Hören Sie, Schätzchen«, erwiderte sie mit einem gedehnten Akzent, der Bilder von Magnolien und Mint Juleps heraufbeschwor. »Ich will nicht unhöflich sein, aber ich habe einen echten Scheißtag. Mein Ex-Mann ist ein Drecksack, und ich habe Bauchkrämpfe ohne Ende. Sie können gern hier sitzen, aber ich sage gleich, dass ich heute keine gute Gesellschaft bin und Ihnen den Tag nicht auch noch versauen will.«

Zu seiner Enttäuschung konnte er sich ein Lächeln nicht verkneifen. Besser wäre es gewesen, sie hätte ihn angeschnauzt. Damit wäre sie perfekt für seine Zwecke geeignet gewesen. Nette Frauen hingegen lud er nicht in seinen Keller ein. »Ich hoffe, es geht Ihnen bald besser. Im Zweifelsfall kann ich Ihnen eine Schmerztablette anbieten.«

Miss Mint Julep erwiderte sein Lächeln. »Das ist echt süß von Ihnen, aber ich habe schon eine eingeworfen.« Sie hob ihr Glas mit Bourbon und einem Pfefferminzzweig. Sie trank tatsächlich einen Mint Julep. »Noch ein paar von denen, dann merke ich von den Krämpfen sowieso nichts mehr.« Sie deutete ans andere Ende des Tresens, wo eine deutlich jüngere Frau gerade ihren Lippenstift nachzog. »Sie könnte eher nach Ihrem Geschmack sein.«

Die Frau ließ ihren Lippenstift in die Tasche fallen und setzte ein höhnisches Grinsen auf. »So weit kommt's noch«, blaffte sie und rutschte von ihrem Barhocker. »Ich muss meinen Flug kriegen.«

»Wie unhöflich«, bemerkte Miss Mint Julep stirnrunzelnd.

»Allerdings«, bestätigte er. Unhöflich und damit genau richtig. Sie wankte auf ihren gefährlich hohen Absätzen in Richtung Tür. »Sieht ganz so aus, als hätte sie ein bisschen zu viel erwischt.

Ich sollte lieber zusehen, dass sie unversehrt zu ihrem Wagen kommt.«

Miss Mint Julep lächelte, was ihre Grübchen zur Geltung brachte. »Was sind Sie doch für ein Goldschatz.«

»Ich tue mein Bestes, Ma'am«, erwiderte er und folgte Miss Patzig aus der Bar, wobei er nach dem Sedativum in seiner Tasche tastete. Er besuchte die Bar sehr gern, weil die Überwachungskameras steinalt waren. Aber eigentlich spielte es ohnehin keine Rolle. Er hatte seine Alltagsperücke durch ein Modell ersetzt, das er insgeheim den »Rockstar-Look« nannte. Ein paar Silikon-Gesichtsprothesen dazu, und seine eigene Mutter hätte ihn nicht wiedererkannt.

Miss Patzig taumelte indessen sichtlich betrunken auf ihren Wagen zu. Er würde der Welt einen Gefallen tun, indem er dafür sorgte, dass sie sich nicht auf der Straße herumtrieb ... im Grunde rettete er damit womöglich sogar Leben, verdammt noch mal. Mit einem leisen Lachen trabte er los. »Miss?«

Schwankend fuhr sie auf ihren High Heels herum. Die Voraussetzungen hätten nicht besser sein können.

»Ich hab gesagt, verpiss dich«, fauchte sie. Selbst in ihrem Zustand gelang es ihr, einen vernichtenden Tonfall anzuschlagen. Mit jeder Sekunde wurde sie perfekter.

»Falsch. Sie sagten, ›So weit kommt's noch‹, und dass Sie Ihren Flug kriegen müssten.«

Sie blinzelte. »Hä? Lass mich in Ruhe.« Sie machte eine Handbewegung, als wollte sie eine Fliege verscheuchen.

»Warten Sie, ich helfe Ihnen.« Er trat näher, zog die Spritze aus der Tasche und rammte sie ihr in den Hals. Er hasste den Winter. Kaum nackte Haut, deshalb musste er blindlings zustechen. Für einen Außenstehenden mochte es wirken, als wolle er ihr in seinen Wagen helfen. Oder in den, den er von der Chauffeurin »geliehen« hatte – sie würde ihn nicht brauchen, solange sie mit Hank in der Kiste lag.

Er schob die Frau auf den Rücksitz des Geländewagens der Chauffeurin und in die riesige Reisetasche, die er eigens zu diesem Zweck zurechtgelegt hatte. Anfänglich hatte die Frau sich gewehrt, doch er hatte ihr einen breiten Streifen Klebeband auf den Mund gedrückt und sie an Hand- und Fußgelenken gefesselt. Und zwar innerhalb von dreißig Sekunden.

Er wurde immer routinierter. Vor Jahren hätte er noch anderthalb Minuten für die Prozedur gebraucht, doch im Lauf der Zeit war es ihm gelungen, effizienter vorzugehen, zum Beispiel, indem er die Reisetasche offen auf den Rücksitz legte und vorgeschnittene Klebebandstreifen am Sitz befestigte. Das A und O war die richtige Größe des Opfers. Diese Schnapsdrossel war eine gute Wahl gewesen, nur eine unter dem Einfluss von K.-o.-Tropfen hätte sie noch toppen können.

Eines mussten sie allerdings gemeinsam haben: diese Patzigkeit. Nette Mädchen interessierten ihn nicht, er stand bloß auf die unverschämten. Sie mussten weg – genau genommen war auch dies ein Dienst an der Menschheit und genauso legitim, wie einen betrunkenen Fahrer von der Straße zu fegen.

Er hatte ihr eine ordentliche Dosis des Betäubungsmittels verabreicht, da er nicht wollte, dass sie vor der Rückkehr nach Sacramento zu sich kam. Sie musste mindestens fünf Stunden weg vom Fenster sein, besser sechs. Er würde sie in die große Kühlbox verfrachten, die er vor einigen Jahren für die Firma gekauft hatte. Hank hatte ihn für verrückt erklärt, doch er hatte nur gemeint, dass er gern auf die Jagd ginge und einen in Stücke zerteilten Elch mitbringe, wenn sie über Nacht bleiben mussten.

Hank war überzeugter Vegetarier. Allein die Vorstellung, in der Kühlbox könnte ein totes Tier liegen, war ein Garant dafür, dass er niemals einen Blick hineinwerfen würde. *Wenn der wüsste.*

Er zog den Reißverschluss der Tasche zu, rückte seine Perücke gerade und sah auf die Uhr. Sehr gut. Er lag gut in der Zeit, hatte sogar noch ein bisschen Luft. Also kehrte er in die Bar zurück, wo Miss Mint Julep soeben noch einen Bourbon bestellte, setzte sich neben sie und bat um ein Mineralwasser.

»Und, was war mit der kleinen Kratzbürste?«, fragte sie kameradschaftlich.

»Sie wollte mit ihrem Mietwagen zum Flughafen«, antwortete er und verdrehte die Augen. »Aber sie war völlig blau, deshalb habe ich ihr ein Taxi gerufen. Die Mietwagenfirma schickt später jemanden, der den Wagen abholt.«

Miss Mint Julep hob ihr Glas. »Auf die Gentlemen.«

Er lächelte und tat es ihr nach. »Auf die netten Ladys.«

Sacramento, Kalifornien
Freitag, 17. Februar, 14.15 Uhr

Leise Männerstimmen weckten Daisy aus ihrem Nickerchen. Schon unter normalen Umständen hatte sie keinen sonderlich tiefen Schlaf – eine weitere Nachwirkung des Lebens mit einem paranoiden Vater. Ihre Familie war stets wachsam gewesen, immer bereit, die Waffen zu zücken oder die Flucht zu ergreifen.

Es war anstrengend gewesen. Und schwer abzulegen.

Sie strich sich die Haare aus dem Gesicht, stand auf und zog ihre Jogginghose zurecht, in die sie nach dem Duschen geschlüpft war.

Wieder fiel ihr ein, wie mühelos Gideon ihren Vater beruhigt hatte. *Heiliger Strohsack.*

Bestimmt war ihm gar nicht bewusst, was für eine Glanzleistung er vollbracht hatte. Frederick Dawson war ein unbeugsamer Mann von enormer Willensstärke, eine echte Naturgewalt. Ein Mensch, den sie bewunderte und zugleich auch ein klein wenig fürchtete, wenn sie ganz ehrlich war. Seine Intensität konnte einem zeitweilig förmlich die Luft abschnüren.

Aber er liebte sie von Herzen, daran hatte sie keinen Zweifel; er liebte sie alle mit einer innigen Eindringlichkeit, die sie nie ganz hatte nachvollziehen können. Vielleicht hatte sie mit der Zeit an innerer Reife gewonnen, oder es lag auch nur daran, dass sie ein paar Stunden geschlafen hatte, doch mit einem Mal gelang es ihr, mit etwas mehr Milde auf ihren Vater zu blicken.

Welche Gewissensbisse musste es ihm bereiten, dass er seiner Familie zehn Jahre ihres Lebens weggenommen hatte? Sie musste ihn anrufen, ihm die Angst nehmen. Schließlich liebte sie ihn, trotz allem, was passiert war.

Sie drückte die Schiebetür auf, die den Schlafbereich vom Rest des Apartments trennte, und sah Rafe und Gideon im Wohnraum sitzen.

Seltsamerweise hatte es ihr nicht die leiseste Angst eingejagt, beim Aufwachen fremde Männerstimmen zu hören. Sie konnte sehr gut auf sich selbst aufpassen, was der gestrige Vorfall bestätigte, trotzdem war es nett, es zur Abwechslung einmal nicht tun zu müssen. Und genau das hatten Rafe und Gideon ihr geschenkt – eine kleine Blase der Sicherheit.

Die beiden hatten das Sofa und die Stühle zur Seite geschoben, um Platz für den von Papieren übersäten Tisch in der Mitte des Raums zu machen – Rafes Kartentisch, wie Daisy erkannte.

Gideon drehte sich zu ihr um, musterte sie kurz und schien mit dem Ergebnis zufrieden zu sein.

»Sie haben geschlafen«, stellte er fest.

Rafe lächelte. »Hey, DD. Entschuldige, wenn wir dich geweckt haben. Eigentlich hatte ich vorgeschlagen, dass wir uns bei mir oben hinsetzen, aber der FBI-Mann hier wollte unbedingt in deiner Nähe bleiben.«

Daisy lächelte. »Da bin ich dem FBI-Mann aber sehr dankbar. Ich konnte sogar ein bisschen schlafen, weil ich ja wusste, dass er hier ist.«

»Der FBI-Mann ist übrigens anwesend«, warf Gideon ein

und verdrehte die Augen. »Und der Cop dort hat etwas zu essen mitgebracht.«

Rafe öffnete einen Plastikbehälter, dem ein köstlicher Duft nach Fleischpastete entstieg. *»Pirozhki«*, verkündete er.

Sofort gab Daisys Magen ein lautes Knurren von sich, als sie ihm den Behälter aus der Hand nahm. Die Minipasteten waren als Kind ihr Leibgericht gewesen. »Deine Mom war heute morgen schon fleißig«, sagte sie mit einem liebevollen Lächeln.

»Sie wollte dir etwas Gutes tun«, erwiderte er. »Weil sie sich so hilflos gefühlt hat.«

Gedankenverloren betrachtete Daisy die gefüllten Teigtaschen. »Die hat sie mir immer gemacht, nachdem meine Mom gestorben war. Ich saß auf ihrem Schoß, und sie hat mir etwas vorgesungen, während sie mich mit *pirozhki* gefüttert hat.«

»Ich weiß«, bestätigte Rafe sanft, »aber ich war nicht sicher, ob du dich daran erinnern kannst.«

»Ich erinnere mich an alles, was ihr damals für mich getan habt.« Sie blinzelte gegen die Tränen an, denn sie würde kein zweites Mal heute vor Gideon weinen. »Was war Ihr Lieblingsgericht?«, fragte sie ihn stattdessen. »Was hat sie Ihnen gemacht, wenn Sie mal traurig waren?«

Gideon sah sie verwirrt an. »Äh …« stammelte er, dann lächelte er. »Honigkuchen. Zum Glück hat sie immer etwas davon vorrätig.«

»Der ist auch purer Wahnsinn«, meinte sie und musterte dann Rafe mit zusammengekniffenen Augen. »Und? Etwas Neues?«

»Nur, dass wir deinen Freund Jacob aufgestöbert haben. Er war auf seiner Ranch. Die ganze Zeit, was der dortige Tierarzt bestätigen konnte, weil sie eine Fohlengeburt hatten. Die ganze Nacht.«

»Wenigstens braucht er sich keine Gedanken zu machen, dass ihm das SacPD auf den Fersen ist.« Sie zog einen Stuhl heran, setzte sich zu ihnen und schob sich eine der Pasteten in den Mund, während sie die Papierstückchen in Augenschein nahm, die auf dem Tisch lagen – einige davon Quadrate, die Mehrzahl jedoch Rhombusse. Oder hieß es *Rhomben*? »Rhomben«, beschloss sie. »Ganz klar. Wieso …« Sie unterbrach sich, als der Groschen fiel. »Das sind die Teile des zerschnittenen Fotos aus dem Medaillon?«

Gideon nickte mit unübersehbarem Respekt. Daisy hätte sich am liebsten vor Stolz in die Brust geworfen. »Genau«, bestätigte er. »Cindy Grimes von der Spurensicherung ist gerade dabei, die Teile zusammenzusetzen.«

»Damit sie die Fingerabdrücke nehmen kann«, sagte Daisy abwesend. »Reichst du mir bitte eine Serviette, Rafe?«

Das Apartment war so klein, dass er sich bloß ein Stück zur Seite strecken musste, um den Spender auf dem Küchentresen zu erreichen. »Wir haben überlegt, ob wir deine Sachen vom Esstisch räumen sollen, wussten aber nicht, ob du vielleicht gerade mitten in einem Projekt steckst, deshalb haben wir meinen Kartentisch heruntergetragen.«

Daisy sah zu ihrer Nähmaschine und der Töpferscheibe hinüber, die den gesamten Essbereich mit Beschlag belegte. »Ich bin gerade zwischen zwei Projekten«, erwiderte sie und wandte sich wieder den Papierschnipseln zu. »Wie lange wird es Cindys Meinung nach wohl dauern, die Teile zusammenzusetzen?«

»Mindestens ein paar Tage«, meinte Rafe, »weil sie es unter dem Mikroskop tun muss. Aber sie hat eine Kopie für uns angefertigt und gemeint, sie sei für jede Hilfe dankbar.«

Daisy wischte sich die Finger an der Serviette ab, die Rafe ihr in die Hand gedrückt hatte. »Danke«, sagte sie zu ihm und begann, die Teile zusammenzulegen. »Sie hat sie vergrößert, das ist gut.«

»Stimmt. Was machen Sie da?«

»Das Puzzle«, antwortete Daisy, ohne Gideon anzusehen.

Gideon legte seine Hand über die ihre. »Nicht. Ich hatte sie gerade sortiert.«

Sie hob den Kopf. Einen Moment lang schien sie erschrocken zu sein, dass sein Gesicht so dicht vor ihrem schwebte. Seine grünen Augen sprühten vor Ärger. Er war wirklich unglaublich attraktiv, doch Puzzles zusammenzusetzen gehörte allem Anschein nicht zu seinen Stärken. »Äh. Nein, haben Sie nicht.« Sie schob ihm eine Teigtasche in den Mund, als er protestieren wollte. »Essen und zusehen. Ich mag ein bisschen exzentrisch wirken.« Sie deutete auf den Raum ringsum, der für ihn vermutlich nichts als ein Chaos aus halb fertigen Ideen war – aber das stimmte nur zum Teil. »Kann sein, dass in mir keine Töpferkönigin steckt und ich manches andere nicht hinkriege, aber einige Dinge habe ich echt drauf. Wie zum Beispiel Puzzles. Also, seien Sie still und lassen Sie mich arbeiten.«

Rafe nahm ihr die Plastikbox aus der Hand, damit sie die Teilchen noch schneller zusammenlegen konnte. »Ein Leben auf einer Farm mitten im Nirgendwo bietet nur wenige Möglichkeiten zur Freizeitgestaltung«, murmelte sie, während sie die zahllosen winzigen Teilchen nach Variationen in Farben und Schatten absuchte. »Deshalb haben wir massenhaft Puzzles gemacht.«

Sie schnaubte, kniff die Augen zusammen und schob die Papierteile hin und her, bis allmählich die Anfänge eines Bildes entstanden. Das Gesicht einer Frau. »Miriam.«

»Eileen«, korrigierte Gideon flüsternd.

Sie sah ihn an. Diesmal war der Respekt in seinen Augen unübersehbar. »Ich dachte, sie heißt Miriam«, sagte sie.

Er runzelte die Stirn und nickte. »Stimmt ja. Das haben Sie gestern Abend nicht mehr mitbekommen.«

»Ich wurde hinausgeworfen«, gab sie trotzig zurück.

Er musste ein Lächeln unterdrücken. »Tut mir leid. Ihr Name in der Gemeinschaft war Miriam, aber ihre Mutter hat sie Eileen genannt. So stand es in ihrer Geburtsurkunde. Sie wurde nicht in der Gemeinschaft geboren, sondern hat den Namen erst bekommen, als die Familie ihr beitrat.«

»Gemeinschaft«, wiederholte Daisy. »Sie meinen die Eden-Sekte?«

Gideon fuhr zu Rafe herum. »Hast du es ihr erzählt?«

»Nein«, antwortete Rafe fest. »Woher weißt du davon, Daisy?«

Daisy runzelte die Stirn, als die beiden sie vorwurfsvoll ansahen. »So schwierig war das nicht. Gott, ihr haltet mich wohl alle für verblödet.« Sie sah wieder auf die Papierschnipsel und sortierte mit Nachdruck weiter. Bis sie eine warme Hand auf ihren Fingern spürte.

»Tut mir leid«, sagte er, als sie aufsah. »Für verblödet halte ich Sie ganz bestimmt nicht. Woher wissen Sie davon?«

Lange Zeit schwieg sie, während die Wärme seiner Hand sie durchströmte. Es fühlte sich herrlich an. »Ich habe ›Engel mit flammendem Schwert‹ und ›Olivenbaum‹ gegoogelt. Dabei kamen massenhaft Bezüge zur Bibel heraus. Und der Garten Eden ist das Bindeglied.«

»Eden«, sagte Gideon mit gedämpfter Stimme. »Dort bin ich aufgewachsen.«

»Und Eileen auch?«, fragte sie.

»Ja.«

»Und dort hat sie das Medaillon bekommen und Sie das Tattoo?«, fügte sie hinzu, als er keine Anstalten machte weiterzusprechen.

Er riss so abrupt die Augen auf, dass sie hätte lächeln müssen, wäre die Stimmung nicht so düster und unheilvoll gewesen. Wieder warf er Rafe einen finsteren Blick zu, doch der schüttelte nur den Kopf.

»Ich habe kein Wort gesagt, Mann.«

Gideon seufzte. »Sasha.«

Daisy nickte. »Ich wusste ja nicht, dass es so ein großes Geheimnis ist. Und sie genauso wenig. Sie meinte, Sie hätten es mit einem Phönix überstechen lassen.«

»Damals war ich achtzehn.«

Sie musterte ihn mit schief gelegtem Kopf. »Wieso?«

Rafe presste die Lippen aufeinander, als Gideon den Blick abwandte. »Das ist eine lange Geschichte, DD«, sagte er an Gideons Stelle. »Und … schwer, darüber zu reden. Es steht uns nicht zu, dieses Geheimnis zu lüften. Keinem von uns beiden.«

»Okay.« So unerfreulich es sein mochte, im Dunkeln gelassen zu werden, akzeptierte sie natürlich, dass Menschen die ihnen anvertrauten Geheimnisse auch wahrten. Sie richtete ihre Aufmerksamkeit wieder auf den Tisch und sortierte weiter, bis das Gesicht eines Mannes entstand. Zumindest der obere Teil. Die Züge waren nicht erkennbar. Noch nicht.

Ein Handy läutete, doch sie nahm keine Notiz davon, weil es nicht ihres war. Rafe schob seinen Stuhl zurück. »Ich muss gehen.«

Daisy sah auf. »Mein Fall oder ein neuer?«

»Ein neuer. Schick mir ein Foto, wenn du das Gesicht beisammenhast«, antwortete Rafe knapp.

»Natürlich. Pass auf dich auf.«

Rafe nickte und brach auf. Sie widmete sich wieder dem Foto und verfiel rasch in einen »Sortieren, Suchen, Vergleichen, Weglegen«-Rhythmus. Und manchmal war auch ein »Finden« dabei. Eine perfektere Möglichkeit, den Stress des Tages abzuschütteln, gab es wohl nicht.

Und dass sie bei jedem Atemzug etwas von Gideons Aftershave erschnupperte? War ein zusätzlicher Bonus.

8. KAPITEL

Sacramento, Kalifornien
Freitag, 17. Februar, 16.35 Uhr

»Bist du sicher, dass du keine Hilfe brauchst?«, fragte Hank mit einer Geste auf die Kühlbox, in der eine gewisse Miss Patzig lag.

Er schüttelte den Kopf. »Ich mache das schon. Geh ruhig nach Hause. Barb wartet auf dich.« Aufgrund von Gegenwind waren sie mit einer halben Stunde Verspätung in Sacramento gelandet.

»Danke. Ich muss unterwegs noch Eiscreme kaufen. Sie hat Gelüste auf Vanille. Aber wer steht schon auf Vanilla?« Er zuckte die Achseln und lächelte. »Aber das kann ich sie natürlich nicht fragen. An sich stellt sie keine hohen Ansprüche, da verwöhne ich sie gerne mal ein bisschen.«

Tu das, dachte er säuerlich. *Verwöhne dein schwangeres Frauchen, nachdem du sie gerade mit der Shuttle-Fahrerin betrogen hast.* Denn der Duft ihres Parfums hing noch in Hanks Uniform, als er mit den Passagieren nach deren Ski-Trip zur Maschine zurückgekehrt war. Und Hank hatte auffallend entspannt gewirkt. Fehlte nur noch das blinkende Neonschild über seinem Kopf: *Ich hab's mir gerade besorgen lassen.*

Aber im Grunde konnte es ihm egal sein. *Ich habe, was ich brauche. In der Kühlbox.* »Dann bis Sonntag.«

Hank runzelte die Stirn. »Stimmt ja. Am Sonntag haben wir eine lange Strecke vor uns.«

»New York City«, erwiderte er, wohl wissend, dass der wahre Grund für Hanks mangelnde Begeisterung nicht die Länge des Fluges war, sondern die Tatsache, dass er die Chauffeurinnen am New Yorker Flughafen nicht kannte. Armer Hank. Er verdrehte im Geist die Augen. Jetzt musste der arme Teufel es ein paar Tage lang mit seiner Frau aushalten. *Tragisch.*

Er wartete, bis Hank in die Umkleide ging, wo er duschen und Sachen anziehen würde, die nicht nach einer anderen Frau rochen. Dann würde er die Uniform in der Reinigung abgeben und sie in ein paar Tagen blitzsauber und mit neutralem Geruch zurückkriegen, ohne dass irgendjemand etwas mitbekommen hatte.

Bis auf mich. Er registrierte alles, was die Leute um ihn herum so trieben, zumeist Dinge, die besser nicht auffliegen sollten. Wie bei dem Alten, der sich eingebildet hatte, er könnte die Firma verhökern und sie alle aufs Abstellgleis schieben, ohne dass es jemand merkte. Da stellte sich die Frage, ob der Alte noch so schnell mit seiner Unterschrift wäre, wenn seine Affären ans Licht kämen, denn ebenso wie Hank hatte auch er seine Frau systematisch betrogen. Fairerweise musste man anmerken, dass auch Sydney regelmäßig fremdging, aber darum ging es jetzt nicht.

Paul Garvey hatte vor allem seine Angestellten betrogen, indem er Gelder aus der Pensionskasse stahl. Zwar handelte es sich nur um Kleinbeträge, diese hatten sich im Lauf der Jahre allerdings zu einem stattlichen Betrag summiert.

Er war bereit gewesen, beide Augen zuzudrücken, aber nur, weil man ihm einiges dafür versprochen hatte. Paul hatte ihm die volle Kontrolle über die Geschäfte und am Ende sogar die Übernahme der Firma zugesichert. Aber das war eine Lüge gewesen. Und jetzt musste er sich überlegen, wie er den Mann am besten als den verlogenen Betrüger entlarven konnte, der er war. *Und dann übernehme ich das Ruder.*

Eine Nachricht ging auf seinem Handy ein. Normalerweise passierte das nicht oft, deshalb konnte es nichts Gutes bedeuten. Und siehe da … Er biss die Zähne zusammen. Sydney.

Ich sehe, du bist wieder da. Beeil dich, mein Süßer. Ich warte auf dich.

Er schloss die Augen. Als wüsste sie ganz genau, was Sache war. Und so lief es immer. Sobald er ein wenig Selbstvertrauen gefasst hatte, machte sie es zunichte. *Sag Nein. Sag einfach Nein. Sag ihr, sie soll sich verpissen.*

Aber er wusste, dass er es nicht tun würde, und dafür hasste er sich selbst mehr als sie. *Ich bin ein Feigling. Ein Jammerlappen.* So hatte sie ihn früher immer genannt, als er noch zu jung gewesen war, um beurteilen zu können, was *sie* war. *Ein Jammerlappen. Ja, genau, das bin ich.*

Er ignorierte die Nachricht, ging stattdessen zu seinem Jeep und fuhr ihn in den Hangar, direkt vor die Stufen der Maschine. Miss Patzig musste noch eine Weile bewusstlos sein, deshalb verabreichte er ihr einen Nachschub des Sedativums.

Sie blinzelte ihn schläfrig an. »Halt durch«, sagte er. »Jetzt wird es ein bisschen holprig.« Er zerrte die Kühlbox die Stufen hinunter und wuchtete sie mit einer routinierten Bewegung in den Kofferraum des Jeeps. Genau das war der Grund, weshalb er so häufig Gewichte stemmte.

Miss Patzig war federleicht, deshalb hastete er mühelos die Treppe wieder hinauf, um die Maschine zu säubern. Den Großteil hatte er bereits erledigt, während er auf Hanks Rückkehr mit der Gruppe von ihrem nachmittäglichen Ausflug gewartet hatte, sodass sich der Rest auf leere Becher und Champagnerflaschen beschränkte. Die Gäste hatten ein Package mit hochwertigem Kaviar gebucht und keines der kostbaren Fischeier vergeudet. Einmal flüchtig mit dem Staubsauger über den Boden, das war's. Endlich konnte er nach Hause fahren, Miss Patzig ausladen und in seinen Keller verfrachten.

Dann würde er sich seinem Albtraum Sydney stellen. Natürlich würde es Ärger geben, weil er sich zu viel Zeit gelassen hatte, aber das kümmerte ihn nicht. Wenn sie mit ihm fertig war, würde er seinen neuen Gast dringend brauchen.

Und was ist mit der Blonden? Wann kümmerst du dich darum?

Er schnitt eine Grimasse. Es galt dringend herauszufinden, wer sie war und was sie der Polizei erzählt hatte, allerdings hatte er nicht die leiseste Ahnung, wo er anfangen sollte. Bevor er in die Bar gegangen war, hatte er den Polizei-Ticker überprüft. Der Vorfall war zwar verzeichnet, der Name der Blonden jedoch nicht genannt worden. Ebenso wenig wie der der jungen Frau, mit der sie unterwegs gewesen war.

Er stieg in seinen Jeep und ließ seinen hämmernden Kopf gegen die Nackenstütze sinken. Er brauchte dringend einen Drink, um seine Nerven zu beruhigen.

Oh. Er lachte auf, als der Groschen fiel. *O Mann.* Es war so offensichtlich! Den Namen der Blonden kannte er zwar nicht, doch dafür wusste er jetzt, wo er mit der Suche anfangen musste.

Sacramento, Kalifornien
Freitag, 17. Februar, 16.55 Uhr

Daisy Dawson war höchst faszinierend. Gideon hatte Mühe, sich auf die E-Mail zu konzentrieren, die er schreiben wollte, weil er den Blick nicht von der Frau lösen konnte, die das Foto aus Eileens Medaillon zusammensetzte, als wäre sie eine Art menschlicher Computer.

Unablässig schweiften ihre Augen hin und her. Das Gesicht des Mannes war doppelt so schwer zusammenzusetzen, weil es in wesentlich kleinere Schnipsel zerschnitten worden war.

Was keine große Überraschung war. Wenn Eileen geflohen war, musste sie kreuzunglücklich mit ihrem zweiten Mann gewesen sein. So eine Flucht war immer höchst dramatisch. Niemand packte einfach seine Sachen und verließ Eden – wenn überhaupt, war es nur der obersten Schicht der Gemeinschaft vorbehalten, das Gelände zu verlassen.

Der Sekte.

Er hatte vorgehabt, Daisy so viel wie möglich darüber zu erzählen, während sie die Teilchen zusammensetzte … damit er ihr bloß nicht ins Gesicht sehen musste. Aber dann hatte er es doch nicht getan. Er hatte es versucht, doch die Worte waren nicht über seine Lippen gekommen. Er wollte kein Mitleid in ihren Augen sehen. Niemals.

Sondern Interesse. Respekt. Auch Dankbarkeit wäre nicht übel. Es war ein gutes Gefühl gewesen, dies nach dem Gespräch mit ihrem Vater darin ablesen zu können. Der ihm seitdem bereits drei Nachrichten geschickt und sich jedes Mal entschuldigt hatte, wenn er wissen wollte, wie es seiner Tochter ging. Gideon machte es nichts aus, als eine Art Puffer für Daisy zu fungieren, zumindest heute. Sie hatte zu viel um die Ohren, um sich von ihrem Vater verrückt machen zu lassen, selbst wenn sie ihm viel zu bedeuten schien.

Daisy gab einen entzückten Laut von sich, als sie ein weiteres Teil zuordnen konnte. Doch statt den Erfolg zu feiern, machte sie sofort weiter.

Er fragte sich, ob sie diesen Laut auch bei anderen Gelegenheiten ausstieß. Bei ihm. In dem Bett im hinteren Teil des Apartments. Er schloss die Augen und zwang seinen Körper zum Gehorsam, da dieser winzige Laut seine Nervenenden vibrieren ließ, wann immer er ihr über die Lippen kam.

Er musste aufhören, sich selbst zu quälen. Sie war tabu. Punkt. Unter anderen Umständen hätte er sie womöglich um ein Date gebeten. *Als hättest du dich bei Irina an die sonntägliche Tafel gesetzt und sie dort einfach kennengelernt, so wie Irina es die ganze Zeit im Sinn hatte.* Stattdessen war er ihr in einer Phase höchster Verwundbarkeit begegnet.

So verwundbar wie ich selbst. Ihm graute vor dem Moment, wenn sie das Gesicht des Mannes fertig hatte; vor dem Wissen, wen Eileen nach Edward McPhearson geheiratet hatte. Er konnte nur hoffen, dass es einer der netteren Männer gewesen war, doch sein Bauchgefühl verhieß das Gegenteil.

Gideon zwang sich, den Blick endlich auf die E-Mail auf seinem Laptop zu richten – er forderte einen Gefallen ein. Sollte sein ehemaliger Kollege ihm auf die Schnelle nicht helfen können, würde er auf den Phantombildzeichner des FBI zurückgreifen – und sich ganz hinten bei ihm in der Schlange anstellen – müssen, was eine halbe Ewigkeit dauern konnte.

Hi, Tino, ich hoffe, es geht dir gut. Ich muss dich um einen Gefallen bitten. Anbei schicke ich dir das Foto eines zwölfjährigen Mädchens. Sie ist Teil einer Ermittlung und könnte in Gefahr sein. Mittlerweile ist sie dreißig. Würdest du mal wieder ein kleines Wunder vollbringen und mir eine Darstellung schicken, wie sie heute aussehen könnte? Natürlich muss es wie immer schnell gehen, aber könntest du mir Bescheid geben, falls du sehr eingespannt sein solltest und nicht zeitnah dazu kommst? Dann würde ich mir jemand anderen suchen, allerdings kenne ich niemanden, der so gut ist wie du.

Danke,

Gid

Er scannte das Foto von Eileen von ihrer ersten Hochzeit und entfernte den Mann an ihrer Seite. Tino brauchte McPhearsons Gesicht nicht für die Erstellung eines altersgerechten Porträts, und Gideon wollte verhindern, dass jemand zu viele Fragen über diesen Mann stellte.

Weil ich ihn getötet habe. Und er bereute es nicht. Kein Stück.

Sacramento, Kalifornien
Freitag, 17. Februar, 17.55 Uhr

Erschrocken blinzelte Daisy ins helle Licht. Gideon hatte ihre Nählampe auf den Tisch gestellt. Draußen ging gerade die Sonne unter.

Sie sah ihn an. »O nein. Wir wollten doch noch in die Zoohandlung fahren, bevor es dunkel wird.«

»Schon gut«, sagte er. »Das hier ist wichtiger. Wir können morgen auch ein bisschen früher aufbrechen. Haben Sie nicht gemerkt, dass Ihr Magen geknurrt hat?«

Daisys Wangen wurden heiß. »Tut mir leid. Ich … verliere mich recht schnell in solchen Dingen.«

Kopfschüttelnd trat er zur Mikrowelle, der ein Duft nach aufgewärmten *pirozkhi* entströmte. Prompt meldete sich ihr Magen neuerlich lautstark.

»Entschuldigen Sie sich bloß nicht«, meinte er und nahm das Essen heraus. »Ihnen beim Puzzlen zuzusehen ist besser als 98 Prozent aller Fernsehsendungen.«

»Und welche zwei Prozent sind noch spannender?«, fragte sie neckend.

»*Fixer Upper* und …« Zögernd drehte er sich mit der Schüssel in der Hand zu ihr um und wand sich unbehaglich, was in Kombination mit der aufsteigenden Röte in seinen Wangen einen unwiderstehlichen Anblick bot. »*Buffy*.«

Sie grinste – dass er ein Fan der Vampirkillerin sein könnte, war so ziemlich das Letzte, was sie vermutet hatte. »Noch eine Blondine, die nicht komplett verblödet ist.«

Er sah sie gekränkt an. »Ich habe nie behauptet, Sie seien verblödet.«

»Nein, das stimmt.« Sie bemühte sich um einen sanfteren Tonfall, um ihm zu signalisieren, dass es bloß ein Witz gewesen war, während sie vom Hocker glitt und sich streckte. »Allerdings war es nicht besonders schlau, stundenlang auf diesem Hocker zu sitzen. Jetzt bringt mich mein Rücken schier um.« Sie ließ sich auf Rafes leeren Stuhl fallen – wie lange war es eigentlich her, seit er aufgebrochen war? – und nahm mit einem dankbaren Lächeln die Schüssel mit *pirozhki* und einer Gabel entgegen, die Gideon ihr reichte.

»Damit Ihre Finger nicht schmutzig werden«, sagte er mit einer Geste auf das Puzzle und zog seinen Stuhl neben sie. »Sie machen Fortschritte.«

Noch hatte sie das Gesicht des Mannes nicht vollständig beisammen: Seine Brauen und seine Stirn waren fertig, seine linke Wange und die Hälfte seines Mundes, das rechte Auge und das Kinn. Fehlte nicht mehr viel.

»Das Licht macht es einfacher, den Rest seines Gesichts auch noch hinzukriegen«, sagte sie, den Blick wieder auf die Schnipsel geheftet. »Ich habe gar nicht mitbekommen, dass es dunkel geworden ist. Wie spät ist es denn?«

»Fast sechs. Sie haben dreieinhalb Stunden konzentriert gearbeitet.«

Sie runzelte die Stirn. »Eigentlich sollte ich längst fertig sein. Normalerweise schaffe ich sechshundert Teile in zwei Stunden, aber der Fairness halber muss man sagen, dass das schließlich kein normales Puzzle ist.« Sie ging die verbliebenen Schnipsel durch und machte sich an die restlichen Gesichtszüge. »Ich hoffe bloß, es fehlt nichts.«

»Wir haben eine Software, die die fehlenden Teile einfügen kann«, erwiderte er. »Sehen Sie einfach, wie weit Sie kommen.«

Daisy spürte ein leichtes Stupsen an ihrem Knöchel und blickte zu Brutus hinunter, die sie mit aufgestellten Fledermausohren und großen, hoffnungsvollen Augen ansah. Sie hob sie hoch und drückte ihre Nase in ihr Fell. »Na mein Mädchen, fühlst du dich vernachlässigt?«

Gideon sah sie fassungslos an. »Mädchen? Das ist ein Weibchen? Wieso um alles in der Welt taufen Sie eine Hündin Brutus?«

»Mir fiel kein anderer Name ein, der ähnlich bedrohlich klingt. Sie ist so klein und niedlich, und ich wollte, dass sie sich innerlich tough und groß fühlt.«

Gideon schien nicht restlos überzeugt zu sein. »Wenn Sie meinen.«

»Dissen Sie bloß meine Brutus nicht«, tadelte sie milde. »Immerhin hat sie mir geholfen, den Kerl in die Flucht zu schlagen.«

Er grinste schief. »Stimmt auch wieder.«

Sie wünschte, sie könnte ihn einmal richtig breit lächeln sehen. Seufzend stellte sie Brutus auf den Boden und wandte sich wieder ihrem Puzzle zu. Das linke Auge des Mannes fehlte immer noch, allerdings fand sie keine passenden Teile mehr. »Ich fürchte, es fehlt ein Auge.«

Sie spürte Gideons Reaktion auf ihre Bemerkung, noch bevor sie den Kopf heben und sehen konnte, dass er plötzlich blass geworden war.

»Gideon?« Sie legte ihre Hand auf sein Handgelenk, das seine Manschette freigab. Zwar hatte er sein Jackett ausgezogen, sein Hemd war jedoch immer noch bis oben geschlossen, die Krawatte fest gebunden.

Falls er nicht sofort reagierte, würde sie sie lockern. »Gideon?« Sie rüttelte seinen Arm. *»Agent Reynolds.«*

Er sah sie verwirrt an, als sei er mit den Gedanken in einem anderen Universum gewesen. »Suchen Sie nach einer Augenklappe.«

Es dauerte eine Sekunde, ehe sie begriff. »Oh. Ich habe gesagt, ein Auge fehlt, aber ich meinte die Schnipsel.« Sie musterte ihn eindringlich. »Sie aber nicht. Sie meinten, ihm fehlt tatsächlich ein Auge. Weil Ihnen gerade aufgegangen ist, wer er ist.«

Er schluckte. »Sehen Sie einfach nach, ob Sie eine Augenklappe finden. Bitte.«

Das *Bitte* hatte betont höflich geklungen. Förmlich. Es brach Daisy das Herz, denn Gideon kannte den Mann, und er hatte Angst. Der große, breitschultrige Kerl neben ihr hatte eine Heidenangst.

Sie konzentrierte sich auf die restlichen Teile und hatte im Handumdrehen die Augenklappe gefunden. Eigentlich hätte sie sie auch viel schneller finden können, tadelte sie sich insgeheim. Weil eine dünne schwarze Linie quer über die Stirn des Mannes verlief, die sie für einen Schliere im Foto gehalten hatte, dabei war es die Schnur, die die Klappe an Ort und Stelle hielt.

»Genau«, sagte sie und legte die Teilchen an die entsprechende Stelle. »Sie wissen, wer er ist«, wiederholte sie.

Er nickte und öffnete den Mund, doch kein Wort drang hervor. Er setzte ein zweites Mal an. »Sein Name ist allerdings irrelevant, weil es nicht sein richtiger ist. Sobald Sie fertig sind, schicken wir das Foto ab.«

Dass dieser Mann Gideon selbst heute noch in Angst versetzen konnte, war auffallend. Es handelte sich um ein zweites Hochzeitsfoto. Mit dem Mädchen, das er einmal gekannt hatte. »Wieso hat Eileen dieses Foto zerrissen?«, fragte Daisy, während sie nach der Nase des Mannes suchte.

»Was glauben Sie wohl?«, krächzte Gideon.

»Weil er sie missbraucht hat«, stieß Daisy mit tonloser Stimme hervor. Eilig machte sie sich wieder an die Arbeit, fügte zusammen, was Gideon unausgesprochen gelassen hatte. *Hat er dich auch missbraucht, Gideon?*

O Gott. Sie hoffte inbrünstig, dass dem nicht so war. Doch es wäre eine Erklärung für seine kränkliche Gesichtsfarbe.

»Das ist jedenfalls nicht der Mann, der mich gestern Abend überfallen hat«, sagte sie, ohne aufzusehen. »Er hatte zwei intakte Augen.«

Gideon schwieg, deshalb machte sie weiter, setzte die Nase zusammen, fing mit dem Mund an. War es ihr vorher schon ein

Anliegen gewesen, schnell fertig zu werden, so hatte die Dringlichkeit nun deutlich zugenommen.

Schließlich setzte sie sich zurück und blickte in das Gesicht. Es war streng, ernst, mit nach unten gezogenen Mundwinkeln. Er schien kein freundlicher Mann zu sein.

»Unter welchem Namen kannten Sie ihn?«, fragte sie leise, während sie ihr Handy aus ihrer Jogginghose zog, ein Foto machte und es an Rafe schickte.

Ein harter, unnachgiebiger Zug lag um Gideons Mund, was jedoch wesentlich besser war als seine verlorene, panische Miene. »Ephraim Burton«, stieß er zwischen zusammengebissenen Zähnen hervor.

Auch den Namen leitete Daisy an Rafe weiter. Wahrscheinlich ist es ein Pseudonym. Aber unser Freund kennt ihn. Sie unterschlug Gideons Namen, weil sie nicht wusste, wie viel er preisgeben wollte. Er war so wütend gewesen, als er dachte, Rafe hätte ihr von Eden erzählt.

Rafes Antwort kam sofort. Geht es unserem Freund gut?

Eine seltsame Frage. Rafe wusste doch über Gideons Vergangenheit Bescheid. Ja, aber ein bisschen angeschlagen. Das ist nicht der Mann von gestern. Er hatte noch beide Augen.

Alles klar. Gut gemacht, Poppy.

Daisy dankte ihm und wandte sich wieder Gideon zu, der in sich zusammengesunken war. »Ich wünschte, ich hätte einen anständigen Drink im Haus, den ich Ihnen anbieten könnte«, sagte sie.

Er lachte bitter. »Ich würde ihn glatt nehmen.« Er stand auf, ging in die Küche, kam wieder zurück, blieb stehen, sah ihr in die Augen. Sie sah die Intensität darin. Einen Moment lang dachte sie, er würde ihr erklären, in welchem Verhältnis er zu dem Mann auf dem Foto stand, doch er tat es nicht. »Erzählen Sie mir von Ihren Hobbys«, bat er stattdessen.

Daisy respektierte diese Art der Selbstablenkung – eine Strategie, die sie häufig im Kampf gegen ihre Alkoholsucht angewendet hatte. »Ich habe schon immer gemalt. Und ich weiß noch, wie meine Mom vor ihrem Tod mit mir zusammen gemalt hat.«

»Wie alt waren Sie damals?«

»Vier, deshalb sind meine Erinnerungen sehr vage. Ich weiß noch, wie ich einmal einen großen Becher lila Farbe über dem Sofa ausgeschüttet habe und in Tränen ausgebrochen bin, weil ich dachte, dass ich jetzt Ärger kriege. Aber Mom hat mir bloß einen Pinsel in die Hand gedrückt und mir geholfen, das Zeug auf einem der Kissen zu verteilen. Und so wurde ein ›Kunstwerk‹ daraus.« Sie lächelte liebevoll. »Sie hat ein neues Kissen gekauft und mir das bemalte geschenkt.«

»Klingt nach einer netten Frau.«

»Stimmt.« Sie hatte sich überlegt, ihre Mutter ins Spiel zu bringen, um mehr über seine aus ihm herauszukitzeln, doch er hatte steif reagiert, deshalb hatte sie den Gedanken verworfen. »Nach Moms Tod hat mein Vater mich in meiner Malerei ermutigt. Ich habe es immer als Fluchtmethode benutzt.«

»Aber Sie haben einen Abschluss in Journalistik, nicht in Kunst.«

»Um professionell zu malen, bin ich leider nicht gut genug. Und ich wollte mir die Freude an etwas, das ich liebe, nicht verderben, indem ich versuche, meinen Lebensunterhalt damit zu verdienen.«

Statt einer Erwiderung trat er zu dem riesigen Wandgemälde. »Ich finde schon, dass Sie gut genug sind, aber mir leuchtet auch ein, dass man sich etwas bewahren möchte, das einen wirklich glücklich macht.«

Daisy betrachtete das strenge Gesicht des Mannes auf dem Foto. Wie gern hätte sie Gideon gefragt, was er ihm angetan hatte, doch sie verkniff es sich. Auch was ihn glücklich machte, hätte sie gern erfahren, verbot sich jedoch auch diese Frage. Mittlerweile hatte er sich ein wenig gefangen, deshalb wollte sie ihn nicht noch einmal aus der Balance bringen.

»Haben Sie jemals versucht zu malen?«, fragte sie.

Er schüttelte den Kopf. »Ich glaube nicht, dass ich das gut könnte.«

»Das ist doch nicht wichtig. Manchmal zählt nur, dass man es tut.«

Wieder ging er umher, trat an den kleinen Tisch in der Essecke heran. »Und wieso Töpfern?«

Sie lachte verlegen. »Ich habe *Ghost* gesehen und wollte unbedingt hinter einer Töpferscheibe sitzen, deshalb habe ich an der Volkshochschule einen Kurs besucht.«

Er lächelte. Augenblicklich wärmte sich ihr Herz. »Ist wohl nicht ganz so einfach, wie es aussieht, was?«, fügte er beim Anblick des unförmigen Tonklumpens mit einem schiefen Grinsen hinzu.

Sie lachte. »Aber hallo. Die Dinger, die ich im Kurs fabriziert habe, waren deutlich besser. Dann habe ich mir eine Scheibe gekauft, um zu Hause üben zu können. Und weil ich es schön fand, wie sich der nasse Ton anfühlt.«

Er sah sie erstaunt an. »Warum das?«

»Keine Ahnung. Es ist einfach so. Es hat etwas … Beruhigendes.«

»Das ist gut«, murmelte er, strich über den wulstigen Vasenrand und betrachtete seine tonbedeckte Fingerspitze, während neuerlich dieser verlorene Ausdruck auf seine Züge trat.

Daisy holte ein Handtuch aus der Küche und rieb den Ton von seinen Fingern. Was mit einem langen, bohrenden Blick aus seinen grünen Augen quittiert wurde. Sie las eine Frage darin, konnte sie jedoch nicht deuten, deshalb unternahm sie gar nicht erst den Versuch, sie zu beantworten.

»Nähen ist eher meine Stärke«, sagte sie leise, wobei sie nicht sagen konnte, wen sie damit ablenken wollte – ihn oder sich selbst. »Ich habe die Kostüme für eine Aufführung von *Arielle, die kleine Meerjungfrau* in der Volkshochschule genäht. Die Kostüme für Ursula und alle Meerjungfrauenschwänze stammen aus meiner Werkstatt.« Er schwieg. »Es waren viele Meerjungfrauenschwänze«, fügte sie lahm hinzu.

Mit hämmerndem Herzen stand sie vor ihm, während er sie eindringlich ansah. Doch als er das Wort ergriff, drohte ihr Herzschlag auszusetzen.

»Er hat mich geschlagen«, gestand er leise.

Sekundenlang konnte sie kaum atmen, während sie die Worte auf sich wirken ließ. »Der Mann auf dem Foto?«, fragte sie, da ihr nichts anderes einfiel. »Ephraim Burton?«

Er nickte nur – eine knappe Geste und doch so vielsagend. Er wandte sich nicht ab, wie sie erwartet hatte, sondern stand da, den Blick auf sie geheftet. Als wünsche er sich etwas von ihr. Brauche etwas.

Vorsichtig streckte sie die Hand aus und legte sie um seine Wange, spürte das sanfte Kratzen seines Kinnbarts. Er schloss die Augen, atmete aus und schmiegte sich in die Berührung.

Auch sie stieß den Atem aus, den sie unwillkürlich angehalten hatte. »Wie alt waren Sie?«, fragte sie so leise, wie sie nur konnte, weil sie Angst hatte, ihn zu verschrecken. Sie brauchte diesen Moment der Verbundenheit ebenso wie er. Vielleicht sogar noch mehr.

Er schluckte hörbar. »Dreizehn.«

Wieder Stille. Das Herz schlug ihr bis zum Hals. »War es sehr schlimm?«, fragte sie schließlich, obwohl sie die Antwort auch auf diese Frage bereits kannte. Es musste entsetzlich gewesen sein, wenn es eine so extreme Reaktion hervorrief. Andererseits war Gideon Reynolds' Fassung bereits aus dem Lot geraten, als er den Befragungsraum betreten hatte.

Er nickte. »Ich wäre beinahe umgekommen.«

Damit war seine Reaktion noch nachvollziehbarer. »Ist er dafür bestraft worden?«

»Nein«, flüsterte er.

»Also läuft er immer noch frei herum.«

Wieder ein Nicken. Er legte die Hand über die ihre, ehe er sich von ihr löste und einen Schritt nach hinten trat. Seine Miene verriet keine Regung mehr.

Sie ließ den Arm sinken und wartete darauf, dass er sich fing, das Wort ergriff. Dieses Gefühl der Hilflosigkeit kannte sie nur allzu genau; zu spüren, wie andere die Kontrolle über einen hatten.

»Haben Sie das Foto an Rafe geschickt?«, fragte er brüsk.

Es war keine große Überraschung, dass er das Gespräch wieder auf den Fall lenkte. »Ja. Ihren Namen habe ich allerdings nicht erwähnt.«

»Danke.«

»Und jetzt?«

Er zupfte seine Manschetten zurecht und überprüfte seinen Krawattenknoten. »Haben Sie vielleicht Lust auf Thai-Küche?«

Sie lächelte ihn an. »Sehr gern. Ich kenne ein gutes Restaurant. Geben Sie mir einen Moment, mich umzuziehen, dann kann's losgehen.«

9. KAPITEL

Sacramento, Kalifornien
Freitag, 17. Februar, 18.30 Uhr

Daisy kehrte in einer ausgewaschenen Jeans und einem anderen Rollkragenpulli in den Wohnbereich zurück. Dass sie ihren Hals verdecken musste, schürte Gideons Wut neuerlich, doch er kämpfte seinen Ärger nieder, weil sie … besorgt aussah. Was an sich nicht schlimm gewesen wäre, hätte dieser Blick nicht ihm gegolten. Beim Anblick von Ephraims Gesicht hatte er um ein Haar die Kontrolle verloren.

Natürlich hatte der Dreckskerl bei ihrer letzten Begegnung noch zwei intakte Augen gehabt. Das Messer hatte sich erst tief in Ephraims Augenhöhle gebohrt, nachdem Gideons Augen nahezu zugeschwollen gewesen waren.

Dass er gar nicht bewusst auf Ephraims Auge gezielt hatte, spielte dabei keine Rolle.

Doch er wollte nicht länger an dieses verdammte Schwein denken, sondern mit einer Frau zu Abend essen, die ihn heute mehr als einmal zum Lächeln gebracht hatte.

Außerdem war es ihr gelungen, ihn auf den Boden der Tatsachen zurückzuholen, als er sich in den Ängsten seines dreizehnjährigen Ichs verloren hatte. Sie hatte ihn nicht bedrängt, hatte keine Fragen gestellt, die er nicht beantworten wollte, sondern war einfach bloß da gewesen und hatte ihm menschliche Nähe zuteilwerden lassen, als er sie am dringendsten brauchte.

Deshalb würde er sich jetzt zusammenreißen, um tun zu können, weswegen er hier war – auf sie aufpassen. »Und wie wollen wir vorgehen?«, fragte er.

Ein verschmitztes Glitzern war in ihren blauen Augen zu erkennen. »Hm. Kauen, schlucken und dann wieder von vorn?«

Er grinste. »Sehr witzig, Miss Oberschlau. Ich meine, wie sollen wir dort hinkommen?«

Sie nahm ihre Jacke aus dem Garderobenschrank mit ihrem Sportequipment. »Wir können zu Fuß hingehen. Es sind bloß zwei Blocks. Außerdem findet man freitagabends kaum einen Parkplatz.« Sie grinste unvermittelt. »Es sei denn, Sie genießen FBI-Knöllchenimmunität.«

»Leider nein.« Er lachte, dabei hatte er seine Dienstmarke tatsächlich ein- oder zweimal bei Geschwindigkeitsübertretungen eingesetzt. Aber das würde er ihr natürlich nicht auf die Nase binden. »Es soll regnen. Sie werden einen Schirm brauchen.«

Sie schob einige ihrer Sportutensilien beiseite. »Hab ihn schon.«

Er war – natürlich – neongrün mit Glitzerherzen, dessen Anblick allein ihn fröhlich stimmte. »Haben Sie den selbst gemacht?«

Sie betrachtete den Schirm wohlwollend. »Nein. Die kleine Stiefschwester meiner Schwester hat ihn mir vor meiner Abreise aus Baltimore als Abschiedsgeschenk gebastelt. Cordelia ist die Glitzerkönigin.«

»Die Stiefschwester Ihrer Schwester?«

»Na ja, genau genommen ist sie sogar die Stiefschwester meiner Stiefschwester. Taylors leiblicher Vater hat wieder geheiratet, und Cordelia ist seine Stieftochter.«

»Ah. Klingt logisch.«

»Freut mich, dass Sie das so sehen.« Sie schenkte ihm dasselbe liebevolle Lächeln. »Sonst noch Fragen?«

Er sah zum Schrank. »Wieso haben Sie so viele Sportgeräte?«

Ihr Lächeln wich einem gekränkten Stirnrunzeln. »Weil ich viel Sport treibe?«

Er hob die Hände. »Entschuldigung.«

»Schon gut. Ich weiß ja, dass ich nicht gerade wie eine Sportskanone aussehe.«

»Sind Sie aber wohl«, meinte er. »Immerhin haben Sie gestern Abend diesen Typen verjagt.«

»Stimmt. Es ist nur … Sie sollten nicht so vorschnell mit Ihren Urteilen sein, okay?« Bevor er etwas erwidern konnte, schnalzte sie mit der Zunge. »Brutus!« Die kleine Hündin kam angelaufen, und Daisy nahm sie auf den Arm.

»Aber sie dürfen ihn … also, *sie* … nicht mit ins Restaurant nehmen«, platzte er heraus und zuckte zurück, als sie erneut die Stirn runzelte. »Oder?«

»Sie ist ein Therapiehund«, erklärte sie leise. »Ich habe sie seit dem Entzug. Brutus spürt eine nahende Angstattacke und ist darauf trainiert, mich abzulenken und aus der Gedankenschleife zu reißen. Wenn das nicht klappt, bringt sie mir ein Medikament und setzt einen Notruf ab.« Sie zog eine winzige Weste aus ihrer Tasche, die sie Brutus überstreifte, ehe sie das Hündchen behutsam in ihre Tasche setzte. »Therapiehund« und »Einige Behinderungen sieht man nicht« stand auf den Seiten aufgedruckt. »An die Arbeit, Brutus«, sagte sie und sah Gideon wieder an. »Den Notarzt musste ich zwar nie in Anspruch nehmen, wohl aber die Medikamente. Aber meistens gelingt es ihr, mich von dem Punkt wegzubringen, an dem meine Trockenheit gefährdet ist.«

»Oh.« Er seufzte. »Es tut mir leid, Daisy. Ich tappe hier von einem Fettnäpfchen ins nächste.«

Sie rückte den Schultergurt ihrer Tasche gerade, dann tätschelte sie ihm den Arm. »Schon gut. Sie hatten einen heftigen Nachmittag, deshalb bin ich nachsichtig. Außerdem hatte Brutus die Weste bisher nie an, deshalb konnten Sie es nicht wissen. Im Sender wissen alle, dass sie reindarf, deshalb muss ich sie ihr dort nicht immer überziehen.«

»Die Weste und ›An die Arbeit‹ ist also ihr Signal, dass es ernst wird?«

»Genau. Und ›Shazam‹ ist das Wort, das ihr sagt, dass sie jetzt entspannen kann.«

Er lachte leise. »Ich habe mich schon gefragt, was damit gemeint ist.«

»Manche verwenden auch ›Lass los‹ als Codewort, aber dem Mann, der sie trainiert hat, gefiel ›Shazam‹ besser.« Sie zog die Tür hinter sich zu, ehe sie zusammenzuckte. »Einen Schlüssel für mein Apartment haben Sie aber nicht mehr, oder?«

»Nein. Nur den Code für die Garage.«

»Oh.« Sie steckte den Schlüssel ein und ging zur Haustür. »Nicht, dass ich Angst hätte, Sie könnten ein Serienmörder sein oder so was …«, fuhr sie fort und schnitt eine verlegene Grimasse.

»Gut zu wissen.« Seine Lippen zuckten belustigt.

Sie wirkte angemessen schuldbewusst. »Ich glaube, Rafe hat ohnehin die Schlösser auswechseln lassen.«

»Es hätte keine Rolle gespielt. Ich habe ihn niemandem gegeben.«

Sie blieb stehen. »Niemandem?«, fragte sie unsicher.

Er wusste, was sie in Wahrheit fragte, deshalb sah er ihr in die Augen. »Nein. Niemandem. An meinem letzten Standort hatte ich eine Freundin, aber wir hatten uns bereits ein Jahr vor meinem Umzug nach Sacramento getrennt.«

Er hoffte, dass er sich die Befriedigung in ihren Augen nicht bloß einbildete. Vielleicht würde er sie ja fragen, ob sie mit ihm ausging, wenn sich alles erst einmal beruhigt hatte. Ein richtiges Date. Kein Abendessen eines Leibwächters mit seinem Schützling.

»Und wo war dieser Standort?«, fragte sie, ohne sich vom Fleck zu rühren. Der Hausflur wurde lediglich vom Schein einer einzelnen Straßenlaterne erhellt, der durch die Buntglaseinsätze in der Haustür drang und eine Art intimer kleiner Blase schuf.

»Philadelphia. Und davor Miami.«

»Irina hat erzählt, dass Sie als Linguist arbeiten und sechs Sprachen fließend sprechen, darunter auch Russisch«, sagte sie, ohne den Blick von ihm zu nehmen. »Was genau macht denn ein Polylinguist beim FBI?«

»Eine Menge Übersetzungsarbeit. Ich arbeite im Dezernat für die Bekämpfung des Organisierten Verbrechens.«

Ihre Augen weiteten sich. »Das klingt ja ziemlich gefährlich. Aber das gilt vermutlich für alle Jobs in diesem Bereich. Welche Sprachen sprechen Sie?«

»Neben Russisch noch Chinesisch, Japanisch, Spanisch und Französisch.« Er lächelte. »Sonst noch Fragen?«

Sie nickte langsam. »Wollten Sie nach Sacramento zurückkehren?«

»Ja. Die Sokolovs haben mir gefehlt.« Sie waren die einzige Familie, die er außer Mercy je gehabt hatte, und er befürchtete, dass er und seine Schwester sich niemals wirklich nahestehen würden.

»Und jetzt bin ich hier, und Sie kommen nicht mehr zum Sonntagsessen«, murmelte sie betrübt. »Und sagen Sie nicht, ich sei nicht der Grund. Ich weiß, dass Irina Sie jede Woche aufs Neue einlädt.«

Ihm lag auf der Zunge, dass ein Sonntagsessen in ihrer Gegenwart nicht länger eine Last wäre, doch seine Stimme schien sich nicht mit seinem Hirn synchronisieren zu wollen.

»Wir können uns ja abwechseln«, schlug sie vergnügt vor, als er weiter schwieg. »Wir sprechen uns einfach ab, wer hingeht, dann brauchen Sie nicht länger zu verzichten.«

»Daisy«, stieß er hervor. Augenblicklich verstummte sie. »Sie sollten hingehen, schließlich waren die Sokolovs lange vor mir Ihre Familie. Und wenn ich Zeit habe, komme ich dazu. Wenn Sie nichts dagegen haben.«

Ihr Lächeln erhellte die kleine Blase, in der sie sich befanden. »Das wäre schön.« Sie öffnete die Tür, trat in den Nieselregen hinaus, spannte ihren Schirm auf und winkte ihn heran.

Er blieb auf der Veranda stehen. »Ich dachte, ich sollte Ihnen unauffällig folgen.«

»Aber dann werden Sie ja nass.«

»Ich werd's überleben«, erwiderte er trocken.

Sie schüttelte den Kopf. »Nun kommen Sie schon unter den blöden Schirm, Gideon. Bitte.«

Er gehorchte, wobei er dem Drang widerstehen musste, an ihrem Haar zu schnuppern. Sie roch nach Mandelkeksen. Er nahm ihr den Schirm ab. »Und was wollen Sie den Leuten sagen, wenn sie fragen, wer ich bin?«

Sie sah ihn an. »Was wären Sie denn gern?«

Eine gefährliche Frage. »Ich schlage vor, ein Freund von außerhalb, allerdings kennen mich einige Leute in dem Restaurant. Ich habe hier schließlich neun Monate gewohnt, bevor ich nach Rocklin gezogen bin.«

»Dort wohnen Sie jetzt?«

»Ja. In der Nähe der Stanford Ranch Road. Es ist näher beim Büro.«

Sie biss sich auf die Lippe. Bei dem Anblick wünschte er, seine Zunge über die kleinen Einbuchtungen gleiten zu lassen, die ihre Zähne hinterlassen hatten. Was definitiv nicht passieren würde. *Reiß dich endlich zusammen, verdammt noch mal. Und pass auf!*

Erst jetzt ließ er den Blick umherschweifen – längst hätte jemand hinter der nächsten Ecke hervorspringen und sich auf sie stürzen können, während er sich seinen Fantasien hingab und davon träumte, wie er ihre Lippe ableckte. *Großer Gott.*

Sie schien nichts von seinem inneren Konflikt mitbekommen zu haben. »Dann sagen wir einfach, wir hätten ein Date, okay? Irina hätte uns verkuppelt. Das ist nahe genug an der Wahrheit dran, sodass wir uns keine weiteren Einzelheiten merken müssen.«

Und das nächste Chaos im Kopf. Auch jetzt bombardierte ihn sein Gehirn mit allerlei Bildern – keines davon war auch nur ansatzweise jugendfrei.

»Ist … ist das okay?«, fragte sie vorsichtig.

»Ja«, antwortete er viel zu schnell. »Es ist okay. Gehen wir.« Er nahm den Schirm in die rechte Hand, um ihr die Linke auf den Rücken zu legen. Nur als zusätzlichen Halt. Die Bürgersteige konnten bei Regen ziemlich rutschig sein.

Du bist so ein erbärmlicher Lügner.

Auf der anderen Straßenseite wurde eine Autotür zugeschlagen. Augenblicklich war Gideon in Alarmbereitschaft. »Nehmen Sie den Schirm«, sagte er und drückte ihn ihr in die Hand, um schneller an seine Waffe zu gelangen.

Sie gehorchte und beäugte den jungen Mann, der aus dem Wagen gestiegen war und mit einer großen schwarzen Tasche über der Schulter auf sie zukam. Gideon blickte auf das Kennzeichen des blauen Prius, um es sich einzuprägen.

»Sind Sie Eleanor Dawson?«, fragte der Mann.

»Herrgott noch mal«, murmelte sie und fragte dann mit normaler Stimme: »Wer will das wissen?«

Der Mann setzte ein charmantes Lächeln auf – charmant für jeden, der für Schlangen etwas übrighatte. Gideon kämpfte gegen ein bedrohliches Knurren an, das in seiner Kehle aufzusteigen drohte.

»Ich bin Elliott Scott und arbeite für Action News, Channel 7. Ich würde mich gern mit Ihnen darüber unterhalten, was gestern Abend vorgefallen ist.«

Gideon spürte, wie Daisy neben ihm stocksteif wurde, doch im Grunde war das keine große Überraschung. Viel erstaunlicher war, dass die Presse überhaupt so lange gebraucht hatte, um ihnen auf die Pelle zu rücken. Er hob die rechte Hand, während er seine Linke immer noch auf ihrem Rücken ließ. »Das ist nahe genug, Mr Scott.«

Der Mann schob die Kapuze seiner Regenjacke ein Stück nach hinten, um Gideon ansehen zu können. »Und Sie sind …?«

»Ein Freund«, erwiderte Gideon knapp. »Bleiben Sie stehen. Sofort.«

»Miss Dawson?«, beharrte Elliott und trat dennoch ein paar Schritte näher. »Stimmt es, dass Sie gestern Abend auf der J Street angegriffen wurden?«

»Kein Kommentar.« Ihre schroffe Antwort ließ den Mann innehalten. Vielleicht lag es auch an Gideons finsterem Blick. »Sollen wir wieder reingehen?«, fragte sie leise.

Er beugte sich zu ihr hinunter, um ihr ins Ohr zu flüstern, wobei er Mühe hatte, sich auf die Situation zu konzentrieren und nicht daran zu denken, wie warm ihre Haut war. »Wir können uns etwas zu essen liefern lassen, aber das dürfte nicht der letzte Reporter sein, den wir vertreiben müssen.«

Sie stellte sich auf die Zehenspitzen. »Sollte ich mit ihm reden? Was meinen Sie?«

»Das liegt bei Ihnen. Wenn Sie es tun, ziehen Sie womöglich ungewollte Aufmerksamkeit auf sich. Andererseits können Sie das Gespräch für einen Aufruf an potenzielle Tatzeugen nutzen.«

Sie zog die Brauen zusammen. »Eine große Hilfe sind Sie nicht.«

Er lachte leise. »Wenigstens wird er währenddessen schön nass.«

Sie sah Elliott Scott an, der geduldig wartete. »Er wirkt nicht besonders bedrohlich.«

»Er ist ein Reporter. Die sind wie Chamäleons. Er kann in jede Haut schlüpfen.«

»Ich könnte ja mit ihm auf der Veranda reden. Reinbitten will ich ihn nicht.«

Gideon hätte es ohnehin nicht erlaubt. »Klingt gut. Aber fassen Sie sich kurz. Wir haben reserviert.«

Sie sah ihn verblüfft an. »Haben wir das?«

»Ja, haben wir. Ich habe angerufen, während Sie sich umgezogen haben.« Er wandte sich wieder an den Reporter. »Sie redet mit Ihnen, aber nur auf der Veranda.«

»Danke, Miss Dawson«, erwiderte Elliott, ohne Gideon zu beachten, und folgte ihnen auf die Veranda, wo er eine Kamera aus seiner Tasche nahm. »Darf ich Sie dabei filmen?«

Daisy zögerte. »Aber meine Adresse zeigen Sie nicht, oder?«

»Natürlich nicht. Ich kann Ihnen nachher gern zeigen, was ich aufgenommen habe.«

Sie straffte die Schultern. »Okay. Dann bringen wir es hinter uns, Mr Scott. Mein Freund und ich haben eine Reservierung.«

Scott stellte die Kamera auf ein Stativ und richtete sie auf Daisy aus, während Gideon aus dem Bild trat. »Miss Dawson, könnten Sie uns erzählen, was gestern Abend vorgefallen ist?«

»Ich wurde von einem Mann mit einem Nylonstrumpf über dem Gesicht angegriffen, der mir bereits mehrere Blocks weit gefolgt war. Als ich ihn zur Rede stellen wollte, hat er mich gepackt, in eine Gasse gezerrt und gewürgt. Er hatte eine Waffe bei sich. Natürlich habe ich mich gewehrt, und meine Freundin hat den Notruf gewählt. Falls einer Ihrer Zuschauer gestern Abend in der Nähe gewesen sein und den Mann gesehen haben sollte, wäre es nett, wenn er oder sie sich mit der Polizei in Verbindung setzt. Der Mann ist etwa einen Meter achtzig groß, hat eine Glatze, dunkle Augen und trug einen blauen Nylonanorak, weite Jeans und Budapester. Ach ja, und er hatte eine Giants-Cap auf.«

»Was für ein grauenvolles Erlebnis«, meinte Scott mitfühlend. »Wie haben Sie ihn abgewehrt? Hatten Sie keine Angst?«

»Sogar sehr«, antwortete sie. »Aber ich bin in Selbstverteidigung und Kampfkunst ausgebildet, deshalb konnte ich ihn verletzen und dann weglaufen.«

»Das war ein Riesenglück.« Bewunderung mischte sich unter Scotts Mitgefühl.

»Nein, Sir, das war gute Vorbereitung«, korrigierte sie ihn

ernst. »Ich hatte Angst – das ist ja der springende Punkt. Aber ich habe jahrelang trainiert, deshalb hat mein Muskelgedächtnis übernommen. Ich möchte andere Frauen gern ermutigen, Kurse in Selbstverteidigung zu belegen und regelmäßig zu üben. Man sollte nicht denken, man sei für jede Situation gewappnet, nur weil man einmal einen Kurs absolviert hat. Selbst die erfahrensten Kampfkunst-Sportler bekommen in einer echten Gefahrensituation Angst, und erst die Übung macht den Meister.« Sie sah direkt in die Kamera. »Sollten Sie etwas gesehen oder mitbekommen haben, wenden Sie sich bitte an Detective Rafe Sokolov oder Detective Erin Rhee beim SacPD. Danke.«

Scott schaltete die Kamera aus. »Das war ja ein Kinderspiel. Sie haben es mir extrem leicht gemacht. Bestimmt haben Sie schon häufig vor der Kamera gestanden. Sie sind ein echtes Naturtalent.«

»Danke. Aber Sie erwähnen meine Adresse nicht, ja?«, sagte sie noch einmal.

»Nein, Ma'am«, erwiderte er freundlich und drehte die Kamera so hin, dass sie alles sehen konnte, ehe er die Aufnahme noch einmal laufen ließ – weder der Straßenname noch eine Hausnummer waren zu erkennen. »Danke, dass Sie mit mir geredet haben. Ich lasse Sie jetzt gehen, damit Sie zu Ihrem Essen kommen.«

»Moment noch«, schaltete sich Gideon ein, als Scott die Treppe hinuntergehen wollte. »Woher haben Sie Miss Dawsons Namen?«

»Von ihrer Freundin. Trish Hart.«

Daisys Brauen schossen hoch. »Und wie sind Sie an Trishs Namen gekommen?«

»Zur richtigen Zeit am richtigen Ort. Ich war in der Bar, in der sie arbeitet, und habe zufällig mitgehört, wie sie einer ihrer Kolleginnen von dem Angriff erzählt hat. Ich hatte zwar heute Morgen in den öffentlichen Polizeimeldungen davon gelesen, wusste aber natürlich nicht, wer das Opfer war.« Er setzte dasselbe charmante Lächeln auf, das Gideon ihm mit Freuden aus dem Gesicht poliert hätte. »Aber ich hätte Ihren Namen früher oder später sowieso herausbekommen. Ihre Freundin hat mir bloß ein bisschen Zeit gespart. Ich sehe zu, dass am Ende des Beitrags die Nummer des Polizeireviers eingeblendet wird. Vielleicht hat ja jemand etwas gesehen, das Ihnen weiterhilft.«

»Danke«, sagte Daisy noch einmal. »Und immer schön trocken bleiben.«

»Zu spät.« Er trabte zu seinem Wagen, stieg ein und fuhr davon.

»Glauben Sie wirklich, dass er doch meine Adresse preisgeben könnte?«, fragte sie.

»Eigentlich spielt es keine große Rolle. Wenn jemand Sie finden will, tut er es auch so. Aber Sie müssen Ihrer Freundin Trish sagen, sie soll sich zurückhalten.«

»Ich hätte es sogar ein bisschen drastischer ausgedrückt«, erwiderte sie verärgert.

Gideon hielt den Schirm hoch. »Also gut. Essen?«

Sie trat zu ihm und lehnte für einen kurzen – zu kurzen – Augenblick ihren Kopf an seine Schulter. »Danke. Mir war eben ein klein wenig mulmig zumute.«

Er legte ihr den Arm um die Taille. Weil es sich richtig anfühlte. »Darauf wäre ich nie im Leben gekommen. Scott hatte recht. Sie sind ein echtes Naturtalent.«

Sie ließ ein heiseres, kehliges Lachen hören, und diesmal unternahm er nichts, um den Schauder zu unterdrücken. »Sie wollten ihm eins auf die Nase geben, stimmt's?«, flüsterte sie halblaut.

»Mitten rein«, bestätigte er.

Wieder sah sie ihn an. »Danke. Dafür. Und dafür, dass Sie es nicht getan haben.«

Er zog sie enger an sich. »Gern. Beeilen wir uns. Ich habe Hunger.«

Sacramento, Kalifornien
Freitag, 17. Februar, 18.45 Uhr

Schwer atmend trat er einen Schritt zurück. Miss Patzig hatte beschlossen, sich tot zu stellen, während sie sich in Wirklichkeit für einen erbitterten Kampf rüstete.

Sie hierherzuschaffen war schon nicht kampflos vonstattengegangen. Nun lag sie gefesselt auf dem Bett in seinem Keller, schwer atmend, die Wimperntusche vom Schweiß und ihren Tränen verschmiert. »Du siehst aus, als hätten sie dich beim Goth-Festival ausgemustert«, sagte er. »Es wird dir noch leidtun, dass ich mich deinetwegen so abplagen musste.«

Aber jetzt musste er erst einmal zu *ihr*. Sie hatte ihm schon drei Nachrichten geschickt.

Wo steckst du? Kurz danach Ich werde langsam echt sauer und schließlich Wenn du nicht tot bist, wirst du dir wünschen, du wärst es.

Bald wird sie es sich wünschen, dachte er verdrossen. Aber natürlich sprach er die Worte nicht laut aus, denn er würde sie ja doch nicht in die Tat umsetzen. Leider. Doch die leeren Drohungen in seinem Kopf zu hören, gab ihm wenigstens das Gefühl, kein völliger Versager zu sein.

Obwohl Miss Patzig auch jetzt noch die Tränen übers Gesicht liefen, starrte sie ihn finster an. »Ich werde gar nichts bereuen, Arschloch!«

Sein Handrücken tat weh, als er auf ihren Kiefer traf, doch ihr Schmerzensschrei trug maßgeblich dazu bei, seine Laune zu heben. »Dafür wirst du dich entschuldigen müssen.«

Trotzig reckte sie das Kinn. »Nein.«

Er lächelte. »Das freut mich zu hören«, murmelte er. »Denn damit wird es ein noch viel größerer Spaß, deinen Willen zu brechen. Du bist aus härterem Holz geschnitzt als die Letzte, die eingeknickt ist wie ein klappriger Stuhl unter dem Arsch eines

Hundert-Kilo-Mannes.« Beim Anblick ihres kreidebleichen Gesichts wurde sein Lächeln eine Spur breiter, und er beugte sich vor. »Entspann dich. Du wirst deine Kräfte noch brauchen. Ich …«

Er wich abrupt zurück, als ihm ihr Speichel ins Gesicht spritzte, und holte reflexartig aus. Mit tiefer Befriedigung spürte er, wie seine Faust auf ihren Wangenknochen traf, wischte sich mit dem Ärmel das Gesicht ab und schnappte sein Messer.

Er musste ohnehin duschen und sich umziehen, bevor er zu Sydney fuhr, deshalb spielte ein kleiner Speichelregen keine Rolle. Miss Patzigs noch unversehrtes Auge weitete sich vor Angst. Das andere war komplett zugeschwollen.

»Nein«, flüsterte sie.

»Sag *bitte*«, gab er leichthin zurück.

»Bitte«, presste sie zwischen zusammengebissenen Zähnen hervor.

»Sag, dass es dir leidtut«, fuhr er im Singsang-Tonfall fort.

Sie schloss das unversehrte Auge. »Nein.«

Er blinzelte leicht überrascht. »Wieso nicht?«

Sie schlug ihr Auge wieder auf und sah ihn an. »Ich habe zum letzten Mal ›Es tut mir leid‹ gesagt. Zu dir und auch zu allen anderen. Du bringst mich doch sowieso um, als tu's einfach.«

Die Frau war gut, das musste er ihr lassen. Mit dieser Tour brachte sie ihn beinahe dazu, das Ganze abzubrechen. »Du warst in einer Führungsposition«, sagte er mit unüberhörbarer Bewunderung in der Stimme. »Das ist eine erstklassige Taktik, den Spieß umzudrehen.«

Er strich mit der Hand über ihren Bauch, spürte, wie die Bauchdecke bebte und ihre Muskeln sich zusammenzogen. Dann setzte er das Messer an und fuhr mit der Spitze über die Haut, gerade tief genug, dass eine dünne Blutspur hervorquoll.

»S.«

Ihre Atmung hatte sich beschleunigt, und in ihrem unversehrten Auge glitzerten neue Tränen, die sie vergeblich zurückzuhalten versuchte. Die Frau hatte Mumm in den Knochen, das musste man ihr lassen. Er säuberte seine Hände und zog ihren Führerschein aus seiner Tasche. Ihre Handtasche und ihr Handy hatte er in dem Mietwagen auf dem Parkplatz hinter der Bar in Eagle liegen lassen und nur den Führerschein mitgenommen.

»Miss Zandra Jones aus Providence, Rhode Island. Ziemlich weit weg von zu Hause, Zandra.«

Sie schwieg. Lediglich ihr schwerer Atem war zu hören.

»Was ich eigentlich sagen wollte, bevor du mich so rüde unterbrochen hast … ich muss für eine Weile weg, komme aber wieder.« Er ging zur Tür, drehte sich noch einmal um und lächelte. »Schrei, so viel du willst. Hier hört dich keiner. Genauso wenig wie meine anderen Gäste.«

Er hörte ihr Schluchzen, als er die Tür zuzog. Sein Handy summte. Schlagartig rutschte seine Laune in den Keller. Wo BIST du? Wenn du dich nicht in den nächsten 30 Sekunden meldest, werde ich paar Anrufe tätigen, die dir nicht gefallen.

Es war, als hätte sich ein Schalter in seinem Kopf umgelegt und sein verwundbares Inneres wieder bloßgelegt. Mit zitternden Fingern wählte er ihre Nummer, obwohl er – ganz genau – wusste, dass sie ihre Drohung ohnehin nicht wahr machen würde. Denn sie hatte genauso viel zu verlieren wie er selbst.

Trotzdem bewegte sich sein Körper ganz automatisch, obwohl sein Verstand laut *Nein* schrie. *Bleib stehen und denk nach.*

»Wo zum Teufel steckst du?«, schnauzte sie ihn ohne Begrüßung an.

Er trat über Mutt hinweg. Bei seinem Anblick musste er wieder an Pawlow und die Hunde denken. *Genau das bin ich. Wenn sie* Bei Fuß *sagt, dann tue ich es.* Fast hätte er an sich herabgeblickt, um sich zu vergewissern, dass seine Eier noch an Ort und Stelle waren, weil es sich anfühlte, als hätte sie sie ihm abgeschnitten. Vor Jahren schon.

Angedroht hatte sie es jedenfalls. *Miststück.*

»Ich hatte Probleme mit dem Wagen«, log er.

»Dann hättest du anrufen müssen.«

Seine Füße bewegten sich weiter. Mutt folgte ihm die Treppe hinauf in Richtung Schlafzimmer. »Ich weiß. Tut mir leid. Ich bin so schnell wie möglich da.«

»Beeilung.« Sie legte auf. Er seufzte.

Ich muss sie umbringen. Ich muss ihren hochgezurrten Arsch hierherschaffen und sie umbringen.

Doch wenn es drauf ankam, würde er den Schwanz einziehen. Im Lauf der Jahre hatte er Hunderte Gelegenheiten gehabt, vielleicht sogar Tausende. Jedes Mal, wenn sie in ihrem Bett lag, satt und befriedigt.

Jedes Mal hatte er darüber nachgedacht, aber nie auch nur die Hand gegen sie erhoben.

Fantasien. Wieder summte sein Telefon. Er musste sich zwingen, auf das Display zu sehen. Doch es war keine weitere Nachricht.

Sondern ein Google-Alert für die J Street, den er am Nachmittag eingerichtet hatte, nachdem er die Nachrichten nach dem Vorfall abgesucht und nichts gefunden hatte. Aber jetzt. Er setzte sich auf die Bettkante und klickte den Link zu Action News und einem Reporter namens Elliott Scott an.

Scott stand vor der Gasse, in die er die Blonde gestern Abend gezerrt hatte. Mit angehaltenem Atem lauschte er.

Ihr Name war Eleanor Dawson. Eleanor. Was für ein hübscher Name. Altmodisch. Dabei war die Blonde alles andere als altmodisch gewesen. Sie hatte wie eine Tigerin gekämpft. Noch Stunden später hatten ihm die Eier wehgetan.

Da war sie. Die Blonde. Sie trug eine schwarze Wolljacke, und ihr langes Haar hing ihr über eine Schulter. Es hatte so gut gerochen. Nach Mandeln.

Sie stand auf der Veranda eines Stadthauses. Mit zwei Fingern versuchte er, das Video heranzuzoomen, um den Straßennamen abzulesen, doch er war nicht zu sehen. Und dann fing sie an zu reden. Ihre kehlige Stimme kam ihm irgendwie bekannt vor. Gestern Abend hatte er sie nicht richtig hören können. Sie hatte ja bloß ein paar Worte hervorgepresst, weil er ihr die Hände um den Hals gelegt hatte.

»Der Mann ist etwa einen Meter achtzig groß, hat eine Glatze, dunkle Augen und trug einen blauen Nylonanorak, weite Jeans und Budapester. Ach ja, und er hatte eine Giants-Cap auf«, sagte sie direkt in die Kamera. Sie zeigte nicht mal einen Anflug von Nervosität, als sei sie jeden Tag im Fernsehen.

Ihr war eine ganze Menge an ihm aufgefallen, stellte er mit leichter Besorgnis fest. *Sogar meine Schuhe.* Er blickte auf seine Budapester. *Scheiße.*

Sein Gesicht konnte sie allerdings nicht beschreiben, also hatte der Strumpf seinen Zweck erfüllt. So weit, so gut.

Und dann faselte sie irgendetwas von Selbstverteidigung, bis ihr Muskelgedächtnis eingesetzt habe. Ohne Scheiß jetzt. Er verdrehte die Augen. Darauf war er nicht gefasst gewesen.

Nach dem Beitrag öffnete er ein neues Browserfenster und gab den Namen ein. Wow. Da draußen liefen eine Menge Eleanor Dawsons herum. Er hatte keine Zeit, sie alle zu überprüfen. Jetzt musste er erst mal zu Sydney.

Er duschte, rasierte sich und zog frische Sachen an – alles brachte ihn dem Moment näher, vor dem ihm graute, seit er das erste Mal gezwungen gewesen war, zu tun, was sie von ihm verlangte.

Vor sechzehn Jahren.

Als er Mutt den Kopf tätschelte, hatte sich sein Magen zu einem dicken, verknoteten Klumpen zusammengezogen. Eines Tages, schwor er sich. Eines Tages würde er sie umbringen und Mutt ihre Knochen zum Abnagen geben.

»Pass gut auf das Haus auf, mein Junge«, murmelte er. »Bin bald zurück.«

Sacramento, Kalifornien
Freitag, 17. Februar, 18.50 Uhr

Den Blick an die Decke geheftet, versuchte Zandra, ihre Panik zu bekämpfen. *Dumm, dumm, dumm! Wie konnte ich so unfassbar dämlich sein!*

Sie trank sonst nie. Zumindest nicht so viel, dass sie sich nicht im Griff hatte. Nur dieses eine Mal …

Aber genau so lief es immer bei ihr. Fuhr sie ein einziges Mal zu schnell, kassierte sie prompt einen Strafzettel. Kaufte sie ein einziges Mal ein paar risikoreichere Aktien, brach der Kurs ein. Verschenkte sie ein einziges Mal ihr Herz? Sie unterdrückte ein Schluchzen. *Nicht jetzt. Später.* Wenn sie sich befreit hatte.

Aber … James und Monica? Das Bild, wie die beiden sich in den Laken wälzten, flammte vor ihrem geistigen Auge auf, klar und deutlich. *In meinem Bett. In unserem Bett.* Ihr Verlobter und ihre beste Freundin. *Die Eingangsszene einer romantischen Komödie*, dachte sie bitter.

Und jetzt bin ich mitten in einem Horrorfilm. Sie schluckte gegen die aufsteigende Panik an. *Du wirst jetzt nicht ausflippen. Du entkommst. Du schaffst das. Und dann wirst du dafür sorgen, dass dieses elende Dreckschwein für den Rest seines Lebens hinter Gitter wandert.*

Nach sechs Jahren bei der Staatsanwaltschaft wusste sie, wie man es anstellen musste, um die Chancen für eine lange Haftstrafe zu erhöhen.

Sag, dass es dir leidtut. »Einen Teufel werde ich«, murmelte sie. *Es tut mir leid.* Das hatte sie auch gesagt, als sie in der Schlafzimmertür in ihrer Berghütte gestanden und James die Stirn besessen hatte, aus dem Bett zu springen und sie anzuschreien, was ihr einfiele, hier einfach reinzuplatzen.

Es tut mir leid. Es tut mir leid? Ernsthaft? Leck mich! Das war meine Hütte, mein Zimmer!

Sie zerrte an ihren Fesseln, doch die Knoten waren fachmännisch festgezogen. Wieder spürte sie die Müdigkeit, als das Adrenalin in ihrem Organismus abebbte. Der Raum verschwamm vor ihren Augen, und sie musste gegen die Tränen anblinzeln.

Es musste doch eine Möglichkeit geben, von hier zu flüchten. Sie hatte keine Ahnung, wo sie war, aber eines stand fest: Sie würde nicht sagen, dass es ihr leidtat. Ihr Instinkt sagte ihr, dass das sein Trigger war; dass es, wenn sie es erst einmal ausgesprochen hatte, keine Veranlassung mehr für ihn gab, sie zu verschonen. Er würde sie töten. Weil er es schon vorher getan hatte. *Hier hört dich keiner. Genauso wenig wie meine anderen Gäste.*

Die Erkenntnis durchbrach ihre Fassade der Tapferkeit, ließ sie zerbröckeln, zu Staub zerfallen. *O Gott. Ich werde sterben. Bitte, lass nicht zu, dass ich sterbe.*

Sacramento, Kalifornien
Freitag, 17. Februar, 19.00 Uhr

Das Restaurant war proppenvoll, als Gideon Daisy die Tür aufhielt. Mittlerweile hatte sich das feine Nieseln in einen stetigen Regen verwandelt. Er stellte ihren Glitzerschirm in der Ecke ab und wandte sich der Hostess zu.

»Gideon! Daisy!«

Sie wandten sich beide um und sahen Rafe und Sasha, die ihnen von einer Nische an der Wand aus zuwinkten. Die Ähnlichkeit zwischen ihnen war unverkennbar – beide hatten blondes Haar, dunkle Augen und dasselbe verschmitzte Lächeln.

Und jetzt haben sie auch noch mitbekommen, wie ich beim Hereinkommen die Hand auf ihrem Rücken hatte, dachte er und wappnete sich für ihr gnadenloses Gefrotzel. Das war eine der weniger angenehmen Seiten, Teil des Sokolov-Clans zu sein.

»Was macht ihr denn hier?«, fragte er, als sie an ihren Tisch traten.

Demonstrativ blickte Sasha auf ihren Teller. »Da gibt es so was ganz Neues – essen, nennt man es.« Einladend klopfte sie auf den freien Platz neben sich. »Setz dich, DD.«

Gideon ließ sich seine Enttäuschung, Daisy mit den Sokolovs teilen zu müssen, nicht anmerken und setzte sich neben Rafe, der ihm sein Handy zuschob.

Gideon blickte auf das Display. Das Interview mit Elliott Scott.

»Wow, das ging ja schnell«, bemerkte Gideon und sah Daisy über den Tisch hinweg an. »Sie sind schon eine Internet-Berühmtheit.«

»Ich habe mir schon gedacht, dass er nicht lange brauchen würde«, erwiderte sie. »Er schien zu wissen, was er tut. Ein aalglatter Bursche.« Rein äußerlich schien sie unbeeindruckt zu sein, dennoch sah Gideon, wie ihre Hand leicht zitterte, als sie nach der Speisekarte griff. »Ich werde die Drunken Noodles nehmen. Wenn ich schon nicht trinken kann, dann sollen wenigstens meine Nudeln angeschickert sein dürfen.«

»Du hast dich sehr souverän angehört«, sagte Sasha und tätschelte ihr den Arm. »Hoffentlich hält der Auftritt weitere Geier fern.«

Gideon warf Rafe einen Seitenblick zu und stellte fest, dass sein Freund ebenso wenig überzeugt davon war wie er selbst.

»Hast du deinen anderen Fall gelöst, Rafe?«, wechselte Daisy das Thema.

Rafe schüttelte den Kopf. »Nein. Ich wollte nur kurz Pause machen und etwas essen, muss aber gleich wieder zurück.«

»Ist es ein Mordfall?«, erkundigte sich Sasha mitfühlend.

»Eine Vermisstenmeldung«, antwortete Rafe knapp. »Offenbar ist eine alleinerziehende Mutter anschaffen gegangen, um sich zu ihrem Gehalt als Bäckereiverkäuferin was dazuzuverdienen. Ihre Familie hatte keine Ahnung davon. Sie hat ihnen erzählt, sie hätte die Nachtschicht in der Bäckerei übernommen. Als sie nicht auftauchte, um ihre kleine Tochter abzuholen, haben ihre Eltern herumtelefoniert. Sie haben ihre Freundinnen angerufen, sämtliche Krankenhäuser und sogar das Leichenschauhaus. Am Ende hatten sie eine Freundin an der Strippe, die Bescheid wusste. Sie hat die Gegend abgesucht, wo die Vermisste angeschafft hat, ihren Rucksack mit ihrer Geldbörse und ihrem Handy gefunden und bei uns angerufen.«

»Die arme Familie«, meinte Sasha. »Zwei Schreckensnachrichten an einem Tag. Zuerst, dass sie als Prostituierte arbeitet, und dann auch noch, dass sie verschwunden ist. Und das arme Kind.«

Rafe nickte ernst. »Die Tränen des Mädchens haben mich völlig fertiggemacht. Außerdem ist die Kleine schwer krank. Mukoviszidose. Sie braucht eine Spenderlunge.«

Sasha gab einen erstickten Laut von sich. »O Gott. Ist die Mutter deshalb auf den Strich gegangen?«

»Wahrscheinlich. Das Schlimme daran ist, dass der Fall nur wegen des kleinen Mädchens bei uns gelandet ist. Dass sie sie nicht abgeholt hat, war der entscheidende Hinweis, dass es hier nicht um eine junge Frau geht, die abgehauen ist … oder um eine Nutte mit einer Überdosis Meth.« Rafe schob seinen nahezu unberührten Teller weg. »Ich habe zwar die Aufnahmen der Überwachungskamera in der Gegend, in der sie stand, mache mir aber keine sonderlich großen Hoffnungen. Die meisten Kameras sind in einem falschen Winkel angebracht worden, und die einzige, die gut positioniert ist, liefert eine lausige Bildqualität, weil sie steinalt ist. Das Labor bearbeitet die Aufnahmen gerade. Für die Familie ist es immer am schlimmsten. Natürlich wollen sie Antworten, aber ich bin nicht sicher, ob ich welche habe.«

»Sie werden warten und hoffen«, sagte Sasha betrübt. »Und es sieht nicht gut aus.«

»Stimmt.« Rafes Stimme drohte zu brechen. »Und die Nachrichten, die ich dann überbringe, sind normalerweise die, vor denen der Familie am meisten graut.«

Gideon wusste genau, wovon er sprach, denn auch er hatte in der Vergangenheit Fälle dieser Art bearbeitet. Und die meisten hatten kein Happy End. Er drückte Rafe die Schulter, als ihm auffiel, dass Daisy mit einem Mal sehr still geworden war. »Was ist los?«

Sasha schlug sich die Hand vor den Mund, und sie und Rafe wirkten mit einem Mal zutiefst verlegen. »Tut mir leid, DD«, flüsterte Sasha. »Ich habe nicht nachgedacht.«

Daisy schüttelte den Kopf und zwang sich zu einem Lächeln. »Ihr braucht euch nicht zu entschuldigen.« Sie atmete zittrig aus. »Meine Familie hat zwei Monate lang auf Nachrichten gewartet, als meine Schwester Carrie verschwand. Sie war weggelaufen, und wir wussten nicht, wohin.«

»Sie ist nicht nach Hause gekommen«, murmelte Gideon und dachte daran, wie sie gestern in der Vergangenheitsform von ihr gesprochen hatte.

»Genau«, sagte Daisy leise. »Es hat unsere Familie zerrissen. Ich vermisse sie so sehr.«

»Ich auch«, sagte Sasha und lachte unvermittelt. »Weißt du noch, wie wir mal zelten waren und sie mit der Taschenlampe auf die Captain-Hook-Hand geleuchtet hat, die wir aus Disneyland mitgebracht hatten?«

Daisys Augen begannen zu leuchten, und ein boshaftes Lächeln spielte um ihre Lippen. »Genau. Sie hat das Jungszelt angeleuchtet. Die dachten natürlich, es sei der Mann mit der Hakenhand aus dem Buch, und kamen schreiend in Unterwäsche aus dem Zelt gestürzt.«

Sasha lachte aus vollem Hals. »Und Meg …«

Daisy stimmte ein. Die beiden hielten sich die Bäuche vor Lachen. »Meg hatte den Wasserschlauch schon bereitgelegt und sie nass gespritzt. Ich glaube ja, Meg hat meine Schwester eingespannt. Es war Carries Hakenhand.«

Rafe lächelte nicht. »Das war nicht witzig. Wir hätten uns eine Lungenentzündung holen können.«

»Es war August«, höhnte Sasha. »Du liebe Zeit, Mom hat Meg danach dermaßen die Hölle heißgemacht.«

»Zu Recht«, warf Rafe ein, dessen Lippen nun ebenfalls belustigt zuckten.

»Und jetzt ist Meg auch Cop und hat selbst drei Kinder.« Daisy wischte sich die Lachtränen ab.

»Ich wünsche ihr, dass ihre genauso schlimm sind wie sie selbst damals«, bemerkte Rafe.

»Vielleicht solltest du lieber vorsichtig mit deinen Wünschen sein, nicht dass sie dir irgendwann noch um die Ohren fliegen.« Erleichtert stellte Gideon fest, dass Daisy ihre gute Laune zurückgewonnen hatte. Oder zumindest nicht mehr ganz so traurig wirkte wie zuvor. »Solltest du jemals Kinder haben, gelten sie schon als Schwerverbrecher, bevor sie in den Kindergarten kommen.«

»Ich war der reinste Engel«, erklärte Rafe im Brustton der Überzeugung. »Und im Übrigen der Einzige, der nach einem benannt wurde.«

Sasha schnaubte abfällig. »Das glaubst du, aber das Universum zählt mit, liebster Raphael.«

Er grinste seine Schwester an. »Tja, in dem Fall hast du ja mal so richtig schlechte Karten.« Sein Handy summte. Er sah aufs Display. »Die Arbeit ruft. Ich muss los.«

Gideon stand auf, um Rafe von der Bank rutschen zu lassen. »Irgendetwas Neues zu Daisys Fall?«, fragte er so leise, dass sie ihn nicht hören konnte.

Rafe schüttelte den Kopf. »Wir haben die ganze Gegend abgesucht, aber niemand erinnert sich, einen Mann gesehen zu haben, auf den Daisys Beschreibung passt. Überwachungskameras gibt es nicht. Keine Ahnung, ob er das wusste oder bloß Glück hatte. Er muss sich den Strumpf vom Kopf gezogen haben, sobald er geflüchtet ist, weil wir ihn nirgendwo gefunden haben. Das Labor hinkt mit der Auswertung hinterher, deshalb wird es mindestens eine Woche dauern, bis wir die Analyse der Hautpartikel unter ihren Fingernägeln bekommen. Tad wurde wegen seines Auftritts heute Morgen gefeuert, was immerhin schon ein Schritt in die richtige Richtung ist.«

»Das sind gute Nachrichten! Der Typ ist echt ein Arsch.« Gideon zögerte. »Ich habe Eileens Foto an einen befreundeten Bildexperten geschickt.«

»Der spezialisiert auf Alterungsentwicklung ist? Ich habe auch einen eingeschaltet, allerdings darf ich mich hinten anstellen und warten, bis unser Mann Zeit hat. Schick mir, was dein Freund für uns hat.«

»Mach ich. Was ist mit dem Mann auf dem Foto, das Daisy zusammengesetzt hat?«

Rafe sah ihn an. »Wer war der Typ?«, fragte er leise. »Und ich meine nicht seinen Namen. Den hat Daisy uns ja genannt. Sondern was du mit ihm zu tun hattest.«

Gideon sah sich um, ob ihnen auch wirklich niemand zuhörte. »Erinnerst du dich an die Narben auf meinem Rücken?«, fragte er, obwohl er die Antwort kannte.

Rafe versteifte sich. »Alles klar. Ich sehe zu, dass das Labor das Foto durch die Gesichtserkennung laufen lässt, falls er anderswo noch auftaucht, aber auch da muss ich erst warten. Cindy meint, sie braucht ein paar Tage, um das Foto so aufzubereiten, dass sie die Fingerabdrücke davon nehmen kann. Sie kümmert sich vor und nach ihrer normalen Arbeitszeit darum.«

Gideon verstand. Ein guter Teil seines Jobs bestand aus Warten, bis andere die gesammelten Informationen verarbeitet hatten. Er hasste Warten. Und noch viel mehr, weil es hier um etwas Persönliches ging. Selbst wenn das Medaillon nicht im Spiel gewesen wäre, hätte er das dringende Bedürfnis verspürt, Daisy Dawson zu beschützen – die Frau, die ihn zum Lächeln brachte.

»Sag Cindy, ich bin ihr sehr dankbar«, meinte er. Rafe verabschiedete sich, während Gideon sich wieder setzte und die Kellnerin heranwinkte. Kaum hatten sie ihre Bestellung aufgegeben, legte Sasha ein paar Geldscheine auf den Tisch.

»Das sollte genug für mein und Rafes Essen sein«, sagte sie. »Wenn ihr mich jetzt entschuldigt.« Sie bedeutete Daisy, sie aufstehen zu lassen.

Daisy sah sie entgeistert an. »Du willst gehen? Aber wieso?«

Sasha nickte und zwinkerte Gideon zu. »Ich will nicht das fünfte Rad am Wagen sein. Außerdem habe ich eine Verabredung.«

Daisy beugte sich vor. »Mit wem?«, fragte sie argwöhnisch.

»Mit der scharfen Schulbibliothekarin. Wir wollen im Fitnessstudio die Kletterwand ausprobieren.« Sie drückte zuerst Daisy, dann Gideon einen Kuss auf die Wange. »Amüsiert euch schön und tut nichts, was ich nicht auch tun würde.«

»Es gibt wenig, was du nicht tun würdest«, bemerkte Gideon trocken.

Wieder zwinkerte Sasha. »Genau.«

Daisy atmete auf, als sie fort war. »Puh. Ich fühle mich, als wäre ein Tornado über mich hinweggefegt.«

»Hurrikan Sasha.« Gideon grinste. »Die Frau ist der reinste Blitz in der Flasche. Eine Naturgewalt.«

»Bevor wir weggezogen sind, war sie nicht so«, erwiderte Daisy leicht betrübt. »Ich habe ihre Entfaltung versäumt.«

Eine seltsame Wortwahl, dachte Gideon. »Was?«

»Den Moment, als sie ihren Kokon aufgebrochen und abgestreift hat. Heute ist sie wie ein exotischer Schmetterling, früher aber war sie still und zurückhaltend.« Daisy legte den Kopf schief. »Sie hat erzählt, Sie beide hätten gelegentlich in ihrem Versteck zusammengesessen. Und dass sie sich Ihnen gegenüber als Erstes geoutet hat.«

»Es war …« Einer der unvergesslichsten Momente seines Lebens. Er hatte sich zugehörig gefühlt, als wahrer Teil des Sokolov-Clans. Wie jemand, dem man voll und ganz vertrauen konnte. »Nett«, sagt er. *Nett?* Er verdrehte die Augen über seine eigene Dämlichkeit.

Sie lächelte, als könne sie die Worte hören, die er nicht laut auszusprechen vermochte. »Sie sind eine Art Idol für sie, wussten Sie das? Zwar behauptet sie, das sei bloß früher so gewesen, aber ich bin ziemlich sicher, dass sich seitdem nichts geändert hat. Nur damit Sie Bescheid wissen. Sie waren der Bruder, den sie gebraucht hat.«

Gideon war zutiefst gerührt. »Danke. Das ist …«

Sie grinste. »Nett? Ja, das ist es.« Ihr Lächeln verblasste ein wenig, als mehrere Nachrichten auf ihrem Handy eingingen. »Die anderen haben den Nachrichtenbeitrag auch gesehen. Irina, Karl, mein Dad, Taylor. Sogar meine kleine Schwester Julie.« Sie lächelte schief. »Ihre Nachrichten werden immer flüssiger.«

»Das ist die Schwester mit der Zerebralparese?«

»Ja.« Daisy suchte ein Foto auf ihrem Handy heraus. »Das sind wir, letzten Sommer.«

Drei junge Frauen und ein kleines Mädchen strahlten in die Kamera. Daisy hatte den Arm um eine große, schlanke Brünette gelegt, die das kleine Mädchen festhielt. Die dritte saß vor ihnen im Rollstuhl. »Das sind Taylor, Julie und Cordelia?«

»Genau. Und Taylors Verlobter hat das Foto gemacht.« Wieder kamen mehrere Nachrichten an, und sie seufzte. »Jetzt schreiben mir alle möglichen Leute, bei denen ich ehrenamtlich arbeite. Und meine Sponsorin. Sie wollen alle wissen, wie es mir geht.« Sie sah ihn bestürzt an. »Aber ich weiß nicht, was ich ihnen antworten soll.«

»Vielleicht reicht es ja, ihnen zu sagen, dass Sie in Sicherheit sind und das Ganze erst mal verdauen müssen«, schlug er vor.

»Das klingt gut.«

Auch jetzt hatte sie konzentriert die Unterlippe zwischen die Zähne gezogen, während sie ihre Nachrichten las, widmete sich ihrer Tätigkeit jedoch nicht mit derselben Versunkenheit wie bei dem Puzzle, als ein Ausdruck unverbrämter Freude auf ihren Zügen gelegen hatte.

»Ich hasse es, dass sie sich Sorgen um mich machen«, sagte sie und sah auf. »Sie haben Angst, ich könnte rückfällig werden, aber keiner fragt direkt, mit Ausnahme meiner Sponsorin. Die anderen reden bloß um den heißen Brei.«

»Sie lieben Sie«, sagte er leise.

»Ich weiß. Und mir ist auch bewusst, was für ein Glück ich habe.«

»Oder es verdienen.«

»Hoffentlich. Ich wünsche mir, dass sie stolz auf mich sind. Und ich selbst auch.«

Diesen Wunsch konnte er gut nachvollziehen. Sie verfasste eine kurze Nachricht an alle, dass es ihr gut gehe, und schickte sie an diejenigen, die sie kontaktiert hatten, auch an ihre Schwestern und ihren Vater, allerdings mit einem »Ich hab dich lieb« am Ende. Gideon sah, dass sie über das Display wischte und die Stirn runzelte.

»Ich hoffe, Sie lesen nicht die Kommentare zu diesem Bericht«, sagte Gideon. »Das ist meistens keine gute Idee.«

Sie schüttelte den Kopf. »Nein. Ich habe nach Details zu dem Fall gesucht, von dem Rafe uns vorhin erzählt hat. Die vermisste Frau mit der kleinen Tochter. Aber ich finde nichts.« Wieder war tiefe Bestürzung in ihren Augen abzulesen. »Wieso ist das so?«

Er zuckte die Achseln. »Vielleicht wollten die Eltern nicht, dass es an die große Glocke gehängt wird. Oder die Reporter haben noch keinen Wind davon bekommen.«

»Vielleicht liegt es auch daran, dass sie eine Prostituierte ist«, entgegnete Daisy tonlos.

Er nickte. Das war die wahrscheinlichste Erklärung. Die Öffentlichkeit interessierte sich nicht für vermisste Prostituierte, nicht einmal für solche, die bloß versuchten, das Geld für die Behandlung ihres Kindes zusammenzubekommen.

Die Kellnerin servierte ihr Essen, das sie schweigend zu sich nahmen, doch ihr Schweigen war weder angespannt noch unangenehm, sondern bloß nachdenklich. Schließlich schob Daisy ihren Teller weg und verschränkte die Arme. »Was machen wir als Nächstes, Gideon?«

»Zurück zu Ihnen gehen und eine Runde fernsehen.«

Sie schüttelte den Kopf. »Das habe ich nicht gemeint.«

Das überraschte ihn nicht. »Was dann, Daisy?«

Sie sah ihm direkt in die Augen. »Was unternehmen wir, um Eileen zu finden? Und Ephraim Burton?«

Allein beim Klang seines Namens zuckte er zusammen, ehe er sich vor Augen führte, dass er kein verängstigter Dreizehnjähriger mehr war.

Behutsam berührte sie seine Hand. Erst jetzt merkte er, dass er sie unwillkürlich zur Faust geballt und auf seinen leeren Teller gestarrt hatte. Verdammt. Verlegene Röte stieg ihm ins Gesicht.

Ich bin kein Kind. Ich habe keine Angst. Ich werde ihn finden und …

Und was, Gideon?, fragte die leise Stimme in seinem Kopf. Nicht höhnisch, sondern eher … neugierig. *Ich werde dafür sorgen, dass er für seine Taten bezahlt.* In diesem Punkt bestand nicht einmal der Hauch eines Zweifels.

Wie er das allerdings anstellen wollte, lag noch komplett im Dunkeln.

Daisy schob ihren Teller weg, um sich vorbeugen und ihre Hände auf die seinen legen zu können. Sie fühlten sich warm und klein an. Aber so fähig. Sie war keine Frau, die sich vor dem Leben fürchtete. Sondern sich kopfüber hineinstürzte. Eine Frau, die sich nicht scheute, die Dinge beim Namen zu nennen, auch wenn es manchmal schmerzte.

Er wünschte, er könnte sich eine Scheibe von ihrer Beherztheit abschneiden. Den Blick auf ihrer beider Hände gerichtet, fragte er sich, wie es wohl wäre – jemanden an seiner Seite zu haben, der ihm Stabilität gab, wenn er sie am meisten brauchte.

»Gideon«, flüsterte sie.

Er sah auf, nur um festzustellen, dass keinerlei Mitleid in ihrem Blick lag, wie er es befürchtet hatte, sondern eine Entschlossenheit, die ihn eigentlich nicht überraschen sollte. »Ich weiß es nicht genau«, sagte er leise. »Keine Ahnung, wo wir anfangen sollen.« Und diese Tatsache jagte ihm tatsächlich eine Heidenangst ein.

Sonst wusste er immer, wo er ansetzen sollte. Nun jedoch kam er sich vor, als sei er im Stockdunkeln und ohne Kompass mitten in der Wüste ausgesetzt worden. So hatte er sich seit langer, langer Zeit nicht mehr gefühlt.

Nicht mehr, seit er vor siebzehn Jahren hinter diesem Busbahnhof rausgeschmissen worden war, übel zugerichtet und schwer verletzt und ohne Familie, Ausweis und Geld. Dafür mit der bangen Frage, was nun aus ihm werden sollte.

Und mit einem Mal wusste er die Antwort.

»Genau. Da fahren wir hin«, sagte er leise.

»Wohin?«

»Zum Busbahnhof. In Redding.«

»Wieso ausgerechnet Redding?«, fragte sie verblüfft.

»Weil man mich damals dorthin geschafft hat.«

»Geschafft«, wiederholte sie vorsichtig. »Wonach?«

»Nachdem ich aus einer Sekte geflohen war.« Mit einem Seufzer schloss er die Augen. Verdammt noch mal! Das hatte er nicht sagen wollen. Wieso um alles in der Welt schaffte es diese Frau immer wieder, ihm Dinge zu entlocken, die er nicht preisgeben wollte?

Er schlug die Augen auf und sah ihr ins Gesicht. In ihrem Blick lag keinerlei Erstaunen. »Eden?«, fragte sie nur.

»Genau. Eine religiöse Gemeinschaft.«

»In der Mädchen mit zwölf zwangsverheiratet wurden«, folgerte sie weiter. »Und wo zugelassen wurde, dass erwachsene Männer Teenager zusammenschlagen.«

Unter anderem. »Woher wissen Sie, dass ich damals ein Teenager war?«

»Weil Sie meinem Vater erzählt haben, dass Sie die Sokolovs seit sechzehn Jahren kennen. Hätten Sie sie schon früher gekannt, wären wir uns wahrscheinlich begegnet. Sasha meinte, Sie hätten Rafe in der Schule kennengelernt, und Rafe ist dreißig. Ein bisschen rechnen kann ich.«

Er musste sich ein Lächeln verkneifen. »Ich wette, Sie können noch viel mehr als ein bisschen rechnen. Schließlich setzen Sie auch alles andere zusammen, als wäre es ein Puzzle.« Statt einer Antwort sah sie ihn nur mit schief gelegtem Kopf abwartend an. »Ich bin geflohen, als ich dreizehn war. Ich bin am Busbahnhof von Redding gelandet, ehe man mich nach Sacramento gebracht hat.« Mit dem Rettungshubschrauber, aber darauf wollte er jetzt nicht näher eingehen. Nicht in aller Öffentlichkeit. Und nicht, wenn ihre Fragen ihm noch weitere Details entlocken würden, die er lieber für sich behalten wollte.

Sie nickte. »Dann also auf nach Redding.«

Er ließ ihre Hand los und winkte die Kellnerin heran. »Könnte ich bitte die Rechnung haben?«

10. KAPITEL

Sacramento, Kalifornien
Freitag, 17. Februar, 20.00 Uhr

Daisy sah Gideon an, als sie die Straße entlanggingen. Der aufgespannte Regenschirm über ihnen gab ihnen das Gefühl, ganz für sich allein zu sein. Wieder hatte er die Hand auf ihren Rücken gelegt – eine Geste, die sie veranlasste, den Kopf an seine Schulter zu lehnen und für einen Moment zu vergessen, weshalb er bei ihr war.

Weil jemand gestern Abend versucht hat, mich zu töten. Und dieser Jemand stand über das Medaillon in irgendeinem Zusammenhang mit Gideons Vergangenheit.

Redding. Eden. Eine Sekte. Diese Worte auszusprechen, schien ein größerer Schock für ihn selbst gewesen zu sein als für Daisy, sie aus seinem Mund zu hören.

Dieser Mann war nicht verschlossen wie eine Auster. Ein winziger Teil von ihr wollte gern glauben, dass er sich lediglich ihr gegenüber traute, sich zu öffnen, aber das würde sie sich lieber nicht gestatten. Noch nicht.

Die ganze Situation war schwierig. Man hatte sie in einer Zeit der größten Belastung und Verwundbarkeit – auf beiden Seiten – zusammengespannt. Deshalb war es sicher keine besonders gute Idee, eine emotionale Bindung zu dem Mann aufzubauen.

So gern sie ihren klugen Gedanken auch Glauben schenken wollte, so wusste sie tief im Inneren ganz genau, dass die langen Blicke und kleinen Berührungen, mit denen sie sich gegenseitig beruhigen wollten, alles andere als bedeutungslos waren. Vielleicht hatte Irinas Instinkt sie ja doch nicht getrogen, und sie beide würden ein gutes Gespann abgeben.

Nicht dass Daisy es vor ihr zugeben würde, leckere *pirozhki* hin oder her. *Pirozhki!* »Ach, du Scheiße«, stieß sie hervor.

Schlagartig war Gideon in Habachtstellung gegangen und sah sich um. Nicht dass er nicht die ganze Zeit schon aufmerksam gewesen wäre – Daisy hatte sehr wohl mitbekommen, wie sein Blick unablässig umherschweifte –, nun jedoch drückte er ihr den Schirm in die Hand. »Hier, nehmen Sie«, sagte er und legte die Hand um seine Waffe.

Sie gehorchte zwar, meinte aber: »Holla, Mr G-Man. Es ist alles in Ordnung. Mir ist nur gerade eingefallen, dass ich die *pirozhki* stehen gelassen habe, was echt dämlich war, weil ich sie jetzt nämlich wegwerfen muss, dabei hätte ich den Rest gern noch mal warm gemacht. Also nur die Ruhe.«

Er entspannte sich und nahm ihr den Schirm ab. »Mr G-Man?«

Sie zuckte die Achseln. »›Special Agent Reynolds‹ ist so lang.«

»Stimmt auch wieder. Aber keine Sorge, ich habe die Schüssel in den Kühlschrank gestellt, damit Sie keine Angst vor *E.coli* haben müssen.«

Er betonte das Wort so melodramatisch, dass sie grinsen musste. »Wie nett von Ihnen. Danke.«

»Gern g-« Er hielt inne. »Sie haben Besuch.«

Zwei Übertragungswagen standen am Straßenrand direkt gegenüber von Rafes Haus.

»Mist«, stieß sie hervor. »Ich will nicht mit denen reden. Je häufiger ich mich auf ein Interview einlasse, umso größer ist die Gefahr, dass sie mitkriegen, wo ich arbeite. Und eigentlich wollte ich beides getrennt halten.«

»Wieso?«

»Ich bin durch pures Glück an den Job beim Sender gekommen, weil Boomer erkrankt ist, aber es gefällt mir sehr gut dort. Und ich will nicht Daisy Dawson, das Opfer, sein. Das soll nicht der erste Gedanke sein, den die Leute haben. Stattdessen sollen sie denken, das ist Daisy Dawson, und sie macht ihre Sache verdammt gut.«

Er sah sie ernst an. »Das verstehe ich sehr gut. Was wollen Sie machen? Wir könnten einfach umdrehen und verschwinden, oder aber ich bugsiere Sie an der Journaille vorbei.«

»Ersteres würde mich zum Feigling machen, Letzteres beweisen, dass ich tatsächlich einen Bodyguard brauche.«

Er wartete geduldig, während der Regen unaufhörlich auf den Schirm niederprasselte.

Schließlich straffte sie die Schultern. »Auf kurz oder lang muss ich ja mal nach Hause.«

Er zog sie enger an sich und reichte ihr ein weiteres Mal den Schirm. »Ich gehe voran und mache den Weg frei, damit diese Reporter nicht zu nahe an Sie herankommen. Vor allem keiner, der ein Meter achtzig groß und ein Mann ist.«

Sie verstand. Ihr Angreifer könnte sich ungeniert in der Nähe aufhalten, ohne dass sie es mitbekamen. Deshalb musste seine rechte Hand frei sein, damit er notfalls die Waffe ziehen konnte. »Auf geht's.«

Sie kramte den Hausschlüssel aus der Tasche und machte sich bereit, notfalls zur Tür zu rennen. Sekunden später stürmten zwei Gestalten – ein Mann und eine Frau – zwischen den Übertragungswagen hervor und feuerten ihre Fragen auf sie ab. Die beiden hatten ebenfalls Schirme bei sich, wohingegen ihre Kameramänner den Elementen schutzlos ausgeliefert waren.

»Ich hatte gehofft, das eine Interview würde genügen«, murmelte sie. »Wie konnte ich so blöd sein?«

»Blöd auf keinen Fall.« Gideon zog sie noch etwas enger an sich. »Vielleicht eine Spur zu optimistisch.«

Sie lachte leise, wurde jedoch schlagartig ernst und blieb abrupt auf der untersten Verandastufe stehen, als der Reporter rief: »Poppy Frederick, wie haben Sie es geschafft, Ihrem Angreifer zu entkommen?«

Mit einem stummen Seufzer drückte sie die Schultern durch und richtete sich auf. »Bleiben Sie bei mir«, bat sie Gideon leise.

»Aber hallo.«

Sie ging voran die Stufe hinauf, wo sie stehen blieb und sich den beiden Reportern zuwandte, während Gideon den Arm immer noch eng um ihre Taille geschlungen hielt, jederzeit bereit, mit der freien Hand seine Waffe zu ziehen.

»Hallo«, sagte sie und bedeutete ihnen, etwas näher zu treten. »Ich werde es nur ein einziges Mal erzählen, aber zuerst würde ich gern erfahren, warum ich so viel Aufmerksamkeit bekomme. Ja, ich wurde überfallen und angegriffen, und ich bin dankbar für Ihr Engagement, weil sich dadurch vielleicht Zeugen melden. Es geht mir gut, ich bin in Sicherheit. Aber überall in der Stadt gibt es Opfer, die dieses Maß an Aufmerksamkeit nicht bekommen, obwohl sie es vielleicht bräuchten. Menschen, die einfach nicht mehr nach Hause kommen. Prostituierte und Drogenabhängige, die in dieser Stadt spurlos verschwinden, ohne dass es irgendwen kümmert. Deshalb werde ich Ihre Fragen beantworten, wenn auch hauptsächlich in der Hoffnung, dass Sie mich danach in Ruhe lassen, aber ich wünsche mir, dass Sie sich mehr engagieren.«

Sie schilderte in knappen Worten, was sich am Vorabend in der Gasse ereignet hatte, beschrieb den Täter und wiederholte Rafes und Erins Namen als Ansprechpartner für potenzielle Zeugen.

»Wurden Sie beim Sender gestalkt?«, wollte einer der Reporter wissen.

Für den Bruchteil einer Sekunde musste Daisy überlegen, wie er darauf gekommen sein könnte. Aber dann wusste sie es: Tad Nelson Todd, Mr TNT höchstpersönlich. Dieser verdammte Mistkerl. »Ich kann Ihnen nur sagen, dass die Polizei sämtlichen Spuren nachgeht.«

»Es geht das Gerücht, Sie hätten das alles initiiert«, rief derselbe Reporter. »Ist das eine PR-Inszenierung, um Ihre Quote hochzutreiben?«

Tad, du verdammter Hurensohn!

Sie spürte, wie Gideon neben ihr stocksteif wurde, jedoch weiterhin schwieg und sie ihr Ding machen ließ. Noch. Sollte einer der Reporter es jedoch wagen, näher heranzukommen, würde er es zweifellos zu verhindern wissen.

Seine Kollegin, eine Frau mit freundlichen Augen, sah ihn völlig verblüfft an, ehe sie einen Schritt vortrat. »Miss Frederick«, sagte sie. »Haben Sie einen Ratschlag für all jene Frauen, die Angst haben, abends allein auf der Straße unterwegs zu sein?«

Daisy lächelte sie an. »Ich habe jahrelang Kampfkunst und Selbstverteidigung trainiert, was natürlich für viele Ihrer Zuschauerinnen nicht möglich ist. Es gibt zwar Bewegungsabläufe, die man lernen kann, aber ehrlicherweise muss man sich vor Augen halten, dass man im Fall eines Angriffs schreckliche Angst hat und sie nicht mehr abrufen kann. Trotzdem ist es besser, wenigstens ein paar Basiskenntnisse zu haben, als völlig unvorbereitet zu sein. Und wenn Frauen die Möglichkeit haben, einen Kurs zu besuchen, sollten sie das auf jeden Fall tun, nur müssen sie sich darüber im Klaren sein, dass sie das Gelernte nicht so anwenden können, wie sie es sich vorgenommen haben. Gut wäre es, den Kurs jedes Jahr aufzufrischen, damit man in der Übung bleibt.«

»Haben Sie konkrete Empfehlungen, an wen man sich wenden könnte?«

Daisy schüttelte den Kopf. »Ich bin neu in der Stadt, aber wenn Sie recherchieren und mir die Namen nennen, erwähne ich sie gern in meiner Sendung, wenn das Management nichts dagegen hat.«

Die Frau musterte sie. »Gibt es denn jemand Konkretes, der kürzlich aus der Stadt verschwunden ist?«

»Ich bin sicher, Sie verfügen über Mittel und Wege, das selbst in Erfahrung zu bringen«, konterte Daisy. »Wenn Sie mich jetzt entschuldigen wollen, ich bin wirklich müde.« Sie lächelte höflich. »Und sollten Sie wiederkommen, rufe ich die Polizei und zeige Sie wegen unbefugten Betretens an. Schönen Abend noch.«

Gideon ließ sie die Treppe hinaufgehen und wartete im Regen, bis sie die Tür aufgeschlossen hatte, ehe er ihr nach oben folgte und nicht einmal innehielt, als der aufdringliche Reporter rief: »Wer ist eigentlich der Mucki-Mann, Poppy? Wieso brauchen Sie einen Leibwächter?«

»Sie haben dreißig Sekunden«, schnauzte er ihn an. »Verlassen Sie das Grundstück, sonst nehme ich Sie wegen unbefugten Betretens fest.« Er wandte sich an die freundlichere Reporterin. »Lassen Sie sich Zeit, Ma'am.«

Er trat ins Haus und strich sich das nasse Haar aus dem Gesicht. »Dieser Drecksack, mit dem Sie zusammengearbeitet haben, hat die Gerüchte in Umlauf gebracht.«

Sobald die Tür hinter ihnen ins Schloss fiel und sie von dem Rest der Welt trennte, begann Daisy am ganzen Leib zu zittern. »Ich weiß«, flüsterte sie.

Gideon nahm ihr den Schirm aus der Hand, schloss ihn und stellte ihn neben der Eingangstür ab, ehe er ihr aus der Jacke half und sie mit seiner eigenen an die Garderobe hängte. »Was ist denn?«, fragte er. »Sie haben das toll gemacht.«

Kopfschüttelnd trat sie einen Schritt vor. Er legte die Arme um sie und zog sie eng an sich. »Daisy, Liebes«, flüsterte er. »Es ist okay. Es wird alles wieder gut.«

Die Tränen kamen, ließen sich nicht zurückhalten. Ihre Zähne klapperten. Sie biss sie fest zusammen und barg das Gesicht an seiner Brust. »Es tut mir leid.«

»Sie sollen nicht sagen, dass es Ihnen leidtut«, befahl er sanft. »Es war schwierig, trotzdem haben Sie Ihre Sache sehr gut gemacht. Sogar ganz wunderbar.«

»Tad ist ein mieses Schwein«, sagte sie leise.

»Ich hätte ihm eins auf die Nase geben müssen, als ich heute Morgen die Gelegenheit dazu hatte.«

»Ich wünschte, ich hätte es zugelassen. Verdammt, Gideon, ich habe diesen Reporter noch nicht mal nach seinem Namen gefragt.« Sie war viel zu erschrocken gewesen.

»Schon gut, auf beiden Ü-Wagen stand die Nummer des Senders, außerdem habe ich mir ihre Kennzeichen gemerkt, und Rafe hat vor dem Haus Überwachungskameras installiert, sodass wir die Namen der beiden Reporter und der Kameraleute problemlos herausfinden können.«

»Ich weiß. Deshalb habe ich sie ja gebeten, ein Stück näher zu kommen. Weil sie außerhalb des Erfassungswinkels standen.«

Er lachte leise – ein Lachen, das sie gern häufiger hören wollte. »Erinnern Sie mich daran, dass ich Sie mir niemals zur Feindin mache.«

Sie musterte ihn mit schief gelegtem Kopf, als sei ihr erst jetzt etwas klar geworden. »Was meinen Sie mit … der Drecksack, mit dem ich zusammengearbeitet *habe*?«

»Rafe hat mir vorhin erzählt, dass Tad gefeuert wurde.«

»Gut. Das freut mich.« Sie trat wieder etwas näher und schlang ihm die Arme um die Taille. »Danke, dass Sie für mich da waren.«

Er zog sie an sich. »Danke, dass Sie für mich da waren, als ich vorhin mal kurz einen Durchhänger hatte.« Er legte seine Wange auf ihren Kopf. Es fühlte sich so herrlich an, dass sie am liebsten wohlig geseufzt hätte. »Was machen wir jetzt, Daisy?«

Darauf gab es nur eine Antwort. »Wir malen.«

»Wir?«

Sie spürte, wie er seine Wange gegen ihr Haar schmiegte, wobei sich sein Bart in den Strähnen verfingen. »Ja. Wir. Wir werden malen, und Sie erzählen mir von Eden. Okay?«

Sein Brustkasten wölbte sich, als er tief Luft holte. »Okay.«

Sacramento, Kalifornien
Freitag, 17. Februar, 22.15 Uhr

Seine Haut schmerzte so sehr, dass er das Gesicht verzog, als er sein Hemd überstreifte. So war es immer, wenn er aus Sydneys Bett stieg. Sein ganzer Rücken brannte wie Feuer, weil sie mit ihren langen Nägeln tiefe Scharten in die Haut gezogen hatte. Außerdem hatte er sich unter der Dusche so heftig abgeschrubbt, dass Brust und Arme regelrecht wund waren.

Sie hatte ihn markiert. Wieder einmal. Und er hasste sie. Aus tiefster Seele.

Wieso sagst du jedes Mal Ja? Diese Frage hatte er sich bestimmt schon eine Million Mal gestellt. *Sag doch einfach Nein.* Aber er tat es nicht. Jetzt nicht. Und wahrscheinlich auch in Zukunft nicht.

Ich wünschte, ich hätte sie getötet, als ich die Gelegenheit dazu hatte. Er betrachtete sein Gesicht im Spiegel. Natürlich kannte er die Wahrheit. Er hatte nie eine echte Chance gehabt. Dafür war er zu jung und sie schlicht … zu viel gewesen. In jeder Hinsicht zu viel.

Doch dass er die Wahrheit kannte, war völlig unerheblich. Er kam immer wieder zurück. Sagte immer Ja. Und hasste danach sich selbst ebenso sehr wie sie.

»Mein süßer Junge.« Ihre Stimme wehte durch die offene Badezimmertür. Weil sie nicht zuließ, dass er sie schloss. Nie.

Ihr »mein süßer Junge« war kein Kosename, sondern ein Befehl, eine Aufforderung zum Gehorsam. *Weil ich ihr Schoßhund bin.* »Ja?«, antwortete er lahm.

Einen Moment lang herrschte Stille, und er spürte ihre Missbilligung, obwohl er sie nicht sehen konnte.

Er knickte ein. »Ja, Sydney?«

»Komm her.«

Er gehorchte und knöpfte sein Hemd zu, während er in ihr

Schlafzimmer ging, wo sie auf dem Bett lag, hingegossen wie eine Hollywood-Göttin aus den Vierzigern in ihrem Morgenrock. »Ja, Sydney?«

Schmollend streckte sie ihm die Hand hin. »Du hast mir einen Nagel abgebrochen.«

Nein, das war sie selbst gewesen, als sie seinen Rücken in Fetzen gerissen hatte. Er ging zum Bett, wobei sich seine Füße automatisch bewegten, weil er wusste, was sie von ihm erwartete.

Und er tat stets, was sie erwartete. *Brings einfach hinter dich, dann kannst du verschwinden.* Er setzte sich auf die Bettkante, sorgsam darauf bedacht, sie bloß nicht zu berühren, beugte sich vor und küsste den Finger mit dem abgebrochenen Nagel.

»Es tut mir leid, Sydney«, sagte er leise.

Ihre Augen verengten sich zu Schlitzen. »Du lügst mich an. Es tut dir gar nicht leid.«

Aber das tat es. Es tat ihm unendlich leid. Er bedauerte zutiefst, dass er sich nicht von ihr befreien konnte. Dass ein unsichtbares Band zwischen ihnen existierte, das er nicht zu durchtrennen vermochte. Dass er kein echter Mann sein und sie erwürgen konnte, wie er es eigentlich wollte, es sich erträumte.

»Es tut mir leid«, wiederholte er mit mehr Nachdruck, schluckte und küsste abermals ihren Finger. »Aufrichtig leid, Sydney.«

Heute war es ihr Finger, letztes Mal war es ihre Hüfte gewesen, weil er sie zu fest gepackt und ihr damit einen blauen Fleck verpasst hatte. Das Mal davor hatte sie »seinetwegen« ein Weinglas auf dem Nachttisch umgekippt und dadurch den Teppich versaut.

Er hatte sich so sehr gewünscht, es sei ihr Blut.

Jedes Mal machte er etwas anderes falsch. Solange er denken konnte. Und jedes Mal hatte er sich brav dafür entschuldigt. Zu Beginn war die Entschuldigung sogar aufrichtig gemeint gewesen.

Zu Beginn war er völlig planlos gewesen, und sie hatte die Fäden in der Hand gehalten, die Kontrolle über alles gehabt.

Daran hatte sich im Grunde nichts verändert. Auch heute noch sagte sie, wo es langging.

Sie tätschelte ihm die Wange. »Ich vergebe dir«, sagte sie, ehe sie sich in die Kissen zurücksinken ließ. Ihre Standarderwiderung. »Meine Maniküre soll das morgen in Ordnung bringen. Schließ ab und schalte die Alarmanlage ein, wenn du gehst. Paul kommt erst spät.«

Und damit war er entlassen. Ohne ein Dankeschön. Ohne ein Wort der Zuneigung. So etwas kam niemals über ihre Lippen. Und wenn, wäre es ohnehin nicht ernst gemeint gewesen.

Er erhob sich, stopfte sich das Hemd in die Hose, steckte seine Krawatte ein und nahm seine Schuhe und Socken, während die Wut in ihm hochkochte. »Ja, Sydney.«

Sacramento, Kalifornien
Freitag, 17. Februar, 22.20 Uhr

Daisy beugte sich über Gideons Arm und betrachtete sein Gemälde. »Gar nicht so übel für einen G-Man«, neckte sie. »Als die Krawatte erst mal weg war, kam offensichtlich eine Ladung Sauerstoff in den kreativen Bereich Ihres Gehirns.«

Er lachte auf. Nach einigen Ermutigungen – und kleinen Drohungen ihrerseits – hatte er sich endlich einen Pinsel geschnappt und begonnen, fröhliche Gänseblümchen auf eine ihrer Leinwände zu zaubern, was sie offensichtlich sehr freute.

Auch ein Mädchen hatte er gemalt, aber kein blondes mit blauen Augen, sondern ein ganz kleines Mädchen mit dunklen Zöpfen und grünen Augen. »Nicht schauen, sonst lege ich den Pinsel weg«, drohte er.

Trotz seines ebenfalls neckenden Tonfalls wusste sie, dass seine Drohung durchaus ernst gemeint war, also kehrte sie zu ihrer eigenen Staffelei zurück, die Rücken an Rücken mit der seinen stand. Sie hatte ein Porträt begonnen. Normalerweise gehörten Porträts nicht zu ihrem Repertoire, doch gerade war er das Einzige, was sie sehen konnte. Buchstäblich. Weil er genau in ihrem Sichtfeld stand – mit gesenktem Kopf und ernster, konzentrierter Miene. Doch auch wenn sie die Augen schloss, war es sein attraktives Gesicht, das sich in ihrem Geist materialisierte. Es war tröstlich. Wenige Stunden zuvor hatte sie nur Carries Gesicht gesehen, und der Anblick hatte sie zutiefst geschmerzt. So unendlich.

Noch immer wartete sie darauf, dass er von Eden erzählte, doch sein Schweigen war so beharrlich, dass sie fürchtete, er würde nie damit anfangen. »Also«, sagte sie leise. »Eden.«

Er säuberte seinen Pinsel und machte sich an die nächste Farbe. »Ich rede nicht gern darüber.«

»Das habe ich auch schon gemerkt.«

Für einen kurzen Moment hob sich sein Mundwinkel, ehe er wieder ernst wurde. »Meine Mom … Sie dachte, sie tut das Richtige.« Eine geschlagene Minute lang pinselte er fieberhaft, ehe er innehielt. »Sie war alleinerziehend. Zwei Kinder, aber kein Mann. Ihre Familie hatte sie vor die Tür gesetzt, weil sie Schande über sie gebracht hätte. Also ist sie gegangen.« Sein Adamsapfel hüpfte, als er schluckte. »Sie hatte keinen Highschool-Abschluss und ist am Ende sogar anschaffen gegangen, aber wenigstens hatte sie gute Freundinnen. Andere Prostituierte, die sie bei der Arbeit kennengelernt hatte. Sie teilten sich eine Wohnung und passten gegenseitig auf ihre Kinder auf.«

Zwei Kinder. Gideon musste also noch einen Bruder oder eine Schwester haben. Das kleine dunkelhaarige Mädchen mit den grünen Augen. War sie seine Schwester? »Eine gemeinschaftliche Tagesbetreuung«, sagte sie leise.

Er nickte. »Genau. Aber dann tauchte eines Abends eine Sozialarbeiterin auf. Jemand aus dem Haus hatte sie angeschwärzt, aus Angst, dass wir vernachlässigt wurden. Aber wir waren gewaschen, anständig angezogen und gut genährt. Meine Mom war nicht weit von ihrem Elternhaus weggezogen und hatte sogar noch ihren alten Bibliotheksausweis. Sie hat regelmäßig Bücher ausgeliehen und uns Lesen beigebracht.«

»Sie hat Sie beide geliebt.«

»Ja«, krächzte er und räusperte sich. »Meine Mom hat an dem Tag auf uns aufgepasst und hatte fürchterliche Angst, die könnten uns ihr wegnehmen. Viel fehlte nämlich nicht, denn meine Mom hat eine Anzeige bekommen, weil sie nicht offiziell als Tagesmutter angemeldet war. Es waren zu viele Kinder. Die Sozialarbeiterin hat ihr gedroht, uns mitzunehmen, wenn meine Mom sich keine anständige Arbeit sucht.«

»Hätte sie das denn gekonnt?«

»Ich weiß es nicht. Und meine Mutter wusste es auch nicht. Aber sie hatte riesige Angst. Als die anderen am nächsten Morgen nach Hause kamen, ist sie mit uns abgehauen. Sie hatte Geld gespart, allerdings reichte es nur für zwei Busfahrkarten, deshalb musste sie meine kleine Schwester auf dem Schoß halten. Zweieinhalb Tage lang.«

Daisy brannten Fragen nach seiner Schwester auf der Zunge, doch sie hielt sich zurück und ließ ihn weitersprechen.

»Wir sind von Houston nach San Francisco gefahren, wo mein Vater angeblich wohnte, aber er hatte ihr eine falsche Adresse gegeben. Und wahrscheinlich stimmte auch sein Name nicht. Also war sie ganz allein in dieser Stadt. Neunzehn Jahre alt, kein Geld, zwei Kinder und niemand, der ihr half.«

»Wie alt waren Sie damals?«

»Fünf.«

»Wow«, hauchte Daisy. »Sie ist sehr früh Mutter geworden.«

»Bei meiner Geburt war sie erst vierzehn. Sie hat mir erzählt, mein Vater sei ein Vertreter auf der Durchreise gewesen, dem sie erzählt hätte, sie sei schon achtzehn.« Er schüttelte den Kopf. »Aber ich habe Fotos von ihr aus der Zeit gesehen. Kein Mensch hätte ihr abgekauft, dass sie achtzehn ist. Der Mistkerl war ein Pädophiler, so einfach ist das.« Wieder säuberte er seinen Pinsel und nahm die nächste Farbe. »Wir haben bei ihren Eltern gelebt, bis sie ihnen gestanden hat, dass sie wieder schwanger ist.«

»Mit Ihrer Schwester.«

»Genau. Vom selben Mann. Die beiden hatten sich immer getroffen, wenn er gerade in der Stadt war. Mir hat er oft ein billiges Spielzeug mitgebracht und ihr ein bisschen Geld gegeben. Ich glaube, sie hat ihn wirklich geliebt. Oder dachte es zumindest. Ich meine, sie war noch ein Kind. Meine Großeltern haben dafür gesorgt, dass wir genug zu essen bekamen, und haben mich in die Kirche mitgenommen. Ständig. Sie hofften, mir dadurch ihre Werte mitzugeben, damit ich nicht eines Tages ›so ende wie sie‹. Ihre Worte, nicht meine.«

»Aber als sie ihre Tochter mit zwei kleinen Kindern vor die Tür gesetzt haben, wurden diese Werte ganz schnell hinfällig.« Daisy hatte Mühe, sich ihre Wut nicht anmerken zu lassen.

Gideon blickte sie über die Staffelei hinweg an. »Das sehe ich genauso. Aber auch meine Mom war eine regelmäßige Kirchgängerin, deshalb hat sie sich an die Kirche gewandt, damit die ihr helfen, und eine Weile lief es eigentlich ganz gut. Die Leute waren nett. Daran erinnere ich mich noch. Sie haben uns etwas zu essen und ihr ein paar Kleider gegeben, damit wir nicht frieren müssen, weil es Juli war und es in San Francisco nachts ziemlich frisch werden kann. Sie hatte nicht daran gedacht, Jacken für uns mitzunehmen.«

»Aber dann hat sich etwas verändert?«

»Ja. Einer der Männer aus der Kirche hat ihr einen Job als Putzfrau bei sich zu Hause angeboten.«

Daisy zog die Brauen hoch. »Nur für sein Haus?«

Er nickte. »Er hat ihr erzählt, er hätte eine Farm mit einem schönen Haus, wo sie arbeiten könnte. Ich glaube allerdings, er hatte sich das Land illegal unter den Nagel gerissen. Jedenfalls meinte er, sie könnte dort mit uns leben, es gäbe viel frische Luft und genug zu essen. Gemüse und so.«

»Was sich für sie angehört haben musste, als wären alle ihre Gebete erhört worden.«

»Genau. Meine Mutter war nicht dumm, nur ein wenig leichtgläubig. Jemand, dem man schnell etwas vormachen konnte.«

»Und gab es die Farm tatsächlich?«

»Ja. Die Gemeinschaft war eine Farm, eine Art Kommune. Aber in Wirklichkeit war es eine Sekte um den Anführer. Pastor.«

»Pastor was?«

»So hieß er. Zumindest haben ihn alle so genannt. Pastor. Für meine Mutter war das nichts Neues, weil die Mitglieder der Kirche ihrer Eltern ihren Priester immer so genannt haben. Der Mann, der uns hingebracht hat, war nach dem ersten Abend gleich wieder weg, allerdings haben wir ihn von Zeit zu Zeit gesehen, wenn er neue Familien angeschleppt hat. Manchmal alleinerziehende Mütter, manchmal ganze Familien. Sie bekamen alle ein Dach über dem Kopf, bis sie ihre eigenen Häuser bauen konnten. Manchmal kamen auch junge Frauen ohne Familie, aber niemals alleinstehende junge Männer. Die einzigen Männer, die in die Gemeinschaft kamen, waren schon älter und hatten entweder eine Familie oder brachten besondere Fähigkeiten mit.«

Er stellte seinen Pinsel in die Reinigungsflüssigkeit und trat von der Staffelei weg. Sie sah ihm nach, als er in die Küche ging und in den Schubladen kramte. Augenblicke später kehrte er mit dem Kartenspiel zurück, das sie bei ihrem Einzug vorgefunden hatte – offenbar hatte er es dort zurückgelassen.

Er setzte sich aufs Sofa, mischte die Karten, legte sie zu einem Solitär aus und begann zu spielen. Nach einer Weile wandte sie ihm den Rücken zu und malte weiter.

Sie hörte ihn die Karten neuerlich mischen. »Gleich nach dem ersten Tag kam Pastor zu uns. Er war … unaufdringlich. Wie ein ganz normaler Mensch. Er hat gelächelt und Scherze gemacht, dann hat er mich hinaus zum Spielen geschickt. Ich weiß noch, dass ich dachte, wie schön es dort war. Man konnte den Mount Shasta in der Ferne sehen. Ein kleines Mädchen kam angelaufen und hat mir einen Keks angeboten.«

Am liebsten hätte Daisy sich zu ihm umgedreht, wagte es jedoch nicht, aus Angst, er könnte aufhören zu reden. »Eileen.«

»Genau. Sie war das erste Kind in meinem Alter, das ich dort kennengelernt habe, und wurde zu meiner besten Freundin. Doch zunächst wurde ich wieder ins Haus gerufen. Meine Mutter war kreidebleich und zitterte am ganzen Leib. Sie meinte, sie würde heiraten.«

»Den Kerl, der Sie dorthin gebracht hat?«

»Nein. Einen Fremden. Pastor hätte ihr erklärt, dass alleinstehende Frauen in der Gemeinschaft nicht geduldet würden. Die Verführung für die Männer sei zu groß.«

Ein erstickter Laut drang aus Daisys Kehle. »Entschuldigung. Reden Sie weiter«, sagte sie und drückte ihren Pinsel viel zu fest auf die Leinwand.

»Meine Mutter waren diese Werte durchaus vertraut. Sie war mit ähnlichen Einschränkungen aufgewachsen. Tu dies nicht, trag jenes nicht, benimm dich nicht wie ein Flittchen und so weiter. Deshalb hat sie sich nicht dagegen gewehrt. Also wurde sie Amos gegeben.«

Nun drehte Daisy sich um. »Gegeben?«

»Ja«, antwortete er, ohne aufzusehen. »Amos war kein schlechter Mann. Streng, aber nicht … bösartig.«

Bösartig. Wie Ephraim. Der ihn halb zu Tode geprügelt hatte. »Waren Sie glücklich?«

Er zuckte die Achseln. »Ich war fünf, hatte ein paar Spielsachen, ein eigenes Bett, etwas Warmes zu essen und einen Hund.«

»Wie hieß er? Der Hund, meine ich.«

Nun sah er auf. »Boy. Ich war nicht sonderlich originell als Kind.«

Sie lächelte. »Das ist doch ein schöner Name.«

Er nickte ernst. »Er war ein braver Hund.«

Ihr Lächeln verflog. »Was ist aus ihm geworden?«

Er blickte wieder auf die Karten. »Ich weiß es nicht. Er ist … geblieben.«

»Als Sie geflohen sind.«

»Genau.« Er holte tief Luft. »Ich habe diesen Hund geliebt. Keine Ahnung, wie lange er noch gelebt hat. Er war schon ziemlich alt, als ich dreizehn war, und hatte eine graue Schnauze. Ein wunderbares Tier.« Er seufzte. »Am nächsten Tag bekam meine Mutter ihr Medaillon. An ihrem Hochzeitstag.«

»Zwei Tage nach ihrer Ankunft wurde sie verheiratet?«

Seine breiten Schultern sackten herunter. »Eigentlich waren es bloß anderthalb Tage. Wir sind zu Amos gezogen. Männer durften erst heiraten, nachdem sie ein Haus gebaut hatten, und auch dann war das Ganze eine Art Lotterie. Die Namen wurden auf Zettel geschrieben und in einen Hut gelegt, und Pastor zog einen, wenn eine neue Frau in die Gemeinschaft kam oder ein Mädchen das heiratsfähige Alter erreichte. Ältere Männer durften mehr Zettel in den Hut legen als die Jüngeren, was die Chancen der Jüngeren entsprechend verringerte. Amos hatte offenbar schon einige Zeit darauf gewartet, dass sein Name gezogen wurde.«

Das war … barbarisch. Doch Daisy verkniff sich den Kommentar. »Erzählen Sie mir von dem Medaillon.«

»Jede Frau bekam eines bei ihrer Hochzeit. Allerdings mit einer anderen Kette als die, die Sie dem Angreifer gestern Abend abgerissen haben.«

Gestern Abend? War es tatsächlich erst gestern gewesen? Ihr kam es vor, als sei seitdem ein ganzer Monat vergangen, dabei war immer noch Freitag. »Inwiefern anders?«, hakte sie nach, als er keine Anstalten machte, es genauer zu erklären.

»Dicker. Man hätte sie niemals abreißen können, nicht einmal Hulk hätte das tun können. Zumindest nicht, ohne die Frau dabei zu strangulieren. Die Kette hätte mit einem Bolzenschneider durchtrennt werden müssen. Das Medaillon lag in der Drosselgrube der Frau. Die Ketten wurden in Eden geschmiedet. Im eigentlichen und im übertragenen Wortsinn.«

»Also diente es als Zeichen des Besitztums.«

»Genau das war es. Und in das Medaillon kam ein Foto des glücklichen Paars.«

»Wie bei Eileen. Obwohl sie noch ein Kind war.« *O Gott.*

»Sie war zwölf. Das war das übliche Alter für die Verheiratung.«

»Zwölf Zweige am Olivenbaum.«

Verblüfft sah er auf. »Woher wissen Sie das?«

»Trish hat gestern Abend Fotos gemacht, bevor die Polizei kam. Von mir, meinem Hals, dem Medaillon, dem Tatort.« Sie lächelte betrübt. »Sie ist ein Riesenfan von Krimisendungen. Jedenfalls habe ich sie gebeten, mir alles zu schicken, und die zwölf Äste fielen mir eben auf. Ich dachte, sie beziehen sich vielleicht auf die zwölf Stämme Israels.«

»Das könnte eine der Bedeutungen gewesen sein, aber in dem Fall war es ein Zeichen für den Übertritt ins Erwachsenenalter.«

Daisy seufzte. »Mit zwölf. Da sind sie noch Babys.«

»In Eden wurden wir sehr schnell erwachsen.«

»Das hört sich ganz so an.« Sie stellte ihren Pinsel in das Gefäß mit dem Reiniger. Noch war das Porträt nicht deutlich genug, um zu erkennen, wen es darstellte, wofür sie dankbar war. Sie war nicht sicher, ob Gideon sehen sollte, dass sie ihn gemalt hatte. Noch nicht. Sie wollte ihn mit ihrem Übereifer nicht verjagen. »Ich muss mich jetzt setzen, aber ich kann auch den Stuhl nehmen, wenn Sie etwas Platz für sich brauchen.«

Einen Moment lang sah er sie an. »Nein«, sagte er schließlich. »Setzen Sie sich neben mich.«

Sie setzte sich und faltete die Hände im Schoß. »Was ist mit den Jungen passiert, wenn sie zwölf wurden?«

»Nichts. Der Übertritt ins Mannesalter war erst mit dreizehn.«

»Bar Mitzwa.«

Er schüttelte den Kopf. »Zwar hatten sie einige Elemente aus dem jüdischen Glauben übernommen, aber Juden waren sie nicht. Sie haben es als ›Aszension‹ bezeichnet.«

»Aha.« Sie warf ihm einen Blick zu. »Sasha meinte, das Motiv des Medaillons sei als Tattoo auf Ihrer Brust, Sie hätten es aber mit einem Phönix überstechen lassen.«

Er runzelte die Stirn. »Sasha hatte ein ziemlich aufmerksames Auge für ein Mädchen, das eigentlich nicht auf Jungs steht.«

»Sie mochte Sie. Sie sind wie ein Bruder für sie.«

»Das sagten Sie vorhin bereits.« Mittlerweile saß er mit gespreizten Knien auf der Sofakante und verteilte die Karten neuerlich auf dem Tisch, sortierte und schob hin und her, wobei sich bei jeder Bewegung die Muskeln auf seinem Rücken wölbten.

Sie zögerte. Alles oder nichts, sagte sie sich. *Vielleicht bin ich ein schlechter Mensch, wenn ich jetzt voranpresche, aber …*

Sie wollte ihn berühren. Also tat sie es. Behutsam legte sie ihm die Hand auf den Rücken und strich darüber. Er machte keine Anstalten, sich der Berührung zu entziehen, vielmehr zeigte er überhaupt keine Reaktion, sondern spielte scheinbar ungerührt weiter. Sie nahm an, dass er sie aus dem Augenwinkel beobachtet hatte und darauf gefasst gewesen war. Sie streichelte ihn weiter und spürte, wie er sich nach ein paar Momenten entspannte.

»Erzählen Sie mir von dem ersten Tattoo«, sagte sie leise.

»Ich habe es an meinem dreizehnten Geburtstag bekommen. Herzlichen Glückwunsch!«, fügte er sarkastisch hinzu.

»Hat es wehgetan?«

»Höllisch. Aber ich hatte ja schon mehrere Jahre in der Gemeinschaft gelebt und wusste, was mit Weicheiern passiert. Deshalb wollte ich kein Weichei sein.«

»Sie sagten, Sie seien bei Ihrer Flucht dreizehn Jahre alt gewesen«, fuhr sie fort, ohne die Bewegung zu unterbrechen. »Wie lange nach Ihrem Geburtstag war das?«

»Am nächsten Tag.«

Einen Moment lang überlegte sie, welche der Fragen, die in ihrem Kopf herumwirbelten, sie als Nächstes stellen sollte. *Wie? Warum? Was ist mit Ihrer Schwester? Ihrer Mutter? Wieso hat man Sie verprügelt? Was ist damals passiert, das Sie bewogen hat, das Tattoo mit achtzehn durch einen Phönix zu ersetzen? Wieso wurde der Mann, der Sie verprügelt hat, nicht bestraft? Was war das für eine Gemeinschaft?*

Am Ende entschied sie sich für ein schlichtes »Erzählen Sie mehr davon.«

11. KAPITEL

Sacramento, Kalifornien
Freitag, 17. Februar, 22.45 Uhr

Erzählen Sie mehr davon. Mit geschlossenen Augen gab Gideon sich den sanften Bewegungen von Daisys Hand auf seinem Rücken hin, während er sich fragte, wie viel er dieser Frau mit dem großen Herzen erzählen sollte. Sie sah ihn an, als wäre er eine Art Held, vertraute ihm, dass er gut auf sie aufpassen würde. Und sie hatte ihm Stabilität geschenkt, als er sie so dringend gebraucht hatte. Was würde sie wohl tun, wenn sie die Wahrheit kannte?

Sie würde sagen, dass du dreizehn warst und getan hast, was du tun musstest. Sie würde froh sein, dass du dich geschützt hast. Dass dir die Flucht gelungen ist. Dass du keine Schuldgefühle zu haben brauchst. Und sie würde dich nicht mit anderen Augen betrachten als vorher.

All das stimmte wahrscheinlich. Wahrscheinlich. Allerdings war er nicht sicher, ob er es riskieren sollte. Dass sie ihn ansah, als sei er ein Ungeheuer. Oder, noch viel schlimmer, voller Mitleid.

»Ich bin verschwiegen wie ein Grab und werde Ihre Geheimnisse wahren«, sagte sie leise.

Daran zweifelte er nicht. Aber würde sie ihn trotzdem noch ansehen, als sei er ein Held?

Er setzte an, ohne zu wissen, was er sagen sollte. Nur – irgendetwas musste er ihr erzählen, denn die Verbindung zwischen ihr und dem ganzen Chaos über das verdammte Medaillon und den Mann, der sie überfallen hatte, war nicht von der Hand zu weisen.

»Der dreizehnte Geburtstag läutete das Ritual zum Übergang ins Mannesalter ein, und wir wurden einem der Handwerker der Gemeinschaft zur Lehre zugewiesen. Ich wurde Edward McPhearson übergeben.«

Kurz verharrte ihre Hand bei dem Wort »übergeben«, ehe sie ihre Liebkosung wieder aufnahm.

»Er war der Schmied und hat die Ketten angefertigt. Und die Medaillons. Er war einer der Gründer der Gemeinschaft.« Er schluckte. »Im Jahr zuvor war ihm Eileen als Ehefrau gegeben worden.«

»Er war der Mann auf dem ersten Foto. Der tot ist.«

»Genau. Eileen war seine vierte Frau.«

»Was ist mit den drei anderen passiert?«

»Gar nichts. Sie waren immer noch da. Eden ist eine polygame Gemeinschaft.«

Sie stieß langsam den Atem aus. »Verstehe.«

Nein, tat sie nicht. »Er hatte schon eine ganze Weile ein Auge auf Eileen geworfen. Am Abend vor ihrem Geburtstag hat sie schrecklich geweint. Sie hatte Angst vor ihm. Weil er um sie herumschlich wie ein Wolf. Ich war damals schon groß genug, um zu verstehen, warum, und habe mir Sorgen um sie gemacht. Wir haben geredet und überlegt, wie wir fliehen könnten … wie ich sie retten könnte.«

»Aber Sie konnten es nicht«, sagte sie leise.

»Nein. Sie hat ihr Medaillon bekommen und wurde mit McPhearson verheiratet. Am nächsten Tag war meine Freundin verschwunden. Sie lebte zwar noch und atmete und all das, aber das Licht in ihren Augen war erloschen. Mir fielen die anderen Mädchen ein, die ich nach ihrer Hochzeitsnacht gesehen hatte. Einige von ihnen hatten dieselben leeren Augen, andere hingegen schienen zurechtzukommen. Aber nicht Eileen.«

»Er hatte ihr wehgetan.«

»Ja. So sehr, dass sie sogar zu unserer Heilerin gebracht werden musste. Ich habe gehört, wie ein paar Frauen meinten, er hätte sie völlig zerfetzt.« Seine Stimme brach.

Daisy schmiegte ihre Wange gegen seinen Arm, während sie ihn weiter streichelte. »Es tut mir so leid, Gideon. So schrecklich leid.«

Er rang um seine Fassung. »Danach gab man ihr den Namen Miriam. Viele bekamen diesen Namen. Andere nahmen ihn sogar freiwillig an. Ich habe mich oft gefragt, warum das so war, aber als ich das erste Mal durch die Werkstatt des Schmieds geführt wurde, bekam ich meine Antwort. Dort lagen Dutzende Medaillons mit einem eingravierten ›Miriam‹, die für den Tag vorbereitet worden waren, an dem ein Mädchen zwölf wurde. Es gab nur eine Handvoll mit Rachel, Sarah, Rebekah oder Hannah. Alles alttestamentarische Namen. Er hatte sogar Schablonen, damit die Gravur schneller ging.«

»Und wollten Sie auch Schmied sein?«

»Nein. Aber mir war klar, dass ich Eileen im Auge behalten konnte, solange ich da war.« Er senkte den Kopf und atmete erst weiter, als sie ihre Hand zu seinem Nacken wandern ließ.

»Aber so kam es nicht.«

»Nein.« Er wurde stocksteif, und seine Muskeln spannten sich so fest an, dass sie schmerzten, als er sich diesen Tag ins Gedächtnis rief. Daisys Hand strich in langen Zügen an seinem Nacken entlang, wieder und wieder, während sie die andere um seinen Oberarm legte und die Stirn an seine Schulter presste.

»Du musst mir nicht erzählen, was passiert ist«, flüsterte sie.

Sie löste die Stirn, wobei ihre Lippen seinen Arm streiften. Wie ein Stromschlag zuckte die Berührung durch seinen Arm, und er wünschte, er könnte sie auf seiner nackten Haut spüren statt bloß durch den Stoff seines Hemds.

»Für McPhearson herrschte beim Missbrauch Chancengleichheit«, stieß er hervor.

Sie schnappte weder nach Luft, noch versteifte sie sich, sondern bedeckte weiterhin seinen Arm mit hauchzarten Küssen, als Zeichen, dass sie verstand.

»Mit dem dreizehnten Geburtstag begann für die Jungen eine besondere Ausbildung. Ich dachte immer, damit seien die Lehre und die Vorbereitung gemeint, ein vollwertiges Mitglied der Kirche zu werden. Bei einigen, deren Meister für Jungs nichts übrighatten, war das wohl auch so. Jedenfalls war ich nicht darauf gefasst, was McPhearson versuchen würde, als er mich an dem Abend mit zu sich in die Werkstatt genommen hat.«

Wieder schluckte sie. »Versuchen?«

»Ich … habe mich gewehrt.« So heftig, dass McPhearson dabei umgekommen war. »Ich bin ihm entkommen.« Und er hatte ihn blutend und mit zertrümmertem Schädel auf dem Boden neben dem Amboss liegen lassen.

Es war keine Absicht gewesen. Gideon hatte sich lediglich zur Wehr gesetzt.

Aber es hatte ihm nicht leidgetan. Bis zu dem Moment, als er Ephraim Burtons Gesicht auf dem Foto auf Daisys Kartentisch gesehen hatte. Die Reue hatte ihn wie eine Woge überkommen und mitgerissen. Weil ihm klar geworden war, welches Schicksal Eileen mit ihrem zweiten Ehemann zuteilgeworden war – Eigentum zuerst eines degenerierten Perversen und dann eines Gewalttäters mit Pranken, die unbeschreibliche Schmerzen zufügen konnten.

»Wie genau ist McPhearson umgekommen, Gideon?«, fragte sie ganz leise. »Denn wenn du sagst, du hättest ihn nicht getötet, wäre ich sehr enttäuscht.«

Verblüfft horchte er auf, ehe er sich von ihr löste und sie ansah. Trotzige Tränen glitzerten in ihren blauen Augen. Keiner von ihnen machte Anstalten, den Blick abzuwenden.

»Hast du?«, flüsterte sie. »Ich hoffe es.«

Er konnte nur nicken.

»Gut«, stieß sie leidenschaftlich hervor und blinzelte, worauf ihr die Tränen über die Wangen liefen. »Ich hoffe, das Schwein musste Höllenqualen leiden.«

»Nein«, sagte er und hätte, auch wenn es noch so unglaublich erscheinen mochte, beinahe gelächelt. Doch dann unterdrückte er den Drang und zog sie wieder an sich. *Bitte, küss mich weiter. Bitte.*

Sie verschlang erst ihre Finger mit den seinen und legte den anderen Arm um ihn, ehe sie neuerlich seine Schulter küsste.

»Wir haben miteinander gerungen, und ich habe ihn weggestoßen. Dabei ist er mit dem Kopf auf den Amboss geknallt.«

»Also war es ein Unfall. Wie schade.«

Dass Daisy einen Hang zur Blutrünstigkeit hatte, war nicht weiter verwunderlich, immerhin hatte die Frau einen knallharten Kern. Er hoffte, diese Qualität an ihr noch häufiger erleben zu dürfen. Und auch alle anderen.

»Und wann hat Ephraim Burton dich dann zusammengeschlagen?«

Gideon straffte die Schultern. »Er hat mitbekommen, wie ich aus der Werkstatt gestürzt kam, und ist reingelaufen, um nach McPhearson zu sehen. Sein Schrei war so laut, dass ich ihn über das ganze Grundstück hören konnte. Wie ein verwundeter Bär.«

»Und wo warst du?«

»Ich hatte mich in Amos' Scheune versteckt.«

»Dem Mann deiner Mutter.«

»Genau. Ich wusste, wo er seine Schnitzmesser aufbewahrt. Amos war Tischler. Als Ephraim mit ein paar Männern hereingestürmt kam, habe ich mir eines davon geschnappt. Ephraim war McPhearsons bester Freund gewesen, deshalb hat er das Recht für sich in Anspruch genommen, ihn zu rächen.«

»Er wollte dich töten.«

»Genau. Und hätte es auch fast geschafft.«

Ihre Hand schloss sich fester um seine Finger. »Und hast du dich gewehrt?«

»Ja.«

»Aber getötet hast du ihn nicht.«

»Nein«, flüsterte er. »Allerdings habe ich es versucht.«

Sie löste sich von ihm. »Du hast ihm das Auge ausgestochen. Daher die schwarze Klappe.«

Er sah sie verblüfft an. »Woher weißt du …«

»Ich habe dein Gesicht gesehen, als du ihn wiedererkannt hast. Seine Augenklappe. Du hast ihm das angetan? Gut. Ich wünschte, du hättest ihm das Messer in den Hals gerammt, nicht bloß ins Auge.«

Blutrünstig, eindeutig. Er schüttelte den Kopf. »Offenbar hatte er den Anspruch auf McPhearsons Ehefrauen, weil McPhearson keine leiblichen Brüder hatte, die ihn hätten beerben können, zumindest nicht innerhalb der Gemeinschaft. Ephraim war zehnmal grausamer als McPhearson.«

»O Gott, die arme Eileen.«

Er nickte kläglich und musste gegen die aufsteigende Galle anschlucken. »Es ist mir ein Rätsel, wie sie diesem Mann entkommen sein soll. Aber offenbar hat sie es geschafft.«

»Weil ihr Medaillon außerhalb der Gemeinschaft gefunden wurde. Was wäre damit passiert, wenn sie gestorben wäre?«

»Es wäre eingeschmolzen und zu einem neuen Medaillon verarbeitet worden, oder aber eine andere Miriam hätte es bekommen.«

Abermals legte sie die Hand um seine Wange und strich mit dem Daumen über seinen Kinnbart. »Wie bist du entkommen?«

»Meine Mom hat mir geholfen«, flüsterte er. »Ich erinnere mich vage, wie Amos in die Scheune gelaufen kam, nachdem die Männer Ephraim zur Heilerin gebracht hatten. Ich glaube, Amos hat ernsthaft an die Werte der Gemeinschaft geglaubt. Meine Mutter war nicht direkt unglücklich mit ihm. Sie hat ihn angefleht, dass er mir bei der Flucht hilft. Am nächsten Tag, einem Samstag, sollte wie jede Woche jemand mit dem Lastwagen in die Stadt fahren, um Vorräte zu besorgen, die wir nicht selbst erzeugten, und um Gemüse und Güter zu verkaufen, die Männer wie Amos in ihren Werkstätten angefertigt hatten, außerdem Quilts und selbst gebackene Brote, all solche Dinge.«

»Du hast dich in dem Laster versteckt.«

»Ja. Meine Mutter ist mitgekommen. Ich kann mich nur dunkel erinnern, eher wie an einen Traum, wie sie mich in den Armen hielt und leise weinte, mir sagte, dass ich durchhalten und tapfer sein müsse, und dass … sie …« Sein Kiefer mahlte, und seine Augen brannten.

Daisy zog seinen Kopf an ihre Schulter und ließ sich aufs Sofa sinken, beide Arme fest um ihn geschlungen. »Dass sie dich liebt«, flüsterte sie. Er nickte und ergab sich seinen Tränen, während Daisy ihn festhielt und ihm schweigend übers Haar strich.

Sie sagte ihm nicht, dass alles wieder gut werden würde, dass er nicht weinen solle. Keine beschwichtigenden Laute, keine leeren Versprechungen. Stattdessen saß sie da und hielt ihn fest, bis er wieder atmen konnte.

Schließlich stieß er einen erschöpften Seufzer aus. »Es tut mir leid.«

»Muss es nicht«, murmelte sie dicht neben seinem Ohr.

»Rafe weiß von alldem nichts.«

»Von mir wird er es auch nicht erfahren, versprochen.«

»Das glaube ich dir.« Er war nicht sicher, warum, aber für ihn bestand nicht der Hauch eines Zweifels. »Ich muss mir das Gesicht waschen.« So sollte sie ihn auf keinen Fall sehen.

Eigentlich sollte er Scham empfinden, weil er sich so hatte gehen lassen, aber merkwürdigerweise tat er es nicht. Und auch das vermochte er nicht recht einzuschätzen.

»Gleich.« Sie strich ihm übers Haar. »Lass uns das hier vorher zu Ende bringen, damit du nie wieder darüber reden musst. Wie bist du zum Busbahnhof gekommen? Es war Redding, richtig?«

»So hat man es mir gesagt, als ich wieder zu mir gekommen

bin. Wie ich dort hingekommen war, wusste ich nicht. Offenbar hat mich ein Streifenpolizist gefunden. Meine Taschen waren leer, und Schuhe hatte ich auch keine an.«

»Du warst also ausgeraubt worden.«

»Das dachten zumindest die Cops. Ich wurde mit dem Hubschrauber ins UC Davis geflogen, wo es ein Traumazentrum gibt.«

Kurz hielt sie inne, dann nahm ihre Hand die Bewegungen wieder auf. »Weil du mehr tot als lebendig warst.«

»Genau.«

Sie schwieg so lange, dass er überlegte, ob er aufstehen sollte, doch es fühlte sich so wunderbar an, in ihren Armen zu liegen. Es war lange her, seit er zuletzt so etwas getan hatte. Er ließ sich noch ein wenig tiefer in die Umarmung sinken und schmiegte das Gesicht in die Kuhle zwischen ihrem Hals und ihrer Schulter. Und sie roch so gut.

»Du sagtest, du hättest nicht gewusst, wie du zum Busbahnhof gekommen bist«, sagte sie abrupt.

Er wollte sich nicht bewegen. »Was?«

»Du sagtest, du hättest es damals nicht gewusst, aber heißt das, du hast es später herausgefunden?«

Wieder konnte er nur staunen, was sie alles aus dem Wenigen herausgezogen hatte, das er sagte. Aber eigentlich war es nicht weiter erstaunlich, schließlich zeigte allein die methodische Art, wie sie das Puzzle gelegt hatte, wie ihr Gehirn arbeitete.

Ihr wirst du nie etwas vormachen können.

Wirst … Erst jetzt wurde ihm bewusst, dass er unwillkürlich die Zukunftsform gewählt hatte. Und die Tatsache, dass ihm auch das keinerlei Angst einjagte, war noch ein Punkt, den er nicht recht einzuordnen wusste. Darüber würde er sich irgendwann einmal Gedanken machen.

»Ja, später habe ich es herausgefunden. Meine Schwester Mercy konnte ebenfalls fliehen. Sie hat es mir erzählt.« Nach einigem Hin und Her. Ansonsten jedoch hatte er so gut wie nichts aus ihr herausbekommen.

Sein Kopf hob sich kurz, als sie Luft holte, und senkte sich wieder. »Aber nicht deine Mom?«

Er schüttelte nur den Kopf, als das Wort »Nein« nicht über seine Lippen kommen wollte.

»Es tut mir leid, Gideon. So unendlich leid«, sagte sie mit tränenerstickter Stimme. Sie beugte sich vor und küsste ihn auf die Stirn, wobei er die Nässe auf ihren Wangen spürte. »Danke, dass du es mir gesagt hast«, murmelte sie und ließ ihn los.

Wieder nickte er nur, weil er seiner Stimme nicht über den Weg traute. Er lag einfach nur da, halb auf ihr, den einen Arm um ihre Taille gelegt, die Wange zwischen ihren Brüsten. Er konnte sich nicht erinnern, sich jemals so ausgelaugt gefühlt zu haben. Und zugleich … so sicher.

Mittlerweile hatte sie zu summen begonnen, mit leiser, tiefer Stimme. Sexy. Aber zugleich auch voller Süße. Ein Schlaflied, registrierte er vage. »Lass einfach los, Gideon. Schlaf. Ich halte dich.«

Sie küsste seinen Kopf und strich zärtlich über seinen Bart. Er spürte, wie sein Kopf abschaltete, während der Rest seines Körpers allmählich zum Leben erwachte. Sie war so weich und kurvig und roch so verdammt gut. Er wandte den Kopf, um einen Kuss in ihre Handfläche zu drücken. Er sehnte sich nach ihr, wollte sie, doch dann war er auch schon eingeschlafen.

Sacramento, Kalifornien
Freitag, 17. Februar, 23.15 Uhr

»Hey, Trish, ist das nicht deine Freundin, diese Radiotante?«

Abrupt hob er den Kopf und löste den Blick von seinem Handydisplay, um zum Fernseher über der Bar zu sehen. Da war sie.

Eleanor Dawson. In dem Beitrag, den er gerade auf seinem Handy angesehen hatte, nur mit Ton.

In der Bar herrschte ohrenbetäubender Lärm, sodass er kaum seine eigenen Gedanken hören konnte, dabei musste er dringend nachdenken.

Vor allem, weil Eleanor Dawson irgendetwas von vermissten Nutten faselte.

Woher wusste sie davon? Und wer hatte es noch mitbekommen? *Verdammte Scheiße!* Am liebsten hätte er seinen Frust laut hinausgeschrien, verkniff es sich jedoch und drehte sich stattdessen so auf seinem Barhocker hin, dass er frontal auf den Bildschirm blicken konnte.

Niemand weiß etwas, sagte er sich. *Niemand ahnt, dass du die kleine Schlampe mitgenommen hast. Niemand ahnt, dass sie im Tiefkühler in deinem Keller liegt.* Und niemand wusste, dass er Miss Patzig am Flughafen in Colorado entführt hatte.

Niemand weiß etwas. Du bist sehr schlau vorgegangen, deshalb brauchst du dir keine Gedanken zu machen.

Niemand weiß etwas.

»Gibt es denn jemand Konkretes, der kürzlich aus der Stadt verschwunden ist?«, fragte die Reporterin, woraufhin Miss Dawson sie betrübt ansah.

»Ich bin sicher, Sie verfügen über Mittel und Wege, das selbst in Erfahrung zu bringen«, konterte sie.

Sie hat keine Ahnung. Denn wüsste sie etwas, säße er längst in einer Zelle.

Also entspann dich. Genieß dein Bier. Und dabei kannst du auch gleich herausfinden, wann ihre Freundin Feierabend macht. Denn er würde der armen Frau folgen und herausfinden, wo Eleanor wohnte.

Er runzelte die Stirn. *Moment mal. Radiotante?* Er startete das Video ein weiteres Mal auf seinem Handy und hielt es sich ans Ohr. *Aha. Da habe ich ihre Stimme also schon mal gehört.* Sie war die Moderatorin bei *The Big Bang with TNT*. Der sich heute Morgen wie der letzte Arsch benommen hatte.

Poppy Frederick, hatten die Reporter sie genannt. *Das ist sie.* Er fuhr auf seinem Hocker hoch. Vielleicht hatte er ja deshalb Eleanors Adresse nicht gefunden. Weil sie unter Poppy lief. Auch wenn Eleanor eigentlich der schönere Name war.

Egal. Er schaltete sein Handy aus, steckte es ein und widmete sich wieder seinem Bier. Bald würde er alles in Erfahrung bringen, was es über Eleanor Dawson alias Poppy Frederick zu wissen gab.

Alles würde gut werden.

12. KAPITEL

Sacramento, Kalifornien
Samstag, 18. Februar, 01.30 Uhr

Endlich machte die Kellnerin Schluss. Geschlagene zwei Stunden saß er bereits im Wagen auf der anderen Straßenseite und wartete auf sie. Er zog sich die Kapuze über den Kopf, stieg aus, schloss seinen Wagen ab und folgte ihr. Es goss immer noch wie aus Eimern, was jedoch ein Vorteil für ihn war, da die Kellnerin den Kopf gesenkt hielt und ihn nicht bemerkte.

Er wartete, bis sie ein Apartmentgebäude betrat, und registrierte erfreut, dass die Haustür nicht abgeschlossen war. Er blieb stehen und spähte durch die seitliche Scheibe, während sie in ihren Briefkasten sah und, immer noch mit gesenktem Kopf und mit ihrem schweren Rucksack über der Schulter, die Treppe hinaufschlurfte. Eilig schlüpfte er hinein und folgte ihr die drei Stockwerke hinauf. Schließlich wartete er, bis sie die drei Schlösser ihrer Wohnungstür aufgeschlossen hatte und sie aufschob.

Mit einem zusammengeknüllten Lappen in der Hand spurtete er die restlichen Stufen hinauf, schob die Frau in die Wohnung und presste ihr den Lappen auf den Mund, während er sie mit einem Arm umfing. Sie hatte noch nicht einmal Zeit zu schreien.

Eilig fesselte er ihre Hände und Füße mit Kabelbindern und rollte sie auf den Rücken. Ihre Augen waren schreckgeweitet. *Gut.*

»Also, es läuft folgendermaßen«, raunte er. »Sie werden mir jetzt sagen, wo Ihre Freundin wohnt. Sie wissen schon, die Blonde, mit der Sie gestern Abend unterwegs waren.«

Ihre Augen wurden noch größer.

»Nicken Sie, wenn Sie verstanden haben, was ich sage«, befahl er, worauf sie hektisch nickte. »Trish, stimmt's?«

Wieder ein Nicken. Ihre Augen füllten sich mit Tränen.

Aber das kannte er von Sydney. Es hatte nichts zu bedeuten. Tränen konnten auch manipulativ sein. Er hatte gelernt, sich nicht davon weichkochen zu lassen, stattdessen schürten sie nur seinen Zorn. Er hockte sich neben sie, ließ sein Messer aufspringen und drückte ihr die Klingenspitze gegen den Hals. Vorsichtig nahm er den Knebel aus ihrem Mund, bereit, ihn beim geringsten Laut zurückzustopfen.

»Wo wohnt sie?«

»Ich weiß es nicht«, krächzte Trish. »Ehrlich.«

»Sie sind doch dickste Freundinnen. Und Sie waren noch nie bei ihr zu Hause? Kein einziges Mal? Erwarten Sie ernsthaft, dass ich Ihnen das glaube?« Er drückte ein bisschen fester zu. Sie schrie auf. »Los, raus mit der Sprache.«

»Ich weiß es nicht«, beharrte sie, doch er wusste, dass sie log. Er sah es ihnen an. Immer.

Denn sie logen immer.

Er drückte ihr den Knebel wieder in den Mund, schnappte sich ihre Handtasche und kippte den Inhalt auf den Boden. Ihr Handy war nicht gesperrt, sodass er die Kontakte öffnen konnte. Keine Eleanor Dawson. Aber eine Daisy Dawson.

Neben ihrem Namen stand nur eine Telefonnummer, keine Adresse.

Er rief das Anrufprotokoll auf. Wenige Stunden vor dem Überfall am Donnerstag hatte Daisy Trish angerufen, die einzigen Nachrichten an diesem Tag drehten sich jedoch um das AA-Meeting im Bürgerzentrum.

Er blickte auf die gefesselte Frau am Boden, der die Tränen unter den geschlossenen Lidern hervorquollen. Deshalb waren sie und die Blonde also im Bürgerzentrum gewesen. Die Anonymen Alkoholiker.

Hätte ich das vorher gewusst, dann hätte ich ein Fläschchen Schnaps mitgebracht. Nur als kleine Versuchung.

Vielleicht hatte sie ja irgendwo einen Vorrat versteckt. Manche Alkoholiker taten das. Er ging in die Küche, durchsuchte Schränke und eine kleine Kammer nach einem Notvorrat, als sein Blick auf einen Flyer mit dem körnigen Foto einer Frau am Kühlschrank fiel.

Das war sie. Poppy Frederick alias Eleanor alias Daisy Dawson. Er beugte sich vor. Der Flyer warb für eine Tieradoptionsaktion, bei der Daisy quasi als Gastgeberin bei *Barx and Bonz*, einer Zoohandlung, fungieren sollte. Heute zwischen zehn und vierzehn Uhr wäre sie persönlich anwesend.

Dann eben so. Erleichterung durchströmte ihn. Damit wäre das erst mal vom Tisch, und er konnte zu Ende bringen, was er am Donnerstagabend begonnen hatte, als er wutentbrannt in diese Bar gestolpert war, weil Paul die Firma einfach verkaufen wollte.

Als er diese Schlampe hinter der Bar das erste Mal gesehen hatte, die viel netter zu ihm hätte sein sollen.

Sacramento, Kalifornien
Samstag, 18. Februar, 03.05 Uhr

Er verlangsamte seine Schritte und zerrte an Mutts Leine, um ihn ein wenig anzutreiben. Denn sie hatten ihr Ziel erreicht. Ein hübsches Stadthaus im viktorianischen Stil in Midtown.

Trish hatte Daisys Anschrift nicht preisgeben wollen, sondern bis zum bitteren Ende behauptet, nicht zu wissen, wo ihre Freundin wohnte. Eine geradezu bewundernswerte Loyalität.

Zu schade, dass sie sich am Donnerstag so unverschämt benommen hatte. Ihr bitteres Ende hatte sich in der Tat als bitter entpuppt. Und er fühlte sich so viel besser.

Die Glücksfee hatte ihm die Hand gereicht. Und zwar gleich zwei Mal.

Das erste Mal, als er eine Pause eingelegt und vom Sofa aus zugesehen hatte, wie sie sich am Boden wand. Um ihr Gelegenheit zu geben, ihre Lüge zu überdenken, dass sie nicht wusste, wo Daisy wohnte.

Er hatte sich ihren Rucksack geschnappt, um herauszufinden, weshalb er so schwer war. Er war voller Bücher gewesen. Offenbar hatte sie studiert oder eine Ausbildung gemacht. Er hatte die Bücher einzeln herausgenommen und auf den Couchtisch neben einen Stapel Zeitschriften gelegt. Eigentlich hatte er schon gewusst, welche Trophäe er mitnehmen würde, allerdings fanden sich manchmal die tollsten Andenken in den Tiefen der Handtaschen der jungen Frauen – oder in ihren Rucksäcken.

Leider bescherte ihm Trishs Rucksack außer den Büchern nicht viel mehr als ein paar Stifte, deshalb warf er ihn zur Seite.

Dabei war ihm etwas aufgefallen.

Eine Zeitschrift auf dem Couchtisch. Doch nicht der Promi auf dem Titelblatt hatte seine Aufmerksamkeit erregt, sondern das Adressetikett. Eleanor Dawson. Mit einer Adresse. Und nun stand er vor dem hübschen kleinen Stadthaus.

Das – dies war der zweite glückliche Umstand – sich gerade einmal drei Blocks von seinem eigenen Haus entfernt befand.

Er hatte die Zeitschrift mit nach Hause genommen, das Adressetikett abgerissen und sie dann in den Kamin geworfen. Niemand sollte wissen, dass er Daisys Anschrift kannte, sonst würden sie nur die Sicherheitsvorkehrungen verschärfen.

Er ließ den Blick an dem Haus hinaufschweifen. So eines hatte er sich immer gewünscht, allerdings waren sie viel zu teuer. Vor diesem hier gab es drei Briefkästen, das hieß, es war in einzelne Wohneinheiten aufgeteilt. Daisys Briefkasten war die 1. Stand die Zahl für das Erdgeschoss? Das wäre praktisch. Er konnte es nicht ausstehen, durch ein Fenster im ersten oder zweiten Stock klettern zu müssen.

In diesem Moment hielt ein Wagen vor dem Haus. Er wandte sich ab und tat so, als sei er mit Mutt beschäftigt, doch über die Schulter erhaschte er einen Blick auf eine junge Frau, die aus dem Wagen stieg und die Treppe hinauftrabte. Sie war groß und schlank, mit einem langen blonden Pferdeschwanz. Nicht Daisy. Ihre Bewegungen hatten etwas Aggressives, obwohl sie eindeutig betrunken war.

Außerdem sang sie aus voller Kehle. Queen. »Bohemian Rhapsody«. So falsch, dass ihn ein Schauder überlief. Ihre Serenade fand jedoch ein abruptes Ende, als sie die Tür aufschloss, »Sasha ist wieder zu Hause« trompetete und die Tür hinter sich zuschlug.

Er war versucht, durchs Fenster zu spähen, ob Daisy in ihrem Apartment war, fürchtete jedoch, dass die betrunkene Sängerin das ganze Haus aufgeweckt hatte. Dass sie die Polizei rief, weil sich ein Spanner vor der Tür herumdrückte, war so ziemlich das Letzte, was er riskieren wollte.

Er zog an Mutts Leine. »Komm, Mutt. Gehen wir nach Hause.«

Sacramento, Kalifornien
Samstag, 18. Februar, 04.00 Uhr

Daisys Nacken schmerzte ein wenig, als sie langsam zu sich kam. Sie war auf dem Sofa eingeschlafen, doch es störte sie nicht sonderlich – denn Gideons Körper lag auf ihrem, und sein Atem wärmte ihre Brust. Aus einem Impuls heraus schloss sie die Arme um seine breiten Schultern, doch er rührte sich nicht.

Sie brauchte nicht auf die Uhr zu sehen, um zu wissen, dass es etwa vier Uhr sein musste. Innerhalb von nur einer Woche nach ihrem ersten Tag bei der Morgensendung hatte sich ihr Körper daran gewöhnt, wohingegen Tad, der seit fünf Jahren dabei war, jeden Morgen über die unchristliche Zeit jammerte. Nun allerdings fragte sie sich, ob es ein Trick gewesen war, sie dazu zu bringen, sich ebenfalls zu beklagen, damit er sie bei der Chefredaktion anschwärzen konnte.

Was für ein Idiot. Die Lüge zu verbreiten, sie hätte den Überfall bloß erfunden, um die Quoten hochzutreiben. *Drecksack.*

Doch sie würde jetzt nicht über diesen Mistkerl nachdenken. Nicht mit dem schlafenden Gideon Reynolds in den Armen.

Gideon. *O Gott.* Was hatte der Mann nur durchgemacht. Allein beim Gedanken daran, wie ihm die Stimme versagt und er an ihrer Schulter geweint hatte, wurde ihre Kehle eng. Als Dreizehnjähriger in einem Krankenhaus aufzuwachen, ganz allein und schwer verletzt …

Er muss unglaubliche Angst gehabt haben. Ihr blutete das Herz.

Und dann wich der Schmerz in ihrem Herzen lodernder Wut, als sie an die Männer dachte, die seine Familie so brutal gequält hatten. Und Eileen. Sie wünschte, sie bekäme die Typen in die Finger. Um ihnen unter Schmerzen die Antworten zu entlocken, die sie Gideon gern geben wollte.

Wo war Eden? Wo steckte Ephraim Burton? Wie viele Männer hatten danebengestanden und zugesehen, wie Ephraim einen Jungen halb zu Tode prügelte? Aber natürlich mussten sie zuerst Eileen finden. Vielleicht konnte sie ihnen ja Näheres dazu sagen, wo Eden sich heute befand. *Ich hoffe, dass ihr die Flucht gelungen ist. Hoffentlich. Ich bete, dass sie in Sicherheit ist.*

Und wenn sie sie nicht fanden? Niemals? Wenn sie noch am Leben war, hatte sie sich bestimmt bewusst des Medaillons entledigt, um die Gemeinschaft so weit hinter sich zu lassen, wie sie nur konnte. *Ich würde das jedenfalls wollen.* Höchstwahrscheinlich war sie irgendwo untergetaucht.

Auch Gideons Schwester war geflohen, allerdings vermutete Daisy, dass sie nicht wusste, wo sich Eden befand, sonst hätte Gideon die Sekte längst ausfindig gemacht und die Gewalttäter der Polizei gemeldet. Abgesehen davon gab es niemanden, den sie fragen konnten.

Es sei denn … Sie blinzelte. Was, wenn es noch mehr Mitglieder gab, die entkommen waren? Von denen Gideon nichts wusste?

Wie würden sie einander in der echten Welt denn finden?

Abwesend streichelte sie ihm über das Haar, das sich wie Seide zwischen ihren Fingern anfühlte. Eine Sekte wie Eden würde niemals zulassen, dass ihre Mitglieder mitbekamen, wie man fliehen konnte. Sie fragte sich, wie die Anführer der Gemeinschaft Gideons plötzliches Verschwinden erklärt haben mochten.

Wahrscheinlich hatten sie behauptet, er sei gestorben.

Aber wohin würden die Menschen nach ihrer Flucht gehen?

So weit weg, wie sie nur können, war ihr erster Gedanke. Auf Gideon traf das nicht zu. Stattdessen war er in Nordkalifornien geblieben und hatte sich nach einigen Jahren hierher zurückversetzen lassen.

Um in der Nähe der Sokolovs sein zu können, hatte er behauptet, und Daisy glaubte ihm.

Aber er sucht auch nach ihnen, dachte sie. Dessen war sie sich ziemlich sicher. Ein Mann wie Gideon konnte nicht zulassen, dass so etwas Grauenvolles weiterhin existierte. Was erklärte, weshalb er sich so für Daisys Angreifer interessierte. Das Medaillon war ein Hinweis, vielleicht der erste überhaupt, den er hatte.

Und sollte dieser ins Leere führen, galt es, auf Plan B zurückzugreifen: Weitere Hinweise suchen. Weitere Medaillons, weitere Tattoos. *Eine Jagd.*

Erregung durchströmte sie, als sie sich vorsichtig unter ihm hervorschälte. So verführerisch die behagliche Wärme seines Körpers auch sein mochte, Daisy liebte die Jagd.

Er gab ein Brummen von sich und schloss den Arm fester um sie, wachte jedoch nicht auf. Behutsam löste sie seine Hand um ihre Taille und küsste seine Fingerknöchel, ehe sie sich vorsichtig zur Seite rollte und ihn aufs Sofa zurückschob. Sie ging in den Schlafbereich, um ein Kissen und eine Decke zu holen, damit er es etwas bequemer hatte.

Er war wunderschön, dachte sie und strich mit den Fingerspitzen über seinen weichen Bart, ehe sie sich vorbeugte und ihm einen Kuss auf die Schläfe drückte – wobei sie wünschte, es wäre sein Mund.

Da war etwas zwischen ihnen. Chemie oder wie man es auch immer nennen wollte. Fest stand, dass sie die Fähigkeit besaß, ihn zu besänftigen. Und umgekehrt. Natürlich kam sie auch allein zurecht, trotzdem war es so viel schöner, es ausnahmsweise einmal nicht tun zu müssen.

So schön, jemanden an ihrer Seite zu haben, wenn man durch den Regen spazierte, selbst wenn sie gezwungen gewesen waren, sich gegen lästige Reporter zur Wehr zu setzen.

So schön, in einem Moment der Schwäche starke Arme um sich zu spüren, die sie hielten, und zu wissen, dass er ihr genug vertraute, um sie dasselbe tun zu lassen. Das war das größte Geschenk gewesen – dass Gideon ihr seine Lebensgeschichte anvertraut hatte, seinen Schmerz.

Sie würde alles tun, um ihm zu helfen. Und vielleicht dafür ihre investigativen Kenntnisse anwenden, die sie während ihres Journalistikstudiums gelernt hatte, auch wenn es gefühlt eine Ewigkeit her war.

Sie setzte sich mit ihrem Laptop in den Sessel, rief den Browser auf, gab *Tattoo Olivenbaum Engel mit flammendem Schwert* ins Suchfenster ein und drückte mit einem Stoßgebet auf ENTER.

13. KAPITEL

Sacramento, Kalifornien
Samstag, 18. Februar, 06.15 Uhr

Gideon schreckte aus dem Schlaf hoch. Reflexartig wanderte seine Hand zu seiner Hüfte. Sein Herzschlag setzte aus. *Sie ist weg.* Seine Waffe war verschwunden. Und es war dunkel.

Und er hatte eine hammermäßige Erektion.

Seine Gedanken überschlugen sich. *Wo bin ich?* Er lag auf einem Sofa, mit einer leichten Decke über sich und einem behaglichen Kissen unter dem Kopf. Abrupt richtete er sich auf, wobei die Decke auf seinen Schoß rutschte.

»Sie liegt auf dem Couchtisch.«

Die rauchige Stimme war wie eine Liebkosung, besänftigte seinen hämmernden Puls, ließ zeitgleich allerdings seinen Schwanz noch härter werden. *Daisy.* Er war, mit seiner Waffe im Holster, einfach eingeschlafen. So etwas passierte ihm sonst nie.

Ich halte dich fest, hatte sie ihm ins Ohr geflüstert, bevor er weggedämmert war.

Er war allen Ernstes eingeschlafen. Auf ihr. Auch das war ein Novum. Seit seiner Flucht aus Eden hatte er nur eine Handvoll Male in der Gegenwart anderer Menschen geschlafen und stets allein in seinem Bett. Es hatte Jahre gedauert, bis er sich daran gewöhnt und in dem zweiten Bett in Rafes Zimmer wirklich Ruhe gefunden hatte. Danach hatte er lediglich mit seinen Zimmergenossen während der Ausbildung in Quantico oder Kollegen im Zuge von Observierungsaktionen oder Einsätzen den Raum geteilt.

Die Frauen in seinem Leben hatte er niemals eingeladen, über Nacht zu bleiben. Daraus hatte er auch nie ein Geheimnis gemacht, sondern dergleichen von vornherein mit geradezu brutaler Offenheit ausgeschlossen. Zwar hatte die eine oder andere sich mehr gewünscht, die meisten jedoch hatten sich mit dem zufriedengegeben, was sie von ihm bekommen konnten. Und wenn sie nicht länger zufrieden gewesen waren, hatte die Affäre geendet, und jeder war seiner Wege gegangen. Keiner war je zu Schaden gekommen. Und meistens hatte es noch nicht einmal böses Blut deswegen gegeben.

Daisy Dawson dagegen kannte er noch keine achtundvierzig Stunden und war in ihren Armen eingeschlafen. *Auf* ihr. Er hatte ihr sein Herz ausgeschüttet. Und sich an ihrer Schulter ausgeweint.

Eigentlich sollte er sich dafür schämen, doch aus irgendeinem Grund tat er es nicht. Allenfalls war er leicht … beunruhigt. Mit einer, wie er hoffte, unauffälligen Bewegung rückte er seine südlichen Gefilde zurecht, ehe er die Decke wegschob und die bestrumpften Füße vom Sofa schwang. Seine Waffe lag auf dem Couchtisch, seine Schuhe hatte sie säuberlich nebeneinander darunter gestellt.

Sie saß mit angezogenen Beinen in einem dick gepolsterten Sessel, der zu seinen Zeiten noch nicht zum Mobiliar gehört hatte, ihr hübsches Gesicht war vom Schein des Laptops erhellt. Brutus lag leise schnarchend auf der Lehne.

»Wie spät ist es?«, fragte er und rieb sich den Nacken. Das Kissen war nicht übel, wenn auch kein Vergleich zu ihren weichen Brüsten an seiner Wange.

»Viertel nach sechs.«

»Wow. Dann habe ich aber lange geschlafen.«

Sie lächelte. »Offenbar hast du es gebraucht.«

Vermutlich. Ihr seine Geschichte zu erzählen, hatte ihn völlig ausgelaugt, und in der Nacht zuvor hatte er kein Auge zugetan, weil ihm das Gespräch mit Special Agent Molina ständig durch den Kopf gegangen war. Außerdem hatte ihn die Frage beschäftigt, wie Daisy ihn dazu gebracht hatte, Details preiszugeben, die er eigentlich viel lieber für sich behalten hätte. »Hast du überhaupt nicht geschlafen?«

»Doch. Ich bin aber aufgewacht, als Sasha nach Hause gekommen ist und aus vollem Hals ›Bohemian Rhapsody‹ geschmettert hat.«

Er lachte. »Dann war sie betrunken.«

Im Schein des Laptopbildschirms sah er, wie sie die Augen verdrehte. »Nur im angeschickerten Zustand trifft sie den hohen Ton. Danach bin ich wieder eingeschlafen, allerdings wache ich jeden Tag gegen vier auf, selbst an den Wochenenden. Wochentags muss ich um fünf im Sender sein, aber auch wenn ich freihabe, versuche ich, meinen Schlafrhythmus beizubehalten, sonst ist es montagmorgens die Hölle. Aber ich lege mich später noch mal hin, nach der Adoptionsaktion in der Zoohandlung.«

Er runzelte die Stirn. »Genau. Die findet ja heute statt.«

Sie zog die Brauen hoch. »So ist es. Wieso runzelst du so die Stirn?«

»Weil ich nach Redding muss, zum Busbahnhof.«

Sie wurde ernst. »Richtig. Um nach Eileen zu suchen. Ich kann ja Rafe fragen, ob er mich begleitet. Oder Damien oder Meg.«

Rafes ältester Bruder Damien war Polizist in West Sac, seine Schwester Meg arbeitete im Büro des Sheriffs. Doch so akzeptabel ein Sokolov-Cop als Ersatz auch sein mochte, er wollte nicht, dass jemand seinen Platz einnahm.

Sondern er wollte derjenige sein, der auf sie aufpasste. Was lächerlich war. Aber die Wahrheit.

Sein Handy steckte immer noch in seiner Tasche. Offenbar hatte sie sich nicht getraut, ihm mehr als die Schuhe auszuziehen und das Holster abzuschnallen. Dass er nichts davon mitbekommen hatte, war ein klares Zeichen für seine tiefe Erschöpfung.

Vielleicht auch für mein Vertrauen zu ihr.

Er checkte seine E-Mails und fand die Antwort, auf die er gewartet hatte, wenngleich sie nicht so ausfiel, wie er es sich wünschte. Gleichzeitig aber schon, weil er Daisy nicht allein lassen wollte. Was genauso lächerlich war. Frustriert seufzte er.

»Was ist?«, fragte sie.

»Ich habe einem Freund in Philly eine Mail geschickt. Er hat als Zeichner für das dortige FBI-Büro gearbeitet, woher wir uns auch kennen, und war so nett, einen Blick auf Eileens Foto zu werfen.«

»Damit er eine Alterungsskizze von ihr anfertigen kann. Gute Idee. Und was sagt er?«

»Dass er sie leider erst heute Nachmittag fertigstellen kann, allerdings will ich mich in Redding nicht ohne eine aktuellere Skizze von ihr umhören, für den Fall, dass sie erst kürzlich entkommen ist.«

»Ich kann ja bei der Adoptionsaktion früher Schluss machen«, schlug sie vor. »Vielleicht schaffen wir es, schon dort zu sein, wenn du das Bild bekommst.«

Er schüttelte den Kopf. »Das ist nicht nötig. Der Fahrkartenschalter schließt um dreizehn Uhr, und die Fahrt dauert etwa zweieinhalb Stunden, deshalb schaffen wir es nicht mehr rechtzeitig heute. Wir müssen bis morgen warten, und das heißt, wir können schon heute jederzeit nach der Adoptionsaktion losfahren.«

Im trüben Schein des Laptops sah er ihre Augen leuchten. »Das heißt, du nimmst mich wirklich mit? Ich dachte, du sagst« – sie senkte die Stimme zu einem rauen Befehlston –, »›Auf keinen Fall, du bleibst hier!‹«

Er lachte. »Nein, wahrscheinlich bist du an meiner Seite sicherer, als wenn du allein hierbleibst.«

Dass die Sokolovs sie keine Sekunde aus den Augen lassen würden, blieb unausgesprochen.

Ihr Lächeln verflog, als sie ihn im Halbdunkel musterte. »Hast du der Polizei jemals erzählt, was passiert ist, nachdem du in dem Krankenhaus zu dir gekommen bist?«

Er hielt inne. Eine eisige Kälte breitete sich in seinem Innern aus. Womit sich auch seine Erektion endgültig erledigt hatte. »Ja, aber sie konnten nichts finden. Ich wusste ja nicht genau, wo sie waren, und die Cops waren natürlich nicht bereit, eine groß angelegte Helikoptersuche nach einer Gemeinschaft durchzuführen, von der noch nie jemand gehört hatte, bloß weil ein verprügelter Teenager behauptet, es gäbe sie. Ich habe ihnen erzählt, dass die Siedlung Eden heißt. Allerdings habe ich das Wort *Sekte* damals noch nicht verwendet, weil mir nicht bewusst war, dass es genau das war. Ich denke, der Detective hat mir geglaubt, allerdings meinte er, es gäbe in der Nähe keinen Ort mit diesem Namen. Sie würden zwar jemanden losschicken, der sich umsieht, aber …« Er zuckte die Achseln.

»Also hast du dich selbst aufgemacht«, meinte sie. Eine Feststellung, keine Frage.

»Du scheinst dir ja sehr sicher zu sein.«

»Bin ich auch. Du würdest nicht zulassen, dass deine Mutter und deine Schwester leiden müssen, wenn du es verhindern kannst. Ich gehe davon aus, dass du sie auch nicht finden konntest.«

»So ist es«, bestätigte er. Dass sie ihm diese Loyalität zutraute, berührte ihn. »Seit siebzehn Jahren suche ich nach ihnen. Ich weiß nur, dass man von dort aus den Mount Shasta in der Ferne sehen kann.«

Sie schnitt eine Grimasse. »Das macht die Suche nicht gerade leichter, was? An einem klaren Tag sieht man den Berg aus hundertfünfzig Kilometern Entfernung.« Sie runzelte die Stirn. »Das sind locker siebzigtausend Quadratkilometer als Suchgebiet. Was ist mit dem Berg? In welcher Richtung ist die Sonne auf- oder untergegangen? Das grenzt es wenigstens ein bisschen ein.«

Er hasste es, das Ganze noch einmal durchzukauen. Aber für sie würde er es tun. »Die Gemeinschaft ist im Lauf der Jahre immer wieder weitergezogen. Als ich geflohen bin, befand er sich westlich von uns, aber sie könnten den Ort noch einmal gewechselt haben, bevor die Cops mit ihrer Suche angefangen haben.«

»Was ist mit Satellitenaufnahmen?«

Er schüttelte den Kopf. »Ich habe Stunden darüber gebrütet und die Fotos verglichen, die einzelnen Jahreszeiten, Jahr um Jahr, aber nichts gefunden, was auf Siedlungen hindeutet, die nicht längst auf Karten verzeichnet sind.«

»Dann haben sie sich getarnt«, murmelte sie.

»Das glaube ich auch«, sagte er. »Die Häuser waren klein, nur wenige Zimmer. Einige hatten einen Dachstuhl, wo die Kinder geschlafen haben.«

»Ein bisschen wie bei *Unsere kleine Farm*«, meinte sie ironisch. »Nur mit Versklavung, Polygamie und Pädophilie.«

Er hätte beinahe gelächelt. »Genau.«

»Könnten sie die Häuser unter die Erde verlegt haben?«

»Inzwischen wäre es möglich. Damals nicht. Es waren ganz einfache Holzhäuser mit einem Betonfundament. Sie haben sie einfach abgerissen, die Holzbalken mitgenommen und an anderer Stelle wieder aufgebaut.«

»Und die Fundamente lassen sich leicht mit Erdreich zuschütten. Wie viele Häuser waren es? Und standen sie eng beisammen?«

»Zwanzig, fünfundzwanzig vielleicht, die alle sehr eng beisammenstanden. Meine Mutter hat sich immer beschwert, wenn man sich von der Nachbarin eine Tasse Zucker borgen wollte, bräuchte man bloß die Hand aus dem Fenster zu strecken.«

Daisy zuckte die Achseln. »Die Häuser könnte man also ohne Weiteres unter einem Tarnnetz verbergen. Die Gegend ist dicht bewaldet, eine riesige Wildnis mit massenhaft immergrünen Bäumen.«

»Kennst du die Gegend?«, fragte er überrascht.

Sie nickte. »Unsere Farm war nur ein paar Stunden von dort entfernt. Zeigst du mir später mal deine Karte?«

»Welche Karte?«

»Die, auf der du alle Orte abgehakt hast, die du ausschließen kannst.«

Wieder schien sie überzeugt davon zu sein, dass er so etwas besaß. Was stimmte. »Sie ist bei mir zu Hause. Wir können vorbeifahren und sie holen.«

Sie lächelte. »Ich darf dein Haus sehen?«

Die Vorstellung erfüllte ihn mit gespannter Erregung. Er war sehr stolz auf all die Renovierungen, die er selbst vorgenommen hatte. »Willst du das?«

»Ja. Will ich.« Sie legte den Kopf schief und kniff die Augen zusammen. »Erinnert sich deine Schwester an irgendwelche Details ihrer Flucht?«

Wieder zog sich sein Magen zusammen, und er holte scharf Luft. »Nein.«

»Es steht dir nicht zu, es zu erzählen?«, fragte sie.

»Genau. Tut mir leid.«

»Schon gut, Gideon. Kannst du mir wenigstens verraten, wie alt sie war?«

»Dreizehn.«

»Dann wäre sie bereits seit einem Jahr verheiratet gewesen.«

Er schluckte. »Ja.«

»Okay«, sagte sie leise. »Den Rest kann ich mir vorstellen.« Mit liebevoller Hingabe streichelte sie Brutus' weiches Fell – ein Anblick, von dem Gideon sich nicht losreißen konnte. Er wünschte, er könnte den Platz der kleinen Hündin einnehmen und in den Genuss ihrer Zuwendung kommen. Noch einmal. Denn er hatte sehr wohl mitbekommen, wie sie sein Haar, seinen Bart, seinen

Rücken gestreichelt hatte, bevor er eingeschlafen war. So sanft. Und schöner als alles, was er bisher erlebt hatte.

»Gideon?«

Er zwang sich, den Blick von ihrer Hand in Brutus' Fell zu lösen und sie anzusehen. »Ja?«

»Ich habe dich gefragt, ob du mit anderen Personen gesprochen hast, die aus Eden geflohen sind.«

Ihm blieb der Mund offen stehen. »Was?«

»Andere Menschen aus Eden. Hast du Kontakt mit ihnen aufgenommen?«

Ihre Frage fühlte sich wie ein Schlag in die Magengrube an. Er schüttelte den Kopf. »Es gab keine anderen. Nur mich und Mercy. Und jetzt Eileen.«

Sie löste sich aus ihrer Sitzposition, dehnte die Beine, setzte sich dann neben ihn und stellte den Laptop auf den Couchtisch. »Ich habe zwei gefunden. Jungen. Na ja, inzwischen sind es junge Männer.«

Er starrte sie fassungslos an. »Aber wie hast du das angestellt?«

Sie warf ihm einen vielsagenden Blick zu. »Ich bin studierte Journalistin, Gideon, und habe gelernt, wie man recherchiert. Und so schwierig war es nicht. Sondern nur ein klein wenig zeitaufwendig.«

»Du bist seit zwei Stunden wach.«

Ihr Blick wurde weich. »Und du bist ein FBI-Agent, der seit siebzehn Jahren in Freiheit lebt?«

»Äh … ja.«

»Hast du jemals nach anderen gesucht … nach Geflohenen oder Überlebenden oder wie auch immer man sie bezeichnen möchte?«

»Ja, viele Male. Nach Tattoos wie meinem eigenen und nach Medaillons wie dem meiner Schwester, aber ich habe nie etwas gefunden.«

»Na gut.« Sie schloss die Finger um seine Hand, die auf seinem Schenkel lag. »Ich weiß, dass du mir Mercys Geschichte nicht erzählen kannst, und ich werde dich auch nicht mehr danach fragen. Aber hat sie dir jemals erzählt, wie sie dein Verschwinden erklärt haben?«

»Ja.« Das war eines der wenigen Details gewesen, die sie ihm tatsächlich erzählt hatte. »Pastor hat ihnen erzählt, ich sei auf McPhearson losgegangen und hätte ihn ermordet, und deshalb hätten sie mich zur Strafe verbannt.«

»Und was genau bedeutete das?«

»Sie hätten mich in den Wald geschleppt, mich an einen Baum gefesselt und zum Sterben zurückgelassen. Von den wilden Tieren angefallen und aufgefressen.«

Daisy schnappte entsetzt nach Luft. »Gütiger Gott.«

Er zuckte die Achseln. »Pädophilie galt als absolut akzeptabel. Mord dagegen nicht.«

»Wurde …« Sie zögerte. »Haben sie deine Mutter bestraft, weil sie dir zur Flucht verholfen hat?«

Ja. Er senkte den Kopf, als ihn ein heftiger Schmerz durchfuhr. *Es tut mir so leid, Mama.* »Wie hast du die beiden anderen Geflohenen aufgestöbert?«, fragte er mit heiserer Stimme.

Unvermittelt stiegen ihr die Tränen in die Augen, weil er ihre Frage beantwortet hatte, ohne tatsächlich ein Wort zu sagen. »Ich habe in den nordkalifornischen Zeitungen nach Teenagern mit Tattoos gesucht und eine allgemeine Suche nach Tattoos mit Olivenbäumen und einer Referenz zu Eden durchgeführt.« Sie verzog das Gesicht. »Allerdings gibt es unglaublich viele Tattoos mit Olivenbaummotiven.«

»Also hast du manuell gesucht … quasi mit den Augen.« Er stieß den Atem aus, als sie ihn angrinste.

»Mit den Augen?« Sie lachte leise.

»Ich weiß, dass das absurd klingt. Ich meinte, ob du eine Software für die Detailsuche auf Fotos hast?« Er hatte nämlich genau so etwas verwendet und war trotzdem auf nichts gestoßen.

»Nein, keine Software, sondern ich habe tatsächlich ›manuell‹ mit den Augen gesucht. Ich kann mich schneller auf etwas fokussieren als die meisten Menschen.«

»Und über einen längeren Zeitraum hinweg«, murmelte er und dachte daran zurück, wie sie tags zuvor stundenlang in das Puzzle versunken gewesen war. Er richtete sich abrupt auf und blickte auf den Bildschirm. »Zeig mir doch, was du gefunden hast.«

»Noch habe ich ihren Wohnort nicht aufgestöbert, und einer von ihnen könnte auch seinen Namen geändert haben. Aber die Links kann ich dir per Mail schicken.«

»Bitte«, sagte er leise. Er konnte nur hoffen, dass tatsächlich noch anderen die Flucht gelungen war. Jeder Geflohene war einer mehr, der einem Leben in dieser Hölle entkommen war.

Sacramento, Kalifornien
Samstag, 18. Februar, 06.30 Uhr

Mutt schüttelte sich, als sie das Haus betraten, schlappte zu seinem Bett und rollte sich mit einem verdrossen klingenden Brummen zusammen. Er ging gern Gassi, aber vielleicht nicht solche Strecken. Sie hatten den Weg zu Daisys Haus noch zwei weitere Male zurückgelegt.

Sie war zu Hause – beide Male hatte in ihrem Apartment Licht gebrannt. Aber auch im zweiten Stock waren die Fenster erhellt gewesen, hinter denen er eine Männergestalt ausgemacht hatte. Deshalb hatte er nicht noch einmal versucht, sich dem Haus zu nähern. Einzubrechen und sich Daisy Dawson zu schnappen, war keine Option, vor allem nicht, wenn ihr Schrei die Aufmerksamkeit anderer Bewohner erregen könnte.

Natürlich war er versucht gewesen, seinen Wagen in der Nähe ihres Hauses abzustellen und zu warten, bis sie herauskam, doch die Nachbarschaftswache hielt besonders nach Autos Ausschau, die nicht den Anwohnern gehörten. Gassigänger waren prinzipiell weniger verdächtig, allerdings war Mutt zu müde für eine weitere Runde.

Und ich auch. Zuerst der Flug nach Vail und Zandras Transport in seinen Keller, ehe er zu Trish Hart gefahren war. *Dazu noch der Abend mit Sydney*, dachte er erschaudernd. Immerhin hatte ihm die Episode mit Trish geholfen, sich zu sammeln und wieder einen klaren Gedanken fassen zu können.

Und unter dieser Prämisse hatte er die Operation *Sturz des Alten* begonnen. Mit Manilows Säuselstimme im Hintergrund saß er auf dem Bett und ging Fotos und Dokumente durch, die er zwischen seinen Runden mit Mutt sortiert hatte. Schon lange sammelte er Material über die Affären des Alten. Seit *Jahren*. Viel relevanter waren jedoch die Beweise seiner Machenschaften mit den Drogenkartellen. Er hatte Fotos, Briefe und sogar Tonbandaufnahmen von Telefonaten (irgendwann hatte er Pauls Telefon verwanzt) in seinem Besitz, die allesamt zeigten, dass der Alte seine Charterflugzeuge für den Transport von Drogen nutzte. Er war ziemlich sicher, dass etwas darunter war, womit er sich unter Druck setzen ließe. Etwas, das ihm seinen Job sicherte.

In Wahrheit jedoch wünschte er sich, dass Paul sein Versprechen einlöste: ihm die Firma zu übergeben, wenn er sich nur genug anstrengte. *Die Firma sollte mir gehören.*

Er brauchte das Gehalt. Und die Flugzeuge. Wie sollte er sonst seine Gäste unbemerkt herschaffen? Keiner hatte bisher etwas bemerkt. Keiner wusste von den weiblichen Gästen in seinem Haus. Diese Entführungen, über einen längeren Zeitraum hinweg und in zahlreichen Städten in die Tat umgesetzt, waren unbemerkt geblieben, sollte er jedoch gezwungen sein, seine Jagd auf die nähere Umgebung zu reduzieren, ergäbe sich sehr schnell ein Muster, das die Polizei bemerken und verfolgen würde. Vermutlich mit Erfolg.

Er verstaute die Unterlagen jeweils in einzelne Plastiktüten, um sie nicht noch einmal sortieren zu müssen, die er wiederum in eine Schachtel legte und unters Bett schob. Erst einmal musste er in Erfahrung bringen, ob der Verkauf der Firma bereits über die Bühne gegangen war, und, falls nicht, wann es passieren sollte. Dann wüsste er, wie viel Zeit ihm blieb, um zu reagieren.

Jetzt würde er erst einmal ein paar Stunden schlafen, ehe er mit Mutt zur nächsten Gassirunde aufbrach. Sollte er sie nicht erwischen, wenn sie aus dem Haus kam, blieb immer noch die Zoohandlung. Fest stand, dass sie zum Schweigen gebracht werden musste. Sie war ein ungelöstes Problem der schlimmsten Sorte: jemand, der den Mund aufmachte und sich auch noch ausdrücken konnte.

Sacramento, Kalifornien
Samstag, 18. Februar, 06.30 Uhr

Einen Arm auf die Sofalehne gestützt, beugte Gideon sich vor, um auf den Laptopbildschirm zu blicken, wobei sein Bart ihre Wange streifte. Mit ihr im stillen Halbdunkel zu sitzen, hatte etwas … Intimes. Er registrierte ihren Duft und spürte, wie sich seine Aufgewühltheit legte, während sie ein Browserfenster öffnete.

Mit zusammengekniffenen Augen betrachtete er das Foto eines Mannes, der sein nagelneues Tattoo auf der Brust präsentierte. »Mach es größer, bitte.« Sie vergrößerte die Aufnahme. »O mein Gott. Judah.«

»Du kennst ihn?«

Er nickte. »Er war ein paar Jahre jünger als ich. Eher in Mercys Alter.«

»Ich habe das Foto auf der Instagram-Seite des Tattoo-Künstlers gefunden.« Sie deutete auf die rechte Brust des jungen Mannes mit dem Drachen, der seinen Feueratem auf das Eden-Tattoo spie. »Wir können den Tattoo-Künstler anschreiben. Das Tattoo wurde erst vor ein paar Monaten gestochen und ist ziemlich außergewöhnlich, deshalb erinnert er sich bestimmt noch daran und vielleicht sogar noch an den Kunden.«

Vor ein paar Monaten. Im letzten halben Jahr hatte er nicht nach neuen Tattoos gesucht. »Falls er mit uns reden will.«

»Das könnte zum Problem werden«, meinte sie. »Mag sein, dass er mit dir nicht reden will, aber mit mir schon.«

»Wieso?« Er runzelte die Stirn, weil er die Antwort eigentlich lieber nicht hören wollte.

»Du siehst wie ein Cop aus, ich aber nicht. Und ich habe ein unvollendetes Tattoo und kann ihn nach seiner Meinung fragen.«

Abrupt schossen seine Brauen in die Höhe – zeitgleich mit etwas anderem, bei dem es ihm lieber gewesen wäre, es wäre an Ort und Stelle geblieben. Doch die Vorstellung einer tätowierten Daisy war … heiß. »Was für eins und wo?«

Sie grinste. »Brutus, und das Zweite geht dich nichts an. Konzentration, Gideon.« Sie klickte das zweite Foto an. »Bei dem hier bin ich nicht ganz sicher, weil es nicht exakt dasselbe Tattoo ist.« Sie vergrößerte das Foto.

Gideon schüttelte den Kopf. »Den Jungen habe ich noch nie gesehen. Und du hast recht, das Tattoo sieht anders aus.«

»Das Foto stammt aus einem Artikel über die Schwimmmannschaft einer Universität in Südkalifornien. Der Junge heißt Lawton Malloy und ist gerade mal neunzehn. Wenn er also tatsächlich aus Eden stammt, wäre er noch ein Kleinkind gewesen, als du abgehauen bist, deshalb hättest du ihn wohl nicht gekannt.« Sie zoomte das Tattoo näher heran. »Hier sehen die betenden Kinder anders aus, und der Olivenbaum hat nur zehn Zweige.«

»Dann ist es eine Nachahmung.« Gideon blickte angestrengt auf das Tattoo, das aus der Ferne fast so aussah wie das Original. »Aber falls dem so sein sollte, muss er die Idee für das Motiv ja irgendwoher haben. Vielleicht verrät er uns, von wem.«

»Genau mein Gedanke.«

Er runzelte die Stirn. »Aber … wieso haben diese beiden nie den Mund aufgemacht?«

»Vielleicht aus Angst. Oder weil sie dieselben traumatischen Missbrauchserfahrungen gemacht haben und es für sie genauso schwer ist, darüber zu reden. Selbst für dich als professionellen Ermittler ist es ja schon enorm belastend.«

»Das könnte sein. Ich schätze, wir erfahren es, wenn wir mit den beiden reden. Noch etwas?«

Sie schüttelte den Kopf. »Noch nicht, aber ich suche weiter.«

»Gute Idee. Ich gebe meiner Vorgesetzten Bescheid.« Er musste ihr ohnehin wegen des Mannes auf dem zweiten Hochzeitsfoto Bericht erstatten. »Was wir herausgefunden haben, wird wohl genügen, um weitere personelle Unterstützung zu bekommen. Sie kann eine Suche mithilfe einer Erkennungssoftware für Medaillons und Tattoos in die Wege leiten.«

Einen Moment lang saßen sie schweigend da, während die Stille mit jedem Herzschlag tiefer zu werden schien. Ihr Duft stieg ihm in die Nase und ließ seinen Körper neuerlich erwachen – in Gestalt einer beinahe schmerzhaft pochenden Erektion. Er musste irgendetwas tun, sonst platzte er noch. Bleiben oder gehen? Näher rücken oder das Weite suchen?

Wenn sie ihren Kopf nur minimal drehte, würden sich ihre Lippen berühren, doch sie blickte eindringlich auf ihren Laptop, so reglos, dass er sich fragte, ob sie den Atem anhielt. Er musste wissen, was ihr durch den Kopf ging. Was sie wollte.

»Daisy«, flüsterte er. »Sieh mich an.«

Sie wandte den Kopf. Nur ein Atemzug trennte ihre Münder voneinander. In ihren Augen stand dieselbe Regung, wie sie sie zweifellos in seinen eigenen las. Verlangen. Begierde. Und die Sehnsucht nach etwas Tieferem, Größerem.

Wenn er Daisy Dawson jetzt küsste, würde er es im Bewusstsein tun, dass es sehr viel mehr als nur ein Kuss war, sehr viel mehr als eine flüchtige Begegnung zwischen zwei Menschen, und auch ohne sie zu fragen, wusste er, dass auch sie sich mehr wünschte als nur eine gemeinsame Nacht.

Und er genauso.

Langsam senkte er den Kopf, um ihr Gelegenheit zu geben, zurückzuweichen. Doch sie tat es nicht. Stattdessen schloss sie die Augen und beugte sich vor, und dann küsste er sie, zärtlicher und behutsamer, als er es eigentlich wollte. Am liebsten hätte er sie an sich gerissen, sich auf sie gestürzt. Er sehnte sich danach, ihre Haut zu spüren, herauszufinden, ob sie überall so herrlich roch, wollte zusehen, wie ihre Augen sich vor Lust verdunkelten, wollte der ganzen Welt zeigen, dass sie ihm gehörte, damit Dreckskerle wie dieser aufdringliche Reporter gefälligst ihre Pfoten von ihr ließen.

Aber sie gehört dir nicht. Noch nicht. Daher hielt er an sich, verlieh seinem Kuss eine beinahe züchtige Zurückhaltung, obwohl sein Körper unter der Anstrengung regelrecht vibrierte.

Sie lächelte an seinen Lippen. »Ich bin nicht aus Glas, Gideon«, raunte sie, was seine Selbstbeherrschung endgültig über Bord warf. Er vergrub die Hände in ihrem Haar und zog sie näher zu sich heran, während sein Kuss leidenschaftlich, heiß und fordernd wurde. Mit einem begierigen Summen schlang sie ihm die Arme um den Hals und teilte bereitwillig die Lippen, als er seine Zunge darüber schnellen ließ.

Ja. Das ist es. Genau das wollte er, danach sehnte er sich. Genau davon hatte er geträumt, als er auf dem Sofa geschlafen hatte. *Von ihr. Genau von dem hier.*

Er nahm ihr den Laptop aus den Händen und stellte ihn auf den Couchtisch neben seine Waffe, um sie rittlings auf seinen

Schoß ziehen zu können, ehe er sich nach hinten in die Kissen sinken ließ, ohne von ihren Lippen abzulassen.

Ihr Mund war weich, ihre Kurven sinnlich unter seinen Händen, als er sie langsam an ihr emporgleiten ließ. Sie gab ein leises Wimmern von sich, bei dessen Klang er beide Hände in der weichen Wolle ihres Pullis verkrallen musste, um ihn ihr nicht über den Kopf zu zerren. Denn irgendwann in den zwei Stunden, seit sie wach war, hatte sie ihren BH ausgezogen, sodass ihn lediglich eine dünne Schicht butterweichen Kaschmirs von ihrer nackten Haut trennte.

Schwer atmend löste sie sich von ihm. »Ja«, flüsterte sie. »Bitte.«

Bitte. Die rauchige Kehligkeit ihrer Stimme ließ das Wort wie eine Einladung für alles klingen, was er sich wünschte. Doch er musste ganz sicher sein, musste jedes Missverständnis im Vorfeld ausräumen. »Bitte *was*?«, fragte er rau.

»Fass mich an.« Sie löste seine Fäuste aus ihrem Pullover, küsste jeden einzelnen Finger, dann nacheinander seine Handflächen, ehe sie beide Hände auf ihre Brüste legte, ohne den Blick von ihm zu lösen. »Bitte.«

Sein Herzschlag setzte aus, als sich seine Hände um ihre Brüste schlossen, ihr Gewicht wogen, spürte, wie perfekt sie auch durch den Pullover hineinpassten, als wären sie für sie geschaffen.

»Du bist perfekt«, stieß er rau hervor.

Ein Schauder überlief sie. »Ich habe dir beim Schlafen zugesehen«, gestand sie und legte ihm beide Hände auf die Brust. »Ich wollte dich berühren. So.«

»Ja«, presste er hervor. Er wünschte sich, ihre Hände auf seiner Haut zu spüren, wollte aber nicht einmal so lange von ihr ablassen, um sein Hemd auszuziehen. Sie löste dieses Problem für ihn, indem sie die Knöpfe öffnete und es aus seiner Hose zog, bis er mit entblößter Brust vor ihr saß.

Sekundenlang starrte sie ihn nur an, während er am liebsten *Tu es, berühr mich doch endlich*! gerufen hätte. Dann spürte er ihre Hände, die sanft, fast ehrfürchtig über seine Haut glitten. Es fühlte sich so wunderbar an. *Sie* fühlte sich so wunderbar an.

»Gideon«, flüsterte sie. »Sieh dich nur an.«

Nein, er wollte lieber sie ansehen, ihr Gesicht, während sie seinen Körper erkundete. Mit den Fingern fuhr sie den Phönix auf seiner Brust nach, der das Eden-Tattoo verdeckte. »Wunderschön.«

Er schluckte und strich mit den Fingerspitzen über ihre Brustwarzen, wobei er ein weiteres Mal die Wolle dazwischen verfluchte. Scharf sog sie den Atem ein, schloss die Augen und ließ den Kopf nach hinten fallen, während ihre Hände verharrten und sie instinktiv langsam die Hüften über seinem Unterleib kreisen ließ. Er glaubte, jeden Moment den Verstand zu verlieren.

Sekunden später spürte er, wie sie seine Brustwarzen berührte, neckend daran zupfte und zog. Mit einem Ruck hob er sich ihr entgegen, sodass ihre Brüste wippten.

»Daisy«, krächzte er.

»Mmm?« Ohne die Augen zu öffnen, bewegte sie weiter die Hüften, vor und zurück, immer wieder durchbrochen von einem kurzen Schwung, als würde sie tanzen. Auf seinem Schwanz. O Gott.

»Ich will dich berühren.«

Sie schlug die Augen auf. »Ja.« Sie beugte sich vor, um ihn ein weiteres Mal zu küssen, und sein Verstand schien endgültig zu explodieren. Er rutschte ein Stück vor, packte sie und nahm sie mit sich auf den Fußboden, wobei er ihr den Pullover über den Kopf zog. Noch während sie ihre Arme befreite, fanden seine Lippen ihre Brust, schlossen sich um die harten Nippel und begannen, sie zu liebkosen.

Ein leiser Schrei entrang sich ihrer Kehle, als sie sich ihm entgegenwölbte, die Hände in seinem Haar vergraben, ganz nahe. »Gott … Das ist … Nicht aufhören, Gideon. Hör nicht auf.«

Aufhören? Natürlich hätte er es sofort getan, wenn sie es gewollt hätte, doch solange sie es nicht von ihm verlangte … *Wie lange? Wie weit soll ich gehen?*

So weit, wie sie mich lässt. Sie war so süß, so unfassbar heiß … ihr Körper, der sich an ihn schmiegte. Für einen kurzen Moment gehörte sie nur ihm allein. Und er konnte nicht genug von ihr bekommen. Er schob die Hüften vor, woraufhin sie bereitwillig die Beine spreizte, ihn einlud, sich zwischen sie zu schieben. Er löste sich von ihrer Brust und küsste sie ein weiteres Mal voller Leidenschaft.

»Ich will dich«, raunte er dicht an ihren Lippen.

Wieder stöhnte sie auf, tief und kehlig, was ihm einen neuerlichen Schauder über den ganzen Körper jagte. »Ich dich auch«, raunte sie. »Aber ich habe nichts hier.«

Nichts? Das Wort durchdrang den Nebel seiner Lust, knallte mit der Wucht eines Vorschlaghammers auf ihn nieder und ließ ihn schlagartig ernüchtern. »Ich auch nicht.«

Sie streichelte sein Haar. »Fuck«, fluchte sie verdrossen.

Kurz erstarrte er, ehe er verblüfft auflachte und sein Gesicht an ihren Hals schmiegte. »Tja, zumindest nicht heute Morgen«, konterte er.

Nun lachte auch sie. »Blöde Wortwahl.« Sie atmete tief durch, ohne ihre Liebkosung zu unterbrechen. »Danke.«

Er hob den Kopf und lächelte sie an. »Wofür?«

»Weil du dafür gesorgt hast, dass ich mich gut fühle.«

»Ich würde sagen, das beruht auf Gegenseitigkeit.«

Ihre Wangen röteten sich. »Ich … tue so was nicht sehr oft.«

Er küsste ihre Stirn. »Geht mir genauso. Bei mir ist es auch eine ganze Weile her. Wenn ich ein Kondom bei mir hätte, wäre wahrscheinlich das Haltbarkeitsdatum längst abgelaufen.«

Sie lächelte. »Ist es schlimm, dass ich mich darüber freue?«

»Überhaupt nicht.« Er legte den Kopf an ihre Schulter und küsste ihr Kinn. Müßig beschrieb er mit dem Finger Kreise auf ihrer Brust. Zwar war er immer noch betonhart, aber es würde ihn schon nicht umbringen. Wahrscheinlich. »Wann müssen wir los?«

»Ich muss um neun dort sein, um alles vorzubereiten, und du wolltest ja früh aufbrechen. Damit du dir einen Überblick verschaffen kannst. Es ist kurz nach sieben, also sollten wir uns in einer Stunde auf den Weg machen. Wenn du mich aufstehen lässt, mache ich dir Frühstück, bevor ich unter die Dusche springe.«

Er stöhnte. »Bitte, sag so was nicht.«

»Frühstück?«, fragte sie vergnügt.

»Kleines Biest«, brummte er. »Und was ist, wenn ich dich nicht aufstehen lassen will?«

»Dann kriege ich Bärenhunger und werde unberechenbar«, konterte sie. »Das kann äußerst unschön ausgehen.«

Wieder schmiegte er sich an sie. »Noch fünf Minuten.«

Sie drückte ihm einen Kuss aufs Haar. »Okay.«

»Daisy?«

»Hmm?«

Er zögerte. Weil er nervös war – ein Gefühl, das er auf den Tod nicht ausstehen konnte. »Was willst du sagen, wenn dich heute jemand fragt, wer ich bin?«

Sie hielt inne. »Was soll ich denn sagen?«

Er wollte etwas erwidern, doch die Worte blieben ihm im Halse stecken. *Verdammt.* Wie er das hasste. *Unwichtig*, hätte er so gern gesagt, doch sie war abrupt stocksteif geworden, als sei auch sie plötzlich vorsichtig.

Vermassle es nicht, dachte er grimmig. Hier stand einiges auf dem Spiel. Sex mit Daisy würde nicht hastig oder überstürzt vonstattengehen, denn sie bedeutete ihm sehr viel.

»Na ja«, begann sie, als er schwieg. »Wir könnten ja behaupten, du wärst mein Cousin, aber das ist keine gute Idee, weil ich vergessen könnte, dich nicht wie jemanden anzusehen, der eindeutig *nicht* mein Cousin ist.«

Er überlegte kurz angestrengt. »Du siehst mich also nicht an, wie man einen Cousin ansehen sollte«, folgerte er.

»Genau.« Sie klang erleichtert.

Er lächelte und entspannte sich. Ebenso wie sie.

»Ich könnte auch behaupten, dass du ein alter Freund bist, aber da hätten wir dasselbe Problem.«

»Also«, sagte er und küsste ihr Schlüsselbein. »In dem Fall bleibt nur der Bodyguard oder der feste Freund.«

»Ich will niemandem auf die Nase binden, dass ich einen Bodyguard habe.« Ein belustigter Unterton schwang in ihrer Stimme mit, als sie das Spielchen fortsetzte. »Sonst habe ich bloß die Reporter am Hals.«

»Tja, dann eben fester Freund.«

14. KAPITEL

Sacramento, Kalifornien
Samstag, 18. Februar, 13.35 Uhr

»Neuer Versuch diesen Monat?«, fragte Daisy das Paar mit seinem vierjährigen Sohn. Seit zehn Uhr am Morgen saß sie am Tisch und füllte Formulare für die Adoptionen aus – nachdem Gideon ihren Stuhl so hingedreht hatte, dass sie die Wand der Zoohandlung im Rücken hatte, was eine Gefahrenzone weniger bedeutete, die er im Auge behalten musste.

»Wir suchen immer noch nach dem passenden Hund«, erklärte der Mann, woraufhin seine Frau die Augen verdrehte.

»Eigentlich sucht er nach einem Hund, der nicht den Teppich vollhaart«, korrigierte sie scharf.

»Das ist durchaus ein wichtiger Punkt«, meinte Daisy. »Wenn starkes Haaren ein K.-o.-Kriterium ist, sollten Sie sich für eine Rasse entscheiden, bei der das weniger stark ausgeprägt ist, sonst ärgern Sie sich am Ende wegen etwas, wofür der Hund nichts kann. Vielleicht wäre der Shih-Tzu-Pudel-Mischling etwas für Sie. Er ist ein echt niedlicher Bursche und auch schon stubenrein.«

Die Familie machte sich auf den Weg, um besagten Burschen in Augenschein zu nehmen, und Gideon setzte sich auf die Tischkante. Die Adoptionsaktion neigte sich dem Ende zu, und bislang lief alles bestens. Niemand hatte Daisy in irgendeiner Form angefeindet, und bis auf einen Typen, der mit Stielaugen auf ihre Brüste gestarrt und einen anderen, der sie in ein Gespräch zu verwickeln versucht hatte, gab es keinen Grund zur Besorgnis, auch wenn Gideon die Annäherungsversuche ganz und gar nicht gefielen.

»Und? Adoptiert die Familie nun diesen Shit-Su?«, fragte er im Flüsterton.

Daisy lachte. »Die Rasse heißt Shih-Tzu, aber deine Variante ist natürlich viel lustiger.«

Er ließ den Blick durch den Laden mit den Adoptionswilligen und den üblichen Samstagskunden schweifen. »Wo ist der Typ?«

»Welcher Typ?«, fragte sie, obwohl sie ziemlich sicher zu wissen glaubte, wen er meinte.

»Der versucht hat, dich abzuschleppen.« Er hob eine Hand, als sie protestieren wollte. »Er hat dich gefragt, ob du mit ihm einen Kaffee trinken gehst. Das ist doch ein Anmachversuch.«

Sie zuckte die Achseln. »Er ist ein arbeitsloser Theaterpädagoge, der einen Job beim Sender möchte. Außerdem hat er einen wirklich netten Hund. So ein übler Kerl kann er wohl nicht sein.«

Gideon schnaubte. »Ist das dein Ernst?«

»Was? Dass Mörder keine Hundeliebhaber sein können? Nein, natürlich nicht. Ich denke nur, dass du ein bisschen überreagierst. Allerdings –« Nun hob sie die Hand. »Du bist hier, um auf mich aufzupassen. Wenn du dich dadurch besser fühlst, werde ich mich nicht allein mit ihm treffen, falls überhaupt.«

»Tue ich«, brummte er. Erst als sie ihn anstrahlte, erhellte sich auch seine Miene.

»Ich bin nicht dumm, Gideon, und tue, was du mir sagst. Versprochen. Zumindest für den Moment.«

»Das ist mehr, als ich mir erhofft hatte.« Er beugte sich vor und drückte ihr einen Kuss auf die Stirn. »Ich gehe ein paar Minuten vor die Tür, bin aber gleich zurück.«

Das hatte er immer mal wieder getan – den Laden verlassen, um draußen nach jemand Verdächtigem Ausschau zu halten. Bislang schien alles in Ordnung zu sein. Daisy glaubte ohnehin nicht, dass der Angreifer sich blicken lassen würde – viel zu viele Leute, keine einsame Gasse, in die er sie zerren könnte. Trotzdem war sie Gideon für seine Wachsamkeit dankbar.

»Wir lieben ihn«, sagte ein Mann. Abrupt riss Daisy den Blick von Gideons Rücken – und seinem durchaus ansehnlichen Hinterteil – los und stellte fest, dass das junge Paar mit dem kleinen Sohn zurückgekehrt war. Der Vater hatte den weiß gelockten »Shit-Su« auf dem Arm, die Mutter strahlte und versuchte vergeblich, ihren Sprössling davon abzuhalten, das Hündchen an sich zu reißen.

»Er ist perfekt«, sagte sie.

Daisy beugte sich über den Tisch und lächelte den Knirps an. »Und wie soll er heißen?«

»Spike«, verkündete der Junge ohne jede Ironie.

Daisy lachte, denn der Hund hatte genauso wenig etwas von einem Spike wie ihre Hundedame von einem Brutus. »Das ist ein hervorragender Name.« Sie reichte der Mutter ein Klemmbrett mit den Adoptionsunterlagen und dem Vater eine Liste für die Erstausstattung. »Hier sind ein paar Sachen zusammengestellt, die Sie brauchen werden. Sie können sich gern hinsetzen, um die Formulare auszufüllen«, erklärte sie der Frau, während ihr Mann und ihr Sohn loszogen, um im Laden zu besorgen, was der kleine Hund brauchen würde.

»Danke.« Sie ließ sich auf den Stuhl sinken und rieb sich den Rücken. »Ich bin heilfroh, dass wir so einen kleinen Hund genommen haben. Bald kann ich nicht mal mehr meine eigenen Zehen sehen, geschweige denn einen Riesenhund unter Kontrolle halten.«

Daisy strahlte sie an. »Herzlichen Glückwunsch!«

Die Frau erwiderte das Lächeln. »Dasselbe könnte ich zu Ihnen auch sagen.« Sie blickte vielsagend zu Gideon hinüber, der mit lässig verschränkten Armen an der Tür stand und tat, als beobachte er scheinbar unbeteiligt das Geschehen.

Er war … einfach nur der Wahnsinn.

»Äh, Poppy?«

Erschrocken sah Daisy die Frau neben sich auf dem Stuhl an,

die Mühe hatte, nicht lauthals loszulachen. »Entschuldigung, aber was sagten Sie gerade?«

»Ich sagte, Ihr Freund sei sehr attraktiv. Aber das wissen Sie ja bereits.«

Daisys Wangen wurden heiß, und sie grinste übers ganze Gesicht. »Ja, nicht?«

»Allerdings. Und er sieht Sie an, wie ein Mann eine Frau ansehen sollte.« Mit einem bekräftigenden Nicken füllte sie die Formulare aus und machte sich auf zur Kasse, um die Adoptionsgebühr zu bezahlen.

Noch eine glückliche Kundin, dachte Daisy und winkte der kleinen Familie hinterher, als sie sich mit ihrem jüngsten Zuwachs auf den Heimweg machte.

»Oh, gut.«

Sie fuhr herum und sah den arbeitslosen Theaterpädagogen auf dem Stuhl direkt neben ihr Platz nehmen. Das würde Gideon gar nicht gefallen.

»Was ist gut?«, fragte sie vorsichtig.

Er schenkte ihr ein charmantes Lächeln, während sein Airedale sich unaufgefordert zu seinen Füßen zusammenrollte. »Ich wollte mit Ihnen reden, ohne dass Ihr Pitbull danebensteht.«

Gideon hatte recht gehabt – der Typ versuchte tatsächlich, sie anzumachen. Sie setzte ein höfliches Lächeln auf. »Wie kann ich Ihnen helfen, Sir?«

Sein Lächeln fiel in sich zusammen. »Oh, es tut mir leid. Ich wollte nicht aufdringlich sein, aber offenbar war ich es. Er scheint ja ein sehr netter Pitbull zu sein«, fügte er hinzu, als versuche er, sie zu besänftigen. »Ich hatte nur gehofft, ich könnte Ihnen ein paar Fragen zu Ihrer Arbeit stellen. Damit ich ein Gefühl dafür kriege, wie ich reinrutschen könnte. Ich weiß, dass Sie gerade beschäftigt sind, aber ich dachte, Sie rufen mich vielleicht mal an. Wir könnten uns irgendwo treffen.« Er runzelte die Stirn, und seine Fröhlichkeit verflog. »Ich behellige Sie nur sehr ungern, aber allmählich wird es eng für mich. Ich bin drauf und dran, mein Zuhause zu verlieren, und dann müsste ich George weggeben.« Verzweifelt sah er seinen Hund an. »Sollte ich aus meiner Wohnung rausmüssen, finde ich vielleicht keine Bleibe mehr, in der ich einen so großen Hund halten darf.«

Daisys Herz zog sich zusammen. »Ich schreibe Ihnen meine E-Mail-Adresse im Sender auf«, schlug sie vor und notierte sie auf einem der Flyer. »So kann ich am einfachsten alle Anfragen beantworten. Ich könnte auch ein Stellenangebot an Sie weiterleiten, wenn es eines gibt.« Nachdem Tad gestern als Folge seines unmöglichen Benehmens gefeuert worden war, ergab sich womöglich eine Vakanz, wenn das Stühlerücken vorbei war und sich die bestehende Crew neu sortiert hatte. »Ich lege gern beim Chefredakteur ein gutes Wort für Sie ein. Er ist übrigens drüben bei den Katzen. Wenn Sie möchten, stelle ich Sie ihm nach der Veranstaltung gerne vor, dann können Sie Ihre Radiostimme präsentieren.«

»Das ist wirklich nett von Ihnen«, sagte er gerührt.

»Die Vorstellung, dass Sie und George Ihr Zuhause verlieren, ist schrecklich. Schließlich ist George so ein braver Junge, stimmt's, George?« Sie beugte sich hinunter, um den Airedale hinter den Ohren zu kraulen, der ihr freudig die Hand ableckte. »Ja, genau, das bist du.«

»Ich muss los, schicke Ihnen aber eine E-Mail. Und ich würde trotz allem gern mal einen Kaffee mit Ihnen trinken gehen. George mag Sie.«

»Schicken Sie mir gern eine Mail. Wenn Sie keine Zeit haben zu warten, können Sie auch ein Formular für eine Blindbewerbung auf der Webseite des Senders herunterladen, allerdings ist das ziemlich umständlich.« Sie nahm ein großes Hundeleckerli aus dem Glas vor ihr. »Kriegt er das?«

Er nickte lächelnd, doch seine besorgte Miene blieb. Der arme Kerl.

Daisy beugte sich vor und hielt George das Leckerli hin, der es vorsichtig zwischen ihren Fingern herauspflückte. »Was für ein höflicher Junge du bist«, lobte sie und sah auf. »Sie haben ihn wirklich gut erzogen.«

»Danke, dass Sie sich Zeit für uns genommen haben.« Er stand auf und hielt ihr die Hand hin.

Sie ergriff sie und schüttelte sie. »Ich hoffe, wir finden etwas für Sie. Zufällig habe ich ein paar Lehrer im Freundeskreis. Ich kann sie gern fragen, ob an ihren Schulen in der Theaterabteilung zufällig etwas frei ist.«

»Das ist … wirklich nett von Ihnen.« Er zog an der Leine. »Komm, George, wir müssen los.«

Als er weg war, setzte Gideon sich auf den frei gewordenen Stuhl. »Ich mag ihn nicht.«

Sie drückte ihm einen Kuss auf die Wange. Seine Haut war weich, nachdem er geduscht und sich rasiert hatte. »Ich weiß. Und ich bin auch nicht auf seine Einladung eingegangen, sondern habe ihm lediglich meine Mailadresse im Sender gegeben, die ohnehin auf der Homepage steht. Aber ich wollte auch nicht unhöflich sein.«

»Na gut.« Gideon sah auf seine Uhr. »Ich habe das Gefühl, die Aktion neigt sich allmählich dem Ende zu.«

»Ja, wir können langsam aufräumen.« Sie runzelte die Stirn. »Eigentlich wollte Trish ja kommen. Sie überlegt, ob sie eine Katze adoptieren soll.«

»Vielleicht hatte sie zu viel zu tun. Oder sie hat mitbekommen, dass du sauer auf sie bist, weil sie gestern dem Reporter von dir erzählt hat.«

»Ich habe nicht mehr mit ihr geredet. Wenn sie arbeitet, melde ich mich nicht bei ihr, weil ihr Boss nicht will, dass sie private Anrufe oder Nachrichten bekommt. Und dann sind wir eingeschlafen.«

Ein verschmitztes Lächeln spielte um seine Lippen. »Und dann sind wir wieder aufgewacht.«

Sie lächelte ebenfalls. »Allerdings.« Sie zog ihr Handy heraus. »Ich rufe sie einfach an. Eigentlich hatte ich gehofft, du könntest sie kennenlernen.« Sie wählte die Nummer und runzelte die Stirn, als der Anruf direkt auf die Mailbox ging. »Das sieht ihr gar nicht ähnlich. Ich hoffe, sie ist nicht krank.« Dann kam ihr ein viel schlimmerer Gedanke. »O Gott. Ich hoffe bloß, sie ist nicht rückfällig geworden. Wir waren beide nach unserem AA-Meeting am Donnerstag ziemlich bestürzt, auch schon vor dem Überfall. Ein Mann aus der Gruppe ist gestorben. Er war ein ganz besonderer Mensch, ein Vorbild. Und Trish kannte ihn seit Jahren.«

»Wir könnten bei ihr vorbeifahren, wenn wir hier fertig sind.«

Sie nickte und versuchte, ihre Panik zu unterdrücken. »Okay. Hast du inzwischen das Bild von deinem Freund in Philly bekommen?«

»Nein, noch nicht, deshalb sind wir zeitlich flexibel.«

»Und was ist mit dem Jungen aus der Schwimmmannschaft in San Diego? Sollen wir dort als Erstes hinfahren?«

»Nein, Eileen zu finden ist in diesem Stadium erst mal wichtiger, sowohl für meinen als auch für deinen Fall. Ich muss wissen, dass es ihr gut geht und ob auch sie von dem Mann überfallen wurde, der dich angegriffen hat. Ob sie ihr Medaillon freiwillig hergegeben hat. Außerdem hoffe ich, sie kann uns sagen, wo sich die Gemeinschaft mittlerweile niedergelassen hat. Ich habe meiner Vorgesetzten von den Fotos der anderen Eden-Tattoos erzählt, und sie hat bereits in unserem Büro in San Diego angerufen. Die Kollegen schicken heute noch jemanden an die Uni, um herauszufinden, ob Lawton noch dort ist, damit ich ihn befragen kann. Allerdings habe ich noch keine Rückmeldung bekommen.«

»Und der Tattoo-Künstler, der deinem Freund Judah den Drachen gestochen hat?«, fragte sie.

»Der Tattooladen ist in San Francisco. Ich habe angerufen,

allerdings scheint der Künstler mittlerweile weggezogen zu sein und hat auch keine Adresse hinterlassen. Ich mache mich auf die Suche nach ihm, sobald ich Eileen gefunden habe. Oder wenn wir zumindest wissen, durch welche Hände ihr Medaillon gegangen ist, falls sie es verkauft haben sollte.«

»Okay.« Immerhin schien jetzt Bewegung in die Sache zu kommen. »Wir fahren zuerst bei Trish vorbei, dann holen wir die Karte bei dir zu Hause und machen uns auf den Weg nach Redding. Klingt das nach einem Plan?«

Er packte ihr Kinn und küsste sie herzhaft mitten auf den Mund. »Sogar nach einem perfekten.«

Sacramento, Kalifornien
Samstag, 18. Februar, 14.00 Uhr

Minutenlang saß er regungslos in seinem Wagen, ehe er Mutt das Transportgeschirr anlegte – der Airedale, der sich an diese Daisy herangeschmissen hatte wie ein Kleinkind an den Weihnachtsmann, ihr aus der Hand gefressen und ihr die Finger abgeleckt hatte. Als wäre sie das Allergrößte seit der Erfindung des Schnittbrots.

»Verräter«, sagte er brummend zu dem Hund, der vergnügt hechelnd auf dem Sitz hockte.

Aber … auf Mutts Instinkt war Verlass. Daisy Dawson war tatsächlich eine nette Frau.

Verdammt.

»Wieso muss sie auch so nett sein?«, murmelte er. Nichts hatte an die Erbitterung erinnert, mit der sie sich gegen ihn zur Wehr gesetzt hatte. Keine Spur von ihrer raubtierhaften Biestigkeit.

Stattdessen war sie bloß eine Frau, die in ihrer Freizeit arme Hunde aus dem Tierheim an geeignete Familien vermittelte.

Und angeblich arbeitslosen Highschool-Theaterpädagogen half, wieder auf die Beine zu kommen.

Unter dem Vorwand, Hundefutter für Mutt einzukaufen, hatte er sie über längere Zeit hinweg beobachtet. Jedem Besucher, der an ihren Tisch getreten war, hatte sie sich mit aufrichtigem Interesse gewidmet, alles darangesetzt, dass sie sich wohlfühlten, und ihnen bei der Auswahl ihres Haustiers Unterstützung angedeihen lassen. Einige hatten sie mit dem Vornamen, Daisy, angesprochen, offenbar hatte sie nicht zum ersten Mal ausgeholfen.

Sie war so verdammt nett gewesen.

Ehrlich gesagt wusste er nicht recht, was er tun sollte – ein Gefühl, das er aus tiefster Seele hasste. Unentschlossenheit. Verunsicherung. All das schwächte ihn. Und er hasste Schwäche.

Er hatte gehofft, sie aus der Reserve zu locken, damit sie mehr über sich erzählte, um sie dann nach dem schlimmen Erlebnis vom Donnerstag zu fragen. Um so vielleicht herauszufinden, welchen Hinweisen die Polizei nachging. Er hätte einfach behauptet, es in den Nachrichten gesehen zu haben. Genauso wie halb Sacramento, weil ihre beiden Videos längst im Internet die Runde machten. Mittlerweile hatte sich auch der Radiosender eingeklinkt und erklärte sich lautstark solidarisch mit »Poppy Frederick« und ihrem Engagement im Kampf gegen Gewalt, die Frauen der Stadt angetan wurde.

Er hätte eine Menge Anknüpfungspunkte gehabt, um mit ihr ins Gespräch zu kommen, aber nicht in der Zoohandlung. Und schon gar nicht, solange ihr Aufpasser herumlungerte.

Dass der Typ ein Cop war, stand außer Frage. Fehlte nur noch das blinkende Neonschild über seinem Kopf. Er war auch am Abend zuvor an ihrer Seite gewesen, als die Reporter sie beim Nachhausekommen abgepasst hatten. Eindeutig ein Cop.

Dreckskerl. Diese Nummer vom großen, dunkelhaarigen, geheimnisvollen Schönling … die auch noch auf der ganzen Linie zog, denn sämtliche Weiber hatten sich im selben Gang des Ladens herumgedrückt, nur um einen Blick auf ihn zu werfen. Und einige Männer auch.

Er muss weg. Denn er wachte über Daisy oder Eleanor oder Poppy – wie auch immer sie heißen mochte –, als wäre sie sein persönlicher Besitz.

Dabei wollte er bloß herausfinden, wie viel sie über den Mann wusste, der sie am Donnerstagabend überfallen hatte. Und über diese tote Nutte. Kaley Martell.

Die Schlampe in meiner beschissenen Tiefkühltruhe.

Daisy hatte das Interview mit der Reporterin so souverän gemeistert, so überlegen und konzentriert, dass er es immer noch kaum glauben konnte.

Er starrte Mutt an. »Was zum Teufel soll ich denn jetzt tun?«

Er konnte Daisy nicht an das Bett in seinem Keller fesseln und sie töten. Nicht jetzt. Erstens hatte er bereits einen Gast, aber hauptsächlich, weil Daisy es nicht verdiente. Ihm war bewusst, wie schmal der Grat war, auf dem er sich bewegte, trotzdem hatte er noch nie jemanden getötet, der es nicht verdient hatte.

Außerdem besteht gerade keine Notwendigkeit. Sie hatte ihn nicht als ihren Angreifer erkannt. Das wusste er inzwischen, denn sonst wären die Handschellen zugeschnappt, bevor er auch nur ein einziges Wort gesagt hätte.

»Immerhin hat die Nase funktioniert«, sagte er und betrachtete seine Gesichtsprothese im Rückspiegel. Der einzige Teil seines Gesichts, den sie überhaupt hätte wiedererkennen können, waren seine Augen, die er unverändert gelassen hatte. Doch von Daisy Dawson drohte für den Moment erst einmal keine Gefahr.

Stattdessen galt es herauszufinden, wie viel über diese Kaley bekannt war. Er war nervös und angespannt gewesen, hatte sich nicht recht konzentrieren können, daher bestand durchaus die Gefahr, dass jemand mitbekommen hatte, wie er mit der Nutte geredet und sie zu seinem Wagen gelockt hatte, auch wenn er glaubte, vorsichtig genug gewesen zu sein.

Vielleicht hat Daisy in dem Interview auch von jemand ganz anderem gesprochen.

Möglich. Er musste es in Erfahrung bringen.

Er zog sein Handy heraus und tippte die Stichworte *Prostituierte – Bäckerei – South Sacramento – verschwunden* ins Suchfeld.

Und … *Scheiße.* Da war sie. Kaley Martells Gesicht, direkt vor seiner Nase. Sie sei am Donnerstagabend von ihrem üblichen Platz am Stockton Boulevard verschwunden, hieß es. Sie habe eine todkranke vierjährige Tochter, deshalb seien ihre Eltern ganz sicher, dass sie nicht einfach abgehauen sein könne.

O Gott. Er starrte auf die Worte, bis sie sich in seine Netzhaut einzubrennen schienen. Eine todkranke vierjährige Tochter. Todkrank.

Was bist du nur für ein Schwein! Einem sterbenskranken Kind die Mutter zu nehmen!

Genau das war der Grund, weshalb er niemals zurückblickte. Und keine nähere Bekanntschaft mit seinen Opfern schloss. Genau aus diesem Grund.

Er sog scharf den Atem ein und zwang sich, weiterzulesen. Die Polizei ermittle »in sämtliche Richtungen«, hieß es weiter, außerdem war eine Telefonnummer des SacPD angegeben, falls jemand sachdienliche Hinweise geben konnte.

Der Artikel war mit allerlei Kommentaren versehen, allesamt voller Mitgefühl für das schwer kranke Kind und die arme Mutter, die doch nur versucht hatte, Geld für die Behandlung ihres kleinen Mädchens zusammenzubekommen.

O Gott, was habe ich bloß getan?

Es gab auch vereinzelte Kommentare, Kaley habe es regelrecht herausgefordert, schließlich habe sie wissen müssen, wie gefährlich es war, anschaffen zu gehen, die Mehrzahl jedoch bestand darauf, dass die Polizei alles daransetzen solle, das Ungeheuer zu finden, das für diese abscheuliche Tat verantwortlich war, ganz egal, wie die Umstände auch sein mochten.

Ich muss etwas unternehmen. Aber was? Er konnte Kaley Martell schließlich nicht wieder lebendig machen.

Und welchen Hinweisen gingen die Cops nach? *Genau das muss ich herausfinden.*

Er brauchte einen Plan. Einen klaren Kopf. Ein bisschen Zeit mit Zandra alias Miss Patzig, die glücklicherweise immer noch in seinem Keller lag und die er tatsächlich töten konnte, was ein noch viel größerer Glücksfall war.

Und wenn sie auch alleinerziehende Mutter ist?

Egal. Er würde gar nicht erst versuchen, es herauszufinden.

Er ließ den Motor an und sah zu Mutt hinüber. »Fahren wir nach Hause, mein Junge. Ich habe einiges zu erledigen.« Gerade als er aus der Parklücke fahren wollte, kam Daisy mit ihrem Cop aus dem Laden.

Er wusste, wohin sie wollten, denn beim Verlassen des Ladens hatte er sie sagen hören, Trish hätte eigentlich vorbeischauen und eine Katze adoptieren wollen. Daraufhin hatte der Cop sie beruhigt und versprochen, dass sie nach ihrer Freundin sehen würden, sobald sie hier fertig wären.

Immerhin würden sie auf diese Weise schon bald erfahren, dass Trish die eigentliche Zielperson am Donnerstag gewesen war. *Und mit ein bisschen Glück wird Daisy denken, sie schwebe nicht länger in Gefahr, und der beschissene Bulle verschwindet endlich von der Bildfläche.*

Er würde nach Hause fahren, sich mit Zandra auf andere Gedanken bringen. Und dann überlegen, wie tief er wegen dieser Nutte in Schwierigkeiten steckte.

Sacramento, Kalifornien
Samstag, 18. Februar, 14.20 Uhr

Stirnrunzelnd ließ Gideon den Blick über das Apartmentgebäude in der reichlich heruntergekommenen Wohngegend schweifen. »Hier wohnt deine Freundin?«

Daisy zog die Brauen hoch und warf ihm einen vernichtenden Blick zu. »Nicht jeder kann sich ein Haus in Rocklin leisten, Gideon. Mit ihrem Job in der Bar kommt Trish kaum über die Runden. Sie macht nebenbei eine Ausbildung zur Dentalassistentin, aber bis sie ihr Diplom in der Tasche hat, ist das Geld nun mal knapp.«

»Ich wollte auch nicht andeuten, dass sie nicht hart arbeitet, sondern bloß, dass es nicht gerade die sicherste Gegend ist.« Beim Anblick der unverschlossenen Eingangstür verfinsterte sich seine Miene noch weiter. »Ist das Schloss kaputt?«

»Schon seit ich sie kenne.«

»Und kommst du oft hierher?«, fragte er düster.

»Nein. Normalerweise kommt sie zu mir. Irina hat sie auch unter ihre Fittiche genommen und ihr beigebracht, wie man russische Cremetorte backt.«

Gideon folgte ihr ins Haus und durch das in trübes Licht getauchte Treppenhaus, in dem drei Viertel der Glühbirnen ausgetauscht werden sollten, in den dritten Stock hinauf. »Dann muss Trish einen enorm guten Eindruck hinterlassen haben. Ich bearbeite sie wegen des Rezepts schon, seit ich ein Teenager war.«

Daisy blieb vor Trishs Tür stehen und klopfte. »Trish!«, rief sie. »Ich bin's. Mach auf!« Sie blickte über die Schulter. »Irina hat so etwas erwähnt. Würdest du dir die Mühe machen und sonntags zum Essen kommen, hätte sie dir längst gezeigt, wie man die Torte backt, hat sie gesagt.«

»Dummes Zeug«, gab er nachsichtig zurück. »Sie ist nur sauer, weil sie mich nicht verkuppeln konnte.«

Daisy lächelte, wobei ihre Wangengrübchen erschienen. »Und wollen wir ihr sagen, dass wir zusammen ausgegangen sind?«

Er konnte nicht anders, als ihr Lächeln zu erwidern. »Irgendwann schon. Danach wird sie uns eine Weile die Hölle heißmachen und uns unter die Nase reiben, sie hätte es schon die ganze Zeit gewusst.«

Daisys Lächeln währte noch für ein paar Sekunden, bevor sich ihre Miene sorgenvoll verzog. »Trish? Mach auf! Ich bin's, Daisy! Ist alles in Ordnung?«

»Vielleicht ist sie ja unterwegs.«

»Vielleicht. Hoffentlich.« Sie zögerte, dann zog sie einen Schlüsselbund aus dem Seitenfach von Brutus' Transporttasche. »Ich gehe jetzt rein.« Brutus gab ein leises Winseln von sich. Daisy griff in die Tasche und tätschelte sie, um sie zu beruhigen. Und sich selbst. »Es ist alles gut. Bitte mach, dass alles in Ordnung ist. Gott, bitte lass nicht zu, dass sie betrunken ist«, murmelte sie.

Gideon schaltete die Taschenlampenfunktion seines Handys ein und reichte es ihr. »Halt es auf das Schloss«, sagte er und nahm ihr den Schlüssel aus der Hand, die so heftig zitterte, dass sie das Schloss nicht traf. Mit wenigen Handbewegungen hatte er die beiden Türriegel und das Bolzenschloss am Knauf geöffnet – das absolute Minimum an Sicherheitsausstattung in einer Gegend wie dieser, vor allem in einem Haus, dessen Eingangstür sich nicht abschließen ließ.

Mit unverhohlener Besorgnis sah Daisy ihn an. »Trish«, rief sie und schob die Tür einen Spaltbreit auf. »Ich komme jetzt rein.«

Sie öffnete die Tür vollends und trat ein. In diesem Moment begann Brutus zu bellen. Einen Bruchteil, bevor Daisy laut schrie.

»Nein. Nein, nein, nein, nein!« Bevor Gideon sie aufhalten

konnte, stürmte sie auf eine brünette Frau zu, die auf dem Fußboden lag. Nackt und in einer Blutlache. Daisy sank neben ihr auf die Knie.

Verdammt! Zwei Angriffe innerhalb von zwei Tagen, das konnte kein Zufall sein. »Daisy«, donnerte er. »Weg da!«

Daisy, die die Frau hatte berühren wollen, erstarrte mitten in der Bewegung. Sie war schrecklich blass. Wie in Zeitlupe ließ sie die Hand sinken und umfasste ihre Tasche so fest, dass ihre Fingerknöchel weiß hervortraten. »Ist sie tot?«, flüsterte sie.

Daran bestand nicht der leiseste Zweifel. Trish wies mehrere Stichverletzungen auf. Mindestens sieben, soweit er sehen konnte, aber vielleicht auch mehr. Bei all dem Blut war es schwer zu sagen. Gideon zog ein Paar Latexhandschuhe aus der Tasche und streifte sie über, während er neben der Frau in die Hocke ging. »Ruf die Polizei!«, befahl er knapp.

»Ist sie tot?«, wiederholte Daisy mit schriller Stimme.

Er blickte in ihr schockverzerrtes Gesicht. »Ja, Liebes«, antwortete er so sanft, wie er nur konnte. »Sie ist tot.«

Das Blut auf dem Oberkörper der Frau war bereits getrocknet, ihre Haut gräulich verfärbt. Ihre Knöchel waren mit Kabelbinder gefesselt, vermutlich auch ihre Handgelenke, was er jedoch nicht genau sagen konnte, da sie auf dem Rücken lag. Ihre weit aufgerissenen Augen starrten blicklos an die Decke, das Weiße war von winzigen Kapillarblutungen gesprenkelt. Ihr Hals wies Würgemale auf, die an Daisys Verletzungen erinnerten, nur dass Trishs deutlich breiter waren, außerdem gab es mehrere ovale Hämatome, die in Kombination mit den Kapillarblutungen auf Strangulation hindeuteten.

Mit zitternden Händen tastete Daisy ihre Taschen ab. »W-wo hattest du die Handschuhe auf einmal her?«, stammelte sie.

»Ich habe immer welche in der Tasche«, antwortete er ruhig, während sie immer noch fieberhaft nach ihrem Handy suchte. »Ganz ruhig, Schatz. Hol tief Luft.«

»O mein Gott!«, ertönte eine Frauenstimme hinter ihnen. »Trish!«

Gideon hob die Hand, um die Frau daran zu hindern, quer durch das Apartment zu laufen, wie Daisy es getan hatte. »Bleiben Sie stehen, Ma'am. Nicht näher kommen.« Er zog seine Dienstmarke heraus. »Special Agent Reynolds, FBI. Bitte treten Sie zurück.«

Sichtlich erschüttert gehorchte die Frau. Gideon zog sein eigenes Handy heraus und wählte den Notruf, während Daisy mit leerem Gesicht auf die Leiche starrte. Brutus leckte fieberhaft ihre Hände ab und stupste sie mit der Schnauze an, doch sie schien nicht in der Lage zu sein, aus ihrer Schockstarre zu erwachen. Daisy stand kurz vor einem Zusammenbruch. Gideon stand auf und trat vorsichtig um die Leiche herum, als sich die Notrufzentrale meldete.

»Hier spricht Special Agent Reynolds, FBI.« Er nannte die Anschrift des Tatorts und bat darum, die Polizei und einen Krankenwagen zu schicken. Dann ging er neben Daisy in die Hocke und streifte die Handschuhe ab, ehe er sie behutsam hochzog. »So ist es gut«, murmelte er. »Ich habe dich. Komm, Schatz. Komm mit mir.«

Er führte sie in den Flur hinaus, baute sich vor der Wohnungstür auf, wo sich bereits die ersten neugierigen Nachbarn eingefunden hatten, und zog Daisy an seine Brust, während er Rafe erst eine Nachricht schickte und ihn dann anrief. »Ich habe dir gerade eine Adresse geschickt. Du musst sofort kommen.«

»Bin schon unterwegs«, sagte Rafe. »Warum?«

»Daisys Freundin Trish ist tot.«

Rafe sog scharf den Atem ein. »Großer Gott, Gid.«

»Ich weiß. Beeil dich. Ich habe schon die 911 gewählt, und die Cops sollten bald hier sein.«

»Ich bin gleich da. Bitte sorge dafür, dass keiner etwas anfasst, bevor ich da bin. Wie geht es DD?«

»Sie steht unter Schock.« Daisy wurde von lautlosen, aber so heftigen Schluchzern geschüttelt, dass ihre Zähne klapperten. Unterdessen winselte Brutus unablässig. »Es ist …« Gideon hielt inne, um den sensationslüsternen Umstehenden nicht noch zusätzliches Klatschfutter zu liefern.

»Ich verstehe schon«, sagte Rafe. »Ich bin in einer Viertelstunde da.«

Gideon steckte sein Handy ein und zog Daisy enger an sich. »Bitte treten Sie zurück«, sagte er zu den Anwohnern, die sich auf den Stufen und dem schmalen Treppenabsatz drängten. »Die Polizei braucht Platz, damit sie ihre Arbeit machen kann.«

Erstaunlicherweise gehorchten sie. Daisy hob den Kopf und blickte ihn aus tränennassen Augen an. »Ihre Halskette fehlt.«

Er runzelte die Stirn. »Was?«

»Ihre Halskette«, flüsterte Daisy. »Ein mit Türkisen besetztes Kreuz. Es gehörte ihrer Mutter. Sie trug es immer um den Hals. Aber jetzt nicht.«

Ein Souvenir. So wie Eileens Medaillon.

Sie krallte die Finger in den Stoff seines Jacketts und sah ihn verzweifelt an. »Er war an dem Abend gar nicht hinter mir her, Gideon, sondern hinter Trish.«

Gideon war sich da nicht so sicher, widersprach ihr jedoch nicht. Nicht jetzt. Für den Moment konnte er sie nur festhalten, während sie in seinen Armen zusammenbrach. Weil sie sich alle geirrt und die Bedrohung falsch eingeschätzt hatten. Daisy war nicht die Einzige gewesen, die in Gefahr schwebte, und nun war ihre Freundin tot. Und sie waren in ihrer Suche nach der Identität des Mörders keinen Schritt weitergekommen.

Er hatte Daisys Freundin brutal ermordet und hätte dasselbe auch mit ihr getan, wäre sie ihm nicht entkommen. Vielleicht versuchte er sogar ein zweites Mal, an sie heranzukommen, wenn er fürchtete, dass sie ihn identifizieren könnte.

Und er hatte auch Eileen getötet.

Ein Blick auf Trishs übel zugerichtete Leiche ließ jede Resthoffnung, seine Freundin aus Kindertagen zu finden, jäh zerbrechen. *Noch bevor ich mit dir fertig bin, wirst du um Verzeihung flehen*, hatte der Kerl zu Daisy gesagt. *Das tun sie alle.*

Es gab noch weitere Opfer, daran bestand endgültig kein Zweifel mehr. Das änderte alles. Und zugleich nichts. Sie mussten bei ihrer ursprünglichen Strategie bleiben, mussten Eileens Spur folgen.

Wieder sah Daisy ihn an. Die Tränen strömten ihr ungehindert über das Gesicht, doch in ihren Augen lag ein stählerner Ausdruck. »Wir müssen nach Redding fahren«, stieß sie zwischen zusammengebissenen Zähnen hervor.

Es wunderte ihn noch nicht einmal, dass sie seine Gedanken erraten hatte, und so konnte er nur »Ja« antworten.

Sacramento, Kalifornien
Samstag, 18. Februar, 14.35 Uhr

Das Geräusch eines Schlüssels im Schloss ließ Zandra aus einem unruhigen Schlaf schrecken. *Er ist zurück. Verdammt! Er ist zurück.*

Sie schloss die Augen. Nein, sie würde sein Spielchen nicht mitspielen. *Außerdem bringt er mich doch ohnehin um.* Die Befriedigung, ihre Angst sehen zu können, würde sie ihm nicht verschaffen.

Und Angst hatte sie. Unbeschreibliche Angst.

»Hallo, Zandra«, sagte er gedehnt und schloss die Tür hinter sich. »Haben wir denn über unser Verhalten nachgedacht?«

Sie gab ihrem Impuls, die Augen zu verdrehen, nicht nach.

»Nein?«, fragte er. »Genau das hatte ich gehofft. Deine Einstellung gefällt mir, Zandra. Es wird ein echtes Vergnügen, dich zu brechen.«

Nein. Nein, das wirst du nicht tun. Sie würde nicht zulassen, dass er sich daran aufgeilte, sie zu quälen.

Er beugte sich vor und fuhr mit den Lippen über ihre Wange. »Wenn ich jetzt den Knebel rausnehme, sagst du dann, dass es dir leidtut?«

Sie reagierte nicht, schlug die Augen nicht auf, allerdings spürte sie ein Auge zucken, als er mit der Zunge an ihrem Kiefer entlangglitt.

Er lachte verzückt. »Du bist genau, was ich brauche, Zandra Jones. Die letzten Tage waren schwierig für mich, aber du bist wie eine frische Brise.«

Sie hörte das Klirren von Schlüsseln, gefolgt von einem Quietschen … Scharniere? Sie öffnete die Augen einen Spaltbreit und stellte erleichtert fest, dass er ihr den Rücken zukehrte und einen Schrank öffnete.

Beim Anblick des Inhalts sog sie scharf den Atem ein: Führerscheine. Dutzende. Und Schmuckstücke aller Art, die an Haken hingen.

Er klemmte einen Führerschein in einen Spalt im Regalboden, sodass er aufrecht darin steckte.

»So, Trish«, murmelte er und schnippte mit dem Daumen gegen den Rand des Plastikkärtchens. »Gut hast du das gemacht. Deine Freundin bis zum bitteren Ende geschützt, trotz allem, was ich mit dir angestellt habe. Und jetzt darf ein neuer Talisman seinen Dienst übernehmen.« Mit einer dramatischen Geste nahm er die Kette um seinen Hals ab und hängte sie zum vorletzten Führerschein – ein mit Kristallen besetztes Hufeisen, das er ebenfalls mit dem Finger anschnippte, sodass es am Haken baumelte.

Dann zog er eine weitere Halskette heraus und hielt sie hoch, worauf das mit Türkisen besetzte Kreuz zu kreiseln begann. Er hängte es sich um den Hals und strich mit dem Finger über die Steine.

»Hat dir meine kleine Show gefallen, Zandra?«, fragte er und wandte sich ihr grinsend zu. »Du glaubst, du könntest dich vor mir verbergen, aber ich hatte schon so viele Gäste auf meinem Bett liegen, deshalb kenne ich sämtliche Tricks. Und jetzt …« Er zog eine Schublade auf und drehte sich um. In der Hand hielt er eine dünne Klinge. »Jetzt ist es Zeit, an die Arbeit zu gehen. Das ›S‹, das ich dir gestern eingeritzt habe, beginnt schon zu heilen, deshalb gehe ich lieber noch mal drüber. Und dann kommt das ›Y‹.«

Er nahm ihr den Knebel aus dem Mund. Prompt begann sie zu husten, bis ihr Schädel dröhnte und ihre Brust schmerzte. »Wie laut kannst du schreien, Zandra? Ich wette, sehr laut. Ich hoffe, du enttäuschst mich nicht.«

Ich werde nicht schreien. Auf keinen Fall.

Doch sie tat es.

Sacramento, Kalifornien
Samstag, 18. Februar, 14.45 Uhr

Lediglich wegen der Schaulustigen, die sich vor der Wohnungstür von Trishs Nachbarin Mrs Owens versammelt hatten, widerstand Daisy dem Drang, sich rhythmisch vor und zurück zu wiegen. Obwohl sie die Augen fest zusammengekniffen hatte, war ihr bewusst, dass sie jede ihrer Bewegungen verfolgten, die Handys gezückt und in der gespannten Erwartung von etwas, das sie an die Zeitungen weiterschicken konnten.

Weil Trish tot war.

Nein. Nein, nein, nein. Am liebsten hätte Daisy es laut hinausgeschrien, gebrüllt, dass alles ein Fehler war. Ein Trick. Ein abscheulicher Scherz. Aber das war es nicht. Sie hatte die Leiche gesehen. Mit eigenen Augen.

Die Leiche. Trishs Leiche. Blutüberströmt und …

O Gott, Trish.

Daisy hörte einen scharfen klagenden Laut, ehe sie eine warme Handfläche an ihrer Wange spürte.

»Hey«, sagte Gideon leise. Sie wandte sich ihm zu, atmete seinen Geruch ein, ganz tief, damit er alles andere überdeckte. »Sieh mich an, Liebes.«

Sie zwang sich, die Augen aufzuschlagen, und blinzelte gegen neuerliche Tränen an, als sie sein Gesicht direkt vor sich sah. Er hockte vor dem Klappstuhl, den einer von Trishs netteren Nachbarn ihr hingestellt hatte – nicht die gaffende Mrs Owens von gegenüber, die sich mit der Mehrzahl der Hausbewohner vor ihrer Wohnungstür herumdrückte.

Gideon berührte ihre Hand. »Brutus bekommt keine Luft, Süße. Du hältst sie zu fest.«

Entsetzt blickt Daisy auf ihre kleine Hündin, die sich nun, da sie wieder ungehindert atmen konnte, an sie schmiegte und ihr die Finger leckte. »Es tut mir leid«, krächzte sie. »Ich habe es gar nicht mitbekommen.«

»Es geht ihr gut«, beteuerte Gideon. »Sie hat nur ein bisschen gewinselt.« Er betrachtete sie stirnrunzelnd. »Rafe hat Sasha und Damien angerufen. Sie sind gleich hier und holen dich ab. Okay?«

Sie nickte. »Damien hat uns früher immer Huckepack genommen. Sasha und mich. Als wir noch klein waren.« Der älteste der Sokolov-Sprösslinge war mittlerweile ein großer, stämmiger Cop mit eigenen Töchtern. »Er hat uns ein paarmal nach dem Essen bei Irina nach Hause gefahren. Mich und Trish. Und er hat sich jedes Mal aufgeregt, weil es kein Schloss an der Haustür gibt.« Ein Schluchzen drang aus ihrer Kehle. »Ich wünschte, sie wäre bei mir eingezogen. Dann würde sie jetzt noch leben.«

Er erhob sich, sodass er zwischen ihr und den Gaffern stand. *Um mich zu schützen.* Sie blickte ihn wie betäubt an. »Ich denke dauernd, ich wache jeden Moment auf.«

»Ich weiß«, sagte er leise und ergriff ihre Hand.

»Er … er hat sie erstochen«, flüsterte sie. »So viel Blut.«

Er nahm ihre Hand und hob sie an seine Wange, schmiegte sich in ihre Handfläche. Das leichte Kratzen seines Barts half ihr, ins Hier und Jetzt zurückzukehren. Es war real. Er war real. Nicht wie der Albtraum, in dem sie gerade gefangen war.

Sie schluchzte. »Warum?«

»Ich weiß es nicht, aber wir werden es herausfinden.«

»Er …« Sie weinte. Schluchzte. »Ich habe die Würgemale gesehen«, flüsterte sie, wohl wissend, dass die Gaffer nur auf etwas warteten, das sie gnadenlos weiterverbreiten konnten. »An ihrem Hals. Das stimmt doch, oder?«

Er zögerte, dann nickte er. »Ja.«

Er hatte sie also gewürgt. O Gott. »Wann?«

Gideon seufzte. »Das kann ich erst sagen, wenn die Rechtsmedizin …«

»Grob geschätzt«, unterbrach sie zischend.

Er schüttelte leicht den Kopf. »Acht Stunden, mehr oder weniger.«

»Eigentlich sollte sie um ein Uhr gestern Abend Feierabend haben.«

»Wir rufen ihren Boss an, okay? Ich verspreche es.« Er drückte ihre Hand. »Hast du Fotos von Trish, auf denen man ihre Halskette sieht?«

»Ja, auf dem Handy.« Er ließ ihre Hand los, damit sie im Seitenfach von Brutus' Tasche danach suchen und es schließlich herausholen konnte. Mit einer Hand fummelte sie daran herum, bis er ihr das Handy abnahm, sodass sie die Fotos durchgehen konnte, bis sie zu einer Aufnahme von sich und Trish bei der Silvesterfeier des Senders kam. Das Kreuz mit dem Türkis hob sich deutlich von dem cremefarbenen Pulli ab, den sie an dem Abend getragen hatte.

»Hier«, sagte sie. So würde sie Trish nie wieder lächeln sehen. Nie wieder.

»Ich schicke es per Mail an mich und an Rafe, okay?«, sagte Gideon leise, ehe er das Handy in Daisys Tasche zurückschob.

Im Erdgeschoss wurde eine Tür zugeschlagen, und schwere Schritte polterten die Treppe herauf. Zwei Streifenbeamte erschienen.

»Ich bin gleich zurück«, sagte Gideon und wischte ihr mit dem Daumen die Tränen von der Wange. »Bleib hier.« Er gab ihr einen Kuss auf die Stirn. »Ich muss dafür sorgen, dass die beiden Officer sich vom Tatort fernhalten, bis Rafe kommt.«

Sie nickte, immer noch wie betäubt. Unfähig, irgendetwas anderes zu tun, als sich hinzusetzen. Und zu warten. Und nicht daran zu denken, was sie gerade gesehen hatte. Daran, wie Trish gelitten hatte. *O Gott.*

Mittlerweile hatten sich die Schaulustigen verzogen. Wenig später traf Rafe mit seiner Partnerin Erin und der Kollegin der Spurensicherung ein, Cindy Grimes, die ihr ihr mitfühlend die Schulter tätschelte. Rafe umarmte sie, ehe die drei Trishs Wohnung betraten.

Wo Trish immer noch auf dem Fußboden lag. Tot. Es war … unmöglich. Aber wahr.

Trish ist tot. Weil der Täter es in Wirklichkeit auf sie abgesehen hatte. *Nicht auf mich.*

Andererseits hat Rafe dafür gesorgt, dass Damien gemeinsam mit Sasha herkam … *Sie gehen immer noch davon aus, dass ich Schutz brauche*. Doch ihr Verstand war schlicht nicht imstande, diese Information zu verarbeiten.

Hätten wir Trish doch nur genauso gut geschützt wie mich.

Es tut mir leid, Trish, so verdammt leid.

15. KAPITEL

Sacramento, Kalifornien
Samstag, 18. Februar, 14.50 Uhr

»Sind sie weg?«, fragte Erin Rhee, als Gideon das Apartment wieder betrat, wo Cindy Grimes mit ernster Miene Fotos von Trishs Leiche machte.

»Ja.« Gideon massierte sich die Nasenwurzel, um seine beginnenden Kopfschmerzen zu vertreiben. »Sasha und Damien haben sie zu euren Eltern gebracht, Rafe.«

Nickend blickte Rafe mit ausdrucksloser Miene auf Trish. »Sie wurde erwürgt und erstochen.«

Erin drückte ihm die Schulter. »Wir können den Fall auch abgeben«, sagte sie leise.

Rafe schüttelte den Kopf. Bis auf das Zucken eines Muskels an seinem Kiefer blieb seine Miene unverändert. »Nein. Wir werden das Schwein finden, das dafür verantwortlich ist.«

»Na gut«, meinte Erin. »Aber ein Wort, und wir sind raus.«

»Kanntest du Trish gut?«, fragte Gideon.

Rafe nickte knapp. »Im letzten halben Jahr war sie regelmäßig sonntags zum Essen bei uns. Seit DD hier lebt. Meine Mom … mochte sie.«

»Es tut mir leid«, murmelte Gideon, doch Rafe blickte weiter mit grimmiger Konzentriertheit auf Trishs Leiche. Gideon ging neben ihr in die Hocke, sorgsam darauf bedacht, Cindy nicht in die Quere zu kommen. Bislang hatte keiner von ihnen die Leiche angefasst, da der Rechtsmediziner noch nicht eingetroffen war. »Er hat sie erwürgt. Genauso, wie er es auch bei Daisy versucht hat.«

»Und bei all den anderen«, meinte Erin leise. »›Das tun sie alle‹, hat er gesagt.«

Rafe deutete auf einen Stapel Kleider neben der Leiche, die zwar säuberlich gefaltet waren, jedoch unübersehbare Schnitte aufwiesen. »Er hat sie ihr vom Leib geschnitten. Das ist ihre Arbeitskleidung. Ich hoffe nur, er hat sich bei der Reinigung des Tatorts nicht dieselbe Mühe gegeben wie bei ihren Sachen.«

»Ich fürchte schon«, warf Erin ein. »Ich war gerade in der Küche. Blitzblank. Bis auf ein einzelnes Fleischermesser, das abgewaschen im Abtropfgestell liegt. Es riecht nach Bleichmittel, allerdings habe ich nirgendwo welches entdeckt. Weder eine Sprühflasche mit etwas Vergleichbarem noch sonst irgendwelche leeren Flaschen. Vielleicht hat er das Zeug ja mitgebracht oder den Behälter danach mitgenommen. Ich tippe auf Ersteres. Das war eine geplante Tat.«

»Das sehe ich genauso«, stimmte Gideon zu. Als Laie ließ sich nicht sagen, ob die Verletzungen von dem Messer stammten, wahrscheinlich war es jedoch. Er hoffte, dass der Rechtsmediziner Genaueres sagen konnte. Er drehte sich um die eigene Achse, wobei sein Blick am Couchtisch hängen blieb.

Er erhob sich stirnrunzelnd. »Die Zeitschriften da drüben.« Der Blutspritzer auf der Titelseite des obersten Magazins wies eine auffallend saubere Kante auf.

»Er hat die oberste Zeitschrift mitgenommen«, stellte Rafe fest. »Aber warum?«

»Als Souvenir?« Erin winkte Cindy herüber. »Könntest du davon Fotos aus sämtlichen Winkeln machen, Cindy?«

Gideon trat einen Schritt zur Seite. »Vielleicht ist es ein Souvenir«, meinte er. »Daisy glaubt, er hätte Trishs Halskette mitgenommen. Ein Kreuz mit Türkisen.« Er rief das Foto in seiner E-Mail auf. »Ich habe es dir schon geschickt, Rafe. Ihre Mailadresse hatte ich nicht, Erin.« Er reichte Erin sein Handy. »Daisy meinte, Trish hätte es immer getragen.«

Erin betrachtete das Foto. »Er hat ihr die Halskette abgenommen, genauso wie Eileen das Medaillon.«

»Wir hätten beide im Auge behalten müssen«, erklärte Rafe ernst. »Könnte sein, dass das Ganze nichts mit Daisys anzüglichen Mails und Nachrichten zu tun hatte. Vielleicht ist der Täter den beiden nach dem AA-Meeting einfach bloß gefolgt und war nicht darauf gefasst, als Daisy ihn zur Rede gestellt hat.«

Gideon konnte ihm nur zustimmen. »Was bedeutet, dass er versuchen könnte, sie zu kriegen. Vor allem, wenn er Angst hat, sie könnte ihn identifizieren.«

»Wir könnten sie in einem Safehouse unterbringen«, schlug Erin vor.

Rafe lachte freudlos. »Das können wir versuchen. Aber nachdem sie sich zwölf Jahre lang verstecken musste, wird sie vermutlich nicht allzu begeistert davon sein.«

»Dann werden wir sie eben nicht aus den Augen lassen«, sagte Gideon. *Mit anderen Worten: Ich werde sie nicht aus den Augen lassen.* Folglich hatte sich an seinem Vorhaben, sie zu beschützen, nichts geändert.

Sacramento, Kalifornien
Samstag, 18. Februar, 16.45 Uhr

»Bitte verzeihen Sie, dass ich Sie ausgerechnet jetzt störe.« Er schenkte der Frau, die Kaley Martells Haustür geöffnet hatte – offenbar ihre Mutter –, ein mitfühlendes Lächeln. Ihre Augen waren rot gerändert und verquollen. *Die Arme.*

Mit dieser traurigen alten Frau hatte das Ganze rein gar nichts zu tun, sondern ihre Tochter war bloß zur falschen Zeit am falschen Ort gewesen und hatte seine freundliche Einladung, in seinen Wagen zu steigen, unverschämt und rüde abgelehnt. Irgendetwas von »Prinzipien« hatte sie gefaselt und stattdessen ihn zu überreden versucht, aus seinem Wagen zu steigen.

Hätte er gewusst, dass sie alleinerziehende Mutter eines todkranken Kindes war, wäre er vielleicht nachsichtig gewesen und hätte sich eine andere Nutte gesucht, doch in diesem Moment war er selbst schwer angeschlagen gewesen.

»Ich will mit keinem Reporter mehr reden«, meinte die Frau resigniert. »Bitte, gehen Sie.«

Er war heilfroh, dass er sich einen Plan B zurechtgelegt hatte. »Nein, Ma'am, ich bin kein Reporter. Mein Name ist Johnny Steves, und ich wohne einen Block weiter. Ich habe den Bericht über Kaley gesehen. Sie ist … ich bin ein Kunde von ihr … in der Bäckerei. Sie hat mich immer so nett angelächelt.« Alle Reporter hatten hervorgehoben, was für ein freundlicher Mensch Kaley gewesen sei. »Wir sind … na ja, Freunde.«

Mrs Martells Miene wurde etwas sanfter und schmerzerfüllter zugleich. »Sie kennen meine Kaley?«

»Ja, Ma'am. Wir unterhalten uns. Jeden Tag. Ich wollte … ihr gern helfen. Weil sie Amelia so sehr liebt.« Die Medien hatten den Namen der Tochter nicht erwähnt, sondern er hatte ihn auf dem Facebook-Profil der Martells gefunden. Die Leute sollten wirklich vorsichtiger mit den Informationen umgehen, die sie in der Öffentlichkeit preisgaben.

Er schluckte betont. »Es ist grauenvoll, dass sie ihre Mama vielleicht niemals sehen wird.« Er hielt ihr eine volle Einkaufstasche hin. »Ich habe ein paar Sachen besorgt. Für Amelia. Spielzeug. Stofftiere und Malstifte, solche Sachen.«

Tränen schossen Mrs Martell in die Augen, und sie lockerte ihren Griff um den Türknauf. »Das ist so nett von Ihnen. Danke schön. Möchten Sie …« Sie hielt die Tür auf. »Möchten Sie vielleicht reinkommen und Amelia die Sachen selbst übergeben?«

Er lächelte. »Das wäre schön.«

Granite Bay, Kalifornien
Samstag, 18. Februar, 17.45 Uhr

»Hier, Süße.« Sasha stellte eine Tasse Tee neben Daisys Laptop auf den Küchentisch und setzte sich zu ihr. Sie war noch immer zutiefst erschüttert und völlig außer sich.

Irina backte. Butterkekse. Trishs Lieblingsgebäck.

Das Geschehen lastete schwer auf ihnen allen.

Trish war tot. *Tot.*

Irinas Küche war der einzige Ort, an dem Daisy jetzt sein wollte. Ein Ort voller Liebe. Und der Geborgenheit. Aber auch ein Ort der Trauer und des Kummers, zumindest jetzt gerade.

Daisy konnte immer noch nicht glauben, dass ihre Freundin für immer fort sein sollte. »Ich weiß, dass es nicht meine Schuld ist«, sagte sie leise und blickte auf die Fotos auf dem Bildschirm, ohne sie wirklich zu sehen. Sie hatte ihren Laptop aus dem Drang aufgeklappt, irgendetwas zu tun, egal was. Doch nun saß sie vor den Eden-Tattoos, ohne etwas damit anfangen zu können.

Denn sie sah bloß Trish Leichnam vor sich. Voller Blut. Auf das Übelste zugerichtet.

»Natürlich ist es nicht deine Schuld«, bestätigte Sasha. Daisy sah sie mit tränennassen Augen an. Die Sokolovs hatten Trish aufgenommen und ihr zum allerersten Mal in ihrem Leben so etwas wie eine Familie geschenkt, da ihre Mutter gestorben war, als sie erst siebzehn war. Sie hatten sie geliebt. »Aber?«, hakte Sasha nach – sie kannte Daisy viel zu gut.

»Aber hätte jemand auf sie aufgepasst, statt auf mich, wäre sie jetzt noch am Leben.« Und nicht … verstümmelt und … tot.

»Kann sein«, schaltete sich Irina ein, stellte einen Teller mit Keksen auf den Tisch und setzte sich auf Daisys andere Seite. »Aber wissen kannst du es nicht. Vielleicht hat er sich an sie herangemacht, *weil* du bewacht wurdest. Und wäre Gideon nicht bei dir gewesen, hätte er …« Sie schluckte. »Er hätte auch dir etwas antun können.«

Daisy seufzte. Ihr Kopf schmerzte, und ihre Augen brannten. »Kann sein.«

Irina tätschelte ihre Hand. »Trink deinen Tee, er wird sonst kalt.« Sie blickte über Daisys Schulter hinweg auf den Bildschirm. »Wieso siehst du dir Tattoos an?« Ihre Augen wurden schmal. »Du überlegst doch nicht, dir eines stechen zu lassen, oder?«

Erst jetzt ging Daisy auf, dass die Bilder auf dem Monitor mehr Fragen aufwerfen würden, als sie beantworten konnte, und sie hatte Gideon Stillschweigen gelobt. »Ich habe schon eines«, erklärte sie und schloss unauffällig das Browserfenster. »Es ist nur noch nicht ganz fertig. Vielleicht lasse ich es fertigstellen, wenn all das hier hinter uns liegt.«

»Woher hast du ein Tattoo?«, fragte Sasha.

»Aus Paris. Allerdings bin ich zurückgeflogen, bevor es ganz fertig war.« Wegen ihres Vaters, der ihr Jacob auf den Hals gehetzt hatte.

Sasha setzte ein Grinsen auf, obwohl ihr keineswegs danach war. »Wenn du mir deins zeigst, zeige ich dir meins.«

Irina schnalzte mit der Zunge. »Ich weiß übrigens längst davon, Sasha.«

Sasha blieb der Mund offen stehen. »Aber …«

»Und auch, wo es ist. Auf deiner Pobacke.« Irina winkte mit einem abfälligen Schnauben ab. »Ich weiß alles und sehe alles, Kind. Dass du erwachsen bist, heißt gar nichts.«

Daisy kicherte, heilfroh über den kurzen Moment der Ablenkung. »Und wer hat hier gepetzt?«

Irina lächelte traurig. »Trish. Was glaubst du wohl, wie sie mir das Rezept für die Cremetorte entlockt hat?«

Daisys Lächeln verflog schlagartig, und sie sah neuerliche Tränen in Sashas Augen glitzern. »Ach, Süße.« Sie schlang die Arme um ihre Freundin. »Davon wusste ich nichts.« Sie hatte keine Ahnung gehabt, dass Trish bi gewesen war und dass sie und Sasha … »Es tut mir so leid. Und ich sitze hier und denke, ich sei die Einzige, die vor Kummer am Boden zerstört ist.«

»Wir waren bloß ein paarmal aus«, flüsterte Sasha. »Das Ganze war nie wirklich ernst, und vor Weihnachten haben wir uns endgültig getrennt. Aber … verdammt, DD. Ich mochte sie wirklich. Wir waren auch jetzt noch Freundinnen.«

»Ich weiß, Schatz«, presste Daisy mit tränenerstickter Stimme hervor. »Ich kann es nicht glauben. Obwohl ich sie mit eigenen Augen gesehen habe, kann ich es nicht glauben.«

»Hier, nimm einen Keks.« Irina schob ihr den Teller zu.

»Na gut.« Gehorsam schob Daisy sich einen in den Mund, doch ihre Dankbarkeit hielt nicht lange an, denn Irina nutzte die Gunst der Stunde, drückte auf das Touchpad des Laptops und rief die Seite auf, die Daisy gerade geschlossen hatte. »Irina! Was zum Teufel soll das?«

»Mom!«, rief Sasha entsetzt. »Du kannst doch nicht einfach –«

»Ruhe«, blaffte Irina. »Ich entschuldige mich später. Vielleicht. Jetzt will ich erst mal wissen, wieso Daisy nach Tattoos sucht, die genauso wie das aussehen, das mein Gideon früher mal hatte. Das Ding war … falsch, und ich war heilfroh, als er es hat überstechen lassen, weil es ihn traurig gemacht hat.«

Seufzend beugte Daisy sich herüber und schloss das Fenster wieder. »Irina.«

Irina zog die Brauen hoch. »Eleanor.«

»Ich kann es dir nicht sagen«, erklärte Daisy ernst. »Es steht mir nicht zu. Ich … habe es versprochen, Irina, und dieses Versprechen darf ich nicht brechen.«

»Gideon«, sagte Irina leise.

Daisy sah sie nur an, ohne etwas zu bestätigen oder abzustreiten. Doch das war Antwort genug. »Es tut mir leid, Daisy. Ich hätte das nicht tun dürfen«, sagte Irina.

»Schon gut«, erwiderte Daisy sanft. »Ich weiß ja, wie sehr du ihn liebst.«

»Das tue ich. Er ist wie ein Sohn für mich.« Irina legte den Kopf schief. »Er hat dir etwas anvertraut, das er mir nie erzählt hat?«

»Mom«, warnte Sasha.

Irina schenkte ihr keine Beachtung. »Ist doch wahr. Und es ist auch gut so.« Ein listiger Ausdruck trat in ihre Augen. »Ich hatte doch recht, oder? Er ist perfekt für dich.«

Daisy spürte, wie sie rot wurde, verdrehte aber nur die Augen. »Lass einfach gut sein, Irina.«

Irina zwinkerte Sasha zu. »Sie hat es nicht abgestritten.«

Sasha lachte unter Tränen. »Nein, hat sie nicht. Außerdem hatten sie gestern Abend ein Date.«

»*Sasha!*« Daisy runzelte die Stirn. »Also wirklich.«

Irina schob sich verzückt einen Keks in den Mund. »Ich will alles wissen.«

»Also, Rafe und ich waren essen, und ich habe die beiden schon auf der Straße vor dem Restaurant gesehen, bevor sie hereinkamen. Anfangs habe ich sie nicht erkannt, weil sie unter einem Schirm standen. Jedenfalls dachte ich, ›Wow, es ist so süß, wie er sie hält‹, und als er den Schirm geschlossen hat, habe ich gesehen, dass sie es sind.« Seufzend klimperte sie mit den Wimpern.

»Sasha hatte ein Date mit der Bibliothekarin«, platzte Daisy heraus.

Irina wandte sich ihrer Tochter zu und musterte sie forschend, während Sasha ihrerseits Daisy einen vernichtenden Blick zuwarf. »Eine Bibliothekarin, ja? Das ist doch prima. Das heißt, sie hat Grips?«

Sashas Miene erhellte sich ein klein wenig. »Sogar eine ganze Menge, Mom. Aber zurück zu Daisy und Gideon …«

»Oder auch nicht«, unterbrach Daisy, als ihr Handy läutete.

Ihre Erleichterung war von kurzer Dauer. Bis sie den Namen auf dem Display sah. Irina und Sasha verstummten.

»Geh ran, Schatz«, sagte Irina. Der kurze Moment der Ablenkung von ihrer Trauer war vorüber.

Daisys Hand zitterte, als sie das Gespräch annahm. »Dad?«

»Daisy.« Er hörte sich … verängstigt an. »Ich …« Sie hörte, wie er bebend ausatmete. »In Sacramento wurde die Leiche einer jungen Frau gefunden. Ich …« Wieder holte er tief Luft. »Ich dachte, das bist du.«

»Oh, Dad, es tut mir leid.« Daisys Augen brannten. »Ich wusste nicht, dass es so schnell die Runde macht. Ich wollte dich anrufen, stand aber regelrecht unter Schock.«

Er schwieg einen Moment. »Das heißt, du kanntest sie?«

»Ja. Sie war meine Freundin. Trish.«

»O nein. Von den Anonymen Alkoholikern?«

»Ja«, wisperte sie heiser.

»Es tut mir so leid, Schatz. In den Nachrichten hieß es … der Mord an ihr stünde womöglich in Zusammenhang mit dem Angriff auf dich.«

»Ich hätte damit rechnen müssen, dass man diese Verbindung herstellt«, murmelte Daisy. »Viele der Leute, die mich heute Nachmittag in Trishs Haus gesehen haben, wussten auch, dass wir am Donnerstag zusammen waren. Ich hätte dich früher anrufen sollen, Dad. Es tut mir leid.«

»Hör auf, dich zu entschuldigen«, sagte er barsch. »Du warst dort?«

Daisy atmete tief durch. Irina legte ihr den Arm um die Schultern und zog sie an sich. »Ich habe sie gefunden. Gideon und ich.«

»Gideon? Der FBI-Mann, mit dem ich am Telefon gesprochen habe?«

»Ja. Bis vorhin ist er mir nicht von der Seite gewichen. Gerade ist er mit Rafe am Tatort, und ich bin hier, bei Irina und Sasha. Karl muss irgendwo im Haus sein.«

»Und Damien ist auch hier, Frederick«, sagte Irina. »Deine Daisy ist in besten Händen.«

Ihr Vater lachte. »Ich habe Irina gehört. Sag ihr, ich danke ihnen allen.«

»Mache ich gerne. Ich wünschte bloß, wir hätten auch auf Trish so gut aufgepasst. Sie hätte nicht ganz allein in ihrer Wohnung sein dürfen.«

Daisy hörte förmlich, wie sich die Rädchen im Kopf ihres Vaters drehten. »Woher wusste er, wo sie wohnt?«

Das war eine gute Frage. »Keine Ahnung. Sie hat gestern Abend gearbeitet und ist vermutlich auf direktem Weg nach Hause gegangen. Eigentlich wollte sie heute zum Adoptionstag in die Zoohandlung kommen.« Daisy massierte sich die Schläfen, um ihre Kopfschmerzen zu lindern. »Wahrscheinlich ist er ihr von der Bar aus nach Hause gefolgt.«

»Und wer wusste, wo sie arbeitet?«

Daisy wollte sich darüber lieber keine Gedanken machen, doch ihr Vater war ein kluger Mann und stellte all die Fragen, die ihr selbst längst hätten in den Sinn kommen müssen. »Alle ihre Freunde. Und die Mitglieder unserer AA-Gruppe. Sie hat in einer Bar gearbeitet, was es ihr noch schwerer gemacht hat, trocken zu bleiben. Deshalb wollte sie sich etwas anderes suchen.«

»Wurde in den Berichten erwähnt, wo sie arbeitet?«

»Keine Ahnung. Moment.« Sie wandte sich an Sasha. »Hat einer der Reporter erzählt, wo Trish gearbeitet und gewohnt hat?«

Sasha schüttelte den Kopf. »Ich glaube nicht. Stell deinen Dad doch mal auf Lautsprecher, DD.«

Daisy gehorchte. »Wir glauben nicht, dass in den Berichten Trishs Arbeitsplatz erwähnt wurde«, sagte sie. »Aber der erste Reporter, der mich aufgestöbert hat, meinte, er hätte mitbekommen, wie Trish jemandem bei der Arbeit von dem Überfall erzählt hätte. Also wusste zumindest er, wo sie gearbeitet hat.«

»Aber in seinem Bericht von gestern Abend hat er es nicht erwähnt«, sagte Sasha leise.

Daisy drückte ihre Hand. »Als wir am Donnerstag von unserem Meeting kamen, habe ich gleich gemerkt, dass wir verfolgt wurden, allerdings konnten wir nicht sagen, ob derjenige uns schon von dort gefolgt war oder gewartet hat – auf mich. Ich habe der Polizei erzählt, dass er mir ebenso gut vom Sender aus nachgegangen sein könnte. Aber Trish war auch direkt von der Arbeit zum Meeting gekommen. Vielleicht ist er ihr beide Male von dort gefolgt.«

Was ihr anfängliches Gefühl untermauerte, dass der Täter es von Beginn an auf Trish abgesehen hatte.

»Möglich«, meinte er. »Vielleicht sollte sich der Fed die Aufnahmen der Überwachungskamera in der Bar ansehen, in der sie gearbeitet hat.«

Ein leises Lächeln breitete sich auf Daisys Gesicht aus.

»Ich werde es ihm ausrichten. Danke, Dad.«

»Immer gern«, brummte er. »Und wenn du etwas brauchst, sag Bescheid, und ich springe in die nächste Maschine.«

Daisys erster Impuls war, Nein zu sagen, doch sie tat es nicht. Ihr Vater liebte sie heiß und innig. *Und ich liebe ihn.* Beides stand ohne jeden Zweifel fest. Sie musste sich räuspern. »Trish hatte keinerlei Familie.« Keinen Vater, der sie liebte, auch wenn er manchmal übers Ziel hinausschoss. Keine Mutter, die sie in den Schlaf wiegte und sie ein Sofakissen bepinseln ließ. Trishs Mom war ebenfalls Alkoholikerin gewesen. »Ich … muss mich um ihr Begräbnis kümmern.« Allein der Gedanke ließ ein Schluchzen in ihrer Kehle aufsteigen. Sie presste sich die Hand vor den Mund. »Ich kann das alles nicht.«

»Möchtest du denn, dass ich komme?«, fragte er so hoffnungsvoll, dass sie erst recht weinen musste.

»Bitte«, flüsterte sie. »Bitte, komm her.«

»Ich schicke dir meine Flugdaten. Sieh zu, dass immer jemand bei dir ist, Daisy. Bitte. Ich weiß, ich übertreibe es mit meinem Beschützerinstinkt, aber … lass mich einfach machen.«

Daisy wischte sich die Tränen ab. »Ich verspreche es.«

»Wir bleiben bei ihr, bis Gideon sie abholen kommt, Frederick«, sagte Irina.

»Danke, Irina.« Seine Stimme war weich geworden. »Ich danke dir, für alles. Dir und Karl.«

»Wir sind doch eine Familie, Frederick«, erwiderte Irina nur.

»Danke«, flüsterte er noch einmal. »Ich bin bald bei dir.«

»Bis dann. Ich hab dich lieb.« Daisy beendete das Gespräch und wählte Gideons Nummer, diesmal jedoch nicht auf Lautsprecher.

Er ging beim ersten Läuten ran. »Geht es dir gut?«

»Ja, alles bestens. Irina und Sasha sind bei mir. Mein Dad hat gerade angerufen.«

»Und?«, fragte er argwöhnisch.

»Es war gut. Wir haben über Trish gesprochen, und er meinte, du solltest dir vielleicht die Aufnahmen der Überwachungskameras in der Bar von gestern und Donnerstagabend ansehen. Das könnte eine gute Idee sein.«

»Du glaubst, der Mörder ist ihr am Donnerstag von der Bar zum Gemeindezentrum gefolgt?«

»Ja. Sie hat sogar erzählt, dass sie mit einem Gast aneinandergeraten sei. Natürlich hat sie es heruntergespielt, aber dass sie es überhaupt erwähnt hat, ist schon ungewöhnlich.« Inzwischen fielen ihr noch weitere Details ein. »Sie war daran gewöhnt, dass die Typen manchmal unverschämt wurden, und bekam ständig unsittliche Angebote. Aber dieser Kerl war eindeutig auf Streit aus und hat sie so lange provoziert, bis ihr der Geduldsfaden gerissen ist. Sic hat ihn als Idioten bezeichnet und musste sogar den Manager rufen, der ihn dann vor die Tür gesetzt hat.«

»Ich sage es Rafe. Ich bin ohnehin unterwegs zu …« Gideon hielt inne. »Ich treffe ihn gleich.«

Sie hörte deutlich, was er unausgesprochen gelassen hatte. »Unterwegs zum Leichenschauhaus.«

»Ja«, gestand er. »Ich bin schon fast da.«

»Gut.« Sie würde jetzt nicht über das Leichenschauhaus nachdenken. Über die arme Trish auf dem kalten, stählernen Untersuchungstisch. »Hast du … etwas aus Philly gehört?«, fragte sie vorsichtig, weil Irina und Sasha immer noch gespannt lauschten.

»Noch nicht. Aber er meinte, er sei fast fertig. Hast du eine Tasche gepackt? Im Zweifelsfall müssen wir in Redding übernachten.«

»Soll ich trotz allem mitkommen?« Bei der Vorstellung fühlte sie sich gleich ein wenig besser.

»Ja, natürlich.« Er zögerte kurz. »Ich muss sicher sein, dass es dir gut geht, und will dich auf keinen Fall alleine lassen. Obwohl ich natürlich weiß, dass du bei den Sokolovs gut aufgehoben bist. Ich hole dich so schnell wie möglich ab.«

»Ich warte auf dich.«

Sacramento, Kalifornien
Samstag, 18. Februar, 17.55 Uhr

Er zog seine Krawatte straff und ging mit federnden Schritten die Straße entlang. Die Cops hatten keinerlei Hinweise im Fall der verschwundenen Kaley Martell. Nichts, was ihnen helfen würde, sie zu finden – oder den Täter, der sie entführt hatte. Das wusste er aus erster Hand, von Marlena Martell, die ihm bei dünnem Tee und trockenen Oreo-Keksen alles erzählt und für die sichere Rückkehr ihrer Tochter gebetet hatte.

Ich habe keinerlei Grund zur Sorge.

Und er hatte beschlossen, seine erstklassige Tarnung nicht ungenutzt zu lassen und sich Antworten auf ein paar offene Fragen über Daisy Dawson zu beschaffen. Die Traube aus Schaulustigen vor Trishs Apartment war kleiner geworden, doch ein paar Reporter und eine Handvoll Gaffer standen noch herum.

Die Reporter hatten sich um eine ältere Frau geschart, und jemand hatte ihr sogar einen Klappstuhl hingestellt, auf dem sie es sich bequem gemacht hatte und Fragen beantwortete.

Und er lauschte.

Sie hieß Mrs Owens und hatte Daisy und diesen »FBI-Mann« über der Leiche kniend vorgefunden. Aha, er war also ein Fed und kein gewöhnlicher Bulle, auch wenn das Haarspalterei sein mochte. Er musste ein Grinsen unterdrücken, als die Frau hochdramatisch die Situation schilderte, sodass der Eindruck entstand, Daisy und der Fed hätten Trish getötet.

Das stimmt ja wohl nicht. Ehre, wem Ehre gebührt.

Als Nächstes erfuhr er, dass Daisy »in den Armen des FBI-Mannes zusammengebrochen« sei.

Er runzelte die Stirn. In seinen Armen? Unsinn. Der Typ war doch bloß ihr Leibwächter.

Egal. Daisy Dawson war bedeutungslos für ihn, stellte keinerlei Bedrohung für ihn dar. Er würde um Daisy-Poppy-Eleanor und ihren Fed einfach einen großen Bogen machen.

Aber sie war so nett. Er wünschte beinahe, er sei tatsächlich ein arbeitsloser Theaterpädagoge, der auf einen Job in ihrem Sender hoffte. Es wäre so schön, jeden Tag mit ihr zusammenzuarbeiten. Diese Frau war das krasse Gegenteil von Sydney. Allein beim Gedanken an Sydney wurde ihm übel. Aber Daisy? Zu jemandem wie ihr nach Hause zu kommen, wäre der reinste Traum.

Sogar ganz wunderbar. Sein Magen zog sich zusammen, doch nicht vor Ekel. Nein, sondern … was war das für ein Gefühl? Verlangen? So hatte er noch nie empfunden. Niemals. Fühlte sich so Verlangen an?

Für Sydney empfand er es jedenfalls nicht, und seinen Gästen trat er stets nur mit Wut gegenüber und nicht mit Verlangen.

Er gestattete sich, Daisy vor seinem geistigen Auge zu sehen – in seinem Bett. Nicht in dem im Keller, sondern seinem richtigen Schlafzimmer. Dem Bett, das Sydney niemals berührt hatte. Und auch sonst niemand. Sie würde ihn anlächeln, so reizend und liebenswürdig wie am Nachmittag in der Zoohandlung.

Sie würde sich für ihn ausziehen. Ohne dass er sie dazu zwang. Und ihn anlächeln. Ihr würde er niemals sagen müssen, dass ihm etwas leidtat. Niemals. Die Vorstellung der nackten Daisy in seinem Bett war mehr als nett. Sie genügte, um seinen Schwanz zum Leben zu erwecken. Ganz ohne sein Zutun.

Ohne Tabletten. Ohne Sydney.

Das war … geradezu unglaublich. Dass er etwas so Normales empfinden konnte, wie alle anderen Männer auch? Er traute sich kaum, die Vorstellung ernsthaft in Erwägung zu ziehen.

Eigentlich war er sicher gewesen, dass Sydney ihn für jede normale Beziehung ruiniert hatte und es für ihn niemals jemanden geben würde. Aber dann hatte er Daisy kennengelernt, die ihn angelächelt hatte und so verdammt nett zu ihm gewesen war.

Höchste Zeit, dass er jemand Nettes fand. Oder?

Ja. Er verdiente jemand Nettes in seinem Leben. Eine Frau in seinem Bett, so wie alle anderen Männer auch. Er verdiente Daisy Dawson.

Das war durchaus eine Überlegung wert. Und nun konnte er an nichts anderes mehr denken.

Und ihr Leibwächter? Der sie in den Armen gehalten hatte, als sie weinen musste? Der Fed.

Er muss weg. So einfach war das. Wäre er von der Bildfläche verschwunden, würde sie jemanden brauchen, der sie festhielt, wenn sie weinte. *Mich.*

»Wie hieß dieser Agent?«, rief einer der Reporter und riss ihn damit ins Hier und Jetzt zurück, zu der alten Frau, die vor der Eingangstür Hof hielt.

Genau. Das wüsste ich auch gern.

»Special Agent Reynolds«, antwortete Mrs Owens mit einem nachdrücklichen Nicken. »Er hat mir seine Dienstmarke gezeigt.«

»Und wo ist Daisy jetzt?«, wollte ein anderer wissen.

Auch das ist eine gute Frage.

»Ihre Freundin hat sie abgeholt. Sasha irgendwas. Ihren Nachnamen habe ich nicht mitbekommen, aber gesehen habe ich sie hier schon mal. Sie hat dem FBI-Mann gesagt, sie würde sie ›zu Mom und Dad nach Hause‹ mitnehmen.« Mrs Owens beschrieb Anführungszeichen in der Luft.

»Und wissen Sie auch, wo das ist?«, fragte derselbe Typ.

»Nein«, antwortete Mrs Owens mit unübersehbarem Bedauern, nicht dienlich sein zu können.

»Können Sie die Leiche beschreiben, Ma'am?«, rief ein dritter Reporter.

Die alte Frau erschauderte. »Ich will lieber nicht darüber nachdenken, aber …« Sie beugte sich eifrig vor. »Es war grauenvoll. Der Täter hat mindestens zwanzig Mal auf das Mädchen eingestochen, vielleicht sogar dreißig. Und ihr Kopf …« Sie hielt inne und schluckte. »Er hatte ihr die Kehle aufgeschlitzt, sodass ihr Kopf fast abgetrennt war.«

Das stimmt doch nicht. Er hatte Trish erwürgt. Kein einziges Mal hatte sein Messer den Bereich oberhalb ihres Schlüsselbeins berührt. Er erwürgte seine Opfer grundsätzlich. Wenn sie an ihren Stichverletzungen starben, fühlte es sich … so sinnlos an.

Doch die alte Frau schien das kollektive Japsen der Umstehenden in vollen Zügen zu genießen. »Das Mädchen hat es ziemlich bunt getrieben«, erklärte sie mit einem Nicken.

»Ma'am«, rief eine Reporterin. »Wollen Sie damit andeuten, dass sie selbst die Schuld an dem trägt, was ihr passiert ist?«

Die alte Frau zuckte die Achseln. »Die Tür hat der Mörder

jedenfalls nicht aufgebrochen. Wie soll er sonst reingekommen sein, wenn sie ihn nicht freiwillig mit nach Hause gebracht hat?«

Allmählich bekam er Mitleid mit Trish. Zu schade, dass die alte Schabracke nicht in sein Beuteschema passte. Es wäre ein Vergnügen, ihr das laute Maul zu stopfen.

Die Reporterin presste die Lippen zusammen. »Danke, Ma'am.« Sie wandte sich ab. Er folgte ihr, in der Hoffnung, dass sie ihm etwas mehr erzählen konnte, beispielsweise, wo sich der Fed mittlerweile aufhielt, denn wo der Fed war, würde er aller Wahrscheinlichkeit nach auch Daisy finden.

»Entschuldigen Sie«, sagte er sanft und setzte eine schockiert-betrübte Miene auf.

Die Reporterin drehte sich zu ihm um. »Kann ich Ihnen helfen?«

»Ich hoffe es. Ich … habe gerade das von Trish erfahren. Wir …« Er schloss die Augen. »Gott. Wir waren zusammen.« Er ließ ein Schluchzen aus seiner Kehle dringen.

Die Reporterin trat näher und tätschelte ihm den Arm. »Wie lange waren Sie schon ein Paar?«, fragte sie mitfühlend, doch er ließ sich nicht für blöd verkaufen. In ihren Augen glomm ein Schimmer, der ihm verriet, dass sie bloß auf weitere Details scharf war, die sie ausschlachten konnte.

Also gut, er würde ihr eine Story liefern, allerdings musste er darauf achten, dass sie kein Foto von ihm machte. Er konnte es sich nicht erlauben, in der Zeitung zu erscheinen, weil Mrs Martell ihn als Kaleys »guten Freund aus der Bäckerei« erkennen könnte.

»Nur ganz kurz«, antwortete er. »Etwa seit einem Monat.«

»Und wie heißen Sie, Sir?«

»John«, murmelte er. »John Senegal. Ich muss mit dem FBI-Beamten sprechen, der Trishs Freundin Daisy begleitet hat. Was diese Frau darüber gesagt hat, was man ihr angetan hat …«

»Ich glaube nicht, dass das stimmt«, meinte die Reporterin

freundlich. »Ich kann mir nicht vorstellen, dass es so … extrem war.«

Doch, war es. Sogar absolut extrem. Ich säble ihnen bloß nicht ihre beschissene Rübe ab.

»Ich muss mit dem Agent reden, der für den Fall zuständig ist«, wiederholte er mit etwas mehr Nachdruck. »Die alte Frau hat gesagt, das FBI hätte den Fall übernommen.«

»Nun ja, ein FBI-Beamter hat zwar die Leiche gefunden, aber die Ermittlungen werden von zwei Detectives vom SacPD geleitet. Sokolov und Rhee.«

»Sokolov und Rhee«, murmelte er und tat so, als wende er sich zum Gehen. »Dann fahre ich jetzt gleich zum Revier. Danke.«

»Sie sind nicht aufs Revier gefahren«, sagte sie.

Er wirbelte herum. »Nicht? Wohin dann?«

Ein mitfühlender Ausdruck erschien auf ihrer Miene. »Ins Leichenschauhaus.«

Er sog scharf den Atem ein. »Oh. Danke.« Er straffte dramatisch die Schultern. »Alle? Auch der FBI-Mann?«

»Ja, er war auch dabei. Wenn Sie sich beeilen, erwischen Sie sie bestimmt noch. Sie sind gerade erst losgefahren. Mein aufrichtiges Beileid«, fügte sie hinzu und reichte ihm ihre Visitenkarte. »Da stehen meine Handynummer und meine Maildresse drauf. Melden Sie sich gern, wenn Sie etwas Neues erfahren. Ich sorge dafür, dass Ihre Story mit dem größten Maß an Würde behandelt wird.«

Das glaube ich gern, dachte er sarkastisch, nahm die Karte aber trotzdem entgegen. »Danke«, seufzte er und stieg in seinen Wagen und blieb einen Moment lang hinter dem Steuer sitzen, ehe er den Kopf senkte und sich ein Lächeln gestattete.

Hervorragend. Er fand die Adresse der Rechtsmedizin bei Google Maps und fuhr los.

Eine Viertelstunde später fuhr er langsam an dem Gebäude

vorbei – gerade noch rechtzeitig, um zu sehen, wie der Fed seinen Wagen zwischen einem blauen Range Rover und einem roten Subaru abstellte und hineineilte.

Daisy hatte in seinen Armen gelegen. Das passte ihm ganz und gar nicht.

Während der Fahrt hatte er darüber nachgedacht und festgestellt, dass keine der Frauen, die er kennengelernt hatte – inklusive seiner Gäste, Passagiere und aller anderen – dasselbe Gefühl in ihm ausgelöst hatte wie Daisy heute.

Bei keiner von ihnen hatte er dieses Verlangen verspürt, wie ein normaler Mann nach einer normalen Frau. Schon gar nicht bei Sydney. Nur bei Daisy Dawson. Vielleicht würde er es ja nie wieder empfinden, deshalb durfte er sie keinesfalls wieder verlieren.

Er musste herausfinden, ob dieses Gefühl real war oder er es sich nur einbildete. Natürlich war sie eine attraktive Frau. Das hatte er heute ja aus nächster Nähe gesehen. Und nett noch dazu. Er hatte erlebt, wie freundlich sie zu allen Menschen gewesen war, auch zu ihm, wie sie gelächelt hatte und ihr Lächeln erwidert worden war. Und auch dass sie großzügig war und Zeit für die ehrenamtliche Arbeit im Tierheim aufbrachte.

Sie war die Art Frau, die ein Mann mit nach Hause bringen und seiner Mutter vorstellen würde. *Nur dass meine Mutter tot ist und ich eine Stiefmutter habe, neben der Cinderellas Stiefmutter wie Mutter Teresa dasteht.*

Wäre sie bloß »nett« gewesen, hätte er sie ignorieren können, doch die Reaktion seines Körpers auf sie hatte ihn schlicht umgehauen. Das musste genauer untersucht werden. Durch sie hatte er seine Sexualität gespürt.

Ja, genau, das war es. Zum ersten Mal hatte er seine eigene Sexualität wahrgenommen.

Damit war klar: Er würde Daisy zu sich nach Hause bringen müssen, um in Ruhe herauszufinden, ob dieses Gefühl echt war. Wenn nicht, würde er sie kurz und schmerzlos töten.

Falls doch, würde er sie behalten müssen. Und wenn sie erst einmal bei ihm zu Hause war, konnte er sie nicht mehr gehen lassen. Stattdessen würde er Türen und Fenster verriegeln, sie wahrscheinlich sogar im Keller einsperren müssen, damit sie nicht floh, solange er bei der Arbeit war.

Aber er würde sie glücklich machen. Und im Gegenzug sie ihn. Er konnte es schaffen, eine Frau am Leben zu lassen. Das hatte er schon einmal hinbekommen. Nicht alle seine Gäste tötete er sofort. Susan hatte er beinahe ein Jahr behalten und hätte es noch viel länger getan, hätte sie nicht diese verdammte Lungenentzündung bekommen. Wenn er Daisy dauerhaft in seinem Gästezimmer im Keller behalten wollte, musste er etwas gegen die verdammte Feuchtigkeit unternehmen.

Und er musste diesen Fed loswerden, der um sie herumlungerte, als wäre sie sein verdammter Besitz. Dann würde er überlegen, wie er weiter mit ihr verfuhr. Und sollte sie sich als Problem entpuppen, würde er sie eben doch töten müssen, auch wenn sie noch so nett sein mochte.

Er stellte seinen Wagen einen halben Block entfernt ab und fütterte die Parkuhr. Nur für alle Fälle. Nicht dass er wegen einer übereifrigen Parkwächterin am Ende noch kostbare Zeit verlor.

Sobald der Fed die Rechtsmedizin verließ, würde er sich an seine Fersen heften. Denn wenn dieser Mann tatsächlich Daisy in den Armen gehalten hatte, würde er über kurz oder lang zu ihr zurückkehren.

Ich brauche bloß ein bisschen Geduld.

Sacramento, Kalifornien
Samstag, 18. Februar, 18.10 Uhr

Rafe und Erin warteten bereits vor der Tür des Seziersaals auf Gideon. »Wie geht es Daisy?«, fragte Erin.

»Sie hält sich wacker«, antwortete Gideon und schilderte, was sie ihm über Trishs aufsässigen Gast am Donnerstag erzählt hatte.

»Verdammt«, stieß Erin leise hervor. »Ich hätte sie danach fragen müssen, als ich sie von der Notaufnahme nach Hause gefahren habe.«

»Das konntest du doch nicht wissen, Erin. Wir alle dachten, der Kerl sei hinter Daisy her.«

»Immerhin hat er sie gepackt und gewürgt«, warf Rafe ein.

Erin schüttelte den Kopf. »Aber erst, nachdem sie ihn zur Rede gestellt hatte, weil sie dachte, er sei ihr alter Freund Jacob. Für ihn hat es wohl keine Rolle gespielt, welche von beiden er sich schnappt. Andererseits ist er Trish von der Bar nach Hause gefolgt, deshalb müssen wir vorbereitet sein, falls er sich auch an Daisys Fersen heftet. Wir müssen wachsam bleiben.«

Auch darüber hatte Gideon bereits mehr als einmal nachgedacht. Allein bei der Vorstellung verkrampfte sich sein Magen. »Natürlich. Also, was hat der Rechtsmediziner für uns?«

»Ich weiß es nicht. Aber wir werden es wohl gleich erfahren«, meinte Rafe.

Gideon folgte den beiden in den Seziersaal, als ein Mann in Schutzkleidung und -brille aus einem der angrenzenden Räume trat und ihnen zunickte.

»Dr. Sifuentes«, begrüßte Rafe ihn. »Das ist Special Agent Reynolds. Er unterstützt uns bei den Ermittlungen.«

»Freut mich«, sagte Dr. Sifuentes, dessen sonorer Bass von den weiß gekachelten Wänden widerhallte.

»Ganz meinerseits«, gab Gideon zurück und blickte auf die Umrisse der Leiche unter dem weißen Laken. »Ist das das Opfer?«

»Ja. Noch habe ich mit der Untersuchung nicht begonnen. Wie es aussieht, komme ich vor morgen Nachmittag nicht dazu, aber ich dachte, es interessiert Sie vielleicht, was wir bei der Vorbereitung gefunden haben.« Er schlug das Laken zurück und entblößte ihren Oberkörper.

Die Blutspuren waren abgewaschen worden, sodass das Ausmaß der Stichwunden erst richtig zum Vorschein kam.

»O Gott«, stöhnte Rafe. »Trish.«

Gideon hatte beinahe vergessen, dass sie eine Freundin der Sokolovs gewesen war, doch er schob den Gedanken beiseite und konzentrierte sich auf die Anordnung der Stiche im unteren Bauchraum. »Er hat sie markiert«, stellte er fest und beugte sich vor. Die Stichwunden im oberen Bereich schienen willkürlich zu sein, wohingegen sich weiter unten Buchstaben ausmachen ließen, »S« und »Y«.

Auch Erin hatte sich über die Leiche gebeugt und blickte nun auf. »SY? Was bedeutet das?«

»Keine Ahnung«, antwortete Gideon, »aber ich gehe jede Wette ein, dass er das nicht zum ersten Mal getan hat.«

»Die Schnitte sind sehr präzise«, bestätigte Dr. Sifuentes. »Bei den Stichen im unteren Abdomen scheint er nicht gezögert zu haben.«

Bei den Buchstaben schien es sich um oberflächlichere Stichwunden zu handeln, mit Schnörkeln und kleinen Einschnitten dazwischen und ringsum, die an Sternchen erinnerten.

»Das gilt für alle Wunden«, sagte Rafe leise. Schweigend standen sie um die Leiche herum und blickten auf die Buchstaben, deren Komplexität ahnen ließ, dass es einige Zeit in Anspruch genommen hatte, sie Trish beizubringen.

»Ich kann gern eine Suche in der Datenbank durchlaufen lassen, ob es noch weitere Opfer gab, denen man diese Buchstaben in die Haut geritzt hat«, meinte Gideon.

»Wir tun dasselbe«, sagte Erin. »Sonst noch etwas, Dr. Sifuentes?«

»Nichts Augenscheinliches«, antwortete er bedauernd. »Sie wird uns wohl erst im Zuge der weiteren Untersuchung mehr über sich erzählen müssen.«

»In ihrer Küchenspüle haben wir ein Fleischermesser gefunden«, sagte Erin. »Könnte der Täter ihr damit beide Wundarten beigebracht haben?«

»Die Stichverletzungen im unteren Bauchbereich könnten tatsächlich von einem Fleischermesser stammen«, antwortete Dr. Sifuentes. »Für die Buchstaben hingegen brauchte er ein kleineres Messer. Das Fleischermesser wäre wohl zu unhandlich dafür gewesen. Kategorisch ausschließen kann ich es allerdings nicht.«

»Im Messerblock steckte auch ein kleineres Messer«, sagte Erin. »Aber es wirkte unbenutzt. Vielleicht hat er ja selbst eines mitgebracht, genauso wie die Bleiche.«

Dr. Sifuentes runzelte die Stirn. »Tut mir leid, ich wünschte, ich könnte Ihnen die Antwort geben, die Sie sich wünschen.«

»Mit der richtigen wäre uns mehr gedient«, konterte Erin mit einem betrübten Lächeln.

»Danke, dass Sie uns hinzugebeten haben.« Rafe warf einen letzten Blick auf Trishs Leiche, ehe Dr. Sifuentes das Laken wieder über sie breitete. »Reden wir doch draußen weiter.«

Gideon stimmte bereitwillig zu. Im Seziersaal wurde ihm immer ein wenig übel. Er wollte sich lieber erst gar nicht ausmalen, wie Rafe sich gerade fühlen mochte.

Wie er selbst sich fühlte, konnte er ganz genau sagen: allein sich vorzustellen, Daisy läge an Trishs Stelle auf dem metallenen Untersuchungstisch. Hätte sie sich nicht befreit …

Hör auf. Darüber darfst du jetzt nicht nachdenken, sonst bist du niemandem eine Hilfe. Weder ihr noch sonst jemandem.

Wäre es nur so einfach.

Die drei traten in die kühle Frühabendluft. »Alles in Ordnung?«, fragte Rafe Gideon. »Du bist ein bisschen grün um die Nase.«

»Mir geht's gut«, log er. »Als Linguist kriege ich nicht jeden Tag einen Seziersaal von innen zu sehen«, fügte er hinzu.

»Und du bist auch nicht jeden Tag in der Situation, dir diese

Verletzungen an jemand Bestimmtem anzusehen«, fügte Rafe hinzu. »Ich verstehe schon, Gid.«

»Wir müssen zurück zum Tatort«, sagte Erin. »Ich will die Nachbarn abschließend befragen, ob jemandem gestern Abend etwas aufgefallen ist. Außerdem ist die Suche nach Fingerabdrücken noch nicht abgeschlossen. Das Messer wurde zwar abgewaschen und mit Bleiche gesäubert, trotzdem hoffe ich, wir kriegen irgendetwas, womit wir arbeiten können. Irgendeine Stelle, die er übersehen hat … immer vorausgesetzt, es ist die Tatwaffe.«

Gideon nickte. »Mag sein, dass es die Mordwaffe war, trotzdem würde ich jede Wette eingehen, dass er für die Buchstaben ein anderes Messer benutzt hat, wie Dr. Sifuentes auch annimmt. Eines, das er selbst mitgebracht und wieder mitgenommen hat. Das mit den Buchstaben hat er nicht zum ersten Mal gemacht. Die Art der Verletzung zeigt, dass er nicht gezögert hat. Und dass er wusste, wie er mit seinen Werkzeugen umgehen muss.«

»Das sehe ich auch so«, bestätigte Rafe. »Also müssen wir nach ähnlichen Fällen Ausschau halten.«

»Richtig«, sagte Erin und nickte nachdrücklich. »Was haben Sie als Nächstes vor, Gideon?«

»Ich fahre zu den Sokolovs, um Daisy abzuholen, und dann weiter nach Redding, wo wir hoffentlich Eileen aufstöbern. Ihrer Spur zu folgen könnte der Schlüssel dafür sein, Eden zu finden.«

Rafe nickte. »Weil man dich in Redding aufgefunden hat. Guter Ansatz.«

»Ich hoffe es. Ich muss meine Vorgesetzte anrufen und auf den neuesten Stand bringen. Bei der Gelegenheit leite ich eine Datenbanksuche nach einem ähnlichen Tatvorgehen in die Wege.«

Und es war davon auszugehen, dass er etwas finden würde,

denn der Dreckskerl war großspurig genug gewesen, einen Hinweis zu hinterlassen. Offenbar war er davon überzeugt gewesen, dass ihm niemand auf die Spur kommen würde.

Und er wird feststellen, dass das ein Irrtum war.

Granite Bay, Kalifornien
Samstag, 18. Februar, 20.10 Uhr

Er war verdammt stolz auf sich. Einfach war es nicht gewesen, doch er hatte es geschafft. Er war Agent Reynolds' schwarzem Toyota den ganzen Weg von der Rechtsmedizin bis nach Granite Bay gefolgt – sogar mit einem Abstecher zu ihm nach Hause und einem Drogeriemarkt –, ohne dass der Fed ihn bemerkt hatte.

Dass er nun auch noch wusste, wo der Fed wohnte, war ein zusätzlicher Bonus.

Nun stand der Toyota in der Einfahrt eines der großzügigen Wohnhäuser, wie man sie in Granite Bay an jeder Ecke fand, wobei dieses hier vielerlei Anzeichen eines Familienlebens aufwies. An der Garagenmauer war ein Basketballkorb angeschraubt, im Garten standen lustige Zwerge herum, und an einem der Verandapfeiler flatterte eine Fahne mit Valentinstagsherzen.

Reynolds war hineingegangen, als würde er hier wohnen.

Eine kurze Überprüfung der Adresse hatte ergeben, dass es sich um das Haus der Sokolovs handelte – die Vornamen waren abgekürzt, K**** und I***, bei der es sich vermutlich um die Ehefrau handelte, beide in den Fünfzigern, außerdem ein oder eine Z***, siebzehn Jahre alt, doch ihre Vornamen waren unerheblich, da er im Handumdrehen auch die Verbindung zu Daisy Dawson herausgefunden hatte.

Karl Sokolov war der Besitzer von KZAU, dem Radiosender,

bei dem Daisy arbeitete. Und es deutete einiges darauf hin, dass sie sich gerade in dem Haus aufhielt.

Er machte es sich auf dem Fahrersitz bequem und richtete sich auf eine längere Wartezeit ein, aber über kurz oder lang musste der Fed ja wieder herauskommen.

16. KAPITEL

Cottonwood, Kalifornien
Samstag, 18. Februar, 22.55 Uhr

Gideon sah in den Rückspiegel. Der Wagen war immer noch da – die Anordnung der Scheinwerfer deutete auf eine Chevy-Limousine hin, allerdings war es ihm bislang nicht gelungen, sich hinter ihn zu schieben, da der Fahrer jedes Mal bremste, wann immer er selbst das Tempo drosselte.

Vielleicht saß auch nur jemand sehr Vorsichtiges am Steuer. Oder jemand, der sich an andere Fahrzeuge heftete, um dadurch die Geschwindigkeitsbegrenzung nicht zu überschreiten, eine durchaus gängige Praxis.

»Morgen Abend um sieben muss ich wieder zurück sein«, sagte Daisy leise.

Erstaunt warf Gideon ihr einen Blick zu. Seit er sie bei Karl und Irina abgeholt hatte, war sie recht schweigsam gewesen und hatte lediglich noch einmal bekräftigt, dass sie ihn nach wie vor nach Redding begleiten wollte. Danach hatte sie wortlos auf dem Beifahrersitz gesessen und die arme Brutus nahezu kahl gestreichelt. Irgendwann hatte sie den Kopf gegen das Beifahrerfenster gelehnt, deshalb war er davon ausgegangen, dass sie schlief, doch offenbar hatte sie lediglich aus dem Fenster gesehen.

Natürlich hätte er sie bei den Sokolovs zurücklassen können, die gut auf sie aufpassen würden, keine Frage, doch es erschien ihm klüger, wenn sie für eine Weile die Stadt verließ, weg von den Reportern und ihren Storys über Trishs gewaltsamen Tod, der in sämtlichen Medien breitgetreten wurde.

Hauptsächlich jedoch, weil er sie an seiner Seite haben wollte.

Er brauchte sie, musste ihre rauchige Stimme hören, den Duft ihres Haars riechen, um Ruhe zu finden und zu verhindern, dass sein Gehirn ihn die ganze Zeit mit Bildern von Trishs Leiche überflutete, nur dass in seiner Fantasie Daisy auf dem Seziertisch lag.

Daisy lebt. Das sagte er sich ununterbrochen, während er ihren Duft einsog.

»Wieso ausgerechnet um sieben?«

»Mein Vater kommt.« Ihr Handy glühte im Dunkel. »Er hat mir eine Nachricht geschrieben, dass seine Maschine um halb sieben landet. Karl holt ihn zwar vom Flughafen ab, aber ich möchte Dad nicht warten lassen. Schließlich kommt er meinetwegen her.«

Aha. »Und ist es okay für dich?«

Aus dem Augenwinkel sah er sie langsam nicken, als drossle etwas das gewohnte Tempo ihrer Bewegungen. »Ich habe ihn darum gebeten.« Lange Zeit schwieg sie. »Ich muss Trishs Beerdigung organisieren und habe so etwas noch nie gemacht.«

»Verstehe«, sagte er sanft.

Sie zuckte die Achseln. »Irina und Karl hätten mir natürlich geholfen.«

Genau das hatte er auch gedacht. »Oder ich.«

Sie schluckte. »Dich brauche ich trotzdem bei mir«, flüsterte sie.

Beim Anblick der Wärme in ihren Augen ging ihm das Herz auf. »Gut.«

»Mein Dad … er reißt alles an sich. Trotzdem liebt er mich. Und Trish hatte so etwas nie. Ich … ich brauche ihn einfach.« Es klang beinahe, als wollte sie sich dafür entschuldigen.

»Du brauchst dich mir gegenüber für nichts zu rechtfertigen, Daisy.« Er nahm ihre Hand und küsste sie, ehe er sie auf die Mittelkonsole legte. Zu seiner Erleichterung fühlte sich ihre Haut warm und weich, nicht kalt und klamm an. Anscheinend hatte sie Brutus regelrecht manisch gestreichelt, bis er eingetroffen war, was er von Irina wusste, die ihm auch erzählt hatte, Daisy sei nach jedem seiner Anrufe augenblicklich ruhiger geworden – mit einem selbstgefälligen »Habe ich dir doch gleich gesagt«-Blick, den Gideon ihr jedoch nicht übel genommen hatte.

Nun jedoch war Daisy alles andere als gelassen. Wieder winselte Brutus leise, bis Daisy das Gesicht im Fell der kleinen Hündin vergrub und die andere Hand um Gideons Finger krallte.

»Ich …«, begann sie und drückte noch fester zu. »So eine Leiche habe ich noch nie gesehen. Eine so … blutige.« Wieder blickte sie aus dem Fenster. »Dass Trish … es fühlt sich beinahe an, als würde ich Carrie noch einmal verlieren.«

Ihre Schwester, die weggelaufen war. »Carrie konnte mit dem paramilitärischen Ausbildungslager deines Vaters auf der Ranch nichts anfangen?«

»Eher mit dem Leben auf der Ranch im Allgemeinen. Sie hat es gehasst. Carrie war ja ein Stück älter als Taylor und ich, deshalb war ihr sehr viel bewusster, was sie in Oakland zurückgelassen hat. Sie hat Dad angefleht, dass wir wieder zurückgehen, aber er hat kategorisch abgelehnt. Sie … haben sich gestritten. Schlimm.« Sie zögerte. Er wartete geduldig. »Sasha sagt, dir könnte man jedes Geheimnis anvertrauen. Trifft das auch auf meine Geheimnisse zu?«

»Ja«, antwortete er schlicht.

Sie nickte kurz. »Ich will nicht, dass jemand von den Sokolovs davon erfährt.«

»Rafe meinte, dein Vater sei einfach mit euch abgehauen, ohne Karl zu sagen, wohin ihr zieht. Das hat ihn wohl zutiefst verletzt.«

»Genau deshalb will ich nicht, dass sie es wissen.« Sie hob die Schultern. »Mein Dad kommt morgen, und ich hoffe, dass der Besuch ihnen hilft, ihre Freundschaft zu erneuern. Natürlich haben Karl und er versucht, den Bruch zu kitten, nachdem wir aus der Versenkung aufgetaucht sind, aber so etwas geht nun mal nicht von jetzt auf gleich. Dad wieder zu vertrauen, meine ich. Gleichzeitig war es auch für uns sehr schmerzhaft, Karl und Irina zurückzulassen. Es hat uns allen sehr wehgetan.«

»Ich werde ihnen nichts sagen«, versprach Gideon.

»Danke«, sagte sie leise. »Dad weiß nicht, dass ich ihren Streit mit angehört habe.«

Gideons Magen verkrampfte sich. Das hörte sich nicht gut an. »Den zwischen ihm und Carrie?«

»Ja. Meine Stiefmutter war dabei, und Carrie logischerweise auch, deshalb glaubt Dad, außer ihm sei niemand mehr da, der davon weiß.«

»Aber du hast alles mitbekommen.«

»Genau. Sie waren in der Küche, und ich stand im Flur, wo sie mich nicht sehen konnten.« Sie wandte sich ihm zu. »Mein Dad ist ein grundanständiger Mann«, erklärte sie mit Nachdruck. »Er hat niemals die Hand gegen uns erhoben. Kein einziges Mal.«

»Das ist gut zu wissen«, erwiderte Gideon erleichtert. »Und was haben sie gesagt?«

Daisy musste sich räuspern, und Gideon sah, dass sie die Augen fest zusammengekniffen hatte. »Carrie hat Dad vorgeworfen, Taylor mehr zu lieben als seine leiblichen Töchter. Und er hat gesagt … er schäme sich für sie. Taylor sei ihr offenbar nicht wichtig genug, um ›Opfer zu bringen‹. In einer Familie sei Loyalität oberstes Gebot, und Loyalität sei gleichbedeutend mit Opfern.« Sie stieß ihren angehaltenen Atem aus, als Gideon ihr die Hand drückte. Er spürte, dass sie all das viel zu lange in sich hineingefressen hatte. »Er meinte, er sei stolz auf alle seine Töchter, auf sie könne er es allerdings nicht länger sein. Sie stand wie versteinert da, mit einer Miene, als hätte er ihr ins Gesicht geschlagen.«

»Sie fühlte sich verraten.«

»Wahrscheinlich. Und ich war zu schockiert, um mich vom Fleck zu rühren. Carrie ist durch die Hintertür rausgelaufen und hat sie so fest zugeknallt, dass das ganze Haus gewackelt hat. Mein Vater … kaum hatte er die Worte ausgesprochen, war er absolut entsetzt. ›Was habe ich nur getan?‹, hat er geflüstert und wollte ihr nachgehen, aber Donna hat ihn zurückgehalten. Er solle sie lassen, sie kriege sich schon wieder ein, hat sie gemeint. Außerdem dürfe man Kindern solche Wutanfälle nicht durchgehen lassen. Ich bin in mein Zimmer gerannt und habe geweint. Ständig herrschte so eine Anspannung bei uns, es war grauenvoll.«

»Und dann?«

»Dann … war Carrie weg.«

»Sie ist weggelaufen? Noch an diesem Abend?«

»Ja. Irgendwann hat sie eine Karte an Dads Postfach in McKinleyville geschickt. Er und Jacob sind alle zwei Wochen in die Stadt gefahren, um Vorräte zu kaufen, und dabei hat er die Post geholt. Sie hat ihm geschrieben, sie sei in Oakland.«

»Wo ihr davor gewohnt habt.«

»Genau.« Sie seufzte. »Anfangs ist sie bei Freunden untergekommen, aber dann lief es nicht mehr so gut. Sie ist in die falschen Kreise geraten, hat mit einem wesentlich älteren Junkie zusammengelebt, dem sie auch nach L.A. gefolgt ist …« Daisy saß so still auf dem Beifahrersitz, dass er sie noch nicht einmal mehr atmen hörte.

Er drückte kräftig ihre Hand. »Atme, Daisy.«

Abrupt sog sie den Atem ein und stieß ihn wieder aus. »Und dann ist sie gestorben«, fuhr sie fort. »Sie war gerade einmal sechzehn Jahre alt. Mein Vater muss damit leben, dass seine letzten Worte an sie waren, er schäme sich für sie.«

»O Gott«, murmelte er. »Wie ist sie gestorben?«

»An einer Überdosis. Aber bevor wir es erfahren haben, war er in Oakland und hat versucht, sie zu finden. Er hat die ganze

Stadt nach ihr abgesucht, aber vergeblich. Er wusste ja nicht, dass sie nach L.A. gegangen war.« Auch jetzt saß Daisy reglos da, ihre Stimme war kaum mehr als ein Flüstern. »Er hatte sie nicht bei der Polizei als vermisst gemeldet.«

Gideon runzelte die Stirn, ehe der Groschen fiel. »Weil er sonst euer Versteck hätte verlassen müssen, um zur Polizei zu gehen und die Anzeige aufzugeben.«

»Genau. Er hat Fotos von ihr an Obdachlosenheime geschickt und die Nummer eines Prepaidhandys dazu, für den Fall, dass jemand sie sieht. Aber es hat nie jemand angerufen. Er hat alle beliebten Anlaufstellen von obdachlosen Kids abgeklappert, und als der Anruf schließlich kam, ging es nur noch darum, ihre Asche nach Hause zu holen.«

Gideon konnte sich nicht ansatzweise vorstellen, wie schmerzvoll es für die ganze Familie gewesen sein musste. »Aber wie habt ihr in eurem Versteck von ihrem Tod erfahren?«

»Nachdem sie ihm die Postkarte geschickt hatte, hat er angefangen, Kranken- und Leichenschauhäuser durchzutelefonieren. Er hätte so ein Gefühl gehabt, meinte er. Meine Stiefmutter meinte, wenn er auf dieses ganze Theater einginge, würde er Carrie damit doch bloß beweisen, wie leicht er sich von ihr manipulieren ließe. Deshalb solle er sie einfach eine Weile machen lassen, irgendwann käme sie schon mit eingezogenem Schwanz wieder angekrochen.«

Gideon schwieg einen Moment. »Und deine Stiefmutter wusste die ganze Zeit, dass euer Leben eine riesige Lüge war und es eigentlich gar keinen Grund gab, sich zu verstecken, weil Taylors leiblicher Vater nicht der Unmensch war, als den sie ihn dargestellt hat.«

Daisy lachte bitter. »Genau. Donna war schon ein Fall für sich.«

»Das muss ihren Verrat noch viel schlimmer für deinen Vater gemacht haben, als er es herausgefunden hat.«

»Allerdings«, bestätigte sie und verfiel wieder in Schweigen, diesmal für eine längere Zeit. Gideon lag eine Frage auf der Zunge, doch er traute sich nicht, sie zu stellen.

Daisy sah ihn stirnrunzelnd an. »Ich spüre, dass dir etwas unter den Nägeln brennt. Also, raus damit.«

»Wann hast du angefangen zu trinken?«

Sie nickte, als hätte sie genau diese Frage erwartet. »Unmittelbar nach Carries Tod.«

»Wie alt warst du da?«

»Vierzehn.«

»Daisy!«, stieß er entsetzt hervor.

»Ja. Wir standen alle unter enormer Anspannung, wie ein bis zum Anschlag gespanntes Gummiband, und als es dann riss, ist es uns geradewegs ins Gesicht geschnellt. Mein Vater hat sich völlig in sich zurückgezogen, ich habe mit dem Trinken angefangen, und Taylor ist zu Superwoman mutiert und hat alles übernommen, Dads Aufgaben, meine und ihre eigenen.«

»Es muss grauenvoll für sie gewesen sein, schließlich hattet ihr all das nur ihretwegen getan.«

»Stimmt. Ich weiß bis heute nicht, ob sie den Streit zwischen Dad und Carrie auch mitbekommen hat, aber sie wusste, dass Carrie ihr die Schuld an allem gab. Es war entsetzlich. Als wären wir alle in einem Goldfischglas gefangen, nur dass es mit Säure statt mit Wasser gefüllt war. Wir konnten uns nicht aus dem Weg gehen, gleichzeitig hat jeder von uns den Halt verloren. Taylor war diejenige, die gemerkt hat, was mit mir los war. Wahrscheinlich, weil sie die Einzige war, die immer wieder für eine Weile aus dem Haus kam. Sie ist reiten gegangen oder hat sich sonst irgendwie draußen ausgetobt. Ich … nicht. Ich war viel zu betrunken, verkatert oder zu wütend. Nicht auf sie. Auf sie war ich nie wütend.«

Er spürte förmlich, wie sie sich innerlich wappnete, als müsse sie noch mehr loswerden. »Aber?«

Hilflos zuckte sie die Achseln. »Ich dachte auch, dass Dad Taylor mehr liebt als mich, und konnte sie deswegen nicht leiden. Trotzdem war ich nicht wütend auf sie. Was völlig unlogisch ist.«

»Ganz und gar nicht.« Er dachte daran, dass Mercy selbst jetzt noch einen Groll gegen ihn hegte. Sie mochte ihn nicht hassen oder wütend auf ihn sein, doch die Ablehnung existierte eindeutig, und er hatte keine Ahnung, was er dagegen unternehmen sollte.

»Ich war … insgesamt sauer, auf alles und jeden. Und gleichzeitig auf nichts und niemanden.«

»Du hast getrauert. Was jeder auf seine Weise tut.«

»Ich weiß, aber das habe ich erst in der Entzugsklinik herausgefunden.«

»Und wann war das?«

»Vor acht Jahren. Da war ich achtzehn. Wie gesagt, Taylor fiel meine Trinkerei als Erstes auf. Anfangs konnte ich mir nicht erklären, weshalb Dad nichts mitbekommen hat, weil ich seinen Schnaps getrunken habe, aber dann habe ich gemerkt, dass Donna die Flaschen heimlich auffüllte. Das war der Grund.«

»Moment mal. Deine Stiefmutter hat deine Alkoholsucht auch noch gedeckt?« Fassungslos schüttelte Gideon den Kopf.

»Keine Ahnung. Natürlich habe ich keinem davon erzählt, weil ich dadurch freie Hand hatte und trinken konnte, so viel ich wollte. Taylor hat irgendwann angefangen, über meine Saufgelage und den Kater am nächsten Tag Buch zu führen. Ich nehme an, sie dachte, Dad sei einfach zu sehr mit sich selbst beschäftigt, um es zu merken.«

»Hast du ihr jemals erzählt, dass ihre Mutter heimlich die Flaschen aufgefüllt hat?«

Daisy nickte langsam. »Ich habe den letzten Sommer bei Taylor und ihrer neuen Familie verbracht. Zwischen meiner Rückkehr aus Paris und dem Umzug hierher. Auf diese Weise hatte ich auch ein bisschen Zeit mit Julie. Und mit meinem Dad, wenn auch nicht allzu viel, schließlich war ich immer noch wütend auf ihn, weil er mich durch halb Europa hat beschatten lassen.«

»Was hat Taylor gesagt?«

»Sie hat mir geglaubt und war entsetzt. Nachdem erst einmal ans Licht gekommen war, dass ihre Mutter all die Jahre nichts als Lügen über Taylors leiblichen Vater verbreitet hatte, war Donna alles zuzutrauen. Meine Schwester ist eine kluge Frau. Und unfassbar pragmatisch.« Daisy schnitt eine Grimasse. »Also ungefähr das genaue Gegenteil von mir.«

Gideon runzelte die Stirn. »Hat dein Vater dir das eingeredet? Dass es dir an Pragmatismus fehlt?«

»Das brauchte er nicht. Taylor ist eine passionierte Reiterin und kann dazu noch erstklassig mit dem Lasso umgehen. Ein echtes Naturtalent, was die Rancharbeit angeht. Inzwischen arbeitet sie als Pferdetherapeutin und hilft emotional traumatisierten Kindern.«

»Das klingt nach einem sehr besonderen Menschen.«

»Das ist sie auch.«

»Aber leistet sie auch überall Freiwilligenarbeit, malt und legt Puzzles zusammen wie der reinste Computer? Kann sie sich gegen einen Mann zur Wehr setzen, der fast doppelt so groß ist wie sie?«

Daisy legte den Kopf schief, als denke sie über die Frage nach. »Eher nicht.« Beim Anblick ihres hinreißenden Lächelns schlug Gideons Herz schneller. »Na ja, Selbstverteidigung hat sie genauso gut drauf wie ich, andererseits ist sie auch einen Kopf größer als ich, aber ich verstehe, was du meinst, und ich danke dir dafür.« Sie hob seine Hand an ihre Lippen und küsste seine Fingerknöchel. »Danke, Gideon.«

»Gern«, brummte er. »Aber du und Taylor steht euch sehr nahe, oder?«

»Ja. Auf der Ranch hatten wir schließlich nur uns. Sie ist ein wunderbarer Mensch, voller Energie und mit einem großen Herzen, wie eine Mutter. Sie hat sich um mich und Julie gekümmert. Natürlich liebe ich Julie auch, sie ist zwar nur ein paar Jahre jünger als ich, aber durch ihre Krankheit wirkt der Altersunterschied größer. Sie leidet unter Zerebralparese und brauchte all die Jahre eine kontinuierliche Behandlung, sowohl für ihre Muskulatur als auch auf Verhaltensebene. Eine Weile hat eine Physiotherapeutin bei uns im Haus gewohnt, aber das hat nicht genügt, um Julie zu geben, was sie brauchte.«

»Und jetzt bekommt sie es?«

Daisy lächelte liebevoll. »Ja. Sie wird in einem Spezialzentrum betreut und hat neuerdings sogar einen Freund. Dad ist beinahe ausgeflippt, als er davon erfahren hat.« Sie lachte und seufzte dann wehmütig. »Und auch Dad hat endlich wieder jemanden gefunden. Sally. Sie ist Krankenschwester. Ich mag sie. Sie ist ganz anders als Donna und erinnert mich eher an meine Mom. Sally tut ihm gut, und Julie hat endlich so etwas wie eine Mutter.«

»Donna hat sich nicht um Julie gekümmert?«

»Sie hat sie nicht direkt schlecht behandelt, aber … wenn ich nur daran denke, was wir alles nur wegen ihrer Lügen durchgemacht haben. Julie brauchte Hilfe, hat sie aber wegen ihr nicht bekommen.«

»Und machst du deinen Vater dafür verantwortlich?« Wieder sah er, wie sie das Gesicht verzog. »Nicht dass ich ein Problem damit hätte. Ich würde es vermutlich tun«, fügte er hinzu.

»Ja, das tue ich tatsächlich, aber er auch, deshalb ist meine Wut auf ihn eigentlich sinnlos. Die schlimmsten Vorwürfe macht er sich selbst, und obwohl ich verstehe, weshalb er sich solche Gedanken macht, wünschte ich, er würde es nicht tun.«

»Du hast gesagt, er leidet an PTBS. Aus seiner Militärzeit?«

»Ja. Aber es steht mir nicht zu, darüber zu sprechen. Ach ja …« Ihm war klar, dass sie das Thema wechselte, aber er nahm es ihr nicht übel. »Irina hat vorhin gesehen, dass ich ein wenig zu den Tattoos recherchiert habe.«

Gideon seufzte. »Mist.«

»Tut mir leid. Sie wollte wissen, weshalb ich das tue, aber ich habe ihr gesagt, dass es mir nicht zustünde, darüber zu sprechen.«

»Und das hat sie akzeptiert?«

»Na ja, mehr oder weniger. Sie war froh, dass du ausgerechnet mir etwas anvertraust, wovon du ihr nichts sagen wolltest, und natürlich kam die übliche ›Ich hab es dir ja gleich gesagt‹-Leier. Und dann hat Sasha ihr auch noch erzählt, dass wir beide gestern ein Date hatten.«

»Und was hast du dazu gesagt?«

»Mir blieb nur eins«, erwiderte sie wie aus der Pistole geschossen. »Ich habe gepetzt, dass Sasha mit einer Bibliothekarin zusammen ist.«

Er lachte. »Du kleines Biest.«

»Stimmt.« Sie drückte seine Hand und schwieg einen Moment. »Hast du die Alterungsskizze von deinem Freund in Philly inzwischen bekommen?«, fragte sie dann.

»Ja.« Tino hatte ein Bild geschickt, auf dem die traurigen Augen des Mädchens aus Gideons Kindheit zu erkennen waren. »Ich war habe vorhin zu Hause, um eine Tasche zu packen und die Karte zu holen. Dabei habe ich die Skizze zwanzig Mal ausgedruckt.« Eigentlich hatte er Daisy mit zu sich nehmen wollen, doch Irina hatte ihm am Telefon auf dem Weg vom Leichenschauhaus erzählt, Daisy sei eingeschlafen, daher würde er ihr sein Haus auf der Rückfahrt zeigen.

»Und was willst du tun, wenn sich am Busbahnhof niemand an sie erinnern kann?«

»In den umliegenden Gemeinden herumfragen. Redding war die nächstgrößere Stadt, aber es gibt noch weitere Ortschaften inner- und außerhalb des Radius, den ich um den

Mount Shasta gezogen habe. Vielleicht erinnert sich jemand aus einer Kleinstadt eher an sie. Ich habe zwar die meisten schon abgeklappert, aber eher allgemein nach Eden und im Besonderen nach dem Mann gesucht, der normalerweise die Vorräte gekauft hat, allerdings fuhr der wohl nur nach Redding zum Einkaufen, weil sich niemand an ihn erinnern konnte. Aber damals hatte ich noch kein Foto von Eileen, deshalb ist es den Versuch wert.«

»Vielleicht erinnert sich auch noch jemand an einen der anderen Männer mit dem Eden-Tattoo.«

Er nickte. »Daran habe ich auch schon gedacht. Ich habe auch Kopien der Tattoo-Fotos gemacht.« Er setzte den Blinker, als sie sich der Ausfahrt von Redding näherten. Die Chevy-Limousine hinter ihnen schien dasselbe Ziel zu haben, nur bog sie an der nächsten Kreuzung links ab, wohingegen er selbst nach rechts fuhr. *Gut.* »Sollte sich niemand am Busbahnhof an sie erinnern, versuche ich mein Glück bei den Pfandleihhäusern. Vielleicht hat jemand das Medaillon versetzt oder gekauft.«

»Falls sie es versetzt hat, lebt sie vielleicht noch«, murmelte Daisy. »O Gott, ich hoffe es so sehr.«

Gideons Brust schmerzte, denn auch er hoffte es inbrünstig, auch wenn die Chancen nicht allzu groß waren. »Und wenn wir bei den Pfandleihhäusern nicht weiterkommen, können wir es immer noch in den anderen Ortschaften versuchen.«

Redding, Kalifornien
Samstag, 18. Februar, 23.20 Uhr

Es war ein Risiko gewesen, am Ende der Ausfahrt von Redding nach links abzubiegen. Der Fed hatte mehrmals versucht, hinter ihn zu gelangen, um einen Blick auf das Kennzeichen zu werfen, doch er hatte es verhindert. Andererseits spielte es keine Rolle, da die Kennzeichen nie als gestohlen gemeldet worden waren, dafür hatte er gesorgt.

Die Nummernschilder gehörten, ebenso wie der Wagen selbst, einem seiner Gäste aus dem letzten Jahr, einer Frau aus einer Kleinstadt im südöstlichen Kalifornien, die er in einem Casino in Vegas aufgegabelt hatte. Sie hatte an den einarmigen Banditen gespielt – etwas, das sie anscheinend schon immer mal tun wollte. Sie war Lehrerin und auf einer zweijährigen Weltreise, um alle Traumziele auf ihrer persönlichen Hitliste abzuklappern. Ganz allein. Es war ihr wichtig gewesen, niemandem Rechenschaft schuldig zu sein, sondern tun und lassen zu können, was sie wollte. Der perfekte Gast. Niemand hatte je nach ihr gesucht. Und würde es auch niemals tun.

Also hatte er weiterhin die Kosten für ihren Wagen bezahlt und – voilà, besaß er ein Fortbewegungsmittel, das er benutzen konnte, wann immer er seine wahre Identität verschleiern wollte. So wie heute.

Er machte eine Kehrtwendung und nahm die Verfolgung des schwarzen Toyota Camry wieder auf. Die beiden waren seit drei Stunden unterwegs, und allmählich wurde es spät, deshalb hoffte er, dass der Fed als Erstes eine der vielen Tankstellen oder Fast-Food-Läden ansteuern würde –

Oder ein Motel. Denn genau da war er. Der Fed hielt gerade vor dem Eingang eines Motels der mittleren Kategorie an, stieg aus und ging um den Wagen herum, um Daisy beim Aussteigen zu helfen, wobei er ihre Hand hielt. Und auch noch auf dem Weg hinein.

Der Fed hielt ihre Hand. Und sie ließ es zu.

Er schob seine aufsteigende Verärgerung beiseite, denn er war ziemlich sicher, dass die beiden nicht nach Redding gefahren waren, um in Ruhe eine Runde zu vögeln. Schließlich hatte der Fed ein eigenes Haus in Rocklin. Sollten die beiden also ein Schäferstündchen geplant haben, wären sie vermutlich eher die zwanzig Minuten vom Haus der Sokolovs in Granite Bay zu ihm gefahren, nicht knappe drei Stunden hierher.

Etwas passierte hier. Etwas Wichtiges.

Ungeduldig wartete er, da der Wagen noch immer vor dem Eingang des Motels stand. Nach etwa zehn Minuten kam Reynolds alleine wieder heraus und stellte den Toyota auf einem Parkplatz ab.

Kurz überlegte er, seine Waffe unter dem Sitz hervorzuholen und dem Fed gleich hier das Licht auszublasen, zögerte aber zu lange, denn Reynolds betrat mithilfe einer Schlüsselkarte das Motelzimmer.

Allem Anschein nach hatten sie sich hier für die Nacht einquartiert. Gemeinsam.

Vielleicht waren sie hergekommen, um Trishs Familie zu informieren. Das wäre möglich. Allerdings hatte Trish keinerlei Angehörige in ihren Handykontakten gehabt.

Sein Bauch sagte ihm, dass die Fahrt hierher einen anderen wichtigen Grund hatte.

Natürlich sagte ihm sein Bauch auch, er solle Sydney endlich töten, aber er hatte nicht auf ihn gehört.

Und wohin hat es dich geführt? Du hampelst herum wie eine Marionette. Und dann fährst du dem Fed hinterher und hast noch nicht mal den Arsch in der Hose, ihn abzuknallen. Und jetzt schläft Daisy mit ihm.

Wutschnaubend stöhnte er auf. Er würde bis zum Morgen warten und dann sehen, wohin sie fuhren. Und wenn ihm der Fed das nächste Mal vor die Knarre lief, würde er abdrücken. Dann wäre Daisy wieder allein, würde sich mit ihm über ihre Arbeit beim Radio unterhalten und ihm womöglich sogar einen Job verschaffen.

Was lächerlich war. Er wollte nicht bei einem Radiosender arbeiten, sondern musste den Job behalten, den er hatte.

Ach du Scheiße! Er musste morgen gemeinsam mit Hank nach New York City fliegen.

Panik erfasste ihn. Er würde … sich einfach krankmelden. Ja, genau. Das tat Hank doch auch manchmal.

Nicht wenn er Angst hat, dass er gefeuert wird.

Nein, nein, nein. Schließlich hatte er etwas gegen den Alten in der Hand, sagte er sich. All die Fotos von seinen Weibern und auch seinen Drogenschmuggler-Kunden. Fotos, die verhindern würde, dass man ihn vor die Tür setzte. Dabei war es ein echtes Unding, zu so drastischen Mitteln greifen zu müssen. Immerhin war ihm die Firma versprochen worden. Mehrfach.

Er brauchte sie, brauchte die Maschinen. Dank der Fliegerei war er nie erwischt worden, nie auf dem Radar der Polizei erscheinen, nicht mal als noch so winziges blinkendes Licht.

Trotzdem hatte er die Fotos, handfeste Beweise. Er würde seinen Job nicht verlieren, deshalb konnte er es sich erlauben, einen Tag krankzufeiern, verdammt noch mal. Er hatte sich noch nie krankgemeldet. Es stand ihm zu.

Sein Blick fiel auf die Tankanzeige. Fast leer. Da der Fed und Daisy wohl die Nacht hier verbringen würden, konnte er in Ruhe tanken, sich einen Kaffee und ein paar Snacks besorgen und dann zurückkommen, um sich auf die Lauer zu legen.

Redding, Kalifornien
Samstag, 18. Februar, 23.35 Uhr

Verunsichert trat Daisy aus dem Hotelbadezimmer. Natürlich war ihr klar gewesen, dass die Fahrt nach Redding mit einer Übernachtung einhergehen würde … in einem Hotelzimmer. Und dass Gideon sie keine Sekunde aus den Augen lassen würde.

Allerdings hatten sie jeden darüber hinausgehenden Gedanken verdrängt, obwohl es klug gewesen wäre, sich damit zu befassen – vor allem nach dem, was sich am Morgen auf ihrem

Sofa abgespielt hatte, auch wenn seither eine halbe Ewigkeit vergangen zu sein schien.

Trish zu finden war ein Schock gewesen. Sie zu verlieren. Erst ganz allmählich wurde ihr bewusst, was es bedeutete. Trotzdem … sie blickte auf die Shorts und das Trägerhemdchen, das Sasha ihr eingepackt hatte. Die Sachen gehörten Zoya, dem jüngsten Sokolov-Sprössling, passten jedoch recht gut, weil sie und Zoya eine ähnliche Figur hatten.

Es wäre schön gewesen, etwas Hübscheres für Gideon zu tragen. Nicht dass heute Nacht irgendetwas passieren würde – allein der Gedanke war vermessen. Vor allem, da sie nach wie vor keinerlei Schutz bei sich hatte. Anderseits hatten sie eine kleine Suite genommen, mit einem Schlafzimmer, einem separaten Wohnraum und einer Küchenzeile. Aber nur einem Bett.

Ihr Herz hämmerte, als sie um die Ecke spähte. Das einzelne Bett. Es sah riesig aus. Lediglich Brutus hatte es mit Beschlag belegt und schnarchte.

Doch dann setzte ihr Herzschlag aus. Gideon.

Er stand mit verschränkten Armen am Fenster und hatte die Stirn gegen die Scheibe gelegt. Auch er hatte sich umgezogen und trug eine schwarze Jogginghose und ein graues T-Shirt, das eng um seine breiten Schultern lag, die verspannt und zugleich eingesunken aussahen. Auch er schien völlig erschöpft zu sein.

Spontan trat sie zu ihm, schlang die Arme um seine Taille und legte ihre Wange an seinen Rücken. Seine Muskeln spannten sich kurz an, als er seine Arme löste und ihre Hände ergriff.

»Stimmt etwas nicht?«, fragte sie leise.

»Nein«, antwortete er. Sie spürte seinen Waschbrettbauch, als er ihre Finger ineinander verschlang. »Ich habe nur an deine Schwester gedacht, und dabei fiel mir meine eigene ein.«

»Mercy«, flüsterte sie. »Möchtest du mir von ihr erzählen?«

Er seufzte. »Sie … hassen tut sie mich nicht.«

Ein sehr ungewöhnlicher Anfang, dachte sie, wartete jedoch, dass er fortfuhr. »Aber?«, hakte sie nach, als er keine Anstalten machte.

»Aber sie hegt einen Groll gegen mich.«

»Wie Carrie und ich einen Groll gegen Taylor gehegt haben?«

»So in der Art. Sie will es nicht, und sie hat auch versucht, es abzustellen. Aber sie kann einfach nicht anders. Deshalb ist sie weg.«

Das klang so resigniert, so ohne jede Hoffnung. Sie schlang die Arme fester um ihn. »Und wohin ist sie gegangen?«

»Gott weiß, wo sie überall war, aber am Ende ist sie in New Orleans hängen geblieben.«

»Steht ihr in Kontakt?«

»Das letzte Mal habe ich sie vor zwei Jahren gesehen. Ich … ich habe sie angelogen und behauptet, ich hätte geschäftlich in der Stadt zu tun, dabei bin ich nur wegen ihr hingefahren. Sie sah … besser aus.« Seine Stimme brach.

»Besser als wann?«, flüsterte Daisy, der das Herz blutete.

»Sie ist erst mit dreizehn aus der Gemeinschaft geflohen.«

Obwohl es eine indirekte Antwort auf ihre Frage war, verstand sie. »Das sagtest du bereits. Also war sie ein Jahr lang verheiratet. Hat ihr Ehemann sie misshandelt?«

»Ja.« Wieder war seine Stimme ein Krächzen. »Sehr schlimm sogar. Sie wäre fast ums Leben gekommen.«

Daisy schluckte. »Du musst es mir nicht erzählen, wenn du nicht willst, Gideon. Du weißt, dass du mir nichts schuldig bist, bloß weil ich dir meine Geschichte erzählt habe.«

Ein Schauder überlief ihn. »Ich will es auch nicht.« Er straffte die Schultern und löste sich vom Fenster. »Aber ich muss es tun. Nicht alles. Einige Dinge … kann ich dir einfach nicht sagen.«

Sie ließ ihn los und setzte sich auf die Bettkante. »Dann erzähl mir so viel, wie du kannst.« Sie hob Brutus hoch und setzte sie sich auf den Schoß.

Zu ihrem Erstaunen ließ er sich auf den Boden sinken und

lehnte sich mit dem Rücken gegen das Bett, sodass seine Schulter ihr Bein berührte. Daisy hielt Brutus mit einer Hand fest und blickte liebevoll auf sein tiefschwarzes Haar mit den silbrigen Fäden, die im Schein der Lampe schimmerten, als sie ihre Finger darin vergrub.

»Meine Mutter hat mich am Busbahnhof zurückgelassen«, sagte er unvermittelt.

»Weil Mercy damals erst neun war und sie brauchte«, erklärte Daisy mit bewusst weicher Stimme. »Nicht weil sie dich nicht geliebt hat.«

»Das weiß ich«, erwiderte er unerwartet barsch.

Na gut. Offenbar bin ich ins Fettnäpfchen getreten. Also halte ich lieber den Mund. »Entschuldige«, murmelte sie.

»Nein.« Er seufzte. »Aber es macht mich einfach nervös, wenn ich daran denke und von Mercy erzähle. Meine Mutter ist wegen ihr zurückgegangen, aber ich weiß nicht, ob ihr klar war, wie ihr eigenes und Mercys Leben nach ihrer Rückkehr weitergehen würde. Vielleicht wusste sie es auch, keine Ahnung.«

»Sie haben sie bestraft.«

»Ja.« Unendlicher Kummer lag in diesem einen kurzen Wort. »Pastor wusste, dass sie mich rausgeschmuggelt hatte, doch bevor er sie bestrafen konnte, hat ihr Mann ihr ein Alibi verschafft.«

»Er hat sie beschützt.«

Gideon lachte bitter. »Nicht unbedingt. Man hat ihn gezwungen, Ephraim Burton Entschädigung zu leisten, weil ich ihm das Auge ausgestochen habe. Und zwar in Gestalt meiner Mutter.«

Heiße Tränen schossen Daisy in die Augen. »O Gideon.«

»Der Ehemann meiner Mutter hat sich eine andere Frau genommen, und meine Mutter kam zu Burton.«

Daisy strich Gideon weiter übers Haar. Sie hatte keine Ahnung, was sie sagen sollte. Nie war die Schuld, die er auf seinen Schultern trug, so offenkundig gewesen.

»Der Mann, der den Laster gefahren hat … auch er wurde entlohnt. Mehrmals auf dem Weg nach Redding und vermutlich auch auf dem Rückweg.«

Daisy schnappte nach Luft. »Vor deinen Augen?«

Mit verzweifelter Resignation hob er die Schultern. »Ich war ohnehin halb tot, deshalb dachte er wohl, dass es keine Rolle spielt.«

»Aber hatte er keine Angst, dass er Ärger bekommt, weil er dich rausgeschmuggelt hat?«

»Ich konnte diesen Kerl nie so richtig einschätzen. Jede Woche ist er mit seinem Laster in die Stadt gefahren und hätte ohne Weiteres fliehen können, was aber nicht geschah. Außerdem hat er immer getan, was er wollte, deshalb habe ich mich immer gefragt, was er gegen die Gründer wohl in der Hand hatte.«

»Du denkst, er hatte belastende Informationen über sie?«

»Ja. Irgendetwas so Wichtiges, das ihm den Traumjob verschafft hat, jede Woche in die Stadt fahren zu dürfen, um Vorräte einzukaufen. Keine Ahnung, was es gewesen sein könnte, jedenfalls wurde er nicht bestraft. Das hat mir Mercy später erzählt. Und auch, dass zwischen meiner und ihrer Flucht niemand rausgekommen ist. Ich hatte gehofft, dass es auch anderen gelungen war, und habe nach Medaillons und Tattoos gesucht, aber nie etwas gefunden. Erst als du Eileens Medaillon in der Hand hattest.«

»Und wie ist Mercy die Flucht gelungen?«

»Meine Mutter hat ihr geholfen. Womit sie den Fahrer dieses Mal bestochen hat, weiß ich nicht, jedenfalls haben sie und Mercy es zum Busbahnhof geschafft, so wie damals mit mir. Mercy war in einem entsetzlichen Zustand, deshalb wollte sie sie nicht allein zurücklassen. Sie hat darauf bestanden, dass sie bei ihr bleiben darf, und fing an zu schreien und ein Riesentheater zu machen. Ich denke, sie hat gehofft, jemand würde auf sie aufmerksam und hilft ihnen.«

»Aber es hat niemand geholfen.«

»Nein. Am Ende hat der Fahrer sie niedergeschossen.«

Daisy konnte einen Aufschrei nicht unterdrücken. »Nein! Vor Mercys Augen?«

Gideon starrte an die cremefarben gestrichene Wand. »Und auf Mercy hat er auch geschossen.«

Daisy konnte nur wortlos mit einer Hand sein Haar streicheln und sich mit der anderen die Tränen abwischen.

»Die Leiche meiner Mutter hat er mitgenommen«, fuhr Gideon mit tonloser Stimme fort. »Mercy hat er liegen lassen. Sie wäre beinahe verblutet. Auch sie wurde mit dem Hubschrauber ins Krankenhaus geflogen, so wie ich damals. Einer Schwester fielen die Medaillons auf, und sie erinnerte sich an mein Tattoo.«

»Medaillons? Mehrzahl?«

Er nickte. »Ja, aus irgendeinem Grund hatte Mercy das Medaillon meiner Mutter bei sich, alle beide in ihren Kleidern versteckt. Ich habe sie wieder und wieder gefragt, von wem und wie die Ketten durchtrennt wurden, aber sie schüttelt jedes Mal nur den Kopf und weigert sich, es mir zu sagen.«

»Ihr Trauma ist sehr tief verwurzelt«, bemerkte Daisy. »War Irina diese Krankenschwester?«, fragte sie.

»Nein, sondern eine Freundin von ihr. Als Irina davon erfuhr, hatte man Mercy bereits in einer Pflegefamilie untergebracht. Ich bin so schnell es ging hingefahren, aber sie war verstummt, wollte mit niemandem reden. Ihre Pflegemutter hat mir dann aber erzählt, man hätte Mercy am Busbahnhof in Redding gefunden. Ich habe Mercy angebettelt, mir zu sagen, was mit unserer Mutter passiert ist, aber sie hat mich nur mit leeren Augen angestarrt. Da wusste ich es. Ich habe sie gefragt, ob Mama tot ist, und sie hat genickt.«

»Was hast du dann getan?«

»Rafe musste mich halb hinaustragen. Ich war völlig am Ende.

Er hatte mich gefahren, und ich habe ihm das Versprechen abgenommen, dass er keinem etwas sagt. Mercy hatte schon genug durchgemacht. Ich wollte nicht, dass jemand erfährt, was man ihr angetan hatte. Niemand sollte erfahren, dass sie nur meinetwegen so leiden musste.«

»Glaubst du, Irina und Karl würden dich sonst weniger lieben?«

Er sog scharf den Atem ein. »Rafe hat mir das Versprechen an jenem Tag gegeben und es auch bis heute gehalten. Irina weiß ja, dass ich Mercy ausfindig gemacht habe, sie aber dann von ihrer Pflegefamilie adoptiert wurde und mit ihnen weggezogen ist.«

Er beantwortete ihre Frage nicht, ob er um die Liebe der Sokolovs bangte, was an sich schon eine Antwort war – eine, die Daisy das Herz brach. Sie wünschte, sie könnte ihn trösten, doch alles, was ihr einfiel, hätte sich falsch oder herablassend angehört. »Du sagtest vorhin, am Ende hätte es sie nach New Orleans verschlagen. Wo war sie in der Zeit zwischen dem Tag, als du sie in ihrer Pflegefamilie gefunden hast, und heute?«

»Sie blieb bei ihren Pflegeeltern, bis sie achtzehn war, hat mir aber bloß eine Handvoll Mal erlaubt, sie zu besuchen. Und sobald sie volljährig war, ist sie nach Houston gegangen.«

»Wo eure Mutter ursprünglich herkam.«

Er nickte. »Ich schätze, sie wollte Antworten. Ich weiß auch, dass sie mit unseren Großeltern gesprochen hat, aber nicht, was sie zu ihr gesagt haben, falls sie überhaupt mit ihr reden wollten. Ich selbst hatte keinerlei Interesse, sie zu treffen. Danach habe ich in unregelmäßigen Abständen eine Postkarte aus einer anderen Stadt bekommen, wo sie anscheinend gerade wohnte. Keine Anrufe, Nachrichten oder E-Mails. Sondern immer nur eine Postkarte. Ich hatte noch nicht mal ihre Handynummer. Wann immer eine Karte kam, bin ich in die Stadt gefahren, in der sie aufgegeben wurde, und habe nach ihr gesucht. Aber ich habe sie nie gefunden. Als eine Karte aus New Orleans kam, bin ich sofort losgefahren und habe ihre Adresse ausfindig gemacht. Dann habe ich so lange vor ihrer Tür gewartet, bis sie nach Hause kam. Gefreut hat sie sich nicht, mich zu sehen, aber immerhin war sie bereit, mit mir essen zu gehen und mir ihre Handynummer zu geben, wenn auch mit dem Versprechen, dass ich sie nur für Notfälle verwende. Abgesehen davon stehen wir nicht in Kontakt.«

»Wieso hegt Mercy einen solchen Groll gegen dich?«

»Ich glaube, weil unsere Mutter so sehr leiden musste, nachdem sie mir zur Flucht verholfen hatte. Und sie selbst auch. Sie wurde von dem Mann, mit dem man sie verheiratet hat, offenbar grauenvoll misshandelt.«

»Und weißt du, wer er war?«

»Nein. Sie will es mir nicht sagen. Bis zum heutigen Tag nicht. Sie weigert sich schlichtweg, darüber zu sprechen.«

»Was ist aus Mercys Medaillon geworden?«

»Anscheinend verwahrt sie es in einem Bankschließfach. Gemeinsam mit dem unserer Mutter. Wie sie es bekommen hat, weiß ich nach wie vor nicht. Auch das hat sie mir nie verraten. Und keines der beiden Medaillons habe ich je mit eigenen Augen gesehen.«

Weil Mercy ihn nicht in ihrem Leben haben wollte. *O Gideon.* Daisy glitt vom Bett, setzte sich rittlings auf seine Beine und schlang ihm die Arme um den Hals. »Es tut mir so leid.«

Er klammerte sich mit einer Verzweiflung an ihr fest, die ihr den Atem verschlug, und vergrub das Gesicht an ihrer Schulter. »Ich wünschte, ich könnte zurückgehen und alles anders machen … Ephraim Burton nicht das Auge ausstechen.«

Wieder blutete ihr das Herz. »Aber er hätte dich getötet, Gideon.«

Er erstarrte. »Es gab Zeiten, in denen ich mir gewünscht habe, er hätte es getan.«

Nein. Nein, nein, nein. Sie zog ihn enger an sich. »In letzter Zeit auch noch?«

Er schmiegte sich an sie. »Nein.«

Sie atmete auf. Wie gern wollte sie ihm sagen, dass es nicht seine Schuld gewesen sei, schließlich sei er noch ein Junge gewesen, der ums nackte Überleben gekämpft habe. Darum, nicht vergewaltigt zu werden. *So wie ich am Donnerstag.*

Und wenn es jemanden gäbe, dem man die Schuld geben könne, dann höchstens seiner Mutter, weil sie Teil dieser Sekte geworden war. Gleichzeitig war seine Mutter damals selbst noch ein halbes Kind gewesen.

Am liebsten hätte Daisy seine Großeltern beschimpft, weil sie das arme Mädchen vor die Tür gesetzt und sie damit geradewegs in den Strudel aus Obdachlosigkeit, Prostitution und Verzweiflung getrieben hatten.

Doch sie schwieg, weil ihr Instinkt ihr sagte, dass Gideon all das nicht noch einmal zu hören brauchte. Sie löste sich von ihm und küsste ihn auf die Wange. »Komm, lass uns ins Bett gehen, Gideon. Dort kann ich dich im Arm halten.«

Sacramento, Kalifornien
Samstag, 18. Februar, 23.40 Uhr

Zandra Jones unterdrückte ein Schluchzen. *Nicht weinen. Nicht weinen.* Sonst verstopfte bloß ihre Nase, und sie bekam keine Luft mehr.

Auch jetzt war sie gefesselt und hatte einen Knebel im Mund, der sich beim besten Willen nicht herausdrücken ließ, auch wenn sie sich noch so sehr anstrengte, und jeder Versuch, die Fesseln zu lösen, ließ sie noch enger werden. Inzwischen waren ihre Handgelenke blutig gerieben und brannten wie verrückt.

Sie dachte an die Schnitte, daran, wie er die Buchstaben in ihre Haut geritzt hatte. Sie schmerzten, doch es war eher ein dumpfes Pochen, nichts, woran sie sterben würde. Das war ihr mittlerweile klar.

Er hatte die Wunden versorgt, einige sogar zusammengeflickt, die versehentlich zu tief geraten waren. Mithilfe von Utensilien aus einer seiner Schubladen hatte er mit ruhiger Hand und beängstigender Routine die schlimmsten Schnitte seines Schnitzmessers mit der scharfen Spitze vernäht.

Dies war nicht das erste Mal, dass er so etwas tat. Im Gegenteil. Vor ihr hatte es schon viele gegeben, und eines seiner Opfer war noch hier. In dem Tiefkühler hinter ihm. Er hatte ein Foto von der Leiche gemacht und es ihr als Abschreckung gezeigt. Und es hatte funktioniert. Eine in ein Bettlaken gehüllte Leiche, deren Gesicht auf dem Foto zwar nicht zu sehen gewesen war, wohl aber das Haar. Lang und dunkel. Er hatte die Frau erwürgt.

Und mich wird er auch erwürgen. Mittlerweile hatte er bereits mehrmals angesetzt, aber jedes Mal aufgehört, bevor sie das Bewusstsein verlor. Er hatte von ihr abgelassen, damit sie Atem schöpfen konnte, was sich anfühlte, als bohrten sich messerscharfe Klingen in ihre Lunge und ihre Kehle. Und bald würde er nicht mehr von ihr ablassen.

Und dann bin ich tot.

Eigentlich sollte ich gar nicht hier sein. Inzwischen hatte sie jedes Zeitgefühl verloren, doch er hatte gesagt, es sei Samstag. *Ich hätte heute heiraten sollen. James. In Vail.* Doch sie war so unvermittelt verschwunden, dass niemand wusste, wo sie war. Und sollte James ihrer Spur zum Flughafen gefolgt sein, würde er bloß erfahren, dass sie eine Bar aufgesucht hatte und am Ende zu betrunken gewesen war, um noch zu fahren. *Schert euch zum Teufel*, hatte sie James und Monica an den Kopf geworfen, als sie sie zusammen im Bett erwischt hatte. Sie würde jetzt gehen und nicht zurückkommen. Und sie sollten es nicht wagen, nach ihr zu suchen, weil sie nichts von dem hören wolle, was sie zu sagen hätten.

Und die beiden hatten im Bett gelegen und sie mit weit aufgerissenen Augen angestarrt. Entsetzt und im Coitus interruptus der etwas anderen Art.

James, du Idiot. Monica, du Idiotin. Und die größte Idiotin bin ich selbst. Sie hatte dem Dreckskerl vertraut, und er hatte nichts Besseres zu tun, als mit ihrer besten Freundin in die Kiste zu steigen. *Beste Freundin? Ja, klar.*

Sollen sie beide in der Hölle verrotten. Und wie es aussah, würde sie ihnen dort schon bald über den Weg laufen. *Denn niemand sucht nach mir.* Bei der Arbeit dachten alle, sie sei in den Flitterwochen, und ihre Hochzeitsgäste würden vermuten, dass sie sich irgendwo verkrochen hatte, um ihre Wunden zu lecken.

Keiner würde sie vermissen. Wieder brannten ihr die Tränen in den Augen, doch auch jetzt hielt sie sie entschieden zurück. Ich werde nicht weinen.

Stattdessen richtete sie ihr Augenmerk auf den Schrank, den er offen stehen gelassen hatte. Um ihr Angst zu machen. Was ebenfalls funktionierte.

Über Stunden hinweg hatte sie den Inhalt des Schranks betrachtet – alle möglichen Schmuckstücke und sonstigen Kinkerlitzchen an den Haken: Halsketten, Armbänder, eine alte Hasenpfote, ein paar Münzen und ein Anhänger, der wie eine Hundemarke aussah. Alle waren klein genug, um in eine Hosen- oder Jackentasche zu passen. Und über jedem steckte ein Führerschein. Bestimmt dreißig, vielleicht sogar mehr. Und jeder gehörte einer Frau.

Einer toten Frau.

Aber ich nicht. Ich werde nicht sterben.

Allerdings war sie sich nicht sicher, wie sie das anstellen sollte. Sie war Anwältin, keine Entfesselungskünstlerin. Ihre einzige Superkraft bestand in der Fähigkeit, sich mit Reden aus jeglicher Zwangslage zu befreien.

Aber nicht aus dieser. Aus diesem Schlamassel hier würde sie sich nicht herausquasseln können, es sei denn, etwas passierte, das die Situation von Grund auf änderte. Sie hatte sein Gesicht gesehen, deshalb würde er sie in tausend Jahren nicht laufen lassen.

Aber irgendetwas muss ich doch tun können. Es muss irgendetwas geben. Ich bin noch nicht bereit zu sterben.

17. KAPITEL

Redding, Kalifornien
Sonntag, 19. Februar, 00.05 Uhr

»Komm, lass uns ins Bett gehen, Gideon. Dort kann ich dich im Arm halten.« Er war ihr gefolgt. Und nun hielt sie ihn in den Armen, genauso wie gestern Nacht. Sein Kopf ruhte zwischen ihren Brüsten, sie hatte schützend einen Arm um seine Schultern gelegt, streichelte ihm sanft das Haar, schenkte ihm Trost, wo sie doch diejenige war, die einen schweren Verlust erlitten hatte.

Sie hatte ein großes Herz, und er wollte ihre Großzügigkeit und ihre Sanftmut ganz für sich allein haben. *Aber das hast du doch*, sagte er sich. *Zumindest für heute Nacht*. Gleichzeitig wusste er nur zu gut, dass eine einzige Nacht niemals genügen konnte.

Nur ihr gelang es, seiner aufgewühlten Seele Ruhe zu schenken, nur sie füllte die Leere in seinem Innern, die ihm noch nicht einmal bewusst gewesen war. Sie verstand ihn auf eine Art und Weise, wie ihn noch nie jemand verstanden hatte.

Fairerweise musst du zugeben, dass du bisher noch niemandem die Chance gegeben hast, es auszuprobieren. Daisy hatte er Dinge anvertraut, von denen nicht einmal Rafe wusste, ebenso wenig wie Karl und Irina, obwohl sie praktisch seine Familie waren.

Daisy hingegen hatte er alles erzählt, obwohl er sie seit gerade einmal zwei Tagen kannte, und wusste noch nicht einmal, warum. Vielleicht weil sie ihm das Gefühl gab … normal zu sein, wenn er mit ihr zusammen war. In gewisser Weise waren sie beide als Gefangene aufgewachsen. Womöglich war das der Grund. Aber wie auch immer – er wollte mehr, so viel wusste er.

Er wollte sie. So sehr, dass er ein Stück abrücken musste, damit sie nicht merkte, wie hart er war. Heute Nacht brauchte sie Trost und Wärme und keinen Mann, der ihr auf die Pelle zu rücken versuchte.

Er küsste die kleine Kuhle an ihrem Hals und stützte sich auf den Ellbogen. »Es tut mir leid«, flüsterte er. »Ich bin egoistisch.«

Er sah, wie sich ihre Augen im Halbdunkel weiteten. »Was?«

»Du hast gerade deine Freundin verloren, aber ich tue so, als ginge es bloß um mich.«

Sie hob einen Mundwinkel. »Aber das tut es doch. Deshalb sind wir hier, Gideon. Wer auch immer *meine* Freundin getötet hat, steht in irgendeiner Verbindung zu *deiner* Freundin.« Sie legte beide Hände um seine Wangen und strich mit den Daumen die Umrisse seines Bärtchens nach. »Du brauchst dich nicht zu entschuldigen. Außerdem tröste ich dich gerne.« Sie zuckte die Achseln. »So fühle ich mich wenigstens gebraucht.«

»Du hast das Gefühl, etwas tun zu können«, sagte er leise. »Weil Hilflosigkeit etwas ist, das du nicht ausstehen kannst. Das kann ich nur zu gut nachvollziehen.«

Ihr Lächeln verblasste. »Das dachte ich mir«, sagte sie, ohne den Blickkontakt zu unterbrechen.

»Und was kann ich dir Gutes tun?«, flüsterte er.

Sie wandte kurz den Blick ab und biss sich auf die Lippe. »Gar nichts. Mir … mir geht's gut.«

Er legte den Finger unter ihr Kinn und zwang sie, ihn anzusehen. »Sag es mir, Daisy.« Er zog eine Braue hoch. »Sonst fühle ich mich genauso hilflos.«

Sie schluckte, ehe sie die Hände in seinem Haar vergrub und ihn zu sich herunterzog, um seinen Mund zu liebkosen, so sanft und scheu, dass sein Herz zu hämmern begann. Viel zu schnell löste sie sich von ihm, doch er wich nicht zurück.

»Das willst du also, Daisy?«, fragte er, dicht an ihrem Mund. »Dass ich dich küssen soll?«

Atemlos nickte sie mit ernster Miene.

»So, wie du mich geküsst hast? Oder mehr?«

Sie schloss die Augen. »Mehr«, antwortete sie im Flüsterton. Dass sie sich dafür zu schämen schien, machte ihn traurig, obwohl er den Grund dafür zu verstehen glaubte.

»Sieh mich an, Daisy«, forderte er und wartete, bis sie die Augen aufschlug. »Du hast ein schlechtes Gewissen, weil Trish tot ist?«

Wieder nickte sie, und ihre Augen füllten sich mit Tränen. »Es kommt mir falsch vor, dass ich mich gut fühlen möchte, obwohl sie die Erste wäre, die sagen würde, dass das völlig idiotisch ist. Es ist nur …« Die Tränen liefen ihr über die Wangen, verloren sich in ihrem Haar.

Lange Zeit schwieg sie. »Willst du einfach nur für eine Weile vergessen?«, fragte er, wobei er sich nur noch mieser fühlte, als versuche er, ihr in ihrem geschwächten, verwundbaren Zustand etwas einzureden, was eigentlich er sich wünschte. Doch zu seinem Erstaunen schüttelte sie heftig den Kopf.

»Ich kann es nicht vergessen. Sobald ich die Augen zumache, sehe ich sie da liegen.« Er zog sie enger an sich, als sie ein Schauder überlief, und küsste ihre Schläfe.

»Was dann?«

»Das hätte ich sein können«, sagte sie.

»Nein!«, platzte er heraus, ehe er es verhindern konnte.

»Doch, Gideon. Der Mann am Donnerstag hatte seine Hände um meinen Hals. Ich hätte genauso enden können wie Trish.« Wieder legte sie die Hände um sein Gesicht, strich zärtlich über seinen Bart, als wollte sie damit ihren Worten die Schärfe nehmen. »Es hätte mich treffen können.«

Er senkte den Kopf, bis seine Stirn die ihre berührte. »Bitte sag mir, dass du nicht denkst, du *solltest* diejenige sein.«

Entsetzt riss sie die Augen auf. »Nein! Natürlich nicht. Es sollte überhaupt niemand sein. Aber es ist nun mal jemand ums

Leben gekommen. Und ich … ich denke, nach allem, was passiert ist, möchte ich eine Weile mal keine Angst haben, sondern mich … einfach nur gut fühlen. Und dank dir tue ich das. Es kommt mir nur egoistisch vor, dich zu bitten … als würde ich dich … benutzen.«

Nun war er derjenige, der verblüfft blinzelte. »Oh. Verstehe.« Damit hatte er nicht gerechnet. Er dachte, sie würde ihm erklären, dass sie erst ihre Trauer überwinden musste. Oder, schlimmer noch, dass sie Angst hatte, die Nächste zu sein, und nicht sterben wollte, ohne sich ein letztes Mal vergnügt zu haben. Aber dass sie das Gefühl hatte, ihn zu benutzen? Wow.

Ein Teil von ihm hätte ihr am liebsten geantwortet, dass er sich jederzeit mit dem größten Vergnügen von ihr benutzen ließe, doch das stimmte nicht. Was er empfand, war mehr als nur ein flüchtiges Bedürfnis, das befriedigt sein wollte. Das hatte er in der Vergangenheit getan, funktioniert hatte es jedoch nie. Aber das hier war anders. *Sie* war anders.

»Eine Frage habe ich«, sagte er, weil sie immer noch nicht beruhigt zu sein schien. »Wäre es ein anderer Mann, der auf dich aufpasst, würdest du trotzdem wollen … du weißt schon?«

Sie schüttelte den Kopf. »Nein.« Mit den Fingerspitzen fuhr sie die Umrisse seines Mundes nach. »Das ist es nicht. Ich mag dich. Bei dir brauche ich nicht ständig wachsam zu sein. Ich … vertraue dir.« Sekundenlang schweifte ihr Blick ab, ehe sie ihn wieder auf ihn richtete. »Und ich will dich. Mehr als jeden Mann, dem ich bisher begegnet bin.«

Sein Puls begann zu rasen, selbst während er sich noch fragte, auf wie viele Männer sie anspielte, doch er schob den Gedanken kurzerhand beiseite. Es spielte keine Rolle. Heute Abend war sie mit ihm zusammen, das war das Einzige, was zählte.

»Wirklich?« Er empfand beinahe so etwas wie Schüchternheit. Du lieber Gott! Wie ein alberner Teenager. Was er nie hatte sein dürfen.

Lächelnd strich sie ihm eine Haarsträhne aus der Stirn, ganz sanft, während er die Einladung in ihren Augen las. »Wirklich. Wenn du mich also noch einmal küssen möchtest, wäre ich sehr dankbar.«

»Sogar sehr gern.« Sein Kuss war zurückhaltend, fast scheu, wurde jedoch leidenschaftlicher, als sich ihre Lippen teilten. Er schmeckte sie, ihre Süße, vermischt mit einer Spur Pfefferminze … süß und unbeschreiblich heiß. Noch immer lag er neben ihr, mit etwas Distanz, um zu verhindern, dass sie seine Erektion bemerkte. Zumindest bis er wusste, wie weit sie gehen wollte.

Einen Moment später – vielleicht waren auch mehrere Minuten vergangen – bekam er seine Antwort, als eine schmale Hand den Stoff seines T-Shirts packte, um ihn zu sich heranzuziehen. Ihr Mund war rosig und feucht, ihre Augen schimmerten verführerisch, und ihre Brüste hoben und senkten sich im raschen Rhythmus ihrer Atemzüge. Der Ausdruck auf ihrem Gesicht hatte beinahe etwas Entrücktes. Sie war so wunderschön, dass er sich zwingen musste, sich nicht auf sie zu stürzen.

Mit einem unterdrückten Schauder presste er seine Lippen an ihre Schläfe und arbeitete sich küssend bis zu ihrem Ohr hinunter vor. »Zu viel?«

Wieder zog sie ihn näher zu sich heran. »Nein. Nicht genug. Du bist viel zu weit weg, Gideon.«

Wieder überlief ihn ein Schauder, der sich trotz aller Bemühung nicht unterdrücken ließ. Er vergrub das Gesicht an ihrer Schulter. »Ich dachte, du willst aufhören.«

»Nein«, flüsterte sie. Sie schob die Finger in sein Haar, während ihre andere Hand zum Bund seiner Jogginghose wanderte. »Nicht aufhören«, sagte sie. »Bitte.«

Er verlagerte das Gewicht und schob sich zwischen ihre Beine, die sie bereitwillig auseinanderfallen ließ. Instinktiv begann er, sich zu wiegen, genoss das Gefühl, wie seine Erektion sich an ihr rieb. Mit einem wohligen Laut wölbte sie sich ihm entgegen und drückte den Kopf tiefer ins Kissen, wobei sie ihre Kehle entblößte. Die Arme links und rechts neben ihrem Kopf abgestützt, beugte er sich über sie, um die Linie von ihrem Hals zu ihrem Kinn mit Küssen zu bedecken.

»Okay so?«, raunte er.

»Sehr okay.« Ihre Stimme war noch rauchiger als sonst. Allein ihr Klang jagte ihm eine Gänsehaut über den ganzen Körper. Mit einem kehligen Seufzer schloss sie die Augen. »Du fühlst dich so gut an.«

Behutsam bedeckte er ihren Mund mit federleichten Küssen. »Was wünschst du dir, Daisy?«, fragte er, während sie sich halb aus dem Kissen hob, als er sich aufzurichten versuchte.

Ein ironisches Lächeln spielte um ihre Mundwinkel. »Mehr, als ich kriegen kann. Ich hatte keine Gelegenheit, in den Drugstore zu fahren. Aber das hier ist auch nett.«

Nett – dass es sich nett anfühlte, war nicht seine Absicht gewesen. Vielmehr sollte sie vor Lust schier den Verstand verlieren, nicht länger wissen, wo ihr der Kopf stand. »Aber ich«, gestand er.

Sie riss die Augen auf. »Was? Aber wann …?« Sie hielt inne, als der Groschen fiel, und schnappte nach Luft. Sie waren heute nur ein einziges Mal voneinander getrennt gewesen – als er ins Leichenschauhaus gefahren war. »Danke.«

»Wir müssen nicht«, flüsterte er. »Ich hatte auch keine Erwartungen, was das betrifft, sondern dachte nur … Na ja, ich hatte gehofft, dass wir sie früher oder später brauchen würden.«

»Heute.« Er sah die Verzweiflung, gepaart mit unverhüllter Begierde, in ihren Augen. »Es sei denn, du möchtest es lieber nicht.«

Er stieß ein bellendes Lachen aus. »Nein, das ist definitiv kein Problem.« Wieder schob er die Hüfte vor, was sie mit einem lustvollen Laut quittierte. »Nur für den Fall, dass es dir noch nicht aufgefallen sein sollte.«

Sie hob sich ihm entgegen. »Ist es.« Sie gab ein genüssliches Summen von sich. »Es ist mir aufgefallen, und ich will es. Ich will dich. In mir. Ist das klar genug?«

Instinktiv schnellte seine Hüfte vor, während ein grollender Laut in seiner Kehle aufstieg. »O Gott. Ja. Das ist sehr klar.« Er küsste sie leidenschaftlich auf den Mund, um den ein Lächeln spielte. »Geh nicht weg. Ich bin gleich zurück.« Er kam zwischen ihren Beinen auf die Knie, wobei er Mühe hatte, den Blick von ihr zu lösen – ihre Nippel waren hart geworden und zeichneten sich unübersehbar unter ihrem ansonsten durchaus züchtigen Hemdchen ab. Sie wand sich, als suche sie nach seiner Berührung, während er es kaum erwarten konnte, seinen Platz zwischen ihren gespreizten Beinen wieder einzunehmen.

Er erhob sich und kramte in seiner Tasche nach den Kondomen. Mit zitternden Händen zerrte er an der Plastikverpackung und riss die Schachtel auf, sodass die Kondome wild umherflogen.

Er hörte sie hinter ihm lachen, mit einer Freude und Lebenslust, wie er es bislang viel zu selten von ihr zu hören bekommen hatte. Mit erhobener Braue beäugte sie den Kondomstreifen, den er aufgefangen hatte. »Ich bin nicht sicher, wie ich das bezeichnen soll, Gideon. Optimistisch oder reichlich ambitioniert.«

Er blickte auf den Dreierstreifen in seiner Hand und grinste. »Ein bisschen was von beidem?« Er ließ die Kondome auf den Nachttisch fallen und machte Anstalten, sich das T-Shirt über den Kopf zu ziehen, doch sie erhob sich und kroch auf allen vieren zur Bettkante, um ihn aufzuhalten.

»Moment. Ich will das tun.« Zu seiner Überraschung knipste sie die Nachttischlampe an. »Und ich will dich dabei ansehen.«

O Gott. Er hatte alle Mühe, an sich zu halten. »Okay.«

Die Unterlippe zwischen ihren Vorderzähnen, kam sie auf die Knie, streifte ihm das T-Shirt über den Kopf und ließ es neben das Bett fallen, ehe sie einen anerkennenden Laut ausstieß und ihn sekundenlang ansah, was ihn noch härter werden ließ.

»Fass mich an«, befahl er mit einer gutturalen Stimme, die er kaum als seine eigene erkannte, und erschauderte, als sie die Hände auf seinen Körper legte und ihn mit langsamer Ehrfurcht zu streicheln begann, die ihm all seine Willenskraft abverlangte. Mit den Fingerspitzen berührte sie die Haare auf seiner Brust, fuhr die Flügel des Phönix nach, ehe sie der feinen Spur aus dunklen Härchen über seinen Bauch abwärts folgte.

Schließlich schob sie ihre Hand in den Bund seiner Jogginghose und der Briefs, die er darunter trug. »Daisy«, krächzte er.

Sie sah ihn an. »Du bist so schön.«

Er konnte sich nicht länger beherrschen. Mit einer abrupten Bewegung zog er sie hoch und küsste sie mit einer Eindringlichkeit, bis sie beide innehalten mussten, um Atem zu schöpfen. »Zieh dein Top aus«, presste er hervor.

Ohne den Blick von ihm zu lösen, gehorchte sie. Der Anblick ihrer nackten Brüste ließ ein leises Stöhnen aus seiner Kehle dringen. »Du bist diejenige, die wunderschön ist.« Behutsam berührte er ihre Brüste, wog ihr Gewicht in seinen Händen, wobei er mit den Daumen die Nippel liebkoste, deren Geschmack er kaum erwarten konnte.

Sie ließ den Kopf nach hinten fallen und stöhnte ein weiteres Mal auf, so sexy, dass er sich am liebsten augenblicklich in ihr versenkt hätte, doch er beherrschte sich. Es sollte schön für sie werden. Für sie beide. Deshalb würde er sich Zeit lassen. Er würde …

»O Gott, Daisy, *fuck*«, stieß er hervor, als ihre Finger neuerlich in seine Hose wanderten und sich um ihn schlossen. Er zog sie an sich, um sie zu küssen, mit der Zunge ihre Mundhöhle zu erkunden, während sie ihre Hand rhythmisch zu bewegen begann und kraftvoll und zärtlich zugleich zudrückte, wann immer ihre Finger die empfindliche Spitze berührten. Dann war ihre Hand plötzlich verschwunden. Sekunden später zog sie ihm die Hose herunter und befreite sich aus seiner Umarmung, obwohl er nur eins wollte: Sie aufs Bett werfen und ihre Brüste liebkosen.

Doch all diese Gedanken waren wie fortgewischt, als sie ihn in den Mund nahm und ihm nichts anderes blieb, als mit zitternden Beinen dazustehen und sich diesem feuchten, warmen … Paradies zu ergeben. Er sah zu, wie ihr Blondschopf auf und ab wippte, erotischer als alles, was er je in seinem Leben gesehen hatte. Die Lust drohte unerträglich zu werden. Er ließ den Kopf in den Nacken fallen.

Gleich. Kurz davor. Zu kurz. Er packte sie bei den Schultern und schob sie von sich, trat sich die Jogginghose und die Briefs von den Beinen, ehe er Daisy behutsam hochzog, auf die Matratze drückte und ihr Shorts und Slip über die Beine streifte.

Und dann stand er da und sah sie staunend an, wobei er sich sehnlichst wünschte, ein besseres Wort als »wunderschön« zu finden. Ein Knie neben ihrer Hüfte aufgestützt, beugte er sich vor und fuhr mit dem Finger eine Linie von ihrer Kehle über ihre Brust abwärts. Er spürte, wie ihre Bauchdecke vibrierte, sah die Gänsehaut auf ihrer zarten Haut, als sie sich ihm voller Erwartung entgegenhob.

»Gideon.« Sein Name war Flehen und Befehl zugleich, als sie ein Bein zur Seite fallen ließ und sich seinem hungrigen Blick freigab. »Tu's. Fass mich an.«

Er gehorchte, setzte seinen Weg über ihren Bauch fort, tauchte seine Fingerspitze in die glitzernde … Perfektion. Sie schrie auf, während ihr Unterleib nach oben schnellte, als hätte er ihr einen elektrischen Schlag verpasst.

Er hatte gewusst, dass sie so empfindsam reagieren würde. Aus irgendeinem Grund hatte er es genau gewusst.

Langsam und bedächtig erforschte er sie, was sie mit einer

weiteren Flut an Flehen und Flüchen quittierte, bis sie sich hilflos unter ihm wand, als er seinen Finger in sie schob. »Bitte, bitte, bitte«, flehte sie und riss ungeduldig den Arm hoch, um nach einem Kondom auf dem Nachttisch zu tasten und es ihm in die Hand zu drücken. »Ich brauche dich. Jetzt gleich.«

Doch er wollte nicht aufhören. Zu fasziniert war er davon, wie sie auf seine Liebkosungen reagierte. Kurz zog er seinen Finger zurück, nur um gleich darauf einen zweiten zu Hilfe zu nehmen.

Mit einem grollenden Laut riss sie ihm die Kondome aus der Hand und fummelte fluchend an einem der Päckchen herum, bis es ihr gelang, es aufzureißen. Mit einem Blick, der blutige Rache verhieß, stützte sie sich auf einen Ellbogen, um ihm das Kondom mit einer geschmeidigen Bewegung überzustreifen, ehe sie ihn streichelte, wie sie es zuvor getan hatte.

Er schloss die Augen und gab sich gänzlich dem Gefühl hin. Es war so lange her, seit ihn jemand auf diese Weise berührt hatte. Auf diese Weise? Vielleicht noch nie.

»Bitte«, sagte sie so leise, dass er es um ein Haar überhört hätte. Er schlug die Augen auf und sah, dass sie auf dem Rücken lag und einladend die Arme öffnete. »Gideon. Jetzt.«

Er zog die Finger aus ihr und schob sie sich in den Mund, um ihren Geschmack auf der Zunge zu genießen. »Nächstes Mal will ich dich schmecken.«

»Nächstes Mal kannst du tun, wonach dir der Sinn steht. Aber jetzt brauche ich dich in mir.«

Er schob sich zwischen ihre Schenkel und beugte sich vor, um ihre Nippel mit den Lippen zu umschließen. Wieder hatte sie die Finger in seinem Haar vergraben und den Kopf tief ins Kissen gedrückt, während sie die Hüften in einem Rhythmus gegen seine Brust schob, der ihn über kurz oder lang um den Verstand bringen würde.

Ein letztes Mal ließ er spielerisch die Zunge über jeden ihrer

Nippel schnellen, dann stützte er sich auf die Arme und stemmte sich hoch, um direkt vor ihrem süßen Fleisch zu verharren. »Sieh mich an«, befahl er.

Sie schlug die Augen auf, sodass er die Lust, aber auch das tiefe Vertrauen darin ablesen konnte. Der Anblick verschlug ihm den Atem. Ganz egal, was zwischen ihnen geschehen mochte, er würde niemals vergessen, wie sie ihn jetzt ansah.

»Sag mir, dass du das hier wirklich willst«, stieß er hervor. Er musste es ein letztes Mal aus ihrem Mund hören.

Sie legte beide Hände um seine Pobacken. »Ich will das. Ich will dich.«

Mit einem Stöhnen drang er in sie ein und gab sich dem unbeschreiblichen Gefühl hin, als sie sich um ihn schloss. Eng, feucht, heiß. »Gott!« Er sank nach vorn, sodass seine Wange ihren Hals berührte.

»Ja«, flüsterte sie. »So gut, Gideon. Ich spüre dich, wie du … pulsierst.«

Ihre Worte waren wie ein elektrischer Schock. »Verdammt«, presste er hervor, weil es das einzige Wort war, das zu artikulieren er fähig war, und begann sich zu bewegen.

Sie hatte noch immer die Augen geöffnet und blickte ihn voller Begierde an, fuhr sich mit der Zunge über die Lippen, während sie ihre Finger in die Muskeln seines Hinterteils grub und ihn so zwang, seine Bewegungen zu beschleunigen. Ihre Blicke hingen aneinander. Das hier war so viel mehr als nur Sex.

Er hatte die ganze Zeit gewusst, dass sie perfekt sein würde, doch nun, da er in ihr war, wurde ihm bewusst, dass sie selbst seine wildesten Fantasien bei Weitem übertraf. Sie war enger, heißer, perfekt, wie für ihn geschaffen. *Für mich. Und nur für mich.*

Sie gehört mir. Mir allein. Es mochte ein lächerlicher Gedanke sein, doch er leugnete ihn nicht, denn noch nie in seinem Leben hatte er so empfunden. Niemals.

Pure Lust und zugleich Geborgenheit und die Bestätigung, dass das, was sich hier zwischen ihnen abspielte, wahrhaftig war.

Sie schlang die Beine um ihn, zog ihn tiefer in sich hinein. Seine Gedanken überschlugen sich, als er fester zustieß. Schneller. Er schob die Hände unter ihre Schultern und versuchte, sie enger an sich zu ziehen, während ihr Blick die ganze Zeit auf ihm ruhte und ihr Haar wie ein goldener Fächer im Halbdunkel auf dem Kissen schimmerte.

»Mehr«, stöhnte sie, worauf er vollends die Kontrolle über sich verlor.

Tief versenkte er sich in ihr, und seine Gedanken kreisten nur um eines – die Lust, die sie ihm schenkte. Durch sie konnte er wieder fühlen, etwas empfinden. Sie gab ihm das Gefühl, lebendig zu sein. »Komm«, stieß er hervor. »Komm für mich. Jetzt.«

Mit einem heiseren Aufschrei legte sie den Kopf in den Nacken und schloss die Augen. Er spürte, wie sich ihre feuchte Hitze enger um ihn legte, als sie kam, ihn immer tiefer in sich hineinsog.

Das Gesicht in ihrem Haar vergraben, folgte er seiner Lust, ergoss sich in nie da gewesener Intensität in sie, den Mund zu einem lautlosen Schrei aufgerissen.

Augenblicke später sackte er nach Atem ringend über ihr zusammen. Erst ganz allmählich nahm er einen köstlichen Duft wahr – nach Mandelkeksen. Ihr Haar. Ihre Finger, die zärtlich seinen Rücken streichelten. Er stützte sich auf die Ellbogen und sah ihr ins Gesicht, das so entspannt war, wie er es noch nie gesehen hatte. Die Augen geschlossen, ein Lächeln auf den Lippen, der Inbegriff heiterer Gelassenheit. Selig. Geliebt.

Er küsste sie auf die Stirn, während er überlegte, was er sagen sollte, doch kein Wort drang über seine Lippen. In diesem Moment schlug sie die Augen auf.

»Bleib«, flüsterte sie. Er sah sich außerstande, den Blick von ihr abzuwenden.

»Okay.«

Sie streichelte weiter seinen Rücken. Er wünschte sich, sie würde ewig weitermachen. Doch das Kondom hatte andere Pläne, deshalb zog er sich widerstrebend aus ihr zurück und küsste sie zärtlich auf den Mund. »Ich bin gleich wieder da.«

Als er aus dem Badezimmer trat, lag sie genauso da, wie er sie zurückgelassen hatte, auf den Lippen ein Lächeln, das sein Herz zutiefst berührte.

Er schlüpfte zwischen die Laken und streckte den Arm aus, woraufhin sie herüberrollte und sich an ihn schmiegte, eine Hand auf dem Tattoo auf seiner Brust.

Erst jetzt fiel ihm auf, dass er ihr Tattoo noch nicht zu Gesicht bekommen hatte. Er zog sie enger an sich. »Du hast mir dein Tattoo noch gar nicht gezeigt.«

Sie lachte. »Morgen, okay?«

»Na gut.« Er knipste die Nachttischlampe aus, worauf der Raum in Dunkelheit versank.

Ihr Seufzen war wie ein süßes Raunen. »Danke, Gideon.«

Er küsste ihren Scheitel. »Das Vergnügen war ganz meinerseits. Ehrlich.«

Wieder lachte sie schläfrig. »Gut. Schlaf jetzt. Ich stelle den Wecker, damit wir es rechtzeitig zum Busbahnhof schaffen.«

Der Busbahnhof. Ach ja. Der Grund für ihren Ausflug. Er schlang den Arm um sie und hoffte darauf, dass der Morgen die Antworten bringen würde, die sie brauchten.

Redding, Kalifornien
Sonntag, 19. Februar, 02.30 Uhr

Mit angehaltenem Atem bog er auf den Motel-Parkplatz ein und stieß ihn in einem Schwall aus, als er sah, dass der schwarze Toyota des Feds noch exakt an derselben Stelle stand. Er fuhr in die Lücke direkt daneben, stieg aus und legte prüfend die Hand auf die Motorhaube des Wagens. Sie fühlte sich kalt an, die Windschutzscheibe war von einer dünnen Frostschicht überzogen. Der Wagen war längere Zeit nicht bewegt worden. Daisy und der Fed waren also immer noch in ihrem Motelzimmer. Kein Licht brannte.

Was sie gerade trieben … er wollte lieber nicht darüber nachdenken.

Bevor er weggefahren war, hatte er den Fed am Fenster ihres Zimmers im ersten Stock stehen und auf die Straße blicken sehen. Anfangs hatte er gefürchtet, der Fed könnte ihn gesehen haben, und vorsichtshalber die Waffe auf ihn gerichtet, doch dann war Daisy hinter ihn getreten und hatte ihm die Arme um die Taille gelegt. Lange Zeit hatten sie so dagestanden, dann waren sie verschwunden. Keiner von beiden hatte ihn bemerkt.

Verärgert und gekränkt hatte er seine Waffe wieder eingesteckt. Offenbar waren die beiden sehr viel mehr als Bodyguard und Opfer.

Irgendwann hatten ihn der Hunger, die Kälte und seine Blase vom Parkplatz getrieben, wenn auch gerade lange genug, um zum nächsten McDonald's Drive-Through zu fahren und sich bei Walmart eine Decke, ein Paar dicke Socken und ein paar Snacks zu besorgen.

Und einen Tracker. Er hatte nicht damit gerechnet, so etwas in einem Supermarkt zu finden, und vermutlich ließ die Qualität des Dings zu wünschen übrig, trotzdem hatte er ihn in seinen Einkaufskorb gelegt. Er wollte nicht in seinem Wagen einschlafen und verpassen, dass Daisy und der Fed sich auf den Weg zu dem machten, was auch immer sie nach Redding geführt hatte.

Er beugte sich vor und befestigte das kleine Gerät im Radkasten des Toyotas, allerdings bezweifelte er, dass es sonderlich lange am Metall haften bleiben würde, aber das war auch nicht nötig. Bis zum Morgen, das genügte vollkommen.

Er stieg wieder in seinen Wagen und fuhr zu einer Ecke des Parkplatzes, von der aus er den Toyota im Auge behalten konnte, sie ihn aber nicht bemerken würden. Dann lud er die Tracking-App auf sein Handy – vermutlich hatte er sein Datenvolumen damit ausgeschöpft, doch darüber würde er sich später Gedanken machen. Für den Moment freute er sich über das Blinken auf der Karte der App genau an der Stelle, wo der Toyota geparkt stand. Er zog die Decke aus der Einkaufstüte, stellte die Rückenlehne zurück und machte es sich bequem.

18. KAPITEL

Redding, Kalifornien
Sonntag, 19. Februar, 07.30 Uhr

Daisy wachte auf und streckte die Hand nach Gideon aus, doch das Bett neben ihr war leer, die Laken kühl. Wie üblich war sie gegen vier Uhr aufgewacht und hatte festgestellt, dass sie ihre Position gewechselt hatten – sie lagen beide auf der Seite, und er hatte den Arm von hinten um sie geschlungen, als beschütze er sie selbst im Schlaf noch.

Oder zeige der Welt, dass sie ihm gehörte. *Beides ist in Ordnung für mich*, überlegte sie mit einem genüsslichen Rekeln und dachte daran zurück, wie er sie in den Armen gehalten hatte, wie es sich angefühlt hatte, mit ihm zusammen zu sein.

Daisy war nicht gänzlich unerfahren, wenngleich es nicht allzu viele Männer in ihrem Leben gegeben hatte. Hier und da hatte sie sich im College aus dem Unterricht gestohlen, um sich mit einem Jungen zu treffen. Zu der Zeit hatte Jacob als Aufpasser für sie und Taylor fungiert und sie abwechselnd in die Vorlesungen begleitet, was Daisy ein paar freie Stunden pro Woche beschert hatte.

Die sie so gut es ging für ihre Zwecke genutzt hatte.

Auch in Europa hatte es den einen oder anderen gegeben, allerdings war sie sehr wählerisch gewesen. Und hatte stets darauf geachtet, geschützt zu sein. Für jede einzelne dieser Erfahrungen war sie mehr als dankbar, weil sie gelernt hatte, einem Mann Lust zu spenden, wie sie es bei Gideon getan hatte. Und dass es ihr gelungen war, stand außer Frage, denn sie spürte die Auswirkungen ihres Liebesspiels sehr deutlich – auch dafür war sie dankbar.

Er war hier. Sie hörte ihn leise nebenan im Wohnzimmer reden. Seine tiefe Stimme beruhigte sie augenblicklich, beschwichtigte das Durcheinander, das tief in ihrem Innern tobte.

Trish war tot, und ihr Mörder hatte womöglich noch andere Frauen auf dem Gewissen. *Und mich hätte er auch getötet, wäre er dazu gekommen.* Wann immer ihr dieser Gedanke in den Sinn kam, zog sich ihr Magen krampfhaft zusammen. Sie war ihm nur entkommen, weil ihr Vater sie zu einer Kämpferin ausgebildet hatte. Und genau diese Fähigkeiten, die sie aus tiefster Seele verabscheut hatte, waren ihr nun zu Hilfe gekommen und hatten ihr das Leben gerettet.

Danke, Dad.

Sie sah auf ihr Handy. Halb acht. In nicht einmal zwölf Stunden würde er in Kalifornien ankommen. *Weil ich gesagt habe, dass ich ihn brauche.* Dass Frederick Dawson sie liebte, stand außer Frage, und sie musste sich mit ihm aussöhnen. Allerdings hatte sie nicht die leiseste Ahnung, wo sie anfangen sollte. *Darüber mache ich mir später Gedanken, wenn wir hier fertig sind.*

Es war bereits hell, und ihr knurrte der Magen. Sie brauchte dringend einen Kaffee. Normalerweise hatte sie um diese Uhrzeit bereits ihre vierte Tasse intus.

Sie schwang die Beine über die Bettkante und checkte ihre Nachrichten – eine beachtliche Menge war über Nacht eingegangen. Die meisten wollten wissen, wie es ihr ging, außerdem erkundigten sich einige gemeinsame Freunde von ihr und Trish, ob es stimmte und Trish tatsächlich tot sei.

Entschieden verdrängte sie die Erinnerung an Trishs blutige, verstümmelte Leiche, an ihre blicklos gen Decke gerichteten Augen, die Würgemale an ihrem Hals.

Ja. Trish war tatsächlich tot, trotzdem wollte Daisy keine der Nachrichten beantworten, weil sie sich schlicht nicht imstande sah, sich jetzt mit all den Leuten auseinanderzusetzen. Auch ihr Vater hatte eine Nachricht geschickt, in der er ihr mitteilte, dass seine Flüge pünktlich waren. Und dass er sie liebhabe.

Ich hab dich auch lieb, schrieb sie gerührt zurück. Und so war es auch. Nichts hatte daran etwas geändert. Und nichts würde es jemals tun.

Die letzte Nachricht stammte von Sasha, die nur wenige Minuten zuvor eingegangen war. Wahrscheinlich hatte sie das Summen geweckt. Wollte nur wissen, ob alles okay ist?

Geht so, schrieb Daisy. Aber wird schon wieder. Wie geht es dir?

Sashas Antwort kam sofort. Konnte nicht schlafen, bin deshalb ins Büro gefahren, Papierkram erledigen. Musste mich beschäftigen.

Daisy seufzte. Arme Sasha. Ihre Trauer um Trish bewegte sich in einer völlig anderen Dimension. Verstehe ich.

Die Sprechblase mit den Pünktchen erschien und verharrte, was bedeutete, dass Sasha eine längere Erwiderung formulierte, die letztlich jedoch recht knapp ausfiel. Gib Gas mit G., dazu ein GIF von einem Mann, der ihr übertrieben zuzwinkerte.

Daisy fragte sich, was Sasha wohl als Erstes geschrieben und wieder gelöscht haben mochte, beschloss jedoch, nicht nachzubohren. Zu Befehl, Ma'am schrieb sie zurück und lächelte, als Sasha geschätzte fünfzig Fragezeichen zurückschickte. Damit hätte ihre Freundin wenigstens genug Stoff zum Klatschen, wenn sie Irina und Karl besuchte.

Sie ging ins Badezimmer, putzte sich die Zähne und machte sich, das Handy in der Hand, auf die Suche nach Gideon, blieb jedoch vor der Wohnzimmertür stehen, als sie zwei Stimmen hörte – Gideons und eine Frauenstimme. Vermutlich telefonierte er, trotzdem öffnete sie die Tür vorsichtig einen Spaltbreit, ehe sie splitternackt den Raum betrat.

Gideon saß auf dem Sofa mit dem Rücken zu ihr, über seinen

Laptop auf dem Couchtisch gebeugt und mit seinem auf Lautsprecher geschalteten Handy neben sich.

»… Busbahnhof in Redding«, sagte er gerade. »Aber Sie rufen bestimmt nicht an, weil Sie wissen wollen, was ich heute Morgen vorhabe. Zumal ich Ihnen alles schon per Mail geschickt habe.«

»Stimmt«, gestand die Frau. Gideons Vorgesetzte, vermutete Daisy, während sie sich zu erinnern versuchte, ob er jemals ihren Namen erwähnt hatte. »Die Suche, die Sie beantragt haben, hat tatsächlich mehrere Treffer ergeben.«

Welche Suche?

Gideons Schultern versteiften sich. »Wie viele?«

»Bisher drei«, antwortete die Frau. »In allen drei Fällen laufen die Ermittlungen noch. Das Büro in Seattle ist federführend.«

Gideons Schultern sackten herab. »Drei«, wiederholte er resigniert. »Inklusive Trish Hart?«

Daisy öffnete die Tür ein Stück weiter. Eigentlich sollte sie sich bemerkbar machen, doch hier ging es um Trish, und sie musste wissen, was los war.

»Nein«, antwortete die Frau leise. »Drei zusätzliche. Alle Opfer wurden erwürgt, bei zweien wurden mit Bleiche gesäuberte Messer in der Spüle gefunden. Außerdem wiesen alle Opfer Schnittwunden auf. Bei einer waren die Buchstaben ›EY‹ in die Haut eingeritzt, bei einer ein ›N‹ und bei der dritten ein ›D‹.«

»Wie bei Trish Hart«, stieß Gideon hervor.

Daisy schnappte nach Luft. Buchstaben? Der Täter hatte Buchstaben in Trishs Haut geritzt? Sie dachte an das viele Blut auf ihrem Bauch. Das bedeutete, sie war noch am Leben gewesen, als der Täter sie verstümmelt hatte.

Gideon drehte sich um und sah sie bestürzt an. »Verdammt«, murmelte er. »Ich muss Schluss machen«, sagte er zu der Frau am Telefon. »Ich melde mich, sobald ich am Busbahnhof war.«

Er beendete das Gespräch, trat um das Sofa herum und ergriff ihre Hände. »Es tut mir leid, dass du das mit anhören musstest«, sagte er. »Es tut mir so leid, Daisy.«

Sein Gesicht verschwamm vor ihren Augen. Sie blinzelte, was es nur noch schlimmer machte. »Er hat sie mit dem Messer verstümmelt?«, fragte sie mit brüchiger Stimme.

»Ja.« Gideon schlang die Arme um sie. Daisy zitterte am ganzen Leib.

»Und sie war noch am Leben?«, presste sie hervor.

»Ja«, sagte er noch einmal. »Es tut mir unendlich leid, Daisy. Ich hätte mich vergewissern sollen, dass du noch schläfst.«

In gewisser Weise wünschte sie es sich, andererseits auch wieder nicht. »Ich musste es wissen.«

»Nein, Baby, musstest du nicht.« Er ließ sie kurz los, hob ihr Handy auf, das ihr unbemerkt entglitten war, und schob sie ins Schlafzimmer zurück, wo er sich aufs Bett setzte, sie auf seinen Schoß zog und sie hielt, während die Tränen neuerlich zu fließen begannen.

»Hat er …«, presste sie mühsam hervor und krallte die Hände in sein T-Shirt. Sie hatte keine Ahnung, weshalb sie ihm diese Frage nicht schon am Abend zuvor gestellt hatte. *Du hast unter Schock gestanden. So wie jetzt auch.* »Hat er sie auch vergewaltigt?«

»Das wissen wir nicht. Der Rechtsmediziner hat die Autopsie erst für heute Nachmittag angesetzt.«

O Gott. Trish. Wut stieg in ihr auf und überlagerte ihren Schock und ihre Trauer. »Ich will ihn umbringen, Gideon«, stieß sie heftig hervor.

»Ich weiß, Süße. Ich wollte dasselbe tun, allein, weil er dich angefasst hat. Aber jetzt …«

»Er hat vier Frauen ermordet, vielleicht sogar fünf, wenn er auch noch Eileen erwischt hat. Bisher.«

»Ja.« Und sein Bauchgefühl sagte ihm, dass Eileen tot war. Er küsste Daisy auf die Stirn. »Ich weiß, dass es schwer ist, aber versuch, dir all das nicht bildlich vorzustellen.«

Sie stieß einen bitteren Laut aus. Wie sollte sie das anstellen? »Ich bemühe mich. Aber …« Sie schloss die Augen. »Sie war ganz allein, als sie gestorben ist. Verängstigt und unter Schmerzen und mutterseelenallein.«

»Ich weiß.« Er zog sie enger an sich. »Stell ihn dir hinter Gittern vor. Verängstigt und mutterseelenallein.«

Sie presste die Wange an seine Brust, hörte den steten Schlag seines Herzens, versuchte, sich von ihm beruhigen zu lassen, doch ihre Wut schien ein Eigenleben zu besitzen und ließ sich nicht einfach so mildern. Sie wusste zunächst nicht, wie sie damit umgehen sollte. »Und unter Schmerzen?«

»Ja. Wenn es dir dadurch besser geht. So habe ich überlebt, nachdem ich Mercy gefunden hatte. Indem ich mir ausgemalt habe, dass der Mann, der ihr wehgetan hat, Höllenqualen leidet.«

Sie wischte sich die brennenden Augen trocken. »Und du hast ihm den Schmerz zugefügt?«

»O ja«, sagte er ganz leise. Und ernst.

Sie nickte. Sich genau das vorzustellen, half ein klein wenig, trotzdem blieb der tiefe Kummer. *Es tut so weh, Trish.* Auch ihre Wut verrauchte nicht. *Du musst sie benutzen, sie kanalisieren, und wenn du ihn findest, mach ihn fertig.*

Ihn sich hinter Gittern vorstellen? Zum Teufel damit. Nein, sie würde dieses Schwein umbringen, wenn sie die Gelegenheit dafür bekäme. Sie holte tief Luft und spürte, wie ihr der Gedanke ein klein wenig Frieden schenkte. »Gut. Gehen wir etwas frühstücken, und dann auf zum Busbahnhof.«

Er löste sich von ihr und wischte ihr sanft die Tränen ab. »Daisy?«, fragte er besorgt.

Sie sah ihm direkt in die Augen. »Ja?«

»Ich will dich nicht verlieren. Tu nichts, wodurch du in sein Visier gerätst. Bitte.«

»Er hat mich längst im Visier. Aber ich verspreche, dass ich kein unnötiges Risiko eingehe. Wie klingt das?«

Er seufzte resigniert. »Mehr kriege ich nicht, oder?«

»Vermutlich nicht.« Sie musterte ihn mit zusammengekniffenen Augen. »Es sei denn, du sperrst mich zu meinem eigenen Schutz ein.«

Er sah sie verblüfft an. Und gekränkt, wie sie bloß auf die Idee gekommen war, er könnte so etwas tun. »Das würde ich dir nie antun. Wir wissen beide, was es bedeutet, eingesperrt zu sein.«

Der Druck auf ihrer Brust löste sich, zumindest so weit, dass sie durchatmen konnte. »Danke.«

Er schmiegte eine Wange an ihren Kopf. »Eigentlich hatte ich für heute Morgen andere Pläne, aber es wird spät. Der Busbahnhof öffnet um neun.«

Redding, Kalifornien
Sonntag, 19. Februar, 09.00 Uhr

Daisy packte Gideons Hand, als er sein Schritttempo vor dem Greyhound-Busbahnhof drosselte. »Komm«, drängte sie sanft. »Lass uns reingehen. Du brauchst Klarheit.«

»Ich weiß, trotzdem frage ich mich die ganze Zeit, was ist, wenn niemand sie hier gesehen hat?«

Seine Anspannung war so deutlich spürbar, dass Brutus in ihrer Transporttasche zu winseln begann. Daisy tätschelte sie, ohne Gideon loszulassen. »Dann klappern wir sämtliche Städte im Umkreis von hundert Meilen um den Mount Shasta ab. Aber zuerst zeigen wir ihnen die Fotos der anderen Geflohenen. Es könnte sein, dass du und Mercy die Einzigen seid, die es bis hierher geschafft haben, aber es gibt auch noch andere Bahnhöfe und andere Möglichkeiten, von hier wegzukommen. Das FBI sucht. Du suchst. Wir suchen. Ich verspreche es dir.«

»Ich weiß. Und ich danke dir.« Er drückte ihre Hand. »Von Herzen.«

Sie schenkte ihm ein, wie sie hoffte, ermutigendes Lächeln. »Gern.«

Er schlang den Arm um ihre Taille und zog sie eng an sich. »Also, gehen wir rein.«

Hinter der Plexiglasscheibe des Fahrkartenschalters saß ein älterer Mann und las ein Taschenbuch. Als sie näher kamen, blickte er kurz hoch, setzte sich auf und sah sie gespannt an.

Denn Gideon steuerte mit der Unbeirrbarkeit des erfolgreichen Cops auf ihn zu – ein Mann, der genau wusste, was er tat, völlig egal, welche Dienstmarke er dabei trug. »Entschuldigen Sie, Sir, aber wir hätten ein paar Fragen.«

Wir. Es fühlte sich … gut an.

Der Mann schob seine Brille auf der Nase hoch. »Dann fragen Sie mal.« Sein Tonfall verriet, dass er sich noch nicht entschieden hatte, ob er auch antworten würde.

»Ich bin Special Agent Gideon Reynolds«, stellte Gideon sich vor und zückte seine Marke.

»Vom FBI. Also, dann schießen Sie mal los, Special Agent Reynolds.«

Gideon schob das Foto der künstlich gealterten Eileen durch die Öffnung in der Scheibe. »Ich suche nach dieser Frau. Sie wird vermisst.«

Der Mann beäugte das Foto mit schief gelegtem Kopf, während Daisy mit angehaltenem Atem wartete.

Nach einer gefühlten Ewigkeit nickte der Mann langsam. »Ja. Ich denke schon. Sie sah nicht genauso aus wie auf dem Foto, aber … die Augen. Die Augen sind gleich.« Er schob Gideon das Foto wieder zu. »Hätte sie auf Ihrem Foto auch ein blaues Auge und weitere Blutergüsse, hätte ich sie auf den ersten Blick wiedererkannt.« Er tippte auf sein rechtes Auge. »Hier.«

Gideon zuckte zusammen. »Sie hatte Blutergüsse?«, fragte er mit rauer Stimme.

Wieder nickte der Mann langsam. »Und die Halskette fehlt auf Ihrem Foto auch.«

»Was für eine Halskette?«, fragte Daisy.

Der Mann musterte sie, als wägte er ab, ob sie vertrauenswürdig war. »Ein Medaillon«, antwortete er schließlich.

Daisy stieß ihren angehaltenen Atem aus. »Und haben Sie auch die Kette bemerkt?«

»Natürlich. War ja kaum zu übersehen. Dick war sie. So wie diese Rapper sie um den Hals haben.«

»Und schwer, wie eine Sicherheitskette? An einer Tür?«, hakte Daisy nach.

»Ja. So in der Art.«

Sie spürte, wie Gideon neben ihr stocksteif wurde. »Erinnern Sie auch noch, wohin sie wollte?«

Der Mann bedachte Gideon mit demselben prüfenden Blick. »Wieso wollen Sie das wissen?«

Gideon schluckte. »Weil sie vermisst wird, und ich fürchte, dass ihr etwas zugestoßen sein könnte. Sie können gerne eine Kopie meiner Dienstmarke machen und meine Vorgesetzte anrufen, damit sie meine Identität bestätigt.«

»Ich glaube, das werde ich tun.«

»Fragen Sie nach Special Agent in Charge Tara Molina. Sie müsste im Büro sein. Ich habe vorhin erst mit ihr telefoniert.«

Sie warteten vor dem Schalter, während der Mann sich ans Telefon hängte und mit Molina redete, wobei er mehrmals nickte. Schließlich legte er auf und nickte Gideon zu.

»Sie spricht in den höchsten Tönen von Ihnen und sagt, ich könnte darauf vertrauen, dass Sie alles mit ›größter Integrität und Diskretion‹ behandeln.« Er faltete die Hände. »Also. Sie hat eine Fahrkarte nach Portland gekauft. Nur Hinfahrt. Vor etwa drei Monaten.«

»Oh.« Gideon packte Daisys Hand. »Portland.«

»War sie allein, Sir?«, hakte Daisy nach.

»Nein. Ein Kerl aus …« Er kratzte sich am Kopf. »Haben Sie einen Moment?«

»Natürlich. Lassen Sie sich Zeit«, erklärte Daisy.

Wieder warteten sie, während der Mann sich seinem Computer zuwandte. Zehn Minuten vergingen, bis er gefunden hatte, wonach er suchte, hauptsächlich, weil er zweimal unterbrechen musste, um Kunden zu bedienen.

»Hier. Ich hab's«, verkündete er schließlich, druckte etwas aus und schob es durch den Schlitz. »Das ist der Typ, der ihr die Fahrkarte gekauft hat. Zumindest seine Kreditkarte.«

»Gale Danton«, las Gideon. »Wieso erinnern Sie sich so genau an ihn?«

Der Mann lächelte schief. »Die Karte gehört einem Mann, der außerhalb von Macdoel wohnt, ein Kaff, das kaum mehr als ein winziger Punkt auf der Karte ist.«

Daisy fand Macdoel auf ihrer Karten-App. »Nördlich von hier, am Highway 97.« Sie sah Gideon an. »Von wo aus man den Mount Shasta sehen kann.«

Lediglich Gideons sich hebende und senkende Brust ließ ahnen, was ihre Worte in ihm auslösten. »Und warum erinnern Sie sich an ihren Begleiter?«, fragte er den Ticketverkäufer.

»Weil er die Fahrkarte mit seiner Kreditkarte bezahlt hat, was sie aber nicht wollte. Sie meinte, er sei ohnehin schon so nett zu ihr gewesen, weil er sie mitgenommen hätte, und sie wolle keinesfalls in seiner Schuld stehen.«

Gideon nickte, als verstehe er ganz genau. »Sie wollte bei niemandem in der Kreide stehen. Aber warum hat er sie mitgenommen und ihr die Fahrkarte gekauft?«

»Ich glaube, er war einfach bloß nett zu ihr«, antwortete der alte Mann. »Er schien besorgt um sie zu sein, hat ihr sogar noch seine Telefonnummer und etwas Bargeld in die Hand gedrückt und gesagt, sie solle sich mit der Rückzahlung ruhig Zeit lassen.

Und sollte jemand versuchen, sie zu etwas zu zwingen, das sie nicht wollte, solle sie ihn anrufen, er käme dann und helfe ihr.«

Gideon runzelte die Stirn. »Wie alt war er?«

»Etwa in meinem Alter.« Er seufzte. »Das Ganze hat mir auch ein wenig Sorge bereitet, und ich dachte zuerst, er versucht vielleicht, sie zu einem Zuhälter zu schicken oder so was. Ich habe den Schalter geschlossen und Pause gemacht und konnte zufällig hören, was sie geredet haben. Er meinte, seine Tochter sei auch schon mal abgehauen, und ein wildfremder Mann hätte ihr geholfen, nach Hause zurückzukehren. Deshalb wolle er jetzt dasselbe für jemanden tun.«

Gideon hatte die Finger so fest um den Ausdruck mit den Kreditkartendaten gekrallt, dass seine Knöchel weiß hervortraten. »Und ist sie in den Bus nach Portland gestiegen?«

»Ja. Um ein Haar wäre sie nach Sacramento gefahren, aber sie bekam Kopf.«

»Und Sacramento wäre Zahl gewesen?«, fragte Daisy, als Gideon schwieg.

»Genau. *Sie* habe ich jedenfalls nie wiedergesehen.«

Die Betonung auf »sie« war auffällig. »Und ist der nette Mann jemals wiedergekommen? Mr Danton?«

»Nein. Der nicht.«

Ein ungutes Gefühl beschlich Daisy. »Sondern ein Mann mit einer Augenklappe?«

Der Mann nickte knapp.

Daisy spürte, wie Gideon sich neuerlich anspannte, und lehnte sich gegen ihn, mehr um ihn zu stützen, als selbst Halt zu finden. »Haben Sie ihm gesagt, wohin sie gefahren ist?«, fragte sie.

»Nein. Ich hatte so ein ungutes Gefühl. Er wirkte … bedrohlich. Mir fielen die Blutergüsse des Mädchens wieder ein, und ich dachte, dass er vielleicht dafür verantwortlich ist.«

»War er auch«, warf Gideon grimmig ein. »Sie haben richtig gehandelt. Vielen Dank.«

»Genau. Danke schön«, echote Daisy.

»Ich hoffe, Sie finden sie«, meinte der Mann.

»Das hoffen wir auch«, sagte Daisy, obwohl sie sich keine allzu großen Hoffnungen machte. Ebenso wenig wie Gideon – nicht, nachdem er gesehen hatte, was der Mörder mit Trish angestellt hatte.

Sie wartete, bis sie vor Gideons Wagen standen. »Wohin jetzt? Wenn sie das Medaillon trug, als sie hergekommen ist, hatte sie es vermutlich auch im Bus noch um. Ich glaube nicht, dass sie es hier in Redding verpfändet hat.«

»Wahrscheinlich nicht.« Sie stiegen ein, und er ließ den Motor an. »Wir statten diesem Mr Gale Danton einen Besuch ab.«

»Dasselbe hätte ich auch vorgeschlagen. Vielleicht kann er uns ja sagen, woher sie kam. Oder zumindest, wo er sie gefunden hat. Das könnte das Suchgebiet nach Eden erheblich eingrenzen.«

Er nickte. »Das sehe ich ganz genauso. Und er weiß wahrscheinlich auch, wohin es sie nach ihrer Ankunft in Portland verschlagen hat.«

»Wieso bist du dir da so sicher?«

»Weil Eileen sich Geld von ihm geborgt und es in jedem Fall zurückgezahlt hat, entweder per Postanweisung oder normaler Überweisung.«

Daisy verkniff sich die Bemerkung, dass er Eileen seit siebzehn Jahren nicht gesehen hatte und Menschen sich veränderten. Trotzdem war es den Versuch allemal wert, mit dem Mann zu reden. »Beides ließe sich problemlos rückverfolgen. Wen rufst du an?«, fragte sie, als er sein Handy zückte.

»Meine Vorgesetzte.« Er hielt sich das Handy ans Ohr. Offenbar wollte er nicht, dass sie diesmal mithörte, was Molina sagte.

Daisy konnte es ihm nicht verdenken, schließlich war sie nach dem letzten Telefonat der beiden am Boden zerstört gewesen. *Es tut mir so leid, Trish. So misshandelt und gefoltert zu werden.* Sie hob Brutus aus der Tasche und drückte das Gesicht in ihr weiches Fell, während sie aus dem Fenster starrte und gegen die neuerlichen Tränen ankämpfte. In diesem Moment fiel ihr Blick auf einen Mann, der zu seinem beigen Wagen am hinteren Ende des Parkplatzes ging.

Er war einer der beiden Kunden gewesen, die vorhin am Schalter im Busbahnhof eine Fahrkarte gekauft hatten. Sie fragte sich beiläufig, weshalb er den Bahnhof wieder verließ. *Vielleicht hat er ja etwas im Wagen vergessen.*

»Reynolds hier.«

Gideons Stimme riss sie ins Hier und Jetzt zurück. Sie wandte sich ihm zu und betrachtete sein Profil. Auch für ihn war es schlimm gewesen, Trish zu sehen. Sich fragen zu müssen, ob seiner Freundin von einst dasselbe grausame Schicksal widerfahren war. Und dann die Kenntnis zu erhalten, dass sie mit einem blauen Auge und mehreren Blutergüssen am Busbahnhof aufgetaucht war.

»Ja«, sagte er gerade. »Danke, dass Sie sich für mich ausgesprochen haben. Er hat uns einige nützliche Informationen gegeben.« Er schilderte seiner Chefin, was sie erfahren hatten. »Könnten Sie einen gewissen Gale Danton aus Macdoel überprüfen lassen?« Er lauschte. »Ich danke Ihnen.«

Er beendete das Gespräch und lehnte den Kopf gegen die Nackenstütze. »Macdoel hatte bei der letzten Zählung 133 Einwohner.«

»Weiß ich, weil ich es mittlerweile nachgesehen habe. Deine Chefin lässt ihn überprüfen?«

Er nickte. »Ich will nicht in einen Hinterhalt laufen. Vor allem, wenn ich dich dabeihabe.«

Daisy legte die Finger um seine Hand, die sich um die Handbremse krallte, als wäre sie ein Rettungsring. »Gideon.« Sie löste seine Hand und küsste sie. »Ich werde jetzt nicht fragen, ob es dir gut geht, weil dem ganz offensichtlich nicht so ist. Aber sag mir, was ich tun kann, damit du dich besser fühlst?«

»Du tust bereits alles.« Er legte ihre Hand an seine Wange. »Danke. Für gerade eben, am Schalter. Ich hoffe nur, ich habe dir nicht die Finger gebrochen.«

»Ich bin härter im Nehmen, als es den Anschein hat.«

Er warf ihr einen kurzen Blick zu, während er vom Parkplatz fuhr. »Das weiß ich.«

Und das war eines der nettesten Komplimente, die sie je bekommen hatte.

Redding, Kalifornien
Sonntag, 19. Februar, 09.40 Uhr

Scheiße. Immerhin wusste er jetzt, weshalb sie nach Redding gekommen waren. Weil sie nach der kleinen Miriam suchten, die darauf bestanden hatte, dass ihr Name Eileen sei.

Ich wusste doch, dass dieses Medaillon eine Rolle spielt. Verdammt.

Er war so lange wie möglich hinter ihnen in der Schlange stehen geblieben und hatte letztlich nur eine Fahrkarte gekauft, weil der Schaltertyp ihn gefragt hatte, wohin er wolle. Alles, um bloß keinen Verdacht zu erregen.

Die Fahrkarte war sündhaft teuer gewesen, zugleich aber eine sinnvolle Investition, weil er nun zumindest erfahren hatte, was dieser Reynolds im Schilde führte. Der Fed suchte nach dem verdammten Medaillon.

Nach mir.

Er musste gestoppt werden. Und wenn es bedeutete, dass Daisy im Zuge dessen ebenfalls umkam, war es eben so. Allerdings würde er versuchen, das zu verhindern.

Er fand Macdoel auf der Karten-App. *Hervorragend.* Massenhaft offenes Land zu allen Seiten und nur eine einzige Straße, die in das Kaff führte. Und selbst wenn es dort ein brauchbares Handysignal geben sollte, würde es ewig dauern, bis Hilfe eintraf. Falls der Typ überhaupt überlebte.

Wenn nicht, hätte er jede Menge Platz, um eine Leiche zu entsorgen. Oder auch zwei. Es wäre ja nicht sein erstes Mal.

Und diesmal gäbe es auch keine Zeugen, die es später zu eliminieren galt, mit Ausnahme von Daisy.

Perfekte Voraussetzungen.

Grass Lake, Kalifornien
Sonntag, 19. Februar, 11.25 Uhr

Wäre die Münze auf die andere Seite gefallen, wäre Eileen in Sacramento gelandet. Die Worte kreisten unablässig in Gideons Kopf umher. Hatte sie vorgehabt, nach ihm zu suchen? Gehofft, dass er ihr helfen würde?

War sie dem Albtraum von Eden entkommen, nur um Opfer eines anderen Gewalttäters zu werden? *O Gott, bitte mach, dass sie am Leben ist, irgendwo. Bitte.*

»Gideon?« Daisys Stimme riss ihn aus dem Tumult seiner Gedanken.

Er löste den Blick von der Straße und sah zu seinem Erstaunen, dass sie den Laptop auf ihren Knien balancierte – er hatte nicht einmal mitbekommen, wie sie ihn herausgezogen hatte. Nur der Anblick von Brutus in ihrem offenen Mantelkragen war keine Überraschung.

»Ja. Was ist?«

»Dein Handy.«

Auch das hatte er nicht gehört. O Gott. Er musste sich endlich zusammenreißen. Eilig nahm er das Gespräch an, ohne auf das Display zu blicken.

»Hier ist Molina.« Unter der ruhigen Oberfläche nahm er eine Eindringlichkeit in ihrem Tonfall wahr, die ihn aufmerken ließ. »Ich habe Ihren Gale Danton aus Macdoel überprüft.«

»Und?«, fragte er in die nachfolgende Stille hinein.

»Er hat keinerlei Vorstrafen und scheint genau der Mensch zu sein, als der er beschrieben wird – ein Mann, der vor neun Jahren seine damals sechzehnjährige Tochter als vermisst gemeldet hat, die von zu Hause weggelaufen war. Etwa drei Wochen später kehrte sie mit dem Bus zurück, unverletzt, nachdem ihr ›freundliche Fremde geholfen hatten‹. Mehr stand nicht im Polizeibericht.«

»Gut zu wissen. Danke, Ma'am.« Er wollte das Gespräch beenden, als sie sich räusperte. »Gibt es noch mehr?«

»Ja. Ich habe Agent Schumacher gebeten, die Tatorte zu überprüfen, an denen ein mit Bleiche gesäubertes Messer gefunden wurde. Bislang konnte sie drei weitere Opfer ausfindig machen, womit wir bei insgesamt sechs wären, sieben mit Miss Hart. Die drei Leichen wiesen keine eingeritzten Buchstaben auf, allerdings handelt es sich um frühere Opfer, daher können wir nicht sagen, ob der Täter damals noch nicht mit dem Ritzen angefangen hatte.«

»Verstehe.« Gideon warf Daisy einen Blick zu, die ihn argwöhnisch beobachtete. »Ich bin gerade im Auto. Könnten Sie mir die Infos per E-Mail schicken?«

»Habe ich schon getan. Ich wollte Ihnen nur Bescheid geben, dass es sich bei den drei Opfern ebenfalls um Frauen zwischen zwanzig und fünfunddreißig handelt.«

»Wie Trish«, murmelte er. »Und Eileen.« *Und Daisy, wäre sie dem Täter nicht entkommen.*

»Und Miss Dawson, wäre sie ihm nicht entkommen«, sagte Molina in diesem Moment. »Bislang wissen wir also von sieben Opfern. Aber natürlich könnte es noch weitere geben, die wir noch nicht gefunden haben. Wie Eileen. Die drei jüngsten wurden in die laufende Ermittlung aufgenommen. Nach dem derzeitigen Stand der Dinge scheint Miss Dawson die Einzige zu sein, die entkommen konnte. Sie stammten alle aus verschiedenen Städten und wurden zuletzt an verschiedenen Orten gesehen, bei der Arbeit, zu Hause, in einer Bar. Eine war mit ihrem Hund Gassi gegangen. Und in allen Häusern wurde ein mit Bleiche gereinigtes Messer in der Spüle sichergestellt. Alle Frauen haben allein gelebt. Bei der Hälfte der Opfer wurden Buchstaben in die Haut am Oberkörper geritzt, abgesehen von dem Messer in der Spüle gibt es jedoch keine offensichtlichen Ähnlichkeiten zwischen ihnen.«

»Welche Städte?«

»Seattle, Chicago, Miami, außerdem Kleinstädte wie Niagara Falls im Staat New York, außerdem Carlisle in Pennsylvania und Elliott City in Maryland.«

»Über welchen Zeitraum hinweg?«

»Bislang fünf Jahre. Sie haben alle eine unterschiedliche Statur, Haarfarbe, ethnische Zugehörigkeit. Das mit Bleiche gesäuberte Messer in der Spüle ist das einzige Bindeglied bei allen sieben.«

»›SY‹, ›EY‹, ›N‹ und ›D‹«, murmelte Gideon.

Daisy blinzelte. »Sydney?«

»Genau darauf sind wir auch gekommen«, bestätigte Molina.

Gideon nahm das Telefon vom Ohr und sah Daisy an, die ihn mit grimmiger Entschlossenheit musterte. »Kennst du jemanden namens Sydney?«

Sie schüttelte den Kopf. »Nein, tut mir leid.«

»Kein Problem«, sagte er, ehe er seine Aufmerksamkeit wieder auf seine Vorgesetzte richtete. »Der Name sagt uns nichts.«

»Die Chancen standen wohl nicht allzu gut«, seufzte Molina. »Wie es aussieht, haben wir es mit einem Serientäter zu tun, der in verschiedenen Bundesstaaten sein Unwesen treibt. Ich spanne unser Büro mit der Zweigstelle in Seattle zusammen und hätte Sie gern im Ermittlungsteam. Wie schnell können Sie wieder hier sein?«

Gideon runzelte die Stirn. Die Vorstellung, Daisy allein und ohne Schutz zurückzulassen, gefiel ihm gar nicht. »Daisy braucht nach wie vor Personenschutz, denn sie ist erst wieder sicher, wenn wir den Kerl, der sieben Frauen auf dem Gewissen hat, geschnappt haben. Aber die Sokolovs springen bestimmt ein.« Außerdem war Daisys Vater unterwegs nach Kalifornien und würde sie dann garantiert keine Sekunde aus den Augen lassen. »Ich komme gleich morgen früh ins Büro zurück und muss dann so schnell wie möglich nach Portland, weil Eileen dort zuletzt gemeldet war und nach wie vor unsere vielversprechendste Spur ist.«

»Ich sorge dafür, dass mein Assistent Ihnen einen Flug bucht. Agent Schumacher soll Sie begleiten. Morgen Nachmittag?«

Er hatte mit Joslyn Schumacher bereits bei anderen Fällen zusammengearbeitet und sie als patente Ermittlerin kennengelernt. »Danke. Morgen Nachmittag ist gut.«

»Da sich das Ganze auf mehrere Bundesstaaten erstreckt, gehört der Fall offiziell in den Zuständigkeitsbereich des FBI, trotzdem möchte ich, dass Sie auch mit den Detectives Rhee und Sokolov kooperieren.«

»In Ordnung, Ma'am. Wir sehen uns morgen früh im Büro. Ich fahre heute Abend noch in die Stadt zurück und kann auch früher da sein, wenn Sie …« Er schnappte erschrocken nach Luft, als der Wagen auf der vereisten Straße ins Schlingern geriet.

»Agent Reynolds?«, fragte Molina scharf. »Gideon?«

Es gelang ihm, den Wagen wieder unter Kontrolle zu bringen, doch das Herz schlug ihm bis zum Hals. »Entschuldigen Sie. Auf der Straße ist Glatteis. Eigentlich bin ich davon ausgegangen, ich würde es ohne Ketten schaffen, aber ich hätte sie wohl besser aufziehen sollen.« Sie konnten von Glück sagen, dass die Straße überhaupt noch so gut passierbar war. Und dass es hier oben ein Handysignal gab. »Ich muss jetzt beide Hände freihaben.«

»In Ordnung, aber Sie rufen mich an, sobald Sie bei Mr Danton waren.«

»Geht klar.« Er beendete das Gespräch und steckte sein Handy mit einem Seufzer ein. »Verdammt.«

»Du musst zurück?«, fragte Daisy.

»Heute Abend noch. Sie haben weitere Opfer gefunden.«

Lange Zeit schwieg sie. »Das habe ich mir fast gedacht.«

»Aber ich sorge dafür, dass du bewacht wirst.«

Sie strich ihm mit der Hand übers Knie. »Das war mir schon klar.«

Er umschloss ihre Finger. Sie waren eiskalt. »Wir finden ihn.«

Sie nickte nur. »Wie viele, Gideon?«

Er tat noch nicht einmal so, als wisse er nicht, was sie meinte. »Drei, zusätzlich zu den dreien von heute Morgen, bei denen die Ermittlungen noch laufen. Mit Trish und Eileen sind es dann acht.«

»Und wo wurden sie gefunden?«, fragte sie entsetzt.

»Warum?«

»Weil ich nämlich auch drei gefunden habe, seit wir losgefahren sind.«

»Aus Zeitungsartikeln?«

»Nein, über ein True-Crime-Forum, wo sich irgendwelche Verschwörungsheinis über wahre Verbrechen auslassen. Ich hoffe bloß, es sind die, von denen du mir gerade erzählt hast.«

Er nannte ihr die Städte, in denen die Frauen gefunden worden waren. »Sind das jene, auf die du auch gestoßen bist?«

Sie nickte. »Ja. Niagara Falls, Carlisle in Pennsylvania und Miami. Aber das ergibt doch keinerlei Sinn. Groß- und Kleinstädte, im ganzen Land verteilt. Es ist kein Muster erkennbar.«

Er runzelte die Stirn. »Aber es muss eines geben. Ganz bestimmt. Wir haben es nur noch nicht gefunden.«

»Werden wir aber«, murmelte sie. »Wir müssen es finden.«

Er dachte angestrengt nach. »Der Täter ist offenbar jemand, der viel reist. Vielleicht auch im Zuge seiner Arbeit.«

»Ein Lkw-Fahrer vielleicht?«

Gideon nickte. »Möglich wäre es.«

Sie klappte den Laptop zu und wandte sich ihm zu, wobei sie Brutus mit einer Hand festhielt. »Und dieser Danton? Deine Chefin sagt, er sei ein grundehrlicher Kerl?«

»Jedenfalls hat sie nichts Negatives über ihn gefunden. Was nicht zwingend bedeutet, dass er ein anständiger Mann ist. Du bleibst dicht bei mir, und wenn ich sage ›Lauf‹, springst du in den Wagen und fährst los.«

»Okay.«

Er sah sie an, in der Erwartung, ihr den Widerstand ins Gesicht geschrieben zu sehen, doch stattdessen streichelte sie nur weiter ihren Hund. »Sicher?«

»Es ist einfacher für dich, auf dich selbst aufzupassen, wenn du dich darauf verlassen kannst, dass ich tue, was du sagst.«

»Genauso ist es. Wir sind gleich da.« Er kämpfte gegen das mulmige Gefühl im Magen an. Was, wenn der Kerl rein gar nichts wusste oder, schlimmer noch, ein verderbtes Schwein war, das Eileens Hilflosigkeit schamlos ausgenutzt hatte?

Ihre Hand schloss sich um seinen Arm. »Sollte er nicht wissen, wohin Eileen nach ihrer Ankunft in Portland gegangen ist, findest du einen anderen Weg, um ihre Spur zu verfolgen, okay?«

»Okay.«

Macdoel, Kalifornien
Sonntag, 19. Februar, 11.45 Uhr

Gale Danton lebte in einem schlichten einstöckigen Haus mit einer XXL-Couch vor einem Panoramafenster, durch das sich ein herrlicher Blick auf die Berge bot. Und genau dort saßen Daisy und der Fed gerade.

Wodurch ihr Wagen unbeaufsichtigt war.

Er schnappte sich zwei Kanister Bleichmittel und öffnete den Tankdeckel – mit diesem Trick hatte er Routine, da er auf diese Weise bereits mehrere seiner Gäste gezwungen hatte, am Straßenrand anzuhalten. Außerdem bekam man das Zeug an jeder Ecke, deshalb hatte er stets einen ausreichenden Vorrat davon parat.

Man konnte nie wissen, wann man einen Tatort nach einer hässlichen Auseinandersetzung säubern musste. Auch darin war er mittlerweile geübt.

Ihm fiel wieder ein, wie ihm einmal der wutschnaubende Freund einer seiner Gäste in die Quere gekommen war, als er sie gerade in seinen Kofferraum verfrachten wollte. Ihm war nichts anderes übrig geblieben, als den Mann an Ort und Stelle zu erschießen, auf dem Parkplatz hinter dem Restaurant, in dem die Frau gearbeitet hatte – eine blutige Angelegenheit, die einiges an Reinigungsaufwand nach sich gezogen hatte, nachdem er die Leiche des Kerls erst einmal weggeschafft hatte.

Und das Gewicht des Typen erst! Der Abend hatte ihm eine Menge abverlangt. Er hatte in einen 24-Stunden-Supermarkt rennen und Bleichmittel kaufen müssen, um die Spuren am Tatort zu beseitigen. Seit diesem Abend hatte er stets einen vollen Kanister in einem Wäschekorb hinten im Wagen, gemeinsam mit einer Packung Weichspültücher, für den Fall, dass jemand fragen sollte.

Innerhalb weniger Minuten hatte er zuerst den einen, dann

den zweiten Kanister in Reynolds Benzintank gekippt – er hatte eine Tülle in den Ausguss gesteckt, was ein reibungsloses und rasches Eingießen ermöglichte, da sich so keine Wirbel bildeten. Diesen Kniff hatte er von den Boxenstopp-Teams bei Autorennen abgeschaut.

Sobald er fertig war, setzte er sich in seinen Wagen und fuhr eine Viertelstunde, ehe er anhielt, um zu warten. Der Toyota des Fed würde es maximal zwanzig Minuten machen, ehe der Motor streikte.

Und dann würde er festsitzen, zum Abschuss bereit.

Er überprüfte seine Waffe, um sicherzugehen, dass eine Kugel im Lauf war. Alles klar.

Jetzt musste er nur noch warten.

Macdoel, Kalifornien
Sonntag, 19. Februar, 11.45 Uhr

»Tolle Aussicht«, bemerkte Daisy und blickte aus Gale Dantons riesigem Fenster auf die Berge in der Ferne.

»Danke.« Er reichte ihr einen dampfenden Becher Kaffee. »Hier. Damit sollte Ihnen gleich wärmer werden.«

Daisy legte beide Hände darum und unterdrückte einen wohligen Seufzer, als die Wärme durch ihre Finger strömte. Doch obwohl die Temperatur mit jedem Kilometer auf der Fahrt hierher weiter gefallen war, rührte die Kälte nicht von der Witterung her, sondern schlicht und ergreifend von der Angst, die ihr in die Glieder gefahren war. Angst, Gideon könnte eine riesige Enttäuschung erleben.

Und dass sie die Spur verlieren könnten, die sie zu Eileens Mörder führte.

Und Trishs. Doch darüber konnte sie jetzt nicht nachgrübeln. Später war noch genug Zeit, die Fassung zu verlieren. Jetzt musste sie sich auf Gideon konzentrieren, der kerzengerade auf dem behaglichen Sofa saß. Sie ließ sich leicht gegen ihn sinken, gerade genug, um ihn daran zu erinnern, dass er nicht allein war.

»Also.« Danton setzte sich auf einen Stuhl gegenüber des Sofas. Er war groß und hager, mit einem breiten Lächeln, das sein gesamtes Gesicht zu erhellen schien. »Ihre Hände sind ja wie Eisklötze«, hatte er bemerkt, als sie ihm die Hand geschüttelt hatte, und war, ganz der perfekte Gastgeber, in die Küche geeilt, während sie im Wohnzimmer Platz genommen hatten.

Er hatte noch nicht einmal nach einem Ausweis gefragt, sondern sich lediglich erkundigt, ob er ihnen eine Tasse Kaffee servieren dürfe. Nun musterte er Gideon mit schief gelegtem Kopf. »Also, wie kann ich Ihnen helfen, Agent Reynolds?«

Ich hoffe, Sie können es tatsächlich, dachte Daisy.

»Danke, dass Sie sich Zeit für uns nehmen«, begann Gideon ein wenig steif. Er war nervös. Weil sich das Gespräch mit Danton als überaus wichtig erweisen könnte. »Ich bin ein Freund von Eileen und deshalb hergekommen.«

Danton schien nicht im Mindesten überrascht zu sein.

»Aha, dann sind Sie also *der* Gideon«, sagte er mit einem traurigen Lächeln.

Gideon starrte den grauhaarigen alten Mann an. »Sie hat mich erwähnt?«

Danton nickte. »Aber ja. Sie hat gehofft, Sie zu finden. Irgendwann. Allerdings hat sie einen anderen Nachnamen erwähnt.«

»Terrill«, sagte Gideon. »So hieß der Ehemann meiner Mutter.«

»Genau, das war es. Ihr war bewusst, dass Sie ihn höchstwahrscheinlich geändert haben, trotzdem hat sie gehofft, Sie zu finden. Was ihr offenbar nicht gelungen ist.«

Gideon schüttelte den Kopf. »Sie wird vermisst.«

Danton runzelte die Stirn. »Vermisst? Wie das?«

»Sie …« Er schürzte die Lippen und setzte ein weiteres Mal an. »Ihr Medaillon wurde vor ein paar Tagen gefunden. Von Miss Dawson.«

»Ich wurde am Donnerstagabend überfallen«, erklärte Daisy.

»Du liebe Güte!« Danton beugte sich vor. »Geht es Ihnen gut?«

»Ja, danke. Ich konnte dem Angreifer entkommen, allerdings habe ich ihm dabei eine Kette vom Hals gerissen. Erst nachdem ich mich in Sicherheit gebracht hatte, fiel mir auf, dass ich ein Medaillon in der Hand hielt.«

Wieder runzelte Danton die Stirn. »Eileens Medaillon? Ausgeschlossen. Diese Kette konnte man nicht abreißen.« Ein gequälter Ausdruck trat auf seine Züge. »Es wurde ihr um den Hals geschmiedet. Sie hatte sogar ein Brandmal im Nacken davongetragen.«

»Irgendwann muss sie es abgenommen haben«, sagte Daisy. »Oder jemand anderes hat es getan.«

Danton wurde blass. »Sie vermuten, sie ist in Schwierigkeiten geraten?«

»Möglich«, antwortete Daisy. »Am Abend nach dem Angriff hat derselbe Mann meine Freundin überfallen.« Sie schloss kurz die Augen.

»Daisys Freundin wurde irgendwann im Lauf des Freitagabends getötet«, sagte Gideon und ersparte ihr damit, es laut aussprechen zu müssen.

Sie schlug die Augen auf, als Danton einen erstickten Laut von sich gab. Tränen standen ihm in den Augen. »Oh, Miss Dawson. Das tut mir so unendlich leid. Und Sie glauben, derselbe Mann hat auch Eileen etwas angetan?«

»Vielleicht«, antwortete Daisy. »Wir hoffen aber trotzdem, dass sie noch am Leben ist.«

»Aber Sie glauben es nicht«, sagte Danton leise.

»Nein, Sir«, sagte Gideon. »Das tun wir tatsächlich nicht. Ich wusste nicht, dass Eileen die Flucht aus unserer Gemeinschaft gelungen ist. Ich suche seit siebzehn Jahren nach ihnen.«

»Seit Sie geflohen sind.« Er wischte sich ohne jede Scham die Tränen ab. »Sie war nicht sicher, ob Sie überlebt haben, denn die Männer haben das Gerücht gestreut, Sie seien tot. Oder in der Wildnis ausgesetzt worden, was auf dasselbe hinausläuft.«

»Wissen Sie, wo sich diese Gemeinschaft befindet?«, fragte Gideon. Daisy spürte, wie er stocksteif wurde.

»Nein, mein Sohn, das weiß ich nicht. Ich habe sie gefragt, aber sie wollte es mir nicht sagen. Aus Angst, ich könnte sie zwingen, dorthin zurückzukehren.«

Gideons Schultern sackten herunter, so minimal, dass man es nur bemerkte, wenn man genau hinsah. Was Daisy tat.

»Könnten Sie uns vielleicht erzählen, wie Sie Eileen kennengelernt haben?«, bat sie. »Wir wissen nur, dass Sie ihr in Redding eine Busfahrtkarte nach Portland gekauft haben.«

»Das war Anfang November. Es lag schon Schnee, und ich bin ganz langsam die Straße entlanggefahren, weil ich eine meiner Kühe gesucht habe … sie war trächtig. Eileen hat mich wohl gehört und wollte sich verstecken. Sie konnte sich kaum auf den Beinen halten. Ich habe angehalten, und sie war … sie hatte solche Angst. Das arme Mädchen war mehr tot als lebendig.«

Daisy ergriff Gideons Hand. »Der Mann am Busbahnhof sagte, sie hätte ein blaues Auge und mehrere Blutergüsse gehabt«, sagte sie. »Sind Ihnen noch weitere Verletzungen aufgefallen?«

Danton schluckte und nickte dann. »Ja. Sie hat geblutet.« Er biss die Zähne aufeinander.

»Sie hatte Unterleibsverletzungen«, sagte Daisy leise.

Wieder nickte Danton abrupt. »Ja. Genau. Ich wollte sie ins Krankenhaus bringen, damit man sie dort untersucht … auf … Sie wissen schon«, schloss er hilflos.

»Auf Vergewaltigung«, sagte sie so sanft, wie sie nur konnte, sowohl um Dantons als auch um Gideons willen.

»Genau. Das meine ich«, sagte Danton leise und blickte Gideon gequält an. »Es tut mir leid. Ich weiß, dass Sie das eigentlich nicht hören wollen.«

»Aber ich muss es.« Gideons Stimme war kaum hörbar. »Es tut mir leid, dass ich Sie bitten muss, es mir zu sagen. Was haben Sie dann getan?«

»Meine Tochter ist gekommen und hat sich um sie gekümmert. Sie ist Tierärztin.« Er rieb sich den Nacken. »Sie hat Eileen erklärt, dass sie ins Krankenhaus müsste. Das nächste ist in Yreka, bei gutem Wetter eine gute Autostunde von hier, aber Eileen wollte nicht. Sie hatte Angst, die würden ihren Mann anrufen. Wir haben versucht, sie zu beruhigen, und haben ihr erklärt, dazu würde es nicht kommen, wenn die Leute dort sehen, was er ihr angetan hat, aber sie wurde regelrecht hysterisch …« Er zuckte die Achseln. »Meine Sammie hat sie dann notdürftig zusammengeflickt. Eileen war schon etwa zwei Wochen bei uns gewesen, als ich mit ihr am Busbahnhof war und der Mann am Schalter sie gesehen hat, und trotzdem waren die Verletzungen immer noch schlimm.« Er seufzte und schien auch jetzt gegen die Tränen anzukämpfen. »Sammie ist die ganzen zwei Wochen geblieben, damit Eileen sich nicht so alleine fühlt. Oder Angst hat. Am Anfang hatte sie auch vor mir Angst«, gestand er mit einem Anflug von Beschämung.

»Aber Sie wissen bestimmt, dass das nichts mit Ihnen persönlich zu tun hatte«, meinte Daisy.

»Ja. Ich fand die Vorstellung nur so schrecklich.« Er wischte sich mit dem Ärmel die Augen trocken. »Wie lange gilt sie schon als vermisst?«

»Das wissen wir nicht«, antwortete Gideon. »Wir hatten gehofft, dass Sie nach ihrer Ankunft in Portland noch mit ihr in Kontakt standen.«

»Ja, anfangs war das auch so, aber nach einem Monat hörten die Anrufe auf, und ich habe auch keine Briefe mehr von ihr bekommen.«

»Aber anfangs haben Sie ihre Stimme gehört? Und wussten, dass sie es war?«, hakte Daisy nach.

»Ja. Sie hat angerufen, um mir zu erzählen, dass sie eine Bleibe gefunden hätte, ein einfaches Zimmer in einer Pension, nichts Besonderes, aber sauber, und sicher hat sie sich dort auch gefühlt. Außerdem hätte sie einen Job als Kellnerin … und würde bar bezahlt werden. Sammie hat sie besucht, ganz spontan, als Überraschung.«

»Und wie hat Eileen reagiert?«

»Im ersten Moment war sie nicht begeistert, weil sie Angst hatte, jemand könnte Sammie gefolgt sein, aber meine Sammie ist ein schlaues Mädchen. Sie hat es geschafft, dass Eileen sich von ihr untersuchen ließ, um sicherzugehen, dass sich die Naht nicht entzündet und gut heilt. Eileen hätte ›soweit okay‹ gewirkt, hat sie gesagt, was auch immer damit gemeint war.«

»Ihre Tochter weiß also, wo sie wohnt? Und arbeitet?« Die Hoffnung in Gideons Stimme war nicht zu überhören.

»Ja.« Danton kniff die Augen zusammen. »Sie kann Sie hinbringen.«

»Ich werde ihr nichts tun, keine Sorge«, erklärte Gideon schnell.

»Das weiß ich, mein Sohn. Sonst hätte ich Ihnen nichts erzählt. Aber Sie sind auch Polizist, und ich will nicht, dass Eileen Schwierigkeiten bekommt, nur weil sie versucht, sich über Wasser zu halten. Deshalb soll Sammie Sie zu ihr bringen.«

»Mein Büro hat ohnehin einen Flug für morgen von Sacramento nach Portland für mich gebucht«, sagte Gideon. »Ich muss Daisy heute Abend noch zurückbringen.«

»Wunderbar. Dann kann Sammie Sie vom Flughafen abholen.«

»Sag ja, Gideon«, sagte Daisy leise. »Du würdest an seiner Stelle genau dasselbe tun.«

Gideon entspannte sich. »Stimmt. Danke, Mr Danton. Und

bei Ihrer Tochter bedanke ich mich morgen, wenn ich sie sehe. Ich bin froh, dass Sie Eileen gefunden und sich um sie gekümmert haben.«

»Es war wirklich nett von Ihnen, sie aufzunehmen«, fügte Daisy hinzu.

Wieder zuckte der alte Mann die Achseln. »Bestimmt hat Ihnen der Mann am Schalter erzählt, was ich Eileen zum Abschied gesagt habe. Dass ich es tue, weil jemand meiner Sammie geholfen hat, als sie noch ein Teenager war und von zu Hause weggelaufen ist. Ich weiß, dass er direkt hinter uns saß und sichergehen wollte, dass mit dem Mädchen keiner Schindluder treibt. Sie wissen schon …«

»Ja«, murmelte Daisy. »Genau das hat er auch gesagt. Trotzdem war es sehr nett von Ihnen. Wie hat Eileen sich mit Ihnen in Verbindung gesetzt? Hatte sie ein Handy?«

»Sammie und ich haben ihr eins gekauft, eines von diesen Wegwerfdingern von Walmart. Auf dem Weg zum Busbahnhof haben wir angehalten, und sie hat ein paar Sachen besorgt, die sie für die Reise brauchte.«

»Sie sind wirklich ein sehr netter Mann, Mr Danton. Wir sind Ihnen sehr dankbar für Ihre Hilfe. Besonders Gideon.«

Gideon räusperte sich. »Ja. Hat … noch jemand anderes nach ihr gefragt? Außer uns?«

Danton beäugte ihn argwöhnisch. »Wer zum Beispiel?«

Gideon zeigte ihm Ephraim Burtons Foto. »Er hier. Inzwischen müsste er ein Stück älter sein.«

Danton betrachtete das Foto eingehend. »Das Foto sieht aus, als hätte es jemand in Stücke gerissen und wieder zusammengesetzt.«

»Genau so war es auch«, bestätigte Gideon. »Wir haben es in Eileens Medaillon gefunden. Es war zerrissen.«

»Ihr Ehemann«, stieß Danton mit mühsam unterdrückter Wut hervor. »Das ist der Kerl, der sie so zugerichtet hat?«

»Wahrscheinlich. Er ist gefährlich.« Gideon hob die Hand, als Danton ihm die Kopie zurückgeben wollte. »Behalten Sie das Foto für den Fall, dass er vorbeikommt. Reden Sie nicht mit ihm, und seien Sie vorsichtig. Offenbar war er am Busbahnhof und hat sich nach Eileen erkundigt, allerdings hat der Mann am Schalter ihm nichts verraten. Dieser Mann ist gewalttätig.«

»Alles klar. Ich werde auch Sammie warnen. Danke, Gideon.« Er nahm Block und Stift aus der Schublade eines Beistelltischchens und notierte drei Telefonnummern. »Die oberste ist Sammies. Ich sage ihr, dass Sie sie anrufen, dann kann sie einen Treffpunkt in Portland mit Ihnen vereinbaren. Die mittlere ist meine Handynummer. Das Netz ist hier oben aber nicht sonderlich gut, deshalb habe ich Ihnen sicherheitshalber noch meine Festnetznummer aufgeschrieben. Ich bin während des Tages zwar meistens draußen unterwegs, aber Sie können mir eine Nachricht hinterlassen.«

»Danke.« Gideon und Daisy erhoben sich und wandten sich zum Gehen. »Wir möchten Sie nicht länger aufhalten, Mr Danton. Danke auch für den Kaffee.«

»War mir ein Vergnügen«, sagte Danton und brachte sie zur Tür. »Würden Sie mir Bescheid sagen, was mit Eileen passiert ist, wenn Sie Genaueres herausgefunden haben? Sie war zwar nicht lange bei uns, trotzdem haben wir sie ins Herz geschlossen.«

»Machen wir«, versprach Gideon und holte tief Luft. »In jedem Fall.«

19. KAPITEL

Macdoel, Kalifornien
Sonntag, 19. Februar, 12.40 Uhr

»Wieso sind die Männer eigentlich dorthin gegangen?«, fragte Daisy in die Stille des Wagens hinein. Seit sie eine Viertelstunde zuvor bei Danton losgefahren waren, hatte keiner von ihnen ein Wort gesagt.

»Was meinst du?«

»Die Männer von Eden. Wie deine Mutter dort landen konnte, kann ich ja noch nachvollziehen. Sie war allein mit zwei Kindern, und sie haben ihr ein besseres Leben versprochen. Aber die Männer … sind sie hier aufgewachsen? Und falls nicht, weshalb sind sie der Gemeinschaft beigetreten? Das Leben war doch ziemlich beschwerlich. Harte körperliche Arbeit. Kein Strom. Keine Sportübertragung im Fernsehen. War es der Sex mit einer ihrer Frauen, wann immer sie gerade Lust hatten?«

»Einigen hat das wohl genügt«, antwortete Gideon ernst, denn ihre Frage war durchaus ernst gemeint gewesen. »Andere fanden die Idee gut, im Einklang mit der Natur zu leben. Zurück zum einfachen Leben.«

Nachdenklich blickte sie aus dem Fenster. »Die Gegend ähnelt durchaus dem Landstrich, in dem ich aufgewachsen bin. Abgelegen. Unwegsames Gelände mit kargen Böden, die nicht viel hergeben.«

»Wo lag eure Ranch?«

»Westlich von Weaverville.«

Sie schwieg. Nach einer Weile warf er ihr einen Blick zu und stellte fest, dass sie nachdenklich auf ihrer Unterlippe herumkaute. »Was ist? Worüber denkst du nach?«

»Dass wir uns damals im absoluten Nichts versteckt haben. Ich frage mich, ob einige der Leute aus der Gemeinschaft wohl dasselbe tun.« Sie wandte sich ihm zu. »Und, falls ja, wovor sie sich verstecken. Oder vor wem.«

»Das ist eine verdammt gute Frage. Ich habe sie mir auch schon gestellt, aber …« Ein lautes Rattern des Motors ließ ihn abrupt innehalten, während ihm der stechende Geruch von …

»Ist das Bleichmittel?«, fragte Daisy stirnrunzelnd.

»Ja.« Das Rattern wurde immer lauter, und Qualmwolken drangen unter der Motorhaube hervor. »Verdammt.«

Sie waren gerade einmal zwanzig Fahrtminuten von Gale Dantons Haus entfernt, könnten aber ebenso gut mitten im Nirgendwo stehen. Jemand hatte eindeutig den Wagen manipuliert und dadurch dafür gesorgt, dass sie schutzlos waren. Verdammt schutzlos.

Gideon machte eine Kehrtwendung und lenkte den Wagen auf den schmalen Seitenstreifen, sodass er in Fahrtrichtung von Macdoel stand. Auf diese Weise konnte er einen Blick auf den Motor werfen, und Daisy wäre zumindest halbwegs gegen denjenigen geschützt, der sie zum Anhalten gezwungen hatte. Der Graben hinter ihm fiel recht steil ab, aber nicht genug, um ihn nicht bewältigen zu können. »Falls es zu einer Schießerei kommt, rutschst du einfach den Abhang hinunter und siehst zu, dass du den Kopf unten hältst.«

Daisy schlang sich Brutus' Tasche über die Schulter. »Was ist mit dir?«

»Tu's einfach«, herrschte er sie an. Zum ersten Mal seit langer Zeit erfasste ihn echte Angst. Falls ihm etwas zustoßen sollte, wäre Daisy … tot. Wie Trish. Und Eileen. Und sechs weitere Frauen.

Mit gezogener Waffe stieg er aus dem Wagen und öffnete die Motorhaube. Dichter Rauch stieg ihm entgegen, und mit ihm ein penetranter Gestank nach verbranntem Gummi und Bleiche, der ihm die Tränen in die Augen trieb. Jemand hatte ihnen Bleiche in den Benzintank geschüttet, während sie bei Danton gewesen waren. Jemand, der gewollt hatte, dass sie genau hier zum Stehen kamen.

Und wenn es Danton selbst gewesen war? Nein, das war unmöglich. Er war die ganze Zeit im Haus gewesen und hatte sie nur kurz im Wohnzimmer zurückgelassen, um Kaffee zu kochen. Nicht lange genug, um irgendetwas in den Tank zu kippen.

Trotzdem blieb die Möglichkeit, dass er jemanden damit beauftragt hatte.

Gideon holte sein Gewehr aus dem Kofferraum. Er musste vorbereitet sein. Nur für alle Fälle.

In diesem Moment spürte er einen brennenden Schmerz, der durch seinen rechten Arm und seine Schulter schoss. »Scheiße!« Er packte das Gewehr, ließ sich zu Boden fallen und rollte über den Straßenrand hinweg den kleinen Abhang hinunter, wo Daisy bereits kauerte.

Der Hügel war schneebedeckt. Also blutete er nicht nur, sondern wurde auch noch nass bis auf die Haut. *Na prima!*

»Du bist verletzt«, sagte sie.

»Ja, aber nicht schlimm.« Was nicht ganz gelogen war. Die Wunde brannte zwar wie die Hölle, aber er hatte schon Schlimmeres überstanden. Er brachte sich in Position, was mit der linken Hand jedoch nicht ganz einfach war, da die Finger seiner rechten blutverschmiert waren und … sich nicht bewegen ließen. *Das ist nicht gut. Ganz und gar nicht gut.*

Erst in diesem Moment fiel ihm auf, dass er seine Dienstwaffe nicht mehr bei sich hatte. Offenbar war sie ihm aus der Hand geglitten. *Verdammt.* Er legte sich das Gewehr auf die linke Schulter und stützte den Lauf auf der Böschung auf, doch schon jetzt war ihm klar, dass er aus diesem Winkel nie im Leben einen anständigen Schuss würde abgeben können.

»Gib her.« Daisy riss ihm das Gewehr aus der Hand. Noch bevor er wusste, wie ihm geschah, robbte sie wie ein Soldat durch den Schnee den Abhang hinauf, wobei sie sich die Transporttasche mit Brutus auf den Rücken geschwungen hatte.

»Daisy!« Er kroch ihr hinterher und bekam sie am Knöchel zu fassen. »Nicht!«

»Du bist verletzt«, sagte sie ruhig. »Ich nicht. Lass mein Bein los, Gideon. Ich bin eine gute Schützin.«

Ihm fiel wieder ein, was sie über das Schießtraining auf der Farm erzählt hatte. Keiner von ihnen wusste, wie weit der Schütze entfernt war, und er, Gideon, konnte nicht sicher sein, wie gut sie wirklich war.

In diesem Moment bretterte ein Wagen vorbei, aus dessen Beifahrerfenster jemand eine Kugelsalve abfeuerte.

Gideon umklammerte Daisys Knöchel fester und versuchte, sie den Abhang hinunterzuziehen, doch sie trat um sich und schaffte es für einen Moment, sich aus seinem Griff zu befreien, ehe er sie neuerlich zu fassen bekam und ein Stück den Hang hinunterriss.

»Lass mich los, verdammt noch mal! Ich tanze ja nicht mitten auf der Straße herum!«

Wieder pfiff eine Kugel über ihre Köpfe hinweg, diesmal von weiter rechts. Der Schütze hatte kehrtgemacht und setzte zum nächsten Angriff an.

Gideon ließ Daisy los und fegte mit der Hand den Schnee von einigen Felsbrocken, um Halt zu finden und sich mit einer Hand hochzuziehen – eine an sich schon enorme Kraftanstrengung, die er zwar während der Ausbildung trainiert hatte, die sich mit einem verletzten Arm jedoch als quasi unmöglich entpuppte. Er versuchte, die Rechte zur Faust zu ballen, doch seine Finger wollten ihm nach wie vor nicht gehorchen. *Scheiße.*

Hilflos sah er zu, wie Daisy weiter oben mit dem Gewehr auf der Schulter hinter einem Felsbrocken in Deckung ging, sodass sie gerade eben über die Kante hinwegspähen konnte. »Er fährt einen beigen Wagen. Ich habe ihn heute Morgen schon am Busbahnhof gesehen«, sagte sie.

Verdammte Scheiße! »Ich habe ihn auch gesehen. Er ist uns gestern Abend gefolgt, an der Ausfahrt Redding, aber in die andere Richtung abgebogen.«

»Tja, irgendwie hat er uns wohl aufgestöbert«, sagte sie grimmig, das Gewehr immer noch im Anschlag.

Gideon schob sich ein gutes Stück weiter nach oben, bis auch er die Straße im Blick hatte, und sah zu, wie der beigefarbene Wagen zurückkam und das Tempo drosselte, sodass er im Schritttempo gefährlich schlingernd dahinkroch, allerdings konnte der Fahrer sie aus diesem Winkel hinter Gideons Wagen nicht sehen, was Gideon die Gelegenheit verschaffte, rasch seine Dienstwaffe heranzuziehen.

Nun sah Gideon lediglich eine Handfeuerwaffe im offenen Fahrerfenster, der Fahrer selbst schien sich jedoch hinter das Steuer geduckt zu haben – daher auch die schlingernde Fahrweise. »Wartest du auf etwas Bestimmtes, oder wieso schießt du nicht endlich?«, fragte er mit übertriebener Geduld. »Vielleicht, bis er von der Straße abkommt und sich das Problem von alleine erledigt? Gib mir endlich das Scheißgewehr.«

Sie würdigte ihn keines Blickes. »Ich will ihm die Waffe aus der Hand schießen. Still jetzt, sonst kann ich mich nicht konzentrieren.«

»Die Waffe aus der Hand schießen«, brummte er. »Dir ist schon klar, dass es so was bloß in Filmen gibt, ja?«

»Sei still«, zischte sie.

Er löste den Blick von dem herannahenden Wagen und musterte Daisys Profil – sie war eine echte Schönheit, leidenschaftlich und voll und ganz auf ihre Aufgabe fokussiert. Das Gewehr lag wie ein verlängerter Arm auf ihrer Schulter.

Kurz überlegte er, es einfach an sich zu reißen, doch Daisy

war die Ruhe selbst und schien nur auf den richtigen Moment zu warten. »Kannst du mit der linken Hand schießen?«, fragte sie.

»Nicht so gut wie mit der Rechten, aber trotzdem einigermaßen.« Er richtete seine Dienstwaffe auf das Fenster des herannahenden Wagens, in der Hoffnung, dass der Fahrer sich aufrichten würde, sodass er einen Schuss auf seinen Kopf oder seinen Oberkörper abgeben konnte, doch der Wagen rollte weiter und schlingerte um Gideons Wagen herum, ohne ihn zu rammen.

Gideon verlagerte das Gewicht, um die Beifahrerseite ins Visier zu nehmen, sobald der beige Wagen an seinem Toyota vorbeigefahren war, doch Daisy war schneller und drückte als Erste ab.

Er hielt den Atem an. Und dann fiel ihm die Kinnlade herunter. Die Handfeuerwaffe ihres Angreifers lag auf dem Asphalt, und an dem geöffneten Fenster tropfte Blut herunter.

Wieder schoss sie, worauf die Windschutzscheibe zerbarst, ehe sie einen weiteren Schuss abgab, der die Scheibe durch das geöffnete Seitenfenster ein zweites Mal traf, diesmal von innen, und dem Fahrer damit endgültig die Sicht nahm. Ihr dritter Schuss ließ das hintere Fenster zerbersten. Gideon wartete auf den Moment, wenn der Fahrer zu fliehen versuchte, doch der Mann schien sich immer noch hinter dem Steuer zusammenzukauern.

Daisy richtete das Gewehr auf die Räder. Gideon tat es ihr nach. Gemeinsam zerschossen sie die Reifen auf der Fahrerseite, hinten und vorn. Alle vier Schüsse saßen perfekt.

»FBI!«, schrie Gideon, wobei er seine Stimme über das Klingeln in den Ohren kaum hören konnte. Es war schon eine ganze Weile her, seit er das letzte Mal ohne Hörschutz geschossen hatte. »Steigen Sie aus dem Wagen!«

Er hielt sich am Reifen seines eigenen Wagens fest und stemmte sich vollends hoch, um loszulaufen und den Kerl herauszuziehen. Stattdessen schoss ein neuerlicher Schmerz durch seinen Körper, und seine Knie gaben unter ihm nach.

Steh auf. Verdammt noch mal. Er zwang sich aufzustehen, doch noch immer schlotterten ihm die Knie. In diesem Moment schoss der beige Wagen mit quietschenden Reifen in Richtung Redding davon.

Daisy schwang sich auf die Straße und gab mehrere Schüsse auf den kleiner werdenden Wagen ab. »Verdammte Scheiße noch mal!«, rief sie frustriert. »Ich habe doch getroffen, das weiß ich ganz genau!«

Er atmete gegen den sengenden Schmerz in seinem Arm an. »Runflat-Reifen«, stieß er mit zusammengebissenen Zähnen hervor.

»Das weiß ich auch!«, blaffte sie zurück. »Mit diesen Dingern kommt er bestimmt fünfzig Meilen weit, bevor sie schlappmachen. Wenigstens sieht er nicht, wohin er fährt.« Ihre Augen weiteten sich, als sie ihn ansah. »Gideon! Du hast doch gesagt, es sei nicht so schlimm!«

Er versuchte zu lächeln, was allerdings in einer Grimasse endete. »Ich habe schon Schlimmeres erlebt.«

Ihr Blick war finster, trotzdem führte sie ihn behutsam um den Wagen herum und öffnete die Beifahrertür. »Setz dich, bevor du noch zusammenklappst.«

Er gehorchte ohne Widerworte. Ihm war schwindelig, und auch ohne hinzusehen, wusste er, dass sein Arm heftig blutete. »Meine Pistole. Ich habe sie fallen lassen. Neben dem Tank.«

»Ich hole sie gleich.« Vorsichtig legte sie das Gewehr im Fußraum des Wagens ab, zog ihr Handy heraus, wählte eine Nummer und schaltete auf Lautsprecher.

»Notrufzentrale hier. Wie kann ich Ihnen helfen?«

»Wir haben einen Mann mit einer Schussverletzung auf der California 97, etwa zwanzig Meilen südwestlich von Macdoel. Wie schnell können Sie einen Krankenwagen schicken?«

»Ich fordere sofort jemanden an«, versprach die Frau in der Notrufzentrale, doch Daisy entging der zweifelnde Unterton nicht. »Mal sehen, wer in der Gegend Notdienst hat.«

Daisy reichte Gideon das Handy. »Möchten Sie vielleicht selbst mit ihnen reden, Agent Reynolds?«

Er schüttelte den Kopf. »Nein, mach du das«, presste er hervor – nun, da die unmittelbare Gefahr gebannt war, ließ das Adrenalin in seinem Körper rasch nach, und er fühlte sich mit jeder Sekunde schwächer.

»Agent Reynolds? Wer ist das, und was ist passiert?«

»FBI Special Agent Gideon Reynolds wurde angeschossen«, erklärte Daisy. »Der Schütze fährt eine beigefarbene Limousine – ich bin nicht ganz sicher, welche Marke …«

»Ein Chevy«, unterbrach Gideon. »Ein Chevy Malibu, Baujahr 2010.«

»Alles klar«, sagte die Frau. »Haben Sie auch das Kennzeichen?«

»Nein«, stöhnte Gideon leise. O Gott, ihm war so kalt, so schrecklich kalt. *Das ist echt übel.*

Es überraschte ihn nicht, dass Daisy alle weiteren Details herunterrattern konnte. »Das hintere Seitenfenster fehlt komplett, die Windschutzscheibe ist zerschossen, außerdem haben wir mindestens zwei Reifen erwischt. Allerdings handelt es sich um Runflat-Reifen, sodass er noch ein ganzes Stück weit kommt, wenn es auch mit der kaputten Windschutzscheibe schwierig wird. Außerdem ist der Fahrer verletzt. Ich habe ihn in die Hand geschossen.«

»Alles klar«, sagte die Frau am Telefon. »Ich habe den Sheriff in der nächstgelegenen Gemeinde bereits kontaktiert. Sie sind schon unterwegs.«

»Die liegt eine halbe Stunde östlich von hier«, murmelte Gideon. »Zwanzig Minuten, wenn sie richtig Gas geben.«

»Ich weiß«, sagte Daisy ruhig, doch sie war blass geworden,

und ihr Blick hing auf dem sich rasch vergrößernden Fleck auf seinem Mantel. »Agent Reynolds blutet sehr stark«, sagte sie. »Ich kann jemanden anrufen, der nicht ganz so weit entfernt ist. Was ich jetzt auch tue. Ich verwende dafür Agent Reynolds' Telefon und würde Sie gern auf Lautsprecher halten, okay?«

Sie legte das Handy in den Fußraum neben das Gewehr und wandte sich Gideon zu. »Wo ist der Zettel, den Mr Danton dir gegeben hat?«

»In der Innentasche meines Jacketts. Aber zuerst müssen wir die Blutung stoppen. Hilf mir, meinen Mantel auszuziehen.«

»Wo wurdest du getroffen?«, fragte sie.

»Im Arm. Offenbar eine Arterie. Nicht gut.«

»Darauf bin ich auch schon gekommen.« Vorsichtig zog sie ihm den Mantel aus und legte ihn über den Fahrersitz. Beim Anblick seines Jacketts verzog sie das Gesicht. »Du hast viel zu viel an, Gideon.«

»Sag mir das später noch mal«, stöhnte er.

Mit Tränen in den Augen sah sie ihn finster an. »Halt den Mund«, flüsterte sie. »Ich werde dich hier nicht sterben lassen.«

»Das hatte ich auch nicht vor. Zieh mir das Jackett aus.«

Eilig befreite sie ihn von seinem Jackett und stöhnte, als er einen Schmerzenslaut ausstieß. »Tut mir leid, tut mir leid«, sagte sie leise.

»Nimm meinen Gürtel zum Abbinden«, sagte er.

»Okay. Ich schaffe das«, erklärte sie fest. »Ich kriege das hin.«

»Weiß ich.«

»Ich nicht«, erwiderte sie scharf. Mit zitternden Fingern löste sie seinen Gürtel und zog ihn aus den Schlaufen, ehe sie ihn oberhalb der Einschusswunde um seinen Oberarm legte. »Wie fest soll ich anziehen?«

»Fest«, stieß er hervor und stöhnte neuerlich, als sie gehorchte. Der Schmerz war so brutal, dass winzige schwarze Punkte vor seinen Augen tanzten. »So ist es gut. Schieb das Ende durch die Schnalle und dann unter den Gürtel, damit sich nichts löst.«

Mit zitternden Händen gehorchte sie, ehe sie in seinem Jackett nach dem Zettel mit Dantons Telefonnummer kramte und sein Handy herauszog. »Code?«, fragte sie, entsperrte das Telefon, nachdem er ihn ihr gegeben hatte, und wählte die Festnetznummer. Zum Glück ging sofort jemand an den Apparat. »Hier ist Daisy. Auf uns wurde gerade geschossen. Gideon braucht Ihre Hilfe.« Sie erläuterte die Verletzung, lauschte und nickte, als könnte Danton sie sehen. »Abgebunden haben wir die Verletzung schon. Bitte bringen Sie sie möglichst schnell her. Es sind nur zwanzig Minuten von Ihrem Haus. Danke.« Sie beendete das Gespräch und steckte das Handy ein.

»Sie?«, fragte er.

»Sammie, seine Tochter. Die Tierärztin.« Sie sah ihn an. »Du zitterst ja.« Sie legte ihm sein Jackett um die Schultern.

Die Kälte kroch ihm bis in die Knochen. »Wärmst du mich?«

Das Gewehr in einer Hand, verdrehte sie nur die Augen, zog ihm das Jackett etwas fester um die Schultern und schob den Mantel darüber. Dann lehnte sie sich an seine unverletzte Seite und legte ihm einen Arm auf den Rücken. »Zeigt der Spruch jemals Wirkung, Agent Reynolds?«

»Du hältst mich im Arm, also … ja, offenbar schon.«

Sie erschauderte. »Das war echt beängstigend«, flüsterte sie.

»Und du warst ein echter Profi.« Er ignorierte den pochenden Schmerz in seinem Arm und küsste sie aufs Haar. »Ich fasse es immer noch nicht, dass du ihm die Waffe aus der Hand geschossen hast.«

Sie lachte schwach. »Mein Vater wird stolz auf mich sein.«

»Genauso wie ich.«

Sie küsste ihn auf die Wangen. »Das ist viel wichtiger.«

Grass Lake, Kalifornien
Sonntag, 19. Februar, 13.00 Uhr

Sie hatte ihm die Waffe aus der Hand geschossen, verdammte Scheiße noch mal! Ungläubig blickte er auf seine Finger. Zwar waren noch alle da, doch er konnte sie nicht bewegen. Die Kugel hatte ein Stück Gewebe zwischen Daumen und Zeigefinger zerfetzt, sodass das Blut wie aus einem kaputten Feuerwehrschlauch spritzte.

Nach dem ersten Schreck hatte er eilig seinen Schal um die Wunde geschlungen. Außerdem konnte er von Glück sagen, dass er sich weiterhin geduckt hatte, denn auf den ersten Schuss war ein zweiter in die Windschutzscheibe gefolgt, ehe ein dritter die hintere Scheibe hatte zerbersten lassen. Anfangs hatte er geglaubt, der Fed habe geschossen, und den elenden Drecksack verteufelt.

Bis Daisy mit dem Gewehr in der Hand aufgetaucht war.

Sie hatte ihn angeschossen!

Noch immer fassungslos, raste er die Straße entlang. Nie war er so dankbar für die Runflat-Reifen gewesen wie in diesem Moment, denn hätte er das Geld dafür nicht investiert, läge er jetzt tot im Graben.

Sie wollte mich aus dem Wagen scheuchen. Und sie hat versucht, mich zu töten.

Das war gar nicht nett.

Sondern unverschämt. *Himmelschreiend unverschämt.*

Der Schock steckte ihm noch in den Knochen. Er lachte auf. *Genau. Der Gipfel der Unverschämtheit.*

Dafür musste sie sterben.

Wieder lachte er, diesmal höhnisch. »Aber nicht heute«, murmelte er, denn sie war deutlich besser bewaffnet gewesen als er, dabei war eigentlich zu erwarten gewesen, dass der Fed ein Gewehr dabeihatte.

Allerdings hätte kein Mensch damit rechnen können, dass eine Frau dermaßen gut schießen konnte. Jede Kugel hatte exakt ihr Ziel getroffen.

Sie hat mir die Pistole aus der Hand geschossen, verdammt noch mal.

Genau. So sieht's aus. Und jetzt setz dich aufrecht hin und denk nach, wie du weitermachen willst.

Er straffte den Rücken, zumindest so gut, wie es ging, in Anbetracht der Tatsache, dass er sich aus dem Fenster lehnen musste, um die Straße vor sich zu erkennen. Es gab hier zumindest ein Handysignal. Früher oder später würde ein Cop auf der Bildfläche erscheinen, denn Daisy und ihr Fed hatten logischerweise inzwischen längst einen Notruf abgesetzt.

Jeder Cop in der Gegend würde seinen Wagen mit den zerballerten Scheiben auf den ersten Blick erkennen. Daisy Dawson, dieses elende Miststück. Wichtig war jetzt erst einmal, sich einen anderen Wagen zu besorgen.

Du hättest gestern Abend nach Hause fahren und heute Morgen deinen entspannten Flug nach New York City antreten sollen. Aber nein, du musstest ja herausfinden, was die beiden im Schilde führen.

Gleich geschafft. Auf der Hinfahrt war ihm der Rastplatz Grass Lake aufgefallen, allerdings hatte er den Fed und Daisy nicht verlieren wollen. Nun war der Rastplatz seine einzige Chance, als freier Mann aus diesem Schlamassel herauszukommen.

Er drosselte das Tempo und ließ den Wagen auf der anderen Straßenseite hinter ein paar Bäume rollen. Wenn er Glück hatte, fanden sie ihn erst, wenn er sich einen Ersatz beschafft hatte.

Allerdings waren überall seine Fingerabdrücke auf dem Wagen. Und sein Blut.

Halb so wild. Schließlich sind die Abdrücke in der Datenbank der Polizei nicht registriert. Aber seine DNS, denn das Labor hatte nach dem Angriff am Donnerstag garantiert Hautpartikel unter Daisys Nägeln sichergestellt. Andererseits spielte weder das eine noch das andere eine Rolle – solange sie ihn nicht schnappten. Dann allerdings sah die Sache anders aus.

Der Wagen musste weg. *Scheiße.* Eigentlich hatte er keine Zeit für diesen Quatsch.

Du wirst dir die Zeit nehmen, Arschloch. Wenn du erst mal im Knast sitzt, wirst du dir wünschen, du hättest es getan.

Denk nach. Er hatte keinen Ersatzkanister im Kofferraum. Auch keinen Alkohol. Nichts Brennbares.

Lediglich das Benzin im Tank selbst. Er hatte ein Feuerzeug bei sich, aber keine Streichhölzer. Außerdem war es blanker Irrsinn, ein Streichholz in den Tank zu werfen. Er wollte abhauen und nicht sich selbst abfackeln.

Ich brauche eine Lunte. Im Geist ging er durch, was sich sonst noch im Wagen befand, was nicht allzu viel war. Nur die leeren Flaschen mit dem Bleichmittel, die Waschkörbe … und die Weichspültücher.

Er nahm die Schachtel aus dem Kofferraum, breitete ein paar Tücher darin aus und zündete sie an, dann stopfte er die restlichen Tücher in den Tank und hielt das Feuerzeug an den heraushängenden Zipfel.

Eilig trat er zurück und sah einen Moment lang zu, wie die Flammen sich durch die Tücher fraßen, ehe er sich von dem Anblick losriss. *Los, beweg dich, Blödmann.* Seine linke Hand blutete immer noch. Rote Tropfen landeten im Schnee. Eilig löste er den Schal, schlang ihn ein weiteres Mal um die Hand und zurrte ihn fest, während er mit dem Schuh die Spuren verwischte. Schließlich hob er einen faustgroßen Stein auf und wog ihn in der rechten Hand. Er würde genügen. Hoffentlich.

Eilig überquerte er den Highway, lief über den Rastplatz und ging in Deckung, um sich einen Überblick zu verschaffen. Lediglich zwei Fahrzeuge standen da, eine viertürige Honda-Limousine und ein Ford Mustang. Beide waren leer. Die Besitzer des einen Wagens standen am Aussichtspunkt, um Fotos vom Mount Shasta in der Ferne zu machen. Er hoffte, der tolle Ausblick auf den Berg fesselte sie noch eine Weile länger.

Denn in diesem Moment trat eine ältere Frau an einem Gehstock aus dem Toilettenhäuschen. Sie sollte ein leichtes Opfer sein. Andererseits hatte er dasselbe auch von Daisy gedacht.

Er wartete, bis die Frau ihren Honda erreicht hatte und die Schlüssel aus ihrer riesigen Handtasche zog, dann trat er hinter sie und ließ den Stein auf ihren Hinterkopf sausen, ohne den Schmerzensschrei zu beachten, mit dem sie zu Boden sank. Er riss ihr Tasche und Schlüssel aus der Hand und stieg in den Wagen.

Gerade als er vom Parkplatz auf den Highway fuhr und das Gaspedal durchdrückte, ertönte eine Explosion hinter ihm. Sein Wagen war Geschichte. Bis jemand auftauchte, der ihn löschte, wäre er komplett ausgebrannt, sodass keinerlei Spuren mehr sichergestellt werden konnten.

»Ja«, stieß er triumphierend hervor. »Ich hab's geschafft.

Abgesehen davon war ein Brand das perfekte Mittel, um die Cops für eine Weile beschäftigt zu halten. *So haben sie keine Zeit, nach mir zu suchen.*

Nach etwa zwei Meilen kam er an einer weiteren kleinen Baumgruppe vorbei. Er drosselte das Tempo und schleuderte die Handtasche der alten Frau ins Dickicht. Er hatte sie mitgenommen, weil sie viel zu schnell identifiziert werden würde, wenn sie ihr Handy und ihre Papiere bei sich hatte, und er brauchte einen Vorsprung, um ihren Wagen loszuwerden und sich einen weiteren Ersatz zu besorgen.

Außerdem wollte er nicht, dass jemand ihr Handy ortete. Aber nun waren alle Probleme auf einmal gelöst.

Er sah in den Rückspiegel und stellte erleichtert fest, dass niemand hinter ihm war. Keiner war ihm gefolgt. Nur …

Sein Herz blieb stehen. Blieb einfach stehen.

»Verdammte Scheiße …«

Macdoel, Kalifornien
Sonntag, 19. Februar, 13.15 Uhr

»*Sie* haben ihm die Waffe aus der Hand geschossen?«

Allmählich wurde Daisy es leid, ewig dieselbe Frage zu beantworten. Danton hatte sie ihr gestellt. Seine Tochter hatte sie ihr gestellt. Der Cousin des Ehemanns von Dantons Tochter, ein Park Ranger und Besitzer eines EMS-Studios, hatte sie ihr gestellt. Und diesmal kam sie vom Sheriff der nächstgelegenen Stadt.

»Ja, Sir, das habe ich«, antwortete sie, ohne den Blick von Gideon zu nehmen, den der Park Ranger/EMS-Trainer auf der Trage festschnallte. Aus dem Augenwinkel sah sie den Deputy Sheriff die Hand nach der Pistole ausstrecken, die immer noch mitten auf der Fahrbahn lag. »Nicht anfassen!«, rief sie und registrierte, wie Gideon grinste.

Der Deputy richtete sich auf und warf ihr einen finsteren Blick zu. »Sie glauben, mir Anweisungen erteilen zu müssen, wie ich einen Tatort zu sichern habe? Für wen halten Sie sich eigentlich?«

»Ich bin nicht weiter wichtig, aber das dort drüben ist Special Agent Reynolds vom FBI, und diese Pistole wurde vielleicht im Zuge eines anderen Verbrechens benutzt.«

»Genau«, bestätigte Gideon.

Mit einem verärgerten Blick strich sie ihm das Haar aus der Stirn. »Du musst stillliegen. Außerdem bist du im Moment keine Hilfe.«

Allerdings sah er schon sehr viel besser aus. Sammie Danton hatte gute Arbeit geleistet und die Blutung mit einem frischen Druckverband endgültig zum Stillstand gebracht.

Aber trotzdem hast du zugelassen, dass er entkommt.

Verdammt.

»Daisy?« Gideon zupfte sie am Ärmel.

Sie sah ihn an. »Entschuldige. Was ist?«

»Ruf Molina noch mal an«, bat er. »Hoffentlich geht sie dieses Mal ran.«

Daisy wählte ein weiteres Mal die Nummer seiner Vorgesetzten.

»Was gibt's, Agent Reynolds«, meldete sie sich barsch.

Daisy erkannte die Stimme auf Anhieb wieder. Sie gehörte der Frau, die am Morgen den brutalen Mord an Trish so … sachlich und emotionslos erläutert hatte.

So kommen diese Leute am besten mit den Fakten klar, dachte sie.

»Hier spricht Daisy Dawson. Gideon wurde angeschossen, aber er kommt durch. Er hat mich gebeten, Sie zu informieren.«

»Ist er bei Bewusstsein?«, fragte Molina scharf.

»Ja. Wir warten gerade auf den Rettungshubschrauber.« Der Cousin von Sammies Ehemann, der EMS-Typ, hatte sofort einen angefordert.

»Wohin bringen die ihn?«, wollte Molina wissen.

»Ins UC Davis.«

»Lassen Sie mich mit Reynolds reden.« Molina hielt inne. »Bitte«, fügte sie mit gezwungener Höflichkeit hinzu.

Daisy hielt Gideon das Telefon ans Ohr. Obwohl er dick in Decken gehüllt war, zitterte er immer noch am ganzen Leib. »Sie will mit dir reden.«

Gideon wandte den Kopf, um das Ohr ans Handy halten zu können. »Ich bin im Moment … ein bisschen indisponiert«, sagte er. Sekunden vergingen, während er lauschte, ehe er seiner Vorgesetzten mit knappen Worten schilderte, was vorgefallen war. »Bitte sagen Sie dem Sheriff, dass Sie bereits ein Team losgeschickt haben, um den Tatort zu sichern.« Er löste sich vom Telefon. »Gib bitte das Telefon an den Sheriff weiter.«

Daisy gehorchte und nickte höflich, als der Sheriff mit einem entschuldigenden Blick das Handy ans Ohr entgegennahm.

»Ja?«, sagte er und lauschte. »Wir sorgen dafür, dass niemand den Tatort betritt, solange Sie nur schnell jemanden schicken. Um diese Jahreszeit herrscht zwar wenig Verkehr, trotzdem ist es die einzige Zufahrtsstraße, die wir hier gerade blockieren.« Er reichte das Telefon an Daisy zurück. »Mit Ihnen will sie auch noch reden.«

»Ja?«, fragte Daisy, als sie Molina wieder am Ohr hatte.

»Sie fliegen mit ihm im Hubschrauber.«

»Ja. Das hatte ich vor.«

»Gut. Rufen Sie mich an, sobald Sie im Krankenhaus sind.«

»Ja, Ma'am. Ich melde mich.« Sie hörte das Brummen des Hubschraubers im Anflug. »Da ist er schon. Ich muss Schluss machen.«

»Miss Dawson?«, sagte Molina, noch immer angespannt. »Danke, dass Sie die Initiative ergriffen und Gideon beschützt haben.«

»Ja, Ma'am.« Sie legte auf und verabschiedete sich von den Dantons, die ein Stück neben dem Landeplatz des Hubschraubers warteten. »Ich bin nicht sicher, was morgen passieren wird«, sagte sie. »Würden Sie uns auch helfen, sollte ein anderer Agent nach Portland fliegen?«

Sammie nickte. »Wenn Sie Ihre Hand für denjenigen ins Feuer legen, gern. Ich muss sowieso hin und versuchen, Eileen zu finden. Wenn ihr etwas zugestoßen ist … ich muss mich vergewissern, dass es ihr gut geht. Mein Mann hat sich schon bereit erklärt, mich zu begleiten, sodass Dad keine Angst zu haben braucht.«

Aus einem Impuls heraus drückte Daisy Mr Danton an sich. »Danke. Für alles.«

»Das hätte doch jeder getan«, murmelte er und tätschelte ihr den Rücken. »Rufen Sie uns an, damit wir wissen, ob es Ihnen auch gut geht. Gehen Sie jetzt. Sie sind so weit.«

»Mache ich.« Sie wandte sich zum Gehen und hörte, wie der

Sheriff seinen Deputy anwies, den Tatort zu sichern, ehe er zu seinem Wagen rannte, einstieg und in Richtung Redding davonraste.

»Fährt er schon mal voraus?«, fragte sie den Sanitäter, der ihr beim Einsteigen half.

»Nein«, antwortete der Mann und schüttelte den Kopf. »Er hat gerade einen Anruf aus der Zentrale bekommen, dass ein Typ auf einem Rastplatz eine alte Frau niedergeschlagen und ihren Wagen gestohlen hat.«

»Der mit dem beigen Chevy?«, fragte sie, obwohl sie die Antwort bereits kannte.

»Klang ganz danach. Auf der anderen Seite des Rastplatzes hat man wohl einen Wagen gefunden, auf den die Beschreibung vage passt. Zumindest sind die entsprechenden Nummernschilder dran.«

»Vage? Es ist ein beigefarbener Chevy mit einer zerschossenen Windschutzscheibe und einem fehlenden Seitenfenster. Wie schwierig kann es schon sein, den Wagen zu identifizieren?«

»Er brennt. Der Benzintank ist explodiert. Offenbar ist der Mann in dem Wagen der alten Dame geflüchtet.«

»Dann kriegen sie ihn auch«, erwiderte sie erleichtert. »Hoffentlich sind sie bessere Schützen, und der Wagen der Frau hat Reifen, die sich auch zerschießen lassen.«

»Besser als du? Das ist wohl kaum möglich«, erklärte Gideon mit unübersehbarem Stolz, der ihr ein Lächeln aufs Gesicht zauberte. Das jedoch abrupt verflog, als der Sanitäter fortfuhr.

»Ich glaube nicht, dass jemand auf den Wagen schießt, Ma'am. Auf dem Rücksitz ist ein Kind.«

Gideon wurde leichenblass. »O mein Gott«, flüsterte er.

Daisy wurde ganz flau im Magen. »O nein.«

Sie hatten gesehen, was er Trish angetan hatte. Was würde er mit einem unschuldigen kleinen Kind anstellen?

Grass Lake, Kalifornien
Sonntag, 19. Februar, 13.15 Uhr

Er trat auf die Bremse, drehte sich um und blickte in die großen dunklen Augen des Kindes in der Sitzschale hinter ihm.

Sein Herz blieb einfach stehen. »Heilige Scheiße«, wiederholte er leise. »Ein Kind.«

Ein Kleinkind, um genau zu sein. In Rosa. Also wahrscheinlich ein Mädchen.

Was sollte er jetzt machen, verdammt noch mal?

Fahr! Fahr einfach weiter. Und sieh zu, dass du die Karre so schnell wie möglich loswirst.

Aber heute Nacht wird es eiskalt. Ich kann sie nicht einfach im Wagen lassen. Ganz allein. Was, wenn irgendein perverses Schwein sie entführt?

Du Schwachkopf. Du *hast sie entführt.*

Aber nicht mit Absicht! Und ich *tue ihr nichts.*

Idiot. Fahr einfach!

Er drückte das Gaspedal bis zum Anschlag durch, worauf der Wagen mit quietschenden Reifen losschoss. »Was jetzt, verdammte Scheiße?«

Doch das kleine Mädchen gab keine Antwort.

Sacramento, Kalifornien
Sonntag, 19. Februar, 13.15 Uhr

Bellamy, Anna. Pennsylvania. Mit zusammengekniffenen Augen las Zandra die Namen auf den Führerscheinen in der Tür des Schranks, obwohl sie Mühe hatte, sie zu erkennen. *Fiddler, Janice. Washington.*

Wieder und wieder hatte sie die Namen im Geist heruntergebetet.

Weil ich entkommen werde. Und dann werde ich der Polizei sagen, wer die Frauen waren. Dass sie tot sind. Denn ich werde hier rauskommen.

Zwar hatte sie keine Ahnung, wie sie das bewerkstelligen sollte, aber sie würde es schaffen. Sie würde nicht als weiteres Exemplar seiner Trophäensammlung enden.

Nein, sie würde abhauen und dafür sorgen, dass dieses Monster für seine Gräueltaten bezahlte. Und dass die Familien der Opfer endlich Frieden fanden und in Ruhe trauern konnten.

Orlov, Nadia. Illinois. Stevenson, Rayanna. Texas. DeVeen, Rosamond. Minnesota. Borge, Delfina. Kalifornien. Oliver, Makayla. New York. Danton, Eileen. Oregon.

Ihr Blick fiel auf den Namen auf dem nächsten Führerschein und schweifte dann zu dem Tiefkühler an der Wand, während sie ein Schluchzen unterdrücken musste. Sie durfte nicht weinen, sonst würde sie ersticken … und damit diesem Schwein auch noch die Mühe ersparen, sie zu töten. Der Dreckskerl hatte das arme Mädchen noch nicht einmal beerdigt, sondern sie bloß in einen Tiefkühler gesteckt. *Was er auch mit mir tun wird, wenn ich keinen Weg finde, mich zu befreien und abzuhauen.*

Entschlossen richtete sie ihren Blick wieder auf die Führerscheine. *Martell, Kaley. Kalifornien.* Mit einem Kristallhufeisen an einem Haken darunter.

Und dann der letzte Name. *Hart, Trisha. Kalifornien.*

Sie fing wieder von vorn an. Wieder und wieder, bis sie die Namen auswendig wusste. Denn es war gerade einmal ein Drittel der Namen im Schrank, und sie würde sie sich alle merken. So viele, wie sie nur konnte. *Bellamy, Anna. Pennsylvania. Fiddler, Janice. Washington.*

Orlov, Nadia. Illinois. Stevenson, Rayanna. Texas. DeVeen, Rosamond. Minnesota. Borge, Delfina. Kalifornien. Oliver, Makayla. New York. Danton, Eileen. Oregon.

Martell, Kaley. Kalifornien. Hart, Trisha. Kalifornien.

Und wieder von vorn.

Und wenn er zurückkam und ihr noch weitere Führerscheine in seinem Schrank präsentierte?

Dann lerne ich eben auch die auswendig.

Weed, Kalifornien
Sonntag, 19. Februar, 13.20 Uhr

»Ah, da vorn«, murmelte er und bog nach rechts auf einen einsamen Parkplatz mit Blick auf den Mount Shasta ab, auf dem nur ein einzelnes Fahrzeug stand. Ein Ford F-150, ein Modell, dass er in- und auswendig kannte, weil der Alte einen im Hangar stehen hatte, mit fast zwanzig Jahren und mehr als zweihunderttausend Meilen auf dem Buckel, dessen Motor immer noch wie ein Kätzchen schnurrte.

Er hatte bereits gewusst, wie man den Motor kurzschloss, noch bevor er einen Führerschein gehabt hatte.

Endlich lief es gut für ihn. Langsam rollte er auf den Parkplatz und hielt nach dem Fahrer Ausschau. *Ah, da ist er ja* – ein Mann mittleren Alters mit einer Kamera um den Hals stand am Aussichtspunkt und blickte auf den Berg.

Und wahrscheinlich hatte er ein Handy in der Tasche und würde sofort die Bullen rufen, wenn er merkte, dass ihm jemand seinen Pick-up geklaut hatte. *Dann bin ich am Arsch.*

Andererseits: Er hatte einen Wagen, im Notfall eine gute Waffe.

Der Mann hat doch nichts getan. Nicht so wie die Gäste, die du mit nach Hause genommen hast.

Aber er hat genau die Karre, die du brauchst.

Trotzdem … es ist … falsch.

Er lachte auf. Haha. *Falsch?* Ja, verdammt. Alles, was er hier trieb, war falsch. »Ich fahre mit einem Scheißbaby auf dem Scheißrücksitz herum.« *Falsch* traf es nicht mal ansatzweise.

Er sah in den Rückspiegel. Das kleine Mädchen war geradezu irritierend still und starrte ihn lediglich aus riesigen braunen Augen an, ehe es sich den Daumen in den Mund schob und die Augen schloss.

Und einschlief.

»Willst du mich verarschen?«, stieß er halblaut hervor.

Wenigstens lief das Ganze geräuschlos ab. Es hätte ebenso gut sein können, dass sie aus Leibeskräften brüllte und seine Trommelfelle zum Platzen brachte.

Der Mann trat ein paar Schritte vor, kletterte auf das Steinmäuerchen, das den Parkplatz eingrenzte, hob die Kamera und stellte die Linse ein. Dann trat er von dem Mäuerchen herunter, drehte sich um und drückte den Deckel wieder auf die Linse. Und kam auf ihn zu.

Wenn, dann jetzt.

Gott.

Er drückte den Fuß aufs Gaspedal, kniff die Augen zusammen, bis sie nur noch schmale Schlitze waren. Weil er nicht sehen wollte, wie …

Ein Poltern ließ ihn nach Luft schnappen. Er hatte es getan. Er hatte den Mann umgefahren.

Vorsichtig fuhr er rückwärts, bis er ihn auf dem Boden liegen sehen konnte. Der Mann rollte herum, ein Arm lag über dem Kopf ausgestreckt, während er mit der anderen Hand tastend Halt auf dem Asphalt suchte.

Es genügte nicht. Der Mann musste bewusstlos ein. Nicht tot. Bloß bewusstlos.

Also setzte er noch ein Stück zurück, gab wieder Gas und zuckte zusammen, als der Wagen ihn ein weiteres Mal erfasste. Vorsichtig setzte er neuerlich zurück. Der Mann bewegte sich nicht mehr.

O Gott. Er sog den Atem ein, stieß ihn zittrig wieder aus, ehe er sich umsah. Doch da war niemand.

Möglicherweise gab es hier Überwachungskameras, aber das spielte keine Rolle. Er hatte sein Äußeres am Morgen, während er darauf gewartet hatte, dass Daisy und ihr Fed aus dem Hotel kamen, mit großer Sorgfalt verändert, außerdem trug er eine Kappe, die sein Gesicht zusätzlich verbarg.

Vorsichtig stieg er aus dem Honda und trat zu dem reglos daliegenden Mann. Er atmete noch. *Gut.* Er drehte ihn zur Seite, um seine Brieftasche, Schlüssel und Handy an sich zu nehmen.

Kein Ausweis. Nichts, was ihn mit dem Pick-up in Verbindung brachte. Und kein Telefon, um den Diebstahl zu melden, falls er zu sich kommen sollte.

Beeil dich. Er musste einen Zahn zulegen, bevor bekannt wurde, was passiert war, und die Cops die Straßen abriegelten. Gleichzeitig waren mit ein bisschen Glück sämtliche Einsatzkräfte mit seinem brennenden Wagen beschäftigt.

Er stieg wieder ein und stellte den Wagen neben dem reglos daliegenden, aber zumindest noch atmenden Mann ab. Dadurch wäre er zwar vor Blicken geschützt, gleichzeitig jedoch auch vor dem kalten Wind, für den Fall, dass er lange genug am Leben war, um gerettet zu werden.

Okay. Er schloss den Honda ab und machte sich auf den Weg zu dem Pick-up. Und blieb stehen. Drehte sich zu dem Honda um. In dem das Baby schlief.

Wie hatte die Kleine das Geholper verschlafen können? Würde sie überhaupt schreien und sich dadurch bemerkbar machen, falls Hilfe eintraf?

Was, wenn sie erfror? Wenn irgendwelche Tiere sie angriffen?

Sie war genau wie Mutt damals. Hilflos. Schutzlos den Gefahren ausgesetzt. Unschuldig.

»Leck mich doch!«, stieß er hervor, ging zum Wagen zurück, öffnete die hintere Tür, löste die Gurte des Kindersitzes und riss ihn mit dem Baby darin heraus.

»Herrgott noch mal, du wiegst ja mindestens einen Zentner.«

Er schleppte den Kindersitz zum Pick-up und schloss ihn mit dem altmodischen mechanischen Schlüssel auf – keine Zentralverriegelung, was gut war, da die Bullen sie orten konnten. Das hatte er in der forensischen Fachzeitung gelesen, die er jeden Monat per Abo auf sein Kindle geschickt bekam.

Es war immer gut, über die technischen Entwicklungen auf dem Laufenden zu sein, die ihn im Zweifelsfall in den Knast bringen konnten.

Er öffnete die hintere Tür auf der Fahrerseite, stellte den Kindersitz mit dem Baby in den Fußraum und klemmte ihn zwischen Fahrersitzlehne und Rückbank fest.

Die Kleine wachte kurz auf, starrte ihn an und gab einen Laut von sich, als wollte sie zu weinen anfangen.

»O nein. Um Himmels willen … nicht!« Er rannte zum Honda zurück, um zu sehen, ob es irgendwo eine Windeltasche gab – siehe da. Eine rosafarbene mit aufgedruckten Bärchen stand auf dem Rücksitz. Er schnappte sie und rannte damit zum Pick-up zurück, während er fieberhaft nach etwas suchte, womit sich die Kleine ruhigstellen ließ.

»Ah. Wunderbar!« Er zog einen Schnuller heraus, was genau das war, was das kleine Mädchen gebraucht hatte. Zufrieden nuckelte es daran, und er atmete erleichtert auf.

Jetzt musste er sich nur noch überlegen, wo er sie zurückließ, wenn er das nächste Mal anhielt.

Die nächste Stadt war Weed. Dort gab es zumindest ein Einkaufszentrum, wo er sich einen anderen Wagen beschaffen und das Kind stehen lassen konnte. Das wäre die beste Lösung.

Du hättest sie im Honda lassen sollen, dachte er, als er in dem Ford-Pick-up vom Parkplatz fuhr.

Nein. Das wäre nicht richtig gewesen. *Sie verdient es nicht, im Stich gelassen zu werden.*

So wie deine Mami es mit dir getan hat?, fragte eine verschlagene Stimme in seinem Kopf.

Er biss die Zähne aufeinander. »Sie hat mich nicht im Stich gelassen«, sagte er laut. »Sie ist gestorben.«

Das Resultat war dasselbe gewesen. Sie war weg gewesen, und dann …

War Sydney aufgetaucht.

Sydney war auf der Bildfläche erschienen und hatte alles Schöne in seinem Leben genommen.

Sydney hatte alles zerstört.

Mich hat sie zerstört.

20. KAPITEL

Sacramento, Kalifornien
Sonntag, 19. Februar, 17.30 Uhr

»Hör endlich auf, ständig herumzutigern, Karl!« Irina warf ihrem Mann quer durch den Warteraum einen vernichtenden Blick zu. »Du machst Daisy noch ganz verrückt.«

»Mir geht's gut«, protestierte Daisy. Zwar drohte Brutus demnächst der endgültige Fellverlust, aber es würde bestimmt wieder nachwachsen. *O Gott, hoffentlich.* Die arme Brutus. Und auch Gideon würde wieder auf die Beine kommen. Die Verletzung war nicht allzu schlimm, und die Ärzte würden ihn wieder zusammenflicken.

»Hör auf, deine eigenen Ängste und Gefühle auf Daisy zu übertragen, Ma.« Schützend legte Sasha den Arm um Daisys Schultern.

»Na schön«, räumte Irina ein. »Du machst mich noch ganz verrückt, Karl. Bitte, setz dich hin.«

Schuldbewusst ließ Karl sich neben seine Frau auf einen Stuhl sinken. »Tut mir leid. Ich bin bloß so nervös.«

»Unserem Gideon geht es bald wieder gut«, beschwichtigte Irina ihn.

Ob sie damit Karl oder sich selbst Mut zuspricht, ist die große Frage, dachte Daisy und lächelte die Frau, die wie eine Mutter für Gideon gewesen war, voller Zuneigung an. *Genauso wie für mich.* Daisy tätschelte ihr den Arm. »Natürlich geht es ihm bald wieder gut. Schließlich wird er vom besten Gefäßchirurgen versorgt, den sie hier haben.«

Das hatte Agent Molina ihnen versichert, was Daisy auch keineswegs infrage stellte, trotzdem konnte sie Karls Ruhelosigkeit gut verstehen. Jeder von ihnen hatte seine ganz eigene Art der Stressbewältigung. Sashas Allzweckwaffe war Schokolade, und Daisy hatte nur allzu bereitwillig in ihre M&Ms-Tüte gegriffen, obwohl ihr nach dem vielen Zucker inzwischen leicht übel war. Aber vielleicht lag es auch an der Angst, denn trotz aller Beteuerungen, dass Gideon wieder ganz gesund werden würde, dauerte die Operation inzwischen über zwei Stunden an, obwohl zuvor von einem Routineeingriff von höchstens einer Stunde die Rede gewesen war.

»Wenn er wirklich so gut ist, wieso braucht er dann so lange? Es war doch ein glatter Durchschuss«, brummte Rafe.

»Er hat eine Menge Blut verloren«, sagte Daisy leise und dachte an all das Blut an ihren Händen und auf ihrer Kleidung. Eine freundliche Schwester hatte ihr einen Satz Krankenhauskluft in die Hand gedrückt, als sie eingetroffen waren. Zuzusehen, wie sich sein Blut mit dem Wasser mischte und strudelnd im Abfluss verschwand, hatte Daisy neuerlich die Tränen in die Augen getrieben. Es hatte sich angefühlt, als verliere sie einen Teil von ihm.

Was absolut lächerlich war. Er würde wieder ganz gesund werden.

Ob er allerdings weiter als Fed arbeiten könnte, war eine andere Frage. *Es war ein glatter Durchschuss*, sagte sie sich zum x-ten Mal. Sie konnten nur hoffen, dass keine Schädigung der Nerven zurückblieb. Bei ihrem Eintreffen waren knapp zwei Stunden seit dem Schusswechsel vergangen gewesen. Und die ganze Zeit hatte er unter der wärmenden Decke auf der Trage gelegen und ihre Hand so fest umklammert, dass sie zum zweiten Mal an dem Tag befürchtete, er breche ihr die Finger.

Ein Tag. Kaum zu glauben, dass noch keine vierundzwanzig Stunden vergangen waren, seit sie Trish tot in ihrer Wohnung aufgefunden hatten. Und noch viel kürzer, seit sie in seinen Armen gelegen hatte, erfüllt von tiefem Frieden nach einem unvergesslichen Höhenflug der Gefühle und der Leidenschaft. Es kam ihr vor, als sei ein ganzes Jahr seitdem vergangen.

»Miss Dawson?«

Daisy drehte sich um und sah Gideons Vorgesetzte hereinkommen. Sie sprang auf. »Agent Molina. Haben Sie etwas gehört?«

»Nein, noch nicht«, antwortete sie keineswegs unfreundlich. »Sie haben Agent Reynolds' Laptop und Handy bei sich?«

Daisys Hand schnellte in ihre Tasche und schloss sich um Gideons Handy, als sei es ein Teil von ihm. Erst als sie Brutus leise winseln hörte, wurde ihr bewusst, dass sie die kleine Hündin wieder einmal viel zu fest an sich gedrückt hatte. Sie zwang sich, ihren Griff zu lösen, hielt das Telefon hingegen weiter fest umklammert.

Nein, weder noch, lag ihr auf der Zunge, doch natürlich sprach sie es nicht laut aus. »Warum brauchen Sie die Sachen?«, fragte sie stattdessen.

»Seine geschäftlichen E-Mails fallen unter polizeiliche Geheimhaltung.« Molina streckte die Hand aus. »Wenn Sie sie mir bitte aushändigen würden?«

Als hätte ich eine andere Wahl. Daisy reichte ihr Gideons Laptop.

Molina zog eine Braue hoch. »Und sein Handy?«

Daisy zog es aus ihrer Hosentasche, zögerte jedoch. »Dürfte ich vielleicht noch einen Anruf tätigen? Sie können gern dabei sein, wenn Sie wollen. Dann können Sie es haben.«

»Gehen wir in mein Büro.«

Ihr *Büro* war einer der kleinen Räume, in die sich die Ärzte zurückzogen, um den Patientenfamilien Diagnosen zu erläutern. Daisy unterdrückte den Drang, die Augen zu verdrehen. Immerhin hatte sie es mit einer sehr mächtigen Frau zu tun. *Die mich wie einen lästigen Käfer zerquetschen könnte.*

Doch Molina machte keine Anstalten in diese Richtung, sondern hielt Daisy die Tür auf.

»Bitte, tätigen Sie den Anruf, Miss Dawson.«

Daisy tippte die Zahlenfolge ein, während sie unwillkürlich daran dachte, wie sie erst wenige Stunden zuvor mit blutigen, zitternden Fingern das Handy entsperrt hatte. Entschlossen schob sie die Erinnerung beiseite und scrollte durch Gideons Kontakte, bis sie den Namen gefunden hatte.

Mercy Callahan. Daisy fragte sich, woher Gideons Schwester ihren Nachnamen haben mochte. Und wie er selbst zu Reynolds anstelle von *Terrill*, seinem Nachnamen in Eden, gekommen war.

Sie tippte auf den Namen, ohne recht zu wissen, was sie erwarten sollte.

Hassen tut sie mich nicht, hatte Gideon gesagt. Was nicht gerade nach freudestrahlender Begeisterung klang. Durchaus möglich, dass Mercy sie gleich anschnauzte, sie solle sich zum Teufel scheren.

»Hallo, Gideon.« Kaum verhohlene Ungeduld schwang in der Stimme mit.

»Hi«, sagte Daisy. »Bitte legen Sie nicht auf.«

»Wer ist da?«, fragte Mercy scharf.

»Mein Name ist Daisy Dawson. Ich bin eine Freundin Ihres Bruders. Er wurde verletzt und wird gerade operiert. Ich dachte, Sie möchten es vielleicht wissen.«

Einen Moment lang herrschte Stille in der Leitung. »Überlebt er?«, fragte sie dann.

»Ja«, antwortete Daisy fest. »Falls Sie herkommen möchten … er liegt im UC Davis. Ich weiß, dass er Sie wegen des Medaillons angerufen hat. Der Schusswechsel, bei dem er verletzt wurde, steht im Zusammenhang damit.«

»O Gott«, flüsterte Mercy und räusperte sich. »Danke, dass Sie mich angerufen haben. Sagen Sie ihm, ich hoffe … er stirbt nicht.«

Damit legte sie auf, und Daisy konnte nur fassungslos auf das

Display sehen. *Sie hofft, dass er nicht stirbt? Was zum Teufel ist das denn für eine Ansage?*

»Kommt sie nun oder nicht?«, fragte Molina. »Gideons Schwester, meine ich.«

Daisy schüttelte den Kopf. »Es hat sich nicht danach angehört.« Sie gab Mercys Nummer in ihr eigenes Handy ein, nur für alle Fälle, ehe sie Gideons Telefon seiner Vorgesetzten reichte. Falls sie den Entsperrcode nicht kannte – tja, Daisy würde ihn ihr jedenfalls nicht freiwillig geben.

»Danke«, sagte Molina mit einem ironischen Lächeln. »Ich habe nicht vor, es zu benutzen, weiß Ihre Loyalität jedoch durchaus zu schätzen. Genauso wie Ihre Schießkünste.«

»Sie sind die Einzige, die nicht ›*Sie* haben ihm die Waffe aus der Hand geschossen?‹ gesagt hat.«

»Ich habe Sie überprüft, genauer gesagt sogar Ihre ganze Familie. Sie und Ihre Schwester wissen beide, wie man mit einem Gewehr umgeht. Und es gibt einen hochrangingen Special Agent in Baltimore, der sich höchstpersönlich für Sie ausspricht.«

Daisy lächelte. Special Agent Joseph Carter war ein enger Freund von Frederick Dawson und Clay, Taylors leiblichem Vater, geworden. »Es ist sehr nett von Agent Carter, so positiv von mir zu sprechen.« Erst jetzt fiel ihr wieder ein, dass der Flug ihres Vaters aus Baltimore bald landen und Karl ihn am Flughafen abholen sollte.

Sie setzte Brutus in ihre Transporttasche und streckte Molina die Hand hin. »Ich muss los. Mein Vater kommt bald an.« Beim Gedanken an den Grund für seinen Besuch musste sie gegen eine plötzliche Enge in ihrer Brust ankämpfen. »Er hilft mir bei den Vorbereitungen für die Beerdigung meiner Freundin.«

Molina schüttelte ihr die Hand. »Mein aufrichtiges Beileid.« Es hörte sich an, als käme es von Herzen, doch dann gewann Molinas gewohnte Sachlichkeit wieder die Oberhand.

»Danke. Ich sehe zu, dass ich so schnell wie möglich zurück bin.« An der Tür blieb Daisy noch einmal stehen. »Gibt es etwas Neues über das vermisste Baby?«

»Noch nicht. Aber wir haben mehrere Teams aus unterschiedlichen Behörden auf die Suche angesetzt. Ich gebe Bescheid, sobald ich etwas weiß.«

Daisy verließ das provisorische Büro und kehrte zum Warteraum zurück, wo sie eine vertraute Gestalt im Türrahmen stehen sah – breite, jedoch leicht gebeugte Schultern in einem Tweedjackett mit Flicken an den Ellbogen.

»Dad?«, rief Daisy. Frederick Dawson drehte sich um, und Daisy flog förmlich in seine Arme. »Du bist hier.« Und dann brach sie zum zweiten Mal seit ihrer Ankunft im Krankenhaus in Tränen aus.

Frederick schloss die Arme um sie und hielt sie so fest, dass sie kaum noch Luft bekam. »Daisy, Schatz. Bist du auch verletzt?«

»Nein, ich nicht.« Sie konnte ihre Tränen nicht zurückhalten. »Nur Gideon.«

»Oh, Kind. Es tut mir so leid. Wird er wieder gesund?«

»Ja«, antwortete sie, obwohl ihre Gewissheit mit jeder Minute weiter schwand.

»Gut.« Er löste sich von ihr und musterte mit finsterer Miene die Würgemale an ihrem Hals. »War das der Kerl, der dich überfallen hat?«

Daisy hatte völlig vergessen, dass sie keinen Rollkragenpullover mehr trug. »Ja. Und es ist derselbe Mann, der auch Gideon verletzt hat. Ich habe ihm zwar die Waffe aus der Hand geschossen, aber er ist trotzdem entkommen.«

Ihr Vater nickte grimmig. »Tja, aber jetzt hat er auf einen Fed geschossen. Damit werden sie keine Ruhe geben, bis sie ihn geschnappt haben.«

»Sie waren auch schon davor hinter ihm her, weil sie davon

ausgehen, dass er mehrere Frauen getötet hat, vielleicht sogar sehr viele.« Sie schluckte. »Auch Trish hat er getötet.«

»Deine Freundin. Ach, Kind. Es tut mir so leid.«

»Mir auch. Sie war so eine nette Frau. Ich kann es immer noch nicht fassen.«

»Ich verstehe dich sehr gut«, sagte er sanft.

Sie wischte sich die Tränen ab. Natürlich verstand er. Sie konnte sich vage an seine Trauer nach dem Tod ihrer Mutter erinnern. Über Wochen hinweg war er untröstlich gewesen. Bis er eines Tages aufgestanden war, um seinen Töchtern Frühstück zu machen, so wie ihre Mutter es immer getan hatte. Er hatte Carrie, sie und Julie stets von Herzen geliebt und nach bestem Wissen und Gewissen zu beschützen versucht.

Manchmal fragte sie sich, was für ein Vater er gewesen wäre, hätte er nie dem Militär angehört. Wäre nicht in Gefangenschaft geraten. Und nie Opfer von Folter und Gewalt geworden.

Aber das konnte sie ihm natürlich nicht sagen, schließlich wollte sie ihm nicht wehtun. »Du bist früher hier als erwartet«, sagte sie stattdessen.

»Ja, ich konnte einen früheren Flug nehmen, nur die Verbindung war nicht klar. Ich dachte, dass ich es darauf ankommen lasse und irgendwann schon eintrudeln werde.«

»Woher wusstest du, dass wir im Krankenhaus sind?«

»Vom Flughafen aus bin ich als Erstes zu Karl und Irina gefahren. Aber außer Zoya und Damien war niemand da.«

»Zoya wollte eigentlich herkommen, aber sie schreibt morgen eine wichtige Chemiearbeit. Damien bleibt bei ihr, bis sich alles ein bisschen beruhigt hat.«

Frederick lächelte betrübt. »Damien war immer so ein mageres Jungchen, und jetzt steht einem plötzlich ein Riesenkerl von einem Cop gegenüber. Mir tut jetzt schon jeder Verbrecher leid, der ihm in die Quere kommt. Und Zoya? Sie ist auch so groß geworden. Als wir weggegangen sind, war sie noch im Kindergarten. Ich habe … so viel versäumt.« Er schüttelte leicht den Kopf. »Jedenfalls hat sie mir erzählt, es sei zu einer Schießerei gekommen, aber dass es dir gut gehe, nur eben Gideon nicht. Nach dem Wort ›Schießerei‹ habe ich praktisch schon nicht mehr zugehört, aber es sieht so aus, als würde ich immer dann auftauchen, wenn ihr wieder mal eure Fähigkeiten mit dem Gewehr unter Beweis gestellt habt.«

»Mir geht's gut.« Sie zögerte. »Aber ich habe mir Gedanken gemacht.«

Er sah sie vorsichtig an, beinahe furchtsam. »Über?«

Er hatte tatsächlich Angst. Ihr tapferer, patenter Vater hatte Angst. *Vor mir?*

Nein. Das nicht, aber davor, was ich von ihm halten könnte. Sie beschloss, für den Moment nicht über seine PTBS und die damit verbundenen Verhaltensmuster nachzudenken, und lächelte ihn an. »Ich freue mich so, dass du hier bist. Du hast mir schrecklich gefehlt.«

Die Erleichterung stand ihm ins Gesicht geschrieben. »Ich komme doch immer, wenn du mich brauchst.«

Sie hakte sich bei ihm unter. »Ich weiß. Komm, lass uns zu Karl und Irina gehen. Auch sie haben dich vermisst.«

Er zögerte. »Ich habe mir ein Hotelzimmer genommen und muss kurz einchecken, aber dann komme ich zurück.«

Sie lächelte ihn an, um ihre Worte ein wenig abzumildern. »Du und ich müssen vielleicht noch ein paar Differenzen ausräumen, aber eines habe ich immer an dir bewundert, und das ist deine Integrität. Und dein Mut.«

Er wurde rot. »Das sind aber zwei Dinge.«

Kopfschüttelnd tätschelte sie ihm den Arm. »Wenn du einen Fehler gemacht hast, dann hast du es immer zugegeben und um Verzeihung gebeten. Auch uns Kinder.«

Seufzend schloss er die Augen. »Ich habe ihn verletzt. Karl, meine ich. Er war mein bester Freund, und ich habe ihn einfach im Stich gelassen, statt ihm zu vertrauen.«

Sie nahm seine Hand und schmiegte ihre Wange dagegen. »Weiß Karl, was in Mittelamerika mit dir passiert ist, Dad? Dass du in Gefangenschaft geraten bist? Und alles andere?«

Er nickte, wurde wieder rot, diesmal jedoch nicht vor Verlegenheit, sondern Scham. »Er war derjenige, der mich rausgeholt hat«, flüsterte er.

Daisys Brust zog sich zusammen. *Danke, Karl. Ich danke dir von ganzem Herzen.* »Dann hättest du wissen müssen, dass du ihm vertrauen kannst. Es war ein Fehler, es nicht zu tun. Andererseits ...« Sie hielt inne und sah ihm in die Augen. »Gerade er sollte verstehen, weshalb du diese Entscheidung so getroffen hast. Du hattest das Gefühl, mit dem Rücken zur Wand zu stehen, und du hattest Angst.«

Ihr Vater schluckte. »Du bist eine sehr kluge Frau«, sagte er mit belegter Stimme.

»Wie auch immer.« Sie drückte seine Hände. »Geh jetzt rein, Dad, und sag Karl, dass es dir leidtut. Er wird dir verzeihen. Das weiß ich.«

Frederick holte tief Luft. »Ich weiß es auch.«

»Frederick?« Eine Männerstimme ertönte.

Sie wandten sich beide um – und erstarrten. Karl stand im Türrahmen des Warteraums und musterte sie beide mit ungewohnt ausdrucksloser Miene.

Zögerlich streckte Frederick die Hand aus. »Karl«, flüsterte er. »Es ist so ...« Er räusperte sich. »Es ist so schön, dich zu sehen.«

Karl trat auf ihn zu, schlang die Arme um ihn und drückte ihn fest an sich. »Frederick. Willkommen.«

Karl blickte Daisy über Fredericks Schulter hinweg an. »Gib uns ein paar Minuten Zeit, bitte, Daisy. Rafe hat gute Nachrichten von Gideons Arzt.«

Daisy tätschelte ihrem Vater den Rücken und musste sich zwingen, nicht in den Warteraum zu stürmen, wo Rafe und Sasha sie bereits erwarteten.

»Gideon ist gerade aus dem OP gekommen und liegt im Aufwachraum«, sagte Rafe.

Daisy sackte vor Erleichterung zusammen. »Gott sei Dank! Und seine Hand? Wird sie wieder voll funktionstüchtig sein?«

»Dazu hat der Arzt nichts gesagt.« Sasha hakte sich bei ihr unter. »Aber in ein paar Minuten dürfen wir zu ihm. Alles ist bestens.«

Daisy lehnte sich gegen Sashas Schulter. »Danke.«

Sacramento, Kalifornien
Sonntag, 19. Februar, 17.45 Uhr

Eine dumpfe Erschütterung ließ Zandra zusammenzucken. Die Haustür. Er war zurück.

Nein. Bitte nicht. Ihr eigenes Wimmern zu hören, trieb ihr die Tränen in die Augen.

Sie biss die Zähne zusammen. *Nein*, wiederholte sie noch ein wenig fester, drückte die Schultern durch und nahm all ihre Kraft zusammen.

Bellamy, Anna. Pennsylvania. Fiddler, Janice. Washington. Orlov, Nadia. Illinois. Stevenson, Rayanna. Texas.

Ein Schlüssel klimperte, wurde ins Schloss geschoben. *DeVeen, Rosamond. Minnesota. Borge, Delfina. Kalifornien. Oliver, Makayla. New York. Danton, Eileen. Oregon.*

Zandra schloss die Augen. *Martell, Kaley. Kalifornien. Hart, Trisha. Kalifornien.*

Sie wappnete sich innerlich für den ersten Schlag, doch er kam nicht. Stattdessen hörte sie ein leises Piepsen. Vorsichtig schlug sie die Augen auf, gerade weit genug, um zu sehen, wie er einen Safe öffnete.

Und eine Waffe herausnahm. Mit einem Schalldämpfer.

Nein, nein, nein. Noch nicht.

Und wenn, dann lass es wenigstens schnell gehen. Bitte, lieber Gott, mach, dass es schnell geht.

Doch er schoss nicht, sondern überprüfte lediglich das Magazin und nickte zufrieden, ehe er die Waffe in seine Jackentasche steckte.

Erst als er den um seine Hand geschlungenen Schal abnahm, sah sie, dass er verletzt war.

Die Wunde war blutverkrustet.

Seine Hand sah aus, als hätte sich ein Tier darin verbissen.

Das musste übel wehtun.

Eine Mischung aus Triumph und Glücksgefühl durchströmte sie, auch wenn es noch so lächerlich sein mochte.

Er stopfte den blutigen Schal in eine Mülltüte und kramte Verbandsmull und Pflaster aus der Schublade – dieselben Utensilien, die er auch bei ihr verwendet hatte.

Um zu verhindern, dass sie zu stark blutete. Sein Ziel war es gewesen, dass sie am Leben blieb. Bei Bewusstsein.

Sag, dass es dir leidtut, hatte er wie ein Mantra wiederholt. *Sag, dass es dir leidtut.*

Leck mich!, stieß sie im Geist hervor.

Er kramte weiter und förderte ein Päckchen Nadeln zutage. Sie waren riesig. Und chirurgischen Faden, wie er ihn ebenfalls bei ihr verwendet hatte – um die Schnitte zu nähen, die er ihr zugefügt hatte.

Sie sah zu, wie er mit seiner eindeutig weniger geschickten Rechten versuchte, seine linke Hand zu verbinden. Am Ende hatte er seinen Daumen mit viel zu langen Pflasterstreifen verklebt, damit das Verbandszeug nicht verrutschte, mit dem Resultat, dass es in alle Richtungen abstand.

Als Nächstes umwickelte er seine Fingerspitzen mit Klebebandstreifen. *Damit er keine Abdrücke hinterlässt.* Schließlich streifte er einen schwarzen Handschuh über, den er mit den Zähnen vollends hochzog. Dann nahm er eine Mütze mit einer

Perücke daran, stülpte sie sich vor dem kleinen Spiegel über den Kopf und zupfte alles zurecht, ehe er eine Brille mit Drahtgestell und hellbraun getönten Gläsern aufsetzte.

Er sieht völlig anders aus. So gelingt es ihm, nicht geschnappt zu werden. Zumindest noch nicht.

»Wie nett, dass du mir Gesellschaft leistest«, sagte er leise.

Zu spät merkte sie, dass sie die Augen vollends geöffnet hatte.

Er feixte. »Keine Angst, Zandra. Ich habe dich nicht vergessen. Ich bin bald wieder hier, und dann amüsieren wir beide uns ein bisschen.«

Er nahm die Sachen und verließ das kleine Zimmer. Augenblicke später hörte sie, wie sich der Schlüssel im Schloss drehte, dann erbebte neuerlich das Haus, als er die Eingangstür fest zuknallte.

Er war weg.

Aber er würde zurückkommen.

Bellamy, Anna. Pennsylvania. Fiddler, Janice. Washington.

Sacramento, Kalifornien
Sonntag, 19. Februar, 18.25 Uhr

Er bog auf den Parkplatz eines der am östlichsten Stadtrand Sacramentos gelegenen Krankenhäuser und suchte sich eine Lücke in der Nähe des Personaleingangs. Mittlerweile hatte er den Pick-up gegen einen Minivan eingetauscht – er war auf den Parkplatz eines Supermarkts am Südzipfel von Chico, etwa anderthalb Stunden nördlich von hier, gefahren und hatte gewartet, bis eine Angestellte ihren Wagen abgestellt hatte und hineingegangen war, was ihm zumindest einen Vorsprung von ein paar Stunden verschaffen sollte, ehe der Diebstahl bemerkt wurde.

Allerdings war weit und breit niemand zu sehen gewesen, der

sich um ein Baby hätte kümmern können, deshalb hatte er kurzerhand den Kindersitz in den Minivan verfrachtet und war über verschiedene Landstraßen unbehelligt nach Sacramento zurückgekehrt.

Bis auf einen anderen Dad, der ebenfalls mit seiner Familienkutsche unterwegs gewesen war, hatte niemand von ihm Notiz genommen.

Und nun, nachdem er sich zu Hause eine Verkleidung und eine Waffe besorgt hatte, war er bereit, die letzte Etappe seines Fluchtplans in Angriff zu nehmen. Seine Wunde blutete immer noch. Eigentlich müsste sie genäht werden, allerdings war er mit der rechten Hand nicht geschickt genug.

Er wartete, bis jemand vom Pflegepersonal aus dem Krankenhaus trat. Die Mehrzahl der Angestellten schlüpfte wahrscheinlich nach Dienstschluss sofort in Straßenkleidung, trotzdem hoffte er auf irgendjemanden in der typischen Baumwollkluft. Schließlich wollte er nicht versehentlich jemanden aus der Verwaltung erwischen.

Am liebsten wäre ihm ein Arzt oder eine Ärztin, im Notfall würde er jedoch auch mit einer Schwester vorliebnehmen. Wählerisch zu sein konnte er sich jetzt nicht leisten. Er brauchte bloß jemanden, der ihm seine Hand wieder zusammenflickte.

Ah. Hervorragend. Sein Blick fiel auf eine Frau, die mit gesenktem Kopf den Parkplatz überquerte. Allem Anschein nach suchte sie etwas in ihrer Handtasche. Vielleicht ihre Schlüssel. Egal. Solange es keine Pistole war, hatte er kein Problem damit.

Er ließ den Motor laufen, stieg aus und schob die Seitentür auf, hinter der das immer noch schlafende Baby zum Vorschein kam. Unfassbar, wie brav die Kleine die ganze Zeit gewesen war. »Tut mir leid, Baby«, murmelte er, beugte sich vor und zog ihr den Schnuller aus dem Mund.

Das Mädchen schürzte die Lippen, wachte jedoch nicht auf.

Allmählich beschlich ihn der Verdacht, dass mit diesem Baby

etwas nicht stimmte. Kinder schliefen doch nie so viel. Sie war noch nicht einmal lange genug wach gewesen, um schreiend ihren Hunger zu bekunden.

Wie auch immer.

Das Kind war bloß ein Mittel zum Zweck. Mehr nicht.

Mittlerweile war die Frau bis auf wenige Meter herangekommen. Er zog sich die Mütze tiefer ins Gesicht, nur für den Fall, dass Kameras im Außenbereich installiert waren, und »stolperte« ihr mit panischer Miene mitten über den Weg.

»Entschuldigung! Entschuldigen Sie!« Er hielt den Kopf gesenkt, was perfekt funktionierte, weil sie gerade mal einen Meter fünfzig groß war, wenn überhaupt. »Sind Sie Ärztin? Ich brauche einen Arzt!«

Sie richtete sich zu voller Größe auf. »Ich bin Schwester, kann aber einen Arzt für Sie rufen.«

»Nein! Nein, bitte«, bettelte er. »Dafür ist keine Zeit! Mein Baby atmet nicht. Bitte. Können Sie mir helfen?«

Sie sah sich um. »Wo ist Ihr Baby denn?«

»Hier. Gleich hier.« Er führte sie zum Minivan, dessen Fahrer- und hintere Schiebetür offen standen. »Bitte, helfen Sie mir. Sie hat plötzlich nach Luft geschnappt und so komisch erstickte Geräusche gemacht und …« Er unterbrach sich, zog die Waffe und hielt ihr den Lauf an die Schläfe. »Nicht schreien, dann geschieht Ihnen nichts.«

Sie schnappte nach Luft und erstarrte. »Was …«

Er drückte den Lauf fester gegen ihren Kopf. »Steigen Sie ein. Hinters Steuer. Keine abrupten Bewegungen. Los jetzt.«

Sie zitterte. »Nicht schießen. Bitte, schießen Sie nicht.«

»Werde ich nicht. Steigen Sie ein. Aber sollten Sie Dummheiten machen, bringe ich Sie um.«

Sie rutschte hinters Steuer, während er hinten einstieg, neben dem Kindersitz, und sich hinter dem Fahrersitz duckte.

»Sehr gut«, sagte er. »Und jetzt machen Sie die Tür zu.«

Sie gehorchte. »Ich habe Geld. Sie können alle meine Kreditkarten haben.«

»Ich brauche kein Geld, sondern Ihre Hilfe. Wenn Sie mir helfen, bringe ich Sie danach zurück«, log er ohne jede Mühe. »Und wenn Sie mich nicht ansehen, muss ich Sie auch nicht töten.« Er zog die Schiebetür zu. »Geben Sie mir Ihre Handtasche.«

Mit zitternden Händen gehorchte sie. Mit seiner behandschuhten Hand zog er ihr Handy heraus, das unter einer Tonne Plunder verborgen lag. »Anschnallen«, befahl er. »Ich will nicht, dass die Bullen uns anhalten. Braves Mädchen. Fahren Sie los, ganz langsam, und biegen nach links ab.«

»W-wohin bringen Sie mich?«

»Fahren Sie einfach. Auf dem Auburn Boulevard biegen Sie links ab und fahren weiter in Richtung Westen. Wir nehmen nicht die I-80.«

Sie fuhr vom Parkplatz. Ihr Gesicht war kreidebleich. »Ist Ihr Baby wirklich krank, oder war das eine Lüge?«

»Fahren Sie einfach«, blaffte er. Sobald sie auf dem Auburn Boulevard waren, ließ er das Fenster herunter und warf ihr Handy hinaus. Nun konnte niemand sie mehr orten.

Sacramento, Kalifornien
Sonntag, 19. Februar, 18.30 Uhr

Benommen blickte Gideon auf die Finger seiner rechten Hand. »Los, bewegt euch.« Doch sie lagen bloß da. Nutzlos.

»Es braucht Zeit.«

Abrupt hob er den Kopf und sah Daisy im Türrahmen stehen. Die grellen Neonleuchten reflektierten ihr blondes Haar und ließen sie wie einen Engel aussehen – unwirklich und atemberaubend.

Ein Engel mit Scharfschützenqualitäten, der ihn mit seinem eigenen Leben beschützt hatte.

»Hi«, sagte er und war im Begriff, die Augen zu verdrehen, weil ihm nichts Charmanteres einfiel, doch sein Kopf schmerzte, deshalb stand Augenrollen heute definitiv nicht mehr auf dem Programm.

Lächelnd trat sie an sein Bett. »Mir bleiben bloß zwei Minuten, bevor Rafe kommt.« Zärtlich strich sie ihm das Haar aus der Stirn. *Wie im Hubschrauber*, dachte er und schloss die Augen. *Und gestern im Bett.*

Behagliche Wärme umhüllte ihn, als sie sich über das Bettgitter beugte und ihn auf den Mund küsste, behutsam und züchtig.

Und definitiv nicht lang genug. Er legte die Linke um ihren Hinterkopf, ohne auf das Ziehen der Zugangsnadel zu achten, als er den Kuss vertiefte. Ihre Lippen teilten sich, sodass er ihren Geschmack wahrnahm – Schokolade und Daisy. Mit einem leisen Summlaut legte sie ihre Hand um seine Wange.

Bis ein lauter Piepston sie schuldbewusst zurückzucken ließ.

Der Kuss hatte ihm den Atem geraubt, buchstäblich, denn der Herzmonitor hatte prompt angeschlagen. Er wandte sich um und wollte auf die Anzeige hinter dem Bett spähen, als Daisy mit einer Grimasse etwas aus ihrem Haar zupfte.

»Dein Finger-Clip«, sagte sie und hielt ihm den Sensor hin. »Er ist heruntergefallen und hat sich in meinem Haar verfangen. Ich stecke ihn dir wieder an, bevor die Schwester kommt und mich rauswirft.«

Sie tat wie angekündigt, woraufhin das Piepsen sofort verstummte, und hauchte ihm einen weiteren Kuss auf den Mund. »Hi.« Sie richtete sich weit genug auf, um ihm in die Augen sehen zu können. Was er erwiderte. Während des gesamten Flugs hatte er sich ausschließlich auf das Himmelblau ihrer Augen konzentriert, während sie ihm unter der wärmenden Decke die

Hand gehalten hatte. »Wir haben uns solche Sorgen um dich gemacht.«

»Mir geht's gut«, sagte er leise – es klang wie ein Versprechen.

»Ich weiß. Ich wusste es von Anfang an, trotzdem ist es …« Sie senkte den Kopf und legte die Stirn an seine. »Gott, ich bin so froh, dass es vorbei ist.«

Er blickte auf seine Hand. »Noch ist es das nicht.«

Wieder wich sie zurück und sah ihn mit einer Mischung aus Entsetzen und Schuldbewusstsein an. »Es tut mir leid. Das war sehr unsensibel von mir. Ich meinte …« Seufzend ließ sie sich auf den Stuhl neben seinem Bett sinken und umklammerte das Bettgestell. »Was hat der Arzt denn zu deiner Hand gesagt?«

»Ehrlich gesagt, weiß ich es nicht so genau«, gestand er und nahm ihre Hand, sorgsam darauf bedacht, sich nicht noch einmal den Clip abzureißen. »Ich war noch ein bisschen neben der Spur, als er hier war.«

»Ich bitte Rafe, nachzufragen«, meinte sie. »Er ist offiziell als dein nächster Angehöriger angegeben, deshalb bekommt er als Einziger die Informationen.«

Gideon nickte traurig. »Weil ich davon ausgegangen bin, dass Mercy ohnehin nicht kommen würde, wenn sie angerufen wird.« Daisy zuckte zusammen und blickte auf ihre ineinander verschlungenen Hände. »Du hast sie angerufen? Meine Schwester?«, fragte er.

Sie nickte und schien sich einen Moment zu sammeln, ehe sie ihn wieder ansah. »Ja. Sie schickt dir … die herzlichsten Genesungswünsche.«

Er seufzte tief. Mit einem Mal fühlte er sich viel zu erschöpft für das alles. »Ich glaube, die haben mir ein Schmerzmittel in die Infusion gegeben, deshalb bin ich nicht ganz bei mir. Sag mir einfach, was sie wirklich gesagt hat.«

»Sie hofft, dass du nicht stirbst.«

Ein Anflug düsterer Belustigung mischte sich unter seine Müdigkeit. »Genau das hat sie auch gesagt, als ich sie in ihrer Pflegefamilie besucht habe. Damals war sie dreizehn und …« Er schüttelte den Kopf, zuckte jedoch vor Schmerz zusammen. »Verdammt.«

»Und was?«, drängte Daisy sanft.

»Und sehr wütend. Voller Bitterkeit. Aber hauptsächlich voller Trauer. Und sie stand unter Schock.«

»Wegen eurer Mutter.«

Er wollte nicken, besann sich jedoch eines Besseren und sah Daisy lediglich an. »Ja. Ich habe sie in der Familie besucht, in der sie untergebracht war. Anfangs wollte sie nicht reden, aber ich bin trotzdem immer wiedergekommen. Nach einer Weile habe ich wenigstens einsilbige Antworten bekommen. Bei meinem letzten Besuch wollte ich ihr sagen, dass ich eine ganze Weile lang nicht mehr kommen könnte. Das College sollte bald anfangen, und ich wusste nicht, wann ich die Zeit finden würde, um zu ihr zu fahren. Ich habe versucht, sie zu umarmen, aber sie wollte nicht angefasst werden. Und auch nicht mit mir reden. Sie wollte nichts mit mir zu tun haben.«

Daisy strich ihm das Haar aus der Stirn. »Das muss sehr schmerzlich für dich gewesen sein.«

Es hatte ihn beinahe umgebracht. »Ja«, antwortete er nur. »Ich war erst siebzehn und wusste nicht, wie ich mich verhalten sollte. Keine Ahnung, ob ich es wüsste, wenn mir dasselbe heute passieren würde.«

»Und was hast du letzten Endes getan?«

»Ich habe ihr gesagt, dass es mir leidtue und ich sie liebe. Dass ich sie so verdammt vermisst hätte. Und versucht hätte, sie zu finden. Sie und unsere Mutter. Alles, was ich ihr auch zuvor schon gesagt hatte.« Er schluckte. »Ich habe ihr gesagt, dass ich immer für sie da sei, falls sie ihre Meinung ändern sollte. Und dass ich ihr ein wunderschönes Leben wünsche. Gerade als ich gehen wollte, rief sie mich zurück.« Seine Augen brannten bei der Erinnerung an den Schmerz auf Mercys Gesicht, an ihre tieftraurigen Augen. »Sie meinte, sie hätte die ganze Zeit geglaubt, ich sei tot. Sie hat mich nur angesehen und gesagt, ich solle bitte nicht sterben. Und dann hat sie kehrtgemacht und mich stehen lassen.«

»Und dann?«

Er hob seine unversehrte Schulter. »Die letzten dreizehn Jahre habe ich sie zu ihrem Geburtstag, zu Weihnachten, Ostern und dem Geburtstag unserer Mutter angerufen. Persönlich gesehen habe ich sie in den letzten Jahren bloß ein einziges Mal, als ich sie in New Orleans aufgestöbert habe.«

»Und redet sie mit dir, wenn du sie anrufst?«

»So gut wie gar nicht.« Mittlerweile war der Schmerz in seiner Brust beinahe so schlimm wie der in seinem Arm. Er hob ihre Hand an die Lippen und küsste sie. »Themenwechsel. Haben sie ihn gefunden?«

»Nein. Ich habe mit Agent Molina gesprochen, und …«

»Hey. Darf ich reinkommen?«

Rafe stand im Türrahmen. »Bitte. Was hat der Arzt zu meinem Arm gesagt?«

Rafe zog einen zweiten Stuhl heran. »Viele Vokabeln, die ich nicht wiedergeben kann, aber die Quintessenz war, dass es völlig normal sei, wenn du deine Finger noch nicht wieder bewegen kannst. Das sei wohl ein temporärer Zustand, weil die Nerven ›zermatscht‹ seien.« Er setzte das Wort in Anführungszeichen.

Gideon runzelte die Stirn. »Zermatscht? Inwiefern?«

»Die Druckwelle des Geschosses hat offenbar einen Gewebsschaden verursacht, was im Grunde nichts anderes bedeutet, als dass das Gewebe und damit auch die Nerven gequetscht wurden. Wenn es sich erst erholt hat, werden sowohl die Empfindungs- als auch die Bewegungsfähigkeit zurückkehren. Ob vollständig oder nur partiell, kann man erst in ein paar Tagen sagen, aber er war optimistisch, dass beides weitgehend wiederhergestellt werden kann.«

Wieder war Gideon schwindlig, diesmal jedoch vor Erleichterung. Daisy drückte seine gesunde Hand, und er küsste neuerlich ihre Finger. »Danke«, sagte er leise.

»Keine Ursache«, erwiderte Rafe und beugte sich mit einem Seufzer vor. »Ich werde dir jetzt alles erzählen, was ich weiß, und dann ruhst du dich ein bisschen aus. Okay?«

»Wann werde ich entlassen?«

»Wahrscheinlich morgen«, antwortete Rafe. »Sie wollen dich heute Nacht noch zur Beobachtung hierbehalten.«

»Ich muss aber morgen nach Portland.«

»Äh, nein«, warf Daisy mit fester Stimme ein. »Das wirst du ganz bestimmt nicht tun.«

Gideon wollte protestieren, doch Rafe schnitt ihm das Wort ab.

»Sie hat recht«, sagte er. »Ich werde an deiner Stelle fliegen.«

»Wirklich?«, fragte Daisy. Gideon musterte ihn nur stumm.

»Ja, wirklich.« Rafes Blick wurde stählern. »Rhee und ich fliegen gemeinsam mit Agent Schumacher.«

»Schumacher ist eine gute Polizistin«, erklärte Gideon widerstrebend. »Und wie ist euer Plan?«

»Ich habe deiner Vorgesetzten von Mr Danton und Sammie erzählt und ihr ihre Nummern gegeben«, sagte Daisy. »Sammie meinte, sie würde mit jedem kooperieren, für den ich meine Hand ins Feuer lege. Ich bin froh, dass du derjenige bist, Rafe.«

Rafe lächelte. »Ich auch.« Seine Miene wurde wieder ernst. »Bevor du es von jemand anderem hörst, Gideon … es gab noch weitere Opfer. Ein älteres Ehepaar mit einem Baby im Wagen, das auf einem Rastplatz angehalten hat … nur ein paar Meilen von der Stelle entfernt, wo du angeschossen wurdest.«

Gideon runzelte die Stirn. »Wieso lässt jemand ein Baby im Wagen?«

Rafe seufzte. »Oma musste mal, und Opa hat solange gewartet. Allerdings hat Oma sich ziemlich viel Zeit gelassen, aber Opa musste eben auch ganz dringend, dachte aber, seine Frau müsse jeden Moment zurück sein.«

Daisy gab einen erstickten Laut von sich. »Bestimmt macht auch er sich Vorwürfe deswegen.«

Auch? Gideon sah sie an. Daisy wirkte viel zu erschüttert. Das konnte kein gewöhnliches Mitgefühl sein. »Du gibst doch nicht etwa dir die Schuld daran, oder?«

Daisy schüttelte wenig überzeugend den Kopf. »Nein. Es ist nur … ein fataler Fall von Ursache und Wirkung. Ich habe seinen Wagen zerballert, deshalb musste er sich einen anderen beschaffen.« Sie senkte die Stimme zu einem kaum hörbaren Flüstern. »Ich hätte mich mehr anstrengen und ihn töten müssen.«

»Nein«, widersprach Rafe. »Das ist nicht deine Schuld. Du hast alles richtig gemacht. Es war seine Entscheidung, zuerst auf Gideon und dann auf dich zu schießen. Und den Wagen der Großeltern zu stehlen. Und die Frau mit einem Stein niederzuschlagen.«

Daisy zuckte zusammen. »Ist sie etwa tot?«, fragte sie, noch immer im Flüsterton.

Rafe schüttelte den Kopf. »Nein. Aber sie war eine Weile lang bewusstlos. Dann kam ihr Mann von der Toilette zurück, hat sie dort liegen gesehen und sofort den Notruf gewählt.«

»Der Sheriff ist von unserem Tatort losgefahren und zum Rastplatz gerast«, sagte Daisy.

»Bestimmt haben sie gleich eine Fahndung rausgegeben«, warf Gideon ein. »Hat man den Wagen gefunden?«

»Ja.« Rafe zögerte. »Er hat damit den Besitzer eines Pick-ups überfahren. Der Mann ist seinen Verletzungen leider erlegen.«

Daisy schlug sich die Hand vor den Mund. »O Gott.«

Rafe nickte. »Ja. Es hat eine ganze Weile gedauert, ihn zu identifizieren. Er hieß Ryder Young und war auf dem Weg nach

Norden, hat allerdings einen kleinen Umweg genommen, um ein paar Fotos von Mount Shasta zu machen. Zum Glück hatte er jemandem davon erzählt, deshalb haben die Leute gleich die Polizei gerufen, als er nicht aufgetaucht ist. Er hatte keinen Ausweis bei sich.«

»Der Schütze hat sich damit etwas Zeit erkauft«, folgerte Gideon. »Und das Baby war nicht in dem gestohlenen Wagen?«

»Nein. Wir können nur vermuten, dass er es mitgenommen hat. Ryder Youngs Pick-up wurde noch nicht gefunden. Der Wagen ist schon älter und hat kein GPS, deshalb kann er nicht geortet werden. Die State Police sucht schon danach. Und auch alle anderen. Fotos von dem kleinen Mädchen werden bereits verteilt. Im Internet, über Amber-Alert, das ganze Programm. Gerade ist unser einziger vielversprechender Ansatz, ihm über Eileen auf die Spur zu kommen.«

»Ich habe Agent Molina dein Handy gegeben«, sagte Daisy zu Gideon. »Sie meinte, da deine E-Mails auch dort gespeichert seien, müsste sie es haben, weil die Informationen der Geheimhaltung unterliegen. Allerdings habe ich nicht daran gedacht, zuerst nachzusehen, ob dein Kollege aus San Diego schon etwas geschickt hatte.«

Gideon dachte angestrengt nach, durchforstete sein Gedächtnis. *Mein Kollege ...*

»Über den jungen Mann aus dem College-Schwimmteam mit dem Tattoo«, erinnerte sie ihn sanft.

»Ach ja.« Er sah sie dankbar an. »Vielleicht weiß er ja, wo sich die Gemeinschaft niedergelassen hat.«

Sie strich ihm weiter übers Haar. Es fühlte sich so wunderbar an. »Oder er kennt jemanden, der es weiß.«

Rafe sah verwirrt drein. Daisy schilderte ihm, was sie im Internet über die Tattoos gefunden hatte, woraufhin Rafe ein frustriertes Schnauben ausstieß. »Wenn man bedenkt, was sie Eileen, Mercy und Gideon angetan haben, ist es nachvollziehbar, dass die Leute viel zu große Angst hatten, Anzeige gegen die Sekte zu erstatten. Hoffentlich ist jemand bereit, mit uns zu reden.«

Unwillkürlich musste Gideon an Eileens schlimm zugerichtetes Gesicht und die anderen Verletzungen denken, die Sammie ihnen beschrieben hatte.

Und natürlich auch an Mercy. *Ich hätte intensiver nach ihnen suchen müssen. Dann hätte ich sie längst gefunden, Mercy bekäme ihre Vergeltung, und Eileen könnte noch am Leben sein.*

»Was auch immer du gerade denkst … lass es«, warnte Rafe. »Lass dich nicht in den Sumpf hineinziehen, der sich gerade vor dir auftut.«

Gideon stieß den Atem aus. Sein alter Freund hatte es wieder mal auf den Punkt getroffen. »Ich versuche es.«

Rafe erhob sich. »Ich muss los. Es gibt noch einiges für morgen vorzubereiten. Gid, bitte tu, was die Ärzte sagen. Sei ausnahmsweise mal anders als sonst.«

Gideon stellte fest, dass ihm das Lachen noch nicht gänzlich vergangen war. »Na gut. Ist deine Mom hier?«

Rafe verdrehte die Augen. »Aber klar. Lass sie ihr Ding machen, okay? Sie braucht es.«

»Rafe«, rief Gideon seinem Freund hinterher. »Du erzählst mir, was du herausfindest, okay? Auch wenn es schlimm ist.«

»Okay«, erwiderte er nickend.

Als er weg war, sah Gideon Daisy an. »Du fährst jetzt zu den Sokolovs, okay? Bitte keine Widerrede. Ich muss sichergehen können, dass dir nichts passiert und du ein bisschen Ruhe bekommst.«

»Ich gehe, wenn die Schwestern mich rausschmeißen«, versprach sie. »Und wahrscheinlich übernachte ich bei Karl und Irina. Mein Vater auch.«

»Ach ja, er ist ja mittlerweile hier.« Gideon war nicht sicher, ob sie sich darüber freute oder eher nicht. Doch dann lächelte sie.

»Ja. Er und Karl sprechen sich gerade aus. Wenn ich mich bei ihnen einquartiere, bekommen Karl und Dad mehr Zeit füreinander, weil mein Dad mir in nächster Zeit wohl nicht von der Seite weichen wird.«

»Das kann ich ihm nicht verdenken.«

Sie streichelte seine Wange. »Ich auch nicht. Heute war ein heftiger Tag.«

Er verzog das Gesicht zu einem schiefen Lächeln, während die Schmerzmittel bereits erste Wirkung zeigten. »Du hast mir das Leben gerettet und diesem Typen in bester Rambo-Tradition den Garaus gemacht.«

Liebevoll strich sie ihm mit dem Daumen über den Mund. »Lieber Lara Croft. Sie war immer schon mein Vorbild.«

Er lächelte schläfrig. »Du bist mir trotzdem lieber.«

Sie schnaubte. »Schlaf jetzt, Gideon.«

»Bleibst du bei mir?«

Sie drückte ihm einen zarten Kuss auf die Schläfe. »Ich werde hier sein, wenn du morgen früh aufwachst.«

21. KAPITEL

Sacramento, Kalifornien
Sonntag, 19. Februar, 19.25 Uhr

»Da drüben.« Er zeigte auf das Firmenbüro, das sich direkt neben dem Hangar mit den Flugzeugen des Alten befand. Wie erwartet, war das Flugfeld verwaist. Der einzige Flug am heutigen Tag war der Charter nach New York City gewesen, den Hank und seine Vertretung übernommen hatten. Die beiden würden die Nacht in der Stadt verbringen und erst morgen früh den Rückflug antreten. »Stellen Sie ihn gleich hier, auf dem ersten Parkplatz, ab und fassen Sie die Drähte nicht an.« Er hatte den Van in Chico kurzgeschlossen, was verdammt umständlich gewesen war, weil er seinen linken Daumen sowie Zeige- und Mittelfinger so gut wie nicht benutzen konnte, deshalb hatte er keine Lust, die ganze Tortur noch einmal durchmachen zu müssen.

Die Schwester – sie hieß Amber Shelton, wie er mittlerweile wusste – gehorchte. Er war sehr zufrieden mit ihr. Wenn sie jetzt auch noch seine Verletzung zügig versorgte, würde er es ihr zum Dank so wenig qualvoll wie möglich machen.

Er schob die Tür auf, stieg aus und riss die Fahrertür auf. »Raus jetzt.«

»Was haben Sie mit mir vor?«, fragte sie mit zittriger Stimme.

»Wie gesagt, wenn Sie tun, was ich von Ihnen verlange, passiert Ihnen nichts.« Er schloss die Türen, damit das Kind nicht fror. Andererseits war es hier bestimmt zehn Grad wärmer als oben in den Bergen, außerdem würde er den Motor laufen lassen. Der Tank war noch zu einem Viertel voll – genug, um die Schwester irgendwo hinzubringen, wo er sie entsorgen und das Kind zurücklassen konnte.

Den Pistolenlauf in ihren Rücken gedrückt, dirigierte er sie zum Büro und zog die Tür hinter sich zu, ehe er den Rucksack von seiner Schulter gleiten ließ. »Holen Sie das Nähzeug heraus.«

Ihre Augen wurden groß. »Was?«

»Holen Sie das Nähzeug heraus«, wiederholte er langsam. »Sie müssen meine Hand säubern, desinfizieren und die Wunde nähen. Wenn Sie mir absichtlich wehtun, knalle ich Sie ab. Wenn Sie versuchen abzuhauen, knalle ich Sie ab. Wenn Sie aber tun, was ich sage, bringe ich Sie ins Krankenhaus zurück.«

Sie sah ihn skeptisch an. Andererseits hatte sie keine andere Wahl, richtig? Sie schien zum selben Schluss zu gelangen, denn sie zog den Rucksack heran und nahm alles heraus, was sie brauchen würde.

Als Nächstes löste sie den Schal um seine Hand. »Die Wunde scheint sich schon entzündet zu haben. Sie brauchen ein Antibiotikum.«

»Weiß ich«, murmelte er.

Einerseits war er dankbar für ihre Sanftmut, gleichzeitig wünschte er fast, sie wäre grob und gemein zu ihm. Doch sie säuberte die Wunde behutsam und vernähte sie mit zügiger Routine, ehe sie sie frisch verband.

Schließlich trat sie einen Schritt nach hinten, ohne ihm in die Augen zu sehen. Er sammelte die restlichen Sachen ein, stopfte alles in den Rucksack, auch die blutigen Verbandsreste. Nichts durfte zurückbleiben.

»Danke«, sagte er noch einmal. »Gehen wir.«

Sie verließen das Büro und kehrten zum Wagen zurück, wo Schwester Amber erneut hinters Steuer glitt und er sich auf den Rücksitz setzte. Er wies sie an, nach Norden, in Richtung Flughafen, zu fahren. »Die Straße weiter entlang.«

Sie gehorchte. Nach ein paar Kilometern bog sie auf die zweispurige Zufahrtsstraße unweit des Flusses ab, wie er es von ihr verlangte, ehe sie abrupt anhielt. Sie zitterte am ganzen Leib.

»Nein«, erklärte sie. »So einfach mache ich es Ihnen nicht. Sie wollen mich töten und dann in den Fluss werfen, aber da werden Sie mich den ganzen Weg zum Ufer schleifen müssen. Ich fahre jedenfalls keinen Meter weiter.«

Er bewunderte ihren Mut. Doch das änderte nichts an dem, was er tun musste. »Na gut«, sagte er. »Wie Sie wollen.« Mit einer fließenden Bewegung löste er den Gurt, bevor er den Unterarm von hinten zwischen ihren Kopf und die Nackenstütze schob und sie abrupt zur Seite riss. Dann setzte er den Lauf an ihrem Hinterkopf an und drückte ab. Ein leises Ploppen ertönte, und sie kippte quer über die Mittelkonsole auf den Beifahrersitz.

Er stieg aus, schob sie zur Seite und glitt hinter den Fahrersitz. Nach ein paar Minuten hatte er eine einsame Stelle am Flussufer gefunden. Keine Menschenseele weit und breit. Er öffnete die Beifahrertür, zog die Leiche der Schwester heraus, ließ sie zu Boden gleiten und trat sie mit dem Fuß über die Böschung ins Wasser.

Irgendwann würde die Strömung sie ans Ufer spülen, aber hoffentlich nicht vor dem Morgen.

Er stieg wieder ein und fuhr davon.

Sacramento, Kalifornien
Sonntag, 19. Februar, 19.45 Uhr

Daisy kehrte in den Warteraum zurück, wo Karl und ihr Vater immer noch redeten. Und lächelten. Beide hatten gerötete Augen, was Daisy als positives Zeichen wertete. »Und? Haben die Schwestern dich rausgeschmissen?«, fragte Karl und erhob sich, ebenso ihr Vater.

Sie umarmte beide und setzte sich dann auf den freien Stuhl zwischen ihnen. »Nein, ich bin freiwillig gegangen«, antwortete sie. »Irina meinte, ich sollte die anderen auch mal zu Gideon lassen, mit anderen Worten … sie sprach von sich.« Sie ergriff die Hand ihres Vaters. »Und? Versöhnung und Küsschen zwischen euch beiden?«

Karl lachte leise. »Ja.«

»Allerdings hat Irina das mit dem Küsschen übernommen«, fügte Frederick hinzu. »Wie geht es Agent Reynolds?«

»Er ist sauer, weil er morgen nicht zur Arbeit gehen darf.« Daisy zuckte die Achseln und lehnte sich mit einem Seufzer an Fredericks Schulter. »Ich bin hundemüde.«

»Das kann ich mir lebhaft vorstellen«, erwiderte Frederick und drückte ihr einen Kuss auf die Stirn. »Die letzten Tage waren ziemlich turbulent.«

Obwohl ihr Körper nach Schlaf und Ruhe verlangte, war ihr Geist hellwach. »Das kannst du laut sagen.«

»Ich fahre dich zu Karl und Irina, damit du ein bisschen schlafen kannst«, sagte Frederick.

Daisy schüttelte den Kopf. »Nein, ich bleibe hier.« Sie hob die Hand, als ihr Vater protestieren wollte. »Er hat mich darum gebeten. Und ich habe ihm versprochen, hier zu sein, wenn er aufwacht.«

Frederick seufzte. »Na gut. Dann solltest du tatsächlich bleiben.«

Nun, da sie sicher sein konnte, dass es Gideon gut ging, fluteten neuerlich die Bilder von Trishs Leiche ihre Gedanken – blutüberströmt auf dem Fußboden in ihrem Apartment. »Trish ist schon seit fast achtundvierzig Stunden tot und liegt seit vierundzwanzig Stunden im Leichenschauhaus. Wie lange dauert es denn, bis sie sie freigeben?«

Frederick legte ihr den Arm um die Schultern. »Ich weiß es nicht.«

»Rafe kann es dir bestimmt sagen«, meinte Karl. »Es tut mir so leid, Süße. Trish war so ein nettes Mädchen.«

»Das war sie«, bestätigte Daisy traurig, während ihr die Brust plötzlich eng wurde. »Ich bin offiziell ihre nächste Angehörige, denn sie hatte keine Familie mehr. Deshalb muss ich mir überlegen, was … mit ihr geschehen soll.«

Karl legte die Hand um Daisys Kinn und zwang sie sanft, ihn anzusehen. »Sie hatte eine Familie, Daisy. Uns. Wir helfen dir, hab keine Angst. Wenn Rafe nicht weiß, wann die Leiche freigegeben wird, rufe ich selbst in der Rechtsmedizin an. Irina und ich haben Kontakte in der Bestattungsbranche. Wir finden jemanden, okay?«

Daisys Augen brannten. »Danke. Ich habe mich noch nie um eine Beerdigung kümmern müssen.«

»Möchtest du denn das?«, fragte Karl. »Eine traditionelle Beerdigung?«

»Ich glaube, sie hätte das gewollt«, antwortete Daisy leise.

»Nun ja«, sagte Frederick mit einem Seufzer. »Sie selbst bekommt es ja nicht mehr mit. Begräbnisse sind für jene, die zurückbleiben. Es ist eine Gelegenheit für ihre Freunde, zusammenzukommen und sich an die Frau zu erinnern, die sie zu Lebzeiten war.«

»Dann tun wir genau das«, flüsterte sie. »Trish hat sehr viele Freunde … *hatte*«, korrigierte sie sich. »Sie ist hier in der Gegend aufgewachsen und hatte eine Menge Freunde, von ihren Kollegen, Schulkameraden und AA-Mitstreitern einmal abgesehen. Leute, die ich noch nicht kannte. Wir müssen alle zusammentrommeln und im Gemeindezentrum eine Party feiern. Das hätte sie sich gewünscht. Ich bitte Rosemary, einen Raum zu reservieren. Sie ist meine Sponsorin und für die Buchungen bei den AA zuständig, deshalb wird sie wissen, welchen Raum wir brauchen, damit genug Platz für Trishs Freunde ist.«

Beide Männer erstarrten. »Was ist?«, fragte sie und sah von einem zum anderen.

»Wir werden Personenschutz brauchen«, sagte Frederick. »Falls er noch mal versuchen sollte, an dich heranzukommen.«

Weil dieses elende Schwein immer noch frei herumlief, wenn auch mit einer angeschossenen Hand. »Das sehe ich ähnlich, allerdings glaube ich nicht, dass er es auf mich abgesehen hat, schließlich hat er auf Gideon gezielt.«

»Und wenn er ihn getötet hätte?«, wandte Frederick ein. »Dann wärst du als Nächste an der Reihe gewesen.«

Wieder sah sie Trishs grauenvoll zugerichtete Leiche vor sich. »Du hast recht«, stimmte sie leise zu. Das hätte genauso gut ich sein können. »Wir bitten einfach das FBI und das SacPD, für die notwendige Sicherheit zu sorgen, für den Fall, dass er auftaucht.«

»Und wie sollen wir ihn erkennen?«, fragte Karl. »Abgesehen von ein paar groben Angaben weiß ja keiner, wie er aussieht. Und wenn du die Einladung breit streust, können wir nicht sagen, wer zu ihren echten Freunden gehörte und wer bloß ein Gaffer, ein sensationsgieriger Reporter oder … unser Täter ist.«

»Erstens hat er eine verletzte Hand«, sagte Daisy und dachte an die leere Stelle an Trishs Kehle. »Und zweitens trägt er wahrscheinlich ihre Halskette.«

Sacramento, Kalifornien
Sonntag, 19. Februar, 20.40 Uhr

Er lenkte den Minivan auf den Parkplatz des nächstgelegenen Krankenhauses in seiner Gegend – es hatte zwar keine Kinderstation, aber zumindest eine Notaufnahme, was genügen musste. Seine Hand pochte, sein Schädel dröhnte, und er war völlig fertig. Die Nacht zuvor, als er vor dem Motel auf Agent Reynolds und Daisy gewartet hatte, war nicht gerade erholsam gewesen, dann dieses ganze Chaos in den Bergen und schließlich die Rückfahrt …

Ganz zu schweigen von seinem Ausflug mit der Krankenschwester zum Fluss … ein verdammt harter Tag voller Arbeit.

Gleich. Gleich habe ich es hinter mir. Er stieg aus und sah sich um. Als er niemanden sah, machte er den Motor aus und stand einen Moment lang in der köstlichen Stille, ehe er auf den Knopf der Zentralverriegelung drückte und die Schiebetür öffnete.

Das kleine Mädchen starrte ihn blinzelnd mit seinen braunen Kulleraugen an. »Bis dann, Kleine. Tut mir echt leid«, sagte er, rückte seine Mütze gerade und vergewisserte sich, dass sein Gesicht unter der Perücke nicht zu erkennen war.

Er wandte sich ab und ging davon. *Nach Hause.* Alles, was er wollte, waren eine warme Dusche und sein Bett. Nach einer anständigen Mütze voll Schlaf kam Zandra an die Reihe. Zum Glück lag sie noch in seinem Keller, denn der Stress, den er morgen früh würde loswerden müssen, war enorm.

Fünf Häuserblocks weiter entdeckte er einen Münzfernsprecher. Er zog sich die Mütze tiefer ins Gesicht, griff nach dem Hörer und wählte die 911.

»Notrufzentrale, was kann ich für Sie tun?«

»Ich habe gerade ein Baby in einem Wagen auf dem Krankenhausparkplatz gesehen.«

»Welches Krankenhaus, Sir?«

»Das an der Ecke J Street und 41st Street.« Er legte auf, bevor die Frau ihm weitere Fragen stellen konnte. »Alles klar, Kleine. Besser ging's nicht.«

Noch immer trennte ihn eine Meile Fußmarsch von seinem Zuhause. Er hatte die Strecke bei seiner morgendlichen Joggingrunde bestimmt schon hundert Mal zurückgelegt, aber nie so müde und erschöpft. Und nie mit einer angeschossenen Hand.

Und noch nie war er so dicht davor gewesen, in den Knast zu wandern. Die überaus reale Gefahr, geschnappt zu werden, verlieh ihm den Energieschub, den er brauchte, um den restlichen Weg hinter sich zu bringen.

Er schloss die Tür auf, ging hinein und betrat die Küche, um Mutt durch die Hintertür ins Haus zu lassen. »Tut mir leid, dass du draußen bleiben musstest. Bestimmt hast du Riesenhunger.« Er fütterte den Hund und schleppte sich unter die Dusche.

Mit einem tiefen Seufzer der Erleichterung stellte er sich unter den heißen Strahl. Er hatte es geschafft. Er war zu Hause, wo die Cops ihn nicht finden würden. Hatte sich um das Baby gekümmert. Und morgen würde er sich Daisy Dawson und den Fed vornehmen. Aber jetzt erst einmal … schlafen. Mehr wollte er nicht.

Sacramento, Kalifornien
Montag, 20. Februar, 02.10 Uhr

Der pochende Schmerz in seinem Arm riss Gideon aus einem unruhigen Schlaf, doch erst das leise Schniefen ließ ihn hellhörig werden. Er wandte den Kopf und sah Daisy mit vor der Brust verschränkten Armen auf dem Sessel neben dem Bett sitzen und auf den Boden starren.

Ihre Schultern bebten vom verzweifelten Versuch, ihr Schluchzen zu unterdrücken.

Sein Herz zog sich zusammen. Sie hatte in den vergangenen Tagen so viel durchgemacht und sich doch so tapfer gehalten. »Hey«, krächzte er.

Sie blickte ihn durch den Vorhang ihres blonden Haars an, eine Hand auf den Mund gepresst, während sie sich mit der anderen die Tränen abwischte. »Entschuldige. Ich wollte dich nicht wecken«, sagte sie leise.

»Hast du nicht. Sondern mein Arm. Wieso schläfst du denn in dem Sessel? Du solltest doch bei Karl und Irina sein, in einem richtigen Bett liegen.«

»Du hast mich gebeten zu bleiben.«

Er runzelte die Stirn. »Ehrlich?«

Sie nickte und wischte sich abermals Tränen ab. »Sieht so aus, als hätten die dir ziemlich guten Stoff verabreicht. Direkt danach bist du eingeschlafen.«

»Das war ziemlich egoistisch von mir. Trotzdem muss ich zugeben, dass ich mich nicht recht überwinden kann, es zu bedauern.« Er könnte sich durchaus daran gewöhnen, ihr Gesicht als Allererstes beim Aufwachen zu sehen. »Komm her.« Er tätschelte die Matratze neben sich. »Schieb das Gitter runter und leg dich zu mir.«

Sie spähte über die Schulter. »Die Schwestern flippen bestimmt aus, wenn sie uns erwischen.« Trotzdem beugte sie sich über den Herausfallschutz und küsste ihn auf die Stirn. »Du solltest weiterschlafen.«

»Kann ich aber nicht.« Wieder klopfte er auf das Bett. »Ich will keine Schmerzmittel mehr, deshalb musst du mich ablenken.« Er setzte einen, wie er hoffte, unwiderstehlichen Hundeblick auf. »Das wäre ein humanitärer Akt der Freundlichkeit und Nächstenliebe.«

»Humanitär, ja?« Ihre Lippen zuckten.

Er nickte ernst. »Komm, leg dich eine Weile zu mir. Sollten die Schwestern mit uns schimpfen, werden wir uns gebührend entschuldigen. Bitte, ja?«

Sie ließ das Gitter herunter. »Aber ich will dir nicht wehtun.«

»Tust du nicht«, erklärte er fest.

Sie schien zu zweifeln, trotzdem kletterte sie ins Bett und schmiegte sich an ihn, legte den Kopf auf seine Schulter und ihre Hand auf seine Brust, direkt über seinem Herzen.

»Gut so?«, fragte sie leise.

Er seufzte zufrieden. »Perfekt.« Er küsste ihr Haar. »Wo ist Brutus?«

»Auf dem Boden. Sie schläft. Ich glaube, sie brauchte mal eine Pause von mir. Das waren ziemlich viele Streicheleinheiten heute.«

Weil ein heftiger Tag hinter ihnen lag. Aber trotzdem. Er hielt

Daisy im Arm, und es fühlte sich gut an. »Sie hat bestimmt Hunger.«

»Sasha hat ihr Futter mitgebracht, keine Angst.« Sie tätschelte seine Brust. »Schlaf jetzt.«

Doch er glaubte nicht, dass er Schlaf finden würde. »Geht es dir jetzt besser?«, fragte er, in der Hoffnung, dass er ihr ebenso großen Trost spenden konnte wie sie ihm.

»Natürlich.«

Blöde Frage. Natürlich geht es ihr nicht besser. Gerade eben hat sie sich noch die Augen aus dem Kopf geweint. Er ließ ein Summen aus der Tiefe seiner Kehle aufsteigen. »Also gut, dann versuche ich es noch mal. Geht es dir jetzt besser?«

Sie hob den Kopf und sah ihn finster an. »Wenn dir meine Antwort nicht gefällt, hättest du gar nicht erst fragen sollen.«

»Stimmt auch wieder«, sagte er, bettete ihren Kopf an seine Schulter, strich mit dem Kinn über ihr Haar und genoss das Gefühl, wie sich seine Bartstoppeln darin verfingen. »Also, warum hast du geweint?«

Lange Zeit schwieg sie. »Wegen Trish«, antwortete sie schließlich. »Ich kannte sie erst seit einem halben Jahr, aber sie und ich … das hat einfach gepasst. Sasha und ich sind seit einer halben Ewigkeit Freundinnen, und ich liebe sie wie meine eigene Schwester, aber Trish war die erste Freundin, die ich mir seit unserer Flucht selbst ausgesucht habe.« Sie hielt inne. »Ich kann immer noch nicht glauben, dass sie nicht mehr da ist«, fuhr sie in gequältem Flüsterton fort. »Ich will mir nicht ausmalen, wie sehr sie leiden musste, kann aber an nichts anderes denken.«

Er wünschte, ihr beteuern zu können, dass alles wieder gut werden würde, ihr zu versprechen, dass sie den Kerl schnappen würden, der Trish auf dem Gewissen hatte, wollte ihr sagen, dass sie nicht darüber nachdenken sollte, wie Trish gestorben war, doch er hatte die Leiche schließlich mit eigenen Augen gesehen. Ein Satz wie »Denk einfach nicht daran« wäre weder fair noch vernünftig. Aber er konnte versuchen, sie von ihren trüben Gedanken abzulenken. Wenn auch leider nicht auf dieselbe Art, wie er es gestern Nacht getan hatte, aber hoffentlich war diese Methode ebenso Erfolg versprechend.

»Erzähl mir von ihr. Wie habt ihr euch kennengelernt? Erzähl mir alles, was ihr zusammen unternommen habt.«

»Wir haben uns bei den Anonymen Alkoholikern kennengelernt«, sagte sie. »Und wir waren von Anfang an ein Herz und eine Seele.« Sie begann zu erzählen, weinte wieder, benetzte sein Krankenhaushemd mit ihren Tränen. Nach einer Weile wurde ihre Stimme leiser und undeutlicher, und dann war sie an seiner Schulter eingeschlafen, so wie in der Nacht davor.

Er war nicht sicher, wie viel Zeit vergangen war, als die Schwester das Zimmer betrat, denn auch er war eingenickt.

»Agent Reynolds«, sagte sie leise. Er schreckte hoch und sah die Schwester bittend an – er wusste bereits, dass sie ein weiches Herz hatte und ihr Sohn als Cop arbeitete. »Lassen Sie sie schlafen«, murmelte er. »Bitte.«

»Ich wünschte, ich könnte es, aber ich muss mir Ihre Werte ansehen.«

Daisy versteifte sich und atmete scharf ein, was ihm verriet, dass sie aufgewacht war. Sie sah auf und kniff die Augen zusammen, ehe sie sie vor Schreck weit aufriss. »Oh. Tut mir leid.«

»Bleib«, sagte er, doch sie schüttelte den Kopf.

»Schon gut«, sagte sie und lächelte. »Ich habe bekommen, was ich wollte … Danke. Die Schwester muss ihre Arbeit machen, und ich mit Brutus Gassi gehen.« Sie glitt vom Bett und hob das Fellknäuel hoch, das sich in der Transporttasche zusammengerollt hatte.

Sein Puls beschleunigte sich schlagartig. Mit Brutus Gassi gehen? Draußen? Auf überhaupt gar keinen Fall. »Daisy!« Sie fuhr herum und sah ihn erschrocken an.

»Was ist?«

»Agent Reynolds«, warnte die Schwester. »Nur die Ruhe, okay?«

Er holte scharf Luft. »Du kannst nicht einfach rausgehen, Daisy. Bitte jemand anderen, mit ihr eine Runde zu drehen. Bitte.«

Sie sah ihn an, dann schien der Groschen zu fallen. »Oh. Ja, das hätte ich beinahe vergessen.« Sie lachte bitter. »Verrückt, was?«

»Du hattest andere Dinge im Kopf«, sagte er und spürte, wie die Anspannung von ihm abfiel.

Sie schnaubte frustriert. »Tut mir leid, das wollte ich nicht.« Sie deutete auf den Monitor, wo die Anzeige seinen langsamer werdenden Puls dokumentierte. »Ich passe auf, versprochen. Ich gehe nicht raus. Bin bald zurück.«

Seufzend machte die Schwester sich wieder an die Arbeit. »Das arme Mädchen«, meinte sie und schnalzte mitfühlend mit der Zunge. »Sie hat wirklich eine Menge durchgemacht. Es tat mir in der Seele weh, sie aufzuwecken. Aber keine Angst. Heute Nacht sind jede Menge zusätzlicher Wachleute hier.«

»Wegen uns?«

Sie schüttelte den Kopf. »Nicht nur. Das kleine Mädchen, das nach dem Schusswechsel entführt wurde … tja, die Kleine wurde im Mercy gefunden.«

Gideon schnellte so abrupt hoch, dass ein scharfer Schmerz durch seinen Arm fuhr. »Mercy? Wo?«

Die Schwester trat einen kleinen Schritt nach hinten. »Das Mercy Hospital ist gerade mal zehn Minuten von hier entfernt.«

»Oh.« Er stieß den Atem aus. »Tut mir leid. Meine Schwester heißt Mercy, und ich dachte …« Er unterbrach sich. »Ich wollte Sie nicht erschrecken.« Er sammelte sich. »Geht es dem Baby gut?«

»Ja, anscheinend ist es nur ein klein wenig dehydriert. Zumindest sagt das der Flurfunk. Eine offizielle Erklärung der Polizei gibt es noch nicht.«

»Und wie haben sie sie gefunden?«

»Offenbar hat jemand den Notruf gewählt und gesagt, dass sie dort sei. Aber wie gesagt, das habe ich nur gehört.«

Ein Notruf? Wie zum Teufel war das möglich? »Und weiß der Flurfunk auch, wer dort angerufen hat?«

Sie schüttelte den Kopf. »Darüber kann ich nichts sagen. Aber sobald ich etwas Neues höre, gebe ich Ihnen Bescheid. Jedenfalls wurden in sämtlichen umliegenden Krankenhäusern die Sicherheitsvorkehrungen verstärkt, nur für den Fall, dass der Kerl auftaucht. Wir können uns kaum umdrehen, ohne einem Cop auf die Zehen zu treten. Ihrer Freundin passiert schon nichts.«

Richtig, das würde es nicht. Weil er diesen Laden hier so schnell verlassen würde, wie er nur konnte.

»Ihre nächste Dosis Schmerzmittel steht an«, sagte sie. »Sagen Sie mir Bescheid, wenn Sie sie haben wollen.«

Gar nicht. Er durfte nicht wieder einnicken. »Ich komme ohne zurecht.«

»Dachte ich mir schon, dass Sie genau das sagen würden. Ihr Cops seid alle gleich. Sie wissen ja, wo Sie mich finden, wenn Sie etwas brauchen.«

»Ich muss telefonieren«, sagte er.

Sie deutete auf die Fernbedienung des Fernsehers. »Auf der anderen Seite finden Sie das Telefon.«

Sie verließ den Raum. Gideon drehte die Fernbedienung um und wählte die Nummer seiner Vorgesetzten. »Hier spricht Gideon«, sagte er, als ihre Voicemail ansprang. »Mein Laptop war im Wagen, als wir aus Macdoel zurückgefahren sind. Ich nehme an, einer Ihrer Leute hat ihn an sich genommen. Könnten Sie dafür sorgen, dass man ihn mir ins Krankenhaus bringt?« Er gab ihr seine Zimmernummer durch. »Mein Telefon brauche ich auch zurück. Danke.«

Er hatte eine Menge Arbeit vor sich.

22. KAPITEL

Sacramento, Kalifornien
Montag, 20. Februar, 06.15 Uhr

»Guten Morgen, A–« Agent Molina unterbrach sich, als Gideon den Zeigefinger an die Lippen legte und auf Daisy deutete, die in dem Sessel neben seinem Bett schlief. »Agent Reynolds«, endete Molina im Flüsterton.

»Guten Morgen«, begrüßte er sie leise mit einer einladenden Geste auf den Stuhl auf der anderen Bettseite. »Meiner?«, fragte er und deutete auf die Laptoptasche über ihrer Schulter.

»Ja. Und Ihr Telefon bringe ich Ihnen auch.« Vorsichtig legte sie beides auf das Bett. »Aber Sie sollen nicht arbeiten, sondern sind offiziell krankgeschrieben. Und zwar, bis Sie wieder ganz auf dem Posten und einsatzfähig sind.«

Gideon setzte eine Unschuldsmiene auf. »Tue ich doch gar nicht. Versprochen.«

Sie schnaubte. »Ja, klar.« Sie setzte sich und deutete auf Daisy. »Sie sollte nach Hause gehen und sich ein bisschen Ruhe gönnen.«

Er seufzte. »Ich habe sie gestern Abend wohl gebeten, zu bleiben, als ich von den Schmerzmitteln benebelt war.«

»Wahrscheinlich wäre sie ohnehin hiergeblieben. Sie ist sehr loyal. Und klug. Sie hat mich gestern Abend angerufen.«

Gideon sah seine Vorgesetzte erstaunt an. »Tatsächlich?«

»Ja. Sie hat darum gebeten, dass wir in dem Gemeindezentrum, wo Trish Harts Trauerfeier stattfinden wird, Überwachungskameras installieren und nach einem Mann mit einer verletzten Hand Ausschau halten sollen. Es könnte sein, dass er die Halskette ihrer Freundin umhat, meinte sie. Was wir natürlich tun werden.«

»Gut«, murmelte Gideon.

»Ich glaube, sie hat es noch gar nicht richtig verstanden«, fuhr Molina mit einem mitfühlenden Blick auf Daisy fort. »Dass ihre Freundin tot ist, meine ich. Sie wirkte zu … rational.«

»Das ist sie auch.« Und loyal und klug. Und furchtlos. Beim Gedanken daran, wie sie mit seinem Gewehr in der Hand die Böschung hinaufgerobbt und noch auf den davonrasenden Wagen geschossen hatte, wurde ihm ganz elend. »Das kommt wohl erst allmählich.«

Er spürte noch die leichte Feuchtigkeit ihrer Tränen auf seinem Krankenhaushemd. Wie sie zugelassen hatte, dass er sie in die Arme nahm und ihr den Trost spendete, den sie so dringend brauchte. Es war ein wunderbares Gefühl gewesen.

Genau! Und dieses Gefühl würde er sich nicht nehmen lassen, ganz egal, was passierte.

»Ich habe gehört, dass das kleine Mädchen gefunden wurde«, fuhr er fort. »Die Nachtschwester hat es mir erzählt.«

»Es wird in sämtlichen Nachrichten davon berichtet.«

»Und geht es der Kleinen gut?«

»Sie ist unversehrt. Die Großeltern haben zugegeben, dass sie ihr eine ziemlich hohe Dosis Benadryl verabreicht haben, damit sie die lange Fahrt möglichst verschläft.«

»Na, das ist ja mal eine prima Idee.« Seine Stimme troff vor Sarkasmus.

»Nun ja.« Molina zuckte die Achseln. »Noch steht nicht fest, ob sie mit Konsequenzen rechnen müssen. Dass die Kleine so ruhig war, könnte ihr sogar das Leben gerettet haben, denn niemand weiß, was sonst passiert wäre. Vielleicht hätte er dann auch sie getötet.«

»Auch?«, hakte Gideon nach. »Sie meinen, von dem Mann auf dem Rastplatz abgesehen?«

»Noch wissen wir es nicht genau, sondern können nur hoffen, dass er der Einzige ist. Aber es wurde eine Schwester vom Parkplatz eines anderen Krankenhauses entführt, von der bislang jede Spur fehlt.« Sie verzog das Gesicht. »Im Innern des Minivans, in dem das Baby gefunden wurde, klebte überall Blut.« Sie seufzte. »Und Gehirnmasse.«

O Gott. »Er hat sie erschossen.«

»Sieht ganz danach aus.«

»Er brauchte jemanden, der seine Schussverletzung versorgt«, erklärte Gideon. »Das bedeutet, Daisy hat ihn zumindest schwer verwundet. Hoffentlich zwingt ihn das, einen Gang runterzuschalten. Was jetzt?«

»Agent Schumacher und die Detectives Sokolov und Rhee fliegen nach Portland.«

Er erinnerte sich vage daran, dass das gestern beschlossen worden war. »Hat die Überprüfung des Kennzeichens des beigen Wagens etwas ergeben?« Daisy hatte es durchgegeben, als sie gestern den Notfall gemeldet hatte. Auch daran erinnerte er sich verschwommen.

»Der Wagen ist auf eine gewisse Delfina Borge aus Kalifornien angemeldet. Laut der Zulassungsstelle lebte sie in Blythe, nahe der Grenze zu Arizona. Sie wurde nie als vermisst gemeldet. Wir setzen uns so schnell wie möglich mit ihrem Arbeitgeber in Verbindung. Sie hat als Professorin an einem kleinen College gearbeitet, und laut ihrem letzten Post in den sozialen Medien wollte sie sich auf eine zweijährige Weltreise begeben. Das war vor über einem Jahr.«

»Und was ist mit den anderen Opfern? Was wurde unternommen, um eine Verbindung zwischen ihnen herzustellen?«

Ein Anflug von Verärgerung flackerte in Molinas Augen auf, doch Gideon spürte, dass der sich nicht gegen ihn richtete. »Das Team arbeitet schon daran«, antwortete sie. »Allerdings konnten wir bisher noch keine Gemeinsamkeiten feststellen. Selbst in den Fällen, in dem die letzten Aktivitäten nachvollzogen werden konnten, lässt sich kein Muster ableiten. Einige Opfer wurden zuletzt in Bars gesehen, eine Frau in einem Kino, wo sie sich einen Horrorfilm angesehen hatte. Eine andere kam aus einem Konzert.«

»Und wer ist aufgetreten?«

Molina schüttelte konsterniert den Kopf. »Ausgerechnet Barry Manilow. Die Sicherheitsfirma, die die Veranstaltung betreut hat, war sehr kooperativ und schickt uns heute noch die Überwachungsbänder zu.«

Überwachungsbänder. Gideon hielt inne, während sich sein Gehirn mit einem beinahe hörbaren Klicken reaktivierte. Die Zoohandlung am Samstag. Auch die Sicherheitsfirma des Einkaufszentrums hatte sich sehr kooperativ gezeigt und ihm eine Datei mit den Aufnahmen der Überwachungskameras überlassen, die den Parkplatz vor der Zoohandlung während der Adoptionsaktion zeigten.

Der beige Wagen war ihnen bis nach Redding gefolgt. Was, wenn er sich schon viel früher an ihre Fersen geheftet hatte?

»Daisy hat am Samstag bei einer Adoptionsaktion in einer Zoohandlung geholfen, bei der Tiere aus einem Heim vermittelt wurden.«

»Und Sie glauben, er ist Ihnen bereits von dort gefolgt?«

»Möglich wäre es.«

»Ich besorge uns die Aufnahmen«, sagte sie. »Danke für den Tipp.«

Er nickte knapp. »Gern.« Er bot ihr nicht an, ihr seine Dateien zu überlassen, weil die Vorschriften ohnehin verlangten, dass die ermittelnde Behörde sie sich selbst beschaffte. Stichwort Beweismittelkette. Vor allem nun, da er als Opfer in den Fall verwickelt war. *Ich bin ein Opfer! Dieses beschissene Arschloch!*

Aber ich kann ihnen immerhin sagen, an welcher Stelle sie genau hinsehen müssen, falls ich ihn auf meiner Datei finde. Er war sich ziemlich sicher, dass er den beigen Wagen auf dem Parkplatz hatte stehen sehen; nun auch noch herauszufinden, wer am Steuer gesessen hatte, wäre das i-Tüpfelchen.

Molina stand auf und musterte ihn eindringlich. »Sie müssen sich ausruhen, Agent Reynolds.«

Er nickte mit nüchterner Miene. »Ja, Ma'am.«

Sie verdrehte die Augen. »Lassen Sie den Quatsch, Gideon.«

Überrascht lachte er auf. »Solange ich hier festsitze, kann ich ohnehin nicht viel anderes tun, als mich auszuruhen.«

»Stimmt. Und Sie sind krankgeschrieben, bis man Sie offiziell für diensttauglich erklärt.«

»Weiß ich.«

Sie seufzte. »Ich meine es ernst. Sorgen Sie dafür, dass Sie sich nicht noch schwerer verletzen, okay?«

»Hey, ich habe nur mit einem hübschen Mädchen eine Spritztour gemacht«, konterte er leichthin. »Es ist doch nicht meine Schuld, dass so ein blöder Idiot auf mich geschossen hat.«

Ein Laut irgendwo zwischen Hüsteln und Lachen ertönte. Aha, Daisy schlief also doch nicht. »Daisy?«

Sie setzte sich auf und rieb sich die Augen. »Entschuldigung, aber ich bin aufgewacht, als du gelacht hast, Gideon. Eigentlich habe ich nur den Teil mit der Schuld mitbekommen.«

Und das mit dem hübschen Mädchen, dachte er, als er die leichte Rosigkeit ihrer Wangen sah.

Sie stand auf. »Ich warte gerne draußen, bis das Meeting vorbei ist.«

»Nein«, sagte Gideon.

»Das ist nicht nötig«, sagte Molina im selben Atemzug. »Ich bin schon weg.« An der Tür blieb sie stehen und zeigte mit dem Finger auf Gideon. »Ich meine es ernst«, sagte sie fest. »Sie sind krankgeschrieben, deshalb wird ein Kollege ab sofort den Personenschutz übernehmen.«

Gut. Das FBI passte also auf Daisy auf. »Danke.«

Molina musterte ihn mit zusammengekniffenen Augen, als

traue sie seiner Bereitwilligkeit, einen anderen Leibwächter an Daisys Seite zu akzeptieren, nicht über den Weg. »Sie halten in dem Fall die Füße still. Habe ich mich klar ausgedrückt?«

Er nickte. »Ja, Ma'am. Klipp und klar.«

Wieder verdrehte sie die Augen. »Sonst müssen Sie mit disziplinarischen Konsequenzen rechnen.«

»Verstanden.«

»Du liebe Güte«, stöhnte Molina und verließ den Raum.

Daisy sah ihn erstaunt an. »Was war das denn?«

Er lächelte sie an. »Nicht so wichtig, mach dir keine Sorgen.«

Sie stand auf und nahm ihre Hundetasche mit Brutus darin. »Ich hole mir einen Kaffee. Willst du auch einen?«

»Gern.« Er zögerte. »Danke, dass du geblieben bist. Erst als ich dich vorhin beim Aufwachen gesehen habe, ist mir klar geworden, wie wichtig es für mich ist, dich bei mir zu haben.«

Sie lächelte ihn voller Zuneigung an. »Ich wollte auch gern bleiben.« Sie strich ihm über die stoppelige Wange. »Für mich war es genauso wichtig, dich gleich als Erstes zu sehen, wenn ich aufwache.« Sie küsste ihn behutsam auf den Mund. »Also, jetzt tu all die Dinge, die du dir vorgenommen hast, während du deine Vorgesetzte mit all deinen *Ja, Ma'ams* um den Finger gewickelt hast.«

Er schnaubte. »Ja, Ma'am.«

Sacramento, Kalifornien
Montag, 20. Februar, 07.25 Uhr

Verdrossen blinzelte er gegen das grelle Licht an. Gestern Abend hatte er wieder einmal vergessen, die Jalousie zu schließen, weshalb nun durch das beschissene Ostfenster die Sonne hereinschien. Er rollte auf die Seite und zog sich das Kissen über den Kopf, als er ein klägliches Winseln hörte.

Mutt stand am Bett und scharrte an der Matratze – ein sicheres Zeichen, dass er rausmusste.

Das war das Unangenehmste am Leben als Hundebesitzer. Aber wenn er nicht mit ihm Gassi ging, drohte ihm später eine braune Tellermiene auf dem Fußboden.

Stöhnend schwang er die Beine über die Bettkante. Ein Spaziergang würde zumindest helfen, seine steifen Glieder zu lockern. Er hatte viel zu lange im Wagen gesessen. Außerdem pochte der Schmerz in seiner Hand.

Wenigstens musste er nicht zur Arbeit gehen. Hank und sein Vertreter würden erst heute aus New York City zurückfliegen.

Er rief seinen Dienstplan auf dem Kalender seines Handys auf: Mittwoch, Salt Lake City, hin und zurück. Bis übermorgen würde seine Hand nie im Leben verheilen, stattdessen würde es mindestens eine Woche dauern, bis er wieder ohne Einschränkungen fliegen konnte.

Er würde sich krankmelden müssen und die Zeit nutzen, um ein hübsches Portfolio aus Fotos für den Alten zusammenzustellen. Jede Menge Aufnahmen von ihm mit sehr, sehr schlimmen Menschen. Und bildschönen. Die schlimmen – die Dealer, die ihn engagiert hatten, damit er ihren Stoff in seinen Maschinen hin und her transportierte – würden dafür sorgen, dass er mächtig Ärger mit den Bullen bekam, wohingegen die schönen Aufnahmen dem Alten gehörigen Ärger mit Sydney bescheren dürften.

Und das führt dazu, dass ich Ärger mit Sydney bekomme.

Aber du hast doch ständig Ärger mit Sydney. Sie hat dich in der Hand, seit du zwölf warst. Du hättest sie umbringen sollen, schon damals.

Weil Sydney kompromittierende Fotos von ihm besaß. Solche, die sie beide zeigten. Fotos, die es aussehen ließen, als hätte er alles so gewollt, dabei war es keineswegs so gewesen. Sollte sein Vater sie jemals zu Gesicht bekommen, konnte er sich jede

Hoffnung abschminken, den Alten nach seiner Pfeife tanzen zu lassen. *Ich kann von Glück sagen, wenn er niemanden anheuert, der mich kaltmacht, weil ich es mit seiner Frau getrieben habe.*

Das einzig Gute an Sydneys Sammlung war, dass sie ihn damit auf die Idee gebracht hatte, selbst Material für eine Erpressung zusammenzutragen. Was bedeutete, dass ihnen bestenfalls allen die Hände gebunden waren, allen dreien.

Wenn er Glück hatte, war der Verkauf der Firma noch nicht unter Dach und Fach, und seine Sammlung würde das Vorhaben vollends zum Stillstand bringen.

Er wollte die Chartergesellschaft für sich haben. Er hatte sie sich erarbeitet, sich verdient … mit jedem Mal, wenn er zugelassen hatte, dass sein Alter ihn mit Füßen trat und Sydney …

… ein weiteres Stück von mir kaputt gemacht hat. Bis ich komplett am Arsch bin. Ich habe mir die Firma verdient. Mit jedem einzelnen Mal. Wieder und wieder und wieder.

Er schlug sich mit den Händen gegen die Schläfen. »Nicht dieses Gespräch. Nicht heute.« Mit Sydney würde er sich später befassen, wenn der richtige Zeitpunkt dafür gekommen war.

Er schnappte sich die Fernbedienung vom Nachttisch und schaltete CNN ein, um zu erfahren, was die Medien über die gestrigen Vorkommnisse berichteten. Und, wenn er ganz ehrlich war, ob er es in die landesweiten Nachrichten geschafft hatte.

Er schlüpfte in seine Jogginghose und suchte nach seinen Schuhen, während die Nachrichtensprecherin die Zuschauer zu den neuesten Meldungen zur halben Stunde begrüßte und über den jüngsten Skandal im Kongress und den Krieg im Mittleren Osten faselte.

»Und nun zu einer Meldung aus Sacramento«, erklärte die Sprecherin schließlich sachlich. »Der Mann, der im Verdacht steht, die sechsundzwanzigjährige Trish Hart aus Sacramento getötet zu haben, konnte mittlerweile mit dem Mord an mindestens sechs weiteren jungen Frauen in Verbindung gebracht werden, so unsere Quellen. Die Ermittlungen wurden durch das FBI bereits aufgenommen. Viele der Opfer wiesen in die Haut eingeritzte Buchstaben am Oberkörper auf, zudem wurde an allen Tatorten ein mit Bleiche gesäubertes Messer zurückgelassen. Die Opfer wurden über einen Zeitraum von zehn Jahren in sieben verschiedenen Bundesstaaten aufgefunden. Nach Einschätzung einer nicht namentlich genannten Quelle innerhalb des Sacramento PD lassen die Tatumstände auf einen Serienmörder schließen.«

Wie in Zeitlupe ließ er sich aufs Bett sinken. »Scheiße«, murmelte er und blickte wieder zum Fernseher, wo über die Entführung des kleinen Mädchens mit den großen braunen Augen, das sich mittlerweile wieder in der Obhut ihrer Familie befand, berichtet wurde – eine Tat, die demselben Gewalttäter zugeordnet wurde, der eine »Schneise brutaler Morde quer durchs Land« geschlagen habe.

Sie haben die Puzzleteilchen zusammengefügt. Damit hatte er nicht gerechnet. Die Buchstaben. *Das hätte ich nie tun dürfen.*

Aber jetzt war es zu spät. *Immerhin können sie die Opfer nicht zu mir zurückverfolgen.* Niemand hatte je seine Fingerabdrücke genommen, und seine DNS war noch nie in einem Labor analysiert worden, weshalb die unter Daisys Nägeln sichergestellten Hautpartikel die Polizei nicht weiterbringen würden. Ebenso wenig die Fingerabdrücke in dem beigen Chevy, nachdem der bis aufs Skelett abgefackelt war.

Er schlüpfte in seine Schuhe und beugte sich vor, um die Schnürsenkel zu binden, als er wiederum innehielt. Ein neues Foto wurde eingeblendet, bei dessen Anblick er ein lautes Grollen ausstieß.

»Special Agent Gideon Reynolds«, sagte die Sprecherin, »einer der leitenden Ermittler in dem Serienmörderfall, wurde gestern angeschossen und ins Krankenhaus eingeliefert. Die Behörden gehen davon aus, dass der Schütze, der Serienkiller und der Entführer ein und dieselbe Person sind. Special Agent Reynolds sollte heute im Lauf des Tages entlassen werden und wird wieder vollständig genesen. Das FBI und das Sacramento PD haben eine gemeinsame Pressekonferenz anberaumt, daher können wir davon ausgehen, bald Genaueres sagen zu können.« Sie wandte sich nach links. »Und jetzt zum Wetter.«

Der Fed wird nicht vollständig genesen, dachte er. *Weil ich ihn vorher umbringen werde. Aber zumindest kann er Daisy nicht bewachen, solange er im Krankenhaus liegt.* Bedrückt betrachtete er seine Hand. *Die mich angeschossen hat, diese verreckte Schlampe.*

Unglaublich, dass er vor noch nicht einmal vierundzwanzig Stunden von einer gemeinsamen Zukunft mit dieser Frau geträumt hatte, wohingegen er heute nur noch daran denken konnte, wie er sie dafür bestrafen würde, weil sie ihn verletzt und seinen Wagen zerstört hatte.

Er fragte sich, wo sie wohl gerade sein mochte. Es war Montagmorgen. Er schaltete den Fernseher aus und das Radio neben seinem Bett an, das auf *The Big Bang mit TNT und Poppy* alias Eleanor alias Daisy eingestellt war. Zumindest ließ sich herausfinden, ob sie bei der Arbeit oder zu Hause geblieben war – dann wüsste er, wohin er fahren musste, um sie zu töten, verdammt noch mal.

Zu seinem Erstaunen lief die ganze Zeit Musik anstelle des gewohnten Endlosgelabers. Er klebte Schnurrbart und Augenbrauen an und zog eine Perücke auf. Mutt lief mittlerweile schon hektisch im Kreis. Mit der Leine in der Hand blieb er stehen, als der Song endete.

»Und das war ein kleiner Ausflug in die gute alte Zeit«, sagte der DJ. »Kansas mit ›Dust in the Wind‹. Ich bin Alfred, der heute für TNT und Poppy einspringt. TNT hat sich ein paar Tage Urlaub genommen, und Poppy ist leider krank, also schickt ihr liebe Genesungswünsche, okay?«

Er schaltete das Radio aus und steckte seine Waffe und sein Messer ein. Sie war also nicht im Sender? Na gut, dann würde er zu ihr nach Hause fahren und sich gegebenenfalls irgendetwas einfallen lassen, um sie herauszulocken. Dann würde er sie in ihre Wohnung zurückzerren und ihr die Kehle durchschneiden. Das Ganze würde weniger als eine Minute dauern.

Mit einer Hand?

Na gut, dann knalle ich sie eben ab. Die Waffe war mit einem Schalldämpfer versehen. Selbst ihr Nachbar im Obergeschoss bekäme nichts davon mit. Zwar wäre es ihm lieber, sie herzuschaffen und in seinem Keller unterzubringen, aber wenn das nicht ging, musste er sich eben damit begnügen, ihr kurzerhand das Licht auszublasen.

»Also, dann auf zu ihrem Apartment, Mutt.« Der Airedale hechelte zustimmend.

Und sollte sie dort nicht sein, hielt sie sich vermutlich im Krankenhaus bei Reynolds auf. In diesem Fall würde er sich dort auf die Lauer legen und sie erschießen, sobald sie herauskam.

Und sobald Reynolds entlassen würde, drohte ihm dasselbe Schicksal.

Sacramento, Kalifornien
Montag, 20. Februar, 07.25 Uhr

Gideon hatte den beigen Wagen auf dem Überwachungsband des Einkaufszentrums im Handumdrehen ausgemacht – der Wagen hatte bereits dort gestanden, als er und Daisy eingetroffen waren.

Ein kalter Schauder lief ihm über den Rücken. *Er hat auf sie gewartet.*

Er spulte vorwärts, bis der Wagen verschwunden war, dann

noch einmal zu der Stelle zurück, an der er noch zu sehen war. Und wartete.

Und biss so fest die Zähne zusammen, dass sein Kiefer knackte. Ein Mann kam näher. Mit einem Hund.

Gideon erkannte ihn auf Anhieb. Es war der arbeitslose Theaterpädagoge, der Daisy angebaggert hatte. Und zu dem Daisy sehr freundlich gewesen war.

»Du verdammter Scheißkerl«, stieß er hervor.

Die Pulsanzeige auf dem Monitor begann zu piepsen, gerade als Daisy mit zwei Bechern Kaffee und einem Lächeln eintrat, das im Nu verflog. »Was ist passiert?« Sie stellte einen der Kaffeebecher auf seinen Nachttisch, wenn auch außerhalb seiner Reichweite, und setzte sich. »Die Schwester muss jeden Moment …«

»Agent Reynolds«, tadelte die Schwester in diesem Augenblick. »Was machen Sie denn da?« Sie riss ihm den Laptop aus der Hand, klappte ihn zu und reichte ihn Daisy. »Sie brauchen Ruhe. Deshalb – Arbeiten verboten.«

Gideon schloss die Augen und versuchte, sich zu beruhigen, doch er hatte nur ein Bild vor Augen: dieser Kerl, der direkt neben Daisy am Tisch gesessen hatte. Er hätte ihr wehtun, sie erschießen, sie berühren können.

Aber er hatte nichts davon getan. Sondern abgewartet. Und war ihnen bis nach Redding und dann nach Macdoel gefolgt. *Er hat auf mich geschossen. Nicht auf Daisy.*

Weil er mich aus dem Weg haben wollte, damit er an sie herankommt. Und dann? Gideon wollte sich lieber nicht ausmalen, was er Daisy angetan hätte, wäre es ihm gelungen, seinen Plan in die Tat umzusetzen und ihn, Gideon, zu töten.

Trish Hart hatte er bereits auf dem Gewissen.

Aber bei Daisy war er nicht erfolgreich gewesen. *Weil sie auf sich selbst aufpassen kann.*

Endlich gelang es ihm, Atem zu schöpfen. Und noch einmal. Er dachte an ihr Gesicht, als sie auf die Hand des Mistkerls gezielt hatte … sie war so stark gewesen. Fokussiert. Selbstsicher und unerschütterlich im Glauben an ihre Fähigkeiten.

Und so sexy es auch sein mochte, so hatte es auch etwas Beruhigendes. Er entspannte sich, bekam seinen Puls unter Kontrolle, bis die Schwester zufrieden brummte.

Er schlug die Augen auf und sah Daisy mit ihrem Kaffee in der einen und Brutus in der anderen Hand dasitzen, das Gesicht in deren weichem Fell vergraben. Erst als er lächelte, schien auch sie aufzuatmen.

»Es geht mir gut«, sagte er mit einem Blick auf die Schwester. »Ehrlich.«

»Aber bloß, weil Sie nicht länger arbeiten«, erwiderte sie knapp.

Er lachte. »Ja, Ma'am.«

Die Schwester schüttelte den Kopf. »Mit der ›Ja-Ma'am-Nummer‹ kriegen Sie mich nicht. Die Zeiten sind vorbei. Sie sagen das bloß, damit man Sie in Ruhe lässt und Sie tun und lassen können, was Sie wollen.«

Daisy prustete in ihren Kaffee.

Er sah sie strafend an. »Eigentlich solltest du doch auf meiner Seite stehen.«

»Tue ich auch«, erwiderte sie. »Genau deshalb stimme ich der Schwester auch zu.«

Er seufzte. »Tut mir leid.«

Die Schwester warf ihm einen letzten warnenden Blick zu. »Ich behalte Sie im Auge.«

Kaum war sie verschwunden, brach Daisy neuerlich in prustendes Gelächter aus. »Sie sind mir vielleicht einer, Agent Reynolds.«

»Aber du magst mich trotzdem«, erwiderte er selbstgefällig.

Ihr Grinsen weitete sich zu einem hinreißenden Lächeln aus. »Ja, das tue ich. Und jetzt erzähl mir, was dich so wütend gemacht hat.«

Er schluckte. »Wie hieß dieser arbeitslose Theatertherapeut noch mal, der dich am Samstag vollgequatscht hat? Bei der Adoptionsaktion?«

Sie runzelte die Stirn. »Echt jetzt, Gideon? Das macht dir immer noch …« Plötzlich wurde sie leichenblass und stellte mit zitternden Fingern ihren Kaffeebecher ab. »*Er* war das?«

Er nickte. »Er hat den Laden verlassen und ist in einen beigefarbenen Wagen gestiegen. Auf den Aufnahmen der Überwachungskamera ist ein Teil seines Kennzeichens zu sehen. Es passt zu dem, was du gestern gesehen hast.«

Wieder mal drückte Daisy die arme Brutus fest an sich, die jedoch keinen Laut von sich gab. »Ich glaube nicht, dass er mir seinen Namen gesagt hat. Aber sein Hund hieß George, daran erinnere ich mich.« Ihr Atem kam stoßweise. »Gideon, er hat direkt neben mir gesessen.«

»Ich weiß. Dieser dreiste Hurensohn.«

Sie schlug sich die Hand vor den Mund und wiegte sich rhythmisch vor und zurück. »O mein Gott.«

»Komm her«, sagte er und klopfte auf die Matratze.

Er brauchte sie nicht zweimal zu bitten. Sie kletterte zu ihm und legte sich neben ihn, so wie während der Nacht, nur dass sie diesmal auch Brutus an sich presste. Er küsste ihr Haar und streichelte ihren Rücken, so gut es mit der Infusionsnadel im Handrücken ging.

»Er hat versucht, dich zu töten«, flüsterte sie. »Und hätte es beinahe auch geschafft.«

Er horchte auf. »Ja, aber eigentlich hatte er es auf dich abgesehen.«

»Das weiß ich. Aber er hätte dich umgebracht, um an mich heranzukommen.«

Aus irgendeinem Grund musste er darüber lächeln. »Zum Glück warst du ja da und hast mich beschützt.«

Sie hob den Kopf und starrte ihn finster an. »Das ist nicht lustig.«

Er küsste ihre Nasenspitze. »Ich weiß.«

Sie kniff die Augen zusammen. »Na gut.« Sie ließ sich wieder in seine Umarmung sinken, legte Brutus auf seine Brust und ihre Hand auf sein Herz. Sie schwieg so lange, dass er glaubte, sie sei eingeschlafen, als sie flüsterte: »Was machen wir jetzt, Gideon?«

Er seufzte. »Wir stöbern ihn auf und sorgen dafür, dass er hinter Gitter wandert.«

»Er hatte einen Hund bei sich, der keine Angst vor ihm zu haben schien. Es sah so aus, als wären sie ein Herz und eine Seele.«

»Vielleicht ist er ja ein gutes Lockmittel und sorgt dafür, dass die Opfer unvorsichtig werden, nach dem Motto: Ein Kerl, der mit seinem Hund Gassi geht, kann doch kein schlechter Mensch sein, oder?«

»Wahrscheinlich hast du recht. Es ist nur ... wenn ich mir überlege, was er Trish angetan hat und wie er im Vergleich dazu mit seinem Hund umgegangen ist ...« Sie wurde stocksteif. »Als er mich in dieser Gasse festgehalten hat, wollte er Brutus erschießen, weil sie so gebellt hat. Aber dann hat er gezögert. Das war der Moment, als ich ihm das Knie in die Weichteile gerammt und mich losgerissen habe.«

»Und auch dem Baby hat er nichts getan, sondern es mitgenommen und vor dem Krankenhaus abgestellt. Auf seiner Flucht muss er mindestens zweimal den Wagen gewechselt haben.«

»Das heißt also, er hat ... so etwas wie eine Ehrenkodex? Aber passt ein Mann, der nett zu Hunden und Kindern ist, mit dem Ungeheuer zusammen, das Trish Schlimmes angetan hat? Wie kann ein Mensch sich so unterschiedlich verhalten?«

»Keine Ahnung«, antwortete er wahrheitsgetreu. »Ich weiß nur, dass er dich nicht in die Finger kriegen wird.«

Sie erschauderte. »Oder dich.«

Er küsste sie aufs Haar. »Oder mich.«

»Du musst es Agent Molina sagen.«

»Weiß ich. Und sie wird echt sauer sein.«

Ein Räuspern ließ Gideon aufmerken. Rafe stand grinsend im Türrahmen. Daisy machte Anstalten, aus dem Bett aufzustehen, doch Gideon hielt sie zurück, ohne auf den scharfen Schmerz der Zugangsnadel in seinem Handrücken zu achten. »Bleib. Es ist bloß Rafe. Bitte.«

Sie ließ sich zurücksinken, was er mit einem weiteren Kuss auf ihren Kopf belohnte. Es war ihm egal, ob Rafe sie so sah.

»Wieso ist deine Vorgesetzte sauer auf dich?«, wollte Rafe wissen, durchquerte das Krankenzimmer mit zwei ausholenden Schritten, ließ sich in Daisys Stuhl sinken und legte die Füße hoch. »Was hast du jetzt schon wieder angestellt?«

Gideon erzählte ihm von dem Kerl in der Zoohandlung. Rafe klappte die Fußstütze herunter und beugte sich interessiert vor. »Du machst Witze.«

»Schön wär's«, murmelte Gideon. »Und jetzt muss ich es meiner Vorgesetzten beichten.«

»Eigentlich sollte er gar nicht an dem Fall weiterarbeiten, weil er krankgeschrieben ist. Und jetzt hat er gegen eine offizielle Dienstanweisung verstoßen«, erklärte Daisy.

»Was ich jederzeit wieder tun würde«, warf Gideon ein.

»Und er hat Angst vor den Konsequenzen«, fuhr Daisy fort, ohne den Blick von Gideon zu lösen.

»Genau«, gestand Gideon.

»Dann sag es ihr einfach nicht«, meinte Rafe. »Ich erzähle es Agent Schumacher, wenn ich sie am Flughafen treffe, und sie kann es dann Agent Molina sagen.«

»Glaubst du, darauf lässt sie sich ein?«, fragte Daisy.

»Wieso denn nicht?« Rafe zuckte die Achseln. »Ich habe den Eindruck, sie mag Gideon, gleichzeitig scheint sie ziemlich ehrgeizig zu sein und nutzt die Information bestimmt gern für ihre Zwecke.«

Daisy wurde stocksteif. »Sie mag ihn? Wie genau?«

Rafe lachte. »Fahr die Krallen wieder ein, DD. Sie ist verheiratet.«

»Das ist nicht für jeden ein Hinderungsgrund«, erwiderte Daisy finster.

Gideon hatte alle Mühe, sich ein dümmliches Grinsen zu verkneifen. »Es gehören immer zwei dazu, Daisy. Ich müsste schon selbst mitmachen wollen, damit sie bei mir landen kann. Was nicht der Fall ist. Ich habe schon öfter mit ihr zusammengearbeitet. Sie ist eine gute Polizistin und liebt ihren Ehemann, also nur die Ruhe.« Er sah Rafe an. »Ich habe von der Krankenschwester gehört.«

Dass Daisy keinerlei Reaktion zeigte, warf die Frage auf, wie viel sie sonst noch von dem Gespräch zwischen ihm und Molina zuvor mitbekommen hatte.

Rafe seufzte. »Ja. Noch wurde ihre Leiche nicht gefunden. Mittlerweile wissen wir, dass er mit dem Pick-up, den er auf dem Rastplatz in der Nähe von Macdoel geklaut hat, nach Chico gefahren ist und dort den Wagen einer Supermarktmitarbeiterin vom Parkplatz gestohlen hat. Die Frau hatte ihre Schicht offenbar gerade erst angefangen und nicht einmal gemerkt, dass ihr Wagen weg war.«

»Er ist gerissen«, meinte Gideon. »Wahrscheinlich hat er den Wagen genau aus dem Grund ausgesucht.«

»Das sehe ich genauso«, stimmte Rafe zu.

»Ihr müsst euch die Tierärzte vornehmen«, sagte Daisy unvermittelt, löste sich von Gideon und setzte sich im Schneidersitz neben ihn. »Er hatte am Samstag doch einen Hund dabei. Und der Hund trug eine Hundemarke. Ich habe sie zwar nicht überprüft, aber etwas klappern gehört, als ich den Hund gestreichelt habe. Vielleicht erkennt ihn ja jemand in einer Tierarztpraxis vom Impfen wieder.«

»Und seinen Besitzer«, warf Gideon ein. »Sehr gut.«

Sie lächelte. »Danke schön.«

Etwas regte sich in seinem Hinterkopf. Ein Erinnerungsfetzen. Fieberhaft durchforstete er sein Gehirn und versuchte, mit den Fingern zu schnippen, was die Zugangsnadel jedoch schmerzhaft verhinderte. »Genau! Der Hund. Schumacher soll die Opfer noch mal überprüfen. Eines von ihnen hat doch ihren Hund im Park Gassi geführt. Vielleicht ist er ihr ja dort begegnet.«

Daisys Augen weiteten sich. »Oder es ist sogar ihr Hund. Schließlich nimmt er Souvenirs mit, Gideon.«

»Verdammt.« Das wäre ein Beweis für seine Abgebrühtheit. Und würde zu ihm passen. »Könnte sein.«

»Alles klar.« Rafe sah auf seine Uhr. »Ich muss los. Bald geht's zum Flughafen. Sollte dir noch etwas einfallen, sag Bescheid. Und passt gut auf euch auf, verstanden?«

»Machen wir«, versprach Daisy, kletterte aus dem Bett und schlang die Arme um Rafe. »Du auch.«

Als Rafe gegangen war, wandte sie sich um und setzte sich wieder in den Sessel.

Er deutete auf Brutus, die noch immer leise schnarchend auf seiner Brust lag. »Möchtest du vielleicht deinen Hund nehmen und mir den Laptop geben?«

Sie gehorchte. »Wenn die Schwester reinkommt und Ärger macht, sage ich, du hättest mich überredet«, meinte sie.

»Wenn das passiert, bin ich bloß dabei, eine Partie Solitär zu spielen«, versprach er, öffnete seine E-Mails und nickte zufrieden. »Sehr gut. Dabney hat sich gemeldet. Mein Kollege aus San Diego«, fügte er hinzu, als sie ihn fragend ansah.

»Ach ja. Hat er den Jungen aus dem Schwimmteam gefunden?«

Er überflog die Mail und atmete auf. »Ja.«

»Und was jetzt?«

»Ich schreibe ihm, dass wir einen Termin vereinbaren müssen.« Er begann, mit einem Finger zu tippen.

Seufzend hob Daisy den Laptop von seinem Schoß. »Lass mich das machen, sonst sitzen wir morgen noch hier.«

Die flüchtige Berührung ihrer Hand ließ seinen Körper augenblicklich zum Leben erwachen. Der Duft ihres Shampoos war beinahe verflogen, trotzdem noch präsent genug, um die Erinnerung an ihre gemeinsame Dusche nach dem besten Sex seines bisherigen Lebens wachzurufen.

»Ich kann eine ganze Menge mit einem Finger tun«, raunte er.

Prompt erstarrte sie und wurde rot. »Oh«, hauchte sie. »Ja, das kannst du.«

»Sobald die mich hier rauslassen und du mich mit zu dir nach Hause nimmst.«

Sie holte tief Luft. »Du bist ein gefährlicher Mann, Gideon Reynolds.«

Er grinste. »Das ist kein Nein.«

Sie lachte ein wenig atemlos. »Nein, das ist es definitiv nicht. Aber wir werden jetzt dieses Thema hübsch beiseiteschieben, weil die Besuchszeit gleich anfängt und Irina vorbeikommen wollte.« Sie blickte auf die zeltartige Erhebung des Lakens. »Denk an etwas Neutrales.« Sie setzte sich in den Sessel und nahm den Laptop auf den Schoß. »Also, was genau soll ich deinem Kollegen schreiben?«

Das half. Seine Erektion fiel in sich zusammen. Er ließ sich in die Kissen sinken und schloss die Augen. »›Danke für die rasche Antwort, Dabney‹«, begann er und hielt inne, damit Daisy tippen konnte. »›Ich wurde gestern angeschossen und liege noch im Krankenhaus, sollte aber heute noch entlassen werden, sodass ich morgen oder übermorgen zu dir fliegen könnte. Gib Bescheid.‹ Schreib ›G. Reynolds‹.«

Sie las ihm die Nachricht noch einmal vor und ersetzte das »morgen« durch »Mittwoch oder später in der Woche«. Er nickte, als die Müdigkeit wie ein Zentnergewicht auf ihn niedersank. »Du kannst die Mail abschicken«, sagte er und schlief ein.

Sacramento, Kalifornien
Montag, 20. Februar, 07.40 Uhr

»Guten Morgen.«

Er setzte ein Lächeln auf und nickte einer Frau zu, die ihren Corgi ausführte. »Morgen.«

Es war ein freundlicher Morgen, wenn auch ein wenig kühl für seinen Geschmack, was die Anwohner in seinem Viertel jedoch nicht weiter zu stören schien, da er bestimmt schon einem Dutzend Leuten auf ihrer ersten Runde mit ihrem Hund begegnet war. Zumindest bestand bei diesen Temperaturen keine Gefahr, dass er unter seiner Gesichtsprothese ins Schwitzen kam, außerdem lieferten sie die perfekte Ausrede für seine dicke Jacke, die seine Statur nicht genau erkennen ließ.

Er näherte sich Daisys Haus und verlangsamte seine Schritte. Vor dem Nachbarhaus blieb er stehen und ließ Mutt im Gras schnüffeln, während er zu ihren Fenstern hinübersah. Alles dunkel.

Vielleicht schlief sie ja noch.

Oder sie war doch nicht zu Hause, sondern in Granite Bay, bei ihren Freunden, die sie am Samstag mitgenommen hatten. Er würde sein Glück später dort versuchen.

Aber dafür brauchte er einen anderen Wagen. Er runzelte die Stirn. Seinen eigenen zu benutzen wäre zu riskant, und der Chevy war bloß noch ein ausgebrannter, kugeldurchsiebter Schrotthaufen und wurde höchstwahrscheinlich bereits von den Kriminaltechnikern in der Werkstatt der Polizei auseinandergenommen.

Das Geräusch eines sich öffnenden Garagentors riss ihn aus seinen Grübeleien, doch es war leider bloß die große, schlanke Blonde, die Freitagabend sturzbetrunken und laut »Bohemian Rhapsody« schmetternd nach Hause gekommen war.

Er dirigierte Mutt ein wenig näher zum Haus, als die Blonde

leise über faule Brüder und noch faulere Vermieter schimpfend zwei Mülltonnen von der Garage an den Straßenrand zerrte.

Das Haus gehörte Raphael Sokolov, dem Detective, der offiziell mit dem Fall betraut war, folglich musste dies seine Schwester Sasha sein, die als Sozialarbeiterin tätig war. Es war ein Kinderspiel gewesen, alle wichtigen Informationen über die Sokolovs zu googeln. Sie trug ihr Haar zu einem losen Knoten im Nacken geschlungen, eine perfekt geschnittene Hose und flache Schuhe, in denen sie nun mit athletischer Anmut in die Garage zurücktrabte.

Sie würde sich gut auf dem Bett in meinem Gästezimmer machen.

»Wuff«, murmelte er. Augenblicklich reagierte Mutt auf sein Stichwort und bellte fröhlich.

Die Frau wandte sich um, während er mit übertriebenen Gesten so tat, als versuche er, den Airedale zu beruhigen. »Still jetzt, Junge. Die nette Dame hat keine Zeit, mit dir zu spielen.«

»Ooh«, säuselte die Blonde und ging auf ein Knie, um Mutts Kopf zu tätscheln. Mutt hob eine Vorderpfote zum Abklatschen, was die Frau mit einem begeisterten Lachen quittierte. »Du bist mir ja ein Charmeur, was? Und so süß. Wie heißt du denn?«

»Rolf«, log er.

Ihre Augen begannen zu leuchten. »Wie der Hund bei den *Muppets*?« Sie kraulte Mutts Ohren. »Der am Klavier. Der hieß doch auch Rolf.«

In Wirklichkeit hieß der klavierspielende Hund Rowlf. Rolf Gruber war der österreichische Nazi-Briefträger, der die Trapp-Familie am Ende von *The Sound of Music – Meine Lieder, meine Träume* denunzierte. Er hatte Rolf schon immer gemocht.

Sashas Fehler war allerdings verzeihlich, deshalb lächelte er sie an. »Genau.«

Sie tätschelte ein letztes Mal liebevoll Mutts Kopf. »Auf Wiedersehen, mein Süßer. Ich würde ja gern den ganzen Tag mit dir spielen, aber leider muss ich zur Arbeit.«

Nein!, hätte er am liebsten gerufen, doch er brauchte dringend Informationen, deshalb beherrschte er sich. »Rolf hatte gehofft, seine kleine Freundin wiederzusehen, den winzigen Wuschel.«

Sie lächelte. »Brutus. Gerade ist sie nicht zu Hause, aber vielleicht dreht sie später noch eine kleine Runde.« Winkend trabte sie zu ihrem Wagen, stieg ein, stieß rückwärts aus der Garage und fuhr mit einem letzten Winken davon, während das Tor langsam zuglitt.

Sie war nett. Daher würde er sie in Ruhe lassen, auch wenn sie sich mit Fesseln auf seinem Gästebett noch so wunderbar machen würde.

Mit Daisy hingegen sahen die Dinge anders aus. »Na gut, Mutt. Sieht so aus, als kämst du später noch zu einem zweiten Spaziergang.« Er wandte sich um und schlug den Heimweg ein.

Und wenn Daisy zu Hause ist? Was willst du dann mit ihr machen? Sie schnell zu töten, wäre am sichersten. Mit ein bisschen Glück hätte er den Fed bis dahin längst erwischt, sodass er entweder seinen Verletzungen erlegen oder zumindest im Krankenhaus wäre. Und damit wäre Daisy ganz allein.

Er hatte sich auf dem Weg hierher alles genau überlegt. Am besten wäre es, Daisy auf ihrer Gassirunde zu erwischen. Er könnte so tun, als sei er völlig überrascht, dass sie Nachbarn waren. Bestimmt erinnerte sie sich an ihn – den armen arbeitslosen Theaterpädagogen aus der Zoohandlung. Ihr kleiner Handtaschenhund könnte ein bisschen mit Mutt spielen, während sie Vertrauen fasste und unachtsam wurde. Seine Wunschlösung wäre, sie zu sich nach Hause mitzunehmen, um sie eine Weile hierzubehalten … nicht etwa, weil sie so nett war. Nein, es würde ihr noch sehr, sehr leidtun, dass sie ihn angeschossen hatte. Notfalls würde er sie an Ort und Stelle erschießen, falls sich jedoch die Chance bot, sie mitzunehmen, würde er sie ergreifen.

Wichtig war, sie allein zu erwischen … *den Rest kriege ich dann schon hin, so oder so.*

Den restlichen Heimweg malte er sich aus, was er mit ihr anstellen würde. Er würde sie eine Weile behalten, so viel stand fest. Das bedeutete, dass er mit Zandra eher früher als später fertig sein musste, weil er den Platz für Daisy benötigte.

Er stand in der Küche und gab Mutts Fressen in seinen Napf, als sein Handy summte. Schlagartig verflog seine gute Laune wie der Frühnebel im Sonnenschein.

Sydney. Diese beschissene Sydney.

Ich habe im Büro angerufen, um zu fragen, wann du aus NYC zurückkommst, aber es hieß, du hättest dich krankgemeldet. Was ist los?

Scheiße, scheiße, scheiße. Er stellte den Futternapf auf den Boden, pfiff Mutt herbei und setzte sich an den Küchentisch. Mit der rechten, schwächeren Hand auf dem Handy zu tippen war möglich, aber anstrengend. Er entschied sich für die Ausrede, mit der sie sich am leichtesten auf Abstand halten ließ.

Ich habe die Grippe. Wahrscheinlich ansteckend. Fieber und Schüttelfrost.

Du Ärmster. Ich kann dir gern Hühnerbrühe rüberschicken lassen.

Er stieß ein sarkastisches Lachen aus. »Weil du eher tot umfallen würdest, als dich selbst um andere zu kümmern«, sagte er laut, doch niemand hörte es. Wie immer. Er konnte sich noch gut erinnern, wie sie ihn gezwungen hatte, mit zehn sein eigenes Erbrochenes aufzuwischen, als ihm übel geworden war. Er hatte um Hilfe gebettelt, doch auch in diesem Moment war seine Stimme ungehört geblieben.

Jeder Piranha besaß mehr Mütterlichkeit als Sydney.

Andererseits war sie genau die Frau, als die sie sich stets präsentierte – eine Ehefrau zum Herzeigen, deren Aufgabe darin bestand, gertenschlank und perfekt geschminkt zu sein und dafür zu sorgen, dass die Villa jederzeit partybereit war.

Oh, und … ihren reichen Ehemann zu vögeln.

Und dessen minderjährigen Sohn.

Wieder summte sein Handy. Sonny? Muss ich dich besuchen kommen?

Er hasste es, wenn sie ihn Sonny nannte. Hasste es, wenn sie mit einem »Besuch« drohte. Das hier war sein Zuhause. Seines ganz allein. Sie war hier nicht willkommen. Schlimm genug, was sie in ihrem Bett trieben, dem seines Alten.

Aber nicht in meinem.

Atme. Einatmen, anhalten, ausatmen. Sein Puls beruhigte sich weit genug, dass sein Kopf sich nicht länger anfühlte, als würde er gleich platzen.

Ich habe mich erbrochen.

Diese Nachricht brachte sie für ein paar Minuten zum Schweigen, während er seine Yoga-Atmung fortsetzte.

Tut mir leid, schrieb sie mit einem grünen Übelkeitsemoji. Ruh dich aus. Wir hören uns später. Vielleicht komme ich ja vorbei und pflege dich ein bisschen.

Prompt drehte sich ihm der Magen um, und ihm war tatsächlich schlecht. »Ein bisschen pflegen« hatte für Sydney eine gänzlich andere Bedeutung als für jeden anderen Menschen. Allein beim Gedanken daran kochte die blanke Wut ihn ihm hoch, vermischt mit Furcht.

Nein. Sie würde nicht herkommen, würde ihn nicht in seinen eigenen vier Wänden demütigen. Seine Hände zitterten vor Wut, als er zurückschrieb.

Keine gute Idee. Ich will dich nicht anstecken. Es ist wirklich übel. Er schickte die Nachricht ab, doch die Wut blieb. Eilig steckte er das Handy ein, ehe er es quer durch den Raum schleudern konnte.

Er erhob sich. Wenn er Platz für Daisy schaffen wollte, sollte er langsam in die Gänge kommen. Zandra wartete. Er würde sie brechen und sie dann töten. Heute.

23. KAPITEL

Sacramento, Kalifornien
Montag, 20. Februar, 09.30 Uhr

»Danke, Rosemary«, sagte Daisy, während sie mit dem Telefon am Ohr auf dem Flur vor Gideons Zimmer auf und ab ging. »Trish hat keiner festen Kirche angehört, dafür hat sie viel Zeit im Gemeindezentrum verbracht.«

Sie wünschte, sie hätte Brutus bei sich, doch eine der Schwestern führte sie Gassi, wofür sie prinzipiell ja sehr dankbar war, doch sie war so … aufgewühlt. Sie stand am Rande einer handfesten Panikattacke.

O Gott, ich brauche etwas zu trinken. Sie blieb abrupt stehen. *Nein. Kein Alkohol. Du brauchst keinen Drink.* Vielleicht war es ja gut, dass sie mit ihrer Sponsorin sprach. Sie räusperte sich. »Ich bin dir für deine Hilfe sehr dankbar. Wirklich. Die Sokolovs und mein Vater kümmern sich um ein Bestattungsunternehmen und einen Reverend, und ich habe die Suche nach dem geeigneten Raum übernommen.«

»Ich bin …« Rosemary seufzte. »Mir fehlen die Worte, um zu beschreiben, wie ich mich fühle … ich fühle mich geehrt, dass ich helfen darf. Trish war so ein besonderer Mensch. Alle im Gemeindezentrum mochten sie. Wenn wir auch ihre Kollegen und ehemaligen Schulkameraden einladen, brauchen wir den größten Raum hier. Habt ihr euch schon ein Datum überlegt?«

»Nein. Der Rechtsmediziner hat …« Sie kämpfte gegen ihre aufsteigenden Tränen an. »Der Rechtsmediziner hat ihre Leiche noch nicht freigegeben, deshalb kann ich nicht sagen, wann es so weit sein wird.«

Rosemary schwieg lange Zeit. »Geht es dir gut, Daisy?«, fragte sie dann.

Daisy sank auf einen der Stühle, umklammerte mit der Rechten die Lehne und hielt mit der Linken ihr Handy so fest, dass sie fürchtete, es breche gleich in Stücke. »Nein«, flüsterte sie. »Es geht mir überhaupt nicht gut. Ich bin weit davon entfernt.«

»Wo bist du gerade, Süße?«

»Im Wartebereich des Krankenhauses. Ich darf nicht alleine raus, um frische Luft zu schnappen. Nicht mal Brutus darf ich Gassi führen, sondern eine der Schwestern erledigt es gerade.«

»Wieso bist du denn im Krankenhaus?«

»Oh.« Sie hatte das letzte Mal am Samstag mit Rosemary gesprochen, um ihr die Nachricht von Trishs Tod zu überbringen, da sie auch deren Sponsorin gewesen war. »Da gibt es wohl so einiges, worüber ich dich auf den neuesten Stand bringen sollte.«

»Das hört sich ganz danach an. Ich habe mir gerade meinen Kaffee eingeschenkt und eine Zigarette angezündet. Schieß los, Herzchen.«

Also begann Daisy zu erzählen. Von ihrer Fahrt nach Redding mit Gideon – wobei sie unterschlug, weshalb sie dorthin gefahren waren und dass sie die Nacht mit ihm verbracht hatte –, der Schießerei in Macdoel, dem Hubschraubertransport ins Krankenhaus in Sacramento und der Tatsache, dass zwei weitere Menschen hatten sterben müssen, weil sie den Schützen nicht hatte aufhalten können.

»Du hast Agent Reynolds das Leben gerettet«, sagte Rosemary mit einem Anflug von Ehrfurcht in der Stimme.

»Aber nicht dem Mann auf dem Parkplatz und auch nicht der Krankenschwester.«

»Trotzdem bist du nicht für ihren Tod verantwortlich. Das ist dir doch klar, oder, Daisy?«

»Ja, rein verstandesmäßig schon«, flüsterte Daisy.

»Aber das Herz verdreht die Dinge manchmal ein wenig, vor allem, wenn wir unter Druck stehen. Und der Druck, unter dem du diese Woche gestanden hast, ist enorm. Ich dachte, schlimmstenfalls erzählst du mir, du hättest deinen Job hingeschmissen.«

»Weshalb sollte ich das tun?«, fragte Daisy verblüfft.

»Ich habe mir deine Sendung vorhin angehört, aber da war ein anderer Moderator am Mikrofon, der meinte, TNT hätte ein paar Tage Urlaub genommen und du seist leider krank. Daraus habe ich geschlossen, dass die Senderleitung TNT wegen seiner Unverschämtheiten am Freitag beurlaubt hat.«

Daisy stieß den Atem aus. »Das habe ich völlig vergessen. Tad hat sich wie der letzte Idiot bekommen und sich nach der Sendung sogar noch mit dem Chefredakteur angelegt, deshalb haben sie ihn rausgeschmissen. An die Sendung habe ich nicht einen Gedanken verschwendet und habe weder um eine Vertretung, ein paar freie Tage oder sonst etwas gebeten.«

»Daisy«, tadelte Rosemary milde. »Du arbeitest für Karl Sokolov. Der Mann ist dein Patenonkel und weiß bestimmt genau, was du gerade durchmachst. Ich nehme an, er und seine Frau waren im Krankenhaus an deiner Seite. Glaubst du wirklich, du müsstest in so einer Situation offiziell Urlaub einreichen?«

Daisy lachte leise. »Stimmt auch wieder. Am Freitag schien das mit TNT noch eine Riesensache zu sein … bevor alles andere passiert ist.«

»Wie Agent Reynolds?«

Daisys Wangen wurden rot. »Ja. Ich mag ihn. Sehr sogar.«

»Das dachte ich mir schon«, erwiderte sie trocken. »Wie lange muss er noch im Krankenhaus bleiben?«

»Eigentlich wollte man ihn heute Nachmittag entlassen. Er ist eingeschlafen, deshalb bin ich rausgegangen. Ich wollte sicher sein, dass wir einen Raum für Trishs Trauerfeier haben, bevor noch etwas Schlimmes passiert.«

»Normalerweise würde ich immer sagen, dass eine Katastrophe nicht zwangsläufig die nächste nach sich ziehen muss, aber ich verstehe dich natürlich. Doch nun zurück zu Agent Reynolds. Bilde dir bloß nicht ein, ich hätte nicht gemerkt, dass du das Thema wechselst.«

Diesmal war Daisys Lachen aufrichtig. »Dich kann man nicht so einfach täuschen, Rosemary.«

»Also, erzähl mir von ihm.« Daisy konnte Rosemarys Lächeln förmlich vor sich sehen.

Also begann sie von ihm zu erzählen, seine Geheimnisse selbstverständlich ausgenommen. Und ihr wurde ein weiteres Mal bewusst, weshalb sie vom ersten Moment an gespürt hatte, dass Rosemary die perfekte Sponsorin für sie war. Sie besaß die Gabe, augenblicklich eine Verbindung zu Menschen herzustellen, die richtigen Fragen zu stellen.

»Er weiß Bescheid, dass du trockene Alkoholikerin bist?«

»Ja. Schon vom ersten Abend an, als wir uns begegnet sind.«

»Also vor drei Tagen?«

Daisy runzelte die Stirn. »Dreieinhalb«, korrigierte sie.

Rosemary lachte. »Okay. Und diese dreieinhalb Tage waren das reinste Chaos. Ich will nicht sagen, er sei falsch oder schlecht für dich, vielmehr scheint er ein ganz wunderbarer Mann zu sein. Sei einfach vorsichtig, Süße. Ich habe zu oft erlebt, wie zwei Menschen sich überstürzt ineinander verliebt haben.« Die Zuneigung in ihrer Stimme war unüberhörbar.

»Das werde ich. Und ich stelle ihn dir so schnell wie möglich vor. Wie klingt das?«

»Sehr gut. Wie geht es dir jetzt?«

»Schon besser«, antwortete Daisy wahrheitsgetreu. Die Tür ging auf. Die Schwester trug Brutus herein und lachte leise, als die Hündin ihr die Wange leckte.

»Sie hat sich draußen ein bisschen ausgetobt«, erklärte die Schwester und drückte Brutus ein letztes Mal an sich. »Aber jetzt hat sie Sehnsucht nach Frauchen.«

»Danke«, erklärte Daisy mit Nachdruck und streckte die Arme nach ihrer kleinen Retterin aus, die Daisys fragilen Zustand wie üblich sofort spürte und sich an sie schmiegte. »Vielen herzlichen Dank.«

»Jederzeit gern. Ich musste regelrecht darum kämpfen, dass ich sie kriege und keine meiner Kolleginnen.« Mit einem letzten Winken verließ die Schwester den Raum.

»Brutus ist wieder da«, sagte Daisy zu Rosemary. »Jetzt geht es mir gleich noch besser.«

»Das ist schön. Du weißt, was ich dir jetzt gleich sagen werde, oder?«

»Dass ich an einem Meeting teilnehmen und mir einen Therapeuten suchen soll.«

»Genau. Du könntest auch bald Sponsorin sein, Daisy.«

»Nicht ich. Noch nicht.« Allein beim Gedanken an die Verantwortung wurde Daisy ganz anders. »Und ich kann erst wieder zu einem Meeting kommen, wenn sich alles hier beruhigt hat. Gerade würde ich nur alle in Gefahr bringen. Wo wir wieder bei Trishs Trauerfeier wären. Es wird Security und Kameras geben.«

»Warum?«, fragte Rosemary, der das Ganze gar nicht zu gefallen schien.

»Weil ich da sein werde. Und Gideon. Und weil der Mann, der sie getötet hat, womöglich auftaucht.«

Rosemary seufzte. »Dann werden einige wohl nicht kommen. Vor allem die Leute aus unserer AA-Gruppe. Viele werden nicht vom Sicherheitspersonal gefragt werden wollen, woher sie Trish kannten.«

»Verständlich. Sollten sie den Kerl rechtzeitig schnappen, wird es nicht nötig sein, aber falls eben doch, sollten wir vielleicht eine separate Feier nur für die AA-Leute veranstalten.«

»Okay. Das Ganze gefällt mir nicht, aber ich kann es verstehen. Sobald du weißt, wann die Feier stattfinden kann, soll die

Polizei oder das FBI sich mit mir in Verbindung setzen. Ich kümmere mich dann um alles andere.«

»Danke. Ich danke dir von Herzen.«

Sie beendete das Gespräch und kehrte in Gideons Zimmer zurück, wo sie ihn – wenig überraschend – mit dem Laptop auf dem Schoß vorfand. »Du kriegst Ärger.«

Er sah auf und lächelte. Obwohl ihm das Haar vom Kopf abstand und Kinn und Wangen nach einer Rasur schrien, sah er wie ein Filmstar aus. »Ich dachte, du wärst schon nach Hause gegangen.«

»Nein, ich habe nur ein paar Anrufe erledigt.« Brutus noch immer an sich geschmiegt, setzte sie sich neben sein Bett und spürte, wie sich der winzige Brustkasten des Hündchens bei jedem Atemzug hob und senkte – der stete Rhythmus hatte etwas Beruhigendes. »Was machst du?«

»Hast du etwas gegessen?«

»Ja, die Schwester hat mir dein Frühstück gegeben, weil du tief und fest geschlafen hast. Sie bringt dir ein frisches Tablett. Die Eier würde ich lieber nicht essen, die Würstchen waren ganz okay. Also. Was treibst du da?«

Er blickte auf den Bildschirm. »Ich hatte einen Quasi-Traum.«

»Was ist denn ein Quasi-Traum?«

»Ich glaube, es ist wirklich passiert, allerdings steckt es irgendwo in meinem vernebelten Hinterkopf fest, auf den ich gerade keinen Zugriff habe.«

»Das liegt an der Narkose. Und was war es?«

Er sah sie an. »Hast du nicht gefragt, ob die Männer von Eden der Gemeinschaft beigetreten seien, weil sie etwas zu verbergen hätten?«

Sie sah ihn verwirrt an. »Keine Ahnung. Wann soll ich das gesagt haben?«

»Direkt bevor der Wagen gestern abgesoffen ist.«

Stirnrunzelnd strich sie mit der Wange über Brutus' flauschige Fledermausohren und durchforstete ihr Gedächtnis. »Ja, genau! Ich habe gesagt, dass meine Familie ins Nirgendwo gezogen sei, um sich zu verstecken, und habe laut sinniert, weshalb die Erwachsenen in Eden sich freiwillig für ein Leben in so einer primitiven Umgebung entschieden haben könnten. Die Beweggründe deiner Mutter konnte ich nachvollziehen, allerdings habe ich mich gefragt, was die Männer bewogen haben mochte. Du sagtest, darüber hättest du auch schon nachgedacht. Und dann hat der Motor gestreikt.« Sie sah ihn forschend an. »Warum?«

»Weil ich mit diesem Gedanken aufgewacht bin. Vielleicht weil es der letzte bewusste Gedanke war, bevor ich in den Überlebensmodus umgeschaltet habe.«

»Und?«

»Und ich habe mich gefragt, ob sie sich verstecken wollten. Männer wie Edward McPhearson und Ephraim Burton.«

Der Mann, der versucht hatte, ihn zu missbrauchen, und beim Kampf zwischen ihnen umgekommen war. Und Burton, der ihn hatte töten wollen, um den Tod seines Freundes zu rächen. Und dem nun dank Gideons Geschick mit dem Messer ein Auge fehlte.

»Wovor hätten sie sich denn verstecken können?«

»Gute Frage. Ich habe ihre Namen durch die Datenbank laufen lassen, allerdings kam nichts heraus, was nicht weiter verwunderlich ist. Dass sie ihre Namen mit dem Eintritt in die Gemeinschaft geändert haben, war zu erwarten.«

»Und dann?«

»Tja, aber jetzt haben wir ja die Fotos, die ich damals nicht hatte. Ich habe die beiden Hochzeitsfotos aus Eileens Medaillon an meinen Freund Tino in Philly geschickt.«

»Jener Freund, der von Eileen eine Aufnahme angefertigt hat, die zeigt, wie sie heute aussieht? Damit er dasselbe umgekehrt mit den Männern macht?«

Er nickte. »Ich dachte mir schon, dass du es verstehen würdest.«

Erfreut über das Kompliment, lächelte sie. »Und?«

»Tja, er muss das Foto von Ephraim Burton mit Photoshop so bearbeiten, dass er wieder zwei intakte Augen hat, dann schickt er es mir … so schnell wie möglich. Er weiß, dass das FBI nun offiziell den Fall übernommen hat, deshalb kann er auf die Tube drücken.«

»Wie weit willst du zurückgehen?«

»Mindestens zehn Jahre. Ich war acht Jahre lang in der Gemeinschaft, und als wir kamen, waren sie schon dort, und zwar eine ganze Weile. Als Nächstes lasse ich die Fotos durch die Datenbank mit einer Gesichtserkennungssoftware laufen und sehe, was dabei herauskommt.«

»Gut gemacht, Gideon«, lobte sie.

Er grinste. »Danke. Mit wem hast du telefoniert?«

Ihr Lächeln verflog. »Ich habe versucht, einen geeigneten Raum für Trishs Trauerfeier zu organisieren. Um alles andere kümmern sich die Sokolovs.«

Sofort wurde auch er ernst. »Es tut mir leid, Schatz.«

Der Kosename wärmte ihr das Herz. »Danke. Rosemary sorgt dafür, dass die Feier größtenteils im Gemeindezentrum stattfinden wird, weil ich mich ja nicht um eine Alternative kümmern kann.«

»Wer ist Rosemary?«

»Meine Sponsorin. Sie war auch Trishs Sponsorin.«

Er nickte langsam. »Hast du Gelüste, Daisy?«

Sie schloss die Augen. »Ja. Und es ist schlimm. Mit Rosemary zu reden hat mir sehr geholfen, aber … o Gott.« Sie schluckte. »Ich muss mich irgendwie beschäftigen. Muss etwas tun, das mich … davon ablenkt. Und sag nicht, ich soll gehen. Ich will nicht gehen. Ich muss hier sein. Bei dir. Und … o Gott, Gideon, ich … Ich muss irgendwie auf andere Gedanken kommen. Dass

Irina und Karl mich holen kommen, möchte ich nicht, und zwar nicht nur, weil ich sie nicht in Gefahr bringen will, sondern hauptsächlich deswegen, weil mein Vater denkt, ich sei rückfällig geworden, wenn er mich so sieht. Das bin ich aber nicht. Nicht mal ansatzweise, aber …« Sie unterbrach sich.

Er tätschelte einladend die Matratze neben sich. »Komm her. Und Brutus auch. Inzwischen mag sie mich.«

»Sie mochte dich auch schon vorher.« Daisy kletterte auf das Bett, schmiegte sich an ihn und packte den Laptop, als er von seinem Schoß zu rutschen drohte. »Ich tue dir doch nicht weh, oder?«

»Überhaupt nicht. Mach das Mailfenster zu.« Er nickte auf den Bildschirm. »Meine Arme sind gerade anderweitig im Einsatz.«

Ein Arm hing in einer Schlinge, der andere lag locker um ihre Schultern. Sie grinste, als der Vorspann einer Serie den Bildschirm füllte. »Du hast dir *Buffy* angesehen?«

»Ja, ich habe es hochgeladen, falls mir langweilig wird. Oder falls jemand kommt und mich beim Arbeiten erwischt. Los, sehen wir uns die Folge an. Dann sind wir abgelenkt, bis die mich hier rauslassen.«

Sie lachte leise. »Danke.« Sie lehnte sich zurück und küsste seinen Kiefer. »Ehrlich.«

»Jederzeit. Am besten wir fangen ganz von vorn an, bei der ersten Folge der ersten Staffel. So macht eine Seriensession am meisten Spaß.«

»Wir könnten auch zu dem Teil vorspulen, wenn sie Angel kennenlernt.«

»Nein. Und sag bloß nicht, du bist Team Angel.«

»Sag du bloß nicht, du bist Team Spike.«

»Keine Fragen, keine Lügen«, erwiderte er geschmeidig.

Sie drückte auf PLAY. »Geht klar.«

Sacramento, Kalifornien
Montag, 20. Februar, 10.15 Uhr

Es war fürchterlich umständlich gewesen, den Latexhandschuh über seine verbundene Hand zu ziehen, doch er wollte vermeiden, dass Blut an seinen Verband kam. »Ah.« Endlich saß alles. »Los geht's.«

Zandra starrte ihn trotzig an. Sprechen konnte sie nicht, weil er ihr einen Knebel in den Mund geschoben hatte, den er ihr nun vorsichtig herausnahm und die Finger zurückriss, als sie abrupt den Kiefer zuklappte.

»Hättest du mich gebissen, hätte ich dich getötet.«

»Du bist …« Sie hustete und hustete. Er wartete, bis sie sich beruhigt und Atem geschöpft hatte, ehe er ihr ein wenig Wasser in den Mund tröpfelte. Gierig schluckte sie und hob den Kopf, als er die Flasche wegnahm. »Mehr«, krächzte sie.

»Sag, dass es dir leidtut«, befahl er mit einem Lächeln.

»Fahr zur Hölle«, stieß sie hervor. Bestimmt hätte sie ihn abermals angespuckt, doch ihr Mund musste völlig ausgedörrt sein.

»Nicht heute«, erwiderte er, noch immer lächelnd. »Du hingegen …« Er wurde ernst. »Gibt es irgendetwas in deiner Religion, das du noch brauchst, bevor du abtrittst? Sterbesakramente oder so etwas?«

Sie schwieg eisern, doch er sah die Furcht in ihren Augen. Und er wollte sie auch hören, wollte den Respekt hören.

»Sag, dass es dir leidtut, Zandra.«

Sie schloss die Augen und wandte den Kopf ab.

Ihm riss der Geduldsfaden. Er vergrub die Linke in ihrem Haar, riss ihren Kopf hoch und verpasste ihr mit der Rechten einen so heftigen Hieb ins Gesicht, dass ihr Kiefer aus dem Gelenk sprang. Mit einer abrupten Bewegung schob er ihn zurück. Sie stöhnte leise auf.

»Sag, dass es dir leidtut, Zandra«, zischte er.

Sie atmete ein. Und aus. Und sagte nichts. Ihre Augen waren immer noch geschlossen.

Er knallte ihren Kopf auf die Matratze zurück, woraufhin sie neuerlich stöhnte. Doch das reichte nicht.

»Mach die Augen auf.« Er umfasste ihr Kinn und grub die Finger in das weiche Fleisch ihrer Wangen. »Mach. Die. Augen. Auf.«

Sie sagte nichts und ließ die Augen weiter geschlossen.

Frustriert riss er seine Schublade mit den Utensilien auf und nahm eine Rolle Klebeband heraus, von der er umständlich zwei lange Stücke absäbelte, ihr auf die Lider klebte und sie nach oben zog, sodass ihre Augen geöffnet blieben.

»Du brauchtest ja unbedingt die harte Tour.« Schon jetzt war er völlig außer Atem. Ihr Widerstand befeuerte und ärgerte ihn gleichermaßen. Nur erregt war er nicht. Erregen konnten sie ihn alle nicht.

Das war bloß bei Daisy passiert. Aber nur bei der netten Daisy in der Zoohandlung, nicht bei dem Miststück, das ihn angeschossen hatte … der Hure, die sich von dem Fed beschützen ließ. Und auch noch mit ihm schlief.

Er wollte die nette Daisy. Das war die Daisy, die er brauchte. Er ließ den Blick über das Bett und die Fesseln schweifen. Das Blut aus Zandras Wunden. Vielleicht würde Daisy sich ja von einer netteren Seite zeigen, wenn sie erst einmal ein bisschen unter Druck gesetzt worden war.

Auch sie würde er schon noch dazu bringen, um Verzeihung zu bitten. Allein bei der Vorstellung, wie Daisy auf dem Boden vor ihm kniete und um Vergebung flehte, schoss ihm das Blut in den Unterleib und ließ ihn hart werden. Er wollte sie, was bei den anderen nicht der Fall gewesen war.

Er schwor sich, sie hierherzubringen und sie dann für eine lange Zeit zu behalten.

Aber zuerst musste er Zandras Willen brechen. Er packte seinen Schwanz und rieb ihn einige Male kräftig. Heute brauchte er vielleicht noch nicht mal eine der blauen Pillen.

»Also, noch mal, Zandra.« Er beugte sich so weit über sie, dass sie ihm in die Augen sehen musste. »Sag, dass es dir leidtut.«

Sie wandte den Kopf ab und blickte auf den geöffneten Schrank mit all seinen Souvenirs und Kinkerlitzchen. Sie zitterte. So mochte er es am liebsten.

»Du willst es wirklich auf die harte Tour, ja?« Er nahm die Messer aus der Schublade und arrangierte sie auf dem Tisch neben dem Bett. »Also, bisher hast du ein ›S‹, ein ›Y‹ und ein ›D‹. Ich war so nett und habe dir eine kleine Schonzeit gegeben. Aber nicht heute, denn heute habe ich nichts anderes zu tun, als mich um dich zu kümmern. Du kommst also in den Genuss meiner ungeteilten Aufmerksamkeit.«

Er nahm das erste Messer, runzelte jedoch die Stirn, weil es sich nicht richtig in seiner Hand anfühlte. »Du erinnerst dich noch ans letzte Mal, oder?«

Tränen liefen ihr aus den weit geöffneten Augen. Noch immer schwieg sie.

»Sag, dass es dir leidtut, Zandra.«

Ihr Kiefer mahlte, als wollte sie etwas sagen. »Fick dich«, flüsterte sie.

»Oh, dazu kommen wir noch«, versprach er. »Keine Angst.«

Sacramento, Kalifornien
Montag, 20. Februar, 13.55 Uhr

»Reynolds«, murmelte Gideon, als er sich das Handy ans Ohr hielt. Daisy, die irgendwann während der fünften *Buffy*-Folge eingeschlafen war, lag eng an ihn gekuschelt. Sein Arm schmerzte zu sehr, um schlafen zu können, doch ohne die Schmerzmittel funktionierte sein Verstand viel besser, deshalb verzichtete er lieber darauf.

Vor einer Stunde hatte die Schwester den Zugang in seiner Hand gezogen, ohne Daisy zu wecken, wofür er ihr dankbar war. Er musste den Kopf vom Kissen heben, um telefonieren zu können, doch diesen Preis bezahlte er mit Freuden, wenn er dafür die Frau im Arm halten durfte, die ihm in erschreckend kurzer Zeit so ans Herz gewachsen war.

»Molina hier. Ich habe mich um Ihren Antrag auf Personenschutz gekümmert. Agent Hunter wird Sie die nächsten Tage begleiten, zumindest aber bis zum Ende der Woche oder bis der Täter gefasst ist, je nachdem, was früher passiert.«

»Der Name sagt mir nichts«, erwiderte Gideon mit einem leichten Stirnrunzeln.

»Er ist neu. Das ist sein erster richtiger Einsatz, aber seine Vorgesetzten aus Quantico loben ihn sehr. Machen Sie ihm also bitte keinen Ärger.«

Gideon blinzelte. »Das hatte ich nicht vor.«

»Mag sein, allerdings sind Sie der Typ, der ihn beinhart abhängt, damit Sie ungestört Ihr Ding durchziehen können.«

Gideon blickte auf die schlafende Daisy neben sich. »Diesmal nicht. Ich verspreche es. Weil er auch auf Daisy aufpassen wird.«

Einen Moment lang herrschte Stille in der Leitung. »Gut«, sagte sie dann eine Spur sanfter. »Agent Schumacher hat mich gerade angerufen. Sie haben den beigen Wagen auf den Überwachungsbändern des Einkaufszentrums gefunden, in dem sich die Zoohandlung befindet.«

Gideon gab sich alle Mühe, überrascht zu klingen. »Ehrlich? Wo denn?«

»Pff. Ihr Jungspunde haltet euch alle für so schlau. Ich weiß genau, dass Sie es längst wussten, trotzdem schreibe ich den Erfolg ihr zu.«

»Gern. Ich will bloß, dass er geschnappt wird. Wer es tut, ist mir völlig egal.«

»Hmm. Das kaufe ich Ihnen sogar ab.« Sie stieß den Atem aus. »Die Leiche der Krankenschwester wurde am Flussufer angespült. Gerade überprüfen wir die Strömungsprotokolle, um herauszufinden, wo der Täter sie ins Wasser geworfen hat.«

Gideon seufzte. »Tut mir leid, das zu hören.« Bestimmt würde sich Daisy deswegen neuerlich Vorwürfe machen. »Was hat Schumacher sonst noch gesagt? Konnten sie irgendwelche Hinweise auf Eileen finden?«

»Sie haben sich mit Sammie Danton getroffen, die Eileen geholfen hat.«

»Und mir.«

»Und Ihnen. Wofür wir ihr alle sehr dankbar sind.«

Fast hätte er über ihre aufgesetzte Dankbarkeit gelacht, als ihm dämmerte, dass sie ihre steife Geziertheit immer genau dann zum Einsatz brachte, wenn ihr irgendetwas besonders naheging. »Und was ist mit Eileen?«

»Ich sage Ihnen das nur, weil Detective Sokolov Sie ohnehin in Kenntnis setzen wird. Sie haben das Diner gefunden, in dem sie gearbeitet hat. Der Besitzer hatte die Bänder der Überwachungskamera noch, allerdings waren sie ziemlich körnig. Er konnte sich erinnern, dass ein Mann aufgetaucht ist, der ihr massiv auf die Pelle gerückt ist. So sehr, dass er ihn beinahe rausschmeißen musste. Das war vor zwei Monaten. Agent Schumacher und die beiden Detectives sind bei der Überprüfung der Bänder dieses Tages auf einen Mann gestoßen, der genauso aussah wie der Mann auf den Bändern der Zoohandlung.«

Zwei Monate. *Eileen ist seit zwei Monaten tot.* Gideons Herzschlag setzte aus, und er gab sich alle Mühe, Ruhe zu bewahren, bevor die Schwester hereinstürmen konnte, weil sein Monitor Alarm schlug. »Also haben wir ein Gesicht?«

»Kein allzu deutliches, aber eine bessere Aufnahme als vorher. Wir schreiben ihn sofort zur Fahndung aus. Mehr habe ich für den Moment nicht, Agent Reynolds. Ich mache jetzt Schluss, damit Sie weiter ›nicht arbeiten‹ können.«

Er wusste, dass sie ihn mit ihrer Bemerkung zum Lächeln bringen wollte, doch es gelang ihm nicht. *Eileen ist seit zwei Monaten tot.* Ihr war gerade einmal ein Monat der Freiheit zwischen den Monstern in Eden und diesem Soziopathen geblieben. »Ja, Ma'am.«

Er beendete das Telefonat und ließ den Kopf auf das Kissen zurückfallen. Brutus richtete sich auf die Hinterläufe auf und sah ihn mit schief gelegtem Kopf und abstehenden Fledermausohren an, was ihr ein geradezu komisches Aussehen verlieh, wie eine Kreuzung aus Yoda und Gizmo aus *Gremlins.*

Bei ihrem Anblick musste er lächeln. Ein wenig. Mit einem Mal war er so müde, dass er die Augen nicht länger offen halten konnte.

Irgendwann schreckte er aus dem Schlaf hoch, als er jemanden registrierte, entspannte sich jedoch wieder, als er Irina und Karl an seinem Bett stehen sah.

»Hey«, flüsterte er. »Weckt sie nicht auf. Sie war die ganze Nacht wach.« Weil sie geweint hatte, aber das behielt er für sich.

Mit einem breiten Grinsen deutete Irina auf die andere Seite seines Bettes. Langsam wandte Gideon den Kopf, während sich sein Magen schmerzhaft verkrampfte. *Scheiße.* Der große, schlanke Mann hatte nur wenig Ähnlichkeit mit der zierlichen, bildhübschen Frau, die ihn gerade als Kissen benutzte. Bis auf einen gewissen Zug um den Mund, wenn sie wütend waren.

Was ihr Vater gerade zu sein schien, als er sie beide eng umschlungen im Bett liegen sah.

»Mr Dawson«, murmelte Gideon, wobei es ihm gelang, sich trotz seiner leisen Stimme ein Minimum an Würde zu bewahren.

»Agent Reynolds.« Frederick Dawson nickte ihm mit einem demonstrativen Blick auf seine Tochter zu.

»Sie hat die ganze Nacht geweint«, erklärte Gideon eilig. »Das Ganze ist ihr mächtig nahegegangen. Wenn Sie es also auf eine Macho-Handschlag-Nummer und eine Tun-Sie-ihr-bloß-nicht-weh-sonst-setzt-es-was-Ansprache anlegen, möchten Sie vielleicht damit warten, bis sie aufgewacht ist.«

Der ältere Mann sah ihn durchdringend an, dann begannen seine Lippen zu zucken. »Freut mich, Ihre Bekanntschaft zu machen, Agent Reynolds«, sagte er ebenso leise wie Gideon.

»Gideon, bitte. Gleichfalls.«

Er sah zu Irina hinüber, die selbstgefällig grinste. »Du darfst dich gern setzen.«

Irina setzte sich mit der majestätischen Würde einer Königin, die auf ihrem Thron Platz nahm, während Frederick den anderen Stuhl mit Beschlag belegte, sodass Karl nur noch die Armlehne von Irinas Sessel blieb. »Wir haben mit dem Arzt gesprochen«, flüsterte Irina. »Er will dich in etwa einer Stunde entlassen, meinte aber, dass du vermutlich Physiotherapie brauchst. Cash lässt dir ausrichten, dass er das gern übernimmt.«

»Cash« war Cassian Sokolov, Sashas Zwillingsbruder und einer der offiziellen Physios des Basketballteams von Sacramento, der die Mannschaft ständig auf ihren Reisen begleitete. »Dafür hat er doch gar keine Zeit.«

»Für dich nimmt er sie sich, sagt er«, erklärte Karl. »Ich komme mir vor wie in einer Bibliothek … mit diesem ganzen Geflüster.«

Gideon lächelte, als ihm auffiel, dass Fredericks Blick voller Sorge auf seiner schlafenden Tochter ruhte. »Sie hat heute Morgen mit ihrer Sponsorin telefoniert«, sagte er. »Es geht ihr gut.«

»So schläft sie sonst nie«, murmelte Frederick. »So tief und fest, meine ich, sondern eher wie eine Katze … ständig auf dem Sprung und in Alarmbereitschaft.«

»Vielleicht fühlt sie sich bei unserem Gideon ja einfach geborgen«, bemerkte Irina wissend.

Gideon verdrehte die Augen und stellte zu seiner Erleichterung fest, dass ihm die Bewegung nicht länger einen sengenden Schmerz durch den Schädel jagte. »Euer Gideon ist hier im Raum.« Er zog eine Braue hoch. »Hat wenigstens einer von euch etwas zu essen mitgebracht?« Zwar hatte er nichts gerochen, doch Irinas Ungetüm von Handtasche könnte durchaus die eine oder andere Leckerei beherbergen.

»Ja. Noch ein paar *pirozhki.* Aber um sie zu essen, musst du Daisy loslassen.« Sie tätschelte ihre Tasche.

Natürlich. »Ich warte gern, bis sie wach ist.«

Irinas Lächeln war so breit und strahlend, dass er fürchtete, eine Sonnenbrille zu brauchen, Dawson hingegen wirkte auch jetzt noch besorgt.

»Was wurde bislang unternommen, um diesen Mann zu finden?«, fragte er.

Gideon setzte sie ins Bild, ließ jedoch unerwähnt, dass der Täter nicht einmal zwei Tage zuvor direkt neben Daisy am Tisch gesessen hatte. »Gerade sammeln wir Informationen.«

»Während er da draußen frei herumläuft und plant, wann er das nächste Mal zuschlägt«, brummte Dawson.

»Ich bekomme Personenschutz durch das FBI«, erwiderte Gideon und dankte Molina ein weiteres Mal im Geiste. »Deshalb ist auch Daisy in Sicherheit.«

Frederick schien nicht gänzlich beruhigt zu sein. »Mir ist schon klar, was Sie hier treiben. Daisys Sicherheit steht für mich an oberster Stelle, und Sie haben diesen Umstand für sich genutzt, um ihr möglichst nicht von der Seite zu weichen.«

Doch er wirkte nicht wütend, sondern nur schrecklich verängstigt. Willkommen im Club.

»Schuldig im Sinne der Anklage«, erwiderte Gideon leichthin, allerdings blieb ihm ein weiteres Gespräch erspart, da es an der Tür klopfte und Dr. Grisham, sein behandelnder Chirurg, hereinkam. Gleich zwei Mal vom Arzt gerettet.

»Mr Reynolds«, sagte Dr. Grisham. »Ich muss Sie mir nochmals kurz ansehen, bevor ich Sie entlassen kann. Würden die Anwesenden bitte für einen Moment nach draußen gehen? Auch die junge Dame.«

Gideon hob vorsichtig die Schulter, worauf Daisy hochschreckte. »Es ist Zeit zum Aufwachen.«

Sie stöhnte leise. »Ich will aber nicht«, nuschelte sie.

Gideon hob ein weiteres Mal die Schulter. »Eleanor«, sagte er scharf.

Daisy schnellte hoch und lief rot an, als sie sah, dass sie nicht länger allein waren. »Ich muss eingeschlafen sein.«

Gideon grinste. »Du hast geschlafen wie ein Stein. Aber der Arzt ist hier, deshalb musst du ein paar Minuten rausgehen.«

Daisy rieb sich die Augen. »Na gut.«

»Komm schon, Daisy.« Dawson half seiner Tochter beim Aufstehen und nahm die gähnende Brutus auf den Arm, die sich ohne Gebell in ihre Tasche verfrachten ließ. »Wir besorgen dir erst mal einen Kaffee, der weckt deine Lebensgeister.«

Irina beugte sich vor und küsste Gideon auf die Stirn. »Du kommst zu uns nach Hause. Ich werde dich pflegen.«

Was für eine verlockende Vorstellung. »Das klingt wunderbar. Danke.«

Der Arzt lächelte, als sich der Raum geleert hatte und nur noch er und die Schwester neben dem Bett standen. »Sie haben eine sehr nette Familie.«

»Das stimmt.« Und er hatte viel zu viele Geheimnisse vor ihr gehabt. Entschlossen verdrängte er den Anflug von Gewissensbissen und konzentrierte sich stattdessen auf seine Finger. »Ich kann sie immer noch nicht bewegen. Meine Finger, meine ich.«

»Doch. Ich habe es vorhin gesehen, als ich im Türrahmen

stand. Sie haben mit ihnen getrommelt, als der ältere Herr Ihrer Freundin aus dem Bett geholfen hat.«

Fassungslos blickte Gideon auf seine Finger. »Ehrlich? Aha. Er ist ihr Vater, und ich bin ihm heute das erste Mal begegnet. Vielleicht war ich ein bisschen abgelenkt.«

Der Arzt lachte leise. »Eine ziemlich denkwürdige erste Begegnung.« Er überprüfte die Nähte und nickte zufrieden. »Das sieht gut aus. Keine Entzündung, keine Anzeichen, dass sich etwas löst. Die Schwester wechselt Ihnen noch mal die Verbände und gibt Ihnen eine Liste mit Anweisungen und ein Rezept für ein Schmerzmittel mit.«

»Lieber nicht. Mit dem Zeug kann ich nicht klar denken.«

»Ihr Polizisten seid doch alle gleich«, schimpfte der Arzt. »Ich meine es ernst, Agent Reynolds. Sie brauchen Schlaf. Wenn Sie Schmerzen haben, finden Sie keine Ruhe, und ohne Ruhe kann die Wunde nicht heilen. Und wenn sie nicht heilt, können Sie weder zur Arbeit zurückkehren noch die Frau beschützen, die Sie vor fünf Minuten nicht loslassen wollten.«

Gideon sah ihn an. »Sie arbeiten mit ganz schmutzigen Tricks, Doc.«

Der Arzt nickte. »Sie sind nicht mein erster sturer Patient, deshalb kenne ich mich damit aus. Nehmen Sie die verdammten Tabletten und ruhen Sie sich aus. Und keine körperliche Anstrengung.«

Moment mal. Das klang aber nicht gut. »Und wenn ich derjenige bin, der in den Genuss einer solchen Anstrengung kommt?«

Die Lippen des Arztes zuckten, während die Schwester ihr Prusten mit einem Husten verbarg. »Tja, in dem Fall kann ich Ihnen nur sagen, genießen Sie's, aber halten Sie Ihren Arm ruhig.« Schwungvoll setzte er seine Unterschrift auf die Papiere. »Sie und Ihre Entourage dürfen jetzt gehen.«

Er verließ das Zimmer, und die Schwester trat ans Bett. »Ihre Mom hat überall erzählt, was für ein Held Sie sind.«

Gideons Herz zog sich zusammen. »Eigentlich ist sie gar nicht meine Mom.« Was kompletter Schwachsinn war. Irina hatte ihn vom ersten Moment bemuttert, als er vor ihr stand.

Die Schwester sah ihn erstaunt an. »Reden tut sie jedenfalls so.« Sie tätschelte ihm den gesunden Arm. »Jedenfalls haben Sie wunderbare Leute, die sich um Sie kümmern. Und jetzt schön stillhalten, damit ich den Verband wechseln kann.«

24. KAPITEL

Sacramento, Kalifornien
Montag, 20. Februar, 15.15 Uhr

»Danke, Agent Hunter«, sagte Daisy zu dem jungen Mann, den Gideons Vorgesetzte abgestellt hatte, um sie vom Krankenhaus nach Hause zu begleiten. »Es ist sehr nett von Ihnen, hier noch kurz haltzumachen.«

»Kein Problem, Ma'am«, erwiderte er. »Allerdings würde ich gern zuerst reingehen und mich vergewissern, dass alles okay ist.«

Sie schloss ihre Wohnungstür auf und folgte ihm erst hinein, nachdem er Entwarnung gegeben hatte. Gideon, ihr Vater, Karl und Irina waren ebenfalls mitgekommen, da Karl trotz Agent Hunters Gegenwart seinen Beschützerinstinkt nicht bezähmen konnte.

»Daisy!«, rief ihr Vater entsetzt und sah sich in dem Chaos um. »Was um alles in der Welt hast du hier getrieben?«

Daisy stand im Wohnraum und brachte keinen Ton heraus. Mit einem Mal war sie wieder das kleine Mädchen, das nicht wusste, was es zu seiner Verteidigung vorbringen sollte – Sarkasmus hatte ihr gelegentlich einen Lacher beschert, manches Mal allerdings auch die strikte Anweisung, sofort auf ihr Zimmer zu gehen, gepaart mit einer Latte an zusätzlichen Hausarbeiten.

Taylor war die Einzige der Schwestern, deren Antennen fein genug für die Launen ihres Vaters waren. Plötzlich wünschte Daisy sich inbrünstig, ihre Schwester wäre hier.

Zum Glück hatte Gideon in diesem Punkt keinerlei Hemmungen. »Sie hat das Apartment zu ihrem Zuhause gemacht«, erklärte er ihrem Vater. »Ich finde die Wandgemälde großartig, vor allem jenes, das die Straße zeigt. Sie hat das Leben im Viertel wunderbar eingefangen, finden Sie nicht auch?«

Frederick öffnete den Mund, schloss ihn wieder und hüstelte. »Ja. Natürlich. Die Bilder sind sehr schön, Daisy.«

Am liebsten hätte Daisy die Augen verdreht. Ihr Vater bemühte sich. Wenn auch ohne Erfolg. Selbst wenn er versuchte, sich positiv zu zeigen, wirkte er steif und herablassend.

»Sie sind tatsächlich sehr gut«, schaltete sich Karl voller Bewunderung ein. »Ich habe schon Wandgemälde in Galerien gesehen, die nicht mal ansatzweise an diese hier heranreichten. Du hast mir nie erzählt, dass du so gut malen kannst, Daisy. Wir sollten uns mal unterhalten, wie wir dein Talent nutzen könnten. Vielleicht für einen guten Zweck. Oder sogar für ein Stadtverschönerungsprojekt. Ich habe erst kürzlich mit dem Kulturreferenten gesprochen und …«

»Sie unterrichtet Kunst im Gemeindezentrum.« Der Stolz in Gideons Tonfall war unüberhörbar.

Daisys Wangen begannen zu glühen. »Das ist doch nichts Besonderes.«

»Es ist wichtig für die Gemeindemitglieder«, beharrte Gideon. »Und die Stoffe da drüben? Daraus hat sie die Flossen für die Aufführung der *Kleinen Meerjungfrau* im Gemeindezentrum genäht. Und Ursulas Kostüm.«

»Das Ganze war als Wohltätigkeitsveranstaltung geplant, um Spenden für ein LGBTQ-Jugendwohnheim zu sammeln«, warf Irina ein. »Sasha und ich haben uns eine der Aufführungen angesehen. Sie war wunderbar.«

Frederick schloss die Augen. »Ich bin wieder mal mitten ins Fettnäpfchen getreten, was?«

Daisy stellte sich auf die Zehenspitzen und gab ihm einen Kuss auf die Wange. »Ja, aber ich bin trotzdem froh, dass du hier bist.«

»Tut mir leid, Schatz«, sagte Frederick und ließ abermals den Blick umherschweifen. »Es ist einfach bloß eine Menge Zeug.«

Sie lächelte. »Ich weiß, aber du hättest erst mal sehen sollen, was ich alles in den Laden zurückgetragen habe.«

Gideon schnaubte. »Dasselbe hat sie auch zu mir gesagt, weil ich ebenfalls ein bisschen überrascht war.«

Sie blickte Gideon über die Schulter hinweg an, der ihr zuzwinkerte. Es war ein herrliches Gefühl, dass er offensichtlich mit ihrem Vater umzugehen wusste. »Los, hol deine Sachen, Daisy, damit wir endlich zu Irina und Karl weiterfahren können und ich ein Stück von ihrem Honigkuchen kriege.«

»Ich habe ihn extra heute Morgen gebacken, ganz frisch, nur für dich«, erklärte Irina.

Daisy hastete in die Schlafecke und genoss den kurzen Moment für sich. Seit sie in Gideons Krankenbett aufgewacht war, fühlte sie sich ein wenig neben der Spur.

Sie hatten vier Folgen *Buffy* angesehen, und das Nächste, was sie gehört hatte, war Gideons Stimme gewesen, die sie aus einem tiefen Schlaf riss.

Nur um Frederick, Karl und Irina um sein Krankenbett versammelt zu sehen. Sie hatte die gesamte Unterhaltung verschlafen und wäre vermutlich auch nicht aufgewacht, hätte Gideon sie nicht geweckt, weil der Arzt gekommen war, um ihn zu entlassen.

Karl hatte Gideon Sachen zum Anziehen mitgebracht, damit er sich frisch machen konnte, bevor er das Krankenhaus verließ, weshalb er nun geduscht, rasiert und mit einer Armschlinge an ihrem Esstisch saß. Die Jeans und das UC-Davis-Sweatshirt ließen ihn trotz der silbrigen Fäden in seinem tiefschwarzen Haar deutlich jünger aussehen.

Inzwischen wusste sie ja, wie es sich anfühlte, wenn sie die Finger darin vergrub. Und sie wollte es immer wieder tun, genauso wie alles andere, was sie am Samstag getan hatten. Oft noch.

Aber das würde warten müssen, bis sie wirklich allein waren, falls es überhaupt jemals wieder dazu käme.

Sie schüttelte den Kopf. *Sei doch nicht so melodramatisch.* Rosemary hatte völlig recht. Sie kannten sich gerade einmal seit dreieinhalb Tagen. Daher wäre es klüger, einen Gang herunterzuschalten und nichts zu überstürzen.

Außerdem musste einer von ihnen Kondome im Drugstore besorgen gehen, denn sie hatte zwar ihre Laptops aus seinem Wagen mitgenommen, wo ihr Gepäck, Gideons Gewehr und seine Dienstpistole abgeblieben waren, wusste sie jedoch nicht.

Wahrscheinlich lagen die Sachen in irgendeiner Asservatenkammer.

Daher – keine Kondome, kein Vergnügen. Na ja, vielleicht konnten sie das Vergnügen ja anderweitig gestalten.

»Daisy!«, rief Irina. »Brauchst du Hilfe?«

»Nein, danke.« Sie packte Kleider für mehrere Tage in eine Tasche, suchte ein paar Kosmetikartikel zusammen und zog den Reißverschluss zu.

»Ich nehme das«, sagte Frederick, als sie die Tasche in den Wohnraum schleppte. »Karl hat Brutus' Futter geholt. Ist alles bereit? Stecker aus den Steckdosen?«

Daisy nickte und ließ den Blick noch einmal durch den Raum schweifen, um sicherzugehen, dass sie nichts eingesteckt oder eingeschaltet gelassen hatte. Ihr Vater legte großen Wert darauf und überprüfte jedes elektrische Gerät dreimal, bevor er das Haus verließ – auch schon vor der Zeit ihrer Flucht ins Nirgendwo.

All die Anzeichen einer Angststörung waren stets da gewesen, direkt vor ihrer Nase. Wieso hatte ihm nie jemand geholfen?

Doch das war eine Frage, mit der sie sich an einem anderen Tag auseinandersetzen würde. Denn trotz aller Fortschritte, die er machte, war er bei Weitem noch nicht über den Berg. Und das schmerzte sie mehr als all seine Missbilligung, der sie ausgesetzt war.

»Ich bin so weit, Agent Hunter«, sagte sie und nahm einen Mantel aus dem Schrank, da jener, den sie zuvor getragen hatte, mit Gideons Blut besudelt war und sie ihn abgeben musste. Selbst wenn die Reinigung sich noch so sehr ins Zeug legte, war er vermutlich ein Fall für die Mülltonne.

Der junge Agent ging vor Daisy, Gideon und Frederick her in Rafes Garage und vergewisserte sich, dass alle angeschnallt waren, ehe er das Garagentor aufgleiten ließ. Daisy und Gideon saßen hinten, während Frederick auf dem Beifahrersitz des SUV Platz genommen hatte.

Die Sokolovs warteten bereits in ihrem Tesla, der ebenfalls in der Garage stand.

Beide Fahrzeuge stießen rückwärts aus der Garage, als Daisy aus dem Augenwinkel eine Frau angelaufen kommen sah. »Entschuldigung!«, rief die Unbekannte und winkte.

»Runter!«, bellte Gideon, löste Daisys und seinen eigenen Gurt, packte sie am Mantel und riss sie nach vorn in den Fußraum.

»Ich glaube, das ist bloß eine ganz normale Frau, Gideon«, meinte Daisy ruhig.

»Aber sie könnte bewaffnet sein«, presste er hervor. Er war kreidebleich geworden. Wahrscheinlich hatte er Schmerzen, weil er den Arm abrupt nach vorn gerissen hatte. »Du bleibst unten.«

»Er hat recht.« Fredericks Stimme war stählern geworden. »Wir kümmern uns um die Frau.«

Daisy konnte jeden, gegen den der barsche Tonfall gerichtet war, nur bedauern. »Na gut. Ich meine ja bloß.« Sie berührte seine Wange. »Hast du dir wehgetan?«

»Ja«, brummte er widerstrebend. »Deshalb sieh zu, dass es nicht umsonst war, und bleib mit dem Kopf unten.«

Daisy hob die Brauen. »So schlimm, dass es für ein schlechtes Gewissen reicht?«

Kurz flog ein Lächeln über seine Züge, ehe seine Miene wieder ernst wurde. »Funktioniert es?«

»Ich denke schon«, gestand sie brummend.

Sie hörte ein Husten – ihr Vater, der sich ein Lachen verbiss. »Gut gemacht, Gideon.«

Agent Hunter ließ das Fahrerfenster herunter. »Bitte treten Sie zurück, Ma'am. Und halten Sie die Hände so, dass ich sie sehen kann.«

»Äh ...« stammelte die Frau. »Sie haben eine Waffe in der Hand. Mit der Sie auf mich zielen.«

»Ja, das stimmt, Ma'am. Ich bin Special Agent Hunter. Wer sind Sie?«

»Mein Name ist Nina Barnes.«

»Sie ist Nachrichtenreporterin und hat mich am Freitag interviewt«, sagte Daisy.

»Lassen Sie sich ihren Ausweis zeigen«, befahl Gideon. »Wenn der Name übereinstimmt, ist es okay.«

»Positiv«, sagte Hunter. »Bitte, Miss Dawson.«

Daisy setzte sich langsam auf und rieb sich den Nacken, während Nina Barnes Agent Hunters Waffe mit großen Augen anstarrte. »Darf ich das Fenster runterlassen und selbst mit ihr reden?«

»Nein«, bellten Gideon und ihr Vater wie aus einem Mund.

Na gut. »Ich kann das Fenster nicht öffnen, tut mir leid. Sie werden also ein bisschen lauter reden müssen«, sagte Daisy.

»Was ist gestern in Macdoel vorgefallen?«, fragte die Reporterin durch Hunters geöffnetes Fenster.

Daisy seufzte. »Miss Barnes, wir sind alle völlig erschöpft und brauchen Ruhe. Wenn Sie uns Ihre Karte geben, rufe ich Sie später an und gebe Ihnen ein Interview am Telefon. Wie klingt das?«

Die Frau legte den Kopf schief. »Exklusiv?«

»Vorerst, ja.«

Sie nickte und reichte Hunter ihre Visitenkarte, die Daisy ihm aus den Fingern pflückte, ehe Gideon die Gelegenheit dazu hatte. »Danke. Ich melde mich in den nächsten Stunden.«

»Danke. Aber abgesehen davon wollte ich sagen, dass mir das mit Ihrer Freundin sehr leidtut. Nach allem, was ich mitbekommen habe, war Miss Hart ein sehr netter Mensch.«

Daisy schluckte. »Ja, das war sie. Vielen Dank.«

»Wie geht es Mr Senegal?«

»Wem?«, fragte Daisy stirnrunzelnd.

Nina runzelte ebenfalls die Stirn. »Miss Harts Freund. Er war am Tatort und wollte mit der Polizei reden. Ich habe ihm gesagt, er soll sich mit den Detectives Sokolov oder Rhee in Verbindung setzen.«

Daisy stockte der Atem. »Trish hatte keinen Freund, Gideon.«

Gideon schob sich zwischen die beiden Vordersitze, sorgsam darauf bedacht, seinen Arm in der Schlinge zu schonen. »Erzählen Sie uns bitte Genaueres von ihm. Wie sah er aus?«

»Etwa ein Meter achtzig, rotes Haar, graue Augen. Schnauzbart. Er war sehr aufgewühlt und meinte, er müsse unbedingt herausfinden, was passiert sei. Wie gesagt, ich habe ihm geraten, Mr Sokolov oder Miss Rhee anzurufen, die leitenden Ermittler.«

»Haben Sie zufällig gesehen, was für einen Wagen er fuhr?«, fragte Gideon ruhig.

»Ja. Einen beigen Chevy.« Sie kniff argwöhnisch die Augen zusammen. »Das ist ein wichtiges Detail, stimmt's?«

»Könnte sein«, antwortete Gideon ausweichend.

»Sag ihr, sie soll sich bloß von ihm fernhalten«, flüsterte Daisy eindringlich. »Dass er gefährlich ist. Sonst tue ich es.«

Gideon nickte. »Haben Sie ihm Ihre Visitenkarte gegeben, Miss Barnes?«

»Ja. Warum?«

»Und hat er sich schon bei Ihnen gemeldet?«

»Nein, noch nicht.«

»Falls er es tut, setzen Sie sich bitte sofort mit Sokolov oder Rhee in Verbindung. Halten Sie sich unbedingt von ihm fern.«

Ihre Augen wurden so groß wie Untertassen. »Er war es also?«

»Das wissen wir nicht. Aber er könnte gefährlich sein. Bitte versuchen Sie nicht, sich an seine Fersen zu heften.«

Nina nickte langsam. »Alles klar. Und Sie geben mir das Interview? Ernsthaft?«

Daisy nickte. »Ernsthaft. Exklusiv.«

»Wir rufen Sie an«, versprach Gideon. »Danke.«

Nina trat vom Wagen weg. »Ich danke Ihnen. Und seien Sie vorsichtig.«

»Sie auch«, rief Daisy, als Agent Hunter losfuhr, ebenso wie Karl und Irina, die bis zu ihrem Haus in Granite Bay dicht hinter ihnen blieben.

Sacramento, Kalifornien
Montag, 20. Februar, 17.15 Uhr

Sein heißer, übel riechender Atem schlug ihr ins Gesicht, doch Zandra kümmerte es nicht. Nicht mehr. Wenigstens konnte sie die Augen wieder schließen. Die Klebebandstreifen waren längst abgefallen. Sobald es blutig geworden war, hatten sie nicht länger gehalten.

Bellamy, Anna. Pennsylvania. Fiddler, Janice. Washington. Orlov, Nadia. Illinois. Stevenson, Rayanna. Texas.

»Sag, dass es dir leidtut.« Er war außer sich vor Wut.

Sie hatte ihn angebettelt aufzuhören, ihr nicht wehzutun. Doch *Es tut mir leid* würde sie nicht sagen, denn sobald sie es täte, wäre sie tot. Zwar wusste sie nicht, was sie so sicher machte, und eigentlich war es ihr mittlerweile auch egal, aber fest stand, dass diese Worte nicht über ihre Lippen kämen.

DeVeen, Rosamond. Minnesota. Borge, Delfina. Kalifornien. Oliver, Makayla. New York. Danton, Eileen. Oregon.

»Sag es.« Ein gutturaler, animalischer Tonfall hatte sich in seine Stimme geschlichen. »Sag, dass es dir leidtut.«

Martell, Kaley. Kalifornien. Hart, Trisha. Kalifornien.

Er legte ihr beide Hände um den Hals und drückte zu. Sie bekam keine Luft mehr.

Doch sie konnte sich nicht wehren. Nicht mehr.

»Sag es. Sag es endlich, verdammt noch mal.« Er drückte auf ihre Luftröhre und schüttelte sie. »Sag es, Sydney!«, schrie er. »Sag, dass es dir leidtut! Los, sag endlich, dass es dir leidtut.«

Speicheltröpfchen regneten auf ihr Gesicht, doch auch das war ihr egal. Sie schwebte. Er brachte sie um. *Ich sterbe. Jetzt.*

In diesem Moment löste sich ein Gedanke in ihrem Kopf. *Sag es, Sydney.*

Er hatte sie Sydney genannt. Die Buchstaben, die er in ihre Haut geritzt hatte. Alle bis auf den letzten, das »Y«. Sie öffnete den Mund.

Mit einem triumphierenden Laut ließ er von ihr ab und wich zurück. »Sag, dass es dir leidtut. Mach schon. Sag es, und ich kann dafür sorgen, dass es aufhört. Keine Schmerzen mehr. Das war's.«

»Ich …« Ihre Kehle war wie ausgedörrt und nahezu vollständig zugeschwollen. Sie schlug die Augen auf. »Ich …«

Lächelnd beugte er sich vor. »Ich? Es …?«

»Ich bin nicht Sydney.«

Sein Gesicht verzog sich zu einer bösartigen Fratze. Er riss das größte Messer vom Tisch und schwang es in einer fließenden Bewegung über ihrem Kopf.

Doch dann hielt er unvermittelt inne und knallte es auf den Tisch zurück. »Nein.« Seine Stimme war rau vom Schreien. »Du wirst mir sagen, dass es dir leidtut.«

»Aber weswegen?«, fragte sie mit dünner Stimme.

»Das ist doch scheißegal!«, brüllte er ihr mitten ins Gesicht. »Sag es einfach!«

»Nein.« *Bellamy, Anna. Pennsylvania. Fiddler, Janice. Washington. Orlov, Nadia. Illinois. Stevenson, Rayanna. Texas. DeVeen, Rosamond. Minnesota. Borge, Delfina. Kalifornien. Oliver, Makayla. New York. Danton, Eileen. Oregon. Martell, Kaley. Kalifornien. Hart, Trisha. Kalifornien.*

Am ganzen Leib zitternd, trat er einen weiteren Schritt nach hinten, dann noch einen, bis er mit dem Rücken gegen die Tür stieß.

Sie hörte, wie er hinausging und hinter sich abschloss.

Bitte, lieber Gott, flehte sie. Bitte hilf mir, ich halte das nicht mehr lange durch.

Wieder begann sie, im Geist die Namen herunterzubeten, weil es das Einzige war, was sie tun konnte. Sie hatte den Überblick verloren, wie oft sie es getan hatte, als die Tür wieder aufging.

Er war zurück.

»Hallo, Zandra«, sagte er ruhig, beinahe freundlich, was ihr größere Angst einjagte, als ihn völlig außer sich zu sehen. Er hatte geduscht und sich umgezogen und hielt eine Schüssel Wasser in der Hand, die er nun auf dem Tisch neben dem Bett abstellte und ihren Körper mit einem Waschlappen abzureiben begann.

Das Wasser war warm, seine Berührungen sanft. Ein Stöhnen entrang sich ihrer Kehle. Es fühlte sich so gut an, so unbeschreiblich gut. Er wusch sie von Kopf bis Fuß, wobei er mehrmals innehielt, um das blutige Wasser zu wechseln. Und immer kehrte er mit frischem, warmem Wasser zurück, wusch sie behutsam weiter.

Schließlich betrachtete er ihren Bauch und ihre Brust und schüttelte traurig den Kopf. »Mit meiner verletzten Hand kann ich die Wunden nicht nähen, aber ich werde sie zumindest desinfizieren und verbinden.«

Das Desinfektionsmittel fühlte sich kalt an und brannte wie Feuer. Wieder stöhnte sie, diesmal vor Qual, während er sie zu beschwichtigen versuchte. »All das hast du dir selbst zuzuschreiben, Zandra«, sagte er freundlich. »Hättest du gesagt, dass es dir leidtut, hätte es niemals so weit kommen müssen.«

Er versucht, mich durcheinanderzubringen, dachte sie und lauschte der Stimme in ihrem Kopf statt der seinen.

Bellamy, Anna. Pennsylvania. Fiddler, Janice. Washington. Orlov, Nadia. Illinois.

Er schnitt die Fesseln auf und rieb ihre wunden Handgelenke. Zuerst warmes Wasser und sanfte Berührungen, gefolgt von brennendem Desinfektionsmittel. Und einer weiteren Portion pseudo-betrübter Vorwürfe.

Oliver, Makayla. New York. Danton, Eileen. Oregon

Vorsichtig hob er sie vom Bett und legte sie auf den Boden, während er das Laken abzog. Dann bugsierte er sie wieder auf die Matratze.

Bitte nicht fesseln. Bitte.

»Ich muss dich fesseln«, sagte er. Unwillkürlich fragte sie sich, ob sie die Worte laut ausgesprochen hatte. »Aber diesmal verwende ich etwas Weicheres«, versprach er. »Seide.« Er ließ die Stoffbahn über ihre Haut gleiten. »Es fühlt sich schön an, nicht? Ich habe jede Menge Seide.«

Er zog sie in eine sitzende Position und streifte ihr etwas Seidenes über den Kopf, ein Nachthemd, dann legte er sie wieder hin und zog den weichen Stoff nach unten, der ihr bis zur Schenkelmitte reichte, ehe er sie neuerlich an Händen und Füßen fesselte.

Martell, Kaley. Kalifornien. Hart, Trisha. Kalifornien.

Er versucht, mich auszutricksen. Sie hatte von dieser Taktik gelesen. Die Täter ließen einen für eine kurze Zeit in Luxus schwelgen, damit es sich ins Gedächtnis einbrannte, nur um dem Opfer die Wohltat brutal wieder zu entziehen. Was auch immer er vorhaben mochte, käme ihr nun tausendmal schlimmer vor, weil sie jetzt wusste, wie gut es sich eben noch angefühlt hatte. Wie sich Hoffnung anfühlte. *Aber ich lasse mich nicht manipulieren. Ich werde fliehen. Ich werde nicht hier sterben. Nicht wie all die anderen.*

»Ich muss jetzt für eine Weile weg. Aber ich komme wieder, und dann unterhalten wir uns weiter.« Er nahm eine Veloursdecke aus dem Schrank und breitete sie über ihr aus. »Bis dahin halt dich schön warm und ruh dich aus.«

Dann säuberte er seine Messer und verschloss sie. Auch seinen Trophäenschrank schloss er ab, damit sie die Führerscheine und Souvenirs nicht länger betrachten konnte. Schließlich beugte er sich über sie, drückte ihr einen Kuss auf die Stirn und verschwand, wobei er die Tür hinter sich verriegelte.

Bellamy, Anna. Pennsylvania. Fiddler, Janice. Washington. Orlov, Nadia. Illinois. Stevenson, Rayanna. Texas. DeVeen, Rosamond. Minnesota. Borge, Delfina. Kalifornien. Oliver, Makayla. New York. Danton, Eileen. Oregon. Martell, Kaley. Kalifornien. Hart, Trisha. Kalifornien.

Granite Bay, Kalifornien
Montag, 20. Februar, 17.35 Uhr

Mit einem Anflug von Stolz sah Gideon, wie Daisy ihr Gespräch mit der Reporterin beendete, den Lautsprecher ausschaltete und das schnurlose Telefon der Sokolovs auf den Tisch legte. Sie war genauso eloquent und glaubwürdig wie bei dem Fernsehinterview am Freitag gewesen und hatte scheinbar ohne jede Mühe lediglich die Fakten preisgegeben, die jeder interessierte Zuseher den öffentlichen Quellen entnehmen konnte.

Und sie hatte die arme Brutus halb zu Tode getätschelt.

Weder Eden noch das Medaillon hatte sie erwähnt, stattdessen war sie den Fragen der Reporterin mit großem Geschick ausgewichen, wann immer diese auf Eileen und den Grund für ihren Trip nach Redding zu sprechen gekommen war. Auch Gideons Rolle in dem aktuellen Fall hatte sie komplett unterschlagen, das Wort »Sekte« war nicht ein einziges Mal gefallen.

Stattdessen hatte sie preisgegeben, wie sie Trish kennengelernt hatte, und ihre gemeinsamen Besuche bei den Anonymen Alkoholikern geschildert. Die Trauer um ihre Freundin war so aufrichtig und tief gewesen, dass kein Auge in der Küche der Sokolovs trocken geblieben war, wo sich alle versammelt hatten, um sich das Gespräch mit der Reporterin anzuhören.

Karl und Irina saßen auf ihren gewohnten Plätzen am jeweiligen Tischende, Gideon direkt neben Irina, die die Hände so fest vor sich auf dem Tisch gefaltet hatte, dass ihre Fingerknöchel weiß hervortraten.

Frederick saß direkt gegenüber von Daisy, die zwischen Gideon und Sasha Platz genommen hatte. Anfangs hatte Daisy noch Gideons Hand gehalten, aber irgendwann losgelassen und Sasha in den Arm genommen, während sie schilderte, wie sie Trishs Leiche gefunden hatte.

Denn Sasha, die sie bei ihrer Ankunft im Haus der Sokolovs erwartet hatte, war völlig zusammengebrochen und hatte lautlos an Daisys Brust geweint.

Erst auf die Frage der Reporterin, weshalb sie und Gideon nach Macdoel gefahren seien, hatte sie die Wahrheit ein klein wenig ausgeweitet und erklärt, sie kenne die Gegend von früher sehr gut und hätte sie gern wiedersehen wollen.

Wenn man bedachte, wie Daisy über ihre Kindheit auf der Ranch dachte, konnte die Behauptung wohl nur als glatte Lüge bezeichnet werden. Wenig später hatte sie das Gespräch beendet und gemeint, sie sei völlig erschöpft und wolle sich ein wenig ausruhen. Das war keine Lüge, denn obwohl sie während des Tages immer wieder geschlafen hatte, war sie kreidebleich und wirkte ziemlich mitgenommen.

»Tja«, murmelte sie. »Das hätten wir also.« Sie zog ein paar Papiertaschentücher aus der Box und reichte sie Sasha, die sich mit einem dramatischen Seufzer die Tränen abwischte.

»Ich bin heilfroh darüber«, flüsterte sie. »Ich habe keine Ahnung, wie du es schaffst, nicht völlig zusammenzubrechen.«

Daisys Blick streifte kurz Gideon, ehe er sich wieder auf Sasha richtete. »Das habe ich schon hinter mir. Und wahrscheinlich ist es nicht zum letzten Mal passiert.« Sie drückte Sasha einen Kuss auf die Schläfe. »Geh und wasch dir das Gesicht.«

»Noch nicht, Sasha«, warf Irina scharf ein und wischte sich ebenfalls die Augen trocken. Erst jetzt fiel Gideon auf, dass sie zu schmalen Schlitzen verengt waren.

Und sie sieht mich an. Sein Blick schweifte über die Anwesenden. Karl musterte seine Frau besorgt, Fredericks verärgerter Blick ruhte auf seiner Tochter.

Daisy hob Brutus an ihre Wange und strich über die grotesken Fledermausohren.

»Du hast gelogen«, sagte Frederick leise.

Daisy sah ihren Vater mit trotzig gerecktem Kinn an. »Nein, ich habe bloß die Wahrheit verallgemeinert und Nina Barnes glauben lassen, was sie gern glauben möchte.« Sie hob eine Schulter. »So wie du früher, wenn du unseren Arbeitern auf die Frage, was dich bewogen hat, eine Ranch mitten im Nirgendwo zu kaufen, geantwortet hast, der Stress und die Hektik in der Stadt seien dir einfach zu viel geworden. Auch das war im Grunde keine Lüge.«

»Ich habe meine Familie geschützt«, erwiderte Frederick knapp. »Oder es zumindest gedacht.«

Die Finger in Brutus' weichem Fell vergraben, hielt Daisy dem Blick ihres Vaters eisern stand, bis er sich auf seinem Stuhl zurücklehnte und Gideon ansah. »Oh«, stieß er leise hervor.

»Oh, was?«, fragte Karl und sah zwischen Vater und Tochter hin und her. »Inwiefern hat Daisy denn gelogen?«

»Die Wahrheit verallgemeinert«, korrigierte Daisy, woraufhin Gideons Lippen amüsiert zuckten, obwohl Irina ihn mit ihren Blicken förmlich durchbohrte.

»Von mir aus«, erwiderte Karl frustriert. »Also, was läuft hier ab?«

»Unsere Ranch lag westlich von Weaverville«, sagte Frederick. »Etwa drei Autostunden südwestlich von Macdoel. Ihr beide wart nicht mal ansatzweise in der Nähe der Ranch, die Daisy gern als den Steiß Kaliforniens bezeichnet hat.«

Daisy zuckte zusammen. »Damals war ich noch ein Teenager.«

»Entschuldige«, konterte Frederick sarkastisch. »Mit einundzwanzig war es dann die ›schwärende Eiterbeule am Arsch von Kalifornien‹.« Er sah Karl an. »Ich sage nur, dass die beiden nie im Leben einen Trip in die Vergangenheit unternommen haben. Wieso wolltest du Gideon überhaupt nach Redding begleiten? Und wieso dann auch noch Macdoel? Was hattest du auf der Straße zu suchen?« Er deutete auf Gideon. »Los, sagen Sie es uns. Sie ist viel zu gut darin, ›die Wahrheit zu verallgemeinern‹.«

Karl zog die Brauen zusammen. »Was ist hier los, Gideon?«

»Sie schützt Gideon«, erklärte Irina tonlos.

Sasha schnaubte. »Ich habe kein Wort gesagt, DD. Ich schwöre es.«

Daisy tätschelte ihr die Hand. »Weiß ich doch. Deine Mama ist nun mal ein schlauer Kopf. Verdammt«, erwiderte sie leichthin.

Irina lächelte nicht. »Das Ganze hat doch mit dem Tattoo zu tun, das du als Junge hattest, Gideon. Nein, ich habe nicht vergessen, dass du nach Tattoos im Internet gesucht hast, Daisy. Schließlich ist es gerade mal zwei Tage her. Also, raus mit der Sprache. Auf der Stelle.«

Gideon fuhr sich mit der Hand übers Gesicht. »Ich will nicht.« Selbst in seinen eigenen Ohren hörte sich die Antwort kindisch an.

»Das sehe ich.« Irinas Stimme bebte.

Ihr Anblick brach ihm das Herz. Tränen standen in ihren Augen. Sie war zutiefst gekränkt. »Bitte, nicht weinen. Bitte. Ich wollte es dir nicht sagen, weil ich Angst hatte, dass du dir bloß Sorgen machst.« Er seufzte. »Und weil es Dinge gibt, von denen ich nicht wollte, dass du sie jemals erfährst.«

Er hatte Rafe einiges erzählt. Und auch Rafes Partnerin und der Rechtsmedizinerin. Und Daisy noch viel mehr. Sie war die Einzige, die alles wusste.

Doch er war Irina und Karl die Wahrheit schuldig. Sie waren seine Familie, hatten ihn vom ersten Moment an geliebt, als er in ihr Haus gekommen war. Dass das FBI nicht die volle Wahrheit kannte, war etwas, womit er leben konnte, seine Familie hingegen konnte er nicht länger im Unklaren lassen. »Wo ist Zoya?«

»Bei einer Freundin. Sie arbeiten an einem Schulprojekt«, antwortete Irina. »Warum?«

»Weil ich sie nicht mit einem Geheimnis belasten will, für das sie noch zu jung ist, um es wahren zu müssen.«

Mit einer Hand schmiegte Daisy Brutus an ihr Gesicht, während sie mit der anderen Gideons Finger umschlossen hielt. *Du schaffst das*, formte sie lautlos mit den Lippen.

O Gott, er hoffte es so sehr. Er atmete tief durch. »Meine Mutter war Prostituierte in San Francisco. Bis sie dort einem Mann begegnet ist, der ihr von einem Ort namens Eden erzählt hat.«

Er erzählte ihnen alles, ohne auf ihre erschrockenen Laute zu achten, als er von seiner Tätowierung mit dreizehn und der Zwangsheirat und den Medaillons der Mädchen mit zwölf berichtete. Lediglich als er seine Begegnung mit Edward McPhearson am Abend seines dreizehnten Geburtstags schildern wollte, versagte ihm die Stimme, als Irina ihr Schluchzen nicht länger unterdrücken konnte.

»Mama.« Sasha stand auf, trat um den Tisch herum und schlang von hinten die Arme um sie. Auch sie selbst weinte leise, während sie ihre Mutter behutsam wiegte.

Karl saß leichenblass und reglos am Tisch.

Und Frederick lauschte mit mitfühlender Miene.

Daisy stieß Gideon vorsichtig an. »Du musst zu Ende erzählen«, sagte sie sanft. »Sie glaubt, McPhearson hätte … Erfolg gehabt und dich missbraucht. Sieh mich an.«

Er schlug die Augen auf, die er unwillkürlich geschlossen hatte. Ihre blauen Augen waren klar und voller Mitgefühl und Verständnis. »Sie lieben dich. Sie werden es verstehen. Du musst ihnen vertrauen.« Sie hauchte ihm einen Kuss auf den Mund. »Du darfst Irina nicht so im Stich lassen. Das ist grausam.«

Gideon nahm ihre Hand, als sie sich von ihm lösen wollte, und drückte sie für einen Moment an seine Lippen – gerade lange genug, um all seinen Mut zusammenzunehmen.

Dann wandte er sich Irina zu, die sich beide Hände vors Gesicht geschlagen hatte und schluchzte, als zerreiße es ihr das Herz. Was es wohl auch tat. Mit sanftem Nachdruck zog er ihre Hände weg und hielt sie fest. »Irina. Hör mir zu. Bitte.«

Sie holte zittrig Luft. »Es tut mir leid. Es tut mir so leid. Eigentlich müsste ich doch stark für dich sein, und jetzt heule ich hier herum wie ein Kleinkind.«

»Nein«, sagte er leise. »Eher wie Mama Bär, deren Junges verletzt ist. Aber er hat mir nicht wehgetan, Irina. Nicht er.«

Ihr Atem kam stoßweise, während sie seine Hände fest umklammert hielt. »Nicht?«

»Nein. Ich habe mich gegen ihn gewehrt. Heftig.« Er schluckte, doch seine Kehle war wie zugeschnürt, und einen Moment lang fürchtete er, sich gleich übergeben zu müssen. Es Daisy zu erzählen, hatte er noch irgendwie hingekriegt, doch Irina … es brachte ihn beinahe um. »Ich habe ihn weggestoßen, und dabei ist er gestürzt.« Er schloss die Augen. »Er ist mit dem Kopf gegen den Amboss gestoßen und war tot.«

Einen Moment lang herrschte völlige Stille, dann ertönte das Scharren von Stuhlbeinen, und ein Paar kräftiger Arme legte sich von hinten um ihn. Karl. »Gut«, krächzte er. »Denn sonst hätte ich ihn eigenhändig umgebracht.«

Gideon schlug die Augen auf und drehte sich zu dem Mann um, der zu seinem Vater geworden war, seit Rafe ihn vor Jahren mit zu sich nach Hause genommen hatte. »Was?«

»Er hat dich angefasst«, erklärte Karl. »Also hat er dich missbrauchen wollen. Was hast du dir vorgestellt, wie wir darauf reagieren? Dass wir dir die Schuld geben? Dich anzeigen? Dich vor die Tür setzen?«

Ja. Genau das hatte er gedacht. Und es beschämte ihn, denn die Sokolovs hatten ihm nie etwas anderes als Liebe und Verständnis zuteilwerden lassen.

Karl löste sich von ihm, und Irina legte ihm die Hand auf die Wange. »Du bist unser Sohn, Gideon«, erklärte sie mit ihrer gewohnt resoluten Art. »Nichts, was du getan hast oder tun wirst, um zu überleben, ändert etwas daran. Du gehörst zu uns. Zu dieser Familie. Zu mir. Verstehst du, was ich sage, *synok*?«

Mein Sohn. Er schürzte die Lippen, um die Tränen zurückzuhalten, doch sie stiegen ihm trotzdem in die Augen. »Ja«, krächzte er. »Ich verstehe es.«

Und er verstand auch, dass er der größte Glückspilz auf Gottes Erdboden war.

Er sah auf und blickte geradewegs in Daisys lächelndes Gesicht. »Ich hab's dir doch gleich gesagt«, flüsterte sie.

Sein Blick schweifte zu Sasha, die immer noch ihre Mutter

umfangen hielt. »Du bist ein echter Idiot, Gideon«, sagte sie, doch auch sie lächelte. »Dich mochten sie von allen ihren Kindern immer am liebsten.«

Irina schniefte. »Weil er der Einzige war, der ohne Widerrede gehorcht hat.«

Sasha drückte ihrer Mutter einen Kuss aufs Haar. »Dagegen kann ich nichts sagen.«

Karl drückte ihn ein letztes Mal an sich, ehe er zurücktrat. »Das ist noch nicht alles.« Das war keine Frage, sondern eine Feststellung.

»Ja.« Gideon seufzte. »Es kommt noch schlimmer.«

Irina wappnete sich sichtlich. »Okay. Ich bin bereit.«

Gideon stieß ein leises Lachen aus. »Ich nicht.« Wieder seufzte er, ehe er zu erzählen begann – vom Streit mit Ephraim Burton, seinen brutalen Schlägen, dem Messer, das er dem älteren Mann ins Auge gerammt hatte.

Er schilderte die Fahrt von Eden nach Redding mitten in der Nacht, die leisen Worte seiner Mutter und wie er im Krankenhaus wieder zu sich gekommen war.

Karl sah ihn verwirrt an. »Sie hat dich einfach dort zurückgelassen? Ganz allein?«

»Sie musste zurück zu ihrer Tochter«, warf Irina sanft ein. »Ein Gewissenskonflikt, bei dem man nur verlieren kann.«

Gideon nickte. »Genau.«

»Aber deiner Schwester ist doch auch die Flucht gelungen, richtig?«, hakte Irina nach. »Am Ende wart ihr vereint.«

»Wie hat sie es geschafft?«, fragte Frederick. »Und wie hat sie Sie gefunden?«

»Meine Mutter hat auch sie rausgeschmuggelt.« Über den Missbrauch an Mercy würde er nicht sprechen, weil es ihm nicht zustand. »Aber als unsere Mutter aus dem Laster steigen wollte, hat der Fahrer sie erschossen.«

»O Gideon«, stöhnte Irina leise.

Daisy schmiegte ihr Gesicht an seinen Arm. »Gleich hast du es geschafft.«

Er nickte. Nur noch ein bisschen. Er konnte es schaffen. »Meine Mutter ist gestorben. Mercy musste es mitansehen.«

»Oh.« Irina schlug sich die Hände auf den Mund. »Sie stand wohl unter Schock. Als sie bei uns auf der Station lag, hat sie sich den ganzen Tag nur vor und zurück gewiegt und wollte mit niemandem reden.«

»Seine Schwester war bei dir im Krankenhaus?«, fragte Frederick leise, woraufhin Irina nickte.

»Wir sind das einzige Krankenhaus mit einer Maximalversorgung für Traumapatienten im näheren Umkreis. Sie war nicht meine Patientin, deshalb habe ich sie auch nicht persönlich kennengelernt, sondern nur von dem Medaillon gehört. Und ich kannte das Motiv von Gideons Tattoo.« Irina schloss die Augen. »Das du später hast überstechen lassen. Natürlich hätte ich wissen müssen, dass es für etwas Grauenvolles steht.«

»Woher denn? Ich habe es dir ja nie erzählt«, gab Gideon traurig zurück.

Sie schüttelte Kopf. »Trotzdem.«

Fredericks Augen waren sanft und freundlich, und obwohl sie braun waren, erkannte Gideon die Ähnlichkeit mit Daisys. Es war der Blick – die souveräne Klarheit, die Daisy immer dann an den Tag zu legen schien, wenn Gideon es am meisten brauchte. Nur für ihre eigenen Belange schien sie ihr zu fehlen.

Es war schwer, den Mann auf dem Stuhl gegenüber mit dem Vater unter einen Hut zu bringen, der seine Familie quer durch den ganzen Bundessaat in die Verbannung schickte, doch in diesem Moment erkannte er zumindest, warum Daisy ihren Dad so liebte.

»Wie haben Sie Ihre Schwester gefunden?«, fragte er.

»Irina hat mir erzählt, sie hätte von einem Mädchen gehört, auf dessen Medaillon dasselbe Motiv eingraviert war wie mein

Tattoo, also habe ich im Krankenhaus angerufen und denen gesagt, ich sei ihr Bruder. Die Verwaltung hat mich an eine Sozialarbeiterin verwiesen, und obwohl es eine Ewigkeit gedauert hat, konnte ich Mercy dann endlich besuchen.«

Er gestattete sich nicht, daran zurückzudenken, wie sie an dem Tag ausgesehen hatte.

Als könnte ich es jemals vergessen – die leeren Augen, der gehetzte Blick, dieses unablässige Wiegen. Erst als Gideon ihr sein Tattoo gezeigt hatte, war sie für einen Moment aus ihrer Erstarrung erwacht, hatte ihn wiedererkannt, nur um sich sofort wieder von ihm abzuwenden. Den Blick auf die Wand geheftet, hatte sie auf seine Frage, ob ihre Mutter tot sei, bloß stumm genickt.

»Sie …« Gideon schüttelte den Kopf. »Damals stand sie noch völlig unter Schock. Unsere Beziehung ist nicht sonderlich eng. Ich …« Er zuckte die Achseln. »Ich erinnere sie bloß an die Vergangenheit.«

»Das tut mir sehr leid«, sagte Frederick sanft.

»Danke.«

»Aber woher wusstest du, dass du nach Redding fahren musst?«, fragte Karl stirnrunzelnd.

»Genau da komme ich ins Spiel«, warf Daisy ein. »Als der Unbekannte mich angegriffen hat, habe ich ihm versehentlich eine Halskette abgerissen, mit einem Medaillon, wie Gideons Schwester es getragen hat. Darin waren ein Hochzeitsfoto und die Überreste eines zweiten, das jedoch zerschnitten worden war. Wir haben es zusammengesetzt und festgestellt, dass Eileen darauf zu sehen war, Gideons Freundin von damals.«

»Auch sie ist also entkommen«, murmelte Karl. »Und du wurdest am Busbahnhof in Redding aufgefunden, deshalb dachtest du, dass sie auch dort aufgetaucht sein könnte?«

»Eine bessere Idee hatten wir nicht. Zumindest dachten wir, es könnte ein guter Ausgangspunkt für unsere Suche sein. Ich weiß, dass die Gemeinschaft irgendwo im Umkreis von hundert Meilen um den Mount Shasta sein muss.«

»Und Redding ist die nächstgrößere Stadt.« Karl nickte. »Kluger Gedanke. Und dann?«

»Der Mann am Fahrkartenschalter hat sich tatsächlich an sie erinnert«, meinte Daisy. »Gideon hat eine altersangepasste Aufnahme von Eileen anfertigen lassen. Sie kam mit einem Mann zum Schalter, der ihr eine Fahrkarte nach Portland bezahlt hat. Er lebt in Macdoel und hat sich als guter Samariter herausgestellt.«

»Oh«, sagte Sasha langsam. »Portland. Dort sind Rafe und Erin heute hingeflogen.«

Gideon nickte. »Weil Eileen in Verbindung mit dem Medaillon steht, das wiederum mit Daisys Angreifer in Verbindung steht.«

»Der dann Trish getötet hat«, fügte Daisy mit zittriger Stimme hinzu. »Und auf Gideon geschossen hat.«

»Und in der Nähe von Macdoel einen Mann auf einem Rastplatz tötete, weil er seinen Wagen haben wollte«, fuhr Gideon fort. »Außerdem hat er ein Baby entführt und eine Krankenschwester ermordet, deren Leiche heute Morgen aufgefunden wurde. Und vielleicht ist er auch für den Mord an sechs weiteren Frauen verantwortlich. Zumindest ist das die Zahl, von der wir wissen.«

Wieder herrschte gespenstische Stille im Raum.

»Heilige Scheiße«, stieß Sasha leise hervor. »Und dich hätte er auch getötet, Daisy.«

Frederick saß stocksteif da. »Und worin besteht die Gemeinsamkeit zwischen den Opfern?«, fragte er so leise, dass Gideon es beinahe überhört hätte. Mittlerweile war die Freundlichkeit in seinen Augen lähmender Angst gewichen.

Gideon zögerte. »Es gibt einige wiederkehrende Details in seiner Vorgehensweise, gleichzeitig aber wiederum Faktoren, die völlig willkürlich zu sein scheinen.«

»Er hat einen Hund«, warf Daisy mit einer Mischung aus Sarkasmus und Hoffnungslosigkeit ein.

Gideon blutete das Herz. Er hob ihr Kinn an. »Wir finden ihn, Daisy.«

Sie nickte. »Das hoffe ich sehr. Ich hätte gern mein Leben zurück.«

»Woher weißt du von dem Hund?«, fragte Karl.

Daisy seufzte. »Er war am Samstag bei der Adoptionsaktion in der Zoohandlung. Gideon hat den Wagen des Mannes auf den Bändern der Überwachungskameras gefunden – es ist derselbe, der uns gefolgt ist und aus dem er Gideon angeschossen hat.«

Frederick war so bleich geworden, dass sein Gesicht beinahe wächsern wirkte.

»Dad?«, sagte Daisy scharf und packte sein Handgelenk.

Frederick zog seinen Arm weg und schüttelte den Kopf. »Ich habe keinen Herzinfarkt, Daisy. Sondern eine Panikattacke. Ein krankes Schwein versucht, meine Tochter zu töten.«

Sie drehte ihre Hand, sodass die Handfläche nach oben zeigte, und Frederick ergriff sie. »Es wird alles gut, Dad. Ich gehe keinerlei Risiko ein. Agent Hunter steht draußen vor der Tür und weicht mir und Gideon nicht von der Seite. Ich werde auf mich aufpassen, brav sein und tun, was man mir sagt.« Sie drückte seine Hand. »Und ich werde auch nicht rückfällig. Versprochen.«

»Das kannst du nicht versprechen«, wandte er ein. »Aber das Versprechen, brav und gehorsam zu sein, glaube ich dir. Und dass du alles daransetzt, trocken zu bleiben.«

»Ich habe heute Morgen erst mit meiner Sponsorin telefoniert. Es hat mir geholfen. Sehr sogar.«

Er nickte schwach. »Gut. Das ist schön.«

»Allerdings gilt das mit dem Gehorsam nur, bis sich die Lage entspannt, dann lasse ich sofort mein wahres Ich wieder heraus.«

Fredericks Mund verzog sich zu einem Lächeln. »Ich liebe dein wahres Ich, Eleanor.«

Sie lächelte kopfschüttelnd. »Du kannst es einfach nicht lassen, was, Dad? Du kannst froh sein, dass ich dich auch liebe, wenn du mich Eleanor nennst.«

Frederick erhob sich und drückte ihr einen Kuss auf die Stirn. »Das bin ich auch.« Er schloss die Augen. »Ich muss sichergehen können, dass dir nichts passiert, Baby«, flüsterte er heiser.

»Ich weiß, Dad. Und ich verstehe es auch«, erwiderte sie.

Frederick ließ ihre Hand los und sah sich errötend um, als merke er erst jetzt, dass sie nicht allein waren.

»Weshalb nennt sie sich eigentlich Daisy?«, fragte Gideon. Mittlerweile hatte er beschlossen, Frederick mit derselben ruhigen Freundlichkeit zu begegnen, die dieser ihm entgegenbrachte.

Frederick lächelte. »Das ist eine interessante Geschichte.«

»Dad!« Stöhnend vergrub Daisy das Gesicht in Brutus' Fell.

Irina stand auf. »Das Abendessen steht im Ofen zum Warmhalten. Würdest du den Tisch denken, Sasha? Du kennst Daisys Geschichte ja schon.«

Daisy sah Gideon an. *Danke*, formte sie lautlos mit den Lippen. Die Erleichterung, dass die Grabesstimmung vertrieben war, stand ihr ins Gesicht geschrieben.

Gideon zwinkerte ihr zu und wandte sich erneut an ihren Vater. »Also? Daisy?«

25. KAPITEL

Sacramento, Kalifornien
Montag, 20. Februar, 17.55 Uhr

Er würde sie brechen. Ganz klar. Keine Frau führte ihn vor.

Schwachsinn.

Halt's Maul.

Um ein Haar hättest du die Beherrschung verloren und Zandra mit dem Messer kaltgemacht. Ohne dass es auch nur ansatzweise befriedigend wäre.

Das ist wahr. Doch er hatte sich im letzten Moment zusammengerissen. Sie hatte ihn nicht fertiggemacht. Er brauchte bloß ein bisschen frische Luft. Eine Runde um den Block.

Er nahm Mutts Leine vom Haken an der Wand, öffnete die Hintertür und rief nach ihm. Augenblicklich kam Mutt angelaufen, sodass er ihn anleinen konnte, dann zog er die Tür hinter sich zu und sog tief die kühle Luft ein. Im Keller war es zum Schluss heiß und schwül geworden, der Raum erfüllt vom Geruch nach Schweiß, Blut und Verausgabung.

Seiner Verausgabung.

Und Zandras. Hätte er vorgehabt, sie auf absehbare Zukunft zu behalten, wäre sie perfekt gewesen. Am Ende hätte er ihren Willen gebrochen, aber es hätte womöglich mehrere Monate gebraucht. Diese Zeit hatte er nicht, sondern allenfalls ein paar Tage, bis er Daisy in seinem Keller einquartieren würde.

Er schlug den Weg zu Daisys Haus ein, wobei Mutt eifrig voraneilte – ein schlaues Kerlchen.

Wahrscheinlich lag es an der Frau, die ihm am Morgen den Kopf getätschelt hatte. Sasha Sokolov.

Mutt hatte viel für Menschen übrig, die ihm ihre Aufmerksamkeit zuteilwerden ließen. Aber er wollte nicht im Laufschritt vor Daisys Haus ankommen, deshalb zügelte er Mutts Begeisterung. Als sie sich dem Haus näherten, blieb er abrupt stehen. Überall standen Übertragungswagen. Schon wieder.

Im Lauf des Tages hatte er noch einmal die Nachrichten gecheckt. Das Baby vom Parkplatz des Mercy Hospital hatte für einigen Wirbel gesorgt. Ebenso die vermisste Krankenschwester. Die Schießerei im Norden war ebenfalls erwähnt worden. Und dass ein Serienkiller frei herumlief.

»Ganz schön verrückt, was?«, sagte ein Mann hinter ihm, der einen Hund mit langem Flauschfell an der Leine führte. Einer dieser Zuchtköter, die von jedem Luftzug einen Schnupfen bekamen.

Mutt und der Lassie-Köter schlossen Bekanntschaft, indem sie gegenseitig die Hinterteile beschnüffelten. Er sah den Mann an – Mitte vierzig, mittelgroß, leichter Bierbauch und ein Nachmittagsbartschatten.

»Was ist denn passiert?«, erkundigte er sich mit gespielter Arglosigkeit.

»Die Frau, die in dem Haus wohnt, wurde in eine Schießerei verwickelt. Dabei wurde ein Fed verwundet. War heute Morgen in den Nachrichten.«

»Und geht es dem Fed gut?«, erkundigte er sich scheinheilig.

»Ja. Ich habe sie heute Nachmittag gesehen, als sie nach Hause kamen. Zwei Autos. Ein SUV mit dunkel getönten Scheiben, Sie wissen schon, wie aus dem Fernsehen. Das andere war ein waschechter Tesla. Bildschön. Jedenfalls sind sie eine Weile geblieben und dann wieder gefahren. Nur eine einzige Reporterin war da. Ich nehme an, ihre Story haben sie heute Nachmittag gebracht.«

Er hatte den Tesla am Samstag vor dem Haus der Sokolovs in Granite Bay stehen sehen. Dass der Typ vor ihm geschwätzig war, könnte sich noch als nützlich erweisen, deshalb spielte er weiter den Ahnungslosen.

»Wow. Woher wissen Sie das alles?«, fragte er und sah ihn erstaunt an.

»Ich wohne direkt nebenan. Normalerweise geht es in dem Haus recht ruhig zu. Es gehört einem Cop, deshalb dachte ich, na prima, wenigstens ein Nachbar, der keine Partys schmeißt.«

»Tun sie das denn? Partys schmeißen, meine ich?«

»Eigentlich nicht. Es ist eine große Familie. Letzten Sommer haben sie mal im Garten gegrillt. Eigentlich hatten sie mich dazu eingeladen, aber ich konnte nicht. Jedenfalls scheinen sie ganz nett zu sein. Wirklich schlimm, das mit der jungen Frau. Erst letzte Woche ist ein Typ auf sie losgegangen.«

Er riss die Augen auf. »Das habe ich gar nicht mitbekommen«, log er.

Der Mann lachte. »In welcher Versenkung leben Sie denn? Es war überall in den Nachrichten.«

»Ich war nicht in der Stadt.«

»Ach so. Es war zwar nicht so eine Riesennummer wie der Golden State Killer damals, trotzdem haben sämtliche Zeitungen und Sender darüber berichtet.«

»Der war tatsächlich in aller Munde«, stimmte er freundlich zu. »Aber der Killer war auch ein ganz übler Typ … hat mindestens zwölf Menschen auf dem Gewissen.« Er musste ein Grinsen unterdrücken. *Ich habe doppelt so viele getötet, und keiner hatte mich je im Verdacht. Das FBI hat Jahre gebraucht, um eine Verbindung zwischen meinen Morden herzustellen.*

Der Golden State Killer war letztlich gefasst worden, weil er überall seine DNS hinterlassen hatte. *Dafür bin ich viel zu vorsichtig.* Allerdings musste man fairerweise sagen, dass der Killer vor über vierzig Jahren sein Unwesen getrieben hatte, in einer Zeit, als kein Mensch ahnen konnte, welche Rolle die Forensik und die DNS-Analyse einmal spielen sollten.

Diese beschissene Forensik.

Denn diesmal hatte er seine DNS tatsächlich am Tatort hinterlassen. Zwar hatte die Polizei auch jetzt nichts in der Hand, womit sie sie abgleichen könnte, aber was, wenn sie ihn schnappten? Dann käme er für den Rest seines Lebens hinter Gitter. Allein bei der Vorstellung schnürte es ihm die Luft ab.

Er winkte dem Lassie-Mann zu – er konnte schließlich nicht vor einem Wildfremden Schnappatmung bekommen. »Schönen Abend noch. Ich hoffe, die Reporter schleichen sich nicht auf Ihr Grundstück.«

»Das hoffe ich auch«, erwiderte der Lassie-Mann verdrossen. »Komm, Junge, gehen wir nach Hause.«

Mutt wollte den beiden folgen, doch er zog ihn zurück. »Nein, mein Freund. Wir gehen auch nach Hause.« Er schlug den Heimweg ein. Auf nach Granite Bay.

Aber zuerst brauchte er einen neuen fahrbaren Untersatz. Der Angestellten des Supermarkts in Chico den Wagen quasi unterm Hintern wegzuklauen, hatte ziemlich gut funktioniert.

Abgesehen davon hatte er weiß Gott schon genug Sorgen und brauchte keinen unnötigen Ärger. Als Erstes musste er den Fed loswerden. Und dann würde er sich überlegen, was er mit Daisy anstellen würde.

Sacramento, Kalifornien
Montag, 20. Februar, 19.30 Uhr

Gideon erlaubte Irina, sich um ihn zu kümmern und ihn nach oben in Rafes Zimmer zu bringen. Zwar wäre es ihm lieber gewesen, Daisy hätte ihm das Sweatshirt ausgezogen, doch nach seinem Geständnis hatte Irina zutiefst erschüttert gewirkt, deshalb hatte er keinen Widerstand geleistet, nachdem er beim Abendessen beinahe über seinem Teller eingeschlafen wäre.

»Hier ist etwas für deinen Arm«, sagte sie und schüttelte ein paar Schmerztabletten aus einem Fläschchen. »Sie sind rezeptfrei, deshalb will ich kein Theater sehen.«

»Bei dir würde ich doch nie Theater machen«, erklärte er ernst.

Sie lächelte traurig. »Das stimmt. Bei dir hieß es immer ›Ja, Ma'am‹ und ›Nein, Ma'am‹ und ›Bitte‹ und ›Danke‹, als hättest du Angst gehabt, wir schicken dich wieder weg, wenn du Widerworte gibst. Aber jetzt verstehe ich natürlich, warum.«

Es war die pure Qual für ihn gewesen, ihnen von Eden zu erzählen, das Entsetzen auf ihren Gesichtern sehen zu müssen, den Schmerz in ihren Augen. *Wegen mir. Sie leiden, weil ich leiden musste. Ich und Mercy. Und Mama.* Es war ihm ein Gräuel, sie so aufgewühlt zu haben, gleichzeitig war ihm bewusst, wie sehr er die Liebe und Zuwendung brauchte, die sie ihm im Gegenzug schenkten.

Auch ihr Angebot, ihm bei der Suche nach Eden zu helfen, war keine Überraschung, auch wenn er es unmöglich annehmen konnte. Keiner der Menschen, die ihm am Herzen lagen, sollte auch nur in die Nähe dieses Ortes kommen. Aber darüber würde er sich morgen Gedanken machen. Jetzt brauchte er erst einmal eine Mütze voll Schlaf.

Irina schüttelte heftig den Kopf. Gideon war nicht sicher, ob sie ihre Traurigkeit oder die Bilder verscheuchen wollte, die sich in ihr Gedächtnis eingebrannt hatten. Sie faltete sein Sweatshirt zusammen und legte es auf die Kommode, ehe sie ihm mit der Routine und Sicherheit der erfahrenen Krankenschwester half, die Schlinge wieder anzulegen.

»Bist du sicher, dass dir warm genug ist? Ich kann dir gern eines von Rafes alten Sweatshirts holen.«

Er wollte ihr lieber nicht sagen, dass er normalerweise nackt schlief. Es war schon peinlich genug gewesen, Jeans und Boxerbriefs auszuziehen, während sie das Bett bezogen hatte. Er schlüpfte in seine Jogginghose und hatte sie gerade hochgezogen, als sie nach der Kordel griff und sie liebevoll zur Schleife band. Tiefe Röte schoss ihm ins Gesicht. Mehr als die Jogginghose würde er im Bett nicht tragen, und das auch nur, weil Zoya noch hier wohnte und er sich das Badezimmer mit ihr teilte. Und mit Daisy, die jedoch ihr eigenes Gästezimmer zugewiesen bekommen hatte.

Beim Gedanken an sie schlüpfte er eilig zwischen die Laken und zog die Bettdecke über seine schnell wachsende Erektion – das war nun wirklich nichts, was Irina mitbekommen sollte.

Und was die Kälte betraf … er hoffte, dass Daisy bald auftauchen und ihm warm werden würde.

»Ich komme schon klar, Irina. Ehrlich.«

»Gut.« Sie zog ihm die Decke bis zum Kinn hoch und tätschelte ihm zärtlich die Wange. »Ich bin froh, dass du hier bist, Gideon.«

»Ich auch.« Lächelnd ließ er zu, dass sie die Kissen aufschüttelte. »Das hast du früher auch immer getan. Wenn ich krank war. Ich habe immer so getan, als sei ich schon viel zu groß dafür, aber in Wirklichkeit fand ich es herrlich, so bemuttert zu werden.«

Sie setzte sich auf die Bettkante. »Was ich natürlich wusste. Aber du warst vierzehn. Das ist ein sehr schwieriges Alter. Und es ging dir wirklich nicht gut.« Forschend musterte sie ihn. »Ich habe mir damals große Sorgen um dich gemacht, Gideon. Und tue es heute noch.«

»Mir geht's gut«, beteuerte er. »Ich habe mir bloß ein bisschen die Flügel verstaucht, aber das heilt ganz schnell. Bald fliege ich wieder durch die Lüfte.«

Irina schüttelte den Kopf. »Das meine ich nicht. Ich weiß, dass die Verletzung bald wieder heilt. Rafe und du, ihr habt euch so oft die Flügel verstaucht und wart jedes Mal schnell wieder auf dem Posten. Äußerlich zumindest. Aber ich mache mir Sorgen, wie es innen drin aussieht.« Sie tippte ihm auf die Brust. »In deinem Herzen.«

»Auch dem geht's gut«, erwiderte er und tat absichtlich so, als wüsste er nicht, worauf sie anspielte. »Es schlägt schön weiter.«

Sie warf ihm einen strengen Blick zu. »Gideon. Ich meine es ernst. Wir müssen reden.«

»Ich meine es auch ernst. Mir geht's gut, Irina. Ehrlich.« Er runzelte die Stirn. »Moment mal. Worüber müssen wir reden?« Er kniff die Augen zusammen. »Bist du etwa sauer, weil ich mit Daisy zusammen bin?« Das wäre definitiv nicht in Ordnung.

Sie wich entsetzt zurück. »Nein. Natürlich nicht. Schließlich war ich diejenige, die versucht hat, euch zusammenzubringen, schon vergessen? Über *Monate* hinweg.«

»Oh. Stimmt. Tut mir leid«, erwiderte er verlegen.

»Das sollte es auch, *duraška*.« Sie schüttelte tadelnd den Kopf. »Du Dummerchen. Ich bin überzeugt, dass sie dir guttut und dir hilft, ein bisschen lockerer zu werden. Und du tust ihr gut. Als du heute Nachmittag wegen des Chaos in ihrer Wohnung für sie eingestanden bist, hat sie dich angesehen, als hättest du ihr jeden Stern einzeln vom Himmel gepflückt. Und vorhin stand sie wie eine Soldatin hinter dir und hätte dich notfalls mit Klauen und Zähnen verteidigt, wenn wir auch nur einen Ton wegen dem gesagt hätten, was in Eden vorgefallen ist. Nein, ich bitte dich nur, es ein bisschen langsamer angehen zu lassen. Eine stabile Beziehung braucht Zeit.«

»Aber wieso machst du dir dann Sorgen um mich und ›wir müssen reden‹?«

»Weshalb ich mir Sorgen um dich mache? Abgesehen davon, dass du uns gerade erzählt hast, du seist in einer Sekte aufgewachsen, deren Mitglieder dich auch noch um ein Haar getötet hätten?«

»Na ja, das stimmt natürlich«, räumte er ein. »Aber das ist doch Schnee von gestern.«

»Das sehe ich ein klein wenig anders, aber darüber können wir später noch reden.« Sie zögerte und seufzte. »Deine Schwester ist nicht aufgetaucht.«

Nun war er derjenige, der zusammenzuckte. Denn auch wenn er nicht damit gerechnet hatte, dass Mercy kommen würde, so hatte er es sich doch insgeheim gewünscht. »Stimmt. Aber es ist …«

»Ich schwöre dir, Gideon Reynolds, wenn du jetzt behauptest, es sei alles bestens, dann …« Sie hielt inne. »Keine Ahnung, was ich dann mit dir anstelle, aber fest steht, dass es nicht angenehm für dich werden wird. Du liebst sie, und ich habe dir angesehen, wie sehr dich ihre Zurückweisung kränkt.«

Er öffnete den Mund, schloss ihn wieder. Es passte ihm gar nicht, dass es so offensichtlich gewesen war. »Du hast recht. Es tut weh«, gestand er schließlich.

»Es tut mir so leid, *dorogoj moj.*«

Mein Schatz. Trotz seiner Traurigkeit musste er beinahe lächeln. »Mir genauso. Auch weil ich so gern eine Schwester hätte. Natürlich sind Sasha, Meg und Zoya wie Schwestern für mich, aber Mercy ist es eben tatsächlich. Ich … vermisse sie.«

»Aber natürlich. Wie sollte es auch anders sein?«

Genau das könnte der springende Punkt sein. Er dachte darüber nach, während Irina geduldig wartete. »Das Problem ist nur, dass ich sie zwar vermisse, sie mich aber nicht«, fuhr er schließlich fort. »Was ich verstehe. Mir ist klar, dass ich sie nur an all die schlimmen Dinge erinnere, wenn sie mich sieht, aber …«

»Aber was?«

Er seufzte. »Etwas anderes ist noch viel schlimmer. Hätte sie sich von mir abgewandt und ihren Platz in einer anderen Familie gefunden, würde es zwar wehtun, aber sie wäre immerhin glücklich. Doch dem ist ja nicht so. Sie hat keine Familie, sondern ist so schrecklich allein.« Er nahm ihre Hand, die immer noch auf seiner Brust lag, und drückte sie. »Aber ich nicht. Weil ich euch habe. Ihr habt immer hinter mir gestanden. Wäre sie jetzt hier, würdet ihr sie genauso lieben wie mich. Und auch sie hätte dann eine Familie.«

Irina tupfte sich vorsichtig die feuchten Augen trocken. »Das würden wir. Und ich bin froh, dass du weißt, wie sehr wir dich lieben, Gideon.«

Er drückte einen Kuss auf ihren Handrücken. »Ja, und ich wusste es schon immer. Von dem Tag an, als Rafe mich hierher mitgebracht hat, wart ihr meine Eltern, Karl und du. Du warst mir die Mutter, die meine eigene nicht sein durfte.«

Wieder versuchte Irina, sich die Tränen abzutupfen, ehe sie es aufgab und sie ungehindert über ihre Wangen laufen ließ, um sie dann mit dem Handrücken abzuwischen. »Deine Mutter hat dich von diesem grauenhaften Ort weggebracht. Dafür bin ich ihr sehr dankbar. Und auch deine Schwester, zumindest körperlich.«

»Ja, das stimmt.« Denn selbst heute noch, all die Jahre später, war Mercy so verstört, so gefangen in ihrer Vergangenheit. »Ich gebe sie nicht auf, sondern halte weiter den Kontakt zu ihr.« Er grinste sie an. »Vielleicht lässt sie sich ja mit deinem Honigkuchen bestechen«, sagte er, um die Trübnis zu vertreiben.

Irina lachte unter Tränen. »Sollte ich jemals einen für sie backen … ein Wort genügt, *syniška.*« Sie beugte sich vor und küsste ihn auf die Stirn. »Schlaf jetzt. Wir reden morgen weiter.«

»Danke. Für alles«, erwiderte er mit rauer Stimme.

Sie warf ihm einen letzten Kuss zu, knipste das Licht aus und verließ den Raum.

Den Blick an die Decke gerichtet, lag er da und fragte sich, wo Daisy wohl sein mochte. Obwohl sie sich erst seit drei Tagen kannten, hatte er sich daran gewöhnt, sie im Schlaf in seinen Armen zu halten.

Er lauschte. Unten lief der Fernseher. Es hörte sich nach *Monday Night Football* an, Karls Lieblingssendung. Hoffentlich hatte Frederick sich ihm angeschlossen, denn er beschloss, noch einmal aufzustehen, sich auf die Suche nach Daisy zu machen und sie zu bitten, bei ihm zu bleiben. Wenigstens bis er eingeschlafen war.

Gerade als er die Decke zurückgeschlagen und die Beine über die Bettkante geschwungen hatte, ging die Tür auf, und Daisy schlüpfte lautlos herein und lauschte, als wolle sie sich vergewissern, dass niemand etwas mitbekommen hatte.

Beispielsweise ihr Vater. Der ihr beigebracht hatte, wie eine Soldatin zu kämpfen und zu schießen. Wieder kam ihm der Gedanke, dass Frederick ihm Angst machen sollte, mehr, als er es tatsächlich tat. Andererseits hatte es ihn offenbar nicht allzu sehr aus dem Konzept gebracht, Daisy am Nachmittag schlafend in seinem Krankenhausbett vorzufinden.

Bei einem richtigen Bett könnte die Sache allerdings anders aussehen.

Sie drehte sich um und schrie leise auf, als sie ihn auf der Bettkante sitzen sah, schlug sich jedoch sofort die Hand vor den Mund. »Du bist ja wach.«

»Sieht ganz danach aus«, erwiderte er trocken. »Ich glaube, mit deinem Schrei hast du gerade den Heimlichkeitsbonus gnadenlos verspielt.«

Grinsend kam sie auf ihn zu. »Die hocken brüllend vor dem Fernseher, deshalb hat mich bestimmt keiner gehört. Und falls doch …« Achselzuckend setzte sie sich neben ihn. »Irina hat geweint, als sie aus dem Zimmer kam. Aber auch gelächelt. Was ist passiert?«

»Ich habe ihr gesagt, dass sie und Karl meine Familie sind.«

Daisy lächelte gerührt. »Das erklärt einiges.« Sie streichelte seine Wange. »Ich bleibe auch nicht lange, sondern wollte nur nach dir sehen. Es muss ziemlich heftig für dich gewesen sein, ihnen von Eden zu erzählen.«

»So schlimm war es eigentlich gar nicht«, erwiderte er und stellte zu seiner Überraschung fest, dass es tatsächlich so war. »Ich glaube, es wird mit jedem Mal leichter. Das Schwierigste daran war, dass es sie so aufgewühlt hat.« Er schmiegte sich in ihre Hand an seiner Wange. »Könntest du nicht eine Weile bleiben?«

»Ich hatte gehofft, dass du das sagst.« Sie legte Brutus' Tasche aufs Bett, setzte die kleine Hündin mit einem leisen »Shazam« darauf und kuschelte sich an Gideon. »Ziemlich eng hier. Ohne den Herausfallschutz könnte ich glatt von der Matratze kullern.«

Vorsichtig rückte er ein Stück zur Seite, bis er mit dem Rücken an der Wand lag, und zog sie enger an sich. Ohne die Zugangsnadel im Handrücken war es deutlich bequemer, sie zu halten. Andererseits ließ sich deutlich schlechter verbergen, dass er sehr schnell sehr hart wurde. »Besser?«

»Ja. Viel. Tut dein Arm weh?«

»Ein bisschen.«

»Mit anderen Worten, du hast höllische Schmerzen, weigerst dich aber, ein anständiges Schmerzmittel zu nehmen.«

»So in etwa. Aber ich habe ein paar von den rezeptfreien Tabletten genommen, die Irina mir gegeben hat.«

»Gideon«, seufzte sie.

»Daisy«, seufzte er im selben Tonfall und küsste sie aufs Haar. »Ich wollte dich gerade holen kommen. Ohne dich kann ich nicht schlafen.«

Zärtlich streichelte sie seine Brust. »Das gefällt mir.«

»Dachte ich mir fast«, murmelte er.

Ihre Hand setzte ihre Reise fort, wanderte über seine Schenkel und seine Lenden. Er holte scharf Luft, als sein Schwanz zu pulsieren begann. Ihre Finger waren ganz nahe. Und doch nicht nahe genug.

Ein Summen drang aus ihrer Kehle, während er kurz den Atem anhielt und aufstöhnte, als sie mit den Fingern über die ausladende Wölbung strich.

»Und das hier auch«, flüsterte sie.

Er stieß ein ersticktes Lachen aus, das in ein weiteres Stöhnen umschlug, als ihre Finger sich um ihn schlossen. »Daisy. Bitte.«

Sie löste sich von seiner Schulter, schob ihre freie Hand unter seinen Kopf und ließ ihre Lippen über seinen Mund gleiten.

»Was willst du, Gideon?«, raunte sie. Ihre kehlige Stimme und ihre geschickten Finger jagten ihm wilde Schauer über den Körper.

Er verfluchte die Schlinge um seinen Arm, die ihn zur Reglosigkeit zwang, und reckte ihr auffordernd die Hüften entgegen. »Alles.« Er hörte die Verzweiflung in seiner Stimme, doch genau das war er: verzweifelt. Er packte ihr Haar, sorgsam darauf bedacht, ihr nicht wehzutun, doch das Bedürfnis, sich an etwas festzuhalten, war übermächtig. »Küss mich, Daisy Dawson.«

Und das tat sie. Langsam und genüsslich, bis er dachte, seine Schädeldecke fliege gleich davon. Der Kuss war weder brutal noch besonders sanft, aber dennoch voller Hingabe. Als sie sich von ihm löste, waren sie beide außer Atem, und er kreiste die Hüften, reckte sich gierig ihrer Berührung entgegen.

Ohne den Blickkontakt zu unterbrechen, zog sie die Kordel seiner Jogginghose auf und schob die Hand in den Bund. Mit einem Stöhnen hob er sich ihr entgegen, ehe er auf die Matratze zurücksank.

»Bitte«, flüsterte er.

Ohne zu zögern, schloss sie fest die Finger um sein Fleisch, diesmal nicht sanft, sondern forsch, beinahe grob. Es war unglaublich.

Viel zu schnell ließ sie von ihm ab und sah ihn an. Ihre Lippen waren rot und geschwollen. »Still jetzt. Keinen Laut«, raunte sie, ehe sie sich mit einer Spur aus Küssen an ihm hinabgleiten ließ, über seine Brust, seinen Bauch, bis sie unter der Decke verschwand. Er kniff die Augen zusammen, wartete … wartete …

Ihr Mund schloss sich um ihn, feucht und warm. »O Gott«, stöhnte er, als sie sich zu bewegen begann, mit einem sanften, nassen Gleiten nach unten und einem kräftigen Sog wieder nach oben. Die Lust war so intensiv, dass sein Verstand … schlicht nicht länger existierte. »Daisy.«

Abrupt kamen die feuchten, saugenden Bewegungen zum Stillstand, und ihr Kopf erschien. »Ich habe doch gesagt, keinen Laut.«

Er nickte, womöglich eine Spur zu eifrig, denn sie grinste, ehe sie neuerlich unter der Decke verschwand. Und … Er atmete erleichtert auf, als er ihren Mund wieder um sich spürte. Behutsam vergrub er die Hände in ihrem Haar und hielt sie fest, während er vollends den Verstand zu verlieren drohte.

Sein Orgasmus am Samstag war wie eine Explosion gewesen, ohne Vorwarnung und mit voller Wucht. Dieser hingegen baute sich langsam auf, nahm seinen Anfang am unteren Ende seines Rückgrats, mit einer Spannung, die sich immer weiter ausbreitete, bis jede Nervenfaser seines Körpers vibrierte.

»Daisy«, krächzte er, ließ von ihr ab und zog die Decke zurück. »Gleich.«

Sie blickte ihn durch ihre dichten Wimpern hindurch an, zwinkerte kurz – und nahm ihn noch tiefer in sich auf.

»Fuck«, stöhnte er, konnte sich nicht länger beherrschen. Was sich ganz allmählich aufgebaut hatte, explodierte mit unverhoffter Wucht, die seinen Körper ohne sein Zutun hochriss, seine Bauchmuskeln zusammenzog, weiter und immer weiter.

Bis er völlig erschöpft und leer auf die Matratze zurückfiel. Einen Moment lang starrte er blinzelnd an die Decke, während sein Gehirn sich langsam neu sortierte. Dann lachte er.

Sie rutschte nach oben, stützte sich auf einen Ellbogen und lächelte ihn an. Ihre Lippen glänzten feucht und tiefrot … so unglaublich sexy.

Mit dem Zeigefinger fuhr sie die Kanten seines Ziegenbärtchens nach. »War das ein ›Ich freue mich so‹-Lachen? Nur zur Information: Die korrekte Antwort lautet ›Ja‹.«

Er bekam ihren Finger zu fassen und sog ihn zwischen seine Lippen, ehe er sie losließ. »Na ja, das auch. Aber ich lache auch, weil ich vorhin dachte, wie ausgelutscht ich bin. Und der Achtklässler in meinem Kopf sagt darauf, ›Stimmt, und zwar bis auf den letzten Tropfen‹ – haha.«

Sie lachte leise. »Du solltest häufiger mal den Achtklässler zum Spielen rauslassen. Er ist echt witzig.«

Er schloss die Augen. »Ich glaube, du hast so einige Drähte in meinem Gehirn kurzgeschlossen.«

»Gut.« Sie klang belustigt und … hochzufrieden.

Er schlug ein Auge auf und musterte sie. »Danke.«

»War mir ein Vergnügen«, gab sie mit leuchtenden Augen zurück. »Das war wirklich bemerkenswert, Gideon.«

»Ja. Das war es. Ich hatte nicht damit gerechnet.« Er zögerte. »Ich bin übrigens sauber. Du hättest eigentlich fragen müssen.«

»Du warst gerade im Krankenhaus, wo man dich bestimmt x-mal getestet hat, zumal ich über und über mit deinem Blut beschmiert war.«

»Trotzdem. Du solltest nicht so …« Er unterbrach sich, als sie die Brauen hochzog – ein deutliches Anzeichen, dass sie sich ärgerte.

»Nuttig sein?«, fragte sie leise.

»Nein«, widersprach er heftig. »Ich wollte *vertrauensselig* sagen. Manche Männer würden dich schamlos anlügen.«

»Ich bin aber nicht mit ›manchen‹ Männern zusammen, sondern mit dir«, erwiderte sie viel zu ruhig.

Am liebsten hätte er sich selbst in den Hintern getreten. »Ich habe nie etwas Negatives gedacht. Es tut mir leid. Ich bin … manchmal etwas ungeschickt in meinen Formulierungen.«

Ihre Miene wurde etwas freundlicher. »Ja, das ist wohl wahr. Ich vertraue nicht besonders vielen Menschen, Gideon, aber ich denke auch nicht von jedem gleich das Schlechteste. Mein Vater hat das getan, und … ich liebe ihn, aber …« Sie seufzte. »Seine Einstellung hat unserer Familie sehr geschadet.«

Er fuhr sich mit der Hand über die Augen. »Es tut mir leid,

Daisy. Ich habe gerade ein wunderbares Geschenk bekommen und es einfach kaputt gemacht.«

»Nein, nur ein bisschen zerschrammt. Aber die Beulen lassen sich wieder rausdrücken.«

Er sah sie an. »Wirklich?«

»Ja, wirklich.« Sie fuhr die Umrisse seines Tattoos nach. »Ich bin keine unschuldige Jungfrau vom Lande, Gideon, sondern hatte auch schon vor dir Sex.«

Er sog scharf den Atem unter ihrer Berührung ein und wählte seine Worte mit Bedacht. »Das freut mich zu hören.«

Wieder zog sie eine Braue hoch, diesmal jedoch aus Neugier, nicht aus Verärgerung. »Tatsächlich?«

»Ja. Dadurch konntest du Erfahrungen mit Menschen sammeln, die wichtig für dich waren. Bevor ich aufgetaucht bin.«

Sie lächelte. »Und nun, wo du hier bist?«

Er sah ihr in die Augen, in der Hoffnung, dass sie nicht die Flucht ergreifen würde. »Ich will dich mit niemandem teilen.«

»Dagegen habe ich nichts einzuwenden, und dasselbe gilt auch für mich. Exklusivität auf beiden Seiten, bis wir uns anders entscheiden. Okay?«

»Absolut okay.« Mit dem Finger fuhr er ihren Ausschnitt nach, dann schob er die Hand unter ihren Pulli und berührte die Spitze ihres BHs. »Irina findet, wir preschen zu sehr vor.«

Daisy schnitt eine Grimasse. »Ich weiß. Dasselbe habe ich auch zu hören bekommen. Aber dann hat Karl sie daran erinnert, dass er ihr gleich beim ersten Date gesagt hat, er würde sie heiraten. Natürlich hat sie ihm damals kein Wort geglaubt.« Sie lachte. »Und sie sei bis heute nicht überzeugt, ob es wirklich funktioniert.«

Gideon grinste. »Ich liebe diese Familie.«

»Ich auch.« Er nahm seinen eigenen Geschmack auf ihren Lippen wahr, als sie ihn küsste. Und er wollte verdammt sein, wenn er nicht schon wieder hart wurde.

»Was kann ich für dich tun?«

»Jetzt gerade? Dich von einer Schusswunde erholen. So gesehen hätte ich vermutlich nicht tun sollen, was ich gerade getan habe. Aber ich hoffe, du kannst jetzt wenigstens schlafen.«

»Wie ein Baby«, erwiderte er. »Bleibst du bei mir?«

»Ja.« Sie machte es sich neben ihm bequem. »Habe ich deinem Arm wehgetan?«

»Welcher Arm?«, fragte er und spürte, wie sie neben ihm lächelte.

»Schlaf, Gideon.«

Seine Lider wurden bereits schwer. »Na gut.«

Granite Bay, Kalifornien
Montag, 20. Februar, 21.30 Uhr

Es hatte ganz den Anschein, als müsste er wieder einmal warten. Er saß in einem gestohlenen Minivan und beobachtete das Haus der Sokolovs von der gegenüberliegenden Straßenseite aus.

Und er war nicht der Einzige. In der Auffahrt stand ein schwarzer SUV, dessen Fahrer gerade ausgestiegen war, um einen Rundgang über das Grundstück zu machen. Mit einem Gewehr in der Hand. Inklusive Zielfernrohr.

Die Feds machten offensichtlich keine halben Sachen.

Du solltest nicht hier sein. Das ist es nicht wert. Wenn er auf die Idee kommt, dein Kennzeichen zu überprüfen, bist du geliefert.

Das war ein Argument. Zumal der gestohlene Minivan eindeutig nicht in die Wohngegend passte. Er hätte ja ein neueres Modell genommen, doch die waren alle mit GPS ausgestattet, was ihn zum blinkenden »Such mich«-Neonschild gemacht hätte.

Du hast Zeit. Die haben keine Ahnung, wer du bist. Du hast keinerlei handfesten Beweis hinterlassen. Bis auf die Hautpartikel.

Der Wagen, den er in Macdoel stehen gelassen hatte, war vollständig ausgebrannt. Selbst wenn sie Blutspuren entdeckt hätten, wären diese durch die Hitze unbrauchbar gewesen.

Aber …

Aber was? Aber noch hast du Daisy Dawson nicht bei dir? Kommt noch. Hab einfach Geduld. Warte, bis sie unaufmerksam wird. Sie kann sich nicht ewig verstecken. Du weißt doch, wo sie wohnt.

Und sie wussten nicht, wo er wohnte. Er hielt ganz eindeutig alle Trümpfe hier in der Hand.

Hier herumzuhocken, während GI Joe mit der Knarre in der Hand um das Haus der Sokolovs herumstrich, war ein Risiko, das er nicht einzugehen brauchte. Zumal mittlerweile die Lichter im Haus ausgingen und sich die Familie allmählich zur Ruhe begab.

Er zog den Handschuh von seiner Rechten und den Fäustling von seiner Linken und nahm eines der Zündkabel zwischen die Finger seiner verletzten Hand, während er mit seiner weniger geschickten Rechten umständlich die beiden Drähte aneinanderhielt, bis der Motor ansprang. Er zog Handschuh und Fäustling wieder an und fuhr davon.

Auch in diesem Wagen würde er keinerlei verwertbaren Beweise hinterlassen, ebenso wenig wie in dem Pick-up oder dem Minivan aus Chico von gestern. *Scheiß Forensik.*

Er wendete und fuhr zurück in die Stadt. Er würde den Wagen in der Nähe des Supermarkts abstellen, wo er ihn gestohlen hatte, und eine Handvoll leere Bierflaschen auf dem Boden verteilen, damit die Bullen glaubten, ein paar übermütige Teenager hätten ihn geklaut.

Dann würde er nach Hause fahren, sich eine heiße Schokolade kochen und ein paar Schallplatten seiner Mutter auflegen. Und dann würde er sich noch eine Runde mit Zandra beschäftigen. Er hoffte, dass sie noch eine Weile durchhielt. Mittlerweile erwies sie sich als überaus befriedigender Gast.

Sacramento, Kalifornien
Montag, 20. Februar, 21.55 Uhr

Das Läuten eines Telefons riss Daisy aus einem tiefen Schlaf. Blinzelnd rollte sie herum, um danach zu greifen, als sie …

»Scheiße!« Sie schlug auf dem Fußboden auf. »Das hat wehgetan.«

»Was …« Gideon fuhr hoch und blickte über den Rand der schmalen Matratze.

Daisy rappelte sich auf, riss das Handy vom Nachttisch und drückte es Gideon in die Hand. »Es ist deins.«

»O Gott. Wie spät ist es?« Er tippte auf das Display. »Hallo?« Eine Sekunde später war er hellwach. »Hey, Tino.«

Tino war sein Freund in Philly. Hoffentlich bedeutete sein Anruf, dass er die altersangepassten Skizzen erstellt hatte, die sie für die Suche nach McPhearson und Burton verwenden konnten.

»Nein, kein Problem. Hier ist es noch nicht allzu spät«, wiegelte Gideon ab. »Ich hatte nur eine kleine Auseinandersetzung mit einem Verdächtigen, von der ich mich gerade noch erhole. Schieß los. Was hast du für mich?« Er lauschte. »Moment«, sagte er dann und öffnete seine E-Mail. Lange Zeit starrte er auf das Display, ehe er sich das Handy wieder ans Ohr hielt. »Wow. Danke, Tino. Das ist mehr, als ich mir erhofft hatte. Ich halte dich auf dem Laufenden über alles, was wir finden. Danke noch mal.«

Er beendete das Gespräch und hielt Daisy sein Handy hin, worauf sie nach Luft schnappte. Zwei Männer, etwa in dem Alter, in dem Gideon heute war. Beide wirkten derb, mit einer Grausamkeit und einer Rücksichtslosigkeit in den Augen, als würden sie sich nehmen, was sie wollten, ohne sich um die Folgen zu scheren. Dieser Ausdruck war auch auf den Hochzeitsfotos zu erkennen gewesen, wenn man sich die Mühe gemacht hatte, genau hinzusehen. Hier jedoch stach er einem auf den ersten Blick ins Auge.

»Wow«, murmelte sie.

»Ich weiß«, sagte er leise.

»Hast du ihm gesagt, wer sie waren und was sie getan haben?«

Er schüttelte den Kopf. »Nein. Aber Tino sieht ohnehin so einiges in den Menschen. Augen sind sein Spezialgebiet.«

Es klopfte leise an der Tür. Gideon schnitt eine Grimasse. »Erwischt«, flüsterte er, ehe er laut »Ja?« rief.

»Ich habe ein Poltern gehört«, sagte Irina. »Ist alles in Ordnung, Gideon?«

»Ja, ja, mir geht's gut.«

»Und Daisy auch?« Sie klang belustigt.

Daisy verdrehte die Augen. »Mir geht's auch gut, Irina«, rief sie.

»Das ist schön, Liebes. Als ich dir Gute Nacht sagen wollte und du nicht in deinem Zimmer warst, dachte ich mir, dass du bestimmt hier bist.«

»Ist ja nicht so, dass wir schon erwachsen sind, oder?«, brummte Daisy.

»Was meinst du, Liebes?«, fragte Irina, ehe ein lautes, kehliges Lachen ertönte. Von einem Mann.

»Karl«, sagten Daisy und Gideon wie aus einem Munde.

»Gute Nacht, Irina. Gute Nacht, Karl«, rief Daisy und wartete, bis die beiden verschwunden waren, ehe sie Gideon ansah. »Das war knapp.«

»Du meinst Karl und Irina?« Er zuckte mit seiner unversehrten Achsel. »Ich dachte, sie wüssten, dass du hier bist.«

»Nein, das meine ich nicht. Ich hätte sie beinahe zerquetscht.« Sie griff hinter sich und hob Brutus hoch.

»Das arme Ding.« Er kraulte die Hündin hinter den Ohren.

Daisy küsste ihren Kopf. »Morgen ziehen wir in Sashas Zimmer um, und sie soll hier schlafen. Sie hat ein Doppelbett.«

»Sofern wir dann überhaupt noch hier sind. Wir müssen ja nicht zu dir zurückgehen. In meinem Haus gibt es eine erstklassige Alarmanlage.«

»Die Idee gefällt mir noch besser.«

»Leg Brutus in das andere Bett und komm zurück.« Er hob die Decke für sie an. »Ich muss die Fotos an Molina weiterleiten.«

»Gib mir dein Handy. Ich tippe die Mail, und dann kannst du weiterschlafen.«

»Vielleicht.« Stirnrunzelnd blickte er weiter auf das Display.

Die Fotos waren hervorragend gemacht. Gideons Freund hatte Talent. Gleichzeitig bildeten die Aufnahmen die schlimmsten Momente in Gideons Leben ab … Momente, die er am Abendbrottisch ein weiteres Mal hatte durchleben müssen.

Sie nahm ihm das Telefon aus der Hand und küsste seinen angespannten Kiefer. »Ich schicke jetzt zuerst die Mail für dich an Agent Molina, und dann sehe ich zu, wie ich dir beim Einschlafen helfen kann.«

Die hochgezogene Braue verlieh seinem Gesicht im silbrigen Mondschein etwas Verruchtes. »Das ist ein verlockendes Angebot.«

»Ich war ziemlich sicher, dass du das sagen würdest. Also, was soll ich schreiben?«

Wieder runzelte er die Stirn. »Vielleicht rufe ich sie vorher an. Am Telefon lässt es sich besser erklären. Stellst du den Wecker auf Viertel vor sechs? Normalerweise ist sie um sechs im Büro. Wenn ich sie noch vor allen anderen an die Strippe kriege, ist ihre Laune besser.«

»In Anbetracht der Tatsache, dass du ja nicht im Dienst bist, könnte das eine gute Idee sein.« Daisy stellte den Wecker auf dem Handy, legte es auf den Nachttisch und schmiegte sich so eng an Gideon, dass ihre Münder nur wenige Zentimeter trennten. »Also. Einschlafhilfen.«

Er grinste. »So nennst du das?«

»Man könnte es natürlich auch Daisy nennen.«

Er lachte. »Ich fasse es immer noch nicht, was dein Vater beim Essen darüber erzählt hat, weshalb dich alle Daisy nennen. Wie du in der Gärtnerei aus preisgekrönten Orchideen Kränze gebastelt hast, wie kleine Mädchen es sonst mit Gänseblümchen tun.«

Sie verdrehte die Augen. »Du meine Güte, es waren halt Blumen. Mom ist früher immer mit uns in den Park gegangen, wo wir auf der Wiese sitzen, Gänseblümchenkränze flechten und Prinzessin spielen durften. Wer hätte auch ahnen können, dass die Orchideen mehrere Hundert Dollar wert waren? Keine Blume sollte so viel Geld kosten dürfen.« Sie küsste ihn sanft. »Mein Dad erzählt die Geschichte ein bisschen zu oft. Aber sie hat ihn zum Lächeln gebracht, also ist alles bestens.«

»Er hat mir sogar ein Foto von dir und deiner Schwester mit den Orchideenkränzen geschickt. Ich mache es zum Hintergrundfoto auf meinem Handy.«

»Wir waren echt niedlich«, räumte Daisy ein.

»Jetzt weiß ich, weshalb du Daisy genannt wirst, aber weshalb du Eleanor so schlimm findest, hast du mir noch nicht erzählt. Es ist doch eigentlich ein schöner Name.«

»Ich wurde nach meiner Urgroßmutter benannt, und im Haus meiner Oma hing ein Foto von ihr, das mir als kleines Mädchen eine Riesenangst eingejagt hat. Die alte Eleanor saß mit verschränkten Armen auf einem Schaukelstuhl, und ihre Finger sahen wie die Klauen einer Hexe aus. Ich habe mich fürchterlich gegruselt.« Er lachte, als sie bei der Erinnerung erschauderte.

»Wie süß«, bemerkte er.

»Jaja, ich bin ja so süß«, brummte sie.

»Willst du denn nicht süß sein?«

»Nein, lieber eine knallharte Kämpferin.«

Sie sah, wie seine Augen sich verdunkelten und ein intensiver Ausdruck darin erschien. »Ich würde sagen, der gefährliche Killer, der da draußen immer noch frei herumläuft, würde das sofort unterschreiben. Und ich auch. Eigentlich geht es mir mächtig gegen den Strich, dass du gut auf dich selbst aufpassen kannst, andererseits bin ich verdammt froh darüber. Sie sind eine knallharte Kämpferin, Miss Dawson.«

Sie wollte nicht an den Mann denken, der sie zweimal angegriffen, mit seinem Hund direkt neben ihr gesessen und über eine Jobmöglichkeit im Sender gesprochen hatte. Der Trish getötet hatte. Und noch viele weitere Frauen. Sie schluckte und wechselte das Thema. »Und sexy. Ich will auch sexy sein. Für dich.«

Ein Lächeln spielte um seine Lippen, und sein Tonfall wurde unbeschwerter. »Oh, das bist du definitiv.« Er schob die Hand unter ihren Pulli und streichelte ihre nackte Haut. »Ist dieser Pulli nicht fürchterlich unbequem?«

»Ja, sehr sogar«, bestätigte sie mit gespielter Ernsthaftigkeit.

Seine Finger beschrieben sanfte Kreise auf ihrer Haut, die sie erschaudern ließen. »Also, ich finde es schrecklich, wenn du dich unwohl fühlst.«

»Du bist ein wahrer Gentleman.«

Er lachte leise. »Ich kann dabei nicht ernst bleiben. Zieh ihn einfach aus, Daisy.« Mit einem Mal sah er sie so eindringlich an, dass sie tatsächlich leises Unbehagen beschlich. »Bitte«, flüsterte er. »Ich will deine Haut spüren.«

Sie kam auf die Knie und wollte sich den Pullover über den Kopf ziehen … als sein Handy neuerlich läutete.

»Fuck«, fluchte er und ließ sich in die Kissen fallen.

»Oder eher nicht«, bemerkte sie trocken, schnappte sein Handy und runzelte die Stirn. »Es ist Rafe. Vielleicht haben sie ja etwas Neues zu Eileen.«

»Stell es auf Lautsprecher.« Er wartete, bis sie die Taste gedrückt hatte. »Hey«, sagte er. »Daisy ist hier bei mir. Was habt ihr herausgefunden?«

»Das erzähle ich dir gleich.« Rafes Stimme klang angespannt. »Wo seid ihr gerade?«

»Bei deinen Eltern.«

»Und Sasha?«, fragte Rafe.

»Sie ist auch hier. Sollen wir sie holen?«, antwortete Gideon.

»Nein. Sie ist wohl einfach nicht ans Telefon gegangen. Ihr müsst so schnell wie möglich zu mir nach Hause fahren.«

»Wieso?«, fragte Gideon, hatte jedoch bereits die Bettdecke zurückgeschlagen.

»Ich bin immer noch in Portland. Mein Flug hat Verspätung, aber jetzt dürfen wir endlich an Bord. Ich habe gerade eine Nachricht von meinem Nachbarn bekommen, Ned Eldridge. Er meinte, vor dem Haus stünde ein Auto. Zuerst sei es ihm nicht weiter aufgefallen, weil die letzten Tage ja ständig irgendwelche Reporter herumlungern, aber offenbar steht es schon seit zwei Stunden da. Er hat den Fahrer fotografiert.«

»Und ist er es?«, fragte Gideon aufgeregt, schnappte ein Hemd, das ordentlich gefaltet auf der Kommode lag, und warf Daisy einen hilfesuchenden Blick zu. »Unser Verdächtiger?«

»Nein«, antwortete Rafe. »Ich glaube, es ist Mercy.«

Das Hemd fiel zu Boden, als Gideon sich schockiert gegen die Kommode sinken ließ. »Was?«

»Ich glaube, es ist Mercy. Ich habe Ned gesagt, er soll auf keinen Fall hingehen, um sie nicht zu verjagen.«

Gideon starrte mit halb geöffnetem Mund auf sein Handy.

»Gid?«, fragte Rafe. »Bist du noch da?«

Daisy sprang aus dem Bett, schnappte das Hemd und begann, Gideons Arm aus der Schlinge zu befreien. »Er ist unterwegs, sobald ich ihm in seine Sachen geholfen habe, Rafe.«

»Ohhhh. Okay. Also, ich halte mich da schön raus. Was soll Ned tun, falls sie wegfährt?«

»Sie aufhalten«, platzte Gideon heraus. »Danke, Rafe.«

»Alles klar. Fahrt vorsichtig, okay?«

»Machen wir.« Daisy beendete das Gespräch, ging zur Tür und riss sie auf. »Karl, Irina, würdet ihr bitte kommen?« Wenige Augenblicke später hatte sich die ganze Familie im Türrahmen versammelt, als sie Gideons Schlinge endgültig gelöst hatte. »Könnte jemand Agent Hunter sagen, dass wir zu mir nach Hause fahren müssen? Jetzt gleich?«

Gideon packte ihr Handgelenk, als sie seinen unverletzten Arm in den Ärmel schieben wollte. »Nicht wir, sondern ich allein.«

»So? Auf keinen Fall.« Sie sah ihren Vater an, der etwas sagen – vermutlich protestieren – wollte. »Mercy steht bei mir vor dem Haus. Gideon fährt natürlich nicht allein hin.«

Irina nickte. »Nein, allein nicht. Aber du wirst alles tun, was der Agent dir sagt? Jedes Wort?«

»Jedes Wort«, versprach Daisy und schob Gideons anderen Arm in den Ärmel. *Solange er nicht von mir verlangt, dass ich hierbleiben muss.* Denn Gideon würde seiner Schwester keinesfalls allein gegenübertreten.

Gideon lachte auf. »Allmählich beschleicht mich das Gefühl, dass du ein ziemlich schwer zu bändigendes Kind gewesen bist.«

»Sie haben keine Ahnung«, bemerkte Frederick trocken. »Daisy, nimm Brutus und warte unten, ich helfe ihm beim Anziehen.« Er warf Gideon einen Blick zu. »Ich komme auch mit.«

Daisy öffnete den Mund, um ihm zu sagen, dass er das vergessen könne, als Gideon zu ihrem Erstaunen nickte. »Das ist eine gute Idee, Frederick. Danke.«

Daisy starrte die beiden immer noch fassungslos an, als Irina sie mit sich zog. »Tu, was dein Vater sagt, Daisy.«

»Na gut«, schnaubte Daisy und ging an Sasha vorbei, die im Türrahmen ihres Zimmers stand und nicht einmal den Versuch unternahm, ihr Grinsen zu verhehlen. »Ich will kein Wort hören.«

»Ich würde nicht mal im Traum daran denken«, kicherte Sasha. »Weil ich viel zu beschäftigt bin, mich kaputtzulachen, weil du so schön brav bist.«

»Ich bin immer brav, wenn ich den Sinn dahinter erkenne«, brummte Daisy.

»Lass sie zufrieden, Sasha«, tadelte Irina. »Und du, Karl, geh zurück ins Bett.«

»Wir haben doch noch nicht mal geschlafen«, erwiderte Karl und hob vielsagend die Brauen.

Sasha stöhnte. »Schluss jetzt. Ich kann mir das nicht anhören.« Sie schloss mit Nachdruck ihre Tür.

Irina schob Daisy zur Treppe. »Meine Kinder wollen auch heute noch glauben, der Storch hätte sie gebracht. Komm, Daisy, ich mache noch rasch einen Kaffee, den ihr mitnehmen könnt.« Auf einer der unteren Stufen blieb sie stehen und sah Daisy an. In ihren Augen spiegelten sich Verunsicherung und Angst wider. »Du rufst mich doch an, ja?«, flüsterte sie. »Ich will wissen, was seine Schwester sagt.«

Daisy gab ihr einen Kuss auf die Wange. »Natürlich.«

26. KAPITEL

Sacramento, Kalifornien
Montag, 20. Februar, 22.10 Uhr

Bellamy, Anna. Pennsylvania. Fiddler, Janice. Washington. Voller Verzweiflung starrte Zandra an die Zimmerdecke, kämpfte um ihre Fassung. Darum, bloß nicht die Hoffnung zu verlieren. Nicht komplett durchzudrehen.

Sich bloß nicht zu wohl zwischen den sauberen Laken zu fühlen, in dem seidenen Nachthemd und den weichen Fesseln um ihre Hand- und Fußgelenke. Nicht für die »Freundlichkeit« dankbar zu sein, weil es in Wahrheit gar keine war.

Er will meinen Willen brechen. Aber das lasse ich nicht zu.

Doch sie war so unendlich müde.

Orlov, Nadia. Illinois. Stevenson, Rayanna. Texas. DeVeen, Rosamond. Minnesota. Borge, Delfina. Kalifornien. Oliver, Makayla. New York. Danton, Eileen. Oregon.

Namen auf kleinen Plastikkärtchen im Trophäenschrank im kalten, stillen Keller eines Sadisten. Und eine tote Frau in der Kühltruhe in der Ecke. *Martell, Kaley. Kalifornien.*

Hart, Trisha. Kalifornien. Sein jüngstes Opfer. Er hatte ihr den Führerschein gezeigt, ehe er ihn in den Schlitz in dem Regalboden gesteckt hatte. Als er in einer makabren Tauschzeremonie Kaleys Glücksbringer, das Hufeisen, durch Trishs Türkiskreuz ersetzt hatte.

An welchem Tag war das gewesen?

Sie wusste es nicht. Sie hatte keine Ahnung, welcher Tag überhaupt war. *Ich werde hier sterben. Dann steckt er meinen Führerschein auch in diesen Schrank, und niemand wird je erfahren, was mit mir passiert ist.*

Ihre Augen füllten sich mit Tränen, die sie jedoch entschieden wegblinzelte. *Nein. Meinen Willen wird er nicht brechen. Ich schaffe es, von hier zu entkommen.*

Es rüttelte an der Tür. Die Angst legte sich wie eine eisige Faust um ihre Eingeweide. *Er ist zurück. Und jetzt fängt alles wieder von vorn an.*

Doch die Tür ging nicht auf, stattdessen rüttelte draußen jemand weiter am Türknauf. Dann ertönte ein lautes Klopfen.

Angst und Hoffnung widerstritten in ihr. Noch überwog die Angst. Da war jemand. Aber nicht er.

Dann hörte das Klopfen auf, stellte Zandra verzweifelt fest. Wer auch immer es sein mochte, wollte wieder gehen.

»H–« Ihre Kehle war zu ausgedörrt. »Hilfe.« Sie wollte das Wort laut hinausschreien, doch es war bloß ein heiseres Wimmern. »Bitte.« Ein Schluchzen schnürte ihr die Luft ab. »Nicht weggehen.«

Bloß ein Flüstern drang aus ihrem Mund. Niemand würde sie hören.

Niemand würde ihr zu Hilfe kommen.

In diesem Moment wurde die Tür aufgerissen, und eine Frau stand vor ihr. »Du beschissene Schlampe.«

Zandra wandte den Kopf. Die Frau war nicht mehr jung, aber auch nicht alt. Es war schwer einzuschätzen, was auch an ihrer finsteren Miene lag. Sie trug einen weißen Satinmorgenrock. Und High Heels.

Bevor Zandra einen weiteren Ton herausbekam, stürzte die Frau quer durchs Zimmer und verpasste ihr eine schallende Ohrfeige.

Tränen schossen Zandra in die Augen. *Er steckte dahinter. Das war eine Falle. Er will, dass ich mir Hoffnungen mache und denke, sie hilft mir.*

Es war zu grausam. Zu viel. Sie konnte die Tränen nicht länger zurückhalten, ließ ihnen freien Lauf, wurde von heftigen, verzweifelten Schluchzern geschüttelt.

Er hatte es geschafft. *Er hat meinen Willen gebrochen.*

Die Frau beugte sich vor, bis ihre Gesichter nur wenige Zentimeter trennten. »Glaub bloß nicht, deine Tränen rühren mich«, blaffte sie. »Du bist eine manipulative Schlampe, so wie die anderen.«

Zandra schüttelte den Kopf, doch noch immer drang kein Wort über ihre Lippen. Die Tränen liefen ihr über das Gesicht.

»Lüg mich nicht an. Du bist eine seiner Huren. Glaubst du, ich wüsste nichts davon? Dachtest du ernsthaft, ich würde zulassen, dass du ihn bekommst?«, schnauzte die Frau sie an.

Sie war betrunken. Und vielleicht auch high. Ihre Augen waren glasig, und der blanke Irrsinn stand darin. Die Frau war verrückt, eindeutig.

»Wasser«, krächzte Zandra. »Bitte.«

»Von mir kriegst du nichts, sondern allenfalls einen Tritt in den Hintern, dass du hochkant zur Tür rausfliegst.«

Wie in Trance registrierte Zandra, dass die Frau an ihren Fesseln zerrte und die Knoten löste.

»Du bist ein Niemand. Kommst her und spielst deine lächerlichen Sexspielchen. Ein bisschen SM, ein bisschen BDSM.« Mit einem höhnischen Grinsen riss sie die erste Fessel von Zandras Handgelenk herunter und machte sich an der zweiten zu schaffen, wobei sie ihre langen, elegant manikürten Nägel in den weichen Stoff grub. »Aber so läuft das nicht. Ich habe ihn zu dem gemacht, was er ist. Er gehört mir. Die besten Jahre meines Lebens habe ich ihm geschenkt, und jetzt kommst du daher und bildest dir ein, du könntest ihn mir einfach wegnehmen?«

Die zweite Fessel löste sich. Die fremde Frau schob die Decke über Zandras Beinen hoch, um sich an die Fessel um das linke Fußgelenk zu machen. »Was hat er dir versprochen?«, fragte sie wütend. »Geld?« Sie schnaubte abfällig. »Er hat keinen Cent. Wenn er Geld braucht, kommt er zu mir.« Sie zeigte auf ihre Brust. »Zu mir! Ich kontrolliere seine Finanzen, kontrolliere ihn. Er glaubt, das Haus gehöre ihm, und er glaubt auch, er hätte Geheimnisse. Aber ich kenne alle seine Geheimnisse. Ich weiß schon seit Jahren von seiner kleinen Macke. Du bist nicht die Erste, die er hierherschleppt.«

Sie löste den Knoten um Zandras linken Knöchel, ohne sich darum zu scheren, dass ihre Nägel sich tief in die wunde Haut gruben. Zandra unterdrückte mühsam ein Stöhnen.

Die Frau lachte leise. »Gefällt dir das? Du bist eine, die auf Schmerzen steht, ja? Er muss ein guter Meister sein.« Sie klang … stolz? »Alles, was er weiß, habe ich ihm beigebracht.« Inzwischen nestelte sie am letzten Knoten. »Du willst ihn für dich? Tja, dumm gelaufen. Such dir deinen eigenen Kerl, den du abrichten kannst. Aber sieh zu, dass du früh anfängst.« Sie sah auf und lächelte. Bei dem Anblick gefror Zandra das Blut in den Adern. »Zehn ist das beste Alter, maximal zwölf. Die fressen dir aus der Hand. Im wahrsten Sinne des Wortes.«

Entsetzt starrte Zandra die Frau an. Obwohl mittlerweile auch die letzte Fessel gelöst war, konnte sie sich nicht von der Stelle rühren. Dann fiel der Groschen. »Sydney«, krächzte sie.

So lautete der Name, den er immer rief, wenn er außer sich vor Wut war.

Sag, dass es dir leidtut.

Erfreut richtete die Frau sich auf. »Er hat dir von mir erzählt?«

Zandra bekam kein Wort mehr heraus.

»Steh auf«, blaffte Sydney.

Zandra blinzelte, versuchte, sich aufzurichten, doch sie war zu lange gefesselt gewesen, um noch die Kontrolle über ihren Körper zu haben. Sie war völlig erschöpft, deshalb verweigerten ihre Beine schlicht ihren Dienst.

»Steh auf, habe ich gesagt!« Sydney packte sie am Arm und riss sie, inklusive Decke und Laken, von der Matratze auf den Boden.

Zandras Knie fühlten sich wie Gummi an.

»Beweg dich.« Brutal zerrte Sydney sie aus dem Raum, wobei sie um ein Haar über einen Hund gestolpert wäre.

Ein Hund? Zandra blinzelte ungläubig. Aber es stimmte: Es war ein Hund, der mit wedelndem Schwanz und heraushängender Zunge vor ihnen stand.

Sydney verpasste ihm einen heftigen Tritt. »Weg da«, schnauzte sie und schleifte Zandra eine Treppe hinauf. Prompt verhedderten sich Zandras Füße im Laken. Sie fiel auf die Knie und schnappte nach Luft.

Beweg dich! Los, lauf. Hau ab, solange du die Gelegenheit dazu hast.

Doch auch jetzt wollten ihre Beine ihr nicht gehorchen. Alles ringsum war verschwommen, drehte sich. Sie würgte, doch ihr Magen war leer.

»Ich habe gesagt, du sollst dich bewegen«, herrschte Sydney sie an und packte sie erneut am Arm, um sie halb ziehend, halb tragend die Treppe hinaufzuschaffen, bis sie in einem kleinen, ordentlich aufgeräumten Wohnzimmer standen. Schwer atmend riss Sydney die Haustür auf und stieß Zandra hinaus.

Zandra brach auf der Veranda zusammen und schlug mit dem Kopf auf dem Beton auf. Sekunden später ging die Tür noch einmal auf, und der Hund wurde ebenfalls hinausgestoßen.

»Und diesen Witz von einem Köter kannst du gleich mitnehmen.«

Die Tür schlug krachend zu.

Schwer atmend lag Zandra da.

Weg hier. Schnell!

In diesem Moment spürte sie etwas Raues, Feuchtes an ihrer Wange, hörte ein Winseln, registrierte ein Stupsen an ihrer Schulter. Reflexartig kam sie auf die Knie. Der Hund sprang die Verandatreppe hinunter, drehte sich dreimal um die eigene Achse und stieß ein kurzes Bellen aus.

Sie kam auf die Beine, während ihr die Tränen in die Augen schossen. Es tat so weh. Ihre Füße. Ihr Kopf. Alles.

Wieder bellte der Hund, ging ein paar Schritte weit, ehe er sich erwartungsvoll zu ihr umdrehte.

Geh weiter, Zandra. Nur ein paar Schritte. Sie zwang ihre Füße, sich zu bewegen, und schlurfte über die Veranda, wobei sie sich an den Pfosten festhalten musste.

Bellamy, Anna. Pennsylvania. Fiddler, Janice. Washington.

Der Hund lief ein paar Meter weiter, drehte sich neuerlich um. Zandra folgte ihm. *Orlov, Nadia. Illinois. Stevenson, Rayanna. Texas. DeVeen, Rosamond. Minnesota.*

Sie gelangte zur Straße und sah sich um. Häuser. Viele Häuser.

Vor einem davon, einige Meter entfernt, hielt ein Wagen. *Geh. Ruf um Hilfe.* Sie verhedderte sich in der Veloursdecke.

Die Frau, die ihre Einkäufe aus dem Kofferraum ihres Wagens lud, sah Zandra mit einer Mischung aus Ekel und Angst an, schnappte sich ihre Taschen und hastete die Einfahrt hinauf. »Verschwinden Sie«, rief sie, »sonst rufe ich die Polizei. Werden Sie gefälligst erst mal nüchtern.«

»Bitte«, schluchzte Zandra. Oder versuchte es zumindest. Doch die Frau verschwand im Haus und knallte die Tür zu.

Wieder fiel Zandra auf die Knie. Der Hund stand direkt vor ihr, leckte ihr die Nase ab, kläffte kurz und rannte ein paar Meter, ehe er stehen blieb und sich zu ihr umdrehte.

Mit zusammengebissenen Zähnen kämpfte sie sich an einem Laternenpfahl hoch, schlurfte weiter die Straße entlang und hielt nach Hilfe Ausschau. Völlig egal, von wem. Sie brauchte bloß ein Telefon, damit sie den Notruf wählen konnte. Dann käme Hilfe.

Klingle an der nächsten Haustür. Notfalls musst du eben betteln. Sie schleppte sich die nächste Einfahrt hinauf. Im vorderen Zimmer des Hauses brannte Licht. Sie machte einen Schritt.

Borge, Delfina. Kalifornien. Noch einen. *Oliver, Makayla. New York.* Noch ein Schritt. Ihre Füße brannten auf dem eiskalten Beton. *Danton, Eileen. Oregon.*

Endlich stand sie vor der Tür und klopfte. Wartete. Sie hörte Leute im Haus, doch keiner machte auf. »Hilfe«, flüsterte sie. »Bitte.«

Es kam niemand. Sie wandte sich um, wollte aufgeben, als etwas ihre Hand streifte. Der Hund war zurückgekommen.

Zu erschöpft, um einen klaren Gedanken zu fassen, folgte sie ihm, automatisch, einen Fuß vor den anderen setzend. *Martell, Kaley. Kalifornien. Hart, Trisha. Kalifornien.*

Sacramento, Kalifornien
Montag, 20. Februar, 22.35 Uhr

Seine gute Laune verpuffte schlagartig, als er in die Auffahrt einbog. Während der Rückfahrt von Granite Bay zum Supermarktparkplatz hatte er Pläne geschmiedet, was er mit Zandra anstellen würde. Er hatte den Minivan abgestellt, war pfeifend zu seinem vor einem Coffeeshop geparkten Jeep gegangen und hatte sogar ein paar Münzen als Trinkgeld für seinen Macchiato mit Karamellsirup zum Mitnehmen in den Becher auf dem Tresen geworfen.

Jetzt allerdings … Furcht mischte sich mit Wut, als er den vertrauten Mercedes in der Einfahrt stehen sah. Er ließ das Garagentor aufgleiten und fuhr hinein, während er sich eine Ausrede bereitlegte, weshalb er unterwegs gewesen war, obwohl er doch angeblich mit Fieber und Übelkeit im Bett gelegen hatte.

Und, was noch viel wichtiger war, wie er Sydney schleunigst wieder loswurde.

Einen Moment lang blieb er im Wagen sitzen und überlegte,

was er ihr erzählt hatte, um es mit einer weiteren Lüge nicht noch schlimmer zu machen. Nach einem Moment nickte er.

Er schloss das Garagentor, ging ins Haus und blieb abrupt stehen. Eine Suppenterrine stand auf dem Esstisch – Sydneys Geschirr.

Also hatte sie ihm doch ihre blöde Suppe vorbeigebracht.

Er holte Luft und rang die Wut nieder, die ihn zu übermannen drohte. Sie versuchte, nett zu sein, aber er wollte nicht, dass sie sich von ihrer »netten« Seite zeigte. Und auch von sonst keiner.

Nach einem Moment zwang er sich, mit heiserer Krächzstimme »Sydney, bist du da?« zu rufen.

Natürlich war sie da. Schließlich stand ihr Wagen vor dem Haus.

Er machte sich auf die Suche nach ihr. Küche? Nein. Badezimmer? Leer. Widerstrebend öffnete er die Schlafzimmertür. *Bitte, mach, dass sie nicht in meinem Bett liegt. Bitte.*

Doch der Raum war ebenfalls leer. Das Bett war nicht so, wie er es zurückgelassen hatte – ordentlich gemacht –, stattdessen hatte jemand die Decke zurückgeschlagen und Rosenblätter auf den Kissen verstreut. Galle stieg in seiner Kehle auf.

Er musste gegen den Drang ankämpfen, sich zu übergeben.

Wie er es immer tat. Seit er zwölf Jahre alt war. Und sie das erste Mal nachts in sein Zimmer gekommen war.

Atme, ermahnte er sich. *Atme einfach, verdammt*. Denn ihm war schwindlig, der Raum begann sich zu drehen. Mit seiner gesunden Hand klammerte er sich am Türrahmen fest, als wäre er ein Rettungsring, atmete ein und aus, während er gegen die aufsteigende Panik ankämpfte.

Haltung! Sei endlich ein Mann, verdammt noch mal! Finde sie. Und werde sie los.

Und dann zeig Zandra, was ein echter Kerl mit egoistischen Schlampen macht.

Er machte kehrt und ging durchs Haus, wobei er Sydneys Namen rief, willfährig und brav, so wie sie es mochte. Aber sie antwortete nicht. Es war still im Haus. Zu still. Etwas war anders. Nicht richtig.

Wo war Mutt? »Mutt?«, rief er. »Hierher, Junge.«

Und dann bemerkte er die Kellertür.

Sie stand offen.

Er ließ sie niemals offen, sondern achtete stets sorgfältig darauf, sowohl diese als auch die Tür am unteren Absatz der Kellertreppe verschlossen zu halten. Die zu seinem …

Er schnappte nach Luft. *O Gott. O nein. Nicht das Gästezimmer.* Das war doch nicht möglich.

Sein Herz hämmerte so laut, dass es sämtliche anderen Geräusche übertönte, als er die Treppe hinuntertaumelte.

Die Tür zum Gästezimmer stand offen.

Offen. Offen. Offen. Das Wort hallte im Rhythmus mit seinem wilden Herzschlag wider.

Und dann sah er sie. Sydney. Sie lag auf dem Gästebett, auf den Ellbogen gestützt, das Negligé sorgfältig um sie herum arrangiert, schmollend.

Und Zandra war … verschwunden.

»Wo ist sie?«, platzte er laut heraus.

Sydneys Schmollen schlug in Wut um. »Sonny«, warnte sie.

Er trat einen zögerlichen Schritt vor, dann noch einen, wobei er die Fäuste an den Seiten ballte. Der Schmerz in seiner verletzten Hand machte ihn nur umso wütender. »Ich habe gefragt, wo sie ist.«

Ein höhnisches Lächeln zeichnete sich auf Sydneys Zügen ab. »Wer? Deine Hure? Ich habe sie rausgeschmissen.«

Panik schnürte ihm die Luft ab. »Rausgeschmissen?«, japste er. »Wohin?«

»Raus«, antwortete Sydney mit einer abfälligen Handbewegung. »Keine Ahnung. Wo Huren eben so hingehen.«

O Gott. O Gott. O Gott. Hektisch sog er Luft in seine Lunge, doch es schien nicht zu genügen. »Wann?«, hauchte er.

Sie setzte sich auf, verschränkte die Arme über ihren Brüsten und setzte eine strenge, missbilligende Miene auf. »Dein Ton gefällt mir nicht, Sonny.«

Das kümmerte ihn einen Scheißdreck. »Wieso hast du das getan?«, fragt er mit bebender Stimme.

»Weil du mir gehörst«, antwortete sie, als sei es das Logischste auf der Welt. Was es in ihrer Welt vermutlich auch war.

Er fürchtete, gleich ohnmächtig zu werden. »Wie bist du hier reingekommen?«

Sie schnaubte abfällig. »Ich habe schon vor Jahren einen Nachschlüssel anfertigen lassen. Gleich nachdem du ausgezogen bist.«

Er war ausgezogen, um von ihr wegzukommen. Weit weg. Entkommen war er ihr jedoch nicht.

»Und wie?«, presste er mühsam hervor.

Sie hob eine Schulter. »Ich habe dir etwas in den Drink getan und den Hausschlüssel genommen. Du wirst mich nicht verlassen, das habe ich dir doch immer gesagt, Sonny. Ich weiß schon seit Jahren von deinem Zimmerchen hier unten, allerdings habe ich noch nie eine Frau hier gesehen, sondern bloß deine Trophäensammlung. Und deine kleinen blauen Pillen.« Sie grinste verächtlich. »Ich frage mich, wozu du die brauchst. Hast du Schwierigkeiten, bei deinen kleinen Schlampen einen hochzukriegen?«

Er hyperventilierte, und sie lachte ihn aus. »Halt's Maul«, schrie er. »Halt endlich dein Maul!«

»Pass auf, was du sagst«, schnauzte sie ihn an, ehe sie sich zusammenriss und vom Bett aufstand – der Inbegriff anmutiger Eleganz. Und zugleich bis ins Mark verrottet und verderbt. »Ich habe dir immer gesagt, dass es niemanden außer mir geben wird. Niemals. Ich habe dich gewarnt, Sonny. Und jetzt schuldest du mir eine Entschuldigung, denke ich. Sag, dass es dir leidtut, Sonny.«

Sag, dass es dir leidtut. Das Blut rauschte in seinen Ohren. Zandra hatte die Worte nie ausgesprochen. Und jetzt war sie fort.

Weg.

Und rief die Polizei.

O mein Gott, sie werden bald hier sein. Er sah die elegante Frau an, die ihn mit unübersehbarer Verachtung und wachsender Ungeduld anstarrte. Ihre Züge wurden eisig. Wieder stieg Übelkeit in ihm auf.

»Sag, dass es dir leidtut, Sonny«, befahl sie kalt. »Auf der Stelle.«

Sag, dass es dir leidtut. Mir? Ihr sollte es leidtun, nicht mir. Sie hat alles zerstört. Wie sie es mit allem tut. Sie werden mich schnappen. Und dann werde ich alles verlieren.

Seine Wut schwoll weiter an, überlagerte seine Angst und seine Panik. »Nein! Du wirst es sagen!«, herrschte er sie an.

Sie wurde blass und wich einen Schritt zurück. »Sonny! In diesem Ton sprichst du nicht mit mir.« Ihr Tonfall war eine Spur sanfter geworden, und er hörte auch einen Anflug von Angst darin. »Entschuldige dich einfach, dann ist alles wieder in Ordnung.«

»Nein.« Er schüttelte den Kopf und trat weiter auf sie zu, einen Schritt nach dem anderen, wobei er in ihren Augen las, dass sie allmählich begriff. Sie wich zurück, als er seine gesunde Hand vorschnellen ließ, um sie wegzustoßen. Dabei geriet sie ins Straucheln, stieß mit den Kniekehlen gegen das Bettgestell und fiel nach hinten.

Und dann war er über ihr, drückte sie mit dem linken Ellbogen und einem Knie nach unten, während er die rechte Faust wieder und immer wieder in ihr Gesicht krachen ließ. Sie schrie auf, lange und laut. Er verpasste ihr eine Ohrfeige.

Ihr Kopf fiel nach hinten, und sie starrte ihn mit offenem Mund an. »Sonny«, hauchte sie. »Was tust du da?«

Was ich schon vor sechzehn Jahren hätte tun sollen, dachte er, sprach die Worte jedoch nicht aus, sondern drückte ihr mit zusammengebissenen Zähnen die Kehle zu. Er sah zu, wie ihre Augen groß wurden und aus den Höhlen quollen. Wie sie den Mund aufriss, um nach Luft zu schnappen.

Wie sie starb. Endlich.

Sacramento, Kalifornien
Montag, 20. Februar, 22.50 Uhr

Was, wenn sie wieder fährt? Wenn sie schon fort ist und ich sie verpasse? Gideon verkniff es sich, Agent Hunter anzuschnauzen, er solle Gas geben. Der Agent drückte das Pedal ohnehin bis zum Bodenblech durch, und ein Unfall war das Letzte, was sie jetzt gebrauchen konnten.

Im Großen und Ganzen hatte sich Hunter ziemlich kooperativ gezeigt. Lediglich wegen Fredericks Waffe hatte es eine kurze Diskussion gegeben – dabei hatte Frederick eine offizielle Erlaubnis des Bundesstaates Kalifornien für das verdeckte Tragen einer Waffe –, doch ein kurzer Anruf im FBI-Büro in Baltimore hatte die Sache rasch geklärt: Special Agent Joseph Carter hatte sich für Fredericks einwandfreien Leumund und seine Fähigkeiten als Schütze verbürgt … wenn auch unter Maulen, weil man ihn um Viertel nach eins in der Nacht aus dem Schlaf gerissen hatte.

All das hatte wertvolle Zeit gekostet, die sie für die Fahrt zu Rafes Haus hätten nutzen können, wo Mercy hoffentlich immer noch wartete, doch Frederick hatte darauf bestanden, dass Daisy ohne ihn nicht mitkommen dürfe. *Und ich brauche sie an meiner Seite.*

Sosehr es ihm im ersten Moment widerstrebt hatte, dass sie unbedingt mitkommen wollte, so war er inzwischen heilfroh, dass sie sich durchgesetzt hatte. Scheinbar seelenruhig saß sie neben ihm auf dem Rücksitz und hielt seine Hand.

Keiner von ihnen hatte viel gesprochen, als sie die Interstate entlanggebrettert waren. In diesem Moment bog Agent Hunter in Rafes Straße ein, und Gideon hatte nur noch den einen Gedanken: *Sie ist hier. Sie ist tatsächlich gekommen.*

Hunter ging vom Gas, als sie sich Rafes historischer Stadtvilla näherten. Gideon runzelte die Stirn. Eine blaue Limousine war am Straßenrand geparkt, doch die Fahrertür stand offen. Hunter bog in die Einfahrt, und Gideon sprang heraus, noch bevor der SUV vollends zum Stehen gekommen war.

Mercy war noch da. Sie … kniete vor der Limousine am Straßenrand. Neben ihr saß ein Hund.

Hinter sich hörte er das Schlagen der SUV-Türen und Fredericks bellenden Befehl an Daisy, vorsichtig zu sein.

»O mein Gott«, flüsterte sie direkt hinter ihm. »Ist das … ja, das ist er. George, der Hund vom Samstag. *Sein* Hund, Gideon.«

Vier Arme, Gideons und Fredericks, packten sie und hinderten sie daran, auf den Hund zuzugehen, der jedoch keinerlei Furcht zeigte, sondern mit freudig wedelndem Schwanz auf sie zukam.

Mercy fuhr herum, das Handy am Ohr. Ihr Blick blieb an Gideon hängen. Einen Moment lang war es, als blicke er in einen Spiegel.

Und in die Vergangenheit. Bis zu jenem Tag vor dreizehn Jahren, als er sie in der Pflegefamilie besucht hatte. Eigentlich hatte sie sich seither kaum verändert. Ihr Gesicht war ein wenig voller, das Haar länger. *Sie ist hier. Wegen mir.*

»Ich habe den Notruf gewählt«, sagte sie statt einer Begrüßung. Typisch Mercy.

Gideon ließ Daisys Arm los, trat zu Mercy und blickte auf die

Frau, die in der Embryostellung zusammengekauert neben ihr auf dem Bürgersteig lag. »Wer ist das?«

»Keine Ahnung. Ich habe im Wagen gesessen und auf dich gewartet, als sie den Bürgersteig entlanggetaumelt kam. Zuerst dachte ich, sie sei betrunken oder obdachlos oder beides. Der Hund lief immer ein paar Meter voraus, dann wieder zurück zu ihr, den ganzen Block entlang. Dann hat er sich direkt vor dem Haus hingesetzt. Irgendwann hat sie ihn eingeholt, aber er ist nicht mehr weitergelaufen, und sie auch nicht. Ich glaube, sie wollte mich um Hilfe bitten. Sie lebt, redet aber nur wirres Zeug.«

Gideon kniete sich neben die Frau. Sie war Mitte, Ende zwanzig, hatte schmutziges Haar und ein verschwollenes, von blauen Flecken übersätes Gesicht. Ihre Lippe war aufgeplatzt und blutete. Sie zitterte am ganzen Leib und murmelte leise vor sich hin.

»Sie hat keine Schuhe an, Gideon«, sagte Mercy.

Stimmt. Die Frau blutete aus mehreren Schnittwunden an den Füßen. Es war zwar nicht kalt genug für ernste Erfrierungen, aber eindeutig zu frisch, um barfuß herumzulaufen.

Hunter erschien mit einer Decke, die er über der Frau ausbreitete. »Wieso ist der Hund des Verdächtigen bei ihr?«, fragte er.

»Verdammt gute Frage«, gab Gideon zurück, als Daisy ihm über die Schulter spähte. Frederick, der hinter ihr Posten bezog, suchte unablässig mit den Augen die Straße nach potenziellen Gefahren ab. »Bist du sicher, dass es der Hund von der Adoptionsaktion vom Samstag ist, Daisy?«

Gideon spürte Daisys Schienbein, das sich gegen seine unversehrte Schulter drückte. »Ja, ziemlich sicher. Und er scheint sich an mich zu erinnern«, antwortete sie.

Mercy sah Daisy an. »Sie haben mich angerufen, stimmt's?«

Daisy nickte knapp. »Ja.« Sie lächelte. »Und Sie sind gekommen.«

Mercy nickte ebenfalls und sah wieder zu der Frau auf dem Boden vor ihr. »Ich habe keine Ahnung, was sie sagt. Es klingt nach Namen und Orten, aber ich kapiere nicht, was es bedeuten soll.«

Gideon beugte sich vor und lauschte.

»DeVeen, Rosamond«, murmelte die Frau. »Minnesota.«

Der Name ließ Gideon zusammenzucken. »O Gott!«

Daisy kniete sich neben ihn. »Was ist?«

»Hör dir an, was sie sagt.« Mit einem Mal schlug Gideon das Herz bis zum Hals. »Das sind Namen, Daisy.«

»Borge, Delfina. Kalifornien«, fuhr die Frau fort. »Oliver, Makayla. New York.«

Daisy sah ihn an. »Makayla Oliver war eine der Frauen, in deren Haut Buchstaben eingeritzt wurden. Sie hat in Niagara Falls gewohnt.«

Gideon nickte düster. »Und Delfina Borge war die Besitzerin des beigen Chevy. Ihre Leiche wurde nie gefunden.«

Sie beugten sich beide vor. »Danton, Eileen. Oregon. Martell, Kaley. Kalifornien. Hart, Trisha. Kalifornien.«

»Oh.« Daisy schlug sich die Hand auf den Mund. »Trish. Und Eileen. Es tut mir so leid, Gideon.«

Es war, als hätte ihm jemand einen Schlag in die Magengrube versetzt. Natürlich hatte er gewusst, dass die Chancen nicht gut standen … trotzdem hatte er gehofft.

Daisy runzelte. »Moment mal. Kaley Martell. Das ist doch die Prostituierte, die seit Donnerstagnacht vermisst wird. Rafes Fall. Ich habe nach meinem Interview mit Nina Barnes am Freitagabend ihren Bericht im Fernsehen gesehen.«

»Das war die Frau mit dem todkranken Mädchen«, flüsterte Gideon. »Du lieber Gott.«

»Gideon?«, fragte Mercy zögernd. »Was ist mit Eileen? Was läuft hier?«

Ein argwöhnischer Ausdruck war in Mercys Augen erschienen. »Es gibt so vieles, was ich dir erklären muss, Mercy, aber … ich bin mir ziemlich sicher, dass sie tot ist.«

»Sch.« Agent Hunter hatte sich vorgebeugt und hielt sein Handy vor den Mund der Frau. »Halten Sie mal. Sie redet weiter.«

Daisy gehorchte, während Hunter sich aufrichtete und aufmerksam den Blick umherschweifen ließ. Frederick schien sofort zu wissen, was Sache war. »Das sind die Namen seiner Opfer?«, fragte er leise.

Gideon nickte. In diesem Moment ertönte das Heulen von Sirenen in der Ferne. Er streckte Mercy die Hand hin, die sie misstrauisch ansah, ehe sie sie ergriff und sich von ihm aufhelfen ließ. Er führte sie ein Stück weg, damit Daisy ungestört das Gemurmel der Frau aufnehmen konnte.

»Ich habe dir so vieles zu erzählen«, sagte er leise. »Aber …« Er schluckte. »Ich bin so unglaublich froh, dass du gekommen bist.«

»Das hätte ich schon längst tun sollen«, gab sie mit gesenktem Kopf zurück.

»Kein ›hätte‹ oder ›sollte‹, okay?« Er berührte flüchtig ihre Wange. »Bleibst du hier? Ich muss versuchen, mit der Frau zu reden.«

Sie nickte und sah ihn sekundenlang an, ehe sie den Blick wieder auf ihre Schuhspitzen richtete. »Ja.«

Ungelenk drückte er ihre Hand. »Ich bin gleich zurück. Geh nicht weg, okay?«

»Okay.« Sie lächelte schief. »Versprochen.«

»Gut.« Er kehrte zu Daisy zurück, die Agent Hunter sein Handy zurückgab.

»Sie hat angefangen, die Namen zu wiederholen«, erklärte Daisy. »Einige von ihnen kannte ich. Wo kommt sie denn auf einmal her, Gideon?«

»Genau das wüsste ich auch gern.« Gideon beugte sich vor. »Wie heißen Sie, Ma'am?«

Sie blinzelte ihn mit leeren Augen an. »Bellamy, Anna. Pennsylvania. Fiddler, Janice. Washington.«

Behutsam berührte Daisy die Frau an der Schulter. »Hey.« Ihre Stimme klang weich und warm wie eine behagliche Decke. »Sie sind in Sicherheit. Wir tun Ihnen nichts. Diese Männer sind vom FBI. Wir passen auf Sie auf, und der Krankenwagen ist auch schon unterwegs. Möchten Sie uns sagen, wie *Sie* heißen?«

Die Augen der Frau füllten sich mit Tränen, und ein Schluchzen drang aus ihrer Kehle. »Zandra. Zandra Jones.«

In diesem Moment fuhr der Krankenwagen vor. Liebevoll strich Daisy der Frau übers Ohr – die einzige Stelle, die nicht von Blutergüssen verunstaltet war. »Ich bin Daisy, Zandra. Können Sie uns sagen, woher Sie kommen?«

Zandra schüttelte den Kopf. »Ich bin bloß gelaufen und gelaufen.«

»Gut«, sagte Daisy, als ein Sanitäter mit einer Rolltrage angelaufen kam. »Sie werden jetzt ins Krankenhaus gebracht, aber wir kommen nach, so schnell es geht, okay?«

Zandra nickte. »… darf sie nicht vergessen.«

»Wen, Liebes?«, fragte Daisy.

»Die anderen.«

Gideon überlief ein eisiger Schauder. *Die anderen.* Einige der Namen, die die junge Frau vorhin aufgesagt hatte, kannte er nicht. Entweder hatte sie sie falsch verstanden, oder aber das Schwein hatte mehr Frauen getötet, als sie geahnt hatten.

»Bitte gehen Sie zur Seite, Sir«, forderte ihn der Sanitäter auf.

Gideon gehorchte, wobei er Daisy mit sich hochzog. »Wohin bringen Sie sie?«

»Ins UC Davis.«

Sacramento, Kalifornien
Montag, 20. Februar, 22.50 Uhr

Langsam löste er das Knie von Sydneys Brust und ließ sich auf die Fersen sinken.

Sie war tot.

Und es war so einfach gewesen.

All die verlorenen Jahre. Das hätte ich längst tun sollen. Er atmete ein, fühlte sich … unglaublich frei.

Bis sein Verstand wieder einsetzte und ihn daran erinnerte, was diesen Wutausbruch ausgelöst hatte.

Zandra war weg. Sydney hatte sie befreit und laufen lassen, hatte sie sogar hinausgeworfen.

Damit sie auf dem direkten Weg zu den Cops gehen konnte.

Scheiße!

Er kniff die Augen zusammen und versuchte, normal zu atmen. *Was jetzt? Was soll ich tun, wenn die Polizei kommt?*

Und wenn schon? Sie hatten nichts gegen ihn in der Hand. Schließlich hatte er nie brauchbare Beweise bei seinen Opfern hinterlassen. Nur bei Daisy. Aber auch das war egal, weil seine DNS in keiner Datenbank auftauchte.

Was sollte also schon passieren, wenn Zandra behauptete, hier festgehalten worden zu sein? Sein Wort stand gegen ihres, und sie war in einem ziemlich schlechten Zustand.

Wahrscheinlich hatte die Polizei noch nicht mal genug Beweise für einen Durchsuchungsbeschluss in der Hand. Wahrscheinlich. Aber darauf konnte er sich nicht verlassen. Sollten sie tatsächlich ins Haus kommen, durften sie keinerlei Hinweis darauf finden, dass Zandra sich je hier aufgehalten hatte.

Als Erstes musste er Sydney verschwinden lassen. Außerdem lag Kaley Martell immer noch im Tiefkühler.

Natürlich … es war durchaus möglich, dass Zandra immer

noch durch die Nachbarschaft irrte. Wenn Sydney sie vor die Tür gesetzt hatte, war sie vermutlich noch ganz in der Nähe.

Er schnaubte frustriert. Er hatte wertvolle Zeit damit vergeudet, Sydney zu töten, statt sich auf die Suche nach Zandra zu machen. Das würde er als Nächstes tun.

Und sollte er sie nicht finden, würde er zurückkommen und dafür sorgen, dass die Polizei keine Spuren fand.

Er trabte die Treppe hinauf, aus dem Haus und zu seinem Jeep. Ihm blieb keine andere Wahl, als seinen eigenen Wagen zu benutzen. Im Kofferraum lag eine Decke, in die er sie einhüllen konnte, falls er sie fand.

Nur bis er sie hergebracht und getötet hatte.

Dann würde er alle drei Leichen dorthin bringen, wo er auch die anderen entsorgt hatte. Und danach würde er seine Opfer ausschließlich in ihrem eigenen Umfeld töten. Keine Besucherinnen mehr.

Beim Zurücksetzen aus der Einfahrt kam er an Sydneys Mercedes vorbei. Auch den Wagen würde er verschwinden lassen müssen, da über kurz oder lang jemand nach ihr suchen würde.

Langsam fuhr er die Straße entlang und hielt nach dem weißen Seidennachthemd Ausschau, das er Zandra übergestreift hatte, nach einer Frauengestalt, die den Bürgersteig entlangtaumelte.

Zwei Blocks weiter wurde ihm bewusst, dass er unwillkürlich den Weg zu Daisys Haus eingeschlagen hatte, als ein Krankenwagen mit Blaulicht und Sirene von hinten herangefahren kam. Er hielt an.

Nein, dachte er. Das konnte nicht wegen Zandra sein. Hoffentlich hatte bloß irgendein Rentner einen Herzinfarkt.

Doch etwas riet ihm, dem Krankenwagen zu folgen.

Und sein Instinkt entpuppte sich als richtig. Der Krankenwagen hielt vor Daisys Haus, wo sich mehrere Menschen versammelt hatten. Er machte Daisys blondes Haar aus, ebenso den hochgewachsenen Fed, der den Arm in einer Schlinge trug, weil er ihn angeschossen hatte. Sie kauerten um etwas auf dem Boden.

Nein, nicht etwas. Um jemanden.

»Zandra«, flüsterte er. Aber wie war das möglich? Woher hatte sie gewusst, welchen Weg sie einschlagen musste?

Und dann sah er Mutt.

Er schluckte. Der verdammte Köter. Er hatte sie hergelotst. Zum einzigen Ort, wo Zandra nicht sein sollte.

Vorsichtig wendete er. Er war nicht nahe genug herangekommen, um Verdacht zu erregen, doch als Daisys Straße erst einmal hinter ihm lag, drückte er auf die Tube. Er musste nach Hause und Beweise vernichten … Verschwinden. *Ich muss verschwinden.*

27. KAPITEL

Sacramento, Kalifornien
Montag, 20. Februar, 23.00 Uhr

Daisy hielt Zandras Hand, während die Sanitäter die Trage zum Krankenwagen rollten. »Wir sehen uns in der Klinik«, sagte sie, schüttelte jedoch den Kopf, als sie zurücktrat. »Ich glaube nicht, dass sie mich gehört hat.«

»Sie schien völlig dehydriert zu sein«, meinte Frederick, ehe er sich Mercy zuwandte. »Hi. Ich bin Frederick Dawson, Daisys Vater. Sie müssen Mercy Reynolds sein.«

Obwohl Mercy kaum merklich zurückzuckte, entging es Gideon nicht. »Mercy Callahan«, korrigierte sie. »Freut mich, Frederick.«

»Und der Gentleman dort drüben ist Special Agent Hunter. Er ist ein Kollege vom FBI«, erklärte Gideon. Hunter war mittlerweile ein Stück zur Seite getreten, um Agent Molina anzurufen und über die jüngsten Entwicklungen zu informieren.

»Ist er dein Bodyguard?«, fragte Mercy.

»Mehr oder weniger«, antwortete Gideon und sah den Hund an. »Woher kennt der Hund das Haus?«

Daisy sah einen Mann aus dem Fenster des Nachbarhauses winken und bedeutete ihm, herunterzukommen. »Das ist Ned Eldridge, der Rafe gesagt hat, dass Mercy hier ist. Vielleicht hat er ja etwas gesehen. Er gehört der Nachbarschaftswache an.«

»Und er beobachtet mich bestimmt schon seit zwei Stunden«, warf Mercy ein.

»Wieso hast du mich nicht angerufen?«, fragte Gideon. »Ich wohne seit einem halben Jahr nicht mehr hier. Meine neue Anschrift stand auf der Weihnachtskarte, die ich dir geschickt habe.«

Mercy blickte zu Boden. »Ich … ich habe sie nicht gelesen.«

Vermutlich hatte sie noch nicht einmal den Umschlag geöffnet, aber jetzt war nicht der richtige Zeitpunkt, um das zu besprechen. Der Hund und sein Besitzer hatten oberste Priorität. »Schon gut«, sagte er sanft, weil sie aussah, als wollte sie jeden Moment kehrtmachen und verschwinden. »Möchtest du bei mir zu Hause übernachten? Ich habe jede Menge Platz.«

Sie nickte nur wortlos. Auch jetzt stand wieder dieser gehetzte, überforderte Ausdruck in ihren Augen, den er aus der Zeit kannte, als er sie in ihrer Pflegefamilie besucht hatte.

In diesem Moment kam Mr Eldridge in Hausschuhen angelaufen. »Daisy.« Er packte ihre Hand. »Ich habe mir solche Sorgen um Sie gemacht.«

»Mir geht's gut«, wiegelte Daisy ab und stellte alle einander vor. »Haben Sie die Frau in dem Seidennachthemd gesehen?«

»Ja. Sie kam aus dieser Richtung.« Er deutete hinter sich. »Ich wollte gerade herauskommen, als Miss Callahan aus dem Wagen stieg. Ich habe den Notruf gewählt.« Er sah Mercy an. »Ich habe Sie telefonieren sehen und dachte, Sie tun dasselbe. Ich bin nur im Haus geblieben, weil Rafe meinte, ich solle mich zurückhalten, um Sie nicht zu verjagen.«

Mercy lächelte verkniffen, sagte jedoch nichts.

»Der Hund war schon mal hier«, fuhr er fort. »Heute Nachmittag. Kurz nachdem Sie weggefahren waren. Ein Kerl hat ihn Gassi geführt.«

»Etwa ein Meter achtzig groß, mit Brille, dunklem Haar und einem Schnurrbart?«, fragte Gideon – so hatte der vermeintlich arbeitslose Theaterpädagoge aus der Zoohandlung ausgesehen.

»Die Größe passt, aber ansonsten sah er völlig anders aus«, antwortete Ned. »Keine Brille, kein Bart, außerdem war er blond mit ein paar grauen Strähnen.«

Daisy kniff die Augen zusammen. »So wie der Kerl am Busbahnhof in Redding. Erinnerst du dich, Gideon? Der eine Fahrkarte gekauft hat, als wir uns nach Eileen erkundigt haben.«

»Also verändert er sein Äußeres, um sich zu tarnen.« Gideon stieß den Atem aus. »Was logisch ist. Wie oft ist er mit seinem Hund hier vorbeigekommen?«

»Ich habe ihn mehrmals gesehen. Heute Nachmittag bin ich rausgegangen und habe ihn angesprochen, weil er schon wieder hier herumgelungert hat. Demnächst hätte ich ihn bei der Nachbarschaftswache gemeldet. Ich kann es nicht leiden, wenn Fremde sich hier herumdrücken. Nichts für ungut, Miss Callahan«, fügte er höflich hinzu.

»Kein Problem«, erwiderte Mercy mit einem Lächeln, bei dem Gideon das Herz aufging – viel zu lange hatte er es nicht mehr gesehen.

»Der Hund hat Zandra also hierhergeführt, als ihr die Flucht gelungen ist«, folgerte Daisy und tätschelte den Kopf des Hundes. »Braver Junge.« Sie legte den Kopf schief. »Ich frage mich, ob er den Weg nach H-A-U-S-E kennt.«

Agent Hunter, der sein Telefonat beendete, trat zu ihnen. »Gute Idee. Ich brauche eine Leine, dann versuche ich es mal mit der Anweisung.«

»Ich habe eine«, erbot sich Ned. »Ich hole sie Ihnen. Bin gleich zurück.« Er trabte in sein Haus zurück.

»Und jetzt?«, fragte Daisy.

»Ich möchte, dass du, Mercy und dein Vater reingeht und wartet, bis ein Kollege kommt, der euch ins Krankenhaus fährt«, sagte Gideon. »Ich gehe mit Agent Hunter und dem Hund. Sollten wir nicht herausfinden, wo sein Z-U-H-A-U-S-E ist, treffen wir uns später in der Notaufnahme.«

Daisy runzelte die Stirn. »Aber das geht nicht. Du bist immer noch angeschlagen. Wenn jemand geht, sollte ich das sein, weil ich die bessere Schützin bin.«

Gideon sah, wie Frederick bereits das »Nein« auf den Lippen

hatte, hob jedoch die Hand. »Du schießt selbst dann noch besser als ich, wenn ich beide Hände zur Verfügung habe, aber sollte er dich in seine Gewalt bringen, wird er dich als Druckmittel gegen uns benutzen. Er könnte entkommen. Mit dir als Geisel.«

Daisy holte tief Luft. »Und mir könnte dasselbe blühen wie Trish«, folgerte sie leise. »Und den anderen.«

Frederick wurde ganz blass, während Mercy das Gespräch verwirrt verfolgte. »Ich erkläre dir später alles«, sagte Gideon. Jetzt galt es erst einmal, Daisy in Sicherheit zu bringen.

»Genau«, sagte er ernst und legte ihr eine Hand an die Wange. »Also bleibst du hier, okay? Außerdem hast du Zandra versprochen, dass du ihr in der Klinik beistehst.«

Ihr Blick sprach Bände, und er beschloss, lieber den Mund zu halten.

»Also gut«, sagte sie schließlich. »Aber sollte er das Feuer eröffnen, wirst du es Agent Hunter überlassen, zurückzuschießen.«

Frederick entspannte sich und warf Gideon einen dankbaren Blick zu.

Gideon gelang es, seine eigene Erleichterung zu verhehlen. »Hunter ist der Mann fürs Grobe. Ich überlasse alles ihm«, erklärte er. *Falls ich es hinkriege*, fügte er im Geist hinzu, doch auch jetzt sah er ihr an, dass sie sich von ihm nicht hinters Licht führen ließ. »Danke. Ihr bleibt erst mal zusammen, und später überlegen wir, wie es weitergehen soll. Ist das okay für dich, Mercy?«

Mercy nickte. »Allerdings werde ich allmählich müde. Ich habe die ganze Nacht gearbeitet, bevor ich hergeflogen bin. Außerdem ist meine innere Uhr noch auf Central Time eingestellt. Vielleicht kann ich mich ja im Warteraum ein bisschen hinlegen.«

Sie zeigte sich sehr entgegenkommend … wenn Gideon ehrlich war, machte es ihn ein klein wenig nervös. »Du bleibst also?«

Sie lächelte dünn. »Ich habe es doch versprochen. Ich gehe erst wieder, nachdem wir Gelegenheit hatten, in Ruhe zu reden.«

Ned kehrte mit einem Halsband und einer Leine zurück. »Hier. Das ist ein Ersatz, deshalb brauche ich beides nicht sofort wieder zurück.«

»Danke, Sir.« Hunter legte dem Hund beides an und drückte Gideon die Leine in die Hand. »Ich möchte mich nur noch kurz in Miss Dawsons Apartment umsehen, bevor sie reingehen.«

»Ich rufe unterdessen Molina an und bitte um Verstärkung«, sagte Gideon und sah zu, wie die drei Agent Hunter ins Haus folgten, ehe er sich Ned zuwandte. »Danke. Es war sehr aufmerksam von Ihnen, das Haus im Auge zu behalten und Rafe Bescheid zu geben, dass jemand im Wagen sitzt. Ich habe meine Schwester sehr lange nicht gesehen, deshalb war es wichtig für mich, dass sie nicht wieder wegfährt. Was Sie verhindert haben, deshalb danke ich Ihnen auch dafür.«

Ned lächelte. »Gern.« Sein Lächeln verflog. »Der Typ, mit dem ich gesprochen habe … der mit dem Hund … ist er der Mörder, über den in sämtlichen Nachrichten berichtet wird? Der auch Daisys Freundin Trish getötet hat?«

»Höchstwahrscheinlich«, antwortete Gideon. »Würden Sie bitte Rafe sofort anrufen, falls Sie jemanden sehen sollten, auf den die Beschreibung passt?« Es kostete ihn zwar Überwindung, doch er war immer noch offiziell krankgeschrieben und wollte keinesfalls etwas tun, um den Fall zu gefährden. Der Kerl sollte für immer hinter Gitter wandern, und er wollte seinem Verteidiger keinen Grund liefern, ihn rauszuboxen. »Ich bin offiziell nicht mehr mit dem Fall betraut.« Er deutete auf seine Schlinge. »Er hat mich angeschossen.«

»Auch davon habe ich gelesen. Wahnsinn.« Ned schien entsetzt und fasziniert zugleich zu sein. »Ich habe noch nie neben einem Mörder gestanden und weiß nicht recht, was ich davon halten soll.« Er schüttelte sich. »Ich werde mir jetzt erst mal einen anständigen Drink genehmigen und dann versuchen zu schlafen. Gute Nacht, Agent Reynolds.«

»Das wünsche ich Ihnen auch.«

Gideon blieb noch einen Moment auf dem Bürgersteig stehen und sah sich um, bevor er Agent Molina anrief. Sie hob beim ersten Läuten ab.

»Agent Reynolds«, sagte sie knapp. »Agent Hunter hat mich bereits in Kenntnis gesetzt. Ich wollte ihn gerade zurückrufen, weil ich etwas zu Zandra Jones gefunden habe. Sie ist am Freitagnachmittag aus Vail verschwunden. In einer Bar ist sie mit einem Stammgast aneinandergeraten. Offenbar war sie stockbetrunken. Ein anderer Stammgast meinte, der Mann sei eine Weile verschwunden gewesen … anscheinend um der Frau ein Taxi zu rufen. Nach ein paar Minuten sei er zurückgekommen und hätte gemeint, er habe sie in ein Taxi zum Flughafen gesetzt.«

»Zum Flughafen«, wiederholte Gideon nachdenklich. »Vielleicht ist unser Mann ja gar kein Lkw-Fahrer, wie wir zunächst angenommen haben, sondern arbeitet als Flugbegleiter oder sogar als Pilot. So hätte er die Opfer an so vielen verschiedenen Orten kennengelernt haben können.«

»Klingt nachvollziehbar«, bestätigte Agent Molina. »Die Frau kann nicht weit zu Fuß gegangen sein. Der Hund hat sie zu Detective Sokolovs Haus geführt, glauben Sie?«

»Sieht ganz so aus. Daisys Nachbar meinte, er hätte einen Mann beobachtet, der ihn zuvor in der Gegend Gassi geführt hat.«

»Kluges Tier.«

»Hunter und ich probieren gerade aus, ob er seinen Heimweg kennt.«

»Und Miss Dawson?«

»Sie ist mit ihrem Vater in ihrer Wohnung. Und mit meiner Schwester.«

»So? Das ist ja … sehr schön«, sagte sie ein wenig steif, aber nicht unfreundlich. »Ich nehme an, Daisys Vater kann auf die beiden aufpassen, bis die Verstärkung eintrifft. Ein Kollege aus unserem Büro in Baltimore hat für ihn und auch für Daisy seine Hand ins Feuer gelegt.«

»Ja. Wir haben Hunter bei Agent Carter anrufen lassen, bevor er Frederick erlaubt hat, mit uns zu fahren.«

»Können Sie denn fahren?«, fragte sie.

»Ja«, antwortete er wie aus der Pistole geschossen, da er bereits ahnte, worauf sie hinauswollte. »Ich habe seit heute Morgen kein starkes Schmerzmittel mehr genommen.«

»Ich möchte, dass Sie Agent Hunter mit dem Wagen folgen, während er versucht, sich von dem Hund zu seinem Zuhause führen zu lassen. Ich schicke Ihnen so schnell wie möglich Verstärkung. In der Zwischenzeit besorge ich mir die Namen und Adressen sämtlicher Piloten im Umkreis von fünf Häuserblocks von Miss Dawsons Haus.«

Gideon fiel wieder ein, was auf Trishs Haut eingeritzt gewesen war. »Geben Sie als Kreuzreferenz bitte noch die Buchstaben ›SY‹ ein.«

»Schon geschehen«, sagte sie. »Trotzdem danke. Ich habe bereits beim SacPD Verstärkung angefordert. Sie sind innerhalb von drei Minuten da. Unsere Leute brauchen ein bisschen länger, aber ich gebe Ihnen noch durch, wer kommt. Sollten Sie das Haus finden, informieren Sie mich umgehend, damit ich einen Durchsuchungsbeschluss veranlassen kann.«

»Alles klar. Hunter kommt gerade zurück. Ich briefe ihn. Mal sehen, wohin der Hund uns führt.«

»Passen Sie auf sich auf, Gideon.«

»Mache ich. Danke.« Er beendete das Gespräch, als Agent Hunter mit dem Hund zu ihm trat und ihm die Leine in die Hand drückte, und brachte ihn auf den neuesten Stand.

Hunter hockte sich vor den Airedale und tätschelte ihm den

Kopf. »Er ist in guter Verfassung. Gepflegt, wohlgenährt. Jemand hat sich um ihn gekümmert.« Er beugte sich vor, sodass der Hund ihm das Gesicht ablecken konnte. »Du bist ein ganz braver Junge, was? Dann wollen wir mal sehen, was du draufhast.« Er erhob sich und zog leicht an der Leine. »Komm, gehen wir nach Hause.«

Sacramento, Kalifornien
Montag, 20. Februar, 23.10 Uhr

Er sah sich um und versuchte, Ruhe zu bewahren. Viel Zeit hatte er nicht. Zandra hatte mit dem FBI geredet. Mit Reynolds. Ausgerechnet.

Er schüttelte die letzten Tropfen aus dem Benzinkanister und stellte ihn weg, ehe er ein letztes Mal das Haus betrachtete – das erste, das nur ihm ganz allein gehört hatte.

Aber es musste zerstört werden. Er würde nicht zulassen, dass man belastende Beweise darin fand.

Diese beschissene Forensik.

Der Brand würde alles zerstören, seine DNS, Fingerabdrücke, den Jeep, den er in die Garage gestellt hatte. Die Andenken im Keller. Sydneys Leiche. Um die es nicht schade war. Ohne hieb- und stichfeste Beweise stand sein Wort gegen Zandras.

Er fummelte mit dem Streichholz herum und verfluchte seine verletzte Hand. Und Daisy Dawson. Seit sie ihn in der Gasse abgewehrt hatte, war alles den Bach runtergegangen.

Ich hätte sie gleich dort abknallen sollen. Und ihren beschissenen kläffenden Köter mit dazu.

Aber er hatte es nicht getan, und nun stand er hier und versuchte – vergeblich –, ein Streichholz anzuzünden, um sein eigenes Zuhause abzufackeln. Er blickte über die Schulter, wartete auf das nahende Heulen von Sirenen.

Kostbare Minuten waren dafür draufgegangen, die Kellertreppe und die rückwärtige Wand mit Benzin zu tränken, das ihm auch noch ausgegangen war, ehe er das restliche Grundstück damit bespritzen konnte. Hoffentlich hatte er nicht zu viel Zeit vertan.

Aber es waren keine Sirenen zu hören. Noch nicht. Sondern nur Stille. So weit, so gut.

Atme. Atme. Er ballte seine linke Hand mehrmals zur Faust, damit das Zittern aufhörte, klemmte das Streichholzbriefchen zwischen Handfläche und seine drei noch einsatzfähigen Finger und hielt mit der Rechten das Streichholz an die Reibefläche. *Und jetzt zünde dieses verdammte Streichholz an.*

Endlich. Mit einem Fauchen begann es zu brennen. Er ließ es auf das benzingetränkte Erdreich hinter dem Haus fallen, schnappte den Kanister und lief damit um das Haus herum, schleuderte ihn in die Garage und nahm seine Reisetasche mit einem Notvorrat an Wasser und etwas Bargeld aus dem Jeep. Und mindestens eine seiner Verkleidungen. Er schloss das Garagentor und hastete zu Sydneys Mercedes. Hoffentlich würde es erst einmal dauern, bis man ihre Leiche identifizieren konnte. Er brauchte Zeit, um zu verschwinden.

Er stieg ein, legte den Rückwärtsgang ein und ließ die Limousine langsam aus der Einfahrt rollen, dann fuhr er los.

Sacramento, Kalifornien
Montag, 20. Februar, 23.15 Uhr

Im Schritttempo fahrend, folgte Gideon Agent Hunter in dem SUV, während sich der junge Agent von dem gut gelaunten Airedale durch die Straßen führen ließ. Der Hund schien jedenfalls keiner Gewalt ausgesetzt gewesen zu sein, da er beinahe zu freundlich wirkte.

Gideon hatte Mühe, das Bild eines liebevollen Hundebesitzers mit dem Killer, der Trishs Leiche so grauenvoll verstümmelt hatte, unter einen Hut zu bringen.

»Reynolds!«, rief Hunter. »Er zieht stark in Richtung dieses Hauses da.« Er deutete auf ein kleines Eigenheim im Ranch-Stil mit Kletterrosen an einer Seite.

Gideon folgte seinem Blick und erstarrte. Dicker schwarzer Rauch stieg daraus empor. *O Gott.* »Das gerade brennt?«

Entsetzt fuhr Hunter herum. »Scheiße.« Er riss den Kofferraum des SUV auf, und der Airedale sprang ohne zu zögern hinein. »Unter dem Sitz ist ein Feuerlöscher.« Er knallte die Heckklappe zu, lief zur Fahrerseite und riss den Feuerlöscher heraus, während Gideon die 911 wählte und die Adresse durchgab.

Im Laufschritt folgte Gideon Hunter zum Haus, zog seine Waffe und hielt sie in der Linken, als er auf das Haus zustürmte, an dessen Außenmauern bereits die Flammen emporzüngelten.

Der Scheißkerl hatte nicht nur den beigen Chevy nach seiner Flucht vom Tatort in Macdoel angezündet, nun fackelte er auch noch ein Haus ab. Eisern hielt Hunter den Feuerlöscher auf die Flammen, doch es würde nicht genügen, um sie zu löschen.

Verdammt. Das musste das Haus sein, in dem Zandra gefangen gehalten worden war.

Gideon sah sich nach etwas um, womit sich das Feuer löschen oder zumindest eindämmen ließe, bis die Feuerwehr eintraf. Sein Blick fiel auf einen Wasseranschluss mit einem Schlauch an der Hausseite direkt neben den Rosen. Und acht große Säcke Erde.

»Hunter!«, rief er, steckte seine Waffe ein und riss mit seiner gesunden Hand den Schlauch aus der Halterung.

Hunter kam um die Ecke gelaufen. »Ich mache das.« Die Flammen schienen sich auf die eine Seite des Hauses zu beschränken.

»Es geht schon. Nehmen Sie die Säcke mit der Erde. Wir können sie auf die Flammen kippen.«

»Alles klar.« Entschlossen wuchtete Hunter sich einen Sack auf jede Schulter und folgte Gideon zur Rückseite des Hauses, wo er die Säcke aufriss und ihren Inhalt in die Flammen schüttete, während Gideon die Hauswand abspritzte.

»Das reicht nicht!«, schrie Hunter über das Knacken und Fauchen der Flammen hinweg.

»Wir müssen es ja nicht ganz löschen«, rief Gideon zurück, »sondern bloß eindämmen, damit es sich nicht weiter ausbreitet. Die Feuerwache ist bloß ein paar Blocks entfernt.«

Nickend rannte Hunter wieder los und kehrte Momente später mit zwei Streifenbeamten des SacPD zurück, die soeben eingetroffen waren. Zu dritt kippten sie die restliche Erde auf die Flammen, ehe einer der beiden Cops Gideon den Schlauch aus der Hand nahm.

Gideon bedankte sich bei ihm und trat zur Seite, um Molina anzurufen. »Gideon hier«, sagte er.

»Was zum Teufel ist denn da los?«, wollte sie wissen.

»Wir haben das Haus gefunden, aber er hat es angezündet.«

»Elender Dreckskerl«, stieß sie aufgebracht hervor.

»Wir konnten den Brand ein wenig eindämmen. Hunter, zwei Kollegen vom SacPD und ich.« In diesem Moment schwoll Sirenengeheul an, als ein Löschfahrzeug die Straße herunterkam. »Die Feuerwehr ist da«, rief er und gab ihr die Adresse durch, als Hunter ihn und die beiden Cops vors Haus winkte. »Ich gehe rein«, rief Hunter. »Es könnten noch weitere Opfer im Haus sein.«

Gideon nickte ihm zu. »Besorgen Sie einen Durchsuchungsbeschluss«, sagte er zu Molina, »aber Hunter und ich gehen schon rein.«

»Ich hab's gehört«, erwiderte Molina, »aber ich will, dass Sie sich da raushalten, Gideon. Sie sind persönlich betroffen, und ich will nicht, dass uns dieses Schwein durch die Lappen geht, weil man Ihnen vorwerfen könnte, Sie hätten Beweise manipuliert, aus Rache, weil er Sie angeschossen hat. Weswegen Sie ja immer noch krankgeschrieben sind. Ich mein's ernst.«

Hunter sah ihn fragend an. Gideon deutete auf einen der Cops. »Ihr beide geht rein. Ich kann nicht.«

Mit einem mitfühlenden Nicken in Gideons Richtung wandte Hunter sich an den Uniformierten. »Bereit?« Der Cop nickte, worauf Hunter zur Tür lief und sie eintrat. Die beiden verschwanden im Haus.

Gideon biss die Zähne zusammen. Natürlich hatte sie recht, aber es gefiel ihm nicht. Ganz und gar nicht. »Hunter ist drin«, sagte er tonlos. »Ich nicht.«

»Danke.« Molina hielt inne. »Bleiben Sie dran. Ein Richter unterschreibt gerade den Durchsuchungsbeschluss, und mein Assistent hat bereits den Namen des Besitzers aus dem Grundbuch herausgesucht. Das Haus gehört einem gewissen Carson Garvey. Seine Angehörigen sind ... sein Vater Paul Garvey und ... Treffer ... Sydney Garvey, Pauls Ehefrau. Paul Garvey besitzt eine Charterfluggesellschaft.«

Carson Garvey. Endlich hatte das Böse einen Namen.

»Er ist geflüchtet«, sagte Gideon. »Er hat das Haus angezündet und sich dann dünngemacht.« Er spähte durchs Garagenfenster. »Da steht ein Jeep in der Garage. Ich frage mal die Nachbarn, ob er noch andere Fahrzeuge hatte. Vielleicht hat er auch eines gestohlen. Ich rufe zurück.«

Er beendete das Gespräch und überquerte die Straße, wo sich ein paar Nachbarn eingefunden hatten. »Ich bin Special Agent Reynolds. Hat jemand in den letzten zehn Minuten einen Wagen wegfahren sehen?«

Sie schüttelten die Köpfe. Allerdings hatten einige zuvor einen schwarzen Mercedes in der Einfahrt stehen sehen.

»Sonst hat er nie Besuch«, sagte eine Frau. »Mir ist der Wagen bloß aufgefallen, weil normalerweise nie jemand bei ihm war.«

Einige nickten zustimmend.

»Danke«, sagte Gideon. »Ich bin gleich zurück.« Er wählte neuerlich Molinas Nummer, die ihn diesmal auf Lautsprecher stellte. »Ist ein schwarzer Mercedes auf Paul oder Sydney Garvey angemeldet?«

»Ich überprüfe schon die Datenbank der Zulassungsbehörde«, sagte eine Männerstimme. Das musste Jerry sein, Molinas Assistent. »Ja«, sagte er Momente später. »Ein schwarzes Mercedes-Cabrio ist auf Sydney Garvey, vierzig Jahre alt, angemeldet. Eine S-Klasse.«

Gideon stieß einen Pfiff aus. »Diese Kisten kriegt man für hundertdreißig Riesen aufwärts. Unauffällig ist was anderes. Wir müssen Garvey zur Fahndung ausschreiben, aber sorgen Sie dafür, dass bei den Fotos steht, dass er sein Äußeres häufig verändert.«

»Alles klar«, sagte Jerry.

Dann stellte Molina wieder auf leise. »Ich schicke gleich zwei Kollegen zu Ihnen, die sich um die Befragung der Nachbarn kümmern können.«

Gideon musste seine Enttäuschung hinunterschlucken. »Alles klar.«

»Und nur ganz nebenbei bemerkt … es tut mir leid.«

»Ich verstehe es ja.« Und das tat er wirklich. Trotzdem nervte es.

»Gideon«, fuhr sie leise fort. »Sie haben sich unglaublich tapfer geschlagen. Vor nicht einmal sechsunddreißig Stunden lagen Sie noch auf dem OP-Tisch. Was, wenn er wieder auftaucht? Und erneut bewaffnet ist? Einmal hat er Sie schon erwischt. Ich will keinen guten Mann verlieren, bloß weil Sie ganz vorn mit dabei sein wollen. Es wird andere Fälle für Sie geben.«

»Ja, das weiß ich. Apropos – ich würde gern eine Gesichtserkennungssuche nach zwei Eden-Mitgliedern durchführen lassen. Ich habe veranlasst, dass ihre Gesichter altersangepasst wurden.«

»Schicken Sie die Fotos rüber«, sagte sie. »Und bleiben Sie aus der Schusslinie. Verstanden?«

Er schnaubte. »Ja, Ma'am.« Gerade als er auflegte, trat Hunter mit düsterer Miene aus dem Haus. Und war kreidebleich.

Gideon trat zu ihm. »Was haben Sie gefunden?«

»Wäre das Haus abgebrannt, wären sämtliche Beweise vernichtet worden. Er hat überall Benzin verteilt, auch die Treppe hinunter in den Keller. Es war eine schlaue Idee von Ihnen, Erde auf die Flammen zu kippen, denn die Feuerwehr hat den Brand nun unter Kontrolle.« Hunter neigte respektvoll den Kopf, bevor er sich mit der Hand über das Gesicht fuhr und schwarze Rußspuren hinterließ. »Im Keller haben wir zwei Leichen gefunden. Beide weiblich. Eine ist etwa vierzig Jahre alt. Sie lag auf dem Bett eines schalldichten Raums. Erwürgt. Die zweite ist jünger, allerdings ist es schwer, Genaueres zu sagen, weil sie in einer Kühltruhe liegt.«

»O Gott.« Gideon räusperte sich. »Das Haus gehört einem Carson Garvey. Bei der Vierzigjährigen dürfte es sich um Sydney Garvey handeln. Seinem Vater gehört eine Charterfluggesellschaft.«

Hunter nickt. »Das passt«, sagte er und hielt Gideon sein Handy hin. »Im Keller ist ein Schrank. Ich habe ihn aufgebrochen.« Er schluckte. »Und den Inhalt fotografiert.«

Gideon blickte auf das Display. »O mein Gott«, flüsterte er erneut und betrachtete die aufgereihten Führerscheine, Halsketten, Armbänder und Ringe an den Haken darunter. Die Andenken des Mörders. »Wie viele?«

Wieder schluckte Hunter. »Einunddreißig.«

Gideon starrte seinen jüngeren Kollegen fassungslos an. »Einunddreißig?«

Hunter wirkte ebenso erschüttert wie er selbst. »Ja. Zandra Jones war nicht darunter. Und Sydney Garvey auch nicht. Aber Trisha Hart. Und Kaley Martell. Und Eileen Danton. Es tut mir sehr leid.«

Ein scharfer Schmerz schoss durch Gideons Brust. Erst jetzt merkte er, dass er die Luft angehalten hatte. »Danke.« Er vergrößerte das Foto und seufzte. »Der Haken unter Eileens Führerschein ist leer.«

»Der unter Trisha Harts auch.«

Gideon reichte Hunter sein Telefon zurück. »Schicken Sie das gleich an Molina weiter.«

Hunter nickte. »Das hatte ich vor, aber ich wollte sie Ihnen vorher erst zeigen.«

Gideon rang sich ein Lächeln für dieses Zeichen des Respekts ab. »Ich bin Ihnen sehr dankbar.«

»Sobald die Verstärkung eintrifft, kann ich Sie zu Daisys Haus zurückbringen, damit Sie beide weiter zur Notaufnahme fahren können.«

Gideon entging nicht, dass Hunter sie nicht länger Miss Dawson nannte. Sein Blick schweifte zum Kofferraum des SUV, wo eine Fellpfote an der Scheibe kratzte. *Genau.* Der Hund. »Was machen wir mit ihm?«

»Gute Frage«, meinte Hunter. »Vielleicht einen Kollegen von der Hundestaffel fragen, ob er ihn vermitteln kann. Ich fände es schlimm, wenn er ins Tierheim müsste.«

»Das ist eine Möglichkeit. Aber eines der Opfer wurde beim Gassigehen entführt.« Gideon massierte sich die Schläfen. »Falls er ihr gehört hat, möchte ihre Familie ihn vielleicht zurück. Die Frau aus Seattle. Janice …«

»Fiddler«, ergänzte Hunter. »Zandra hat ihren Namen mehrmals gesagt. Sie sehen aus, als hätten Sie Schmerzen, Gideon.«

Gideon nickte. »Habe ich auch. Allerdings ist mein Kopf schlimmer als mein Arm.«

Hunter ging zum SUV, holte eine Flasche Wasser aus einer Kühlbox und nahm etwas aus dem Handschuhfach. »Hier. Wasser und eine Schmerztablette.«

Gideon spülte die Tablette mit dem Wasser hinunter und sah

Hunters besorgten Blick auf sich ruhen. »Danke …« Er schüttelte den Kopf. »Ich kenne noch nicht mal Ihren Vornamen.«

»Tom.«

»Danke, Tom.« Gideon leerte die Flasche. »Verdammt aufreibende Willkommensparty in Sacramento.«

Tom grinste ironisch. »Ich hasse Langeweile.«

»Dann sind Sie hier ja genau richtig.«

Sacramento, Kalifornien
Montag, 20. Februar, 23.45 Uhr

Er nahm die Ausfahrt zum Flughafen, wobei er Ausschau nach der Polizei hielt, allerdings war niemand zu sehen. Ihm blieb nicht viel Zeit. Sobald der Brand entdeckt war, würde die Feuerwehr anrücken, allerdings breiteten sich durch Benzin verursachte Brände sehr schnell aus und entwickelten eine starke Hitze, daher sollte die Feuerwehr eher damit beschäftigt sein, das Feuer einzudämmen, als es zu löschen.

Doch war die Gefahr, dass sich das Feuer auf die umstehenden Häuser ausbreitete, erst einmal gebannt, würden die Cops sehr schnell herausfinden, dass es sein Haus war. Und auch, dass er für eine Charterflugfirma arbeitete.

Aber dann wäre er längst in Mexiko. Er hätte eine Maschine, die ihm ein Einkommen sicherte. Er könnte sie sogar für den Drogentransport benutzen, so wie sein Vater, verdammt. Der einzige Unterschied war, dass sein Vater nur gelegentlich als Drogenkurier arbeitete, als kleine Einnahmespritze für die Firma.

Ich würde es allerdings zu meiner Haupteinnahmequelle machen. Und mir innerhalb kürzester Zeit ein Unternehmen aufbauen. Und ein neues Leben anfangen.

Er würde seine Gäste im Keller vermissen, aber einen Raum wie diesen einzurichten, war zu kompliziert.

Gerade, als er auf die Zufahrtsstraße bog, sah er die Blaulichter. *Scheiße. Scheiße. Scheiße.*

Plötzlich waren überall Streifenwagen. Sie hatten den Hangar der Firma umstellt. Die Tore standen weit offen, drinnen schimmerten die Maschinen im Schein der Hangarbeleuchtung. Davor stand ein SWAT-Transporter. Uniformierte Beamte, in taktischer Ausrüstung und mit AR-15 bewaffnet, liefen überall herum.

O Gott.

Scheiße, scheiße, scheiße.

Sie wissen Bescheid. Er riss das Steuer herum und raste auf die Hauptstraße zurück, wobei er prompt ein wütendes Hupen des Fahrers im Wagen hinter ihm kassierte. *Sie wissen, wer ich bin. Und wo ich arbeite.*

Aber wie ist das möglich? Und wie waren sie so schnell hierhergekommen?

Sein Magen rebellierte. »Was mache ich jetzt?«, flüsterte er und krümmte sich beim Klang der Angst in seiner Stimme.

Reiß dich zusammen. Du wirst jetzt nicht die Beherrschung verlieren. Denk nach!

Er musste einen anderen Weg finden, wie er aus der Stadt herauskam. Er könnte mit dem Auto fahren. Aber bis zur Grenze waren es neun Stunden, und das auch nur, wenn er nicht irgendwo in den Stau geriet, was höchst unwahrscheinlich war. Kleine, wenig befahrene Straßen zu nehmen, würde ihn noch viel mehr Zeit kosten. Außerdem brauchte er einen falschen Führerschein. Und einen falschen Pass. Und wenn er in eine Straßenkontrolle kam, wäre er endgültig am Ende.

Er hatte keine Ahnung, wie es war, mit dem Wagen über die Grenze zu fahren, weil er stets mit dem Flugzeug unterwegs gewesen war.

Ich hätte Zandra umbringen sollen, als ich die Gelegenheit dazu hatte. Aber er hatte es nun mal nicht getan, und jetzt würde sie als Hauptzeugin gegen ihn aussagen.

Aber … was, wenn sie es nicht tat? Weil sie nämlich tot war? In diesem Moment brannte sein Haus bis auf die Grundmauern nieder, und es würde nichts Belastendes gegen ihn zurückbleiben. Den einen Wagen hatte er abgefackelt und auch sonst nirgendwo Fingerabdrücke hinterlassen.

Aber deine DNS haben sie. Weil Daisy dich gekratzt hat.

Diese verdammte Forensik.

Aber … es gab ja keine anderen Zeugen für ihre versuchte Entführung, deshalb könnte er ebenso gut behaupten, sie sei freiwillig mitgekommen, hätte es sich dann aber anders überlegt und sich gegen ihn zur Wehr gesetzt. Und dass er sie hätte gehen lassen, als er gemerkt hätte, dass es ein Fehler gewesen war. Ohne Zeugen stünde sein Wort gegen ihres.

Und sie ist Alkoholikerin. Niemand wird ihr glauben.

Er nickte zufrieden. Ja, das würde funktionieren.

Also gab es nur ein Hindernis, das zwischen ihm und der Freiheit stand, und das war Zandra. Es war an der Zeit, den losen Faden zu kappen. Aber zuerst musste er den Mercedes loswerden, weil er damit auffiel wie ein bunter Hund.

28. KAPITEL

Sacramento, Kalifornien
Montag, 20. Februar, 23.45 Uhr

»Du machst mich noch ganz kirre, Daisy«, sagte Frederick leise. »Bitte setz dich hin, Schatz.«

Daisy blieb abrupt stehen. »Ich kann nicht.« Obwohl die arme Brutus tat, was sie konnte. »Die Feuerwehr ist angerückt, Dad.« Sie hatten die Sirenen gehört und die Blaulichter gesehen, als die Löschkolonne am anderen Ende der Straße vorbeigerast war. Sie konnten nur auf dem Weg zum Haus des Killers gewesen sein.

Schon am Samstag hatte der Täter einen Wagen angezündet, um die DNS-Spuren zu vernichten, die er hinterlassen hatte. Zum Beispiel sein Blut an der Wagentür. Er war so schwer verletzt gewesen, dass er sogar eine Krankenschwester entführt hatte. Und getötet. Und den Besitzer des Pick-ups.

Und mindestens acht Frauen. Er lief nach wie vor frei herum, deshalb saß ein Beamter des SacPD in einem Wagen vor der Haustür, während ein zweiter an der Hintertür Wache hielt. Der eine Cop hatte ihr erzählt, Gideon und Agent Hunter hätten das Haus des Mörders gefunden, er selbst sei allerdings spurlos verschwunden. *Er könnte überall sein, könnte mir oder Gideon auflauern. Oder seinem nächsten Opfer.*

»Gideon ist da draußen unterwegs, obwohl er verletzt ist«, sagte sie, wohl wissend, dass sie geradewegs auf eine Panikattacke zuschlitterte, da Brutus abwechselnd ihre Finger ableckte und mit der Pfote ihren Arm anstupste. »Und jetzt bekämpft er auch noch einen Brand?« *Während ich hier herumsitze und Däumchen drehe.*

»Ich weiß«, sagte Frederick ruhig. Er saß auf dem Sofa und

hatte einen Arm auf die Rückenlehne gelegt, scheinbar so entspannt, als sehe er sich ein Football-Spiel im Fernsehen an.

Sie starrte ihn finster an. »Wie kannst du so ruhig sein?«

Er grinste. »Meditation.«

Ihr fiel die Kinnlade herunter. »Du? Meditierst? Ernsthaft?«

»Es beruhigt mich.« Er deutete auf seinen Kopf. »Die atmosphärischen Störungen. Im Oberstübchen.«

Die atmosphärischen Störungen im Oberstübchen. Sie fragte sich, was er tatsächlich damit meinte.

»Glaubst du mir etwa nicht?«, fragte er mit erhobenen Brauen.

»Natürlich glaube ich dir«, platzte sie heraus, ehe sie sich bremste. »Ich bin … ich bin nur … überrascht, das ist alles.«

»Meditation hilft tatsächlich«, warf Mercy ein.

Daisy fuhr zu ihr herum. Gideons Schwester hatte kein Wort gesprochen, seit sie hereingekommen waren, sondern hatte lediglich Daisys Wandgemälde betrachtet.

Einen Moment lang wusste Daisy nicht, was sie erwidern sollte, entschied sich jedoch, einfach offen zu sein. »Das freut mich.«

Mercys lächelte … zwar ein flüchtiges, aber eindeutig ein Lächeln. »Und Therapie. Viel, viel Therapie.«

»Stimmt«, pflichtete Frederick ihr bei, woraufhin Daisy ihn noch verblüffter ansah.

»Du machst eine Therapie?« Sie trat zu ihrem Sessel, ließ sich hineinsinken und drückte die Nase in Brutus' Fell. Die Situation hatte beinahe etwas Surreales. »Ernsthaft?«

Er nickte mit einem betrübten Lächeln. »Ernsthaft.« Er seufzte. »Seit … seit du und Taylor herausgefunden habt, dass ich … du weißt schon.« Er sah zu Mercy hinüber, die ihn musterte. »Ich war in den Achtzigern Kriegsgefangener«, erklärte er. »In El Salvador. Es war alles andere als angenehm.«

»Hat man Sie gefoltert?«, fragte Mercy mit kaum hörbarer Stimme.

»Ja. Es hat mich verändert. Meine Sichtweise«, gestand er. »Meine Reaktion auf bestimmte Dinge. Und es hat sich auf mein logisches Denkvermögen ausgewirkt, deshalb haben sich meine Gedanken teilweise völlig verheddert.«

Mercy nickte nur, doch in ihren Augen stand tiefes Verständnis.

»Ich weiß nicht viel über Sie, aber Sie scheinen auch gefangen gewesen zu sein«, fuhr er so sanft fort, dass Tränen in Daisys Augen brannten. Dieser freundliche, sanftmütige, empathische Mann war nicht der Vater, den sie kannte.

Und zu ihrer Schande musste sie gestehen, dass sie nicht nur Freude dabei empfand, ihn so zu erleben. Der angespannte, strenge Vater, der sie und Taylor wie paramilitärische Soldaten gedrillt hatte – das war der Vater, den sie kannte. Der Vater, der eine vorschnelle, radikale Entscheidung traf, die zum Tod ihrer älteren Schwester führte … *das* war der Vater, den sie kannte.

Und, wie sie jetzt erschrocken feststellte, der Vater, dem sie niemals wirklich verziehen hatte.

Auch heute noch machte sie ihn für Carries Tod verantwortlich. Genauso wie er sich selbst, da war sie ganz sicher.

Was vielleicht nicht ganz fair war. Carrie hatte es geschafft, Drogen in die Finger zu bekommen, obwohl sie meilenweit von der nächsten Stadt entfernt gelebt hatten, außerdem war sie schon vor ihrer Flucht in die Einöde schwer zu bändigen gewesen.

Wären sie in Oakland geblieben, wäre Carrie vielleicht schon viel früher abgehauen und hätte sich eine Überdosis verpasst, wer konnte das schon sagen? Trotzdem gab sie ihrem Vater die Schuld an ihrem Tod.

Und das war nicht fair. Und ungesund noch dazu. Es war nicht richtig.

Mit Liebe hatte es nichts zu tun.

Sie presste die Lippen aufeinander, um nicht in Tränen auszubrechen. Später. Später würde sie weinen. Jetzt wollte sie erst einmal dem Mann zusehen, der mit Gideons Schwester über Meditation, Therapie und seine Vergangenheit sprach – mit einer Frau, die er gar nicht kannte.

Vielleicht war es ja leichter, all das mit einer Fremden zu besprechen. *Aber so, dass ich es trotzdem mitbekomme, es verstehe. Und ihm vergebe.*

»Tja, in gewisser Weise war ich das wohl«, sagte Mercy gerade. »In Eden herrschte kein Krieg, zumindest nicht im herkömmlichen Sinne, aber, ja, im Prinzip war es ein Gefängnis. Ja, es gab auch Folter und, ja, es hat mich sehr verändert.« Sie senkte den Blick. »Es hat mich härter gemacht.«

Frederick seufzte. »Mich auch.«

Mercy warf Daisy einen Blick zu. *Wahrscheinlich sehe ich immer noch wie vor den Kopf geschlagen aus*, dachte sie, da Mercy sie traurig anlächelte. »Die Therapie hat geholfen. Es hat bloß eine Weile gedauert, bis ich es begriffen habe, und noch eine Weile länger, bis ich es auch umsetzen konnte.«

»Aber dann haben Sie es geschafft«, meinte Frederick. »Und jetzt sind Sie hier. Was sehr mutig von Ihnen war.«

Mercy nickte vage. »Kann sein. Ich wusste nur, dass ich herkommen muss. Ich habe eine gute Freundin in New Orleans. Eine Kollegin. Sie weiß über alles Bescheid und hat mir geholfen, meine jetzige Therapeutin zu finden. Und sie war auch diejenige, die mir einen Flug reserviert, einen Wagen gemietet, mich nach der Arbeit geschnappt, zum Flughafen gefahren und mich dort rausgeschmissen hat.«

»Dann ist sie wahrlich eine gute Freundin«, warf Frederick mit einem aufrichtigen Lächeln ein. »Meine Freundin«, fuhr er fort und verdrehte die Augen. »In meinem Alter hört sich das Wort ein bisschen lächerlich an, aber egal. Jedenfalls war sie diejenige, die mich unterstützt hat, eine Therapie zu machen. Sie ist Krankenschwester. Zwar in der Pädiatrie, aber sie betreut ehrenamtlich Veteranen und begleitet sie bei der Pferdetherapie, gemeinsam mit meiner anderen Tochter. Sally hat mitbekommen, wie sich zwei Veteranen über Meditation unterhalten haben, und ein bisschen recherchiert. Es hilft wirklich.«

Er sah zu Daisy hinüber. »Meine Töchter leisten beide ihren Beitrag. Daisy ist hier aktiv und hilft im Gemeindezentrum, bei der LGTBQ-Jugendgruppe, im Tierschutz, außerdem hat sie jede Menge Sponsoren für einen Fünftausendmeterlauf zugunsten der Leukämie-Forschung zusammengetrommelt. Ich bin sehr stolz auf sie. Auf beide. Auch wenn nichts davon mein Verdienst ist.«

Daisy brach das Herz. »Das würde ich so nicht sagen«, warf sie mit belegter Stimme ein. »Dir war als Anwalt doch immer wichtig, für die Bürgerrechte zu kämpfen und dich für diejenigen einzusetzen, die sich selbst nicht helfen können. Du hast uns zu Suppenküchen mitgeschleppt, wir mussten im Park Abfall aufsammeln und Pflegeheime besuchen.« Wie hatte sie all das vergessen können? Erst jetzt kam die Erinnerung zurück – wie sie auf dem Schoß ihres Dads gesessen hatte, während er betagten Senioren vorlas, wie sie auf einem Hocker in der Küche neben ihm gestanden und im Obdachlosenasyl den Eintopf umgerührt hatte.

Er schüttelte den Kopf. »Das war alles eure Mutter.«

»Nein. Du genauso. Ich erinnere mich genau.« Wieder.

»Nachdem sie tot war … nun ja, es war sehr schwer.«

»Du hattest drei kleine Kinder, Dad, darunter ein Baby mit einer Behinderung. Die Älteste war ein Wildfang, die Mittlere zwar zu neunundneunzig Prozent ein Traumkind, konnte aber auch gelegentlich ein kleiner Teufel sein.«

Seine Lippen zuckten. »Gelegentlich«, bestätigte er, ehe sich seine Miene verdüsterte. »Und dann sind wir auf die Ranch gezogen, wo ich euch im Grunde kaserniert habe. Es war das reinste Gefängnis.«

»Das war in der Tat ein klein bisschen übertrieben«, räumte Daisy ein, weil es nun mal der Wahrheit entsprach. Es zu leugnen würde bedeuten, dieses Gespräch zu negieren, das nach Daisys Empfinden einen riesengroßen Schritt für ihn darstellte. »Mag sein, dass du dich minimal hineingesteigert hast, aber …« Sie zuckte die Achseln. »Viele behaupten dasselbe auch von mir.« Sie deutete auf das Wandgemälde. »Immerhin habe ich mir meinen Wahnsinn auf ehrliche Art erworben.«

Frederick sah sie einen Moment lang wortlos an, ehe er den Kopf in den Nacken warf und schallend zu lachen begann – ein Lachen, wie Daisy es seit langer, langer Zeit nicht mehr gehört hatte. Nicht mehr seit dem Tod ihrer Mutter. Und schon gar nicht mehr, seit Donna auf der Bildfläche erschienen war. Die Frau war das reinste Gift gewesen – für sie alle, auch ihre eigene Tochter. Wenigstens hatte Daisy noch ihren Vater gehabt. Taylor hingegen war er jahrelang vorenthalten worden.

»Das ist wohl wahr«, sagte er und wischte sich die Augen trocken. Daisy hätte nicht beschwören können, dass es ausschließlich Lachtränen waren. Sie setzte sich neben ihren Vater aufs Sofa und legte den Kopf auf seine Schulter.

»Danke«, murmelte sie.

Einen Moment lang wurde er stocksteif, als hätte er nicht damit gerechnet, dann entspannte er sich, legte den Arm um sie und zog sie an sich. »Wofür denn?«

»Dass du gleich hergekommen bist, als ich gesagt habe, dass ich dich brauche.«

Er drückte ihr einen Kuss auf den Kopf. »Ich komme immer, wenn du mich brauchst.«

»Oh!« Mercy war aufgestanden und zu den Staffeleien getreten, die Daisy am Freitagabend dort hatte stehen lassen.

Langsam und voller Staunen nahm sie eines der Bilder herunter. »Hat Gideon …«, stammelte sie zutiefst bestürzt.

»Ja«, sagte Daisy nur.

Mercy stand reglos da und starrte auf das Gesicht, das Gideon gemalt hatte – Mercy als kleines Mädchen auf einer Gänseblümchenwiese.

»Ich erinnere mich noch an den Tag«, flüsterte sie. »Ich war neun, er fast dreizehn. Wir kleinen Kinder haben einen Ausflug in den Wald gemacht, und Gideon wurde zum Helfen mitgeschickt. Eigentlich sollten wir lernen, Kräuter für die Heilerin zu sammeln, aber ich bin vom Weg abgekommen und habe eine Blumenwiese entdeckt. Sie war so hübsch.« Mit einem traurigen Lächeln sah sie Daisy an. »Aber eigentlich war es ein Feld voll leuchtend rotem Klatschmohn. Er hat Gänseblümchen daraus gemacht.«

Daisys Herz zog sich zusammen. Gideon hatte also auch sie, Daisy, in dem Gemälde verarbeitet. »Was ist an dem Tag passiert?«, fragte sie.

»Du scheinst ja sehr sicher zu sein, dass etwas passiert ist«, meinte Mercy und legte fragend den Kopf schief.

»Das nicht, aber ich habe den Ausdruck auf Gideons Gesicht gesehen, als er es gemalt hat. Als wäre die Erinnerung daran bittersüß.«

»Es war das letzte Mal, dass ich ihn vor seiner Aszension gesehen habe. Seinem dreizehnten Geburtstag«, erklärte sie. »Eigentlich durften wir das Feld nicht betreten, aber die Blumen waren so hübsch, deshalb habe ich es trotzdem getan. Gideon kam und …« Wieder schluckte sie und stellte die Leinwand auf die Staffelei zurück. »Er hat an dem Tag meine Strafe auf sich genommen.«

»Und woraus bestand sie?«, fragte Daisy ganz leise, weil Mercy mit einem Mal wirkte, als breche sie gleich zusammen.

»Eine Woche in der Kiste.«

Daisy atmete aus und registrierte, wie ihr Vater hinter ihr erstarrt war. »Die Kiste?«, wiederholte sie.

»Ja, es war ein kleiner Verschlag. Man bekam einmal am Tag

frisches Wasser und eine Kleinigkeit zu essen. Für mich als Neunjährige wäre die Essensration ziemlich schmal ausgefallen, und da Gideon meine Strafe auf sich genommen hat, musste er sich damit begnügen.«

»Sie haben ihn hungern lassen«, flüsterte Daisy.

»Ja. Und es wurde fürchterlich heiß in dem Verschlag, obwohl wir mitten in den Bergen gewohnt haben. Er hat bestimmt sechs oder sieben Kilo in dieser Woche rausgeschwitzt. Am Morgen des siebten Tages haben sie ihn rausgeholt, ihn gewaschen und für seine Aszensionsfeier später am Tag angezogen.«

Und am Ende dieses Tages hat er um sein Leben gekämpft, dachte Daisy und konnte wieder einmal nur über Gideons Stärke staunen, selbst in so jungen Jahren.

Mercy ließ sich in Daisys Sessel sinken und verkrallte die Hände im Schoß. »Es war das letzte Mal, dass ich ihn gesehen habe. Am nächsten Morgen habe ich erfahren, dass er Edward McPhearson getötet und Ephraim Burton ein Auge ausgestochen hat und mithilfe meiner Mutter geflohen ist.«

Daisy sah ihren Vater an. »Und die arme Eileen kam zu Ephraim. Sie wurde ihm ›gegeben‹, jenem Mann, vor dem sie später geflohen ist.«

»Was weißt du über Eileen?«, fragte Mercy scharf.

Daisy zögerte. »Ich glaube, Gideon wollte dir später alles erzählen.«

»Er hat gesagt, dass er glaubt, sie sei tot. Ich wollte ihn fragen, aber Zandra brauchte uns. Jetzt will ich es wissen, und er ist nicht da, du aber schon. Zandra hat etwas von einer Eileen gemurmelt, einer Eileen Danton. Ihr Nachname war aber nicht Danton.«

»Gib mir bitte einen Moment.« Daisy schrieb Gideon eine Nachricht. Alles o. k. hier. Mercy fragt nach Eileen. Ist es o. k. für dich, wenn ich ihr sage, was ich weiß?

Die Antwort kam sofort. Ja. Bin schon auf dem Rückweg. Fahre dann mit euch in die Notaufnahme.

Erleichterung durchströmte sie. Es ging ihm gut. Zwar brannte sie darauf, Genaueres zu erfahren, aber das konnte warten. Und mit Mercy zu reden würde sie erst einmal ablenken.

»Also gut.« Daisy setzte sich wieder auf das Sofa neben ihren Vater, nahm Brutus auf den Schoß und erzählte Mercy von Eileen und den Dantons. »Gale Danton hat ihr das Geld für die Busfahrkarte gegeben. Rafe Sokolov, dem das Haus hier gehört, ist Detective beim SacPD im Dezernat für Gewaltverbrechen. Er ist heute nach Portland geflogen und sucht nach Eileen.«

Mercy musterte Daisy mit gerunzelter Stirn, ehe sie nickte. »Ihr Medaillon. Deshalb wusstet ihr, dass sie es war. Gideon hat mich angerufen und erzählt, ein Medaillon mit dem Namen ›Miriam‹ auf der Rückseite sei gefunden worden. Er hatte Angst, es könnte meines gewesen sein.«

»Weil dein Name in der Gemeinschaft auch Miriam lautete und du auch entkommen bist«, erklärte Daisy, wenn auch eher zum Verständnis für ihren Vater.

Mercys Augen weiteten sich. »Oh. Gideon hat erzählt, eine Frau sei überfallen worden und hätte dem Angreifer das Medaillon vom Hals gerissen. Das warst du? So habt ihr euch kennengelernt?«

Daisy nickte. »Rafes Mutter Irina versucht schon seit einem halben Jahr, uns zu verkuppeln, doch wir haben uns ihren Versuchen konsequent entzogen. Aber dann kam der Donnerstagabend und hat alles verändert.«

»Gideon hat einige Male von ihr gesprochen«, sagte Mercy. »Von Irina. Wie sie ihn bemuttert.«

»Das tut sie bei uns allen«, bestätigte Daisy mit einem liebevollen Lächeln. *Und mit dir würde sie es bestimmt genauso machen*, lag ihr auf der Zunge, doch sie verkniff es sich, weil sie nicht wusste, wie lange Mercy bleiben würde.

Um Gideons willen hoffte sie, dass es recht lange werden würde.

Es klopfte an der Tür. Sie sprang auf und linste durch den

Spion. Gideon. Sie riss die Tür auf. Wieder blutete ihr das Herz. Er sah … erschöpft aus. Mitgenommen.

O Gideon. Was ist nur passiert? Doch sie fragte nicht, sondern trat vor und umarmte ihn, sorgsam darauf bedacht, ihm nicht wehzutun. Mit einem tiefen Atemzug schlang er seinen gesunden Arm um sie und vergrub das Gesicht an ihrem Hals.

Er stank nach Rauch. »Die Feuerwehr ist zu dem Haus gefahren«, sagte sie.

»Ja.«

»Ist alles zerstört?«, fragte sie beklommen.

»Nein. Tom und ich haben den Brand eingedämmt, bis die Feuerwehr da war.«

Okay, dachte sie und knirschte in Gedanken mit den Zähnen. »Du hast, ähm, einen *Brand* eingedämmt?«

»Hauptsächlich Tom.«

»Wer ist Tom?«

»Agent Hunter.«

»Ah. Und was habt ihr gefunden, Gideon?«

»Ich habe gar nichts gefunden, weil ich nicht reindurfte«, murmelte er.

Oh. »Aha. Und was hat Hunter dann gefunden?«

Er schüttelte den Kopf und klammerte sich an ihr fest, als wäre sie sein Rettungsring. Was sie womöglich auch war. In diesem Moment war sie ihrem Vater unendlich dankbar, weil er sie von einer drohenden Panikattacke abgelenkt hatte – in diesem Zustand wäre sie für Gideon völlig nutzlos gewesen.

Sie löste sich von ihm und sah ihn an. »Kommst du rein, oder gehen wir?«

»Wir gehen«, antwortete er. »Tom wartet schon im Wagen in der Garage.« Er richtete sich auf. Schmerz und Trostlosigkeit standen in seinen grünen Augen.

»Wann hast du die letzte Schmerztablette genommen?«, fragte sie.

Gideon deutete auf Frederick und Mercy. »Gehen wir. Zuerst sehen wir nach Zandra, bevor wir zu den Sokolovs fahren. Dort sind wir sicherer. Vor allem, da er weiß, wo du wohnst, Daisy.«

»Bilde dir bloß nicht ein, ich hätte dein Ablenkungsmanöver nicht bemerkt«, warf Daisy ein. »Aber das können wir später besprechen. Fakt ist, dass er auch weiß, wo Karl und Irina wohnen, weil er dir am Samstag schon von dort aus gefolgt ist, Gideon. Erinnerst du dich, was die Reporterin gestern gesagt hat? Dass er vor Trishs Wohnhaus war und sich erkundigt hat, wo du hingefahren bist? Deshalb ist er uns nach Redding gefolgt.«

Er massierte sich die Stirn. »Du hast recht. Ich muss dich in einem Safehouse unterbringen.«

Sie setzte Brutus in die Hundetasche und schlang sie sich über die Schulter. Gideon konnte nicht klar denken, deshalb versetzte sie der Gedanke an ein Safehouse nicht in Panik. »Na gut. Aber wenn ich gehe, gehst du auch.«

Er stieß den Atem aus. »Das besprechen wir später.«

Frederick hüstelte hinter ihnen, doch sie war ziemlich sicher, dass es nur ein Versuch war, ein Lachen zu kaschieren. Kein Problem. Immerhin hatte sie ihn nach all den Jahren das erste Mal wieder aus vollem Hals lachen hören. Sie konnte es kaum erwarten, dass es wieder passierte. »In Ordnung. Gehen wir.«

Sacramento, Kalifornien
Dienstag, 21. Februar, 01.05 Uhr

Endlich. Seit einer gefühlten Ewigkeit hockte er auf diesem Krankenhausparkplatz herum und wartete auf einen Arzt oder Pfleger mit der richtigen Größe. Und einem Mitarbeiterausweis. Das war das Allerwichtigste.

Er tastete seine Tasche ab, um sich zu vergewissern, dass die Spritze mit dem Beruhigungsmittel aus seiner Notfallreisetasche noch da war. Zuletzt hatte er sie in Vail gebraucht, als er Zandra mit dem Sedativum ruhigstellen musste. Es war noch genug übrig, um einen mittelgroßen Mann für mindestens eine Stunde auszuschalten. Er beäugte den Mann und gelangte zu dem Schluss, dass seine Kluft passen sollte … vielleicht eine Idee zu weit um die Hüften, was allerdings umso besser war, damit niemand die Waffe bemerkte.

Der Mann stand allein gegen die Hauswand gelehnt neben dem Seiteneingang und rauchte eine Zigarette. Noch viel besser war, dass er Ohrstöpsel trug und offenbar Musik hörte, da er im Takt wippte.

Er sieht mich nicht kommen. Und genauso war es auch.

Leise trat er hinter ihn und schlug ihn mit dem Pistolengriff nieder, dann machte er einen Satz nach vorn, als der Mann ins Straucheln geriet, brachte ihn zu Boden und rammte ihm die Spritze in den Hals, zwar ein wenig ungelenk mit seiner rechten Hand, aber es kam nicht darauf an, genau zu zielen.

Ein Knie im Rücken des Mannes, drückte er ihn weiter mit dem gesunden Arm zu Boden, bis sein Widerstand erlahmte und er das Bewusstsein verlor.

Eilig zog er ihm die Sachen aus, stopfte die Krankenhauskluft in seine Reisetasche, nahm den Ausweis an sich und zerrte den Kerl ins Gebüsch – vielleicht nicht das allerbeste Versteck, aber der Mann war schwer.

Und ich hab's eilig. Er spähte auf das Namensschild. Für eine Weile wäre er Nabil Halif, examinierter Pfleger. *Puh*! Zu seinem veränderten Äußeren passte der Name jedenfalls nicht, aber er hatte auch nicht vor, stehen zu bleiben und mit jemandem zu reden, weshalb es nicht weiter auffallen sollte. Mit dem Ausweis öffnete er die Personaltür und steuerte die nächste Besuchertoilette an. Dort gäbe es genug Platz, um sich umzuziehen und sein Aussehen wie geplant zu verändern. Und dann würde er sich auf die Suche nach Zandras Zimmer machen.

Sacramento, Kalifornien
Dienstag, 21. Februar, 01.30 Uhr

»Wieso hat das so lange gedauert?«, fragte Agent Molina und runzelte die Stirn, als das Fünfergrüppchen aus dem Aufzug trat. »Ich habe doch darum gebeten, dass nur Miss Dawson und Agent Hunter herkommen.«

Zandra hatte nach Daisy verlangt. Allein.

Gideon runzelte ebenfalls die Stirn. »Meine Schwester hat vor Daisys Haus gewartet, und ich wollte sie nicht einfach dort lassen. Und Daisys Vater hat ihr nur erlaubt mitzukommen, wenn er uns begleiten darf. Aber das habe ich Ihnen ja schon alles erklärt.«

Molina seufzte. »Ja, das stimmt. Ich entschuldige mich. Wir sind alle übermüdet. Allerdings dürfen nur Miss Dawson und Agent Hunter zu Miss Jones.«

Gideon war ebenfalls müde, und sein Arm schmerzte. Er hätte die vom Krankenhaus verschriebene Tablette nehmen sollen, die Daisy ihm angeboten hatte, doch im Gegensatz zu Agent Hunters konventionellem Schmerzmittel legte ihn das Zeug zu sehr lahm, weshalb er niemandem eine Hilfe wäre. Vor allem Daisy nicht.

»Bei allem Respekt, Ma'am, aber das ist Schwachsinn.«

Daisy sah ihn streng an. »Wenn du Schmerzen hast, bist du echt mies gelaunt.« Sie schenkte seiner Vorgesetzten ein gewinnendes Lächeln. »Agent Molina, Gideon ist doch offiziell im Krankenstand, stimmt's?«

»Ja. Deshalb bleibt er im Warteraum.«

»Aber wenn er als mein privater Begleiter hier ist, gilt das doch nicht, oder?«

Molina kniff die Augen zusammen. »Wohl nicht, nein.«

»Dann hätte ich ihn gern als meine private Begleitperson bei mir. Ich habe einen Therapiehund in dieser Tasche hier. Und

Gideon ist so etwas wie mein … Therapiemann. Mein Anker. Und ohne einen Anker neige ich zu schlimmen Panikattacken, die meine Abstinenz gefährden. Ich würde gern helfen, Miss Jones zu beruhigen, damit Sie ihre Aussage aufnehmen können, aber wenn ich unruhig bin, ist sie es auch. Deshalb bitte ich Sie, Ihre Entscheidung noch einmal zu überdenken und Gideon zu erlauben, mich zu begleiten.«

Molina musste sich tatsächlich ein Lächeln verkneifen. »Ich habe bereits geahnt, dass Sie Ärger bedeuten, Miss Dawson.« Dann wurde ihr Tonfall wieder geschäftsmäßig. »Also gut. Ich habe genug Zeit damit verloren, auf Sie zu warten. Kommen Sie mit, alle drei. Aber der Vater und die Schwester bleiben im Warteraum. Er ist gleich um die Ecke. Vor Miss Jones' Zimmer ist ein bewaffneter Agent postiert, und die beiden Aufzüge werden von zwei Kollegen des SacPD bewacht. Wenn Sie Hilfe brauchen, melden Sie sich.«

Frederick schien vor sich hin zu grinsen, als er und Mercy den Weg zum Wartebereich einschlugen.

Gideon hingegen bezweifelte, dass so schnell wieder ein Lächeln auf sein Gesicht käme. Einunddreißig Opfer. Bislang hatten sie gerade einmal sieben gefunden. Eileen war nicht darunter. Er dachte an die Leiche in der Kühltruhe. Kaley Martell. Mit ihr waren es acht.

Das Ausstellungsdatum des ältesten Führerscheins der Opfer lag zehn Jahre zurück. Hatte der Täter diese Frau in jenem Jahr entführt, würde dies bedeuten, dass er durchschnittlich drei Morde im Jahr begangen hatte. Aber wie bei den meisten Serienmördern waren auch bei ihm die Abstände immer kürzer geworden, vor allem im vergangenen Jahr und ganz besonders in der letzten Woche. Etwas schien einen Schalter in ihm umgelegt zu haben, und er schien auf Daisy fixiert zu sein.

Was Gideon unbeschreibliche Angst einjagte.

»Miss Jones ist in der Nähe des Flughafens in Vail verschwunden«, erläuterte Molina Daisy auf dem Weg zum Krankenzimmer.

»Also kein Lkw-Fahrer, aber das hatten wir ja bereits vermutet«, sagte Daisy.

»Genau. Er ist Pilot. Mittlerweile wissen wir, dass er und ein Kollege am Freitag eine Gruppe Touristen nach Vail zu einem Skiausflug geflogen haben. Die Maschine blieb für drei Stunden am Boden zum Auftanken.«

Daisy sah sie fassungslos an. »Also hat er Zandra entführt und mit nach Hause genommen?«

»Ja. Anscheinend hat er sie in einer Bar in der Nähe des Flughafens aufgegabelt. Ich wollte Ihnen noch ein paar Infos über sie geben, bevor Sie reingehen. Zandra arbeitet als Staatsanwältin in Rhode Island. Sie war verlobt, und laut ihrer Familie war für Samstag die Hochzeit in Vail geplant, aber dann hat sie ihren Verlobten und ihre beste Freundin erwischt … auf frischer Tat.«

»Die Ärmste«, sagte Daisy mitfühlend. »Also ist sie in die nächste Bar gegangen?«

»Sieht ganz danach aus«, bestätigte Molina. »Es gab auch Überwachungskameras, aber die Kabel von den Geräten an der Außenfassade wurden leider durchtrennt.«

»Von unserem Verdächtigen?«, fragte Tom.

»Mag sein, aber das müsste dann bei einem der letzten Besuche dort passiert sein. Wir haben eine Aufnahme der Kamera im Inneren der Bar, die ihn zeigt, allerdings sieht er völlig anders aus als auf seinem Führerscheinfoto und auch auf dem Überwachungsvideo aus der Bar, in der Miss Hart gearbeitet hat.«

»Ich habe ihn ja selbst zwei Mal gesehen«, warf Daisy ein. »Einmal in der Zoohandlung und dann noch mal am Busbahnhof in Redding, wo ich ihn nicht wiedererkannt habe.«

»Deshalb ist Miss Jones' Aussage ja so wichtig für uns«, erklärte Molina.

»Sie könnte die Einzige sein, die ihn so gesehen hat, wie er wirklich aussieht«, meinte Gideon.

»Genau«, bestätigte Molina. »Miss Dawson, Sie helfen bitte Agent Hunter, eine möglichst vollständige und detaillierte Personenbeschreibung zu bekommen. Und sie soll Ihnen alles erzählen, woran sie sich sonst noch erinnert. Alles. Von der Entführung über ihre Gefangenschaft bis hin zu ihrer Flucht.«

»Ich gehe davon aus, dass die Frau sie befreit hat, deren Leiche wir später auf dem Bett gefunden haben«, sagte Tom.

»Sollte es sich um jene Sydney handeln, deren Namen er seinen Opfern in die Haut geritzt hat«, fügte Gideon hinzu, »was ja der Fall zu sein scheint, da ein Mercedes wie der von Sydney Garvey in der Einfahrt stand, war er regelrecht besessen von ihr. Dass sie erwürgt wurde, deutet auf enorme Wut hin. Wenn er nach Hause kam und festgestellt hat, dass Zandra verschwunden ist … womöglich hat ihn das so wütend gemacht, dass er sie im Affekt getötet hat.«

»Das klingt einleuchtend«, bestätigte Molina. »Aber warum? Das will ich gern wissen.«

»Und ich wüsste gern, wie schwer Zandra verletzt ist«, sagte Daisy leise.

»Hämatome im Gesicht, Prellungen und Abschürfungen an Hand- und Fußgelenken«, antwortete Molina. »Außerdem hat er ihr Buchstaben in die Haut am Oberkörper geritzt, wobei er die Schnitte tatsächlich genäht und verbunden hat, damit sie besser verheilen.«

»Weil er sie noch länger bei sich behalten wollte?«, fragte Tom.

»Kann sein. Ich hoffe, sie kann uns das sagen.«

Molina drosselte ihr Schritttempo, als sie sich Zandras Zimmer näherten, doch Daisy packte sie am Arm, als sie die Tür öffnen wollte.

»Warten Sie.« Sie biss sich auf die Lippe.

Molina blickte demonstrativ auf Daisys Hand auf ihrem Arm. »Ja, Miss Dawson?«

Daisy schloss die Augen, ohne ihre Hand wegzunehmen, als müsse sie sich daran festhalten. »Wurde sie sexuell …?«

Molina zögerte. »Es sieht ganz danach aus.«

Daisy nickte, noch immer mit geschlossenen Augen. »Und Trish?«

Ach, Süße, dachte Gideon. Natürlich hatte ihr das zu schaffen gemacht. Aber bis zu diesem Moment hatte sie diese Ängste für sich behalten.

»Nein«, antwortete Molina freundlich. »Im vorläufigen Autopsiebericht ist nichts dergleichen erwähnt.«

Daisy atmete hörbar auf. »Danke. Ich habe zwar in der Rechtsmedizin angerufen, aber zu dem Zeitpunkt waren sie noch nicht so weit. Und dann sind all die anderen Dinge passiert. Ich … Danke.«

Molina tätschelte Daisys Arm. »Gern. Das ist Miss Jones' Zimmer. Viel Glück.«

»Danke«, murmelte Daisy. »Bloß kein Druck …«

Vor dem Zimmer war ein bewaffneter Agent postiert, den Gideon kannte und den er mit einem Nicken grüßte, was der Kollege mit einem mitfühlenden Blick quittierte.

O Gott, ich muss ja fürchterlich aussehen.

Fühlen tat er sich jedenfalls so. Trotzdem trat er schützend hinter Daisy, als sie sich auf den Stuhl neben Zandras Bett setzte. Jeder, der sich ihr nähern wollte, bekam es erst einmal mit ihm zu tun.

Daisy beugte sich mit einem sanften Lächeln vor. »Hallo, Zandra, erinnern Sie sich an mich?«

Zandra sah sie an. »Daisy.«

»Genau. Sie wollten mit mir reden?«

»Aber nur mit Ihnen«, erwiderte sie mit einem finsteren Blick auf Molina, Hunter und Gideon. »Nicht mit denen.«

»Na ja, das Problem ist, dass Agent Hunter Ihre Aussage aufnehmen muss, damit alles bis ins letzte Detail korrekt ist und wir dafür sorgen können, dass das Schwein für immer hinter Gitter wandert.«

»Ich will, dass Sie das machen.«

»Das würde ich gern tun, aber ich bin nun mal keine Polizistin«, wandte Daisy ein.

Zandra sah sie überrascht an. »Nicht?«

»Nein. Ich bin so ziemlich das Gegenteil von einem Cop. Ich arbeite beim Radio und habe dort eine Morgensendung.«

»Die Stimme haben Sie jedenfalls dafür.«

Daisy lächelte. »Danke. Und Sie klingen schon erheblich besser. Unglaublich, was ein Schlückchen Wasser bewirken kann, was?«

Zandra versuchte zu lächeln, zuckte jedoch zusammen, als der Riss in ihrer Lippe zu bluten begann. »Könnten Sie mir ein Papiertuch geben?«

Daisy reichte ihr die Schachtel. »Bitte. Der Gentleman hinter mir ist mein Freund. Ich werde manchmal ein bisschen nervös, und er hilft mir, nicht auszuflippen. Was Sie mir zu erzählen haben, wird für uns beide nicht leicht. Für Sie nicht, es zu schildern, und für mich nicht, es mir anzuhören. Ich will Sie nicht im Stich lassen. Wäre es also okay für Sie, wenn er bleibt?«

Zandra betupfte ihre blutende Lippe. »Ich hoffe, er ist kein Arsch, der Sie belügt und betrügt.«

Liebevoll strich Daisy ihr eine Strähne aus der Stirn. »Ich habe gehört, Ihr Freund sei so ein Arsch gewesen.«

Tränen schossen Zandra in die Augen. »Noch nie im Leben habe ich mich in einer Bar so betrunken.«

»Und ausgerechnet an dem Tag laufen Sie einem Schwein in die Arme, das Ihnen so etwas antut.«

Zandra nickte. »Weiß meine Familie, dass ich hier bin?«

Daisys blickte über ihre Schulter hinweg zu Molina. »Wurden sie schon informiert?«

»Ja. Ihre Eltern und Ihre Schwester fliegen morgen mit der ersten Maschine her.«

»Gut«, stieß Zandra mit einem unterdrückten Schluchzen hervor, während ihr neuerlich die Tränen kamen.

Daisy zog ein Taschentuch aus der Box und tupfte sie ihr ab, ehe sie ihre Hand ergriff. »Also, Agent Hunter hat ein paar Fragen an Sie. Sind Sie bereit?«

»Bereit wie nur irgendwas.«

Tom nahm auf dem Stuhl auf der anderen Seite des Bettes Platz. »Danke, dass Sie mit mir sprechen.«

Zandra schien die Augen zusammenzukneifen, was wegen der Schwellung jedoch schwer zu sagen war. Carson Garvey hatte die arme Frau übel zugerichtet.

Wenigstens lebte sie noch.

»Sie kommen mir viel zu jung für einen Special Agent vor«, bemerkte Zandra.

Tom lächelte. »Ich bin sechsundzwanzig...einhalb «, erklärte er, wobei er das »einhalb« betonte, als wäre er ein kleiner Junge. »Ich bin hier, weil die zweite zuständige Kollegin gerade auf dem Rückweg aus Portland ist.«

Auch Zandra hatte gegrinst, doch nun wurde ihre Miene wieder ernst. »Danton, Eileen. Oregon«, sagte sie leise.

»Ja«, bestätigte Tom ruhig.

»Sie ist tot.«

»Das wissen wir«, gab Tom zurück, immer noch in diesem ruhigen Tonfall, der Gideon ganz schläfrig machte. Verdammt! »Könnten Sie uns sagen, wie der Mann aussah?«, fragte Tom weiter.

»Er war etwa ein Meter achtzig, hatte ein ganz normales Gesicht. Nicht gut aussehend, aber auch nicht hässlich. Kein vor Selbstsicherheit sprühender Charmeur, dem in einer Bar alle Frauen zu Füßen liegen. Seine Augen waren dunkelbraun, seine Nase schmal und spitz. Und er war kahl. Komplett. Keinerlei

Körperbehaarung. Damit hat er sich sogar noch gebrüstet. Er hätte noch nie irgendwo einen Beweis am Tatort zurückgelassen. Ach ja, und er hatte Kratzer an der Brust.« Sie schloss die Augen. »Haben Sie sein Haus gefunden?«

»Ja«, antwortete Tom. »Der Hund hat uns hingeführt.«

»Ein süßer Hund«, sagte sie sichtlich erfreut. »Was ist aus ihm geworden?«

»Wir haben ihn zum Tierarzt gebracht«, sagte Gideon. »Zu dem, der auch die Polizeihunde betreut. Er untersucht ihn erst einmal, und dann suchen wir ihm ein schönes Zuhause. Er wird der große Held sein.«

Zandra sah ihm in die Augen. »Danke. Er ist schon ein großer Held. Weil er mir das Leben gerettet hat.« Sie schloss die Augen. »Und haben Sie auch den Schrank im Keller gefunden?«

»Ja«, flüsterte Tom. »Sie haben sich so viele Namen gemerkt. Wie kommt das?«

»Ich konnte einige Führerscheine erkennen und habe mir die Namen wieder und wieder vorgesagt.«

»Aber warum?«

»Weil ihre Familien erfahren sollten, was ihnen passiert ist, nachdem sie verschwunden sind. Er hat behauptet, es kümmere niemanden, was mit ihnen sei. Niemand würde nach ihnen suchen. Genauso wenig wie nach mir. Aber ich habe ihm nicht geglaubt.«

»Gut«, erwiderte Tom mit Nachdruck. »Und wie ist Ihnen letztlich die Flucht gelungen?«

Sie stieß ein bitteres Lachen aus. »Durch Sydney. Du liebe Zeit, was für ein durchgeknalltes Weibsstück. Sie kam reingestürmt und hat mich als Hure beschimpft. Ich würde ihn nicht kriegen, sie hätte ihm die besten Jahre ihres Lebens geschenkt, deshalb könnte ich nicht einfach antanzen und ihn mir schnappen. Im ersten Moment dachte ich noch, sie hilft mir, aber ihr habe ich meine aufgeplatzte Lippe zu verdanken. Haben Sie sie auch gefunden?«

»Noch nicht«, antwortete Tom, was nicht gänzlich gelogen war, da Sydney noch nicht offiziell identifiziert war. »Sie hat Sie also angeschrien und geschlagen. Und dann?«

»Dann hat sie mich losgebunden und gemeint, wenn ich auch einen wollte, solle ich mir selbst einen heranziehen. Aber ich solle früh anfangen.« Zandra überlief ein Schauder. »Sie meinte, am besten sei es, bevor sie zehn sind, spätestens aber mit zwölf.«

Gideon hatte Mühe, die Fassung zu wahren. Tom blinzelte kurz, ansonsten ließ er sich nichts anmerken. Nicht übel für einen Jungspund. Er würde es eines Tages weit bringen.

Daisy hingegen hielt Zandras Hand umklammert, während sie mit der anderen in die Hundetasche griff. Die arme Brutus. Vorsichtig nahm Gideon ihr die Tasche ab, hob Brutus heraus und setzte sie auf Daisys Schoß. Daisy warf ihm einen dankbaren Blick zu.

»Ist das … ein Hund?«, fragte Zandra verwundert.

»Ja«, antwortete Daisy mit einem Anflug von Trotz in der Stimme. »Das ist Brutus, meine Therapiehündin.«

Ein Lächeln breitete sich auf Zandras Zügen aus. »Darf ich sie auch mal streicheln?«

Eigentlich durfte Daisy es nicht erlauben, weil Brutus bei der Arbeit war, andererseits hatte Zandra so viel durchgemacht. »Natürlich.« Sie nahm Brutus' Weste ab. »Shazam, Brutus«, sagte sie und setzte die Hündin aufs Bett, damit sie sie beide kraulen konnten. Verzückt warf Brutus sich auf den Rücken, um ihr Bäuchlein für eine Streicheleinheit zur Verfügung zu stellen.

»Die ist ja süß«, meinte Zandra. »Und sie steht Ihnen zur Seite?«

»Ja. Ich bin seit acht Jahren trockene Alkoholikerin. Dank ihr gelingt es mir, meine Ängste zu kontrollieren, was mir wiederum hilft, nicht rückfällig zu werden. Vielleicht sollten Sie sich auch einen Therapiehund zulegen, um mit Ihrer PTBS klarzukommen, wenn Sie erst mal wieder zu Hause sind.«

»Vielleicht tue ich das.« Sie holte tief Luft und wandte sich wieder Tom zu. »Sydney war völlig von der Rolle. Ich bin Staatsanwältin und habe jeden Tag mit Verbrechern zu tun … mit Verdächtigen, die high sind oder geistesgestört. Ich könnte nicht sagen, was auf sie zutraf, eines davon auf jeden Fall, vielleicht sogar beides.«

Molina trat vor und umfasste das Bettgestell am Fußende. »Hat sie Ihnen gesagt, dass sie Sydney heißt?«

»Na ja, ich bin von selbst darauf gekommen. Er …« Ihre Finger verwoben sich in Brutus' Fell. »Ich sollte sagen, dass es mir leidtut. Das hat er pausenlos von mir verlangt, aber ich habe mich geweigert, weil ich ziemlich sicher war, dass es genau das war, worauf er nur wartete. Dass er es aus meinem Mund hören muss. Und wenn ich es erst einmal gesagt hätte, würde er mich töten. Und ich habe gehofft, dass mich jemand findet, wenn ich bloß noch ein Weilchen durchhalte.«

»Dasselbe hat er von mir auch verlangt«, warf Daisy leise ein. »Dass ich um Verzeihung bitte.«

Zandras geschwollene Augen wurden ein klein wenig größer. »Sie hat er auch in seine Gewalt gebracht?«

»Er hat es zumindest versucht. Am Donnerstagabend. Aber ich habe mich gewehrt und konnte entkommen. Offenbar hat er mit meiner Gegenwehr nicht gerechnet. Eigentlich hatte er es aber auf meine Freundin abgesehen. Trish Hart.«

Zandra seufzte. »Hart, Trisha. Kalifornien.«

Daisy nickte. »Haben Sie ihre Halskette gesehen?«

»Ein Kreuz aus Türkisen? Ja. Er trug es um den Hals, als ich ihn das letzte Mal gesehen habe. Er hat die Kette mit dem Kristallhufeisen abgenommen und an den Haken unter Kaley Martells Führerschein gehängt, wie ein groteskes Ritual. Dann hat er Trishas Führerschein ins Regal geklemmt und sich das Türkiskreuz umgehängt.« Sie sah von Tom zu Gideon. »Kaley Martell. Sie liegt in einer Kühltruhe. Ihre Leiche, meine ich.«

»Ja, wir haben sie gefunden«, gab Tom zurück. »Aber danke.« Er holte tief Luft. »Meine nächste Frage zu beantworten, wird Ihnen wahrscheinlich sehr schwerfallen, aber es ist wichtig.«

Zandra straffte die Schultern. »Ja, er hat mich missbraucht. Aber nicht mit seinem …« Sie verzog das Gesicht. »Nicht mit seinem Penis, sondern mit diversen Hilfsmitteln. Sexspielzeug. Und anderen Gegenständen. Sie liegen in einer der Schubladen in dem Kellerraum. Ich hatte den Eindruck, dass er keinen hochgekriegt hat, obwohl er es versucht hat. Sehr sogar.« Sie kniff die Augen zusammen. »Einmal hat er mich dabei sogar Daisy genannt, aber seine Erektion fiel immer wieder zusammen, deshalb musste er das Zeug aus der Schublade benutzen.« Sie sah Daisy an. »Tut mir leid.«

Daisy war auf ihrem Stuhl zusammengesunken. »Nein, nein, Sie brauchen sich nicht zu entschuldigen. Ich wusste nicht …«

Gideon hatte Mühe, seine Wut im Zaum zu halten, wobei er sich Molinas strengem Blick bewusst war. Der Mann hatte in Vergewaltigungsfantasien mit Daisy geschwelgt. *Aber er hat sie nicht erwischt. Weil sie sich gegen ihn wehren konnte.*

Also reiß dich gefälligst zusammen. Du darfst jetzt nicht die Beherrschung verlieren. Konzentrier dich darauf, das Schwein zu schnappen. Er sah, wie Molina sich neben ihm entspannte, als er sich wieder unter Kontrolle hatte. Test bestanden.

Unterdessen sprach Zandra weiter. »Ich habe überlegt, mir seine Impotenz zunutze zu machen. Ihn aus dem Konzept zu bringen, aber er hatte scharfe Messer, und ich wollte nicht riskieren, dass er noch tiefer in mich reinsticht, als er es ohnehin schon getan hat, als er … Sie wissen schon.« Sie schluckte. »Er hat alle Buchstaben von Sydneys Namen in meine Haut geritzt, bis auf das letzte ›Y‹. Er wollte nach seiner Rückkehr damit anfangen, aber Sydney hat mich vorher befreit.« Ihre Fassung geriet ins Wanken. »Es werden Narben zurückbleiben.«

»Es tut mir so leid«, flüsterte Daisy.

Zandra zog ein Papiertaschentuch aus der Box und reichte es Daisy, die sich die Tränen abwischte. »Ich bin am Leben«, erklärte Zandra entschieden. »Ich kriege das schon hin.«

Tom zögerte, ehe er den Kopf schüttelte.

»Was?«, stieß sie hervor. »Glauben Sie bloß nicht, meine Gefühle schonen zu müssen. Ich bin noch wie betäubt.«

Tom sah sie entschuldigend an. »Ich habe eine Freundin mit ähnlichen Verletzungen von einem Überfall, als wir noch Kinder waren. Sie hat sie mit einer Tätowierung verdeckt. Ranken mit Blumen. Wenn Sie so weit sind und es Sie interessiert, melden Sie sich gern bei mir, dann stelle ich sie Ihnen vor.«

Zandra musterte ihn einen Moment lang. »Ja, vielleicht komme ich tatsächlich darauf zurück. Gerade bin ich noch voller Adrenalin und lasse die knallharte Anwältin raushängen, aber später … brauche ich bestimmt Unterstützung. Hilfe. Was auch immer.«

»Eine Freundin? Sie können mich gern jederzeit anrufen«, sagte Daisy.

»Auch das tue ich vielleicht. Danke.«

»Sydney hat Sie also losgebunden«, meinte Gideon, als es den Anschein hatte, dass Zandra die Befragung fortsetzen konnte. »Was ist dann passiert?«

»Ich habe ihren Namen gesagt, und sie schien hocherfreut zu sein, dass er sie erwähnt hatte.«

»Können Sie sie beschreiben?«, bat Tom.

»Gut ein Meter siebzig, blondes Haar, in den Vierzigern, hatte aber einiges machen lassen.« Sie richtete ihren durchdringenden Blick wieder auf Tom, dann auf Gideon. »Sie haben sie gefunden, stimmt's? Er ist zurückgekommen und hat sie im Haus angetroffen.« Sie ließ sich in die Kissen zurückfallen. »O Gott. Sie hat dieses Monster erschaffen. Ich weiß nicht recht, ob ich Mitleid haben oder mich freuen soll, dass sie durch seine Hand gestorben ist.« Sie hob die Hand. »Keine Angst, ich werde es niemandem sagen. Keine Exklusivinterviews aus erster Hand. Das Ganze schadet meiner Karriere schon mehr als genug.«

Das konnte Gideon nur zu gut nachvollziehen. Dass er selbst bei einem Schusswechsel verletzt worden war, würde automatisch zum Tragen kommen, wann immer er als Zeuge vor Gericht aussagte. Man würde seine Glaubwürdigkeit und Unvoreingenommenheit infrage stellen. Es wäre nicht das erste Mal, dass so etwas passierte. Wie viel schlimmer musste es für eine Staatsanwältin sein?

»Fällt Ihnen sonst noch etwas ein, Miss Jones?«, fragte Molina.

Nachdenklich kraulte Zandra Brutus' Fell, ehe sie sagte: »Ach ja, er wurde angeschossen. An der linken Hand, und er ist Linkshänder.«

Daisy nickte. »Ich weiß. Das war ich.«

Wieder spielte ein Lächeln um Zandras Züge. »Gut gemacht!« Dann verblasste ihr Lächeln. »Sie hat den Hund getreten. Sydney, meine ich. Sie hat mich aus dem Kellerraum gezerrt und dem Hund einen Tritt verpasst, weil er im Weg war. Dann hat sie uns beide rausgeschmissen, mich und ihn. Trotzdem war er gutmütig, hat mir das Gesicht abgeleckt und ist um mich herumgehüpft, bis ich aufgestanden und ihm gefolgt bin. So lange, bis ich auf Sie gestoßen bin.« Sie hob eine Braue. »Unterwegs habe ich Anwohner um Hilfe gebeten, aber eine Frau hat nur gedroht, die Cops zu rufen, weil sie dachte, ich sei betrunken oder obdachlos oder beides, die anderen haben gar nicht erst die Tür aufgemacht. Ich wünschte, sie hätten die Cops gerufen. Und wenn es nach mir ginge, sollten sie erfahren, wie sehr sie mich im Stich gelassen haben. Sollen sie ruhig ein richtig schlechtes Gewissen bekommen.«

Daisy nickte. »Schreiben Sie auf, woran Sie sich erinnern, bei welchen Häusern das passiert ist. Ich kümmere mich höchstpersönlich darum. Es ist schließlich auch mein Wohnviertel.« Sie erschauderte. »Ein Serienmörder hat mitten unter uns gelebt.«

»Bestimmt schießen die Grundstückspreise bald durch die Decke«, bemerkte Zandra ironisch. »Noch etwas. Er verändert sein Äußeres. Einige seiner Maskierungen habe ich gesehen. Er schafft es, völlig anders auszusehen.«

»Das haben wir mitbekommen«, sagte Daisy. »Wie sah er am Freitag in der Bar aus?«

Zandra schloss kurz die Augen. »Irgendwie schmierig … leicht vergammelt. Wie ein alternder Rockstar, der auf jung macht. Mittelbraunes Haar mit blond gefärbten Strähnen. Seine Nase war länger. Und spitzer.«

»Sie scheinen sich Ihrer Sache sehr sicher zu sein«, bemerkte Molina.

Zandra schlug ihre verschwollenen Augen auf, nur um sie zu argwöhnischen Schlitzen zu verengen. »Sie spielen darauf an, dass ich zu betrunken war, um mich zu erinnern? Ja, ich war betrunken, trotzdem weiß ich noch, dass er mich an einen Jungen erinnerte, mit dem ich auf der Highschool zusammen war. Er ist mit einem Cheerleader fremdgegangen. Ich weiß, was ich gesehen habe.«

Molina seufzte leise. »Entschuldigen Sie, Miss Jones. Das war nicht als Vorwurf gemeint. Sie haben ein Trauma erlitten, und wir müssen ganz sicher sein können.«

»Nun ja, immerhin habe ich es ja auch geschafft, mir die Namen von zehn seiner Opfer zu merken.«

Molina legte den Kopf schief. »Die Botschaft ist angekommen.«

»Danke«, erwiderte Zandra barsch und ließ sich erschöpft in die Kissen sinken.

»Sie sind müde«, stellte Daisy fest. »War's das, Agent Hunter?«

»Ja.« Tom erhob sich. »Danke, Miss Jones. Hier ist meine Visitenkarte. Falls Ihnen noch etwas einfallen sollte, melden Sie sich, okay?«

»Mache ich.« Zandra holte tief Luft. »Danke. Danke, dass Sie mich gerettet haben. Und bitte danken Sie auch der Frau, die aus dem Wagen gestiegen ist, um mir zu helfen.«

»Mache ich«, versprach Gideon. »Sie ist meine Schwester.«

»Ich kann die Ähnlichkeit erkennen.« Sie schloss die Augen. »Danke, dass Sie es mir so viel leichter machen. Wahrscheinlich breche ich später irgendwann zusammen, aber …«

»Das ist Brutus' Verdienst.« Daisy verfrachtete die Hündin wieder in ihre Transporttasche. »Ich gebe den Schwestern auch meine Telefonnummer. Melden Sie sich jederzeit, wenn Ihnen danach ist.«

Damit überließen sie Zandra sich selbst, damit sie sich ausruhen und hoffentlich die Ereignisse der vergangenen Tage verwinden konnte.

29. KAPITEL

Sacramento, Kalifornien
Dienstag, 21. Februar, 01.45 Uhr

Er verlangsamte seine Schritte, als er sich Zandras Zimmer näherte. Die Tür war geschlossen, und davor war ein Mann im schwarzen Anzug postiert.

Ruhig bleiben. Nicht ausflippen. An zwei Schwesterngrüppchen und dem Cop vor dem Aufzug war er bereits unbehelligt vorbeigekommen. Zum Glück hatte er seine Lieblingsmaskierung in seiner Reisetasche gehabt. Damit würde ihn niemand wiedererkennen. Er hatte den Verband abgenommen und trug Latexhandschuhe, wie man es von einem Krankenpfleger erwarten würde. *Also. Los jetzt.*

»Ich muss zu der Patientin«, sagte er zu dem Beamten. »Es ist Zeit für ihr Schmerzmittel.« Das er ihr in Gestalt der Waffe verabreichen würde, die in seinem Hosenbund steckte. Er würde reingehen, ihr eine Kugel in den Schädel jagen und wieder rausgehen. Einfach und schnell. Keine Zandra, keine Zeugin.

»Sie müssen hier warten«, brummte der Mann.

Er richtete sich zu voller Größe auf und rief sich die Dialoge sämtlicher Krankenhausserien ins Gedächtnis, die er je gesehen hatte. »Sie ist meine Patientin, deshalb steht ihr Wohl an erster Stelle. Lassen Sie mich rein.«

»Sie bleiben hier.« Mit finsterer Miene öffnete der Wachmann die Tür einen Spaltbreit, gerade weit genug, dass Stimmen aus dem Zimmer drangen.

Er bemühte sich, nicht zusammenzuzucken, als er eine der Stimmen als Daisys erkannte. Sie war hier. Bei ihr. *Verdammt.*

Darauf hätte er gefasst sein müssen. Natürlich war Daisy auch weiterhin an ihrer Seite. Das passte zu ihr.

»Wie sah er am Freitag in der Bar aus?«, hörte er sie fragen.

Zandras Stimme war kräftiger, als er erwartet hatte. »Irgendwie schmierig, leicht vergammelt. Wie ein alternder Rockstar, der auf jung macht. Mittelbraunes Haar mit blond gefärbten Strähnen. Seine Nase war länger. Und spitzer.«

Schmierig?, dachte er im ersten Moment empört, erstarrte jedoch. *Scheiße.*

Sie hatte ihn perfekt beschrieben. Und in dieser Sekunde trug er dieselbe Maskierung wie an dem Tag, als er sie in Vail entführt hatte. Sie war sturzbetrunken gewesen. Und er hatte ihr ein Beruhigungsmittel verpasst. Eigentlich dürfte sie sich an rein gar nichts erinnern. Irrtum.

Und nun beäugte ihn auch noch der Anzug-Typ argwöhnisch.

»Ich wusste nicht, dass die Polizei da ist«, murmelte er. »Ich komme einfach später noch mal.«

Er machte kehrt und ging davon, nicht zu langsam, aber auch nicht zu schnell, sondern wie ein ganz normaler Pfleger, der ganz normal seiner Arbeit nachging. Am Ende des Korridors blickte er in einen Wandspiegel. Es war niemand hinter ihm.

Aber das bedeutete noch lange nicht, dass er in Sicherheit war. Er musste so schnell wie möglich seine Maskierung loswerden und verschwinden. Raus aus dem Krankenhaus. Aus dem Land. Dafür brauchte er aber ein Druckmittel, eine Geisel, die ihm freies Geleit garantierte.

Daisy wäre die perfekte Person dafür, aber sie würde er nicht bekommen, weil dieser beschissene Fed ihr nicht von der Seite wich.

Er bog um die Ecke und gelangte zu einem Warteraum. Als Erstes musste er die Maskierung loswerden. Das konnte er dort drinnen erledigen. Er blieb stehen und lauschte.

Verdammt, jemand war in dem Warteraum. Mindestens zwei Leute. Ein Mann und eine Frau.

»Und wie lange können Sie bleiben?«, fragte der Mann.

»Eine Woche«, antwortete die Frau. »Ich arbeite in einem Labor und hatte noch ein paar Urlaubstage übrig, die ich genommen habe.«

»Das wird Gideon sicher freuen«, erwiderte der Mann freundlich.

Gideon? Der Name war alles andere als gebräuchlich. Und wenn Daisy hier war, konnte ihr Leibwächter-Fed nicht weit sein.

Die Frau stieß einen frustrierten Seufzer aus. »Ich denke … ach, ich weiß auch nicht so recht, was ich denke. Ich hoffe bloß, ich tue ihm nicht noch mehr weh, als ich es ohnehin schon getan habe.«

»Ihr Bruder liebt Sie, Mercy.« Der Mann klang wie die Freundlichkeit in Person. »Deshalb freut er sich bestimmt über alles, was Sie ihm geben können.«

Bruder? Ein Lächeln spielte um seine Lippen. Eine Schwester wäre als Geisel noch viel geeigneter als eine Geliebte.

Er betrat den Raum und hastete zur Kaffeemaschine, als wollte er überprüfen, ob noch ausreichend Tassen und Sahneportionen vorhanden waren, doch die beiden waren so ins Gespräch vertieft, dass sie ihn gar nicht bemerkten.

»Ich will nicht, dass er sich mit Halbheiten begnügen muss, schließlich ist auch er durch die Hölle gegangen«, meinte Mercy.

Oh, armer Agent Reynolds, dachte er verächtlich und warf aus dem Augenwinkel der jungen Frau einen Blick zu. Sie war mittelgroß mit dunklem Haar, das sie mit einer Spange im Nacken zusammengenommen hatte. Selbst mit einer verletzten Hand wäre es ein Kinderspiel, sie zu überwältigen. Der Mann war zwar schon älter, aber groß und breitschultrig. Er würde sich nicht so ohne Weiteres aushebeln lassen.

Der Mann tätschelte Mercy die Hand. »Einen Tag nach dem anderen, Kind. Mehr können Sie im Moment nicht tun. Das und Wiedergutmachung leisten, wo es möglich ist. Das ist schon mal ein Anfang. Aber Sie sollten nicht länger warten.« Seine Stimme drohte zu brechen, und er räusperte sich. »Lassen Sie nicht zu, dass die Vergangenheit Ihr gesamtes Leben überschattet, so wie ich es getan habe.«

Verdammt. Er wünschte, er hätte noch etwas von dem Beruhigungsmittel übrig, aber er hatte alles für den Pfleger aufgebraucht. Deshalb würde er versuchen, den Typen niederzuschlagen oder ihn im Notfall sogar abknallen, falls das nicht funktionieren sollte. Auch wenn er ein netter Kerl zu sein schien.

Die oder ich. Also: ich.

Gerade als er einen Schritt auf den freundlichen Mann zu gemacht hatte, stand dieser abrupt auf. »Ich muss kurz zur Toilette«, sagte er. »Bin gleich zurück.«

Mit angehaltenem Atem wartete er, bis der Alte verschwunden war, zog sich die Perücke vom Kopf und stopfte sie in seine Tasche. Noch immer stand er hinter der Schwester des Feds. Er zog seine Waffe, durchquerte den Raum und …

… blieb abrupt stehen, als sie ein Päckchen Zigaretten herauszog. Ihre Hände zitterten. Mit angehaltenem Atem sah er zu, wie sie ein Feuerzeug aus ihrer Handtasche kramte.

Mit einem Mal erschien ihm alles wieder einfach. Er steckte die Waffe wieder ein und strich seinen Kittel darüber glatt.

»Ma'am«, sagte er, woraufhin sie aufsprang und herumwirbelte, die Hand mit dem Zigarettenpäckchen fest an die Brust gepresst. Panik stand in ihren weit aufgerissenen Augen. »Haben Sie mich erschreckt«, stieß sie atemlos hervor.

Er setzte sein einnehmendstes Lächeln auf. »Tut mir leid, aber Sie dürfen hier nicht rauchen.«

In der Hand immer noch das Zigarettenpäckchen, schlang sie

sich nickend ihre Tasche über die Schulter. »Ja, ich weiß. Ich wollte gerade jemanden fragen, wo es eine Raucherecke gibt.«

»Wenn Sie mir eine abgeben, zeige ich Ihnen mein Geheimversteck«, gab er zurück und aktivierte all seinen Charme. »Meine Zigaretten sind in meinem Spind.«

Sie schien sich zu entspannen. »Ich hatte schon Angst, Sie halten mir jetzt einen Vortrag, dass Rauchen schlecht für meine Gesundheit ist.«

Er zuckte die Achseln. »Ist es auch, aber viele Leute im medizinischen Bereich rauchen.« Und er musste es wissen, schließlich hatte er schon mehr als genug Ärzte zu Kongressen geflogen und ihnen verklickern müssen, dass Rauchen auch in Charterflugzeugen untersagt war. »Kommen Sie. Ich zeige es Ihnen.«

Wohl wissend, dass der ältere Mann jeden Moment von der Toilette zurückkehren könnte, marschierte er davon und horchte mit angehaltenem Atem, ob sie ihm folgte. Sie tat es. Er schlug den Weg zum nächstgelegenen Treppenhaus ein, um sie möglichst zügig außer Sichtweite zu schaffen.

»Über die Treppe kommt man am schnellsten zum Ausgang«, erklärte er und hastete die ersten Stufen hinunter. »Ich muss mich beeilen. Meine Pause ist schon fast vorbei.«

Behände lief sie hinter ihm die Treppe hinunter. »Ich habe auch nicht viel Zeit. Vielleicht hätte ich eine Nachricht hinterlassen sollen. Bestimmt machen sie sich Sorgen um mich.«

»Ich kann Ihnen ja die Stelle zeigen, dann können Sie wieder raufgehen und Ihren Freunden Bescheid sagen.«

»Okay. Ich rauche nicht sehr viel. Eigentlich nur, wenn ich unter Strom stehe.«

Unten angekommen, führte er sie in einen Korridor mit einer weiteren Tür, bei der es sich glücklicherweise ebenfalls um einen Personal- und nicht um einen Notausgang handelte, weshalb kein Alarm losginge, wenn er sie öffnete.

»Hier«, sagte er und hielt ihr die Tür auf.

Kaum war sie hinausgetreten, zog er die Tür zu, packte die Frau am Arm und drückte ihr die Waffe in die Seite. »Los, gehen wir, Mercy. Wenn Sie schreien, sind Sie tot. Ich habe nichts zu verlieren.«

Er war sicher gewesen, dass sie protestieren oder sich sogar loszureißen versuchen würde.

Doch sie erstarrte, und ihr Blick wurde leer. Er wartete ab, aber sie stand nur da und starrte ihn an. Als hätte jemand einen Schalter umgelegt.

Was ist denn mit der los? Wie auch immer. Solange sie sich nicht sträubte, konnte es ihm ja egal sein.

Widerstandslos ließ sie sich um das Krankenhausgebäude herumführen. Wie eine Puppe. Oder jemand in Trance. Es war beinahe gruselig.

Als sie sich dem Van näherten, blickte er zu der Tür hinüber, durch die er hereingekommen war, und sah zu seiner Erleichterung den Pfleger immer noch schlafend im Gebüsch liegen. Hoffentlich fand ihn bald jemand, sonst endete er noch mit einer fetten Lungenentzündung.

Mercy geriet ins Straucheln, als er sie zu dem Van zerrte, den er von einem abgelegenen Langzeitparkplatz am Flughafen gestohlen hatte. Er nahm den Ausweis des Pflegers ab und fesselte Mercy mit dem schmalen Band die Handgelenke, da er nicht sicher sein konnte, ob sie nicht irgendwann »aufwachen« würde.

Obwohl ihm klar war, dass ihm die Zeit davonlief, rannte er noch einmal hinein, um seine Reisetasche aus der Besuchertoilette zu holen. Er schwang sie sich über die Schulter und trabte zurück zum Van.

Und fuhr los. Seine Geisel hatte er. Jetzt brauchte er bloß noch ein Flugzeug.

Sacramento, Kalifornien
Dienstag, 21. Februar, 01.50 Uhr

Daisy gelang es, die Fassung zu wahren, bis sie, Gideon und die Agents Molina und Hunter das Krankenzimmer verlassen hatten. Dann wandte sie sich um und barg das Gesicht an Gideons Brust. »Das hätte ich sein können«, schluchzte sie.

»Ich weiß«, flüsterte Gideon und streichelte ihr beruhigend den Rücken. »Aber du bist es nicht.« Trotzdem zitterte auch er am ganzen Leib.

»Ich will ihr so gern helfen, irgendetwas tun. Ich will, dass wieder Donnerstag ist und ich mich noch heftiger gegen ihn zur Wehr setze. Dann hätte er sie nicht entführen können. Ich weiß, dass das blöd ist, aber ... o Gott, Gideon.«

Gideon küsste sie aufs Haar. »Was Zandra passiert ist, kannst du nicht mehr ändern, dafür unterstützt du sie jetzt. Und das ist es doch, was zählt, Daisy.«

Nickend wischte sie sich die Tränen ab und löste sich von ihm. Agent Molinas Blick ruhte auf Agent Hunter, der sich mit gesenktem Kopf und an den Seiten geballten Fäusten gegen die Wand lehnte.

»Ist alles in Ordnung mit Ihnen, Agent Hunter?«, fragte Agent Molina scharf.

Zwar spürte Daisy, wie sich angesichts ihres barschen Tonfalls Unmut in ihr regte, doch es schien genau das zu sein, was Agent Hunter brauchte. Abrupt hob er den Kopf und richtete sich auf.

»Ja, Ma'am.« Sein Kiefer wurde hart. »Beziehungsweise, es wird gleich wieder. Es war sehr schwer, sich das alles anzuhören.«

Molina nickte verständnisvoll. »Ja, das stimmt. Trotzdem haben Sie Ihre Sache gut gemacht, Tom.« Sie sah auf ihre Uhr. »Ich muss zurück ins Büro.«

»Erweitern Sie die Fahndungsdetails um die Rockstar-Maskierung?«, bat Gideon.

»Schon passiert.« Molina hielt ihr Handy hoch. »Sobald wir wussten, dass Paul Garvey der Vater des Täters ist, haben wir Detectives und ein SWAT-Team zum Flugplatz geschickt, für den Fall, dass Carson Garvey dort auftaucht, um sich ein Flugzeug zu beschaffen, aber bis jetzt ist nichts passiert.«

»Welcher Flugplatz?«, fragte Gideon.

»Garvey Airfield, etwa zwanzig Meilen nördlich vom Sacramento International. Der Platz gehört Paul Garvey seit über zwanzig Jahren. Carson Garveys Haus, das seines Vaters, der Hangar und die Büros sind umstellt. Der auf Sydney Garvey angemeldete Mercedes ist auch zur Fahndung ausgeschrieben. Eine Hubschrauberstaffel ist bereits in der Luft, und sämtliche Flughäfen sind instruiert oder werden informiert, sobald sie öffnen.« Sie sah die drei an. »Wieso holen Sie nicht Miss Dawsons Vater und Ihre Schwester und sehen zu, dass Sie ein bisschen Schlaf bekommen, Gideon?«

»Was ist mit Ihnen?«, fragte Daisy. »Schlafen Sie auch ein bisschen?«

Molina hob eine Braue und sah Daisy erstaunt an. »Ich …« Sie sammelte sich und reckte das Kinn. »Es ist sehr nett von Ihnen zu fragen, aber ich kann ganz gut selbst entscheiden, wann ich Schlaf brauche, Miss Dawson.«

Daisy schüttelte mit einem resignierten Lächeln den Kopf. »Selbstverständlich tun Sie das.«

»Ich brauche Sie im Büro, Agent Hunter. Wir sehen uns den Computer an, den wir in Carson Garveys Haus sichergestellt haben. Dafür brauche ich Ihre Fachkenntnisse. Für den Schutz von Agent Reynolds ist bereits jemand abgestellt.«

Hunter nickte knapp. »Ja, Ma'am.«

»Gideon!«

Die vier fuhren herum, als Frederick kreidebleich um die Ecke gelaufen kam. Mehrere Krankenschwestern runzelten die Stirn, weil er mitten in der Nacht einen solchen Radau veranstaltete, doch er schien es nicht einmal zu bemerken.

»Mercy!«, rief er. »Sie ist verschwunden.«

»Was?«, schrie Gideon entsetzt.

Schwer atmend blieb Frederick vor ihnen stehen. »Ich war kurz auf der Toilette. Bloß zwei Minuten. Als ich zurückkam, war sie weg. Ich bin zum Aufzug gelaufen, aber der Cop meinte, er hätte niemanden gesehen.«

Der Agent vor Zandras Tür trat vor. »Agent Molina, vorhin wollte ein Pfleger, ein männlicher Weißer, das Krankenzimmer des Opfers betreten, aber als er gehört hat, dass Sie im Raum waren, hat er kehrtgemacht und gemeint, er komme später wieder.«

»Beschreibung?«, forderte Molina barsch.

»Braunes, etwas längeres Haar ...«

»Zottelig?«, unterbrach Gideon ungeduldig.

Der Agent nickte. »Ja.«

Sekundenlang standen alle reglos da, als ihnen bewusst wurde, was das bedeutete. *Nein. Nein, nein, nein.* Das konnte nicht sein.

»O Gott. Er hat sie«, flüsterte Gideon mühsam.

Molina wählte eine Nummer und gab eine Beschreibung von Mercy durch. »Haben Sie ein Foto von ihr, Agent Reynolds?«

Gideon reagierte wie in Zeitlupe. »Ja. Aber es ist schon alt.« Er zog sein Handy heraus und fummelte umständlich daran herum.

Daisy nahm es ihm aus den zitternden Händen, entsperrte es und öffnete die Foto-App, ehe sie das Handy Gideon hinhielt, damit er den Folder mit seinen Lieblingsfotos öffnen konnte. Gleich das Erste zeigte Mercy – es handelte sich tatsächlich um eine alte Aufnahme und zeigte eine Mercy mit einem schmaleren Gesicht und deutlich kürzeren Haaren. Gideon tippte darauf, dann nickte er.

»Ich habe es Ihnen geschickt. Aber sie sieht heute etwas anders aus.«

Molina nickte. »Ja, ich habe sie ja vorhin gesehen. Ich leite alles in die Wege, Gideon.« Sie legte ihm die Hand auf den Arm. »Versuchen Sie, ruhig zu bleiben, okay?«

Er nickte abrupt und schlug den Weg zum Aufzug ein, dicht gefolgt von den anderen. Der davor postierte Officer machte Anstalten, ihn anzusprechen, doch Molina schüttelte nur den Kopf, woraufhin er zurücktrat.

»Wohin gehen wir, Gideon?«, fragte Frederick in einem Tonfall, den er auf der Ranch angeschlagen hatte, um unruhige Pferde unter Kontrolle zu bringen.

»Sie finden«, presste Gideon hervor. »Bevor er ihr etwas antun … oder sie töten kann. Wie einunddreißig Frauen zuvor.«

Daisy sog scharf den Atem ein. »O mein Gott.« Sie sah zuerst Hunter, dann Molina an. Deren Mienen verrieten, dass es stimmte. Einunddreißig Frauen.

Frederick schob sich zwischen ihn und die Aufzugtüren. »Versuchen Sie nicht, mich aufzuhalten«, stieß Gideon finster hervor.

»Tue ich gar nicht. Ich werde mitkommen.«

Ehe Gideon etwas erwidern konnte, glitten die Aufzugtüren auf. Er trat um Frederick herum und wollte den Aufzug betreten, als Rafe Sokolov, der ihm entgegenkam, ihn wieder hinausschob.

»Rafe.« Daisy atmete auf. »Mercy wurde entführt.«

Rafe sah sie an, als hätten sie allesamt den Verstand verloren. »Was?«

»Carson Garvey hat sich Zugang zum Krankenhaus verschafft, und er hat Mercy entführt«, stieß Daisy ungeduldig hervor. »Was machst du denn hier?«

»Ich bin hergekommen, weil ich ja von meinem Nachbarn erfahren musste, was vorgefallen ist. Kein Mensch hat mich informiert.«

Eine Schwester trat zu ihnen. »Meine Damen und Herren, ich

weiß ja, dass Sie gerade dabei sind, eine Krise zu bewältigen, aber das werden Sie anderswo tun müssen. Das hier ist ein Krankenhaus, und Sie stören die Nachtruhe der Patienten.«

Molina, die bereits das Handy am Ohr hatte, wandte sich Agent Hunter zu. »Tom, Sie fahren ins Büro. Ihr Ersatz bringt die anderen nach Hause.«

»Ich kann das übernehmen«, sagte Rafe, ohne den Blick von Gideons versteinerter Miene zu lösen.

Es war derselbe Ausdruck wie an dem Abend, als sie sich das erste Mal begegnet waren, stellte Daisy fest. In den letzten Tagen hatte sie häufiger einen zugänglicheren, entspannteren Gideon erlebt, deshalb traf sie der Anblick seiner versteinerten Miene nun umso mehr.

Ungerührt rammte Gideon den Finger neuerlich gegen den Aufzugknopf.

Molina nickte. »Dann schicke ich Agent Hunters Vertretung zu Ihrem Haus, Detective Sokolov.«

Die Aufzugtüren glitten ein weiteres Mal auf, und alle stiegen ein, scharten sich um Gideon. Teils um ihn zu schützen, teils um zu verhindern, dass er die Flucht ergriff.

Denn in seinen Augen stand die blanke Panik.

Er hatte gesehen, wozu der Mörder fähig war, hatte über Trishs Leiche gekniet. Und auch von den anderen Opfern wusste er.

Einunddreißig, hatte er gesagt. Vor wenigen Minuten hatte Daisy zum ersten Mal von dieser Zahl gehört, was die Frage aufwarf, was die Männer in Garveys Haus vorgefunden hatten. Dem Haus, in dem er Zandra festgehalten und gequält hatte. Genauso wie viele andere Frauen.

Einunddreißig.

Bitte, lieber Gott, mach, dass er Mercy nichts antut. Sie hatte schon so viel durchgemacht.

Und Gideon und sie hatten sich gerade erst wiedergefunden. *Bitte.*

Sacramento, Kalifornien
Dienstag, 21. Februar, 02.10 Uhr

Nein. Nein, nein, nein.

Gideon registrierte, dass er auf den Rücksitz von Rafes Subaru glitt, doch sein Körper fühlte sich wie betäubt an. Am liebsten hätte er laut aufgeschrien. Den Kopf in den Nacken gelegt und gebrüllt, bis ihm die Stimme versagte. Doch damit wäre seiner Schwester auch nicht geholfen.

Weiche Hände legten sich um sein Gesicht. Er blickte in Daisys blaue Augen, die ihn sorgenvoll musterten. Wortlos beugte sie sich vor und schob seinen Sicherheitsgurt ins Schloss. Sekunden später saß sie neben ihm und hielt seine Hand.

Noch immer drang kein Wort über ihre Lippen. Nichts Tröstliches. Nichts Mitfühlendes oder Kluges. Kein *Wir finden sie, Gideon* oder *Es wird alles gut*. Weil sie nichts davon versprechen konnte.

Aber sie war hier. Bei ihm. Hielt seine Hand fest, als wollte sie sie nie wieder loslassen.

»Es könnte sein, dass er ihr gerade jetzt wehtut, in dieser Sekunde«, krächzte er.

Erst als sie ihm über die Wangen strich, bemerkte er, dass er weinte. »Gideon, hör mir zu.« Sie wartete, bis er tief Luft geholt hatte und nickte. »Er hat sie aus gutem Grund entführt. Er ist auf der Flucht und hat Angst. Er wird versuchen zu fliehen.«

Gideon nickte, als die Worte durch seinen vernebelten Verstand drangen. »Ein Druckmittel.«

Sie nickte. »Noch wird er ihr nichts tun. Er hat noch keine Forderungen gestellt.«

Wieder nickte er. Ihre Worte waren wie ein Rettungsring, an den er sich klammern konnte. »Okay. Wir müssen ihn finden.«

»Und wir wissen, wer er ist und was er beruflich macht. Das

ist sehr viel mehr als noch vor ein paar Stunden. Du musst atmen. Molina ist gut in dem, was sie tut, richtig?«

Wieder nickte er. »Ja.«

»Halte durch«, sagte sie, als Rafe und Frederick vorn einstiegen und sich anschnallten.

Gideon sah Agent Hunter zu seinem SUV gehen. »Worüber habt ihr mit Hunter geredet?«

»Wir haben abgeglichen, was wir bislang wissen«, antwortete Rafe. »Es sieht so aus, als wären das SacPD und das FBI auf einem unterschiedlichen Kenntnisstand. Mag sein, dass deine Kollegen an Molina berichten, aber nach unten dringt nicht viel durch.«

»Beispielsweise?«, hakte Daisy nach.

»Beispielsweise kennt das FBI die Namen der Opfer. Beide Behörden wissen, wo Garvey arbeitet, das SacPD hat inzwischen jedoch auch einen Kollegen von ihm aufgespürt. Außerdem hat das SacPD das Büro der Charterfluggesellschaft umstellt. Erin und ich sind sofort nach der Landung aus Portland hingefahren. Wir haben die Übersicht über die Flüge und alle Mitarbeiterdaten. Meistens ist Garvey junior mit einem Co-Piloten namens Hank Bain geflogen.«

»Ist er auch ein Verdächtiger?«, wollte Gideon wissen.

Rafe zuckte die Achseln. »Möglich wäre es. Alle Opfer wurden während ihrer gemeinsamen Schichten entführt. Wir haben eine Hausdurchsuchung bei ihm durchgeführt und ihn befragt, aber er schwört, nichts von Carson Garveys Machenschaften gewusst zu haben. Laut Bain waren sie nicht befreundet und haben sich außerhalb der Arbeit nicht getroffen. Er hat der Hausdurchsuchung zugestimmt, und wir haben nichts gefunden, was darauf hindeutet, dass sich irgendwelche Frauen in seinem Haus aufgehalten haben. Keine Spuren, wie wir sie bei Garvey vorgefunden haben.«

Daisy runzelte die Stirn. »Aber wie erklärt er, dass Garvey diese Frauen lebend in ihrer Maschine transportiert hat?«

»Er meinte, Garvey hätte eine Kühlbox in der Maschine gehabt, die er nach jedem Flug zum Saubermachen mit nach Hause genommen hätte. Garvey hätte behauptet, er sei während ihres Aufenthalts am Zielort jagen gewesen und hätte ein erlegtes Reh oder Teile eines Elchs mitgenommen.«

»Und er hat nie reingeschaut?«, fragte Frederick ungläubig.

Rafe zuckte die Achseln. »Bain ist offenbar Vegetarier und ekelt sich vor rotem Fleisch. Aber hätte er gewusst, dass sich ein lebendes Opfer in der Box befindet, hätte er natürlich nachgesehen. Er meinte, die Zeit zwischen Hin- und Rückflug hätten sie nie zusammen verbracht. Für die Zeit, als Zandra entführt wurde, hatte er auch ein Alibi. Er hatte Sex mit einer Fahrerin des Flugplatzshuttles. Sie hat es bestätigt. Er hat uns sogar eine Liste mit allen Frauen gegeben, mit denen er sich die Wartezeit vertrieben hat. Offenbar hat der gute Mann ein Mädchen in jedem Hafen. Was ihm mächtigen Ärger mit Mrs Bain eingebracht hat. Am Sonntagabend war er in New York City, als eine seiner Geliebten seine schwangere Frau angerufen und ihr unter Tränen alles erzählt hat, woraufhin Mrs Bain die Kinder genommen und ihn verlassen hat. Als wir kamen, war er gerade dabei, seinen Kummer zu ertränken, allerdings hat ihn die Tatsache, dass sein Co-Pilot ein gesuchter Serienmörder ist, ganz schnell wieder nüchtern werden lassen.«

»Und kennt er auch Sydney?«, fragte Daisy.

»Ja. Er meinte, sie sei ab und zu mal im Büro aufgetaucht. Offenbar hat sie Garvey ›Sonny‹ genannt, was er nicht ausstehen konnte, und hat sich an ihn rangeschmissen und ihn betatscht, aber nur, wenn ihr Mann nicht da war. Und jedes Mal, wenn sie wieder weg war, sei Garvey junior … ich zitiere, ›ein noch größeres Arschloch als sonst‹ gewesen. Bain war sich ziemlich sicher, dass zwischen den beiden etwas lief, aber da Garvey Stillschweigen über Bains außereheliche Aktivitäten wahrte, wollte er sich nicht zu Garveys Liebesleben äußern. Leider konnte er uns nicht genau sagen, wie lange das Ganze schon so ging.«

Frederick zog die Brauen zusammen. »Und wie sieht Bain aus?«

»Ein Meter neunzig, blonde Haare und alle echt. Erin hat sich eigens davon überzeugt. Und keine Kratzspuren auf der Brust.«

»Also kann er nicht der Mann sein, der Daisy in der Gasse überfallen hat«, folgerte Frederick. »Könnte es sein, dass er gewissermaßen als stiller Partner mitmischt?«

Wieder zuckte Rafe die Achseln. »Möglich ist alles, gleichzeitig hat er sich bewusst von Garvey distanziert. Bain hat uns seine Kontoauszüge gezeigt, wir duften jedes Zimmer durchsuchen, auch die Teile des Hauses, die nicht im Durchsuchungsbeschluss aufgeführt waren, beispielsweise den Schuppen im Garten. Alles war völlig normal. Kann sein, dass er etwas verbirgt, aber er schien sehr kooperativ zu sein.«

Gideon nickte bedrückt. »Also wird Garvey Mercy nicht in Bains Haus verstecken.«

Rafe schüttelte den Kopf. »Ganz bestimmt nicht, Gideon. Unsere Leute waren überall. Erin ist sogar dort geblieben, um Bain im Auge zu behalten, damit wir sicher sein können, dass er weder ein Komplize ist noch selbst zur Zielperson wird. Mercy ist jedenfalls nicht dort.« Er ließ den Motor an. »Fahren wir nach Hause.«

Placerville, Kalifornien
Dienstag, 21. Februar, 02.45 Uhr

Er nahm den Fuß vom Gas des gestohlenen Vans, bis er zum Stehen kam, und atmete aus. Niemand war ihm aus der Stadt gefolgt, und die Zufahrt zu seinem Grundstück führte über eine Privatstraße, deshalb würde ihn niemand bemerken, der zufällig vorbeikam.

»Wo sind wir?«

Er drehte sich Gideon Reynolds' Schwester zu, die ruhig auf dem Beifahrersitz saß, die gefesselten Hände im Schoß.

»Da sind Sie ja wieder«, bemerkte er.

Sie musterte ihn wortlos, was beinahe so unheimlich war wie diese Leerer-Blick-Nummer, die sie vorhin abgezogen hatte. Damit hatte sie ihn ganz schön nervös gemacht – etwas, das ihm gar nicht passte.

»Wieso waren Sie im Krankenhaus vorhin so komisch?«, fragte er.

»Ein Abwehrmechanismus. So schütze ich mich vor Stress.« Sie blinzelte nicht einmal und wirkte nicht im Mindesten verängstigt. »Wie Sie mit Stress umgehen, wissen wir ja.«

Er war nicht sicher, ob er das als Kompliment oder als Beleidigung auffassen sollte. »Also, es läuft folgendermaßen ab: Sie werden hier sitzen bleiben. Sollten Sie versuchen abzuhauen, schreien oder mir sonst in die Quere kommen, jage ich Ihnen eine Kugel in den Schädel und werfe Ihre Leiche irgendwohin, wo niemand sie jemals finden wird.«

Ein trockenes Schlucken war das einzige Anzeichen dafür, dass seine Worte etwas in ihr auslösten.

»Haben wir uns verstanden, Mercy?«

Sie nickte.

»Gut.« Kopfschüttelnd stieg er aus und ließ den Blick über die alte Straße am hinteren Rand des Grundstücks schweifen, das sich seit Generationen im Besitz von Sydneys Familie befand. Niemand hatte es je bebaut, da es zu weit von Sacramento und auch von Lake Tahoe entfernt war. Zumindest war das die Erklärung, die Sydney ihm gegeben hatte.

Auf dem Grundstück befanden sich drei stillgelegte Goldminen, was es zum Traum eines jeden kleinen Jungen machte. Natürlich hatte er sie alle ausgekundschaftet, was eine reichlich dämliche Idee gewesen war. Verlassene Minen waren kein Spielplatz. Zumindest konnte man von hier aus wunderbar den Sternenhimmel bestaunen, da das Gelände ein gutes Stück von der nächsten Stadt entfernt war, weshalb nahezu völlige Dunkelheit herrschte.

Er war oft mit Sydney hier gewesen, die damals Anfang zwanzig und die neue Frau an der Seite seines Vaters gewesen war. Der Alte hatte sie geheiratet, um Carsons Mutter zu ersetzen und jemanden zu haben, mit dem er sich vor Freunden und Geschäftspartnern brüsten konnte. Anfangs hatte er sie nicht leiden können, doch mit Geschenken und spannenden Ausflügen, zum Beispiel hierher, hatte sie ihn für sich gewonnen.

Er hatte die Goldminen ausgekundschaftet und nach Sonnenuntergang sein Teleskop aufgestellt, um die Sterne zu betrachten und auf eine Karte zu übertragen. Ins All zu fliegen, das war damals sein sehnlichster Wunsch gewesen. Aber dann hatte Sydney ihm gezeigt, was sie von ihm erwartete. Das erste Mal war genau hier passiert.

Er war zwölf gewesen. An diesem Abend hatte er sein Teleskop zu Hause in den Schrank gepackt und nie wieder hervorgeholt. Er hatte keine Ahnung, wo es abgeblieben war.

Unwillig schob er die Erinnerung beiseite. *Genug jetzt.* Inzwischen hatte er sich das Grundstück längst für seine Zwecke zu eigen gemacht. Soweit er wusste, war Sydney seit Jahren nicht mehr hier gewesen.

Zu schade, dass ich nicht etwas mehr Zeit hatte. Es hätte ein netter letzter Besuch werden können.

Langsam ging er weiter die Straße entlang. Hier hatte Sydney den ersten Schritt zu seiner Zerstörung gemacht. Ihre Stimme hallte noch in seinen Ohren. *Ich sorge dafür, dass du dich gut fühlst. Das ist unser kleines Geheimnis. Nur ich kann das, niemand sonst.*

Und es stimmte. Sie war tatsächlich die Einzige gewesen, die diese Gefühle in ihm ausgelöst hatte. Sie hatte ihn perfekt abgerichtet.

Und jetzt war sie endlich tot.

Und ich kann endlich atmen.

Gleichzeitig war ein tiefer Atemzug nicht ratsam. Eileen Dantons Leiche lag gerade einmal zwei Monate in dem alten Minenschacht und befand sich noch mitten im Verwesungsprozess. Die Eingangstür zur Mine mochte dick und schwer sein, trotzdem vermochte keine Tür der Welt diesen Gestank zu verhindern.

Wie oft hatte er in Fantasien geschwelgt, Sydney zu töten und auch ihre Leiche hier abzuladen. Nun verbrannte sie zu Asche, was irgendwie nicht fair war.

Trotz der Schlaglöcher war die Straße immer noch benutzbar. Er war schon auf holprigeren Untergründen gelandet. Hank Bain war ein guter Pilot, der ohne Weiteres eine Maschine hier landen konnte. Zwar würde er ihn erst noch überreden müssen, das Flugzeug herzuschaffen, aber das würde ihm schon gelingen.

Leider wird er enden wie Eileen und die anderen, aber ich sorge zumindest dafür, dass es schnell geht.

Die Fotos waren auf seinem Handy gespeichert. Hank mit Sweetie, der Shuttle-Fahrerin in Dallas. Hank mit Debbie, der Besitzerin des Coffeeshops in Tulsa. Hank mit Laura, der Gepäckträgerin in Minneapolis. Er legte den Kopf schief. Eigentlich eine interessante Stellung. Er hatte gar nicht gewusst, dass Hank so gelenkig war.

Die Fotos hatte er im Lauf der Jahre aufgenommen und gesammelt, nur für den Fall, dass Hank eines Tages neugierig werden und einen Blick in die Kühlbox werfen sollte.

Er scrollte zu Hanks Nummer und drückte die Wähltaste.

Granite Bay, Kalifornien
Dienstag, 21. Februar, 03.05 Uhr

Rafe bog in die Einfahrt der Sokolovs ein. Daisy löste Gideons Sicherheitsgurt, da er ihn mit seinem in der Schlinge steckenden Arm nicht aufbekäme. Rafes Handy läutete.

»Es ist Erin. Moment noch«, sagte Rafe über die Schulter hinweg.

Schweigend saßen Frederick, Gideon und Daisy im Wagen und lauschten ihm. Fredericks Gesichtsfarbe hatte einen gräulichen Ton angenommen, der Daisy ganz und gar nicht gefiel. Ihr Vater fühlte sich verantwortlich für Mercys Entführung, obwohl Gideon ihm keinerlei Vorwurf zu machen schien.

Immerhin.

»Wie bitte«, sagte Rafe. »Wann?« Er lauschte wieder, dann sah er im Rückspiegel Gideon an, während sich seine Augen weiteten. »Okay. Wir sind in zehn Minuten da.«

Er beendete das Gespräch, legte den Rückwärtsgang ein und fuhr aus der Einfahrt.

»Und?«, platzte Gideon heraus, als Rafe nichts sagte.

»Wir waren gerade unterwegs, als der Anruf kam«, sagte Rafe, was keinerlei Sinn ergab. Er knallte das Blaulicht aufs Dach und raste los. »Weil ich weiß, dass du Daisy bei dir haben willst und Frederick sie keinen Schritt alleine machen lässt.«

Gideon zitterte am ganzen Leib. »Herrgott noch mal, Rafe, was ist passiert? Haben sie sie gefunden?«

»Nein«, antwortete Rafe. »Aber Erin saß bei Hank Bain am Küchentisch, als Garvey anrief. Er hat von ihm verlangt, ihm eine der betriebseigenen Maschinen zu bringen.«

»Wohin?«, fragte Gideon.

»Das wollte er ihm noch nicht sagen. Bain hat ihm wohl erklärt, er sei verrückt geworden. Auf dem Flugplatz wimmle es von Polizisten, deshalb könne er nie im Leben eine Maschine holen. Und selbst wenn, würde ihm kein Flughafen weit und breit Landeerlaubnis erteilen. Garvey meinte, er solle sich keine Sorgen machen, er hätte ein Druckmittel bei sich.«

»Mercy«, stieß Gideon hervor.

»Wie kam er auf die Idee, dass Bain ihm helfen würde?«, fragte Frederick.

»Garvey hat wohl Fotos von Bain, die ihn beim Sex mit irgendwelchen Liebschaften zeigen, und droht, sie seiner Frau zu schicken. Aber Bains Frau weiß ja längst Bescheid. Deshalb hat er nichts zu verlieren und denkt, indem er uns hilft, Garvey zu schnappen, wird er zum Helden, Mrs Bain verzeiht ihm und kommt zurück.«

Daisy verdrehte die Augen. »Ich frage mich, ob der Mann bloß ein Optimist oder hoffnungslos naiv ist.«

»Keine Ahnung«, entgegnete Rafe. »Bain hat Garvey gefragt, ob er tatsächlich all die Frauen ermordet hat, worauf Garvey meinte, das seien falsche Anschuldigungen und man hätte ihn reingelegt. Und wenn Bain ihm nicht glaube, schicke er die Fotos sofort an seine Frau und beschaffe sich anderweitig Hilfe.«

»Weiß Detective Rhee über Mercy Bescheid?«, fragte Frederick.

Rafe nickte. »Ich habe sie angerufen, bevor wir losgefahren sind.«

»Und hat Erin das SacPD oder das FBI über Garveys Anruf informiert?«, fragte Daisy.

»Nein, mich hat sie als Erstes angerufen«, antwortete Rafe. »Wahrscheinlich setzt sie in dieser Sekunde unsere Vorgesetzten in Kenntnis.«

Daisy fing Rafes Blick im Rückspiegel auf. »Du sagtest gerade, du wärst schon unterwegs gewesen, als der Anruf gekommen ist, damit du als Ausrede anführen kannst, du hättest keine Zeit verlieren wollen, indem du Gideon vorher noch zu Hause absetzt?«

Rafe nickte. »Genau.«

Gideon schloss die Augen. »Danke.«

»Ich bereue es doch nicht, oder?«

Gideon schüttelte den Kopf. »Nein. Ehrenwort.«

30. KAPITEL

Folsom, Kalifornien
Dienstag, 21. Februar, 03.13 Uhr

Sieben Minuten später bogen sie in die Auffahrt eines hübschen Einfamilienhauses in Folsom ein. Gideons Herz raste. *Bitte. Bitte, lieber Gott, mach, dass wir sie rechtzeitig finden. Mach, dass er ihr nichts tut. Bitte.*

Niemand wusste, ob Mercy es überstehen würde, wenn ihr ein zweites Mal brutale Gewalt angetan wurde. Sie stiegen aus Rafes Subaru und liefen zu Bains Haus, wo Erin sie bereits mit finsterer Miene erwartete. »Wieso ist Gideon hier? Was soll das, verdammt noch mal?«

»Carson Garvey hat seine Schwester entführt«, antwortete Rafe leise.

»Das weiß ich, schließlich haben wir es gerade am Telefon besprochen. Trotzdem sollte er nicht hier sein, Rafe. Das weißt du genau«, erwiderte sie ernst.

Doch, ich muss hier sein. Wenn es um meine Schwester geht, muss ich hier sein. Und Erin Rhee konnte ihn unmöglich aussperren.

Das konnte sie einfach nicht machen.

Er trat einen Schritt vor. »Erin, bitte.« Notfalls würde er vor ihr auf die Knie fallen und sie anbetteln. »Sie haben doch mit eigenen Augen gesehen, wozu er fähig ist. Bitte.«

Mitgefühl zeichnete sich in Erins Augen ab. »Ich weiß, Gideon. Trotzdem …«

»Beim ersten Mal konnte ich sie nicht retten«, platzte er heraus. »Bitte lassen Sie mich wenigstens diesmal helfen.«

Erin sah ihn verwirrt an, als Rafe seufzte. »Er hat am Donnerstag verschwiegen, dass seine Schwester auch in dieser Sekte aufgewachsen ist. Gideon konnte nur entkommen, weil seine Mutter ihn rausgeschmuggelt hat, nachdem man ihn halb zu Tode geprügelt hatte. Vier Jahre später hat sie dasselbe auch für ihre Tochter getan, und Mercy … nun ja, sie befand sich in einem sehr schlechten Zustand. Gideon hat jahrelang nach der Sekte gesucht, während seine Schwester und Mutter noch dort waren.«

Erin sah ihn entsetzt an, trotzdem schüttelte sie auch jetzt den Kopf. »Es tut mir wahnsinnig leid, Gideon, ehrlich. Aber Sie müssen draußen warten. Ich werde nicht die Ermittlungen aufs Spiel setzen, nur weil Sie einem wichtigen Zeugen zu sehr auf die Pelle gerückt sind und versucht haben, ihn zum Reden zu bringen.«

Gideon machte Anstalten, sie anzuflehen, doch Rafe legte ihm die Hand auf die Schulter. »Warte«, sagte er. »Erin, ich möchte einen Gefallen einfordern.«

Erin sah ihn fassungslos an. »Ernsthaft?«

Rafe, der normalerweise stets ein Lächeln parat hatte, wirkte ungewohnt ernst. »Ja. Ernsthaft.«

Gideon hätte gern gewusst, was es damit auf sich hatte, stand jedoch nur wortlos daneben und wartete mit angehaltenem Atem auf Erins Reaktion. Einen Moment lang sah sie unentschlossen zwischen ihm und Rafe hin und her, dann nickte sie. Er atmete auf.

»Na gut«, sagte sie schließlich. »Aber gib nicht mir die Schuld, wenn dir das Ganze um die Ohren fliegt, Rafe.«

»Das werde ich nicht.«

»Lassen Sie die Leute endlich rein«, ertönte eine verärgerte Stimme von drinnen. »Erstens kühlt das Haus aus, wenn die Tür offen steht, und zweitens will ich nicht, dass die Nachbarn schon wieder was zu gaffen haben.«

Erin trat zur Seite, woraufhin die vier nacheinander ins Haus marschierten.

Ein Mann mit zerzaustem Haar und knittriger Kleidung saß mit trübem Blick vor einer leeren Bierflasche am Küchentisch, als Erin die Anwesenden vorstellte und sich alle setzten.

»Ich konnte eben mithören, was Sie sagten«, sagte Bain schließlich. »Das mit Ihrer Schwester tut mir leid.«

Gideon nickte. »Ich muss sie finden und nach Hause holen.«

»Ich helfe, wo ich kann«, versprach Bain. »Solange es in einem angemessenen Rahmen bleibt. Ich will nicht, dass er sich ein Flugzeug schnappt und damit flüchtet. Aber er hat verlangt, dass ich allein komme, und ich möchte gerne meine Kinder noch aufwachsen sehen.«

»Der Mann wird *keinesfalls* in ein Flugzeug steigen«, erklärte Erin. »Niemand wird das zulassen, vor allem nicht, da er Mercy bei sich hat.«

»Haben Sie eine Ahnung, wohin er fliegen würde?«, fragte Gideon, ohne sich darum zu scheren, wie verzweifelt er klang.

Bain schüttelte den Kopf. »Ich habe es den Polizisten schon gesagt. Carson und ich waren keine dicken Kumpels, die sich ihre Geheimnisse anvertrauten. Ich weiß nur, dass er der Sohn vom Chef ist, dessen Frau flachlegt und überzeugt war, dass er die Firma übernimmt, wenn der Alte in den Ruhestand geht. Ich weiß, dass er seine Rosen liebt und total auf Barry Manilow abfährt. Wenn er gestresst ist, hört er dessen Songs manchmal auf seinem Handy.«

Das passte. Gideon fielen Molinas Worte wieder ein, eines der Opfer sei Garvey nach einem Konzert von Barry Manilow in die Arme gelaufen. Die Freundin der armen Frau hatte später bei der Polizei ausgesagt, der Kerl hätte sie angesprochen und sei stocksauer gewesen, weil sie während des Konzerts aufgestanden war und getanzt hatte. Sie hätten sich gestritten, aber ihre Freundin hätte bloß gelacht. Das sei das letzte Mal gewesen, dass sie sie gesehen hätte.

Auch mit Trish und Eileen hatte er eine Auseinandersetzung

provoziert. *Er wählt Frauen aus, die ihn wütend gemacht haben. Auch wenn das bedeutet, dass er selbst sie dazu bringen muss, ihn zu provozieren.*

Daisy saß mit aufgestützten Ellbogen am Tisch und blickte ratlos in die Runde. »Was wäre, wenn Sie die Übergabe hinauszögern? Wenn Sie behaupten, Sie könnten ihm jetzt kein Flugzeug bringen, aber später, sobald die Cops weg seien? Bis dahin könnten Sie ihm einen Wagen besorgen. Einen, den er nicht eigens klauen müsste und nach dem die Polizei folglich auch nicht fahnden würde.«

»Und ein Versteck, wo er unterschlüpfen kann, bis sich die Aufregung ein wenig legt«, fügte Frederick hinzu. »In ein, zwei Tagen könnten Sie ihm ja eine Maschine bringen.«

»Aber wir stellen den Wagen zur Verfügung«, warf Rafe nickend ein.

Gideon schüttelte den Kopf. »Er bringt Mercy um, wenn er dich sieht.«

Rafe sah Erin an. »Nicht, wenn ich wie Mr Bain aussehe, zumindest so lange, bis du aus dem Hinterhalt auftauchst und den Rest erledigst.«

»Dafür werden wir Verstärkung vor Ort brauchen«, erklärte Erin stirnrunzelnd. »Ihn allein zu stellen wäre blanker Selbstmord.«

Nein!, hätte Gideon am liebsten laut geschrien. Keine Cops. *Er bringt Mercy um!* Doch er zwang sich, das Ganze rationaler zu betrachten. Wie ein Profi. »Einem gut ausgebildeten SWAT-Team würde ich so eine Aktion zutrauen«, sagte er. »Aber keinem zusammengewürfelten Haufen Cops oder selbst FBI-Kollegen, die für Geiselnahmen nicht geschult sind.«

Erin nickte. »Also gut. Welchen Wagen bieten wir ihm an, falls Garvey sich auf Mr Bains Gegenvorschlag einlässt? Mr Bains? Nein, das geht nicht«, beantwortete sie ihre eigene Frage. »Da er und Sie, Mr Bain, Kollegen sind, könnte er befürchten, dass man Ihr Auto mit ihm in Verbindung bringt.«

»Er hat mehrfach vor meinem Haus herumgelungert und kennt womöglich meinen Wagen«, fügte Rafe hinzu. »Also muss es deiner sein, Erin.«

»Gut«, meinte Erin. »Und wo soll das Ganze stattfinden? Wir brauchen einen konkreten Ort, eine Adresse, die er notfalls online überprüfen kann, falls er sich darauf einlässt.«

»Ich habe eine Hütte in Lake Tahoe«, warf Frederick ein.

Daisy sah ihn verblüfft an. »Tatsächlich? Seit wann das denn?«

»Seit du nach Sacramento gezogen bist und ich endlich die Ranch verkauft habe. Ich musste etwas Geld investieren. Könnte ich bitte etwas zu schreiben haben, Detective?« Erin schob ihm Zettel und Stift hin, und er notierte die Adresse und den Namen der Hütte. »Cadajulor, Inc. Ich habe sie unter dem Firmennamen gekauft, unter dem ich auch die Ranch damals erworben habe.« Er zuckte die Achseln. »Ich bleibe gern im Verborgenen, und alte Gewohnheiten legt man nun mal nicht ab.«

Cadajulor, dachte Gideon. *Carrie, Daisy, Julie und Taylor*. Der Mann liebte seine Töchter wahrlich. Das Mitgefühl für den Mann und die schwierige Beziehung zu seinen vier Töchtern lenkte Gideon für einen Moment von der lähmenden Angst ab, die ihm die Luft abschnürte. Die Verschnaufpause mochte nur kurz währen, trotzdem war er dankbar dafür.

»Wichtig ist dabei, dass er mich lange genug für Sie hält, um dem SWAT-Team Gelegenheit zu geben, Aufstellung zu beziehen und den Zugriff vorzubereiten«, erklärte Rafe mit einem wohlwollenden Blick auf Bain.

»Und was ist mit Mercy?«, fragte Gideon, der das Szenario bereits in sämtlichen Farben vor Augen hatte. Der elende Dreckskerl würde Mercy die Waffe an die Schläfe halten. Sobald er merkte, dass er umstellt war … Gideon erlaubte sich nicht, den Gedanken zu Ende zu bringen.

Rafe sah ihn ruhig an. »Mir fällt schon etwas ein.«

»Etwas Sicheres«, presste Gideon hervor.

»Keine Sorge«, erwiderte Rafe. »Ich habe nicht vor, sein letztes Opfer zu werden.« Er wandte sich wieder an Bain. »Haben wir nicht ungefähr die gleiche Größe?«

»Ja. Wollen Sie eine meiner Uniformen anziehen? Ich hole Ihnen eine.«

Rafe erhob sich. »Nichts für ungut, Sir, ich weiß Ihre Hilfsbereitschaft sehr zu schätzen, aber ich muss Sie begleiten.«

Bain nickte. »Natürlich.«

Kaum hatten sie die Küche verlassen, wandte Erin sich mit ernster Miene an Gideon, Daisy und Frederick. »Sie werden nicht mitkommen, nur dass das klar ist, ja?«

Einen Teufel werde ich, dachte Gideon, nickte jedoch. »Ja, Detective.«

Wenige Minuten später kehrte Rafe in Pilotenuniform mit blütenweißem Hemd und Uniformmütze in die Küche zurück. Die beiden Männer waren etwa gleich groß, und obwohl der Blondton ihres Haars nicht identisch sein mochte, ging Rafe von Weitem ohne Weiteres als Bain durch, solange er den Kopf gesenkt hielt, vor allem im Dunkeln.

»Okay«, sagte Rafe. »Wir gehen folgendermaßen vor. Detective Rhee bleibt bei Mr Bain, während er Garvey zurückruft. Wir anderen gehen nach nebenan.«

Gideon wollte protestieren, doch Rafe hob die Hand. »Mr Bain wird zuerst von diesem Handy aus meine Handynummer anrufen, dann ruft er Carson zurück und verbindet die Anrufe, sodass wir in einer Konferenzschaltung sind. Mr Bain lässt sein Handy auf Lautsprecher, damit auch Detective Rhee mithören kann. Ich lasse mein Handy stummgeschaltet, aber auch auf Lautsprecher, damit du alles hören, aber nicht dazwischengehen kannst, Gideon.« Er warf Gideon einen entschuldigenden Blick zu. »Sollte das nicht akzeptabel für dich sein, wartet ihr drei draußen bei den Kollegen im Streifenwagen.«

Auch jetzt wollte Gideon Einwände erheben, ehe ihm dämmerte, dass Rafe recht hatte: Er konnte keine Garantie geben, dass nicht die Gäule mit ihm durchgingen, wenn er die Stimme dieses Dreckschweins hörte. »Es ist akzeptabel«, presste er hervor. »Danke.«

Erleichterung zeichnete sich auf Rafes Miene ab. »Gut, dann …«

»Moment noch«, warf Frederick ein. »Kann er denn nicht sehen, wer sonst noch in der Leitung ist?«

Erin schüttelte den Kopf. »Nein, er sieht nur, dass Mr Bain ihn anruft. Das ist auch die Nummer, die auf Detective Sokolovs Display erscheint.«

»Alles klar?«, fragte Rafe in die Runde und wandte sich Bain zu, als alle nickten. »Dann rufen Sie jetzt an. Viel Glück. Atmen Sie tief durch und versuchen Sie, genauso zu sein wie sonst auch. Ihr anderen kommt mit mir. Mr Bain hat uns erlaubt, vom Zimmer seiner Söhne aus zuzuhören.«

Rafe nahm Bains Anruf an, als er mit den anderen den Korridor entlang ins Kinderzimmer mit zwei nebeneinanderstehenden Betten und einem schmalen Schreibtisch ging, die Tür schloss und darauf wartete, dass Bain Garvey in den Konferenzanruf holte.

Gideon fühlte sich, als wäre er hundert Jahre alt, als er sich auf eines der Betten mit einer Pikachu-Tagesdecke sinken ließ. Daisy setzte sich neben ihn, Frederick auf das andere Bett mit einer Spiderman-Decke, während Rafe den Schreibtischstuhl heranzog.

In diesem Moment drang Carson Garveys Stimme aus Rafes stummgeschaltetem Handy.

»Hank«, bellte er. »Wo ist mein Scheißflugzeug?«

Gideon konnte das Knurren in seiner Kehle nicht unterdrücken. Beruhigend streichelte Daisy ihm den Rücken, während Rafe seinen Unterarm packte und ihn drückte. Auf seiner Miene stand nicht einmal ein Anflug von »Ich hab's dir doch gleich gesagt«-Befriedigung, sondern pures Mitgefühl.

»Ich … ich kann dir k-kein Flugzeug besorgen, Carson«, stammelte Bain. »Zumindest gerade nicht«, fuhr er fort, als Garvey zu fluchen begann. »Auf dem Flugplatz wimmelt es von Cops. Es ist klüger, wenn du dich erst mal bedeckt hältst, bis ich eine Maschine besorgen kann. Einen Tag, maximal zwei.«

»Ich höre …«, sagte Garvey argwöhnisch.

»Mein Nachbar hat einen Monat lang geschäftlich in Indien zu tun und kommt erst Mitte März wieder. Ich habe seine Wagen- und seine Hausschlüssel. Er hat eine Hütte in Lake Tahoe, für die ich den Schlüssel aus dem Haus holen könnte. Sie liegt ab vom Schuss und hat alles, was man braucht.«

Lange Zeit herrschte Stille in der Leitung. »Also gut. Es klingt einleuchtend, für eine Weile den Ball flach zu halten. Aber sollte mir irgendeiner in der Hütte auf die Pelle rücken, schicke ich die Fotos deiner Frau. Bestimmt findet sie sie aufschlussreich. Du solltest Kondome benutzen, Hank. Wer weiß, was du dir eingefangen und zu ihr nach Hause geschleppt hast.«

Bain stöhnte leise. »Nein!«, rief er. »Bitte nicht!«

»Er klingt, als hätte er tatsächlich die Hosen voll«, murmelte Rafe beeindruckt. Auch Gideon konnte seine Bewunderung nicht abstreiten – sofern Bain nicht auch ihnen etwas vorspielte.

O Gott, er hoffte inbrünstig, dass Bain sie nicht hinters Licht führte, denn falls doch, tappten Rafe und Erin geradewegs in eine Falle. Und Mercy geriete unweigerlich ins Kreuzfeuer. *Und alle erwarten, dass ich hier sitze und Däumchen drehe.*

»Hör mit dem Gejammer auf«, schnauzte Garvey verächtlich. »Du tust jetzt, was ich dir gesagt habe, und besorgst mir eine verdammte Maschine. Und vorher bringst du mir den Wagen. Solltest du versuchen, mich zu verarschen, wirst du es bereuen, das schwöre ich dir.«

»Ich … alles klar«, stammelte Bain mit bebender Stimme. »W-wo bist du überhaupt?«

Wieder herrschte Stille in der Leitung. Gideon war sicher,

dass sein Herz gleich stehen blieb. Aber nein. Es schlug weiter, bis Garvey laut den Atem ausstieß. »In Placerville. Sobald du in der Nähe bist, rufe ich dich an und gebe dir die exakten Koordinaten durch.«

»Okay«, flüsterte Bain. »Carson, ich habe drei Kinder, und das vierte ist unterwegs. Ich komme doch wieder zu ihnen nach Hause, oder?«

»Natürlich«, antwortete Garvey geschmeidig. »Du hast eine halbe Stunde. Und solltest du die Polizei einschalten wollen … tu's nicht. Ohne ein Transportmittel ist meine Geisel nutzlos für mich. Die Cops stellen mir logischerweise keine Maschine oder auch bloß einen Wagen zur Verfügung. Das weiß ich. Die tun bloß so, als würden sie verhandeln, aber das ist gelogen. Die wollen bloß Zeit schinden, um mich zu schnappen, aber dazu wird es nicht kommen. Sollte ich flüchten müssen, ist Mercy nur ein Klotz am Bein. In dem Fall bringe ich sie um, werfe ihre Leiche in deinen Garten und sorge dafür, dass es so aussieht, als wärst du es gewesen. Dann nehmen die Bullen dich in die Mangel.«

Bain gab einen erstickten Laut von sich. »Das würdest du nicht tun.«

»Du hast keine Ahnung, was ich tun würde«, erwiderte Garvey unheilvoll.

»Dann stimmt es also. Du hast … tatsächlich Menschen getötet?«, fragte Bain mit mühsam unterdrücktem Entsetzen.

Gideon nahm an, dass Erin ihn zu dieser Frage gedrängt hatte, um Garveys Aussage auf Band aufnehmen zu können.

Garvey stieß ein widerwärtiges Lachen aus. »Sagen wir mal so: Ich würde an deiner Stelle lieber keinem auf die Nase binden, dass wir beide gute Kumpels sind.«

»Okay, okay, ich tu's. Aber … tu bitte niemandem was. Bitte.«

»Vermassle es nicht, Hank. Du hast noch neunundzwanzig Minuten. Sieh zu, dass du die Zeit sinnvoll nutzt. Bis später.«

Das Gespräch endete abrupt. Und Gideon fühlte sich noch hilfloser als zuvor. Und hoffnungsloser.

Es musste ihm ins Gesicht geschrieben stehen, denn Rafe drückte abermals seinen Arm. »Wir haben's im Griff, Bruder.«

Bruder. Genau das waren sie all die Jahre gewesen. »Ja«, presste Gideon mühsam hervor. »Okay.«

Rafe schob den Stuhl an den Schreibtisch zurück und half Gideon hoch. »Los, wir haben viel zu tun.«

Erin hing am Telefon, während Bain auf sein Handy starrte, als sie in die Küche zurückkehrten. »Er wird mich umbringen, wenn ich auftauche«, sagte er düster.

»Wahrscheinlich«, pflichtete Rafe ihm bei. »Aber Sie sind ja nicht dort, sondern hier. Und stehen unter Polizeischutz.«

Erin beendete ihr Gespräch und erhob sich mit entschlossener Miene. »Ich habe mit dem Lieutenant gesprochen. Er ist bei Agent Molina, und sie stellen bereits ein SWAT-Team zusammen, das aber erst in rund einer Stunde in Placerville eintreffen wird.«

Gideon schnappte nach Luft. »Aber bis dahin ist sie längst tot.«

Rafe und Erin tauschten einen Blick. Gideon beobachtete die beiden mit angehaltenem Atem, wohl wissend, dass sie wortlos diskutierten, was zu tun war: gehen oder bleiben. Schließlich nickte Erin widerstrebend. »Ich fürchte auch, dass Garvey seine Drohung wahr machen wird«, sagte Erin schließlich ruhig. »Er hat nichts mehr zu verlieren.«

»Das sehe ich genauso«, bekräftigte Rafe. »Wir können keine Stunde warten. Und selbst wenn sie sich beeilen, sind es trotzdem fünfundvierzig Minuten vom Büro des FBI bis Placerville und eine gute halbe Stunde für die Kollegen vom SacPD, je nachdem, wen sie von wo aus losschicken.«

Erin massierte sich die Stirn. »Wir fahren. Eigentlich dauert es eine halbe Stunde bis Placerville, wir können es aber auch in zwanzig Minuten schaffen. Wir fahren zu der Stelle, deren Koordinaten Garvey Bain noch durchgeben will, greifen allerdings erst ein, wenn Mercy in unmittelbarer Gefahr schwebt.«

»Das tut sie bereits«, presste Gideon hervor.

Erin sah ihn ernst an. »Wir werden nicht durch irgendwelche unüberlegten Aktionen ein Riesenchaos anrichten, sondern gehen es ruhig und besonnen an. Und Sie bleiben hier.« Sie seufzte. »Sie werden uns wohl oder übel vertrauen müssen, Gideon.«

Gideon nickte abrupt. Sie hatte recht, das wusste er. »Also gut.«

Wieder drückte Rafe kurz seinen Arm, ehe er sich seiner Partnerin zuwandte. »Wir nehmen deinen Wagen, Erin. Ich fahre, setze dich aber ein Stück vorher ab, dann kannst du von der anderen Seite zugreifen.«

Erin rührte sich nicht. »Aber wie erfahren wir, wo er ist?«

»Garvey hat doch gesagt, dass er Mr Bain wieder anruft und ihm den exakten Treffpunkt durchgibt, also braucht Mr Bain bloß anzurufen und es uns zu sagen.«

Bain runzelte die Stirn. »Aber er merkt doch, dass ich nicht im Wagen sitze.«

»Guter Punkt«, räumte Rafe ein. »Wir bitten einen Officer, mit Ihnen um den Block zu fahren, bis der Anruf kommt.«

Bain schien das gar nicht zu gefallen. »Aber meine Nachbarn werden denken, ich sei verhaftet worden. Dann komme ich in den Nachrichten, und meine Kinder kriegen es mit.«

»Dann soll der Officer eben in Ihrem Wagen mit Ihnen herumfahren«, meinte Rafe. »Und sobald Garvey sich gemeldet hat, rufen Sie mich oder Detective Rhee an und geben uns die Koordinaten durch.«

»Und ich kann die Stelle über Google Earth nachprüfen«, schlug Gideon vor. »Ihr gebt mir einfach die Koordinaten durch, dann kann ich euch sagen, wie es dort aussieht und wie ihr am besten an ihn herankommt.«

Erin schüttelte den Kopf. »Netter Versuch, Gideon.«

»Und wenn er versucht, euch Stück für Stück heranzulotsen?«, wandte Gideon ein.

»Dann gibt es wieder eine Konferenzschaltung, so wie gerade eben«, erwiderte Erin. »Auch das war ein netter Versuch, aber Sie können es vergessen. Sie halten sich raus und bleiben hier, Gideon.«

Rafe umarmte ihn flüchtig. »Wir kriegen das schon hin, Gid. Daisy, du wartest hier, bis euch jemand abholen kommt. Wahrscheinlich sind die Kollegen, die auf euch aufpassen sollen, inzwischen bei meinen Eltern. Ich gebe Bescheid, dass sie herkommen sollen.« Er drückte ihr seine Wagenschlüssel in die Hand, beugte sich vor und umarmte auch sie kurz, wobei er ihr etwas ins Ohr flüsterte, das Gideon nicht mitbekam.

Sie nickte, dann lächelte sie. »Du auch.«

Erin stand bereits im Türrahmen. »Mr Bain, einer der Officers kommt Sie gleich holen. Sie drei …« Sie deutete auf Gideon, Daisy und Frederick. »Sie *bleiben* hier.«

Daisy hob die Hand zum Pfadfinderehrenwort.

Kaum waren sie verschwunden, streckte Gideon die Hand aus. »Der Schlüssel. Du bleibst hier.«

»Vergiss es.« Stattdessen drückte Daisy ihrem Vater die Schlüssel in die Hand. »Wie ist es um deine Fahrkünste bestellt, Dad? Meine sind ziemlich eingerostet.«

»Um meine steht es gut, und deine waren schon lausig, bevor sie eingerostet sind.«

Mit einem frustrierten Schnauben trat Daisy ans Küchenfenster. »Mist! Erin sitzt am Steuer. Sie lässt Rafe nicht mal fahren.«

»Weil sie genau weiß, dass er es so anstellen wird, dass wir ihm folgen können«, meinte Frederick grimmig.

Sie wandte sich vom Fenster ab. »Okay, sie sind weg. Wenn wir uns beeilen, holen wir sie noch ein. Los, gehen wir. Dad fährt, weil du müde bist und Angst hast und uns umbringst, noch bevor wir bei Mercy sind. Ich fahre mit, falls ein Schütze gebraucht wird.«

Gideon wollte protestieren, doch die beiden hatten völlig recht. Er stand im Begriff, vor Erschöpfung zusammenzuklappen. Lediglich die Angst um Mercy hielt ihn noch aufrecht.

Einer der im Streifenwagen vor dem Haus postierten Officer war ausgestiegen, klopfte und trat ein. »Detective Rhee möchte, dass ich mit Mr Bain in seinem Wagen herumfahre, während wir auf den Anruf warten. Sind Sie so weit, Mr Bain?«

Hank erhob sich und reichte dem Officer die Wagenschlüssel. »Sie fahren. Ich will nicht auch noch wegen Trunkenheit am Steuer hopsgenommen werden.«

»Wir warten in unserem Wagen«, erklärte Daisy dem Officer. »Unser Personenschutz sollte jeden Moment hier sein.«

Der zweite Officer sah sie zwar fragend aus dem Streifenwagen an, als sie an ihm vorbeitrabten, sagte aber nichts. Das überraschte Gideon, allerdings schwieg er, bis sie in Rafes Subaru saßen und in die Richtung fuhren, die Erin mit ihrem blauen Range Rover eingeschlagen hatte.

»Der Cop hat kein Wort gesagt«, meinte er schließlich.

»Weil er nicht damit gerechnet hat, dass wir bleiben«, gab Daisy zurück. »Ich nehme an, Rafe hat ihn vorgewarnt.«

»Was hat er dir eigentlich ins Ohr geflüstert?«, wollte Gideon wissen.

»Die Kombination der Waffenkassette im Kofferraum.«

Placerville, Kalifornien
Dienstag, 21. Februar, 04.15 Uhr

Er lehnte sich gegen die Beifahrertür des gestohlenen Vans und hielt nach Scheinwerfern in der Dunkelheit Ausschau. Vor zwanzig Minuten hatte er Hank angerufen und die Koordinaten durchgegeben. Schon jetzt hatte er die vorgegebenen dreißig Minuten um zehn Minuten überschritten.

Dieser Schwachkopf musste sich beeilen. Zum einen fror er sich den Hintern hier draußen ab, aber noch viel wichtiger war, dass es in drei Stunden hell wurde und er dann längst in der Hütte sein wollte, um das Risiko zu minimieren, erwischt zu werden.

Das Problem war, dass die Straße nach Lake Tahoe bei schlechter Witterung schwer befahrbar sein konnte. Sollte er Schneeketten benötigen, würde er notgedrungen warten müssen, bis der Walmart um sechs Uhr öffnete.

Schon als er das erste Mal hier gewesen war, um eine Leiche in einem der Stollen zu entsorgen, und sich für die Heimfahrt einen Snack kaufen wollte, hatte er verärgert festgestellt, dass der Laden nicht rund um die Uhr geöffnet hatte.

Es hing wohl davon ab, was für ein Fahrzeug Hank ihm brachte. Ein SUV bewältigte die Straße womöglich auch ohne Ketten. Hoffentlich hatte Hank mitgedacht.

Er fuhr zusammen, als das Beifahrerfenster heruntergelassen wurde. Reflexartig wanderte seine rechte Hand zu der Waffe in seiner Tasche, allerdings entspannte er sich, als er merkte, dass Mercy bloß versehentlich mit dem Ellbogen gegen den Schalter gekommen war. Ihre Hände waren immer noch gefesselt, und sie befanden sich eine gute Meile vom nächsten Wohnhaus entfernt, zudem hatte er ihr die Schuhe ausgezogen, sodass sie nicht weit käme.

»Auf wen warten Sie?«, fragte sie auf ihre gewohnt ruhige Art.

Noch war er unschlüssig, wie er Agent Reynolds' Schwester einschätzen, ob er ihre merkwürdige Ruhe entspannend oder schlichtweg unheimlich finden sollte. Er tendierte zu Letzterem.

»Geht Sie nichts an«, schnauzte er.

»Auf die Gefahr hin, dass es abgedroschen klingt, aber damit kommen Sie nie im Leben davon. Mein Bruder ist ein erstklassiger FBI-Mann und wird Sie jagen, und wenn es bis ans Ende der Welt ist.«

Er blickte sie über die Schulter an. Sie hatte große grüne Augen, die ihn scheinbar emotionslos musterten. »Schnauze«, erwiderte er mit einem Blick, der schon viele seiner Opfer zum Schweigen gebracht hatte.

Sie hingegen zuckte mit keiner Wimper. »Haben Sie vor, mich zu töten?«

»Nein, aber wenn Sie nicht endlich die Klappe halten, überlege ich es mir noch mal.«

Sie zuckte leicht die Achseln, als wäre es ihr einerlei. Die Frau versuchte, ihn zu manipulieren, ganz sicher. »Was arbeiten Sie eigentlich?«, fragte er. Seine Neugier war erwacht.

»Ich bin Forensikerin in einem Kriminallabor.«

Er verdrehte die Augen. »Ja, klar. Diese beschissene Forensik. Also sind Sie eine dieser *CSI*-Tanten?«

Diesmal war sie diejenige, die die Augen verdrehte. »Nein. *CSI* ist keine Doku-Serie, die die Realität widerspiegelt.«

»Aber Sie sind auch an den Tatorten?«, hakte er nach – so beschissen die Forensik sein mochte, sie hatte ihn schon immer fasziniert.

»Nein. Meistens arbeite ich im Labor.«

Er legte den Kopf schief. »Und jetzt versuchen Sie, mich dazu zu bringen, Sie zu mögen, damit ich Sie nicht umbringe, ja?«

»Nein«, antwortete sie leichthin. »Ich gehe davon aus, dass Sie Ihr Ding ohnehin durchziehen.«

»Haben Sie keine Angst vor mir?«

»Nein.«

Er runzelte die Stirn. »Wieso nicht?«

Ein kaum merkliches Lächeln spielte um ihre Lippen. Höhnisch. »Ich habe ein Monster überlebt, das viel schlimmer war als Sie. Ohne dass ich Ihnen zu nahe treten will.«

Auch das weckte seine Neugier. »Erzählen Sie mir von ihm.«

Sie schüttelte den Kopf. »Nein. Das hätten Sie Eileen fragen können.«

»Wieso?«

Mercy wandte den Blick ab und sah nach vorn durch die Windschutzscheibe. »Sie hat dasselbe Monster überlebt.«

»Sie war stur«, bemerkte er mit einem liebevollen Lächeln. »Zwei ganze Tage hat sie durchgehalten.«

»Zandra hat drei geschafft«, erwiderte Mercy nur. »Bis sie fliehen konnte.«

Er biss die Zähne aufeinander. *Bleib ruhig*, beschwor er sich. *Sie versucht nur, dich aus der Reserve zu locken, damit du unkonzentriert wirst.* »Wenn Sie so tapfer sind, wieso haben Sie sich dann vor dem Krankenhaus wie ein Zombie-Roboter aufgeführt?«

»Das sagte ich bereits. So bewältige ich Stress. Ich mache dicht.«

»Aber jetzt gerade sind Sie nicht gestresst?«

»Natürlich. Wahrscheinlich töten Sie mich.«

Er zog eine Braue hoch und berührte sein Gesicht, wobei er feststellte, dass eine der falschen Augenbrauen mittlerweile abgefallen war. »Aber Angst haben Sie keine.«

»Stress ist nicht dasselbe wie Angst.«

»Das stimmt wohl«, räumte er ein. »Oder vielleicht sind Sie auch bloß verrückt. Ich bin noch nicht ganz sicher.« Sie zeigte keinerlei Reaktion. »Aber wieso sind Sie jetzt gerade nicht wieder der Zombie-Roboter, wenn Sie immer noch gestresst sind?«

»Die Episoden dauern nicht mehr so lange an wie früher.«

»Tja, das ist wahrscheinlich positiv für Sie.« Nicht dass es eine Rolle spielen würde, denn früher oder später würde er sie ohnehin töten. Er wandte sich wieder zur Straße um und hielt nach Hank Ausschau. Die Zeit, die er ihm zugestanden hatte, war längst abgelaufen. Und was jetzt? Wie sollte es weitergehen?

Ich bringe Mercy um, entsorge sie und fahre nach Mexiko. Er musste sich bloß überlegen, wo er einen falschen Pass herbekam. Oder wo er ohne Papiere die Grenze überqueren konnte.

»Wieso ausgerechnet hier?«, durchbrach Mercy seine Gedanken. »Wieso haben Sie mich hierhergebracht?«

Er sah sie stirnrunzelnd an. »Wieso wollen Sie das wissen?«

»Ich bin von Natur aus neugierig. Und ich rieche Tod.«

Er holte tief Luft. Ja, auch er roch es. »Das ist Eileen«, sagte er. »Und wenn mein Wagen nicht bald hier auftaucht, werden Sie ihr Gesellschaft leisten.«

Er ließ den Blick wieder über die Straße schweifen, wobei seine Furcht mit jeder Minute weiter wuchs. Etwas stimmte nicht. Hank müsste längst hier sein.

Inzwischen war er fünfzehn Minuten zu spät dran.

Mit hämmerndem Herzen zog er sein Handy heraus und wählte Hanks Nummer, wobei er sich zwingen musste, ruhig stehen zu bleiben, als es läutete und läutete. *Er geht nicht ran.* In diesem Moment sprang die Voicemail an. *Wieso geht er nicht ran?*

Er legte auf und widerstand dem Drang, das Handy vor Wut ins Gebüsch zu schleudern. *Bleib ruhig. Bleib verdammt noch mal ruhig.*

Das Handy läutete. Er holte tief Luft. Hank. »Wo bleibst du, verdammt noch mal?«, blaffte er. »Und wieso bist du nicht an das Scheißtelefon gegangen?«

»Entschuldigung.« Hank hörte sich leicht atemlos an. »Ich war tanken. Die Anzeige war schon fast auf Reserve, und du willst ja wahrscheinlich nirgendwo anhalten. An sämtlichen Tankstellen gibt es Überwachungskameras.«

»Stimmt«, räumte er zähneknirschend ein. »Wieso bist du so spät dran?«

»Es hat ein paar Minuten gedauert, zu meinem Nachbarn rüberzugehen und seinen Wagen zu holen.«

Auch das klang einleuchtend. Trotzdem stimmte etwas nicht. *Vielleicht bin ich auch schon paranoid.* »Wann bist du hier?«

»Gleich. Nicht mal mehr zehn …«

In diesem Moment ertönte ein lauter Klingelton.

Eine Bahnschranke. Aber hier gab es weit und breit keine Bahnstrecke. In der Nähe von Hanks Haus aber sehr wohl.

Hank hatte gelogen. Er war gar nicht unterwegs hierher.

Sondern er kooperierte mit den Cops und versuchte, ihn auszutricksen.

Ich muss weg. Jetzt. Vorsichtig legte er auf und ermahnte sich, zu atmen. *Ruhig. Atme. Denk nach.*

»Er kommt nicht, oder?« Wieder schwang dieser höhnische Tonfall in Mercys Stimme mit. »Ihr Kumpel, meine ich. Er kommt nicht.«

Wutschnaubend steckte er sein Handy ein, riss die Tür auf, zerrte Mercy heraus und stieß sie brutal zu Boden, wo sie mit einem Schmerzenslaut auf Knien im Schnee landete.

»Hören Sie gefälligst auf, sich über mich lustig zu machen«, schnauzte er sie an.

Heitere Gelassenheit lag in dem Blick, den sie ihm über die Schulter zuwarf. »Oh, das würde ich nie wagen«, fuhr sie mit einem leisen Lächeln fort. »Aber er kommt nicht. Was haben Sie jetzt vor?«

Noch bevor er wusste, was er tat, holte er aus und verpasste ihr einen heftigen Schlag ins Gesicht, sodass ihr Kopf nach hinten gerissen wurde. Er hörte ihren scharfen Atemzug.

»Was ich vorhabe?«, stieß er barsch hervor. »Als Erstes bringe ich Sie um.«

»Aber damit wäre das Druckmittel verloren«, erinnerte sie ihn mit einer Ruhe, um die er sie nur beneiden konnte.

Außerdem hatte sie recht. Was er auf den Tod nicht ausstehen konnte. Er beugte sich vor und riss sie an den Haaren hoch.

Einen Sekundenbruchteil zu spät bemerkte er das Messer in ihrer Hand und schrie auf, als sie herumfuhr und ihm die Klinge in den Schenkel rammte. Er reagierte sofort und schlug ihre

Hand weg, bevor sie es noch tiefer hineinstoßen oder gar in der Wunde umdrehen konnte. Eilig zog er es heraus und stellte erleichtert fest, dass es gerade einmal zwei, drei Zentimeter tief in sein Fleisch gedrungen war.

Wo zum Teufel hatte sie das Scheißmesser versteckt? Ich hätte sie durchsuchen müssen. Verdammt.

Er konnte von Glück sagen, dass die Wunde nicht tief war. Zwar blutete sie wie verrückt, aber sie war definitiv nicht tödlich.

Das Messer in seiner verletzten Hand, riss er sie mit der Rechten erneut auf die Füße und schlang ihr den linken Arm um den Hals, um sie an sich ziehen zu können. Dann wechselte er das Messer in die Rechte und hielt ihr die Klinge an die Kehle.

»Hätte ich die Zeit dafür, würden Sie sich jetzt hinknien und um Verzeihung betteln«, knurrte er dicht neben ihrem Ohr. Sie war stocksteif geworden, während er spürte, wie er ruhiger wurde, nachdem er die Kontrolle zurückerlangt hatte.

Bis er das Motorengeräusch hinter ihnen hörte. Ohne sie loszulassen, fuhr er herum und sah einen SUV mit ausgeschalteten Scheinwerfern heranfahren. Hank?

Habe ich mich geirrt? Gib es doch irgendwo Bahngleise, nur ich habe sie nicht bemerkt?

Argwöhnisch sah er zu, wie der SUV langsam die Straße entlanggefahren kam, doch es war zu dunkel, um das Modell zu erkennen. Immerhin würde sich mit einem SUV die Straße nach Tahoe bewältigen lassen.

Eine Sorge weniger.

Es sei denn, er hatte doch recht, und es verlief kein Bahngleis in der Nähe. Aus einem Instinkt heraus ließ er das Messer auf den Boden fallen und zog seine Waffe, deren Lauf er Mercy an die Schläfe hielt, als der SUV zum Stehen kam und der Fahrer die Scheinwerfer einschaltete. Blinzelnd starrte er in das gleißende Licht. Die Tür ging auf, und ein Mann stieg aus.

Er sah, dass er groß gewachsen war, wie Hank. Und er trug eine Uniform mit einem weißen Hemd.

Aber … seine Nackenhärchen sträubten sich, und er drückte die Waffe noch fester gegen Mercys Schläfe. Befriedigt hörte er ihr leises, schmerzerfülltes Stöhnen.

»Mach die Scheinwerfer aus, Hank«, rief er, doch der Mann kam langsam auf ihn zu. In diesem Moment riss die Wolkendecke auf, und schwaches Mondlicht drang hervor.

Der Wagen war blau. Ein Range Rover. Den er schon mal irgendwo gesehen hatte. Fieberhaft durchforstete er sein Gehirn nach …

Das Leichenschauhaus. Dort hatte er ihn stehen sehen, hinter Reynolds' schwarzem Toyota. Er gehörte einem der Detectives, die im Mord an Trish Hart ermittelten. Sokolov oder Rhee. Es musste Sokolovs sein, weil er derjenige war, der gerade in Uniform auf ihn zukam.

Sie hatten ihn reingelegt. Also doch eine Falle.

Das wirst du bereuen, Hank, du blödes Arschloch. Dich kriege ich.

»Das ist nahe genug«, schrie er. »Hände dorthin, wo ich sie sehen kann, sonst bringe ich sie um, Sokolov.«

Er spürte, wie Mercy in seinem Griff stocksteif wurde. *Gut.* Vielleicht kam jetzt wieder die Zombie-Nummer. Auf diese Weise war sie leichter unter Kontrolle zu halten.

Der Mann in der Pilotenuniform blieb stehen und nahm die Hände noch. Noch immer sagte er kein Wort.

»Ich weiß, dass Sie es sind, Detective Sokolov! Bleiben Sie stehen, genau da, und sagen Sie Ihrer Begleitung, sie soll aussteigen, wer auch immer es sein mag.«

»Niemand. Ich bin allein gekommen.«

Er schnaubte abfällig. »Ja, klar … Hier muss sicherlich noch ein weiterer Cop sein.« Oder sogar mehrere. Verdammt. Hektisch sah er sich um. Durchaus möglich, dass in dieser Sekunde ein Dutzend Gewehrläufe auf ihn gerichtet waren. Er musste Mercy dicht bei sich halten. Zwar war sie etwas kleiner als er, im Zweifelsfall würde sie ihm trotzdem als Schutzschild dienen, wenn die Kugeln flogen.

Die Scheinwerfer blendeten ihn, deshalb würde er niemanden ausmachen können, selbst wenn sie ihn umstellt hatten. Inzwischen war Sokolov weiter auf ihn zugekommen und machte keine Anstalten stehen zu bleiben. Das Weiß seines Uniformhemds schien in der frühmorgendlichen Dunkelheit beinahe zu leuchten. »Stehen bleiben! Ich knalle sie ab, ich schwör's!«

Sokolov blieb stehen. Nun konnte er auch die Waffe in der Hand des Detectives erkennen. »Was wollen Sie, Garvey?«, rief er.

Ja, was wollte er eigentlich? »Ich will, dass Sie Ihre Leute zurückpfeifen. Sonst knalle ich sie ab. Ich habe nichts zu verlieren.« Er hielt inne. »Bis auf Sie, natürlich. Sie bleiben. Waffe auf den Boden und dann runter auf den Bauch.« Denn sobald er Mercy in den Van stieß, würde er dem Cop den Rücken zukehren müssen. Schritt für Schritt wich er zurück, Mercy immer noch vor seine Brust gepresst. »Ich sehe nicht, dass Sie Ihre Waffe auf den Boden legen, Sokolov. Los jetzt, ich meine es ernst.«

»Ich auch«, erwiderte Sokolov. »Denn dann erschießen Sie uns beide. Weshalb sollte ich das also tun?«

Weil ich es sage, hätte er am liebsten geschrien, verkniff es sich aber. Mittlerweile zitterte er heftig. Er hasste es … die ganze Situation … dass der Kerl ihn so aus dem Konzept bringen konnte. Dass das blöde Bullenschwein die Oberhand hatte. Und das letzte Wort.

Er hasste es, dass er so hilflos war und ihm die Alternativen ausgingen.

»Weil ich nichts zu verlieren habe«, antwortete er mit unheimlicher Ruhe.

31. KAPITEL

Placerville, Kalifornien
Dienstag, 21. Februar, 04.15 Uhr

»Verdammt«, zischte Frederick. Sie hatten Erin Rhees blauen Range Rover verloren, weil sie nach einer Kurve plötzlich zwei Sattelzüge vor sich gehabt hatten, die sich die steile Bergstraße hinaufkämpften. »Erin hat es offenbar geschafft, sie noch vor der Steigung zu überholen.«

Auf dem Rücksitz unterdrückte Gideon einen Fluch. Schließlich war es nicht Fredericks Schuld. Im Gegenteil – er war sogar ein verdammt guter Fahrer und hatte es mühelos geschafft, an Erin dranzubleiben, die weit über der erlaubten Höchstgeschwindigkeit den Highway 50 entlanggebrettert war.

»Sie hat uns abgehängt«, murmelte Daisy verdrossen.

Gideon schloss die Augen. Rafe und seine Partnerin waren gute Polizisten, und Rafe würde alles daransetzen, Mercy lebend da herauszuholen, selbst wenn er sich selbst in die Schusslinie begeben musste. Und das machte Gideon am meisten Angst. Er könnte heute Nacht einen Bruder *und* eine Schwester verlieren.

»Atme, Baby«, sagte Daisy und berührte behutsam seine Wange. »Du musst atmen.«

Er versuchte es, ernsthaft, doch seine Lunge wollte sich einfach nicht mit Luft füllen.

»Verdammt noch mal, Gideon.« Wieder spürte er Daisys Berührung, doch diesmal war sie bei Weitem nicht so sanft. Sie hatte ihren Gurt gelöst, kniete neben ihm auf dem Rücksitz und schlug ihm ins Gesicht – nicht so, dass es wehtat, aber doch heftig genug, um ihn ins Hier und Jetzt zurückzuholen. »Sieh mich an.«

Er nickte blinzelnd. »Du bist hier nicht sicher.«

Sie gab einen weiteren frustrierten Laut von sich. »Und du bist sonst wo, aber nicht bei mir.« Sie lehnte die Stirn gegen seine. »Atme, Baby. Okay?«

Es gelang ihm, sich halbwegs zu fangen, wobei er feststellte, dass sich unter seine Panik auch noch das Gefühl mischte, sich komplett lächerlich gemacht zu haben. »Mir geht's gut. Schnall dich wieder an.«

»Es tut mir leid, Gideon«, sagte Frederick kleinlaut.

»Muss es nicht. Sie haben schon so viel getan. Erin wollte nicht, dass wir zu ihnen aufschließen.«

Vor ihnen wies ein Schild auf die nächste Ausfahrt hin. »Soll ich hier rausfahren?«, fragte Frederick.

»Ja«, antwortete Gideon. »Sobald die SWAT-Leute an uns vorbeifahren, können wir uns an sie dranhängen.« *Falls es dann noch nicht zu spät ist.*

Sein Handy summte. Er zog es aus der Tasche und blickte aufs Display, in der Hoffnung, dass es Rafe war, doch die Nummer war unbekannt. Vielleicht Carson Garvey, der verhandeln wollte. »Reynolds.« Wieder schlug ihm das Herz bis zum Hals.

»Tom Hunter.«

»Tom? Was ist los?«

Neben ihm horchte Daisy auf.

»Dieses Gespräch findet gerade nicht statt«, sagte Tom. »Sagen Sie mir, dass Sie verstanden haben.«

Gideons Puls schnellte in die Höhe. »Alles klar. Lebt sie?«

»Ich weiß es nicht, aber Sokolov und Rhee sind auf dem Weg nach Placerville. Und Sie garantiert auch.«

»Ja«, bestätigte Gideon. »Aber wir haben sie verloren.«

»Ist Daisy bei Ihnen?«

»Ja.«

»Stellen Sie mich auf Lautsprecher.« Er wartete, bis Gideon seiner Anweisung gefolgt war. »Daisy, geben Sie die folgenden

Koordinaten in das GPS auf Ihrem Handy ein. Sie wissen, wie das geht, oder?«

»Äh, ja«, antwortete sie und lächelte Gideon an. »Es ist ein Grundstück in Placerville. Da vorn geht es nach rechts, Dad. Danke, Tom.«

»Gern. Und von mir haben Sie das nicht.«

»Und woher haben Sie es?«, fragte Gideon, als er endlich wieder Luft bekam.

»Molina wollte, dass ich einen Blick auf Carson Garveys Finanzen werfen. Folge dem Geld, heißt es doch immer, stimmt's? Das Grundstück gehört Sydney. Es ist nicht erschlossen, und er hat versucht, das Geld zusammenzubekommen, um es ihr abzukaufen.«

Gideon wusste nicht, was er sagen sollte. »Wieso tun Sie das für mich?«

»Weil ich auch eine Schwester habe und den Verstand verlieren würde, wenn jemand sie anrührt. Außerdem habe ich mich vor langer Zeit auf einer ähnlichen Jagd befunden wie Sie gerade und weiß nur zu gut, wie es ist, sich so machtlos zu fühlen.«

»Was ist das für eine Nummer, von der Sie mich anrufen, Tom?«, hakte Daisy nach.

»Ich gehe nie ohne Wegwerfhandy aus dem Haus«, antwortete er mit unüberhörbarer Belustigung. »Aber auch das habe ich nie gesagt.« Er zögerte. »Viel Glück, Gideon. Passen Sie auf sich auf.«

Das Gespräch wurde beendet, und Gideon konnte lediglich dasitzen und beten, während Daisy Frederick eine schmale Landstraße entlangdirigierte.

»Dort!« Sie zeigte auf eine Zufahrtstraße mit mehreren »Privatgelände – Durchfahrt verboten«-Schildern.

Frederick bog ab. Der Subaru ruckelte, als er über etwas hinwegrumpelte.

»Das war das Tor«, bemerkte er, schaltete die Scheinwerfer

aus und lenkte den Wagen vorsichtig die schneebedeckte Straße entlang.

Minuten später waren die Scheinwerfer ohnehin überflüssig, da die Lichter von Erins Ranger Rover ein Szenario erhellten, bei dessen Anblick Gideon das Blut in den Adern gefror.

»O mein Gott«, stieß er hervor. Ein kahlköpfiger Mann hatte den Arm um Mercys Hals gelegt und hielt ihr eine Waffe an die Schläfe.

Carson Garvey. Ohne Maskierung.

Gideons Magen verkrampfte sich. *Nein. Nein, nein, nein.*

Rafe stand da, die Waffe auf den Killer und Mercy gerichtet. Gideon kannte seinen besten Freund gut genug, um zu wissen, dass er eine Selbstsicherheit ausstrahlte, die er oft gar nicht empfand. Vor allem, wenn Menschenleben auf dem Spiel standen. In diesem Fall Mercys.

Frederick machte den Motor aus und ließ den Wagen langsam weiterrollen, bis er zum Stehen kam, ehe er das Fenster herunterließ.

»Ich will, dass Sie Ihre Leute zurückpfeifen. Sonst knalle ich sie ab. Ich habe nichts zu verlieren«, hörten sie Garvey rufen. »Bis auf Sie, natürlich. Sie bleiben. Waffe auf den Boden und dann runter auf den Bauch.«

Mercy immer noch fest im Griff, wich Garvey rückwärts in Richtung Van zurück. Mercy musste sich auf die Zehenspitzen stellen, um Luft zu bekommen. Ihre Handgelenke waren gefesselt.

O Gott, Mercy, es tut mir so leid. Denn Gideon wusste nur zu gut, dass der Kerl im Grunde nichts gegen seine Schwester hatte. Sie war lediglich Mittel zum Zweck gewesen, um an ihn heranzukommen. *Er wollte mich. Und Daisy.*

»Ich sehe nicht, dass Sie Ihre Waffe auf den Boden legen, Sokolov. Los jetzt, ich meine es ernst.«

»Ich auch«, rief Rafe. »Denn dann erschießen Sie uns beide. Weshalb sollte ich das also tun?«

Einen Moment lang herrschte Stille, während Garvey weiter nach rechts auswich. »Weil ich nichts zu verlieren habe«, antwortete er schließlich mit unheimlicher Ruhe.

»Da«, flüsterte Daisy. »Hinter dem Van.«

Gideon löste den Blick von seiner Schwester. »Erin«, raunte er.

Sie sahen zu, wie Erin sich mit der Waffe in der Hand von hinten an den Van anpirschte, doch Garvey musste etwas gehört haben, denn er wandte abrupt den Kopf und spähte über die Schulter ins Dunkel, während Rafe die Gelegenheit nutzte und ein Stück näher trat.

Mit einem lauten Schrei riss Garvey Mercy hoch, als er merkte, dass Rafe bis auf wenige Meter herangekommen war. Mercy wand sich in seiner Umklammerung, den Mund zu einem stummen Schrei aufgerissen, während sie hektisch versuchte, Garveys Arm zu fassen zu bekommen.

Gideon legte die Hand um den Türgriff. Zwar wollte er weder Rafe noch Erin in ihrer Arbeit behindern, doch er konnte Mercy keine Sekunde länger leiden sehen.

»Lassen Sie sie los!«, schrie Rafe. »Diesmal entkommen Sie uns nicht, Garvey. Lassen Sie sie gehen!«

»Sonst?«, rief Garvey, während Mercys Füße immer noch Zentimeter über dem Boden baumelten.

Inzwischen hatte sie unkontrolliert zu zucken begonnen, und selbst aus der Entfernung sah Gideon, dass ihr Gesicht dunkelrot anlief. Garvey wirbelte herum und sah Erin, die direkt hinter dem Van stand.

»Zurück, habe ich gesagt!«, schrie er und duckte sich, sodass Erin ihn nicht länger im Visier hatte, wobei er Mercy auch jetzt wie einen Schutzschild vor sich presste. Immerhin hatte sie nun wenigstens wieder Boden unter den Füßen und konnte Atem schöpfen.

Allerdings hatte keiner der beiden Detectives die Möglichkeit, ihn ins Visier zu nehmen.

In diesem Moment nahm Garvey die Waffe von Mercys Schläfe und gab zwei Schüsse auf Rafe ab – der erste traf seinen Schussarm, der zweite ging in sein Bein der anderen Körperhälfte.

Offenbar konnte Rafe seine Hand nicht länger kontrollieren, denn die Dienstwaffe entglitt seinen Fingern, während ihn der zweite Schuss von den Füßen riss. Blut quoll aus beiden Wunden in den weißen Schnee. Mit der unverletzten Hand versuchte er abwechselnd, nach seiner Pistole zu tasten und Druck auf die Wunde auszuüben.

Genug. Gideon konnte nicht länger zusehen. Er zog seine eigene Waffe und schob sie sich hinten in den Gürtel, damit Garvey sie nicht auf den ersten Blick bemerkte. Garvey sollte unter keinen Umständen Mercy töten, weil er sich in die Ecke gedrängt fühlte, doch Gideon war wild entschlossen, diesem Monster bei der ersten sich bietenden Gelegenheit eine Kugel in den kahlen Schädel zu jagen.

»Tut mir leid«, flüsterte er Daisy zu, riss die Tür auf, sprang heraus und ging geradewegs auf Garvey zu.

Mercy war es kurz gelungen, sich loszureißen, doch Garvey hatte sie wieder gepackt und hielt ihr neuerlich die Waffe an die Schläfe. Allmählich erstarb ihr Widerstand. Garvey hatte den Kopf abgewandt, um den hinteren Teil des Vans im Auge zu behalten, wohl wissend, dass Erin irgendwann einen Vorstoß wagen würde.

»Ich weiß, dass Sie da hinten sind, Detective Rhee«, rief er. »Ich will, dass Sie Ihre Waffe zu mir herüberwerfen, und dann gehen Sie zu Ihrem Partner, bleiben aber mindestens anderthalb Meter vor ihm stehen. Dort legen Sie sich auf den Boden. Los jetzt! Sonst triff die nächste Kugel Ihren Partner in den Schädel und die übernächste Ihren eigenen.« Augenblicke später kam eine Pistole herübergeflogen.

»Gut«, rief Garvey befriedigt, während er noch immer dicht neben dem Van kauerte. »Und jetzt los, Rhee.«

Erin trat hinter dem Wagen hervor. In der Hand hielt sie eine Waffe, mit der sie auf ihn zielte. Sein entsetzter Blick schweifte zu der Pistole im Schnee, dann wieder zu ihr. Es war nicht ihre einzige Waffe gewesen.

»Lassen Sie sie los«, befahl Erin, die Pistole noch immer auf Garvey gerichtet.

Ohne seine Waffe von Mercys Schläfe zu nehmen, wandte Garvey sich vollends zu Erin um.

Gideon hörte seine Schwester leise wimmern, als er aus dem Schatten von Erins Rover in den Lichtkegel der Scheinwerfer trat.

»Lassen Sie sie los.« Er hatte seine gesunde Hand erhoben, damit Garvey sehen konnte, dass sie leer war. »Ich bin unbewaffnet«, log er. »Lassen Sie sie los. Ich weiß, dass Sie eigentlich mich wollen.«

Garvey lachte leise. »Wie süß. Aber da müssen Sie sich schon ein bisschen mehr ins Zeug legen, Reynolds.«

Gideon sah in Mercys angstvoll aufgerissene Augen, wohl wissend, dass Rafe hinter ihm zu verbluten drohte. »Es tut mir leid«, sagte er. »Es tut mir … sehr leid. Bitte tun Sie ihr nichts. Nehmen Sie mich stattdessen.«

Placerville, Kalifornien
Dienstag, 21. Februar, 04.20 Uhr

Daisys Herz schlug so heftig, dass sie kaum atmen konnte. Sekundenlang verfolgte sie entsetzt, wie Gideon geradewegs in die Schusslinie trat.

»Heilige Mutter Gottes«, raunte Frederick.

»Was ist passiert, Sir?«, fragte die Frau in der Einsatzzentrale der Polizei, wo Frederick nach dem Schuss auf Rafe angerufen hatte, um einen Krankenwagen anzufordern.

»Die Situation eskaliert gerade weiter«, antwortete Frederick barsch. »Wo zum Teufel bleibt das SWAT-Team, das die Feds losschicken wollten?«

Noch immer verfolgte Daisy das Geschehen in Schockstarre. »Nein, verdammt noch mal!«, stieß sie abrupt hervor und kletterte über die Rückbank in den Laderaum des Subaru, wo sich Rafes Waffenkassette befand. Sie war lang genug für ein Gewehr. *Bitte, bitte, mach, dass er ein geladenes Gewehr dort drin hat.*

Sie gab den Code ein – Irinas Geburtstag – und klappte den Deckel auf. Ein Gewehr und zwei Handfeuerwaffen lagen vor ihr. Sie nahm das Gewehr an sich und reichte ihrem Vater eine der Pistolen und ihr Handy, ehe sie ausstieg und sich neben dem Wagen postierte.

»Ruf Molina an«, flüsterte sie eindringlich. »Ihre Nummer steht in meinen Kontakten. Frag sie, wo das verdammte SWAT-Team bleibt. Und sie selbst, verdammt noch mal.«

Ohne die hintere Tür zu schließen, ließ sie das Fenster herunter und legte das Gewehr im Rahmen an, da es zu schwer war, um es gerade zu halten. Sie war müde, und ihre Hände zitterten.

»Was treibst du da?«, zischte Frederick in eindringlichem Flüsterton.

»Zu Ende bringen, was ich Donnerstagnacht angefangen habe. Ich hätte ihm seine Waffe abnehmen sollen, statt sie ihm aus der Hand zu schlagen. Ruf endlich Molina an, verdammt. Los jetzt!«

»Ich muss auflegen«, sagte er zu der Frau in der Einsatzzentrale und beendete trotz ihres Protests das Gespräch, um Molinas Nummer zu wählen, wie Daisy es verlangt hatte.

Unterdessen konzentrierte Daisy sich darauf, das Zittern ihrer Hände in den Griff zu bekommen und sich nicht von dem Telefonat zwischen ihrem Vater und Molina ablenken zu lassen. Entweder sie und das SWAT-Team trafen rechtzeitig ein oder eben nicht. *Wenn nicht, tue ich, was getan werden muss.* Doch als sie durch das Zielfernrohr spähte, blieb ihr beinahe das Herz stehen.

Gideons laute Stimme wehte zu ihr herüber. »Wollen Sie, dass ich Sie anflehe?«, rief er mit unüberhörbarer Verzweiflung. »Na gut. Dann tue ich das. Nehmen Sie mich stattdessen. Bitte.«

Und dann fiel Gideon vor Carson Garvey auf die Knie.

Daisys Grauen drohte ihr die Luft abzuschnüren, obwohl sie wusste, dass es ein Ablenkungsmanöver war. Zumindest hoffte sie es. *Bitte nicht. Du darfst nicht sterben. Bitte nicht.*

Garveys Blick folgte der Bewegung, während ihm für einen Moment die Kinnlade herunterfiel – eine Sekunde lang, in der er abgelenkt war. Und die Mercy nutzte, um ihre gefesselten Hände hochzureißen, Garveys Hand zu packen und ganz fest zuzudrücken.

Mit einem lauten Schmerzensschrei ließ Garvey von Mercy ab, die sich zu Boden fallen ließ und in Rafes Richtung davonrobbte. In diesem Moment sprang Erin hinter dem Van hervor und rammte Garvey ihre Pistole in den Rücken.

»Waffe runter und Hände hoch!« Ihre laute Stimme wehte durch die kalte Nachtluft, klar und deutlich.

Langsam ließ Garvey die Waffe halb sinken, ehe er abrupt herumfuhr und blindlings zu feuern begann. Eine Hand auf der Brust, taumelte Erin mit einem Schmerzenslaut rückwärts, wobei sie im Fallen einen Schuss abgab.

»Verdammt!«, stieß Frederick hervor und wollte die Fahrertür öffnen.

»Warte«, befahl Daisy. »Sie trägt eine kugelsichere Weste.«

»Aber der Schuss kam aus kurzer Entfernung«, widersprach Frederick. »Bestimmt hat sie mehrere Rippenbrüche. Oder Schlimmeres.«

»Aber sie lebt. Bleib aus meiner Schusslinie. Wo steckt das verdammte SWAT-Team?«

»Ist in fünf Minuten da. Molina ist bei ihnen. Auch eine Hubschraubereinheit ist unterwegs.«

»Ich glaube nicht, dass wir noch so viel Zeit haben«, murmelte Daisy.

Erin lag nach Luft schnappend auf dem Rücken im Schnee. Carson hob die Waffe und zielte ein weiteres Mal auf sie. Daisy hatte ihn bereits im Visier und legte den Finger um den Abzug, als Gideon plötzlich aufsprang, seine Waffe aus dem Hosenbund zog und losrannte. Daisy stieß einen Fluch aus.

Und schnappte entsetzt nach Luft, als Gideon abrupt stehen blieb und geradewegs auf Garveys Kopf zielte, der wiederum seine Waffe auf Gideon gerichtet hatte. Beide Männer hielten ihre Waffen in ihrer nichtdominanten Hand. Damit war keiner von ihnen im Vorteil, als sie einander qualvolle Sekunden lang gegenüberstanden, die sich wie Jahre anfühlten.

Schließlich trat Gideon einen Schritt nach hinten. Daisy hätte am liebsten geschrien, *Ein Schritt noch. Nur einen.* Denn der Winkel war beinahe perfekt. Sollte Gideon jedoch nur ein winziges Stück vortreten, stünde er direkt in ihrer Schusslinie.

Ein abscheuliches Lächeln trat auf Carson Garveys Züge. »Auf die Knie, Reynolds«, befahl er ruhig. »Genau so werden Sie sterben. Auf Knien.«

Ja, dachte Daisy verzweifelt. *Tu's. Geh runter. Bitte.* Doch sie wusste, dass er es nicht tun würde. Um Mercys willen mochte Gideon sich zwar auf die Knie fallen lassen, aber nicht, um zu sterben. Sie unterdrückte den Drang, zu ihm zu laufen, sondern blieb, wo sie war, das Gewehr im Anschlag, wartete auf den richtigen Moment. Wenn Garvey nur ein kleines Stück nach links träte, hätte sie ihn perfekt im Visier.

Und dann sah sie, wie Gideon sich abermals auf die Knie sinken ließ.

Lachend verfolgte Garvey die Bewegung mit der Waffe.

Daisy drückte ab.

Carson Garvey starb mit einem Lachen auf den Lippen.

Placerville, Kalifornien
Dienstag, 21. Februar, 05.13 Uhr

Gideon ließ sich nach vorn auf alle viere fallen und schnappte nach Luft.

»Ist alles in Ordnung?«

Die Frage kam von Mercy, die Rafe unterdessen mithilfe seines Gürtels das Bein abgebunden hatte. Sie hockte im Schnee, seinen Kopf in ihrem Schoß, während sie Druck auf seine Armwunde ausübte.

»Ja. Aber es war knapp. Zu knapp.« Er stemmte sich hoch, schob seine Waffe ins Holster und nahm Garveys Pistole an sich, ehe er den Puls des Mörders fühlte. Nichts. Zufrieden erhob er sich, löste seinen eigenen Gürtel und ging zu Rafe, während er nach Daisy Ausschau hielt, die ein Stück entfernt in Fredericks Armen dastand.

»Es geht ihr gut«, rief Frederick herüber.

Hoffentlich. Gideon trat zu Mercy und Rafe. Daisy hatte ihm das Leben gerettet. Genau, wie er es erwartet hatte. Natürlich hätte er Garvey erschießen können, allerdings hätte er dabei höchstwahrscheinlich ebenfalls eine Kugel abbekommen. Und hätte Garvey als Erster getroffen, wäre niemand mehr dagewesen, um Mercy, Rafe und Erin zu schützen.

Nun ja, das stimmte nicht. In diesem Fall hätte Daisy Carson Garvey ebenfalls das Licht ausgeblasen, ohne auch nur mit der Wimper zu zucken. *Aber so gefällt mir das Ganze wesentlich besser.*

Er ging neben Mercy in die Hocke. »Geht es dir gut?«

Mercy nickte. »Mein Hals ist rau, aber ansonsten bin ich unversehrt.«

Er atmete erleichtert aus. »Gut. Nimm den hier, um seinen Arm abzubinden.« Er reichte ihr seinen Gürtel. »Ich sehe nur kurz nach Erin. Bin gleich zurück.«

Er lief zu Erin, während er gleichzeitig Molinas Nummer wählte, und ließ sich neben ihr auf die Knie fallen. Die Polizistin schnappte immer noch nach Luft. Er stellte das Telefon auf Lautsprecher und legte es neben sich auf den Boden, um mit einer Hand den Klettverschluss von Erins kugelsicherer Weste zu lösen.

Seine Vorgesetzte ging beim ersten Läuten ran. Und sie war stocksauer. »Ich hoffe nur, Sie haben gute Nachrichten, Gideon. Sie haben jeden Befehl missachtet …«

»Darüber reden wir später«, unterbrach er. »Jetzt brauche ich erst einmal einen Rettungshubschrauber für Sokolov und Rhee. Er hat zwei Schusswunden davongetragen, die beide heftig bluten. Rhee hat aus nächster Nähe einen Schuss in die Brust abbekommen. Zwar trug sie eine kugelsichere Weste, trotzdem könnte ihre Lunge etwas abbekommen haben.«

»Alles in die Wege geleitet«, sagte Molina. »Daisys Vater hat mich angerufen, nachdem Sie in einen Schusswechsel geraten waren. Mehr habe ich nicht mitbekommen, da in dem Moment ein Schuss fiel und er aufgelegt hat. Was ist mit Carson Garvey?«

»Tot. Daisy hat ihn mit einem Scharfschützengewehr getötet.« Er versuchte, Erin die Weste auszuziehen, doch seine Rechte wollte ihm auch jetzt noch nicht gehorchen. »Frederick!«, rief er. »Ich brauche Hilfe.« Er wandte sich wieder an Molina. »Ich muss Schluss machen und mich um die Verletzten kümmern.« Er legte auf und steckte sein Handy ein.

Er würde sein Schmerzmittel später nehmen, brav alles tun, was man ihm sagte.

Frederick hatte sich bereits auf Erins andere Seite gekniet, löste die Klettverschlüsse und zog ihr die schwere Weste über den Kopf. Erin nickte dankbar.

»Besser«, stieß sie hervor. »Helft Rafe.«

Frederick zog seinen Mantel aus und breitete ihn über sie. »Wir sind gleich zurück.«

Daisy war mit einer Decke zu Rafe geeilt. »Die habe ich im Wagen gefunden. Und einen Erste-Hilfe-Kasten.«

Frederick öffnete ihn, riss Verbandszeug heraus und machte sich daran, fachmännisch Rafes Wunden zu versorgen.

»Sie kennen sich mit Erster Hilfe aus?«, fragte Gideon.

»Nein. Ich habe aber jahrelang drei Stunden vom nächsten Arzt entfernt gelebt«, erwiderte Frederick. »Was ich weiß, habe ich auf die harte Tour gelernt.« Er wandte sich an Rafe. »Das Gute ist, dass die Blutung dank der Gürtel gestoppt werden konnte. Wahrscheinlich müssen Sie operiert werden, aber bestimmt sind Sie bald wieder auf dem Damm und können allen wieder schön auf die Nerven gehen, so wie Gideon.«

Erleichtert sah Gideon, dass Rafe grinsen musste. Um ein Haar hätte er sie beide verloren, ihn und seine Schwester, aber jetzt würde alles wieder gut werden. Das sagte er sich die ganze Zeit.

Frederick schien alles unter Kontrolle zu haben, deshalb drehte Gideon sich um, legte Daisy einen Finger unters Kinn und zwang sie, ihn anzusehen. Sie weinte. »Das Adrenalin?«, fragte er und wischte ihr die Tränen ab.

Sie schüttelte den Kopf. »Ich habe noch nie jemanden getötet. Ich meine, natürlich bin ich froh, dass ich es getan habe, und würde es jederzeit wieder tun, aber …«

»Daisy«, krächzte Rafe. »Danke.«

Mercy lächelte zittrig. »Ja, genau. Danke.«

»Trotzdem ist es brutal«, meinte Gideon. »Nicht nur das erste Mal, sondern auch alle Male danach.«

»Er hat dich gezwungen, vor ihm zu knien«, schluchzte Daisy. »Es tut mir so leid.«

Gideon lachte und strich ihr übers Haar – ein Laut, der im Nachhall der Ereignisse so gar nicht zu passen schien. »Das erste Mal habe ich es getan, weil ich dachte, er steht drauf, wenn ich mich vor ihm erniedrige, und ist so abgelenkt, dass Erin ihn kaltmachen kann. Das war der Grundgedanke, deshalb war ich derjenige, der ihn manipuliert hat, nicht umgekehrt.« Er löste sich ein Stück von ihr und zwang sie neuerlich, ihn anzusehen. »Und weißt du, wieso ich es das zweite Mal getan habe?«

Sie schniefte. »Nein, wieso?«

»Weil ich wusste, dass du ihn direkt im Visier hattest.«

Ihr blieb der Mund offen stehen. »Was? Wirklich?«

»Wirklich. Und du hast abgedrückt, genau so, wie ich dachte.«

»Ist er tot?«, presste Rafe mühsam hervor. »Seid ihr ganz sicher?«

»Ja, absolut sicher«, antwortete Gideon. »Es war ein Kopfschuss wie aus dem Lehrbuch. Allerdings kann er uns jetzt nicht mehr verraten, wo er die anderen Opfer verscharrt hat.«

»Sie sind alle hier«, sagte Mercy. »Auf dem Grundstück befindet sich ein stillgelegter Minenschacht. Dort hat er sie hingebracht.«

»Das Grundstück gehörte Sydney«, erklärte Gideon ihnen. »Das wäre also durchaus einleuchtend.« Er löste sich von Daisy. »Ich bleibe bei Erin, bis der Rettungshubschrauber hier ist.« Er küsste sie auf die Stirn. »Danke, mein Schatz.«

Sie nickte und streckte ihm die Hand hin, die er ergriff und sie auf die Füße zog. Gemeinsam gingen sie zu Erin, die sich mittlerweile auf die Ellbogen hochgestemmt hatte. »Ich bin froh, dass Sie nicht auf mich gehört haben«, sagte sie ruhig. »Ohne Sie im Hintergrund wäre Rafe tot gewesen.« Sie nickte in Richtung von Garveys Leiche. »Er hätte uns womöglich alle getötet.« Sie legte den Kopf schief. »Ich höre Sirenen. Gott sei Dank.«

Als Erstes traf eine schwarze Limousine ein, aus der wenig überraschend Agent Molina stieg. Sie trat zu ihnen, wobei ihr Blick über das gegen den Subaru gelehnte Gewehr und die Leiche des Mörders auf dem Boden schweifte.

Vor Gideon und Daisy blieb sie stehen. »Special Agent Reynolds.«

Gideon nickte. »Special Agent in Charge Molina.«

Wut flackerte in ihren Augen. »Das wird Konsequenzen haben.«

»Ich weiß«, gab Gideon schlicht zurück. »Aber ich würde es trotzdem jederzeit wieder tun. Mercy ist meine Schwester, Rafe mein Bruder. Und Erin ist uns sehr dankbar, obwohl sie sich bemüht hat, sich uns vom Leib zu halten.«

Molina verdrehte die Augen. »Wir reden später darüber, Gideon. Gut gemacht, Daisy. Danke.«

Daisy sah sie verblüfft an. »Dass es mir ein Vergnügen war, kann ich nicht behaupten, trotzdem … gern geschehen.«

Molina nickte und reckte schnüffelnd die Nase. »Ist das hier sein Privatfriedhof?«

»Ja.« Bisher war Gideon zu überdreht von den Ereignissen gewesen, doch nun bemerkte auch er den Verwesungsgeruch. *Eine der Leichen, die er hierhergebracht hat, ist Eileen.* »Wir werden sie alle sicherstellen müssen.«

Molina legte ihm die Hand auf seine unversehrte Schulter. »Jemand wird sich darum kümmern. Aber das müssen nicht Sie sein. Und auch nicht jetzt sofort.« Sie sah auf, als der Rotorenlärm des nahenden Hubschraubers ertönte. »Rufen Sie mich später an, Gideon, dann reden wir in Ruhe über alles. Jetzt steht Ihr Wohl und das Ihrer Freunde erst einmal an erster Stelle.«

32. KAPITEL

Sacramento, Kalifornien
Donnerstag, 23. Februar, 13.50 Uhr

»Brauchst du sonst noch etwas?«, fragte Daisy und schüttelte Rafes Kissen auf. Mittlerweile hatte er etwas mehr Farbe als tags zuvor, trotzdem war er bei Weitem noch nicht wieder auf dem Posten.

Er lächelte matt. »Mir geht's gut, ich bin bloß müde. Schlaf ist alles, was ich brauche.«

Am Morgen war er aus dem Krankenhaus entlassen worden und hatte entschieden – den heftigen Protesten seiner Mutter zum Trotz –, sich zu Hause zu erholen statt im Haus seiner Eltern, wo er doch nie ein Auge zubekäme, wie er behauptete. Da er die Treppe zu seinem Apartment im obersten Stock nicht bewältigen konnte, hatten sie ihn bei Daisy einquartiert, während Irina seine Wohnung bezogen hatte, um in der Nähe zu sein. Außerdem lebte Sasha im ersten Stock, daher war er nicht allein.

Das bedeutete zwar, dass Daisy vorübergehend wohnungslos war, doch nach einer Nacht bei den Sokolovs würde sie heute Abend zu Gideon ziehen. Zumindest für den Moment. Zeit mit Gideon war genau das, was sie jetzt brauchte, auch wenn sie über kurz oder lang wieder in ihren gewohnten Alltag zurückkehren würde.

»Also gut.« Sie küsste ihn auf die Stirn. »Deine Mom hat sich hingelegt, hat aber eines der beiden Babyphone dabei, das andere ist bei Sasha. Gideon, Mercy und ich bleiben erst mal eine Weile bei ihr, du kannst uns also rufen, falls du etwas brauchst. Bevor wir gehen, sehen wir noch mal vorbei.«

Er schloss schlaftrunken die Augen. »Ich hab dich lieb, DD, aber verschwinde endlich. Bitte und danke.«

Sie lachte leise. Dass er sie loswerden wollte, war nur zu verständlich. Alle bemutterten ihn – zu groß war der Schreck bei allen, ihn beinahe verloren zu haben. »Schon gut. Ich bin weg.«

Sie verließ das Apartment und ging die Treppe hinauf zu Sasha, wo Gideon und Mercy vor seinem aufgeklappten Laptop saßen. Sasha war bei der Arbeit, hatte Mercy jedoch eingeladen, ihr Gästezimmer zu beziehen, solange sie noch in der Stadt war. Gideon war ein wenig enttäuscht gewesen, verstand jedoch, dass Mercy Zeit für sich und Abstand brauchte.

»Er schläft«, sagte Daisy. »Sind wir so weit?«

Gideon und Mercy nickten mit entschlossenen Mienen. Aus der Nähe war die Ähnlichkeit zwischen ihnen unverkennbar – dasselbe dunkle Haar, dieselben grünen Augen. In Mercys Haar waren zwar noch keine Silberfäden zu erkennen, doch der Ausdruck in ihren Augen ließ sie deutlich älter wirken.

»Skype ist bereit«, sagte Gideon. »Wir warten bloß noch, dass Agent Dabney uns anruft.«

Dabney war Gideons Kollege aus der Zweigstelle in San Diego und derjenige, der den Kontakt mit Lawton Malloy hergestellt hatte, dem jungen Mann aus dem Uni-Schwimmteam mit dem Eden-ähnlichen Tattoo. Bisher hatte Gideon noch keine Gelegenheit gehabt hinzufahren, außerdem steckte Lawton mitten in den Prüfungen und konnte nicht nach Sacramento kommen, deshalb hatten sie sich auf ein Gespräch via Skype geeinigt.

Daisy setzte sich neben Gideon und hob Brutus auf ihren Schoß – vermutlich würde sie sie schon bald brauchen. »Was auch immer er sagt … wir kommen damit klar«, erklärte sie und ergriff seine Hand.

»Ich weiß.« Er hauchte ihr einen Kuss auf die Schläfe.

Daisy drückte ihm die Hand. Dann warteten sie schweigend.

Um Punkt 14 Uhr ertönte das Läuten. Gideon nahm das Gespräch an, woraufhin der Bildschirm zum Leben erwachte und ein Mann in den Fünfzigern in einem schwarzen Anzug neben dem jungen Schwimmer erschien, den Daisy bei ihrer Suche vor ein paar Tagen entdeckt hatte. Er trug ein Hemd und Krawatte und hatte sorgfältig gekämmtes Haar. Und sah sie mit einer Mischung aus Furcht und Anspannung an.

»Gideon«, begrüßte Agent Dabney ihn herzlich. »Wie ich höre, gab es einige Aufregung bei euch da oben.«

Gideon stieß ein schnaubendes Lachen aus. »Das kannst du laut sagen. Danke, dass du uns hilfst. Das sind meine Schwester, Mercy Callahan, und meine Freundin, Daisy Dawson. Daisy hat Sie im Zuge ihrer Internetrecherchen gefunden, Mr Malloy.«

Lawton Malloy lächelte verhalten. »Ich war ziemlich erstaunt, als das FBI mich kontaktiert hat.«

»Das kann ich mir vorstellen«, erwiderte Gideon. »Danke, dass Sie mit uns reden. Was hat Agent Dabney Ihnen bisher erzählt?«

»Nicht viel. Nur, dass Sie mein Tattoo gesehen haben und mit mir darüber reden wollen. Wieso? Es hat nichts mit einer Gang zu tun, falls Sie das vermuten.«

Gideon und Mercy wechselten einen kurzen Blick, und Mercy nickte knapp, was für Gideon ein Zeichen war, mehr offenbaren zu dürfen.

»Wir wissen, was es bedeutet. Weil ich ein ganz ähnliches habe, Lawton.«

Weder Lawton noch Agent Dabney konnten ihre Verblüffung verhehlen. »Was? Wo?«, stieß Lawton hervor, während Dabney schwieg.

»An derselben Stelle wie Sie, nur habe ich es mit achtzehn Jahren überstechen lassen. Es steht für sehr schlimme Erinnerungen. Ich habe es nicht aus freien Stücken bekommen.«

Lawtons Augen waren immer noch weit aufgerissen. »Also waren Sie in … Eden?«

Beim Klang des Namens zuckte Mercy zusammen. Gideon zwar nicht, doch Daisy bemerkte das verräterische Zucken an seinem linken Auge. »Ja«, antwortete Gideon, ehe er auf Mercy deutete. »Wir beide.«

Zu ihrer aller Verblüffung füllten sich Lawtons Augen mit Tränen. »Er dachte, er sei der Einzige.«

»Wer? Kannten Sie jemanden, der entkommen ist?«, fragte Mercy sanft.

»Levi.« Lawtons Adamsapfel hüpfte auf und ab, als er schluckte. »Er hieß Levi Hull.«

Mercy holte scharf Luft. »Levi?«

Nickend wischte Lawton sich mit dem Handrücken die Tränen ab. »Er ...« Er hielt inne. »Levi hat sich vor einem Jahr umgebracht.«

O nein! Daisys Herz zog sich zusammen.

Gideon schloss die Augen, und Mercy wurde kreidebleich. Gideon fing sich als Erster und räusperte sich. »Sie waren Freunde?«

Wieder nickte Lawton, während ihm neuerlich die Tränen kamen. »Mehr als das. Zumindest wollten wir das. Aber dieser Ort ... er hat ihn komplett irre gemacht.«

»Eden, meinen Sie?«, hakte Gideon nach.

»Ja, Eden.« Lawton spie den Namen förmlich aus, als bereite es ihm körperliches Unbehagen, ihn auf der Zunge zu haben. Wieder blinzelte er gegen seine Tränen an, doch mittlerweile stand die blanke, unverhohlene Wut in seinen Augen. »Homosexualität sei eine Sünde, haben sie gepredigt, aber selber dreizehnjährige Jungs gefickt. Bitte entschuldigen Sie meine Ausdrucksweise.«

Gideon öffnete den Mund und schloss ihn wieder, während Mercy ihn entsetzt ansah, als sie zu begreifen schien. »Gideon?«, flüsterte sie.

Sie hatte keine Ahnung gehabt. Daisy wusste nicht, was sie

sagen, was sie tun sollte. *Mercy hatte keine Ahnung, weshalb Gideon in Wirklichkeit geflohen ist.*

Den Blick fest auf den Bildschirm geheftet, schüttelte Gideon knapp den Kopf. »Ich bin entkommen. Knapp. Aber Levi hatte offenbar nicht so viel Glück.«

Unbeschreibliche Traurigkeit zeichnete sich auf Lawtons Miene ab. »Nein. Hatte er nicht.«

»Wie haben Sie sich kennengelernt?«, fragte Daisy, als Gideon und Mercy schwiegen.

»Auf der Highschool. Ich stamme aus L.A. Als wir fünfzehn waren, ist Levi zu seinem Onkel gezogen. Meine Mom und die Frau seines Onkels waren Freundinnen und dachten, ich könnte ihm ein bisschen helfen, sich einzuleben. Sie wissen schon, ihn den anderen vorstellen, zusammen abhängen und so. Wir haben uns gut verstanden und waren bald unzertrennlich. Lawton und Levi.« Die Tränen liefen ihm ungehindert über das Gesicht. »Freunde fürs Leben.«

Daisy lächelte freundlich. »Und dann waren Sie mehr als Freunde.«

»Ja«, bestätigte Lawton mit rauer Stimme. »Aber Levi hatte mit so vielen Dämonen zu kämpfen. Er wollte mit mir zusammen sein, aber diese Eden-Scheiße hat ihn immer wieder eingeholt. Es ging ständig zwei Schritte vor und drei zurück, verstehen Sie?«

Daisy nickte betrübt. »Ja.«

»Und dann habe ich ein Schwimmstipendium bekommen«, fuhr Lawton niedergeschlagen fort. »Bis zur Abschlussklasse war Levi mit mir gemeinsam in der Mannschaft gewesen, aber plötzlich ist er ausgestiegen. Ich konnte es mir nicht erklären, aber dann habe ich ihn eines Tages beim Umziehen in seinem Zimmer überrascht. Er hatte überall Narben von Schnittwunden und frische Einstichstellen. Er hat das Schwimmen hingeschmissen, weil er nicht wollte, dass es jemand sieht. Na ja, außerdem wäre er bei den Drogentests vor den Wettkämpfen aufgeflogen. Ich habe versucht, ihm Hilfe zu besorgen, einen Therapieplatz. Sein Onkel hat ihm auch geholfen, aber Levi wollte das alles nicht. Er hatte Angst, der Therapeut könnte ihn dazu bringen, seine Geheimnisse zu lüften und über Eden auszupacken. Damals habe ich zum ersten Mal davon erfahren, und er hat mich schwören lassen, dass ich niemandem je davon erzähle.« Er wandte den Blick ab. »Also habe ich den Mund gehalten.«

Daisy konnte all das nur zu gut nachvollziehen. Auch sie hatte sich in den Therapiesitzungen während ihrer Entziehungskur nicht vollständig öffnen können, aus Angst, das Geheimnis ihrer Familie versehentlich zu verraten – dass sie im Verborgenen lebten, damit Taylors leiblicher Vater sie nicht fand. Daher hatte sie nur sehr, sehr wenig von sich preisgegeben.

Sie sah zu Gideon hinüber, auf dessen Gesicht derselbe abwesende Ausdruck lag wie an dem Abend auf dem Polizeirevier, als er unvermittelt damit herausgeplatzt war, dass der Mann auf Eileens Hochzeitsfoto tot sei.

»Gideon?«

Er nickte, sagte jedoch nichts. Ebenso wenig wie Mercy.

Na schön. »Was auch immer geschehen oder nicht geschehen ist, war nicht Ihre Schuld, Lawton«, sagte Daisy, obwohl sie nicht davon ausging, dass ihre Beteuerung irgendetwas bewirkte, doch zu ihrer Verwunderung erwiderte Lawton: »Ich weiß. Die anderen sind schuld. Die Schweine, die ihn verletzt haben, und all diejenigen, die weggesehen haben. Aber Levi war derjenige, der schrecklich gelitten hat. Und wir.«

»Wusste sein Onkel Bescheid?«, fragte Daisy.

»Nein. Seinem Onkel hatte man bloß erzählt, Levi sei ins Heim gekommen, weil seine Eltern sich nicht um ihn gekümmert hätten, und Levi hat ihm nie reinen Wein eingeschenkt. Später, als alles herauskam, hat er mir erzählt, er hätte sich seinem Onkel nicht anvertrauen können, weil der sich sonst auf die Suche nach Eden begeben hätte und seine Mutter bestraft worden wäre, weil ›die‹ damit gewusst hätten, was los war. Deshalb hat er es niemandem erzählt. Nur mir.«

Gideon setzte sich abrupt auf. »Wie ist er rausgekommen?«

»Seine Mutter hat ihn in einer Art Laster rausgeschmuggelt, mit dem die Typen ihre Vorräte einkaufen gefahren sind. Er hatte ihr endlich gesagt, was man ihm antat, und sie fing an zu weinen. Sie hat ihm den Namen ihres Bruders gegeben und den Fahrer bezahlt, dass er ihn mitnimmt und an einem Busbahnhof absetzt.«

Sie hat den Fahrer bezahlt, dachte Daisy bitter. Gideons Mutter hatte mit ihrem Körper bezahlen müssen. Höchstwahrscheinlich galt dasselbe auch für Levis Mutter.

»Und an welchem?«, fragte Gideon.

»In Medford, Oregon.«

»Das ist in etwa gleich weit von Macdoel weg wie Redding«, sagte Daisy leise.

Gideon nickte, ohne den Blick von Lawton zu lösen. »Und Levis Mutter?«

Lawton schüttelte den Kopf. »Sie hatte noch weitere Kinder, die sie nicht verlassen konnte.«

Gideon und Mercy tauschten einen langen Blick, und Mercy atmete langsam aus. »Diese Geschichte kennen wir«, sagte sie auf ihre gewohnt ruhige Art. »Bei uns war ich das Kind, wegen dem meine Mutter bleiben musste.«

Gideons Schultern sackten niedergeschlagen herab. »Mercy.«

»Aber es stimmt doch.«

Daisy blutete das Herz. *Was für eine Last das für sie sein muss.*

Auch Lawton schien das Ganze sehr nahezugehen. »O Gott, es tut mir so leid.«

»Danke«, sagte Mercy. »Ich erinnere mich an Levi. Er war acht oder neun, als ich abgehauen bin. Ein sehr süßer kleiner

Bursche.« Sie lächelte schief. »Ich habe ihm und den anderen kleinen Jungs oft beim Spielen zugesehen, wenn die Mütter beim Strickkreis oder in der Bibelstunde waren. Er mochte Blumen sehr.

Lawton nickte zittrig. »Er wollte Botaniker werden. Aber er bekam nie die Gelegenheit dazu.«

»Waren Sie zusammen auf dem College?«, fragte Daisy.

»Nein. Er hat zwar einen Highschool-Abschluss gemacht, aber seine Noten waren schlecht, weil er durch die Zeit in Eden viel zu viel Lernstoff versäumt hatte. Außerdem war er immer tiefer in den Drogensumpf gerutscht, was natürlich auch nicht gerade hilfreich war. Als ich mein Stipendium bekam, hätte ich beinahe abgelehnt, weil ich lieber zu Hause bleiben und mich um ihn kümmern wollte, aber das hat er nicht zugelassen. Stattdessen hat er mich regelrecht gedrängt, es anzunehmen. Er ist zu meinen Wettkämpfen gekommen und hat mich angefeuert.« Lawton hatte sichtlich Mühe, nicht die Fassung zu verlieren. »Und dann hat er sich an einem Baum im Garten seines Onkels erhängt.«

Einen Moment lang herrschte Stille, die Agent Dabney mit einem tiefen Seufzer durchbrach. Der Agent hatte die ganze Zeit wortlos mit gequälter Miene gelauscht. »Dient dieses Gespräch dazu, Material zu sammeln, weil das FBI die Ermittlungen im Fall Eden wieder aufnimmt?«

Lawton riss die Augen auf. »Moment mal. Sie wollen damit sagen, die Regierung wusste über diese Dreckschweine Bescheid und hat nichts unternommen?«

»Es ist leider kompliziert«, wandte Gideon ein. »Ich habe Anzeige erstattet, als ich zum FBI kam, und wir haben versucht, die Gemeinschaft aufzustöbern, allerdings sind die Anführer ziemlich geschickt und haben es bisher geschafft, sich im Verborgenen zu halten. Mittlerweile liegen uns allerdings neue Beweise vor, daher wurde ich damit betraut, die Ermittlungen wieder aufzunehmen. In den letzten Tagen hat uns ein Serienmörder ziemlich auf Trab gehalten, aber wir konnten ihn schnappen, und ich kann mich wieder der Suche nach Eden widmen. Wenn Sie uns den Namen von Levis Onkel und seine Adresse geben könnten, wäre uns sehr geholfen, Lawton.«

Lawtons Lippen wurden schmal. »Auch er ist tot. Er hatte schon vorher Herzprobleme, und Levi erhängt am Baum zu finden, hat ihm den Rest gegeben. Er und Levi kamen nicht sonderlich gut klar miteinander, weil sein Onkel nicht nachvollziehen konnte, weshalb Levi Drogen nahm. Wenige Wochen vor seinem Selbstmord hatte er ihn vor die Tür gesetzt.«

Gideons Kiefer mahlten, dann nickte er. »Verstehe. Danke, Lawton, dass Sie mit uns geredet haben. Bitte geben Sie mir Bescheid, sollte Ihnen sonst noch etwas einfallen, das uns nützt.«

»Ja, das werde ich.« Seine Augen verengten sich zu hasserfüllten Schlitzen. »Ich hoffe, Sie schnappen die Arschlöcher und sorgen dafür, dass sie im Knast verrotten, damit sie am eigenen Leib erleben, wie es Levi ging.«

Amen. Die Boshaftigkeit ihrer eigenen Gedanken verschlug Daisy den Atem.

Dabney und Gideon beendeten das Gespräch. Danach saßen sie einen Moment lang wortlos vor dem schwarzen Laptopbildschirm.

»Verdammt!«, stieß Gideon hervor.

Mercy seufzte. »Was ist jetzt schon wieder?«

»Wir suchen weiter nach anderen, die entkommen sind.« Er klappte den Laptop zu. »Und wir haben das Hochzeitsfoto. Edward McPhearson und Ephraim Burton müssen doch von irgendwoher gekommen sein, und ich kann mir beim besten Willen nicht vorstellen, dass zwei so brutale Kerle nicht schon früher Menschen das Leben zur Hölle gemacht haben, bevor sie nach Eden kamen.«

Die aufflackernde Angst in Mercys Augen war so flüchtig,

dass Daisy kurz glaubte, es sich bloß eingebildet zu haben. Sie wollte gerade nachhaken, als Mercy ihr einen flehenden Blick zuwarf. *Frag nicht. Bitte.*

Also verzichtete Daisy darauf.

»Aber jetzt müssen wir los«, fuhr Gideon fort, der nichts von dem stummen Dialog zwischen Mercy und Daisy mitbekommen zu haben schien.

Mercy lächelte voller Wärme. »Ich hoffe, es ist ein Date.«

Daisy verstaute Brutus in ihrer Hundetasche. »Vielleicht danach. Aber ich muss zu einem Meeting. Gideon wird draußen auf mich warten, und danach gehen wir hoffentlich zusammen abendessen.«

Mercy runzelte die Stirn. »Was für ein Meeting? Eine Nachbarschaftszusammenkunft?«

Erst jetzt ging Daisy auf, dass Mercy keine Ahnung hatte. »Nein, ein Meeting der Anonymen Alkoholiker. Ich bin trockene Alkoholikerin. Seit acht Jahren habe ich keinen Tropfen angerührt«, fügte sie hinzu, als Mercy verblüfft die Augen aufriss.

»Na, dann viel Spaß«, meinte Mercy nur.

»Du kannst gern mitkommen, wenn du möchtest, und Gideon Gesellschaft leisten, während er vor dem Gemeindezentrum ungeduldig auf mich wartet.«

»Nein, danke, ich glaube, ich gehe eine Weile runter zu Rafe.«

Gideon schien Mercy auf die Wange küssen zu wollen, doch sie wich zurück. »Dann bis später«, erwiderte Gideon mit einem Lächeln, das seine Kränkung verhehlen sollte.

Mercy schluckte. »Tut mir leid«, sagte sie leise.

»Was meinst du?«

»Ich möchte nicht angefasst werden. Es ist … es liegt nicht an dir, okay?«

»Okay, alles klar«, sagte er sanft.

Er hielt Daisy die Tür auf und folgte ihr wortlos die Treppe hinunter. »Sie wusste es nicht«, sagte er leise, als sie auf der Veranda standen.

Daisy brauchte keine weitere Erklärung, worauf er anspielte, da dieser Gedanke auch sie schon die ganze Zeit beschäftigte. »Ja, ich weiß. Hör zu, ich kann auch gut alleine ins Gemeindezentrum gehen. Bleib hier und rede mit ihr. Ich sehe doch, dass du das gern möchtest.«

Er seufzte. »Sie behauptet, sie sei hergekommen, um mit mir zu reden, aber wann immer ich etwas zur Sprache bringe, fällt ihr eine Ausrede ein, wieso es gerade nicht geht. Ich schätze, ich muss wohl warten, bis sie von allein auf mich zukommt.«

»Wahrscheinlich ist das die beste Strategie.« Sie schlang die Arme um ihn, worauf er sie an sich zog und seine Wange an ihren Kopf schmiegte.

»Kein Wunder, dass sie mich gehasst hat«, sagte er mit brüchiger Stimme. »Sie dachte, ich sei abgehauen, weil ich keine Lust mehr hatte, in der Gemeinschaft zu leben, und Mama wurde wegen mir jahrelang brutal missbraucht und misshandelt.«

»Ich weiß. Gib ihr Zeit, Gideon.«

»Das versuche ich ja.«

»Ich weiß, Baby.« Sie löste sich von ihm und nahm seine Hand. »Ich muss los, sonst komme ich zu spät.«

Er holte tief Luft und nickte. »Gehen wir. Wo wollen wir danach zu Abend essen?«

»Trish und ich waren früher oft im Forty-Niner Diner, das war unsere Lieblingskneipe.«

»Möchtest du gern hingehen?«, fragte er.

Schon den ganzen Tag hatte sie hin und her überlegt und war am Ende zu dem Schluss gelangt, dass Trish genau das gewollt hätte. »Ja, ich glaube, das wäre schön. Vielleicht bestelle ich ihr zu Ehren sogar einen zweiten Eisbecher.«

Er drückte ihr die Hand. »Dann das Forty-Niner.«

Sacramento, Kalifornien
Donnerstag, 23. Februar, 22.30 Uhr

»Schönes Haus«, sagte Daisy und fuhr mit der Hand über die marmorne Arbeitsfläche in der Küche. Das Haus bestach durch klare Linien und schlichtes, unverkennbar maskulines Design. Typisch Gideon.

Dies war ihr erster Besuch hier. Bislang hatten sie in Sashas altem Zimmer bei Karl und Irina übernachtet, wo es zumindest ein Queensize-Bett gab, aus dem keiner mehr herausfiel. Daisy hatte so viel Zeit wie möglich mit ihrem Vater verbringen wollen, ehe er nach Maryland zurückkehrte. Frederick hatte kommentarlos zur Kenntnis genommen, dass sie und Gideon im selben Bett schliefen – das musste sie ihm zugutehalten.

Erst später hatte Karl ihr erklärt, Frederick überlege mittlerweile gut, welche Schlachten er ausfechten wollte und welche es nicht wert waren – eine kluge Entscheidung, fand Daisy, vor allem, da sie einander bloß in den Armen gehalten und geschlafen hatten. Ansonsten war nichts weiter zwischen ihnen passiert.

Heute Abend jedoch stand ihr der Sinn nach Zweisamkeit. Und er brauchte es auch, vor allem nach dem Nachmittag, der hinter ihnen lag. Wann immer Daisy an Mercys Gesicht dachte, als ihr die wahren Gründe für Gideons Flucht aus Eden aufgegangen waren, brach es ihr das Herz.

Doch sie würde jetzt nicht darüber nachdenken, denn Gideon stand lächelnd im Türrahmen und verfolgte ihre Entdeckungstour. »Ich muss ja zugeben, dass ich ein klein wenig eifersüchtig auf meine Küchenarbeitsplatte bin.«

Sie blickte auf ihre Hand, die über die Platte strich, und lachte. »Brauchst du nicht. Schließlich tut sie nichts Spannendes, wenn ich daran reibe.«

Er legte den Kopf in den Nacken und lachte schallend. »Du meine Güte, Daisy!«

Sie machte ein unschuldiges Gesicht. »Was?«

Noch immer lächelnd, schüttelte er den Kopf. »Du bist … absolut perfekt.«

»Wohl kaum.« Sie unterbrach ihre Bewegung, trat zu ihm und legte ihm die Arme um den Hals. »Aber es ist schön, dass du das denkst.« Sie küsste ihn, flüchtig, neckend, kess. »Also, hier auf diesem Stockwerk habe ich alles gesehen. Was gibt es sonst noch?«

»Das Badezimmer, mit dem ich gerade fertig bin. Die Fliesen haben sogar Glitzer.«

»Glitzer?«, fragte sie grinsend.

»Ja, Irina hat sie ausgesucht.«

»Und hat sie auch dein Schlafzimmer ausgestattet?«

»Nein«, murmelte er und küsste sie erneut, und diesmal richtig – tief und voller Leidenschaft. »Das Schlafzimmer ist ganz allein mein Werk«, raunte er an ihren Lippen, ehe er unvermittelt ernst wurde. »Willst du es mal sehen?«

»Ich hatte schon Angst, du fragst überhaupt nicht mehr«, antwortete sie.

Er nahm sie bei der Hand und führte sie nach oben. Als Erstes sah sie das Bett – breit und mit zurückgeschlagenen Laken –, dann die in einem auffallenden Blauton gehaltene Dekotapete an der Wand hinter dem Bett in dem ansonsten hellgrau gestrichenen Raum.

»Das Blau passt zu meinen Augen«, sagte sie leise.

»Stimmt, das ist mir auch schon aufgefallen.« Gideon trat hinter sie und schlang ihr seinen unversehrten Arm um die Taille. »Ich hielt das für ein gutes Omen, da ich sie selbst ausgesucht habe.«

Kaum merklich presste er seine Hüfte gegen sie, sodass sie seine Erektion spüren konnte. Er war hart. Bereit.

Ebenso wie sie. Schon seit dem Essen hatten sie einander unablässig umgarnt und geneckt, voll unbeschwerter Leichtigkeit im Bewusstsein dessen, was später folgen würde. Aber nun hatte sich die Stimmung geändert. Ohne Trish an einem Donnerstagabend zum Meeting ins Gemeindezentrum zu gehen, hatte sich seltsam angefühlt, beinahe falsch, und die meisten Mitglieder ihrer Gruppe waren irgendwann im Verlauf in Tränen ausgebrochen. Es hatte Daisy völlig ausgelaugt. Sie brauchte das hier.

Sie brauchte ihn.

Ohne sich aus seiner Umarmung zu lösen, wandte sie sich um und schlang ihm neuerlich die Arme um den Hals. »Ein gutes Omen oder auch zwei haben wir bitter nötig«, sagte sie, löste seine Schlinge und nahm sie ab, um ungehindert an seine Hemdknöpfe zu gelangen. Voller Ungeduld öffnete sie sie, hielt jedoch inne, ehe sie ihm vorsichtig das Hemd über die Schultern streifte, um seine Wunde nicht zu berühren, die bei Weitem nicht verheilt war.

Dann strich sie mit beiden Händen über die steinharten Muskeln, fuhr die Umrisse des Phönix auf seiner Brust nach, ehe sie seinen Gürtel löste, ihm Hose und Boxerbriefs über die Schenkel streifte, sodass er in all seiner nackten Pracht vor ihr stand. Sie trat einen Schritt zurück, betrachtete ihn von Kopf bis Fuß und allem, was dazwischen war. Ein wahrlich bildschöner Mann.

Erst jetzt wurde ihr bewusst, dass sie ihn noch nie von hinten angesehen hatte. Seine Hand schnellte vor, als sie um ihn herumging. Erschrocken sah sie ihn an.

Wo gerade noch Lust und gespannte Erregung geblitzt hatten, standen nun Furcht und Beklommenheit.

»Was ist?«, fragte sie leise.

»Ich habe Narben. Auf dem Rücken. Nur … damit du vorbereitet bist. Okay?«

Sie nickte ernst. Er ließ ihren Arm los. Vorsichtig trat sie um ihn herum und schnappte nach Luft. Mit einem Mal war sie ihm dankbar für die Warnung – nicht weil der Anblick so grauenhaft oder abstoßend gewesen wäre.

Sondern weil die Narben … extrem waren. Ohne Vorwarnung wären sie ein Schock gewesen. Hätten Wut in ihr aufsteigen lassen.

Natürlich hatte sie gewusst, dass man ihn geschlagen hatte, allerdings hatte sie an Fäuste und Ähnliches gedacht. Nicht an so etwas.

All das hatten sie ihm angetan. Tiefe Furchen und Striemen zogen sich über seinen Rücken und die Rückseite seiner Beine, von Peitschen und von Messern. Ein dreizehnjähriger Junge hatte all das erdulden müssen. An seinem Geburtstag. Nachdem er gerade erst den Übergriffen eines brutalen Pädophilen entkommen war.

Seine Schultern waren angespannt, während er auf ihre Reaktion wartete. Auch jetzt brach es ihr das Herz. Sie schlang die Arme um seine Taille und schmiegte die Wange an seinen Rücken. Die Narben waren weder wulstig noch gerötet, die meisten davon nach all den Jahren sogar flach und verblasst, trotzdem existierten sie.

Sie schluckte und betete, dass sie das Richtige sagte. »Ich bin so unglaublich wütend«, flüsterte sie. »Die haben dich verletzt, haben dir so schrecklich wehgetan. Ich will sie finden und … und ihnen Dinge antun, die ich einem FBI-Mann lieber nicht anvertrauen möchte.«

Die Spannung wich aus seinen Schultern, und er lachte leise. »Du bist ein ziemlich blutrünstiges Weib.«

Ihre Augen brannten vor Erleichterung. »Ich beschütze nur, was mir gehört. So wie du.« Sie küsste seinen Rücken, fuhr mit den Fingerspitzen die schlimmsten Narben nach. »Solltest du Angst haben, dass ich …« Sie hielt inne und suchte nach dem passenden Wort.

»Dass du dich abgestoßen fühlen könntest?«, fragte er leise.

»Nein, natürlich nicht!«, stieß sie entsetzt hervor. »Diese Narben sind ein Teil von dir, und du bist wunderschön. Punkt.« Sie hielt inne. »Und dein Hintern ist so perfekt, dass ich ihn sogar als Kunstwerk bezeichnen würde.«

Sein prustendes Gelächter war Zeichen genug, dass es in Ordnung war. Sie trat wieder um ihn herum. »Keine Sorge, Gideon. Es gibt nichts an deinem Körper, das mich nicht antörnen würde.«

Er zögerte. »Ich habe noch nie einer Frau erlaubt, meinen Rücken anzusehen.«

»Nie?«, fragte sie mit aufgerissenen Augen.

Er wurde rot. »Nein. Es lag wohl daran, dass ich keiner wirklich vertraut habe. Ich war sicher, dass sie dann gefragt hätte, was passiert war, ich wollte aber nicht darüber reden.«

Sie hingegen genoss sein vollstes Vertrauen. Wieder spürte sie dieses verräterische Brennen in den Augen und hatte Mühe, ihre Stimme wiederzufinden. »Das heißt, ich bin die Erste, die jemals deinen Hintern zu Gesicht bekommen hat?«

Seine Lippen zuckten belustigt. »Ja.«

»Das freut mich ganz besonders«, erwiderte sie. »Willst du mal meinen sehen?«

Er trat vor und legte die linke Hand auf ihre Pobacke. »Und wie! Und wieso bin ich splitternackt, du aber noch vollständig angezogen?«

Sie lächelte verschmitzt. »Weil ich mich so schnell ablenken lasse und konkrete Anweisungen brauche.«

Sein Kuss raubte ihr den Atem. »Zieh dich aus, Daisy«, knurrte er. Mit einem Mal war jede spielerische Unbeschwertheit aus seinem Tonfall verschwunden. Vor ihr stand ein Mann mit einer Mission. Ein wohliger Schauder überlief sie.

Sie gehorchte und drehte sich um, damit er das noch unvollendete Tattoo auf ihrer Pobacke sehen konnte. »Siehst du? Brutus.«

»Ah. Ich sehe auch ein Tattoo, von dem ich eigentlich gar nicht will, dass es vollendet wird.«

Sie sah ihn erstaunt an, doch er wirkte auch jetzt völlig ernst. »Wieso nicht?«

»Weil ich beschütze, was mir gehört, und nicht will, dass ein Tattoo-Künstler deinen Hintern sieht.«

Aus dem Mund von jedem anderen hätte sie die Bemerkung in Wut versetzt. »Na gut.«

Diesmal war er derjenige, der verblüfft dreinsah. »Wirklich?«

»Ja. Eine akzeptable Forderung.«

Er legte eine Hand um ihre Brust, was ihr ein lustvolles Stöhnen entlockte. »Und wenn ich jetzt fordere, dass du sofort in mein Bett steigst?«, fragte er mit Samtstimme.

Sie stellte sich auf die Zehenspitzen, um ihn zu küssen, und ließ mit einem genüsslichen Summen ihre Brüste über sein Brusthaar gleiten, während sie mit der einen Hand seinen Nacken umfasste und die andere um seine gewaltige Erektion schloss. Er stöhnte vor Begierde.

»Sogar eine überaus akzeptable Forderung, aber wenn man bedenkt, dass ich die Regie übernehme, damit du deinen Arm schonen kannst, solltest du vielleicht als Erster gehen.«

Pure Lust flackerte in seinen Augen auf, als er sie rückwärts zum Bett schob und sie gerade lange genug losließ, um sich in die Kissen fallen zu lassen. »Komm her.«

Sie kniete neben seinem Kopf und beugte sich vor, um sich so leidenschaftlich von ihm küssen zu lassen, bis sie nach Luft schnappte. »Ich frage mich, ob du mich kommen lassen kannst, ohne deine Hände dafür zu benutzen.«

Seine Nasenflügel blähten sich, und er spannte den Kiefer an. »Komm. Her.«

Voller Erwartung setzte sie sich rittlings auf ihn, die Knie links und rechts neben seinem Kopf, sorgsam darauf bedacht, nicht in die Nähe seiner Schulter zu kommen. Eigentlich hatte sie vorgehabt, ihn ein bisschen zu reizen, um ihn scharfzumachen, doch zu ihrer Verblüffung hob er abrupt den Kopf an und schob seine Zunge geradewegs in sie hinein.

Mit einem unterdrückten Aufschrei umfasste sie das Kopfteil des Bettes und senkte sich auf ihn herab, um seinem Mund ungehinderten Zugang zu verschaffen und sich ihrer Lust zu ergeben.

Ihr Orgasmus war hart und erbarmungslos. »Gideon!«, stieß sie hervor und lehnte sich Halt suchend gegen das Kopfteil.

Ein selbstgefälliges Lächeln lag auf seinem Gesicht, als sie schließlich die Kraft und Koordination aufbrachte, ein Bein über seinen Kopf zu schwingen und sich neben ihn zu legen. »Und?«, fragte er.

Sie sah ihn blinzelnd an. »Ich würde das gern wieder tun, wenn mein Verstand wieder halbwegs klar ist.«

Er rollte sich auf die Seite. Seine Lippen glitzerten feucht. »Und ich würde gern sehen, ob du meinen Schwanz genauso reiten kannst, wie du es gerade mit meinem Mund getan hast.«

Unwillkürlich hoben sich ihm ihre Hüften entgegen. »O Gott«, sagte sie, halb stöhnend, halb lachend. »Ja, bitte und danke.«

Sacramento, Kalifornien
Freitag, 24. Februar, 15.10 Uhr

»Sie hält sich einigermaßen gut«, sagte Frederick und sah zu seiner Tochter und der älteren Frau hinüber, die sich unter die Gäste von Trishs Trauerfeier mischten.

Die Zeremonie selbst war für alle sehr schwer gewesen – die Leute hatten Geschichten über Trish zum Besten gegeben, lustige und rührende Anekdoten und solche, die vielleicht nicht für die Öffentlichkeit bestimmt waren. Es hatte Gelächter gegeben, in der Hauptsache aber Traurigkeit und Tränen. Viele, viele Tränen.

Frederick wandte sich an Gideon. »Geht es ihr gut?«

Gideon war nicht sicher, was er darauf antworten sollte. Daisy ging es definitiv nicht gut. Es gab so vieles, was sie zu betrauern hatte – Trish, die dreißig weiteren Frauen, die Carson Garvey auf dem Gewissen hatte, die Tatsache, dass sie selbst einen Mann getötet hatte, auch wenn es der richtige Schritt gewesen war, und die Zeit, die sie und ihre Familie verloren hatten, weil niemand da gewesen war, der Frederick in seinem Kampf gegen die PTBS unterstützt hatte.

Aber sie würde sich wieder stabilisieren. Daran hatte Gideon keinen Zweifel. Deshalb hielt er sich an diesen Gedanken, da er die Frage beantwortete, die Frederick in Wahrheit unter den Nägeln brannte – ob Daisys Abstinenz gefährdet war. »Sie fängt sich wieder. Sie geht regelmäßig zu Meetings und hält sich weiter an die Bewältigungsstrategien, die sie in den letzten acht Jahren gelernt hat. Sie haben eine starke Frau großgezogen, Frederick.«

»Das weiß ich«, murmelte Frederick. »Sie ist stärker als ich, so viel steht jedenfalls fest.«

Auch darauf wollte Gideon keine passende Erwiderung einfallen, denn im Grunde stimmte er Daisys Vater zu. Also hielt er sich auch jetzt an die Wahrheit. »Daisy verzeiht Ihnen.«

Ein Laut, der verdächtig nach einem Schluchzen klang, drang aus Fredericks Mund – ein klares Zeichen, dass Gideon die richtigen Worte gefunden hatte.

»Deshalb sollten Sie sich jetzt selbst verzeihen«, fuhr Gideon leise fort. »Auch wenn das leichter gesagt als getan ist, das ist mir klar.« Denn er war nicht sicher, ob er selbst sich jemals würde verzeihen können, was Mercy und ihrer beider Mutter widerfahren war. *Es war nicht meine Schuld.* Trotzdem war es schwer.

»Das ist wohl wahr«, murmelte Frederick und sah zu Sasha, Mercy und Rafe hinüber, die ein Stück abseits saßen. Rafe war noch auf einen Rollstuhl angewiesen, trotzdem hatte er unbedingt herkommen wollen, wegen Daisy, aber hauptsächlich wegen Sasha, die viel zu still und bedrückt neben ihnen saß. Auch ihr würde es irgendwann wieder gut gehen, allerdings würde es noch eine ganze Weile dauern.

»Bleibt Ihre Schwester länger?«, fragte Frederick.

Gideons Magen zog sich zusammen. »Nicht mehr allzu lange. Sie hat nur eine Woche Urlaub.« Und es gab noch so vieles zu besprechen.

»Sie kommt wieder.« Frederick schien sich seiner Sache sicher zu sein. »Geben Sie ihr Zeit.«

»Das sagt Daisy auch immer.«

Frederick lächelte. »Dann sollten Sie auf sie hören. Sie ist eine kluge Frau. Oh, sehen Sie nur, Miss Jones ist auch gekommen.«

Die beiden erhoben sich, als Zandra gemeinsam mit einem älteren Paar den Raum betrat, bei dem es sich vermutlich um ihre Eltern handelte. »Wie nett von Ihnen«, sagte Gideon zu Zandra. »Daisy freut sich bestimmt.«

»Es war das Mindeste, was ich tun konnte«, erwiderte Zandra. »Ich möchte Ihnen gern meine Eltern vorstellen, Mr und Mrs Jones. Mom, Dad, das sind Mr Dawson und Special Agent Reynolds, die mir das Leben gerettet haben.«

Mr Jones schüttelte ihnen die Hand, Mrs Jones schloss sie weinend in die Arme. »Danke«, sagten die beiden immer wieder, was Gideon mit einer Mischung aus Freude und Verlegenheit erfüllte.

»Eigentlich war es ja der Hund«, meinte er.

Zandras Augen begannen zu leuchten. »Abercrombie. So hieß er, als er noch Janice Fiddler gehörte. Ihre Familie möchte, dass ich ihn bekomme, deshalb geht er morgen mit mir nach Hause.«

»Wie schön«, sagte Gideon. »Ich erzähle es Agent Hunter. Er hat sich schon Sorgen gemacht, was aus ihm wird.«

»Richten Sie ihm aus, dass er wie ein König behandelt wird«, erklärte Mr Jones.

Zandra nickte und wurde ernst. »Ich wollte Daisy etwas erzählen, was mir wieder eingefallen ist, aber ich bin nicht sicher, ob jetzt der richtige Zeitpunkt ist.« Sie sah über die Schulter zu Daisy, die ein paar Gäste begrüßte, und beugte sich vor. »Einmal hat er etwas über Trish gesagt, als er …« Sie machte eine Geste auf ihre Bauchregion und tätschelte ihrer Mutter den Arm, als diese leise stöhnte. »Jedenfalls meinte er, ich sei genauso stur wie Trish. Hätte sie ihm verraten, wo Daisy wohnt, wäre ihre Bestrafung wohl nicht ganz so schmerzhaft ausgefallen. Für mich hörte es sich so an, als hätte er Trish gefoltert, und sie hätte trotzdem steif und fest behauptet, sie wüsste nicht, wo Daisy wohnt. Sie ist gestorben, weil sie Daisy beschützen wollte. Keine Ahnung, ob Daisy sich dadurch besser fühlt oder eher nicht. Letzten Endes hat er es ja trotzdem herausgefunden, nur eben nicht durch Trish.«

Gideon stöhnte. Die Schuld, die diese Erkenntnis auf Daisys Schultern laden würde, wäre zu schwer für sie. »Ich glaube nicht, dass es richtig wäre, es ihr jetzt zu erzählen. Aber danke, dass Sie es mir gesagt haben. Ich entscheide spontan, ob und wann der richtige Zeitpunkt dafür ist.«

Zandra nickte. »Das dachte ich mir. Jedenfalls möchte ich mich nochmals bei Ihnen bedanken.«

Die Jones' verabschiedeten sich. »Erzählen Sie es ihr bloß nicht. Niemals«, erklärte Frederick erschaudernd.

»Das werde ich auch nicht. Es sei denn, sie ist bereit dafür. Was vielleicht niemals der Fall sein wird.«

In diesem Moment trat Daisy zu ihnen, Arm in Arm mit der älteren Frau, die ihr die ganze Zeit nicht von der Seite gewichen war. Beide hatten verquollene Augen und gerötete Nasen vom Weinen. »Dad, Gideon, das ist Rosemary, meine Sponsorin.«

»Sie sind ihr Dad«, sagte Rosemary zu Frederick, ehe sie sich mit hochgezogenen Brauen Gideon zuwandte. »Und von Ihnen habe ich alles gehört, Gideon.«

Gideon lief dunkelrot an, doch Daisy lachte nur. »Freut mich«, presste er mühsam hervor.

»Mich auch«, erwiderte Rosemary mit dem Anflug eines Lächelns. »Wir sind so unglaublich stolz auf Daisy, Mr Dawson. Sie ist eine wahre Heldin. Was sie diese Woche geschafft hat … unglaublich. Ich an ihrer Stelle wäre weder so mutig gewesen, noch hätte ich es geschafft, bei klarem Verstand zu bleiben.«

Frederick legte die Hand um Daisys Kinn, damit sie ihn ansah. »Nicht nur diese Woche. Sie ist schon seit acht Jahren so tapfer und mutig, weil sie trocken geblieben ist, trotz all der Widrigkeiten und Probleme, die jeden anderen hätten schwach werden lassen. Ich bin auch unglaublich stolz auf sie und weiß, dass ich jetzt ganz unbesorgt nach Hause fliegen kann.«

Tränen glitzerten in Daisys Augen. »Mist, Dad. Ich kann einfach nicht noch mehr weinen.« Sie stellte sich auf die Zehenspitzen und küsste ihn auf die Wange. »Danke. Genau das musste ich hören.«

Gideon spürte, wie sein Herz endlich Frieden fand. Zumindest ein wenig. Daisy und ihr Dad würden wieder zueinanderfinden. Er streckte Daisy die Hand hin. »Können wir gehen? In einer Stunde sollen wir bei Molina sein, und es herrscht ziemlich viel Verkehr.«

Frederick sah ihn erstaunt an. »Ich dachte, Sie sind immer noch suspendiert?«

Gideon zuckte die Achseln. So erleichtert Molina darüber gewesen sein mochte, dass er zu der stillgelegten Mine gefahren war, so hatte er doch ihre Anweisungen missachtet. Und zwar mehrfach. »Ich habe eine Woche Suspendierung ohne Gehalt aufgebrummt bekommen, die allerdings mit meinem bezahlten Krankenstand verrechnet wird. Deshalb habe ich zwar einen Eintrag in der Personalakte, aber keine Gehaltseinbußen. Das war der beste Kompromiss, den meine Chefin mir anbieten konnte.«

Daisy runzelte die Stirn. »Nein. Sie hätte dir einen Bonus, eine Belobigung und einen besseren Parkplatz geben können und auch sollen.«

Er lachte. »Ich überlasse es dir, all das von ihr einzufordern. Ich glaube, du bist ohnehin ihr Liebling.«

Sacramento, Kalifornien
Freitag, 24. Februar, 15.35 Uhr

Der Verkehr war so dicht, dass Daisy und Gideon einige Minuten zu spät eintrafen. Gideons Vorgesetzte saß an ihrem Schreibtisch. Hinter ihr waren die Vorhänge ein Stück aufgezogen, sodass die Sierra Nevada in der Ferne zu erkennen war.

»Bitte, kommen Sie herein und setzen Sie sich«, forderte Agent Molina sie auf. »Ich dachte, es interessiert Sie bestimmt, was wir noch im Garvey-Fall herausgefunden haben. Erstens haben wir angefangen, die sterblichen Überreste auf dem Grundstück in Placerville sicherzustellen.« Ihre Miene wurde eine Spur weicher. »Die erste Leiche, die wir gefunden haben, war Eileens.«

Gideon nickte. »Und sie konnte eindeutig identifiziert werden?«

»Ja. Gale Danton hat uns ein paar Sachen überlassen, die sie während ihres Aufenthalts in seinem Haus in Macdoel benutzt hat, eine Zahnbürste, einen Kamm und solche Sachen. Damit ließ sich die DNS bestätigen.«

»Das ging ja sehr schnell.« Gideons Stimme klang rau.

»Wir haben der Identifizierung oberste Priorität eingeräumt, weil ich davon ausgegangen bin, dass Sie ihre sterblichen Überreste gern begraben möchten«, fügte Molina sanft hinzu.

Wieder nickte Gideon knapp. »Ja, ich nehme ihre Asche, danke.«

»Den Papierkram habe ich bereits für Sie erledigt. Die Urne sollte Ihnen Mitte nächster Woche übergeben werden. Also, weiter. Bei der Durchsuchung von Garveys Haus haben wir eine Kassette mit allerlei aufschlussreichem Material gefunden. Danke, dass Sie das Haus vor dem Abbrennen bewahrt haben, Agent Reynolds. Unter dem Bett hatte er jede Menge Fotos aufbewahrt. Offenbar hat Garvey bereits einige Zeit Material gesammelt, um seinen Vater Paul damit zu erpressen. Es handelt sich dabei um Aufnahmen unterschiedlichster sexueller Natur von seinem Vater und irgendwelchen Geliebten. Außerdem waren Fotos von Garvey senior mit aktenkundigen Mitgliedern des mexikanischen Drogenkartells darunter.«

»Er hat also Drogen in seinen Flugzeugen transportiert«, folgerte Gideon.

»Genau. Dadurch konnten wir einen Durchsuchungsbeschluss für Paul Garveys Büro und Privathaus erwirken. Es wird noch einige Zeit dauern, bis wir seine Finanzen umfassend durchleuchtet haben.« Sie zögerte. »Dabei sind wir auch auf die Videosammlung von Sydney Garvey gestoßen. Es handelt sich um … schwere Kost.«

»Carson und Sydney?«, fragte Daisy.

Molina nickte. »Es fing an, als er zwölf war. Ich möchte nicht weiter ins Detail gehen, allerdings sind die Aufnahmedaten überaus aufschlussreich. Wir haben seine Dienstpläne mit den Daten und Orten jedes der einunddreißig verschwundenen Opfer abgeglichen. Nicht jedes Video zieht die Entführung eines Opfers nach sich, andererseits wurde vor jeder Entführung ein Video gedreht.«

Daisy drehte sich der Magen um. »Also war der Sex mit Sydney der Trigger.«

»Genau. Als Carson achtzehn war, gab es eine etwa sechsmonatige Unterbrechung bei den Videos. Das passt zu der Zeit, als sein Vater Sydney auf eine sechsmonatige Reise durch Europa mitgenommen hat. Drei Tage nach ihrer Rückkehr gab es das nächste Video. Am nächsten Tag wurde Garveys erstes Opfer aufgefunden. Während der ersten sieben Jahre hat er im Durchschnitt zwei Frauen getötet. Letztes Jahr waren es dann sechs.«

Daisy rechnete nach. »Er hat allein in diesem Jahr elf Frauen getötet?«

»Ja. Dazu kommen noch der Pick-up-Besitzer auf dem Parkplatz bei Macdoel und die Krankenschwester.«

»Und Sydney.«

»Und Sydney«, bestätigte Molina.

»Was war der Auslöser für all das?«, fragte Daisy.

»Paul Garvey war häufiger unterwegs, auch über längere Zeiträume hinweg.« Sie hob eine Schulter. »Sydney war langweilig.«

»Ich bin ehrlich froh, dass sie tot ist«, sagte Daisy. »Hat der Vater denn keinen Verdacht geschöpft?«

»Im Hinblick auf den Missbrauch? Ich habe heute Morgen mit ihm gesprochen und hatte nicht den Eindruck. Er sagt zwar, er hätte von Sydneys Affären gewusst, aber er streitet vehement ab, etwas von dem Missbrauch an seinem eigenen Sohn geahnt zu haben. Auch dass sein Sohn vorhatte, ihn zu erpressen, traf ihn völlig unvorbereitet. Allein die Energie, überhaupt so viel Material über ihn zu sammeln, hat er ihm wohl nicht zugetraut.«

»Weshalb wollte er ihn überhaupt erpressen?«, fragte Gideon.«

»Paul Garvey war in letzter Zeit häufig auf Reisen, weil er den Verkauf der Firma in die Wege geleitet hat«, antwortete Molina. »Natürlich waren die Mitarbeiter, darunter auch Carson, sehr aufgebracht deswegen. Er glaubt, Carson hätte das Material benutzen wollen, um den Verkauf zu verhindern.«

»Carson hat in den Maschinen seine Opfer zu sich nach Hause geschafft«, erklärte Daisy, »deshalb wollte er sich diese Möglichkeit natürlich bewahren.«

Molina nickte. »Das sehe ich ähnlich. Aber Carson wusste nicht, dass der Verkauf so oder so über die Bühne gehen würde. Denn sein Vater hatte noch einen anderen Grund für seine häufigen Reisen. Er war bei einem Onkologen in San Francisco in Behandlung, weil er unter Darmkrebs im Endstadium leidet. Er wollte die Firma verkaufen, weil er wusste, dass Sydney und sein Sohn sie ohnehin nur an die Wand fahren würden. Auch in diesem Fall ist das Datum von Bedeutung. Denn der Verkauf wurde am Donnerstag offiziell bekannt gegeben.«

»Der Tag, an dem er auf Trish und mich losgegangen ist«, sagte Daisy.

»Genau. Es war das erste Mal, dass er ein Opfer von hier entführt hat, oder zumindest hat er es versucht, weil Sie ihm dabei in die Quere gekommen sind, Miss Dawson. Wir glauben, es war das erste Mal, dass er sich dabei einen Strumpf über den Kopf gezogen hat. Der drohende Verkauf hat ihn völlig aus der Bahn geworfen, außerdem hat Sydney ihn mit ihren Nachrichten noch weiter aufgestachelt. Als er nicht nach ihren Vorstellungen reagiert hat, ist sie noch einen Schritt weitergegangen und hat ihm Standaufnahmen aus den Videos geschickt, die sie von sich und ihm aufgenommen hatte. Jedenfalls hat sie ihn so lange drangsaliert, bis er sich bei ihr entschuldigt hat.«

Gideon seufzte. »*Sag, dass es dir leidtut.*«

Wieder nickte Molina. »Ja. Nach dem fehlgeschlagenen Angriff auf Miss Dawson, der eigentlich Miss Hart galt, hat er Kaley Martell entführt. Am nächsten Tag ist er nach Vail geflogen und dort Zandra aus der Bar gefolgt. Die meisten seiner Opfer hat er in Bars aufgegabelt. Eine passt allerdings nicht in dieses Muster. Mit ihr hat er sich nach einem Barry-Manilow-Konzert gestritten, weil sie von ihrem Platz aufgestanden ist und mitgetanzt hat. Wir haben eine Sammlung Vinylplatten in seinem Haus gefunden, alles Alben von Barry Manilow. Mr Garvey senior konnte uns aufklären. Seine erste Frau war offenbar ein großer Fan und hat die Platten oft gespielt. Vor ihrem Tod hat Carson immer mit ihr gesungen, und danach hat er die Musik ständig angehört. Dann hat Mr Garvey Sydney geheiratet. Sich auf den Videos ansehen zu müssen, wie sie seinen Sohn missbraucht, ging ihm schwer an die Nieren.«

»Immerhin«, stieß Daisy bitter hervor.

»Wie es aussieht, gehört das Grundstück, das Carson als seinen Privatfriedhof genutzt hat, jetzt ihm … dem Vater, meine ich. Sydney hat es ihm hinterlassen. Er will es verkaufen und den Erlös einer Organisation für Opferentschädigung spenden. Ich persönlich glaube, er tut es, um sich beim Staatsanwalt wegen seiner Drogenanklage anzubiedern, aber das kann uns ja egal sein. Wichtig ist, dass die Opferfamilien davon profitieren.« Sie sah auf ihre Liste. »Mehr habe ich nicht. Wenn Sie sonst keine Fragen haben, wär's das.«

Daisy musterte sie einen Moment lang. *Wieso verdammt noch mal eigentlich nicht?*, dachte sie. »Ich habe noch eine Frage. Wann belohnt das FBI Agent Reynolds dafür, dass er …«

Gideon sprang mit entsetzt-ungläubiger Miene auf. »Daisy!«

Daisy hob eine Braue. »Was denn? Du hast doch selbst gesagt, ich soll fragen.«

Daisy hätte schwören können, ein Lächeln über Molinas Züge huschen zu sehen. Nur ein winziges.

»Das habe ich doch nicht ernst gemeint.« Er streckte die Hand nach ihr aus. »Komm jetzt. Solange ich suspendiert bin, will ich nicht länger bleiben, als ich soll.« Er zog sie auf die Füße und wandte sich mit ernster Miene Molina zu. »Danke, dass Sie uns in Kenntnis gesetzt haben, Ma'am. Wir gehen jetzt.«

Gideon marschierte voran aus dem Büro und durch das Gebäude auf den Parkplatz, wo der Mietwagen stand, den ihm die Versicherung zur Verfügung gestellt hatte – der Motor seines

Toyota Camry musste komplett ausgetauscht werden, nachdem Carson Garvey ihm die Bleiche in den Tank gekippt hatte.

Als sie vor dem Wagen standen, packte er sie bei den Armen und drückte sie gegen die Tür. »Was denn?«, fragte sie grinsend.

Er lachte. »Du …«, begann er kopfschüttelnd. »Danke. Dafür, dass du gefragt hast.«

»Ich finde ja immer noch …«

Er schnitt ihr mit einem Kuss das Wort ab, der all ihre Gedanken zum Stillstand brachte. »Jetzt habe ich vergessen, was ich sagen wollte«, meinte sie, als er sich von ihr löste. »Du hast mich komplett durcheinandergebracht.«

»Das hättest du mir lieber nicht erzählen sollen, denn jetzt küsse ich dich jedes Mal, wenn du mir widersprichst.«

Mit einer Leichtigkeit im Herzen, die sie seit Tagen nicht mehr empfunden hatte – vielleicht noch gar nie in ihrem Leben –, berührte sie seine Wange. »Dann widerspreche ich ab sofort sehr, sehr oft.«

»Darauf freue ich mich.«

EPILOG

Sacramento, Kalifornien
Donnerstag, 2. März, 10.25 Uhr

Gideon löste sich von der Wand und trat einen Schritt auf Daisy zu, die durch die Sicherheitsschranke im Eingangsbereich des FBI-Büros kam. Der Wachmann blinzelte verblüfft, als sie Brutus aus ihrer Tasche zog, mit ihr an der Brust durch die Schranke trat und ihn lächelnd mit einem freundlichen »Guten Morgen« begrüßte.

Niemand wäre auf die Idee gekommen, dass sie nach einer unruhigen Nacht bereits seit vier Uhr früh auf den Beinen war. Nur Gideon, der sie in den Armen gehalten hatte, als sie gegen Mitternacht schreiend aus einem Albtraum hochgeschreckt war, wusste Bescheid. Inzwischen wurde sie fast jede Nacht davon heimgesucht. Meistens träumte sie, wie sie Trishs Leiche fand, letzte Nacht dagegen hatten ihr Vater und die Folterungen, denen er als Kriegsgefangener ausgesetzt gewesen war, im Mittelpunkt gestanden. Etwas Genaueres hatte sie nicht sagen können.

Wahrscheinlich hatte die Therapiesitzung, die sie am Nachmittag absolviert hatte, dieses Thema hochgespült. Es war ihre erste Sitzung gewesen, und sie hatte begonnen, an dem letzten Rest Wut auf Frederick zu arbeiten, weil er ihnen die jahrelange Isolation aufgezwungen hatte. Dass sie auf dem Weg zu dieser Sitzung Frederick am Flughafen abgeliefert hatten, war der Sache vermutlich auch nicht gerade zuträglich gewesen. Der Abschied war überaus tränenreich ausgefallen, und sowohl Frederick als auch Daisy hatten völlig die Fassung verloren. Auf der Rückfahrt vom Flughafen hatte Daisy die arme Brutus wieder einmal beinahe kahl gestreichelt, doch die Hündin hatte eisern durchgehalten, hatte Daisy getröstet und brav abgelenkt, ehe ihre Tränen in eine handfeste Panikattacke umschlagen konnten – eine Aufgabe, die Gideon inzwischen mit ihr teilte.

Lächelnd sah er Daisy an, als sie vor ihm stand. »Du warst gut heute Morgen«, sagte er.

Ihre hellen Brauen schossen hoch. »Du hast dir die Sendung angehört?«

»Ab und zu mal für ein Weilchen.« Was eine glatte Lüge war. Er hatte der gesamten Sendung gelauscht, um sich einen Eindruck von dem neuen DJ zu machen, den Karl als Ersatz für TNT engagiert hatte. Noch war er erst zur Probe da. Sollten Karl und, was noch viel wichtiger war, Daisy ihn jedoch mögen, bekäme er den Job.

»Lügner«, sagte sie liebevoll. »Und hat Jack den Test bestanden?«

Lachend ging er voran zum Aufzug. »Hat er. Ich behalte mir vor, meine Meinung noch zu ändern, aber bislang habe ich nichts auszusetzen.«

Daisy drückte den Knopf. »Und hast du sie?«

Seine Miene wurde ernst. »Ja.« Das Beerdigungsinstitut hatte angerufen, um ihn in Kenntnis zu setzen, dass Eileens sterbliche Überreste abgeholt werden konnten, was er erledigt hatte, während Daisy auf Sendung gewesen war. »Mr Danton habe ich auch angerufen. Er meinte, wir könnten heute Nachmittag gern vorbeikommen.« Sie hatten sich darauf geeinigt, Eileens Asche an dem einzigen Ort zu verstreuen, an dem ihr Freundlichkeit und Zuneigung zuteilgeworden waren.

»Ich habe nichts anderes erwartet.« Im Aufzug drückte sie Brutus einen Kuss auf das Köpfchen und steckte sie in die Tasche, ehe sie sich auf die Zehenspitzen stellte und auch Gideon küsste. »Worum geht es bei dem Gespräch mit Molina?«

Da er offiziell noch immer suspendiert war, konnte es nicht um seine aktuelle Tätigkeit gehen. »Ich glaube, sie will uns erzählen, was die Suche zu Eileens Hochzeitsfoto ergeben hat, um die ich sie gebeten hatte.«

»Oh. Gut. Wird auch Zeit.«

Er musste sich ein Lächeln verbeißen. »Sag ihr das aber bitte nicht.«

Daisy seufzte theatralisch. »Na gut, ich werde versuchen, mich anständig zu benehmen. Wer kommt sonst noch?«

»Rafe.« Zwar schritt seine Regeneration zügig voran, trotzdem durfte er sein Bein nach wie vor nicht belasten. Daher war er im Rollstuhl eingetroffen – geschoben von keiner Geringeren als Mercy. »Und Mercy. Ob sie in ihrer Funktion als meine Schwester und damit als von dem Fall Betroffene oder als Rafes persönliche Assistentin hier ist, kann ich dir nicht sagen.« Seit der Schießerei auf Carson Garveys Privatfriedhof hatten die beiden eine Menge Zeit miteinander verbracht. Sasha hatte arbeiten müssen, daher hatten Mercy und Irina sich bei Rafes Pflege abgewechselt.

Daisy legte den Kopf schief. »Hast du denn nicht nachgefragt?«

»Ich habe mich nicht getraut«, gestand Gideon. »Ich will sie nichts Persönliches fragen, weil ich Angst habe, dass sie dann wieder geht.«

»Sie ist seit über einer Woche hier«, wandte Daisy ein.

»Stimmt.« Eigentlich hatte Mercy lediglich eine Woche Urlaub gehabt und längst wieder in New Orleans sein wollen, trotzdem war sie noch hier. »Offenbar hat sie ihren Urlaub verlängert.«

»Und du fragst dich, ob es wegen dir oder wegen Rafe ist.«

Er nickte. Es war keine Überraschung, dass sie genau wusste, was ihn umtrieb. »Ich habe ihr Zeit gegeben, so wie du es mir geraten hast.«

Daisy schlang ihre Finger zwischen die seinen und küsste seine Fingerknöchel. »Ich glaube, sie verarbeitet immer noch die wahren Gründe für deine Flucht aus der Gemeinschaft. Meistens braucht man eine Weile, bis man seine Gedanken sortiert hat, nachdem man herausgefunden hat, dass etwas in Wahrheit ganz anders war, als man dachte.«

Sie sprach von Gideon und Mercy, aber auch von sich selbst und ihrem Vater. Dass Gideon gezwungen gewesen war, aus der Gemeinschaft zu fliehen, um sein eigenes Leben zu retten, hatte Mercy völlig aus der Bahn geworfen. »Ich wünschte nur, sie würde mir nicht aus dem Weg gehen.« Die Aufzugtüren glitten auf, und Gideon ging voran zu Molinas Büro, blieb jedoch zögernd vor der Tür stehen.

Auch jetzt schien Daisy genau zu wissen, was in ihm vorging. »Was auch immer sie uns gleich sagt, wir kriegen das hin.«

Er nickte, hob die Hand und klopfte an die Tür.

»Agent Reynolds«, sagte Molina. »Kommen Sie herein.«

Sie betraten das Büro und nahmen ihre Plätze zwischen Molina und Rafe ein. Mercy, die rechts von Rafe saß, warf Gideon ein nervöses Lächeln zu.

Also ist sie tatsächlich als meine Schwester hier. Was die Frage aufwarf, in welcher Funktion Rafe hinzugebeten worden war, ob als Detective oder zu Mercys Unterstützung, doch er verkniff sie sich.

Mit der anderen Person am Tisch hatte er allerdings nicht gerechnet – Cindy Grimes, die Expertin der Spurensicherung des SacPD. Sein Puls beschleunigte sich. Sie war mit der Bearbeitung des Fotos betraut gewesen, das Eileen in Stücke gerissen hatte. Dass sie hier war, könnte bedeuten, dass sie etwas herausgefunden hatte. Oder auch nicht.

Er sandte ein Stoßgebet gen Himmel, dass Ersteres der Fall sein möge.

Molina stellte den Anwesenden Mercy vor und wandte sich an Gideon. »Ich habe anhand der Fotos der beiden Männer, die Sie als Edward McPhearson und Ephraim Burton kannten, eine Gesichtserkennungssuche durchführen lassen, die über zweihundert Treffer erzielt hat. Und zwar, nachdem wir all jene aussortiert hatten, die entweder bereits tot oder im falschen Alter waren.«

Gideons Spannung wuchs. »Zweihundert. Das ist … enorm.«

»Stimmt. Die Ermittlungen dazu hätten uns eine ganze Weile auf Trab gehalten. Allerdings hat Sergeant Grimes unabhängig davon weiter daran gearbeitet.« Mit einer Geste übergab sie Cindy Grimes das Wort.

»Ich habe über eine Woche gebraucht, um Eileens Foto zusammenzusetzen«, erklärte sie. »Ihr Puzzle, Daisy, hat uns dabei ganz erheblich als Vorlage geholfen, sonst hätte es wahrscheinlich noch zwei weitere Wochen gedauert. Jedenfalls konnte ich zwei Fingerabdrücke auf dem Foto sicherstellen. Einer davon gehört Eileen.« Sie warf Gideon einen entschuldigenden Blick zu. »Der Rechtsmediziner konnte trotz des Zustands der Leiche ihre Abdrücke nehmen.«

Gideon nickte, weil ihm bewusst war, was sie meinte, aber nicht laut aussprach – die Feuchtigkeit und Luftverhältnisse in dem Minenschacht hatten zu einem unverhältnismäßigen Verwesungsfortschritt der Leiche geführt. »Indirektes Handschuhverfahren?«

Cindy nickte und wollte fortfahren, als Daisy die Hand hob.

»Bitte entschuldigen Sie, aber was ist das?«

Als Cindy zögerte, ergriff Mercy das Wort. »Im Grunde ist es genau das, wonach es sich anhört. Bei der Verwesung fällt das Gewebe in sich zusammen und löst sich ab, es ist kein brauchbarer Fingerabdruck mehr möglich. Deshalb wird die Haut in einem Stück von der Leiche entfernt, was dem Rechtsmediziner erlaubt, sie wie einen Handschuh überzustülpen und einen Fingerabdruck zu erzeugen.«

Eine Mischung aus Faszination und Entsetzen zeichnete sich auf Daisys Miene ab, wobei der Schwerpunkt auf Letzterem lag. »Oh.«

»Natürlich trägt der Rechtsmediziner dabei selbst auch Handschuhe«, fügte Mercy sachlich hinzu.

Daisy atmete sichtlich auf. »Danke, Mercy. Bitte entschuldigen Sie nochmals die Unterbrechung, Sergeant Grimes.«

Cindy musterte Mercy interessiert. »Kein Problem. Sind Sie zufällig in der Forensik tätig, Miss Callahan?«

Die plötzliche Aufmerksamkeit schien Mercy unangenehm zu sein. »Ich arbeite als kriminaltechnische Ermittlerin im Forensiklabor des New Orleans PD.«

Gideon fiel die Kinnlade herunter. Er war völlig verblüfft. Und schockiert. »Wie bitte?«

Mercy nickte. »Schon seit zwei Jahren.«

»Aber …« Er schüttelte fassungslos den Kopf. »Du hast mir nie davon erzählt.«

Ihr Unbehagen schien zu wachsen. Sie blickte auf ihre Hände. »Es tut mir leid. Ich bin nicht so gut darin, mich anderen zu öffnen und von mir zu erzählen.«

Blinzelnd rang Gideon um seine Fassung. »Das ist wohl wahr.« Er hatte keine Ahnung gehabt, womit seine eigene Schwester ihren Lebensunterhalt verdiente. Und es jetzt zu hören … kränkte ihn. Weil sie ihm diesen so wichtigen Teil ihres Lebens einfach vorenthalten hatte. Noch dazu, wo sie in einem Bereich arbeitete, der so eng mit seiner eigenen Arbeit zusammenhing.

Daisy räusperte sich, als die Stille unangenehm zu werden drohte. »Also, Sergeant Grimes … Sie wollten uns von den Fingerabdrücken erzählen, die Sie von dem Foto nehmen konnten?«

»Genau«, erwiderte Cindy sachlich. Gideon zwang sich, seine Aufmerksamkeit auf sie zu richten. »Der erste Abdruck stammte von Eileen. Beim zweiten ergaben sich in der Datenbank einige Übereinstimmungen, aber wie bei der Gesichtserkennungssuche mussten wir erst einmal aussortieren.«

»Aber am Ende blieb nur ein Name, der bei beiden Suchen zutage getreten war«, ergriff Molina wieder das Wort. »Harry Franklin.« Sie zog ein Fahndungsfoto aus der Akte vor ihr und schob es Gideon über den Tisch hinweg zu.

Gideons Puls raste, als er das Foto betrachtete, während ihm kalter, klammer Schweiß ausbrach. Mit einem Mal gab es nur noch Ephraims Fäuste, seine Stimme, die Drohung, dass er so gut wie tot sei.

»Atme«, sagte Daisy leise neben ihm.

Der Druck ihrer Hand holte ihn zurück in die Gegenwart, ließ sein Gehirn wieder anspringen. Er war es. Ephraim Burton. Natürlich sehr viel jünger, mindestens zehn Jahre jünger als der Mann aus Gideons Erinnerung. Aber er war es, daran bestand kein Zweifel.

Tinos altersangepasste Fotos kamen der Realität so nahe, dass er sich nur wundern konnte, weshalb die Gesichtserkennungssoftware so viele Treffer hatte erzielen können.

»Harry Franklin«, sagte er leise und gab damit seinem Albtraum einen Namen. »Was hat er getan?«

»Er hat eine Bank ausgeraubt und einen Wachmann, einen Schaltermitarbeiter und einen Kunden getötet«, antwortete Molina. »Er und sein Komplize Aubrey Franklin, der sich später Abe und noch später Edward McPhearson nannte, werden seit dreißig Jahren gesucht.«

»Sind sie Brüder?«, fragte Rafe.

»Ja«, antwortete Molina.

»Sie sind untergetaucht«, sagte Gideon leise. »In Eden. Und Harry Franklin ist bis heute dort.«

Molina nickte. »Auf der Basis der von Agent Reynolds angegebenen Missbrauchs- und Misshandlungsvorwürfe haben wir Ermittlungen gegen die Eden-Sekte eingeleitet. Aber die Gewissheit, dass diese ›religiöse Bewegung‹ einem gesuchten Mörder Unterschlupf bietet, hilft uns natürlich, im größeren Stil zu agieren. Und wir wissen, wo wir ansetzen müssen, was noch wichtiger ist. Agent Reynolds und Miss Callahan sollten es als Erste erfahren.«

»Was …« Mercy räusperte sich. »Was erwarten Sie von uns?«

»Für den Moment erst einmal gar nichts«, antwortete Molina.

»Und für die Zeit nach dem Moment?« Rafes Tonfall ließ Gideon aufhorchen. Er sah seinen Freund an, der Molina … mit leidenschaftlicher Entschlossenheit fixierte.

Gideon musste zweimal hinsehen. *Oh.* Rafe hielt Mercys Hand. Drückte sie. *Ohhh.*

»Erwarten Sie etwa, dass die beiden den Lockvogel spielen, um diese Dreckskerle aus ihrem Versteck zu holen?«, fuhr Rafe scharf fort. »Denn sollte dem so sein, werden Sie sich jemand anderen suchen müssen.«

Gideon lehnte sich auf seinem Stuhl zurück, um seine Schwester besser sehen zu können. Mercy war blass. Genauer gesagt, sie war kreidebleich und zitterte am ganzen Körper.

Molina sah Rafe verärgert an. »Ich habe nicht die Absicht, Zivilisten als Lockvögel zu benutzen, Detective«, erwiderte sie barsch, ehe sie tief Luft holte und sich sammelte. »Agent Reynolds und Miss Callahan. Ich bitte Sie, mit unseren ermittelnden Beamten zu sprechen und ihnen alles an Hintergrundinformationen zu geben, was Sie besitzen. Und ich muss Sie vielleicht bitten, hier und da mit der Presse zu sprechen, falls es sich nicht vermeiden lässt.«

Gideon zuckte zusammen, nickte jedoch. »Das können wir machen«, sagte er in derselben Sekunde, als Mercy »Nein!« hervorstieß.

Alle Blicke richteten sich auf Mercy, die abrupt aufstand und mit zitternden Händen ihre Jacke zuknöpfte. »Ich werde nicht mit Ihren ermittelnden Beamten sprechen und schon gar nicht mit der Presse. Danke, dass Sie uns über Harry Franklin und seinen Bruder in Kenntnis gesetzt haben, aber für mich war's das. Ich will nichts mehr mit all dem zu tun haben.« Sie wandte sich zum Gehen, drehte sich jedoch noch einmal zu Rafe um, der genauso schockiert dasaß wie alle anderen. »Können wir gehen?«

Sein Entsetzen schlug unmittelbar in Besorgnis um. »Natürlich.«

Mercy packte den Griff seines Rollstuhls, schob ihn hinaus und zog so behutsam die Tür zu, dass kein Laut ertönte.

»Ich …«, begann Gideon und schüttelte den Kopf. »Tja, ich nehme an, dann kommt das für uns nicht infrage.«

Molina runzelte die Stirn. »Ich hätte merken müssen, dass ich ihr damit zu nahe trete. Ich wollte sie nicht aufregen.«

Gideon sprang auf. »Ich muss mit ihr reden. War's das, Agent Molina?«

»Ja.« Zu seiner Überraschung hielt Molina ihn am Ärmel fest. »Bitte sagen Sie ihr, dass es mir leidtut.«

»Mache ich. Daisy?«

Daisy war bereits aufgestanden und hatte sich die Tasche mit Brutus über die Schulter geschlungen. »Bin schon da. Danke, Sergeant Grimes«, rief sie. Erst jetzt wurde Gideon bewusst, dass die Spurensicherungsexpertin immer noch am Tisch saß, eine Zeugin dessen, was seine und Mercys Vergangenheit vor den Augen aller enthüllt hatte.

»Ja, natürlich. Danke.« Er nahm Daisys Hand. Im Laufschritt trabten sie zum Aufzug, wo Mercy zu ihrer Erleichterung auf einer Bank saß, Rafe mit hilflos-besorgter Miene neben ihr. *Verdammt.* Mercy hatte sich die Hände vors Gesicht geschlagen und weinte.

Gideon kämpfte gegen seine aufsteigende Panik an und kniete sich vor ihr hin. »Hey. Es tut mir leid. Ich hätte nicht zusagen sollen, ohne dich vorher zu fragen. Aber es passiert nichts, was du nicht willst. Bitte, weine nicht.« *Und bitte bleib. Geh nicht weg.*

»Ich kann nicht«, schluchzte sie und wiegte sich hin und her. »Ich kann einfach nicht.«

»Ich weiß.« Gideon zögerte kurz, dann setzte er sich neben sie, legte ihr den Arm um die Schultern und zog sie an sich. »Ich weiß, dass du nicht kannst. Und du musst auch nicht.«

Sie ließ sich gegen ihn sinken – es war das erste Mal, dass sie eine Berührung von ihm zuließ. Sie barg das Gesicht an seiner Brust, während sie von Schluchzern geschüttelt wurde, die ihm das Herz brachen. Er konnte nicht sagen, wie viel Zeit vergangen war, als ihre Tränen allmählich versiegten und sie sich zu beruhigen schien.

»Es tut mir leid«, stöhnte sie und atmete tief durch. »Ich habe dich ganz nass gemacht.«

»Ist doch egal«, sagte Gideon und legte seine Wange an ihren Kopf.

»Wenn du mit den Leuten reden willst, dann tu es. Aber ich … ich kann es einfach nicht.«

»Wie gesagt, du musst es nicht tun. Aber …« Die Worte, die ihm auf der Seele brannten, drohten ihm die Luft abzuschnüren. »Würdest du mit mir reden? Nur ein bisschen?«

Sie nickte langsam. »Ja, aber nicht jetzt sofort, okay?«

»Okay.« Er gab sich alle Mühe, sich seine Enttäuschung nicht anmerken zu lassen.

»Was machst du heute Nachmittag?«, fragte sie zu seiner Verblüffung.

»Daisy und ich fahren nach Macdoel und verstreuen Eileens Asche. Möchtest du mitkommen?«, fragte er, wohl wissend, dass sie ablehnen würde.

»Ja«, antwortete sie und versetzte ihm damit den nächsten Schock. »Ich denke, das sollte ich tun.«

Macdoel, Kalifornien
Donnerstag, 2. März, 17.40 Uhr

»Es ist wunderschön hier«, sagte Daisy leise und ließ den Blick über die Berge schweifen, während sie die Urne mit Eileens Asche in beiden Händen hielt. Gale Danton hatte die kleine Kolonne einen Berg hinaufgeführt, der einen atemberaubenden Ausblick über die Gegend bot. Mercy und Rafe waren mit ihrem eigenen Wagen gekommen. Gideon war ein wenig gekränkt, weil seine Schwester auch jetzt noch auf Distanz blieb, doch Daisy ahnte den wahren Grund dahinter: So konnte sie jederzeit kehrtmachen und in die Stadt zurückfahren, sollte der Anblick des Mount Shasta zu viel für sie sein.

Eine Erklärung, die auch Gideon verstanden und akzeptiert hatte.

»Sie war gern hier«, sagte Danton mit rauer Stimme. »Sammie und ich waren häufig mit ihr hier oben. Sie hat immer bloß dagesessen und auf die Berge geschaut. Einmal habe ich sie gefragt, woran sie denkt, und sie meinte, sie stelle sich eine Welt weit, weit weg von Eden vor.«

»Das kann ich nachvollziehen«, meinte Daisy.

Mit seinen gut viertausenddreihundert Metern Höhe dominierte der Mount Shasta die gesamte Gegend und ließ die Berge ringsum wie Hügelchen aussehen, obwohl drei Berge im Norden und Osten allesamt über zweieinhalbtausend Meter hoch und schneebedeckt waren.

Mercy schob Rafes Rollstuhl über die Spanplatte, die Mr Danton mitgebracht hatte und die als Rampe auf dem kurzen Stück zwischen ihrem Wagen und dem Aussichtspunkt diente. Niemand hatte auch nur eine Sekunde bezweifelt, dass Rafe Mercy begleiten würde, daher hatte Gideon Mr Danton angerufen und gefragt, ob dort auch Platz für einen Rollstuhl wäre.

Gideon stand am Rand und drehte sich um die eigene Achse. »Es ist atemberaubend«, sagte er. Seine Miene verriet Daisy, dass er versuchte, die Szenerie mit dem Bild in Einklang zu bringen, das er vor Augen hatte, wann immer er an Eden zurückdachte.

»Eileen hatte die Berge im Westen nie gesehen«, erklärte Danton – ein weiterer Hinweis, den Daisy abspeicherte, denn er könnte sich bei Gideons anhaltender Suche nach Eden noch als wichtig erweisen.

Und dass er weitersuchen würde, stand für sie völlig außer Frage.

Sie sah zu Mercy hinüber, die reglos und mit undurchdringlicher Miene in die Ferne blickte. Ihr Schluchzen am Morgen hatte Daisy das Herz herausgerissen, doch beinahe ebenso schlimm war Rafes Hilflosigkeit gewesen. Wortlos hatte Daisy seine Hand gehalten, während Gideon seine Schwester zu trösten versuchte.

Hinter ihnen fuhr ein Pick-up heran, aus dem Sammie Danton sprang. Trauer stand in ihren Augen. »Hey, Daisy. Gideon. Rafe.« Sie musterte ihn von oben bis unten. »Ich habe von Ihrem Abenteuer nach unserem Portland-Trip gehört, Rafe. Sie sehen ja besser aus, als ich dachte.«

»Danke«, gab Rafe trocken zurück.

»Gern.« Sie trat zu Mercy, die zusammenfuhr, als hätte sie gar nicht mitbekommen, dass Sammie angekommen war und sich ihr vorstellen wollte. Augenblicklich schlug Sammie einen anderen Tonfall an, und ihre Körpersprache veränderte sich komplett.

Daisy wusste genau, was sie tat: Ihr Vater und Taylor hatten auf diese Weise immer versucht, verängstigte Pferde zu beruhigen. Und Sammies Strategie und ihre sanfte Stimme schienen zu funktionieren, denn Mercy entspannte sich und ergriff ihre ausgestreckte Hand.

»Sind wir so weit?«, fragte Danton.

Gideon zögerte. »Ich habe so etwas noch nie gemacht. Jemandes Asche verstreut, meine ich.«

»Ich auch nicht«, warf Daisy ein und beäugte die Urne bange.

»Geben Sie sie mir.« Danton nahm die Urne entgegen und trat damit an den Rand des Aussichtspunkts, gefolgt von Gideon und Daisy, die einander fest bei den Händen hielten, während Sammie mit tränenfeuchtem Gesicht neben ihren Vater trat.

»Möchten Sie noch etwas sagen?«, fragte Danton.

»Sei glücklich«, flüsterte Gideon. Daisys Augen brannten.

»Und pass gut auf dich auf«, fügte Sammie hinzu.

Mercy trat zu ihnen und blieb neben Gideon stehen. »Und sei frei«, sagte sie.

Danton schluckte. »Amen.« Er öffnete die Urne und ließ die Asche langsam herausrieseln, die durch die Luft und in die Schlucht unter ihnen wehte. »Im Sommer wachsen hier überall Blumen. Dann wird sie inmitten von Blumen ruhen.«

»Das ist schön«, sagte Gideon. »Aber wir haben Sie gebeten, ob wir ihre Asche hier verstreuen dürfen, weil Sie die ersten und einzigen Menschen waren, von denen sie wahre Freundlichkeit und Zuneigung erfahren hat.«

Obwohl Mr Danton auf die Urne blickte, entgingen Daisy die Tränen in seinen Augen nicht. Mit einem Räuspern hob er schließlich den Kopf und reichte Gideon die Urne. »Sollte jemals noch ein Mensch dieser Hölle entkommen, steht ihm oder ihr meine Tür jederzeit offen.« Er wandte sich ab, schob Rafes Rollstuhl zu Mercys Mietwagen und half ihm hinein, ehe er in seinen Wagen stieg und davonfuhr.

»Danke«, sagte Sammie und wischte sich die Tränen ab. »Das hat ihm sehr viel bedeutet. Ihr Tod war ein schwerer Schlag für ihn. Eileen mag nur zwei Wochen bei uns gewesen sein, aber es war, als hätte sie zur Familie gehört. Passen Sie gut auf sich auf, ja? Keine Schießereien mehr, wenn's geht. Und richten Sie Detective Rhee meine Grüße und Genesungswünsche aus. Ich bin froh, dass alle bald wieder auf dem Posten sind.«

Gideon lächelte. »Danke. Ich werde es Erin ausrichten.«

Als sie weg war, trat Mercy zu ihnen, stellte sich auf die Zehenspitzen und gab Gideon einen Kuss auf die Wange. »Bis bald.«

Gideons Lächeln verblasste, als er zusah, wie sie einstieg und mit Rafe davonfuhr. »Sie geht, stimmt's?«

Daisys Herz brach, denn genauso war es. »Mag sein, aber ich bin ziemlich sicher, dass sie wiederkommt. Sie hat versprochen, dass sie mit dir redet, und ich kann mir nicht vorstellen, dass sie dich belügen würde.«

Mit einem Seufzer löste Gideon den Blick von den Rücklichtern des Wagens und sah wieder zu den Bergen. »Ich werde weitersuchen«, sagte er.

»Ich weiß.«

»Und selbst wenn sie es nicht kann … ich kann es.«

»Ja.«

»Vielleicht suche ich ja weiter, gerade weil sie es nicht kann.«

Daisy schlang ihm den Arm um die Taille. »Daran habe ich keinen Zweifel. Genauso wenig wie an dir. Du wirst Eden finden. Und dann wirst du dafür sorgen, dass sie für all die Menschen bezahlen, denen sie wehgetan haben.«

»Und du? Was tust du, während ich nach Eden suche?«

»Ich werde bei dir sein und dir helfen. Und deine Geschichte für ein Magazin aufschreiben, auch wenn ich noch nicht weiß, für welches, aber das überlege ich mir noch.«

Das musste die richtige Erwiderung gewesen sein, denn ein langsames Lächeln breitete sich auf seinem Gesicht aus. »Und wenn ich dir sage, dass du das nicht darfst?«

»Dann widerspreche ich dir, und dann musst du mich küssen, aber am Ende kriege ich ohnehin, was ich will. Also sparen wir uns die Diskussion und gehen lieber gleich zum Küssen über.«

»Weil du am Ende sowieso kriegst, was du willst?«, fragte er und drückte ihr einen neckenden Kuss auf den Mund.

Sie lachte. »Du lernst schnell.«

»Solange ich bin, was du willst, schon.«

»Ja«, sagte sie nur. »Lass uns nach Hause gehen, Gideon.«

DANK

Terri Bolyard, weil sie mir zuhört, wenn ich wieder einmal hänge.

Dr. Marc Conterato für alles Medizinische.

Caitlin Ellis, die die Geschäfte am Laufen hält, solange ich mich in der Kammer einschließe.

Sarah Hafer für die Recherchen zum Thema »Neue religiöse Bewegung«.

Jack Harris von WFLA Tampa Bay für den Radiojargon.

Linda Hurtado von WTVT Tampa für die Infos über TV-Reportagen.

Feuerwehrmann Terence Keenan, der mir geholfen hat, den Brand sachgemäß zu löschen.

Amy Lane und Brenda Novak, die mir Sacramento vorgestellt haben.

Sonie Lasker für die russische Übersetzung und all die Selbstverteidigungskniffe. Спасибо боvьшое, я всегда бүдү vюбить тебя.

Beth Miller und Sarah Hafer für das Lektorat.

Amy Schneider, die mir geholfen hat, aus Brutus einen richtigen Therapiehund zu machen.

Dem Seestern für die Entwicklung der Handlung.

Forensic Investigator Geoff Symon, der mit seiner kriminaltechnischen Expertise dafür sorgt, dass meine Tatorte die Realität abbilden und meine Gerichtsmediziner authentisch bleiben, statt zu Quincys zu mutieren.

Claire Zion, Robin Rue und Alex Clarke für ihre unerschütterliche Hilfe und Unterstützung. Nur dank eurer Hilfe darf ich tun, was ich am liebsten tue – Geschichten erfinden, in denen

Bösewichte ihrer gerechten Strafe zugeführt werden, die Hauptfiguren ihre Happy Ends bekommen und die Zahl der Leichen nicht völlig aus dem Ruder läuft.

Wie immer gehen alle Fehler auf mein Konto.

KAREN ROSE BEI KNAUR

EINE LISTE ALLER KAREN-ROSE-ROMANE IN CHRONOLOGISCHER REIHENFOLGE:

1. Eiskalt ist die Zärtlichkeit (Don't Tell)

Chicago, North Carolina
Dr. Max Hunter / Caroline Stewart
Dana Dupinski / David Hunter / Eve Wilson / Special Agent Steven Thatcher / Nicky Thatcher / Aunt Helen

Die Rolle der glücklichen Ehefrau spielt Grace Winters perfekt – doch in Wahrheit ist ihr Leben die Hölle. Ihr Ehemann Robb ist ein unberechenbarer Psychopath. Schließlich setzt die junge Frau alles auf eine Karte: Sie täuscht ihren eigenen Tod vor, um endlich frei zu sein. Und der Plan geht zunächst auch auf. Doch während Grace sich in ihrem neuen Leben einrichtet und sich schließlich sogar einer neuen Liebe zu öffnen wagt, hat Robb ihre Spur aufgenommen. Er will sich zurückholen, was ihm gehört!

2. Das Lächeln deines Mörders (Have You Seen Her?)

Raleigh, North Carolina
Fortsetzung der Ereignisse aus *Eiskalt ist die Zärtlichkeit* um Familie Thatcher
Steven Thatcher / Dr. Jenna Marshall
Detective Neil Davies / Brad Thatcher / Nicky Thatcher / Aunt Helen

Sie alle verschwinden in der Nacht, sie alle sind hübsch, haben lange dunkle Haare, und sie alle werden wenig später tot aufgefunden. Special Agent Steven Thatcher hat sich geschworen, den Serienmörder zu stellen, der die jungen Frauen auf dem Gewissen hat. Die Zeit drängt … Und wie soll Steven in dieser Situation die Zeit finden, sich um seinen schwierigen Sohn zu kümmern? Bei dessen höchst attraktiver Lehrerin Jenna Marshall findet er Verständnis – und mehr. Was die beiden nicht ahnen: Der Mörder hat sein nächstes Opfer gewählt. Er hat seine Fallen ausgelegt. Er wartet bereits – auf Jenna.

3. Des Todes liebste Beute (I'm Watching You)

Chicago
Detective Abe Reagan / Kristen Mayhew
Detective Mia Mitchell / Aidan Reagan

Staatsanwältin Kristen Mayhew hat einen Verehrer. Er bezeichnet sich selbst als ihren ergebenen Diener – und schickt ihr regelmäßig Fotos seiner grausam zugerichteten Opfer: alles Verbrecher, gegen die Kristen vor Gericht keine Verurteilung durchsetzen konnte. Als der selbst ernannte Rächer den

Sohn eines Mafiapaten auf seine Todesliste setzt, ist Kristen in Gefahr. Denn nun hetzt die Mafia ihre Killer auf sie. Detective Abe Reagan, der in der Mordserie ermittelt, setzt alles daran, die schöne Staatsanwältin zu schützen.

4. Der Rache süßer Klang (Nothing to Fear)

Chicago
Detective Ethan Buchanan / Dana Dupinski
Caroline Stewart / David Hunter / Eve Wilson

Als Sue und ihr Sohn Zuflucht im Frauenhaus suchen, hat dessen Leiterin Dana Dupinski keinen Grund, an ihrer Geschichte vom gewalttätigen Ehemann zu zweifeln. Wie sollte sie auch ahnen, dass sie damit dem Tod die Türe öffnet? Denn Sue ist eine psychopathische Killerin, die vor nichts zurückschreckt, um ihre Rachegelüste zu befriedigen: nicht vor der Entführung eines taubstummen Jungen, nicht vor mehrfachem Mord. Danas Name steht schon bald ganz oben auf ihrer Abschussliste – und nur der Privatdetektiv Ethan Buchanan, der Sues Spur verfolgt hat, könnte Dana retten.

5. Nie wirst du entkommen (You Can't Hide)

Chicago
Detective Aidan Reagan / Dr. Tess Ciccotelli

»Komm zu mir!«, lockt die Stimme, die Cynthia seit Wochen verfolgt. Gequält von entsetzlichen Erinnerungen, stürzt sich die junge Frau schließlich vom Balkon ihrer Wohnung. Sie ist nur die Erste in einer ganzen Serie von Toten. Allen ist eines gemeinsam: Es sind Patientinnen von Tess Ciccotelli. Detective Reagan, der die Ermittlungen leitet, hält die bildschöne Psychiaterin zunächst für eine äußerst gefährliche Frau. Bis er endlich erkennt, dass Tess Opfer einer bösen Intrige zu werden droht, ist es beinahe zu spät.

6. Heiß glüht mein Hass (Count to Ten)

Chicago
Lieutenant Reed Solliday / Detective Mia Mitchell
Aidan und Abe Reagan / Ethan Buchanan / Todd Murphy

Zu spät erkennt die Studentin Caitlin, dass ihr Leben in Gefahr ist – wenig später verschlingen Flammen ihren toten Körper … Sie ist nicht das erste Opfer eines Mörders, der in Chicago wütet und seine Taten dann durch Brandanschläge zu vertuschen sucht. Um ihn zu fassen, muss Detective Mia Mitchell mit dem eigenwilligen Brandexperten Reed Solliday zusammenarbeiten. Als der Killer Mia auf seine Todesliste setzt, ist Reed ihre einzige Hoffnung.

7. Todesschrei (Die for Me)

Philadelphia
Detective Vito Ciccotelli / Dr. Sophie Johannsen

Als die Polizei von Philadelphia auf einem verwilderten Grundstück eine Leiche findet, bittet sie Sophie Johannsen, Archäologin und Spezialistin für mittelalterliche Kunst, um Hilfe. Mit einem Ausgrabungsdetektor sucht sie nach weiteren Toten – und wird fündig. Und noch während sich Detective Vito Ciccotelli fragt, warum der Mörder die Leichen wie mittelalterliche Grabfiguren drapiert hat, nähert sich der Täter schon seinem nächsten Opfer.

8. Todesbräute (Scream for Me)

Dutton, Georgia
Special Agent Daniel Vartanian / Alex Fallon
Luke Papadopoulos / Meredith Fallon
Deputy Randy Mansfield

In Dutton geschieht ein kaltblütiger Mord an einer jungen Frau, der dreizehn Jahre zuvor schon einmal genauso passiert ist. Als Special Agent Daniel Vartanian die grausam zugerichtete Frauenleiche sieht, setzt er alles daran, den Mörder zu finden. Eine erste heiße Spur führt zu seinem toten Bruder Simon. Zur gleichen Zeit macht sich in Washington, D. C., Alexandra Fallon auf die Suche nach ihrer verschwundenen Stiefschwester Bailey und muss dazu nach Dutton, an den Ort, an den sie niemals zurückkehren wollte. Dort angekommen, gerät sie ins Visier des gnadenlosen Killers.

9. Todesspiele (Kill for Me)

Dutton / Georgia
Luke Papadopoulos / Susannah Vartanian
Daniel Vartanian / Meredith Fallon / Dr. Felicity Berg

Ein Bunker voller Mädchenleichen, die von ihren Mördern versklavt, vergewaltigt und gebrandmarkt wurden, bevor sie qualvoll sterben mussten. Susannah Vartanian und Special

Agent Luke Papadopoulos stehen vor einem Albtraum. Die Suche nach dem Kopf des Mädchenhändlerrings ist schwierig und lebensgefährlich. Susannah fühlt sich am Scheideweg ihres Lebens, ihrer Karriere und ihrer Träume. Auch sie hat ein Brandzeichen auf der Haut. Um diesen Fall zu lösen, muss sie sich ihren Ängsten und ihrer traumatischen Vergangenheit stellen. Und dieses Mal will sie das Richtige tun.

10. Todesstoß (I Can See You)

Minneapolis, Minnesota
Noah Webster / Eve Wilson
Caroline (Stewart) Hunter / Max Hunter /
Dana (Dupinski) Buchanan

Eve Wilson hat die Hölle auf Erden erlebt: Ein Wahnsinniger hatte einen Mordanschlag auf sie verübt und sie dabei schwer verletzt. Nach einer Reihe langwieriger Operationen versucht sie nun, in Minneapolis ein neues Leben zu beginnen. Sie studiert Psychologie. Für ihren Abschluss untersucht sie die Teilnehmer einer virtuellen Plattform. Doch als sechs ihrer Versuchsobjekte auf grausame Art ermordet werden, erlebt Eve ein schockierend grausames Déjà-vu. Kann es sein, dass sie erneut auf der Liste eines verrückten Killers steht?

11. Feuer (Silent Scream)

Minneapolis, Minnesota
David Hunter / Detective Olivia Sutherland
Noah Webster / Micki Ridgewell / Tom Hunter /
Phoebe Hunter

Eine verheerende Brandserie hält Feuerwehrmann David Hunter und Detective Olivia Sutherland in Atem. Wer könnte Interesse daran haben, ganz Minneapolis in Angst und Schrecken zu versetzen? Eine fatalistische Umweltorganisation, die eigentlich seit zwölf Jahren nicht mehr aktiv ist? Oder doch die vier College-Studenten, die sich aus unerfindlichen Gründen immer in der Nähe der Tatorte aufhalten? Ein Wettlauf gegen die Zeit und gegen einen skrupellosen Erpresser beginnt …

12. Todesherz (You Belong to Me)

Baltimore, Maryland
Lucy Trask / J. D. Fitzpatrick

Die erfahrene Gerichtsmedizinerin Lucy Trask ist einiges gewohnt. Doch der Anblick dieser verstümmelten Leiche schockiert selbst sie nachhaltig. Zunge und Herz wurden dem Toten fachmännisch entfernt. Nur wenige Tage später erhält Lucy ein grauenvolles Paket. Darin: ein blutiges Herz. Detective J. D. Fitzpatrick vermutet einen persönlich motivierten Rachefeldzug. Doch wer könnte solchen Hass auf die attraktive Gerichtsmedizinerin haben? Als die Polizei auf eine weitere brutal zugerichtete Leiche stößt, drehen sich Lucys Gedanken nur noch um folgende Fragen: Gibt es tatsächlich eine Verbindung zwischen ihr und dem Killer? Und wer weiß von ihrem gefährlichen Doppelleben?

13. Todeskleid (No One Left to Tell)

Baltimore, Maryland
Privatdetektivin Paige Holden
Staatsanwalt Grayson Smith

Privatdetektivin Paige Holden ermittelt für einen Klienten, der wegen Mordes im Gefängnis sitzt. Unschuldig, behauptet er. Doch dann wird seine Frau auf offener Straße von einem Scharfschützen erschossen. Ein zweiter Schuss fällt – und verfehlt die attraktive Paige um ein paar Millimeter. Die Geschehnisse der nächsten fünf Minuten entscheiden über Leben und Tod …

14. Todeskind (Did You Miss Me?)

Baltimore, Maryland
Anwältin Daphne Montgomery
FBI-Agent Joseph Carter

»Habe ich dir gefehlt?«, stammelt der 20-jährige Ford wieder und wieder. Er liegt verwirrt im Krankenhaus. Tagelang irrte er durch verschneite Wälder, auf der Flucht vor seinen Entführern. Doch er kann sich an nichts mehr erinnern. Seine Mutter, Daphne Montgomery, ist schockiert, als sie hört, was ihr Sohn wie ein Mantra vor sich hin murmelt. Seit Jahren wird sie von quälenden Erinnerungen gepeinigt. Ausgerechnet diese Worte flüsterten die Männer, die sie selbst als Kind gefangen gehalten und missbraucht haben. Sie vertraut sich FBI-Agent Carter an, der alle Hebel in Bewegung setzt, um der attraktiven Anwältin und ihrem Sohn zu helfen. Die Wahrheit muss endlich ans Licht …

15. Todesschuss (Watch Your Back)

Baltimore, Maryland
Detective Stevie Mazzetti
Privatermittler Clay Maynard

Drei Anschläge innerhalb von zwei Tagen: Knapp entgeht die attraktive Polizistin Stevie Mazzetti den tödlichen Schüssen. Glück oder Zufall? Als auch ihre siebenjährige Tochter ins Fadenkreuz des Killers gerät, ist Stevie vor Angst wie von Sinnen. Doch Stevie weiß, dass sie ihr Leben und das ihrer Tochter nur retten kann, wenn sie den Grund für die Attentate herausfindet. Zusammen mit Privatermittler Clay Maynard stößt Stevie bei ihren Ermittlungen auf eine Reihe alter Fälle, die nur einen einzigen Schluss zulassen: Ihr Tod ist Teil eines sorgfältig kalkulierten Plans …

16. Dornenmädchen (Closer Than You Think)

Cincinnati, Ohio
FBI-Agent Deacon Novak
Psychotherapeutin Faith Corcoran

Gnadenlos gejagt von einem Stalker, flieht Faith in das leer stehende Herrenhaus ihrer Familie. Hier will sie einen Neuanfang wagen – doch ihre vermeintliche Zufluchtsstätte entpuppt sich als Ort des Schreckens. Im Keller der Villa macht das FBI einen grauenhaften Leichenfund, und Faith gerät ins Visier der Ermittler. Auch FBI-Agent Deacon Novak kann sie als Täterin nicht ausschließen, doch gleichzeitig fasziniert ihn die hübsche Frau. Gemeinsam betreten sie einen düsteren Pfad, der weit in Faiths Vergangenheit führt.

17. Dornenkleid (Alone in the Dark)

Cincinnati, Ohio
Detective Scarlett Bishop
Marcus O'Bannion
FBI-Agent Deacon Novak

Ein Schuss fällt in der Dunkelheit. Vor Marcus O'Bannions Augen bricht eine junge Frau zusammen. Ihr Name ist Tala. Über Wochen hat er sie ermutigt, sich ihm anzuvertrauen. Weil sie verzweifelt wirkte. Weil sie offensichtlich misshandelt wurde und Marcus ihr helfen wollte. Sie stirbt in seinen Armen.
Marcus, ein Journalist und Ex-Soldat, schwört sich, ihren Mörder zu finden. Gemeinsam mit Detective Scarlett Bishop, der einzigen Polizistin, der er vertraut, legt er sich mit übermächtigen Gegnern an.

18. Dornenspiel (Every Dark Corner)

Cincinnati, Ohio
FBI Special Agent Kate Coppola
FBI Special Agent Griffin »Decker« Davenport

Als Griffin »Decker« Davenport nach mehreren Tagen aus dem Koma erwacht, wandern seine Gedanken sofort zu seinem letzten Fall. Er hat drei Jahre damit zugebracht, als Undercoveragent einen Menschenhändlerring auszuheben. Doch er weiß auch, dass ihm das nur teilweise gelungen ist – und dass Kinder in Gefahr sind …
FBI Special Agent Kate Coppola ist entsetzt, als sie von Decker erfahren muss, dass ein Partner des Rings Jugendliche für sei-

nen Online-Sexhandel benutzt. Sie und Decker eröffnen die Jagd auf ihn und werden gleichzeitig zu Gejagten. Denn ihr Gegner beseitigt alle, die ihm in die Quere kommen …

19. Dornenherz (Edge of Darkness)

Cincinnati, Ohio
Psychologin Meredith Fallon
Detective Adam Kimble

Die Kinder- und Jugendpsychologin Meredith Fallon betreut Opfer von sexuellem Missbrauch und hilft ihnen, die Vergangenheit zu verarbeiten und wieder einen Platz in der Welt zu finden. Als sie einem Mordanschlag nur knapp entkommt, wendet sich Meredith an Detective Adam Kimble vom Cincinnati Police Department. Während Adam noch mit den Dämonen seiner eigenen Vergangenheit kämpft, geschehen weitere Morde – und auch Meredith gerät erneut in Gefahr …

20. Todesfalle (Monster in the Closet)

Baltimore, Maryland
FBI-Agent Joseph Carter / Detective J. D. Fitzpatrick /Detective Hector Rivera
Privatermittler Clay Maynard / Taylor Dawson

Hinter einem Sessel versteckt sich die elfjährige Jazzie vor dem Mann, der eben ihre Mutter im Zorn erschlagen hat. Sie hat ihn sofort erkannt – er aber hat sie nicht gesehen. Kein Wort wird Jazzie sagen, denn nur so kann sie sich und ihre kleine Schwester vor dem Bösen schützen.

Die beiden traumatisierten Mädchen kommen in einem Therapieprogramm unter und fassen langsam Vertrauen zu der jungen Praktikantin Taylor. Taylor ahnt, dass Jazzie weiß, wer ihre Mutter getötet hat. Was Taylor nicht ahnt: Der Killer hat längst beschlossen, sie alle drei aus dem Weg zu räumen.

21. Todesnächte (Death is not enough)

Baltimore, Maryland
Strafverteidiger Thomas Thorne / Strafverteidigerin Gwyn Weaver

Ein Mordanschlag, den sie nur knapp überlebt hat, hat Strafverteidigerin Gwyn Weaver zu einer toughen Frau werden lassen. Trotzdem ist sie kurz davor, ihrem Freund und Kollegen Thomas Thorne ihre Gefühle zu offenbaren. Doch dann findet man den Anwalt neben der Leiche einer Frau, ihr Blut an seinen Händen. Thomas kann sich an nichts erinnern.
Gwyn, die an seine Unschuld glaubt, setzt alles daran, ihrem Freund zu helfen. Keiner von beiden ahnt, dass dies erst der Anfang eines gnadenlosen Rachefeldzugs ist: Jemand ist gekommen, um Thomas alles zu nehmen – vor allem jene, die er liebt …

22. Dornenpakt (Into the Dark)

Cincinnati, Ohio
Dr. Dani Novak
Diesel Kennedy

Michael hat sich schon immer um seinen kleinen Bruder Joshua gekümmert. Ihre Mutter ist drogenabhängig, der Stiefvater gewalttätig. Eines Tages wird der Vierzehnjährige Zeuge, wie sein Stiefvater von einem Fremden brutal ermordet wird. Michael flieht mit Joshua, doch weiß nicht, wem er sich anvertrauen kann. Er ist gehörlos und außer sich vor Sorge.
Fußballtrainer Diesel Kennedy ahnt, dass etwas nicht stimmt. Gemeinsam mit der Ärztin Dani Novak, für die er mehr als nur Freundschaft empfindet, gewinnt er langsam das Vertrauen von Michael. Doch inzwischen weiß der Killer, dass es einen Zeugen gibt – und eröffnet eine tödliche Jagd …

23. Tränennacht (Say You're Sorry)

Sacramento, Kalifornien
Gideon Reynolds (FBI)
Daisy Dawson

Ein Serienkiller geht in Sacramento um, der Jagd auf Frauen macht. Als der Killer jedoch die junge Daisy Dawson als neues Opfer auswählt, gerät er an die Falsche. Daisy weiß sich zu wehren, schlägt ihren Angreifer in die Flucht und reißt ihm dabei ein silbernes Medaillon vom Hals. Dessen Gravur eines Lebensbaums entspricht exakt der Tätowierung, die FBI-Agent Gideon Reynolds einst gegen seinen Willen zugefügt wurde.
Die Spur führt Daisy und Gideon direkt in die Schusslinie des Serienkillers – und zu der verborgenen Sekte »Church of Second Eden« …

24. Tränenfluch (Say No More)

Sacramento, Kalifornien
Gideon Reynolds (FBI), Detective Raphael »Rafe« Sokolov
Mercy Callahan

Dreizehn Jahre lebte Mercy in dem Glauben, sie sei endlich in Sicherheit. Doch seit ihr Bruder, FBI-Agent Gideon Reynolds, gegen die im Untergrund agierende Sekte »Church of Second Eden« ermittelt, ist nichts mehr wie zuvor. Denn jetzt weiß der Sektenführer Ephraim Burton, mit dem Mercy als Kind zwangsverheiratet wurde, dass sie noch lebt.
Seine erste Attacke auf Mercy kann Gideons bester Freund Detective Rafe Sokolov gerade so verhindern. Mercy beschließt, den Kampf gegen Eden aufzunehmen. Doch weder Mercy, Gideon noch Rafe ahnen, was Burton und die Sekte zu tun bereit sind, um ihre Geheimnisse zu wahren …

VERZEICHNIS DER AUFTRETENDEN FIGUREN IN DEN ROMANEN VON KAREN ROSE

Die Nummerierung in Klammern entspricht den jeweiligen Titeln.

1. Eiskalt ist die Zärtlichkeit
2. Das Lächeln deines Mörders
3. Des Todes liebste Beute
4. Der Rache süßer Klang
5. Nie wirst du entkommen
6. Heiß glüht mein Hass
7. Todesschrei
8. Todesbräute
9. Todesspiele
10. Todesstoß
11. Feuer
12. Todesherz
13. Todeskleid
14. Todeskind
15. Todesschuss
16. Dornenmädchen
17. Dornenkleid
18. Dornenspiel
19. Dornenherz
20. Todesfalle
21. Todesnächte
22. Dornenpakt
23. Tränennacht
24. Tränenfluch

Liza Barkley (24)
DJ Belmont (24)
Dr. Russell Bennett (12)
Dr. Felicity Berg (8, 9)
Scarlett Bishop (16, 17, 18, 19, 22)
Dana Buchanan (1, 4, 6, 10)
Ethan Buchanan (4, 6, 15)
Ephraim Burton (23, 24)
Mercy Callahan (23, 24)
Joanna Carmichael (5, 6)
Joseph Carter (13, 14, 15, 20, 21)
Michael Ciccotelli (5, 7)
Tess Ciccotelli (5, 7)
Vito Ciccotelli (5, 7, 14)
Kate Coppola (14, 15, 17, 18, 19, 22)
Faith Corcoran (16, 17, 18, 19, 22)
Bailey Crighton (8, 9)
Hope Crighton (8, 9)
Griffin »Decker« Davenport (17, 18, 19, 22)
Neil Davies (2, 16)
Daisy Dawson (23, 24)
Frederick Dawson (21, 23)
Taylor Dawson (20, 21)
Dana Dupinski (1, 4)
Ford Elkhart (14, 15, 20, 21)
Alex Fallon (8, 9)
Meredith Fallon (8, 9, 16, 17, 18, 19, 22)
J.D. Fitzpatrick (12, 13, 14, 15, 20, 21)
Lucy Fitzpatrick (21)
Aunt Helen (1, 2)
Paige Holden (11, 13, 15, 21)
Caroline Hunter (1, 4, 10)
David Hunter (1, 4, 6, 10, 11)

Dr. Max Hunter (1, 4, 10)
Phoebe Hunter (1, 4, 11)
Tom Hunter (1, 4, 10, 11, 23, 24)
Peter Hyatt (21)
Jazzie Jarvis (20)
Sophie Johannsen (7, 16)
Adam Kimble (16, 17, 18, 19, 22)
Randy Mansfield (8, 9)
Dr. Jenna Marshall (2)
Jamie Maslow (21)
Kristen Mayhew (3, 5, 6)
Clay Maynard (12, 13, 14, 15, 20, 21)
Stevie Mazzetti (12, 14, 15, 20, 21)
Mia Mitchell (3, 4, 5, 10)
Daphne Montgomery (12, 13, 14, 15, 16, 20)
Todd Murphy (3, 5, 6)
Dani Novak (16, 17, 18, 19, 22)
Deacon Novak (14, 15, 16, 17, 18, 19, 20, 22)
Marcus O'Bannion (16, 17, 18, 19, 22)
Stone O'Bannion (16, 17, 19, 22)
Luke Papadopoulos (8, 9)
Pastor (24)
Abe Reagan (3, 4, 5, 6, 19)
Aidan Reagan (3, 5, 6)
Kristen Reagan (3, 5, 6)
Gideon Reynolds (23, 24)
Micki Ridgewell (10, 11)
Hector Rivera (20)
Farrah Romero (24)
Joshua Rowland (22)
Michael Rowland (22)
Grayson Smith (12, 13, 14, 15, 21)
Irina Sokolov (23, 24)

Karl Sokolov (23, 24)
Raphael »Rafe« Sokolov (23, 24)
Sasha Sokolov (23, 24)
Reed Solliday (5)
Marc Spinelli (3, 4, 5, 6)
Caroline Stewart (1, 4, 10)
Olivia Sutherland (6, 10, 11)
Abigail Terrill (24)
Amos Terrill (24)
Brad Thatcher (2)
Nicky Thatcher (1, 2)
Steven Thatcher (1, 2, 9)
Thomas Thorne (12, 13, 15, 20, 21)
Lucy Trask (12, 20, 21)
Sg. Jack Ungerer (3, 5, 6)
Daniel Vartanian (7, 8, 9)
Susannah Vartanian (9)
Gwyn Weaver (12, 20, 21)
Noah Webster (10, 11)
Myrna Westcott (12)
Chase Wharton (8, 9)
Eve Wilson (1, 4, 10)

Zwei Schwestern. Ein Traum. Ein Albtraum …

Lisa Jackson

SHOWDOWN – ICH BIN DEIN TOD

Thriller

Am Set des Hollywood-Blockbusters *Dead Hea*t wird die finale Szene gedreht: Die Jagd auf die flüchtende Heldin endet laut Drehbuch mit einem tödlichen Schuss. Der Schuss fällt, die Heldin stürzt zu Boden – doch sie steht nicht mehr auf. Das Double, das in letzter Sekunde einspringen musste, scheint tot und die berühmte Schauspielerin Allie Kramer spurlos verschwunden.

Ihre Schwester Cassie, die seit dem Übergriff eines Fans psychisch angeschlagen ist, setzt alles daran, Allie zu finden. Doch als bizarre Morde an weiteren Set-Mitarbeitenden verübt werden, gerät sie selbst unter Tatverdacht …